Kathrin Lange

Wenn die Nebel flüstern, erwacht mein Herz

Weitere Bücher von Kathrin Lange im Arena Verlag:
Die Fabelmacht-Chroniken. Flammende Zeichen
Die Fabelmacht-Chroniken. Brennende Worte
Die Fabelmacht-Chroniken. Nicholas' Geschichte
Herz aus Glas
Herz in Scherben
Herz zu Asche

Kathrin Lange, geboren 1969, arbeitete als Verlagsbuchhändlerin und Mediendesignerin, bevor sie 2005 das Schreiben zu ihrem Beruf machte. Seither ist sie für ihre Thriller und fantastischen Jugendbücher bekannt. Kathrin Lange lebt mit ihrer Familie in der Nähe von Hildesheim.

Wenn die NEBEL flüstern, erwacht mein HERZ

KATHRIN LANGE

Arena

Für Laura.

Schlicht: Danke! Wir wissen beide, wofür.

Arena

Ein Verlag in der westermann GRUPPE

MIX
Papier aus verantwortungsvollen Quellen
FSC
www.fsc.org
FSC® C110508

1. Auflage 2020

Rottendorfer Straße 16, 97074 Würzburg

Covergestaltung: Sandra Taufer unter Verwendung von Motiven von © Shutterstock.com (Fona, Kat Buslaeva, Sam Strickler, Angelina Bambina, Runrun2, KHIUS, Ihnatovich Maryia)
Lektorat: Laura Held
Layout und Satz: Malte Ritter, Berlin
Gesamtherstellung: Westermann Druck Zwickau GmbH
ISBN 978-3-401-60524-1

Besuche den Arena Verlag im Netz:
www.arena-verlag.de

»I am not an angel, and I will not be one till I die:
I will be myself.«
– Charlotte Brontë, 1847, Jane Eyre

»Lasst mich euch eine sehr traurige Geschichte erzählen.«
– Emily Brontë, 1841, High Moor Grange

1

Ms Trenton. Anstaltsleitung, stand in grauen Buchstaben an der Rauchglastür, vor der Jessa saß und ungeduldig mit den Füßen wippte. Die Stuhllehne drückte schmerzhaft gegen ihren Rücken. Das war doch volle Absicht!

Wenn man zur Direktorin des Kinderheims gerufen wurde, sollte man sich nicht wohlfühlen. Ganz im Gegenteil.

Jessa dachte daran, wie die Polizei sie heute Mittag hier abgeliefert hatte. *»Da haben Sie Ihre aufsässige kleine Streunerin wieder.«* Das hatte einer der beiden Polizisten zu Jessas Erzieherin gesagt. Der andere hatte Jessa mit einer Mischung aus Verständnis und Mitleid angesehen. Jessa hatte ihn nur finster angestarrt. Mitleid und auch Güte, das hatte sie früh gelernt, waren nichts weiter als Mittel, sie in Sicherheit zu wiegen.

Sie seufzte. In ihren Kopfhörern fing Billie Eilish zum zweiten Mal an, *Bury a friend* zu singen. Der Song passte gut zu Jessas aktueller Stimmung. Zum hundertsten Mal starrte sie auf die Telefonanlage von Ms Hart, Ms Trentons Sekretärin. Das rote Licht leuchtete und zeigte an, dass die Heimleiterin immer noch telefonierte.

Jessa biss sich auf die Lippe. In ihrem Magen loderte Wut. Sie schürte sie sorgfältig.

Ms Hart, die irgendeinen schrecklich wichtigen Text in den Computer hämmerte, schaute auf. Ihr Blick glitt von Jessas klobigen Stiefeln, auf die sie mit silbernem Lackstift verschlungene, rätselhaft aussehende Symbole gemalt hatte, hinauf zu ihrer über beiden Knien zerrissenen Jeans und dem ehemals schwarzen, jetzt total verwaschenen Hoodie bis hin zu Jessas halblangen Haaren. Sie waren von Natur aus schwarz. Erst vor ein paar Tagen hatte Jessa die Spitzen frisch in leuchtendem Neonblau gefärbt.

Von diesen Haaren huschte Ms Harts Blick zu dem Silberring in Jessas Nase.

Jessa hielt dem Blick der Sekretärin stand, bis diese unbewusst die Stirn runzelte und sich dann wieder ihrer Tastatur zuwandte.

Gewonnen!, dachte Jessa mit einem Anflug von Befriedigung. Gleich darauf jedoch fühlte sie sich albern. Sie war siebzehn. Vielleicht sollte sie langsam mal mit diesen unreifen Spielchen aufhören.

Aber nicht heute.

Um Ms Hart noch ein bisschen mehr zu ärgern, schob sie die Ärmel ihres Hoodies bis zu den Ellenbogen hoch. Auf diese Weise wurden die beiden Tattoos an ihren Unterarmen sichtbar.

Ms Hart schüttelte nur den Kopf, während sie angestrengt auf den Monitor starrte.

»Coole Tattoos!« Die Frau auf dem Stuhl neben Jessa sprach laut, um Billie Eilish zu übertönen.

Jessa seufzte hörbar. »Ja«, erwiderte sie einsilbig. »Cool.« Bis eben hatte sie es geschafft, die Frau zu ignorieren, die ebenfalls hier wartete, um mit Ms Trenton zu reden. *Children's Retreat,* das Kinderheim, das seit Jahren Jessas Zuhause war, wurde von einer karitativen Stiftung finanziert und die Frau gehörte zum Stiftungsrat. Jessa musterte ihr karamellfarbenes Twinset, ihren schmalen Rock und die hochhackigen Pumps.

Spießerin.

Als die Frau reingekommen war, hatte Ms Hart sie mit Vornamen angesprochen, darum wusste Jessa, dass sie Cally hieß. Cally lächelte jetzt. Es sah sehr professionell aus. Vielleicht war sie Politikerin, dachte Jessa. Ihr wurde bewusst, dass sie sich unablässig über den linken Unterarm strich.

Whatever our souls are made of …, stand dort. Und auf dem rechten Arm ging das Zitat weiter: ***… yours and mine are the same.***

Wie immer, wenn Jessa die Worte anschaute, schoss ihr ein schmerzhafter Stich durchs Herz. Was auch der Sinn gewesen war, sich dieses Tattoo stechen zu lassen. Es sollte sie erinnern. Jeden Tag.

Und es machte seinen Job ziemlich gut.

Cally sagte irgendwas, das Jessa nicht verstand, und weil Ms Hart schon wieder missbilligend guckte und dann demonstrativ gegen ihr Ohr tippte, zog Jessa seufzend einen der Stöpsel heraus.

»Wie lange hast du das schon?«, wiederholte Cally ihre Frage. »Das Tattoo, meine ich.«

Jessa überlegte, ob sie ihr irgendeine Lüge auftischen sollte.

»Jessica!«, sagte Ms Hart mahnend, also zwang Jessa sich, eine ehrliche Antwort zu geben.

»Seit ein paar Monaten.«

Callys sorgfältig gezupfte Augenbrauen hoben sich erstaunt. »Wie alt warst du da? Fünfzehn?«

»Siebzehn«, korrigierte Jessa. Genau genommen hatte sie es sich am Tag nach ihrem siebzehnten Geburtstag stechen lassen.

»Was für ein Tätowierer macht einem siebzehnjährigen Mädchen ein Tattoo, wenn es keine Erlaubnis seiner Eltern vorlegen kann?« Völlig arglos sah Cally Jessa an und schien überhaupt nicht zu bemerken, wie unsensibel ihre Frage war.

Na, vielen Dank!, dachte Jessa und das Lodern in ihrem Magen verzehnfachte sich. Sie lauschte in sich hinein und versuchte herauszufinden, was genau sie fühlte. Schmerz? Trauer? Keins von beidem, entschied sie. Der Autounfall, bei dem ihre Eltern gestorben waren, war viel zu lange her, als dass sie deswegen noch allzu viel Trauer spürte, und auch Alice …

Sie kappte die Gedanken. »Es gibt in Soho ein paar, denen ist das Alter ihrer Kunden egal«, hörte sie sich auf Callys Frage antworten.

»Schlimm genug.« Cally beugte sich vor und betrachtete die schwarze Schrift auf Jessas Armen. »Das ist sehr gut geworden. Es muss ziemlich teuer gewesen sein. Wie konntest du dir so was leisten?«

»Ich habe ihn mit Sex bezahlt.«

Cally riss erschrocken die Augen auf und Jessa hätte fast laut lachen müssen.

»Sie veralbert Sie, Cally«, sagte Ms Hart sanft.

Jessa blies sich gegen die blauen Haarspitzen. Dann zuckte sie mit den Schultern.

Cally neigte den Kopf zur Seite. »Warum tust du das?«

Tja. Warum?

Jessa wusste es nicht genau. Alles, was sie wusste, war, dass sie wütend darüber war, hier sitzen und dieses dämliche Gespräch führen zu müssen. Eigentlich war sie andauernd wütend. Manchmal fand sie sogar die Vögel im Baum vor ihrem Zimmerfenster scheiße oder einen Löwenzahn, der sich durch den Asphalt der Straße gequetscht hatte. Sie atmete durch, strich zum x-ten Mal über die Schrift auf ihrem Arm. Seit sie vierzehn war, hatte sie kleinere Jobs angenommen und das dabei verdiente Geld gespart, um sich dieses Tattoo leisten zu können. Sie hatte Zeitungen ausgetragen, im Supermarkt Regale eingeräumt und den Hund einer alten Frau aus der Nachbarschaft ausgeführt. Einmal hatte sie sich auch als Babysitterin beworben. Sie mochte kleine Kinder und sehr oft mochten die Kinder auch sie. Aber die meisten Eltern hatten Probleme damit, ihren wohlbehüteten Sprössling einem Punkgirl wie ihr anzuvertrauen. Darum hatte Jessa die Suche nach einem Job als Babysitterin schnell wieder aufgegeben. Sollten die Leute doch denken, was sie wollten. Sie hatte es nicht nötig, dass man sie gut fand.

Cally änderte ihre Strategie. »Man hat mir gesagt, dass du heute Morgen mit einem Streifenwagen hier abgeliefert worden bist. Was hast du angestellt?«

Echt jetzt?

»Du hast geklaut, stimmt es?«, hakte Cally nach.

»Möglich.« Zu Jessas grenzenloser Erleichterung erlosch in diesem Moment das rote Licht an der Telefonanlage. Ms Hart erhob sich und Jessa dachte schon, dass sie nun in das Büro der Heimleiterin geführt werden würde. Aber Cally wurde vorgelassen.

War ja klar!

Als sich das Geräusch der hohen Absätze hinter der Tür verlor, atmete Jessa auf und steckte sich den Kopfhörer wieder ins Ohr. *Bury a friend* war gerade zu Ende und der unheimliche Song begann von vorn. Jessa hatte ihn auf Dauerschleife gestellt. Er lief so lange, bis nach ungefähr einer halben Stunde Cally wieder aus dem Büro kam.

»Du kannst jetzt reingehen«, sagte Ms Hart zu Jessa.

Die zog die Kopfhörer aus den Ohren und stand auf.

Ms Trenton saß hinter ihrem wuchtigen Schreibtisch und blätterte in ein paar Papieren, wie sie es meistens tat, wenn Jessa bei ihr antanzen musste. Das war irgend so eine Masche, die einen kleinmachen sollte. Jessa tat so, als würde sie bei ihr nicht wirken, aber leider wirkte sie sehr wohl.

Fuck!

»Das wievielte Mal war das jetzt in diesem Jahr?«, fragte Ms Trenton noch immer, ohne aufzusehen.

Jessa wusste natürlich genau, wovon sie sprach. Sie schwieg trotzdem.

»Dass die Polizei dich hier abgeliefert hat, meine ich.« Die Heimleiterin hob den Blick und bohrte ihn in Jessas Augen. Sie hatte ein schmales blasses Gesicht, das stets perfekt geschminkt war, und eine breite silberne Strähne in ihrem schwarzen Haar. Als Jessa nicht antwortete, meinte sie: »Nun, dann will ich deinem Gedächtnis auf die Sprünge helfen. Das vierte Mal. Ich an deiner Stelle wäre nicht stolz darauf. Was hast du diesmal angestellt?«

Jessa zerrte an ihrem Hoodie. »Ich habe meinen Körper an einen Tätowierer in Soho verkauft.«

Ms Trenton schnaubte nur. Dann tippte sie auf die Papiere. »Fassen wir mal zusammen: Beim ersten Mal waren es mehrere Tage Herumlungern mit ein paar Punks an St. Pankras. Beim zweiten Mal tätlicher Angriff auf einen Versicherungsangestellten …«

»Der Typ hatte mich angegrapscht!«, rief Jessa aus und wurde sofort wieder wütend, als sie daran dachte. Der Typ hatte seine dreckigen Finger schon fast unter ihrem Shirt gehabt, bevor sie ihn mit einem gezielten Fausthieb auf die Nase hatte stoppen können. Und anschließend hatte *sie* den Ärger gekriegt! Der Kerl war einfach so davongekommen, weil er behauptet hatte, sie würde lügen!

»Wenn man sich als Mädchen mitten in der Nacht in der U-Bahn rumtreibt«, sagte Ms Trenton kühl, »dann darf man sich nicht wundern, Jessa.«

Jessa warf sich gegen die Rückenlehne ihres Stuhls und zerrte erneut an ihrem labberigen Pullover. »Klar«, murmelte sie. »Vermutlich habe ich den Kerl mit meinen aufreizenden Klamotten provoziert.« Tief in ihr wühlte die Wut über das, was die Direktorin gesagt hatte, und darüber, dass man sich als Frau gut überlegen musste, was man anzog, um nicht wie Freiwild behandelt zu werden. Und dass das jeder normal fand.

Ms Trenton reagierte nicht auf ihren Hohn. »Sehen wir mal weiter«, fuhr sie ungerührt fort. »Beim dritten Mal Ladendiebstahl. Ich frage mich immer noch, was ausgerechnet du mit einem rosa Lippenstift wolltest.«

Diesmal schwieg Jessa, weil es ihr zu peinlich war. Sie hatte den Lippenstift in einem Anfall von geistiger Umnachtung mitgehen lassen. Nicht weil sie ihn haben wollte, sondern weil sie das Gefühl gehabt hatte, dieser bescheuerten Mandy Carlton beweisen zu müssen, wie tough sie war. In der Nacht darauf war ihr klar geworden, dass Mandy glaubte, sie hätte es getan, weil sie zu ihrer Mädchenclique dazugehören wollte. Lächerlich! Also hatte sie den Lippenstift am nächsten Tag wieder in den Laden gebracht. Erst dabei war sie erwischt worden und natürlich hatte der Ladendetektiv ihr nicht geglaubt, dass sie das Ding zurückbringen wollte. Sie knirschte mit den Zähnen.

Ms Trenton blätterte um. »Lassen wir mal all die früheren Male weg, in denen du ausgerissen bist und tagelang auf der Straße gelebt hast, ohne dass die Polizei dich aufgegriffen hat.«

Alles in allem zusammen ungefähr ein halbes Jahr, dachte Jessa. Ein halbes Jahr, in dem sie sich bei den obdachlosen Punks gleichzeitig gut aufgehoben und unendlich einsam gefühlt hatte.

»Heute also Roofing? Ist das jetzt deine neueste Methode zu zeigen, wie wenig dir dein Leben wert ist?«

Jessa biss sich auf Innenseite der Wange. »Es fühlt sich einfach gut an«, hörte sie sich sagen. Sie wollte, dass Ms Trenton verstand, dass es eine der wenigen Möglichkeiten war, sich selbst zu spüren. Lebendig zu sein.

Ms Trenton machte sich eine kurze Notiz. »Ich werde einen Termin bei Dr. Clarke für dich machen müssen.«

»Echt jetzt?« Jessa fuhr halb aus dem Stuhl in die Höhe. »Ich brauche keinen Seelenklempner!«

Ms Trenton seufzte schwer. »Jessica, ich weiß, dass du noch immer sehr unter dem Verschwinden deiner Schwester leidest, auch wenn das mittlerweile fünf Jahre her ist.«

Ich leide nicht! Jessa schluckte und ärgerte sich darüber, weil Ms Trenton es natürlich sah und weil ihr Blick plötzlich weich wurde.

»Es war schrecklich für dich, nach dem Unfall deiner Eltern auch noch deine Schwester zu verlieren«, fuhr die Heimleiterin fort. »Und vermutlich ist es im Moment für dich nur noch schwerer.«

»Wieso das?«

»Weil du jetzt genauso alt bist wie Alice damals, als du sie verloren hast.«

Schwachsinn!, schoss es Jessa durch den Kopf. Sie war über all das längst hinweg!

Sie schnaubte. Es sollte höhnisch klingen und überlegen. Aber sie wusste, dass Ms Trenton sie durchschaute. Sie hasste es. Noch mehr allerdings hasste sie, dass schon wieder Bilder über sie hereinbrachen. Bilder von diesem einen Nachmittag im September vor fünf Jahren.

Alice und sie hatten in einem Café an der Coventry Street gesessen …

Jessa freute sich irrsinnig darüber, endlich mal wieder ein paar Stunden mit ihrer Schwester zu verbringen. Seit Alice aufs College ging, um Kunstgeschichte zu studieren, hatte sie nur noch wenig Zeit für Jessa.

Die Kellnerin brachte ein Glas Earl-Grey-Tee und eine heiße Schokolade auf einem kleinen Silbertablett. Sie stellte beides auf den Tisch. Alice nahm den Löffel und drehte ihn unschlüssig in den Händen. »Ich muss was Wichtiges mit dir besprechen«, sagte sie leise.

Schon seit sie sich hingesetzt hatte, war sie Jessa seltsam bedrückt vorgekommen. Jetzt richteten sich in Jessas Nacken die Haare auf. »Was Schlimmes?« War Alice etwa schwer krank? Seit ihre Eltern gestorben waren, fürchtete Jessa nichts mehr, als eines Tages auch noch Alice zu verlieren.

Ihre Schwester sah die Sorge in ihrer Miene und lachte auf. »Nein! Nein, nichts Schlimmes, du Angsthase! Ganz im Gegenteil …« Aber trotz dieser Beteuerung zögerte sie, mit der Sprache rauszurücken. »Dr. Myers – na ja, er hat mir vorgeschlagen, nach Yorkshire zu fahren und ein paar Recherchen anzustellen.«

Mit ihren zwölf Jahren hatte Jessa keine Ahnung gehabt, was Recherchen waren, aber das war auch egal. Dr. Myers war Alice' Professor, das wusste sie. Und noch etwas hatte sie sehr wohl ver-

standen: Alice würde wegfahren! »Für wie lange?«, fragte sie und ihre Stimme klang ein bisschen wie die einer Maus.

In Alice' Gesicht erschien ein schwaches Lächeln. »Nur ein paar Tage. Ich gehe in das Archiv, schaue mir ein paar Briefe von diesem Maler an, über den ich eine Hausarbeit schreiben muss, und dann komme ich auch schon wieder. Du wirst kaum merken, dass ich weg bin!«

»Versprochen?«

»Versprochen!« Ihre Schwester nahm den Teebeutel aus ihrem Glas, drückte ihn aus und legte ihn auf den Unterteller. Jessa starrte auf das Tattoo an Alice' Arm. Whatever our souls are made of ... *Die Haut rings herum war noch immer ein bisschen gerötet. Das Tattoo war erst wenige Tage alt.*

Alice' Worte hatten Jessa noch nicht beruhigt. »Du kommst bestimmt wieder? Du machst dich nicht einfach vom Acker, so wie Mum und Dad?« Ihr schossen Tränen in die Augen beim Gedanken an ihre toten Eltern, und ein bisschen wütend über sich selbst, wischte sie sie weg.

Alice langte über den kleinen Tisch, nahm Jessas Hand und hielt sie ganz fest gedrückt. »Ich komme immer wieder, das weißt du doch!«, behauptete sie ...

Es war eine Lüge gewesen.

Zwei Tage später war Alice nach Yorkshire aufgebrochen.

Und nie wieder zurückgekehrt.

Allein bei der Erinnerung daran loderte es in Jessa so stark, dass ihr beinahe schlecht davon wurde. Um sich nichts anmerken zu lassen, starrte sie auf die Platte von Ms Trentons Schreibtisch, umklammerte ihren linken Arm und grub die Fingernägel tief ins Fleisch.

»Ich habe Alice nicht verloren«, flüsterte sie. »Sie hat mich im Stich gelassen.«

»Ja«, murmelte Ms Trenton. »Ja. Ich weiß, dass du das so sehen musst, um damit wenigstens einigermaßen klarzukommen. Aber ich weiß auch, wie sehr du darunter leidest, Jessa. Das ist der Grund, warum ich dir deine permanenten Grenzüberschreitungen immer wieder durchgehen lasse. Wut ist aber nicht der richtige Weg, um Trauer zu verarbeiten.«

»Das heißt?«, fragte Jessa.

»Das heißt, dass du für deinen Ausflug auf dieses Dach nicht bestraft wirst. Aber um einen Termin bei Dr. Clarke kommst du diesmal nicht herum, meine Liebe!«

»Das *ist* eine Bestrafung!«

»Möglich.« Ms Trenton nickte. »Aber ich mache das nicht nur wegen deines kleinen Ausflugs heute, sondern noch aus einem anderen Grund.« Sie griff nach einem dicken, wattierten Umschlag, der neben ihrer Schreibtischunterlage lag. »Der hier ist heute angekommen.« Sie reichte ihn Jessa.

Und die zuckte unwillkürlich zusammen.

Der Umschlag war an Alice Downton adressiert. Und er kam aus Yorkshire.

Feiner Nieselregen ging über den Mooren von Yorkshire nieder und rann Christopher über Wangen und Genick. Es fühlte sich an, als würden ihn tausend winzige, eiskalte Hände streicheln. Er unterdrückte ein Frösteln und setzte seinen Weg fort. Vorbei an den Gräbern des kleinen Friedhofs, der zu High Moor Grange, dem Landsitz seiner Familie, gehörte. Vorbei an all den Namen auf den uralten Steinen. Von den Menschen, die hier lagen, konnte ihm keiner gefährlich werden und doch schauderte es ihn. Ein paar von ihnen waren geboren worden, nachdem er selbst schon längst in der kalten Erde hätte ruhen sollen.

Bei einem der Gräber blieb er stehen.

Heather.

Geliebte.

Kein Nachname. Kein Geburts- und auch kein Todesdatum.

Mit zusammengebissenen Zähnen trat Christopher dicht vor das Grab hin. Von hier aus konnte man weit über das Moor schauen, das Heather so sehr geliebt hatte. Auch im Regen leuchtete das Violett der blühenden Heide genauso flammend wie an dem Tag, an dem Heather gestorben war.

Christopher seufzte, weil er glaubte, das Moor nach ihm rufen zu hören. *Komm zu mir! Wehr dich nicht länger …*

Leise Schritte ertönten hinter ihm. Er drehte sich nicht um. Er wusste auch so, dass es sein Bruder Adrian war, der zu ihm trat. Adrian, ganz in Grau gekleidet und mit einer Kapuze, die er tief ins Gesicht gezogen hatte, um die Welt vor seinem Anblick zu schützen.

»Hast du keine Angst, dass du bei dem Wetter Sonnenbrand kriegst?«, fragte Christopher betont leichthin.

Adrian schnaufte. »Ist heute wieder so ein Tag?« Seine Stimme war das Rascheln uralter Papierseiten. Die Ruhe, mit der er sprach, fühlte sich an wie eine Nadelspitze, die an Christophers Nerven entlangfuhr. Er selbst hatte ständig das Gefühl, schreien zu müssen.

Er wandte den Kopf und warf seinem Bruder einen Blick zu. »Ich habe keine Ahnung, wovon du sprichst.«

»Ich rede von deiner Spottlust, Christopher.«

»Das ist keine Spottlust. Es ist reiner, wohltuender Zynismus.«

»Du fühlst dich wirklich besser, wenn du spottest, oder?«

Nein!, dachte Christopher automatisch. Doch laut sagte er: »Zynismus bedeutet, die Dinge so zu betrachten, wie sie sind, und nicht, wie sie sein sollten.«

»Oscar Wilde zu zitieren, macht es nicht besser!«, rügte Adrian.

»Stimmt, aber immerhin lässt es einen tragisch wirken.« Jetzt drehte Christopher sich um. Der Regen hatte auch Adrian durchnässt. Wie Christopher vermutet hatte, war das Gesicht seines Bruders unter der Kapuze verborgen. Adrian vermied es so gut es ging, ihm seinen Anblick zuzumuten. Christopher wusste, dass er ihn damit schützen wollte, und manchmal rührte ihn die Sinnlosigkeit dieser kleinen Geste. *Du musst das nicht tun,* wollte er sagen. Aber Adrian wusste, dass er das dachte. Es war nicht nötig, es auszusprechen.

»Du siehst erschöpft aus«, sagte Adrian.

»Ich sehe erschöpft aus?« Christopher stieß ein trockenes Lachen aus. *Hör auf, dir Sorgen um mich zu machen!* Auch das sprach er nicht aus. Stattdessen meinte er: »Aus deinem Mund klingt das wie ein schlechter Witz.«

»Ich dachte mir, ich übernehme zur Abwechslung mal deine Rolle.«

Es steckte so vieles in diesem einen Satz, dass Christopher die Zähne zusammenbeißen musste, um all die Emotionen – den Schmerz, die Schuldgefühle, den Selbsthass – auszuhalten.

»Tut mir leid«, murmelte Adrian. »Du weißt, wie ich das gemeint habe. Aber ich durchschaue dich, Bruderherz. Das vergisst du immer wieder. Ich weiß, dass kein Spott und keine noch so geistreiche Bemerkung von dir diesen Schmerz in dir lindern können.«

»Du unterschätzt meine Kreativität.«

Diesmal schnaubte Adrian nur.

Minutenlang schwiegen sie, starrten gemeinsam auf den Grabstein.

»Fünf Jahre ist es jetzt her, dass Alice ...« In Adrians Stimme krächzte das lange Schweigen. »In letzter Zeit frage ich mich immer häufiger, was passiert, wenn wieder ein Mädchen hier auftaucht.« Er räusperte sich, rieb seine Stirn.

Christopher lauschte seinem Herzen, jeder einzelne Schlag war ein trotziger Kampf gegen die Verzweiflung und am liebsten hätte er irgendwas getan, damit es endlich aufhörte.

»Ich habe Angst«, flüsterte Adrian. »Angst, dass ich es nicht mehr ertragen kann, wenn es noch mal passiert.«

Es.

Das winzige Wort ließ Erinnerungen in Christopher aufflackern. Erinnerungen an sein Blut an Adrians Händen. An Zorn. Und Schmerz. Aber auch an tiefe Reue und unendliche Verzweiflung.

Er rang sie nieder.

Adrian hob den Blick in sein Gesicht.

Christopher hielt ihm stand, auch wenn das Grauen in den Augen seines Bruders ihm das Herz gefrieren ließ. Langsam streckte er die Hand aus. »Gib sie mir!«

Adrian reagierte nicht.

»Gib sie mir!«, verlangte Christopher erneut, eindringlicher diesmal. Und nachdem die halbe Ewigkeit in atemlosem Ringen verstrichen war, griff Adrian hinten an seinen Gürtel. Als er die Hand ausstreckte, lag ein altmodischer Revolver darin, der sich seit über hundert Jahren im Familienbesitz befand.

Christopher schluckte hart. Er wartete, dass Adrian ihm die Waffe gab. Das tat sein Bruder auch, doch er ließ sie nicht los, sondern drehte Christophers Hand so, dass der Lauf genau auf seine eigene Brust zeigte.

Christophers Herz hörte auf zu schlagen. »Ist die geladen?«, flüsterte er.

»Finde es raus.«

Eine Sekunde verstrich. Eine weitere.

»Je länger ich darüber nachdenke«, flüsterte Adrian, »umso klüger kommt es mir vor, dass du mir damals diesen Schwur abgerungen hast.«

Die Welt ringsherum wurde fahl. Christopher zwang sich, nicht zu blinzeln. Wenn er jetzt nicht stark war für Adrian, das spürte er deutlich, würde sein Bruder den Schritt in den Abgrund machen und ihn mitreißen. Und was noch viel schlimmer war: Er würde ihm mit Freuden folgen.

»Dieser Schwur war eine idiotische Idee«, sagte er mit einer Stimme, die aus einem Grab zu kommen schien. »Und das habe ich dir seitdem auch schon hundertmal gesagt.«

»War es nicht.« Sanft schüttelte Adrian den Kopf. »Lass es uns tun, Christopher! Lass es uns beenden, bevor wir einem weiteren Mädchen das antun, was wir Alice angetan haben.«

»Nein!« Die Waffe war eiskalt in Christophers Hand. »Lass den Revolver los!«, befahl er.

Der Rest der Ewigkeit verging, bevor Adrian endlich gehorchte. Erleichtert kontrollierte Christopher, ob die Waffe gesichert war. Sie war es. Nachzusehen, ob sie auch geladen war, dazu fehlte ihm die Kraft. Er steckte den Revolver hinten in seinen Hosenbund. »Darum rette ich mich in Humor, Adrian«, krächzte er. »Weil einer von uns beiden den Kopf über Wasser halten muss.«

Adrian senkte den Kopf, aber ohne dabei den Blick von Christopher zu nehmen. Sein Anblick bekam etwas Reuevolles dadurch. Er wusste, wie sehr er Christopher mit seinem Verhalten schockiert hatte, und es beschämte ihn.

Christopher spürte das Gewicht der Waffe an seinem Rücken. Ihm war schlecht.

»Weißt du, wovor ich noch mehr Angst habe?«, fragte Adrian. »Davor, dass *du* es irgendwann nicht mehr erträgst, Christopher!«

»Dazu gibt es keinen Grund. Du weißt schließlich, wie tough ich bin.«

Mit einem Ruck wandte Adrian sich ab und starrte auf das Moor hinaus. »Komm wieder rein!«, meinte er irgendwann. »Ruh dich aus. Du siehst wirklich erschöpft aus.«

Dann ging er.

Mit brennenden Augen starrte Christopher ihm nach.

»Verdammt, Adrian!«, schrie er.

Als Jessa die Hand nach dem Umschlag ausstreckte, taumelte eine Erinnerung durch ihren Kopf. Sie sah sich auf dem Bahnsteig von King's Cross stehen, über sich das geschwungene Glasdach, auf das feiner Londoner Regen niederfiel …

Der Zug, mit dem Alice aus Yorkshire hätte zurückkehren sollen, kam an. Menschen stiegen aus.

Aber keine Alice.

Jessa nahm das Handy heraus. Tippte:

Wo bist du???

Das kleine Häkchen neben der Nachricht blieb beharrlich grau und zeigte an, dass die Nachricht Alice nicht erreicht hatte. Genau wie die vorherige.

Und die davor.

Und die davor …

Die Erinnerung riss ab. Jessa wurde bewusst, dass sie schon eine ganze Weile regungslos mit diesem Umschlag in der Hand dasaß.

»Willst du ihn nicht aufmachen?«, fragte Ms Trenton.

Vor nichts auf der Welt hätte sie mehr Angst haben können.

Betont lässig betrachtete Jessa den Brief von allen Seiten. Es war ein ganz normaler Umschlag: braun, gepolstert und mit einem breiten, ebenfalls braunen Klebestreifen verschlossen. Alice' Name und die Anschrift von *Children's Retreat* darauf waren mit verschnörkelter Handschrift geschrieben, vermutlich von einer Frau. Der Absender hingegen war gestempelt: eine Bibliothek in Haworth, Yorkshire.

»Jessa?«, erkundigte sich Ms Trenton behutsam und Jessa begriff, dass schon wieder eine ganze Weile vergangen war. Sie fasste sich ein Herz, schob einen Finger unter die Lasche und riss den Umschlag auf. Ein Buch rutschte ihr entgegen. Sie erkannte es sofort. Es war eine zerlesene Taschenbuchausgabe von Emily Brontës *Sturmhöhe.* Sie starrte auf das hellgrüne Cover, auf dem ein Gemälde mit drei Frauen abgebildet war, dann schlug sie das Buch auf. *Alice Downton* stand in der so vertrauten, verschnörkelten Schrift ihrer Schwester und in türkisfarbener Tinte auf der ersten Seite. Darunter die Adresse von *Children's Retreat.* Die Wörter verschwammen, weil ihr Tränen in die Augen schossen. Sie drängte sie mit aller Macht zurück. Es war Alice' Buch!

Alice!

Schickte sie ihr eine Nachricht?

Jessa starrte das Buch an, dann bemerkte sie das Blatt, das zwischen den Seiten steckte. Ihre Hände zitterten, als sie es auseinanderfaltete. Es standen nur wenige, mit einer altmodischen Schreibmaschine geschriebene Zeilen darauf:

Sehr geehrte Damen und Herren,

dieses Buch wurde in einem der Regale unserer Bibliothek gefunden und wir vermuten, dass die junge Dame namens Alice Downton, deren Name vorn im Umschlag verzeichnet ist, es gern wiederhätte. Aus diesem Grund erlauben wir uns, es an Ihre

Adresse zu schicken, in der Hoffnung, dass Sie es weiterleiten können.

Mit freundlichen Grüßen,

Clarice Galloway. Bibliothekarin

Enttäuschung flutete Jessas Körper, so heftig, dass sie spürte, wie sie zu schwanken begann. Der Brief war nicht von Alice. Aus den Worten ging sogar ziemlich deutlich hervor, dass die Schreiberin Alice nicht einmal gekannt hatte.

Jessa las den Brief noch einmal, suchte darin nach Hinweisen, was mit Alice geschehen sein könnte. Aber da war nichts bis auf die Tatsache, dass Alice in Haworth gewesen war. Und das wusste Jessa längst.

Niedergeschlagen las sie den Brief ein drittes Mal, bevor sie ihn Ms Trenton gab. Die überflog die Zeilen. »Ach, Kind«, seufzte sie dann und reichte ihr den Brief zurück.

Jessa fühlte sich, als würde sie auf einer schiefen Ebene ins Rutschen kommen und die Heimleiterin, der einzige Mensch, der sie sonst immer festgehalten hatte, konnte diesmal nichts dagegen tun.

»Dr. Clarke wird mit dir darüber sprechen wollen.«

Mit mechanischen Bewegungen faltete Jessa das Blatt zusammen. »Klar.«

»Ich rufe ihn sofort an und kläre, dass du einen schnellen Termin bekommst.«

»Gut.«

Die Hand schon am Telefon, musterte Ms Trenton Jessa eindringlich. »Kann ich davon ausgehen, dass du keine Dummheiten machen wirst?«

Jessa nickte.

»Versprich es mir, Jessa!«

Sie versprach es. »Darf ich gehen?«

Ms Trenton sah nicht glücklich aus. »Natürlich.«

Jessa schob Buch und Brief zurück in den Umschlag. Sie war schon an der Tür, als die Heimleiterin sie noch einmal aufhielt: »Jessica?«

»Ja?«

»Wir alle hier helfen dir mit dieser Sache, das weißt du, oder?«

Jessa nickte. »Logisch«, sagte sie.

Sie ging mit dem Umschlag auf das Zimmer, das sie sich mit einem anderen Mädchen teilen musste. Ginny war zum Glück nicht da, aber ihr Parfüm hing in der Luft. Ginnys Bett lag so voll mit Klamotten, Schmuck und Modezeitschriften, dass der Kram sich auf den Boden ergoss und kurz davor war, in Jessas Teil des Zimmers überzuschwappen. Mit dem Fuß schob Jessa die Sachen zurück über die imaginäre Grenze, die den Raum genau in der Mitte teilte.

Ihr eigenes Bett war ungemacht. Jessa warf sich darauf. Sie nahm den Umschlag und betrachtete die gestempelte Absendeadresse darauf. *Öffentliche Bibliothek Haworth.*

Irgendwie passte es zu Alice, dachte sie, dass man ihr Buch in einer öffentlichen Bibliothek gefunden hatte. Zusammen waren sie oft in der Bibliothek gewesen ... Ein seltsam spitzes Gefühl drang durch das Lodern in Jessas Innerstem, als eine Erinnerung an den Sommer direkt nach dem Tod ihrer Eltern in ihr aufflackerte ...

»Und das hier, das aussieht wie eine Schlange? Was ist das für ein Buchstabe?«, fragte sie. Sie hockte auf ihrem Bett, hatte den Kopf tief über ein Buch mit lustigen Geschichten gebeugt, die sie sich nur mühsam zusammenbuchstabieren konnte.

Alice hob den Blick von ihrem eigenen Buch und schaute auf

Jessas aufgeschlagene Seite. »Das ist ein S«, erklärte sie. »S. Wie in Seele.«

Jessa sagte es nach. »Seele. Was ist eine Seele?« Gespannt sah sie ihre Schwester an. Alice saß neben ihr, mit dem Rücken gegen die Wand gelehnt. Sie las natürlich kein Baby-Bilderbuch mehr wie Jessa, die das Lesen ja erst noch lernen musste, sondern irgendeinen spannenden Roman.

»Eine Seele.« Alice beugte sich vor und tippte Jessa erst gegen den Arm, dann gegen die Stirn. »Du hast einen Körper und einen Verstand. Manche Menschen glauben, dass es außerdem noch etwas gibt, das uns ausmacht. Sie nennen das die Seele. Sie glauben, dass man die braucht, damit man jemanden liebhaben kann.«

»So wie du mich?«

»So wie ich dich.«

Jessa legte den Kopf schief. »Dann musst du eine ganz starke Seele haben!«

Alice lachte. »Warum das denn?«

»Na, weil du mich doch so doll lieb hast.«

Da wurde Alice' Gesichtsausdruck ganz weich. »Du bist ganz schön klug, weißt du das?«

Mit dieser wehmütigen Erinnerung im Herzen kehrte Jessa aus der Vergangenheit in die Gegenwart zurück. Sie wusste noch genau, wie sehr sie sich damals über Alice' Kompliment gefreut hatte. Um den Schmerz zu unterdrücken, den die Erinnerung mit sich brachte, begann sie, das Buch sorgfältig durchzublättern. Alice hatte darin unzählige Spuren hinterlassen: Unterstreichungen, kurze Bemerkungen am Rand und kleine Zeichnungen von windzerzausten Bäumen und Häusern auf den freien Seiten zwischen den Kapiteln. Jessa suchte nach der Seite, auf der das Zitat stand, das sie und Alice sich beide auf die Unterarme hatten tätowieren lassen. Als sie sie gefunden hatte, las sie leise murmelnd: *»He's more myself than I am. Whatever our souls are made of, his and mine are the same.«*

Ihr schossen Tränen in die Augen und wütend warf sie das Buch auf die Bettdecke. Alice hatte sie im Stich gelassen. Warum also heulte sie jetzt hier rum, nur weil ihr irgend so eine dumme Bibliothekarin Alice' Buch geschickt hatte?

Sie hatte gerade das dämliche Geflenne in den Griff bekommen, als die Zimmertür aufflog und Ginny hereinkam.

»Hey! Ich wusste gar nicht, dass du da bist.« Ihre Zimmernachbarin starrte ihr ins Gesicht. »Oh. Wieder mal Weltschmerz?«

Jessa schüttelte den Kopf. »Quatsch!«

»Klar. Ist nur dein übliches Gute-Laune-Gesicht.« Ginny ließ ihren Blick über das Chaos in ihrer Zimmerhälfte schweifen. »Rutsch rüber!«, befahl sie dann und noch während Jessa überlegte, ob sie es tun sollte, quetschte Ginny sich schon neben sie.

»He!«, beschwerte Jessa sich, rückte aber ein Stück zur Seite.

Ginny deutete auf das Buch und den Briefumschlag. »Was ist das?« Bevor Jessa es verhindern konnte, hatte sie das Buch schon an sich gerissen.

»Hast du sie noch alle?«, protestierte Jessa. Sie grapschte nach dem Buch, aber vergeblich.

»Olle Kamellen!«, sagte Ginny. Sie sah so enttäuscht aus, dass es Jessa fast schon wieder ärgerte, und beinahe hätte sie verraten, dass das Buch Alice gehört hatte. Doch dann biss sie sich auf die Zunge. Seit Alice sie im Stich gelassen hatte, fuhr sie am besten damit, die Dinge mit sich allein auszumachen. Sie nahm Ginny das Buch wieder weg. »Hast du nicht irgendwas vor?«, fragte sie nicht gerade subtil.

Ginny lachte nur. »Statt hier mit dir zu hocken und Trübsal

zu blasen? Und ob!« Sie sprang wieder auf die Füße und begann, ein paar Sachen zusammenzusuchen. »Ethan, Toby und ich wollen ins Kino und ich bin spät dran.«

Jessa sah zu, wie sie ihre Schreibtischschubladen durchwühlte und dabei leise vor sich hin fluchte. »Die blöden Mistdinger müssen doch hier irgendwo sein ...«

»Bett«, sagte Jessa, die wusste, dass Ginny nach ihren In-Ear-Kopfhörern suchte, und die weißen Kabel unter einem ganzen Haufen Klamotten hervorlugen sah. »Südlich von Blümchenkleid und rosa Strickjacke.«

Ginny wandte sich um. »Ah! Danke!« Sie stopfte die Kopfhörer zu den anderen Dingen in ihre Tasche, dann verabschiedete sie sich. An der Tür blieb sie allerdings noch einmal stehen. »Wie hältst du es nur mit mir aus?«, fragte sie mit einem Blick auf ihr Chaos.

Jessa zuckte gleichmütig mit den Schultern.

»Ich meine: Du hast mit keinem hier länger als ein halbes Jahr zusammen in einem Zimmer gewohnt. Wir beide sind jetzt schon wie lange zusammen?«

»Acht Monate«, sagte Jessa. »Und eine Woche.«

Ginny lachte auf. »Die Tage weißt du bestimmt auch noch?«

Vier, dachte Jessa, doch sie schüttelte den Kopf. Ginny mit ihrer fürchterlichen Unordnung, ihrer lockeren Art und ihrer liebenswerten Unbekümmertheit fing an, ihr ans Herz zu wachsen. Das bedeutete, es wurde wirklich bald Zeit, dass sie Ms Trenton bat, ihr eine andere Zimmernachbarin zu geben.

»Na dann, bis später«, meinte Ginny.

Gleich darauf war sie verschwunden. Jessa nahm sich *Sturmhöhe* erneut vor. Sorgsam blätterte sie es noch einmal von vorn bis hinten durch auf der Suche nach Hinweisen von Alice. Ihre Schwester hatte früher manchmal zwischen den Seiten ihrer

Bücher kleine Zettel versteckt. Es war eine Art Spiel zwischen ihnen gewesen. Die Zettel enthielten dann irgendwelche Zitate oder kleine Geschichten, die Jessa zum Schmunzeln brachten. Manchmal hatte Alice auch einfach nur *Ich hab dich ganz doll lieb!* draufgeschrieben.

Dieses Buch hier enthielt allerdings keine solche Nachricht.

Erfüllt von Enttäuschung verbrachte Jessa den Rest des Tages damit, *Sturmhöhe* zu lesen, auch wenn sie es unerträglich fand, wie grausam und zerstörerisch die Figuren sich benahmen. Was hatte Alice nur an dieser düsteren Geschichte gefunden? Nach hundert Seiten klappte Jessa das Buch frustriert zu und starrte gedankenverloren gegen die Wand.

Sie lief über moorige Hügel. Sie spürte den Wind auf ihren Wangen und durch ihre viel zu dünne Kleidung. Ein fast voller Mond stand am Himmel, Wolkenfetzen eilten dahin wie Schafe, die von Wölfen gejagt wurden. Bei jedem Hügel, den sie bestieg, hoffte sie, dahinter Alice zu finden. Aber Alice war nicht da. Obwohl Jessa die ganze Zeit das Gefühl hatte, dass sie sich ganz in der Nähe befand.

Sie erklomm einen besonders hohen Hügel und blieb auf dem Gipfel stehen. Ein hochherrschaftliches Haus thronte über dem Moor. Es sah alt aus. Jessa sah bodentiefe Sprossenfenster und eine elegant geschwungene Freitreppe. Zwei mächtige Seitenflügel wurden von einer Menge Schornsteinen und Zinnen gekrönt und ein massiger Turm erhob sich über dem Ganzen wie ein mahnender Zeigefinger. Eine unbestimmte Einsamkeit strömte von dem Anwesen aus. Jessas Herz wurde schwer.

Mit einem Keuchen wachte sie auf.

Ihre Gedanken fühlten sich an wie ängstliche Tiere, die mal

hierhin, mal dorthin jagten, sodass sie immer nur kurz einen von ihnen zu fassen bekam. Sie schloss die Augen und versuchte, sich dieses Herrenhaus zurück ins Gedächtnis zu rufen. Es hatte sich irgendwie angefühlt, als würde es tatsächlich existieren. Als würde ihre Schwester sich dort aufhalten und nach ihr rufen.

Sie zog Alice' Buch unter der Bettdecke hervor. Im Licht einer Straßenlaterne, das als langer, schmaler Streifen ins Zimmer fiel, sah das Cover grau aus. Sie blätterte zur Seite 27, auf der Alice mit schnellen Strichen ein Gebäude skizziert hatte: ein Herrenhaus auf einem Hügel. Ein Haus mit zwei Seitenflügeln, einem Turm und hohen Fenstern. Nur dass das Haus auf Alice' Skizze im Gegensatz zu dem in Jessas Traum halb verfallen aussah.

Jessa setzte sich aufrecht hin.

Was, wenn dieses Buch ein Zeichen war? Ein Zeichen dafür, dass sie sich selbst aufmachen und nach ihrer Schwester suchen sollte? Dieses Haus, von dem sie geträumt hatte ... was, wenn Alice gar nicht tot war? Wenn sie noch lebte und nicht von dort wegkonnte?

Die Wut, die Jessa die letzten Jahre so sorgfältig geschürt hatte, war plötzlich weniger stark, weil da auf einmal noch etwas anderes war.

Hoffnung.

Jessa warf einen Blick auf ihr Handy. Es war erst halb zwei in der Nacht, aber sie würde jetzt auf keinen Fall mehr schlafen können, also schwang sie die Beine aus dem Bett. Leise schlüpfte sie in Jeans und Hoodie und schlich aus dem Zimmer.

Den Zettel an der Tür vom Computerraum, auf den irgendeine Erzieherin *Benutzung nach 22 Uhr strengstens verboten!* geschrieben hatte, ignorierte sie. Stattdessen atmete sie durch, dann schob sie die Tür einen Spaltbreit auf und schlüpfte in den Raum. Das einzige Fenster ging auf einen Garten hinaus und es gab keine Straßenlaternen, die für ein bisschen Licht sorgten. Da Jessa es nicht wagte, die Deckenbeleuchtung anzuknipsen, musste sie ihre Handylampe benutzen. Deren Schein riss ein paar reichlich altmodische Computer aus der Finsternis, mit denen die Kids von *Children's Retreat* tagsüber Hausaufgaben machen oder auch im Internet surfen durften. Jessa legte Alice' Buch neben die Tastatur von einem, dann schaltete sie den Rechner an, wartete, bis er hochgefahren war und der Monitor anfing zu leuchten. Mit einem schnellen Blick in Richtung Fenster kalkulierte sie das Risiko, entdeckt zu werden.

Eher unwahrscheinlich.

Sie startete den Browser und googelte als Erstes die Bibliothek, deren Namen auf den Umschlag gestempelt war. Sie befand sich in einem der typischen Yorkshire-Häuser und Jessa konnte sich gut vorstellen, wie es darin aussah: enge Gänge und kleine Zimmer, allesamt vollgestellt mit Metallregalen, in denen alte und völlig zerlesene Bücher standen. Fast glaubte sie auch, den Bibliotheksgeruch riechen zu können, den sie so liebte. Die Website selbst war nicht besonders aussagekräftig, aber immerhin gab es eine Telefonnummer. Weil sie darunter um diese nachtschlafende Zeit natürlich niemanden erreicht hätte, speicherte Jessa die Nummer in ihrem Handy ab. Dann gab sie *Haworth* und *Yorkshire* in die Suchmaschine ein.

Nur oberflächlich überflog sie den Wikipedia-Eintrag über die kleine Stadt und konzentrierte sich dann lieber auf die offiziellen Websites. Die Schwestern Brontë – Charlotte, Emily und Anne –, die im 19. Jahrhundert gelebt und Romane und Gedichte geschrieben hatten, waren offenbar die berühmtesten Einwohnerinnen der Stadt gewesen. Jessa stieß nahezu überall auf sie: Es gab eine Brontë-Society, die ein Brontë-Museum unterhielt, ein Brontë-Hotel, Läden, die Charlotte's hießen oder Emily's ...

Bei einem Bild blieb Jessa schließlich hängen.

Es war das, was auch auf dem Cover von Alice' Buch abgedruckt war. Jessa las den kurzen Text darunter und erfuhr, dass der Bruder der drei Schwestern, ein Mann namens Branwell Brontë, es gemalt hatte. Branwell Brontë. An den Namen erinnerte Jessa sich. Es war der Maler, über den Alice geforscht hatte. Sie betrachtete die Gesichter der Frauen und dann die nebelartig verschwommene Stelle, wo offenbar ursprünglich mal eine vierte Person gewesen war. Laut Wikipedia hatte sich an dieser Stelle Branwell selbst befunden und er hatte sich irgendwann später übermalt, weil er sich nicht gut getroffen gefunden hatte.

Nachdenklich kaute Jessa auf der Unterlippe herum.

Was nun? Anders als eben in der Dunkelheit ihres Zimmers kam ihr der Gedanke, dass Alice noch irgendwo dort oben in Yorkshire war und sie nach ihr suchen musste, plötzlich albern vor. Die Polizei war sich schließlich sicher, dass Alice tot war. Sie war leichtsinnigerweise bei Nebel ins Moor gegangen und nicht wiedergekommen.

Trotzdem ging Jessa das Haus aus ihrem Traum nicht aus dem Kopf. Und dieses unbestimmte Gefühl, dass Alice dort auf sie wartete. Mehr oder weniger ziellos klickte sie auf die Bilderanzeige ihrer Suche. Dutzende von Haworth-Fotos erschienen: kleine Gässchen mit Touristenläden, die Krimskrams verkauften, Fotos des Moores im Sommer und im Winter, Fotos eines verfallenen Bauernhauses namens Top Withens ...

Das Foto einer anderen Ruine fiel ihr ins Auge – die Überreste eines Herrenhauses mit zwei Flügeln, deren Dächer eingestürzt und deren Fenster ausnahmslos zerborsten waren. Mit einem Anflug von Spannung klickte Jessa darauf.

High Moor Grange, so hieß das Herrenhaus. Es gehörte einer uralten Adelsfamilie namens Addingham und war nicht öffentlich zugänglich. Unter dem Foto der Ruine befand sich ein Kupferstich aus dem 19. Jahrhundert, der zeigte, wie das Haus damals ausgesehen hatte.

Es war alles da: der Turm, die beiden Seitenflügel mit ihren steilen Dächern, auf denen kleine Zinnen wie Zähne am Himmel nagten. Die mannshohen Fenster hatten Sprossen. Die Freitreppe, die zum Haupteingang führte und jetzt verfallen wirkte, war damals kühn geschwungen gewesen.

Jessa schaute Alice' Skizze an, aber im fahlen Flackerlicht des alten Monitors konnte sie so gut wie gar nichts erkennen. Darum ging sie das Risiko ein und schaltete die Schreibtischlampe an, um sich das Bild noch einmal genauer ansehen zu können.

Und da war es.

Im Schreibtischlampenlicht erkannte Jessa weitere Linien, die sie im funzeligen Schein ihrer Nachttischlampe nicht gesehen hatte. Sie hielt das Buch schräg, sodass sie in einem anderen Winkel auf die Skizze schauen konnte. Alice hatte das Herrenhaus zuerst vollständig gemalt, inklusive Schornsteinen und Zinnen und Turm. Und dann schien sie alles, was heute nicht mehr existierte, wieder ausradiert zu haben. Nur ganz fein konnte Jessa die gelöschten Teile erkennen.

Nachdenklich zog sie die Lippe zwischen die Zähne.

Offenbar hatte ihr Unterbewusstsein die fast unsichtbaren Teile der Zeichnung trotzdem wahrgenommen und darum hatte sie dieses Gebäude in seiner ganzen Pracht vorhin in ihrem Traum gesehen. An der ganzen Sache war nicht das Geringste geheimnisvoll oder gab Anlass zur Hoffnung.

Sie hatte sich was vorgemacht.

Besser, sie ging wieder schlafen.

2

Mit einem altersschwach klingenden Jaulen, das sogar über die Stimme von Billie Eilish in Jessas Kopfhörern zu hören war, quälte sich der Überlandbus die schmale Landstraße entlang. Hinauf ins Moor von Yorkshire, das hinter einer dichten Wand aus grauem Nebel nur zu erahnen war. Ab und an, wenn dieser Nebel sich ein wenig lichtete, schälten sich Umrisse hervor. Eine niedrige Steinmauer. Ein einsames, verfallenes Gebäude. Einzelne Bäume, deren Äste aussahen wie Hände, die nach einem griffen.

Jessas Blick verfing sich in dem konturlosen Grau. Der Bus nahm eine Kurve. Kurz glitten seine Scheinwerfer über das Hochmoor links von ihnen und die Nebelschwaden wirkten wie Geister, deren Körper vom Wind in Fetzen gerissen worden waren.

Jessa schauderte.

Eine Woche war es jetzt her, dass Ms Trenton ihr den Umschlag mit Alice' Buch gegeben hatte, und Jessa war in dieser Woche immer unruhiger und kribbeliger geworden. Jede Nacht hatte sie von diesem Herrenhaus geträumt und jede Nacht war das Gefühl, dass sie Alice dort suchen musste, stärker geworden. Schließlich hatte sie es nicht mehr ausgehalten. Sie hatte ihr Sparkonto geplündert und sich eine Zugfahrkarte nach Leeds gekauft, wo sie in den Bus in Richtung Haworth umgestiegen war. Dort angekommen, hatte sie versucht, Clarice Galloway aufzusuchen, aber die Bibliothek, in der die Frau arbeitete, hatte geschlossen. Also hatte Jessa dem Impuls nachgegeben und sich auf den Weg nach High Moor Grange gemacht. Sie war in den Überlandbus von Haworth nach Laneshawbridge gestiegen.

Und hier war sie nun. Auf dem Weg zu einem verfallenen Kasten mitten im Moor. Allein aufgrund eines zerfledderten, alten Buches in ihrem Rucksack und dem vagen Gefühl aus einem jede Nacht wiederkehrenden Traum. Dumm eigentlich und trotzdem fühlte sie sich gerade ganz ähnlich wie beim Roofing auf einem Hochhaus an der Dachkante: ein bisschen ängstlich, ein bisschen euphorisch. Und fast so, als wäre sie endlich wieder lebendig.

Mit einem schwachen Lächeln auf den Lippen hörte sie zu, wie Billie Eilish davon sang, dass alle guten Mädchen in die Hölle kamen. Auf der rechten Seite des Busses rückten die Berge näher an die Straße heran und Jessa betrachtete die im Nebel nur undeutlich erkennbaren Hänge.

Eine Frau auf dem Sitz auf der anderen Seite des Ganges war ebenfalls in Haworth eingestiegen. Sie hatte ihr schon die ganze Fahrt über seltsam neugierige Blicke zugeworfen und als sich jetzt ihre Augen begegneten, sagte sie etwas, das Jessa wegen der Kopfhörer nicht verstehen konnte.

Die Frau wiederholte ihre Frage und zwang Jessa damit, einen der Stöpsel aus ihren Ohren zu ziehen.

»Wie bitte?«

»Das stammt aus *Sturmhöhe,* oder?«, fragte die Frau ein drittes Mal. Diesmal deutete sie auf das Tattoo an Jessas rechtem Arm, das zur Hälfte sichtbar war, weil sie den Ärmel hochgeschoben hatte.

Jessa betrachtete die in ihre Haut eintätowierten Worte und nickte.

»Ein wunderbares Buch«, behauptete die Frau.

Ja, dachte Jessa. *Du siehst genau so aus, als würdest du diesen Schinken mögen.* Sie zwang sich zu einem unverbindlichen Lächeln und steckte den Kopfhörer wieder ins Ohr.

Die Frau sah enttäuscht aus. Vermutlich hatte sie auf ein nettes, kleines Gespräch über romantische Literatur gehofft und keine Ahnung davon, was sie mit ihrer harmlos gemeinten Frage an Erinnerungen angestoßen hatte.

Denn wieder einmal glitten Jessas Gedanken in die Vergangenheit davon, diesmal zu dem Tag, an dem Alice das Zitat in Schönschrift auf ein weißes Blatt Papier geschrieben hatte – als Vorlage für den Tätowierer. Jessa hatte sie dabei beobachtet, und ihr war ein Fehler aufgefallen ...

»Du hast geschrieben yours *and mine are the same. Im Buch steht aber* his *and mine.«*

Alice legte den Füllfederhalter weg und lächelte. »Stimmt.«

»Warum schreibst du es nicht richtig auf?«

»Weil es nicht um einen Jungen geht«, sagte Alice. »Ich will diesen Spruch nicht wegen einem Jungen auf der Haut haben.«

»Warum dann?«, erkundigte Jessa sich.

»Deinetwegen.« Alice wuschelte ihr durch die Haare. »Damit ich dich nie vergesse.«

»Du kannst mich nicht vergessen. Wir sind ja immer zusammen.«

Da lachte Alice. »Stimmt auch wieder! Weißt du, was? Ich habe nachgedacht.«

»Worüber denn?«

»Erinnerst du dich noch dran, wie ich dir das Lesen beigebracht habe?«

»Klar.«

»Und daran, wie wir darüber geredet haben, dass Menschen eine Seele haben, damit sie lieben können?«

Auch daran erinnerte Jessa sich. Sie sah ihre Schwester aufmerksam an. In letzter Zeit war Alice ziemlich nachdenklich, fand sie.

Alice tippte auf das Zitat. »Vielleicht stimmt das gar nicht. Vielleicht haben wir beide gar keine eigene Seele.« Sie sah Jessa in die Augen. Ihre eigenen glitzerten ganz sonderbar dabei. »Ich meine, vielleicht haben wir beide uns so lieb, weil wir nur eine Seele haben. Darum müssen wir immer zusammenbleiben! Damit unsere Seele ganz sein kann …«

Der Bus fuhr durch eine Kurve und das Ruckeln holte Jessa in die Gegenwart zurück. Links von ihnen war jetzt ein lang gezogenes Gewässer aufgetaucht.

Der Bus hielt am Ende des Gewässers. »Watersheddles Reservoir«, sagte der Busfahrer an.

Jessa stand auf. Hier musste sie aussteigen.

»Sind Sie wirklich sicher, dass Sie bei dem Wetter da rauswollen?«, fragte die Frau neben ihr.

»Ganz sicher«, hörte Jessa sich sagen. Sie war bestimmt nicht den ganzen langen Weg von London bis hierher gefahren, um jetzt, so kurz vor ihrem Ziel, den Schwanz einzuziehen, nur weil es ein bisschen nebelig war.

Der Blick durch die Sprossenfenster von Christophers Zimmer ging auf das Moor hinaus, aber bei dem Nebel war heute nicht viel davon zu sehen. Die kalten grauen Schwaden zogen vor der Scheibe vorbei, berührten sie mit klammen Fingern, als wollten sie durch das Glas hindurch nach Christopher greifen.

Er trat einen Schritt zurück und kämpfte gegen all die furchtbaren Erinnerungen, die ihn immer quälten, wenn es neblig war. Vergeblich.

Ein Gedanke ließ sich einfach nicht vertreiben.

Wie so oft, wenn ... es ... geschah, war es nebelig gewesen ...

»Hey!« Adrians Stimme war leise, aber sie durchschnitt die Kette aus schnell aufeinanderfolgenden Schreckensbildern, die durch seinen Geist taumelten.

Erleichtert drehte Christopher sich um. Sein Bruder stand in der Tür zu seinem Zimmer, unter dem Arm ein hölzernes Schachbrett und in der Hand das Kästchen mit den antiken Elfenbein- und Ebenholzfiguren ihres Vaters.

»Lust auf eine Partie?«, fragte er. Wie immer hatte er die Kapuze seines Hoodies tief ins Gesicht gezogen.

Christopher hatte keine Lust auf Schach, aber er wusste auch, dass das konzentrierte Nachdenken über die Spielzüge ihn vom Grübeln abhalten würde. Also nickte er. »Immer.«

Adrian betrat den Raum. Er schloss die Tür hinter sich mit dem Fuß und sah sich nach einem Platz für das Brett um. Die schwarze Couch und auch der davor stehende Glastisch waren mit getragenen Klamotten und Büchern belegt.

»Wie es aussieht, müssen wir wohl auf der Erde spielen!«, sagte Adrian mit belustigter Stimme. »Hier sieht es aus wie ...« Er verzichtete darauf zu erklären, wie es aussah.

Christopher atmete tief durch. Dann löste er sich von der Fensterbank und räumte Tisch und Couch frei. Die Klamotten warf er im Schlafzimmer auf das altmodische Himmelbett, die Bücher stapelte er einfach auf dem Boden.

»Ja«, spottete Adrian. »So ist es definitiv ordentlich.«

Christopher bleckte die Zähne zu einem Grinsen. »Bau schon auf!«

Das tat Adrian. Als er fertig war, nahm er die beiden Damen in je eine Hand, tauschte sie hinter seinem Rücken ein paarmal hin und her und hielt Christopher die geschlossenen Fäuste hin. Christopher tippte auf seine rechte Hand und zog damit die weißen Figuren.

Er setzte seinen ersten Bauern von c2 auf c3.

Adrian schaute ihn verwundert an. »Die Saragossa-Eröffnung? Wirklich?«

Christopher lächelte. »Warte es ab. Diesmal werde ich dich damit vom Brett fegen.«

»Das wäre ja was ganz Neues!« Adrian beugte sich über das Brett. Während er seinen ersten Zug machte, warf Christopher einen letzten Blick nach draußen in den Nebel. Kurz darauf hatte er das trübe Wetter vergessen und war ganz auf ihr Spiel konzentriert.

Er verlor, aber erst nach einem langen und zähen Stellungskampf.

»Matt!«, sagte Adrian, nachdem sie fast zwei Stunden lang erbittert miteinander gerungen hatten. »Willst du gleich eine Revanche?«

Christopher warf sich frustriert gegen die Rückenlehne des Sessels. An Adrian vorbei glitt sein Blick zum Fenster.

Er schüttelte den Kopf. In seinen Adern summte es. »Ich glaube, ich lege mich ein bisschen hin. Ich habe die Nacht nicht besonders gut geschlafen.«

Adrian musterte ihn ein paar Sekunden lang eindringlich und Christopher wusste, was er dachte.

Als ob das was Neues wäre.

Er hielt Adrians Blick stand, bis er nickte.

Gemeinsam räumten sie die Schachfiguren fort. Adrian nahm die Schachtel und das Brett. An der Tür sagte er: »Ich bin in der Bibliothek. Ich habe da gestern ein Buch von Darwin gefunden, das dich bestimmt auch interessiert. Komm dazu, wenn du kribbelig wirst.«

Christopher rieb sich die Augen. »Mache ich«, versprach er. Er hatte allerdings nicht vor, seine Zeit mit Lesen zu verbringen. Solange es nebelig war, hätte er sich nie im Leben auf ein Buch konzentrieren können.

Noch einmal sah Adrian ihm direkt in die Augen. »Hoffentlich!«, sagte er. Dann ging er und Christopher blieb allein zurück.

Einen Moment stand er unschlüssig im Raum und starrte gegen die Tür. Nach einer Weile gab er sich einen Ruck. Er ging ins Schlafzimmer und schob die Klamotten zur Seite, die er vorhin aufs Bett geworfen hatte.

Eine mit Schnitzereien reich verzierte Kiste kam darunter zum Vorschein.

Er öffnete sie.

Darin lag der Trommelrevolver, den er Adrian abgenommen hatte, und daneben noch ein zweiter, genau gleicher. Sachte strich Christopher mit den Fingerspitzen über das matte Metall.

Er fröstelte, weil es sich so gut anfühlte, die Waffen in Reichweite zu wissen. Er war froh, dass Adrian vorhin beim Reinkommen die Kiste auf seinem Bett nicht gesehen hatte. Sein Bruder hatte keine Ahnung davon, dass er die Revolver seit letzter Woche unter seinem Bett aufbewahrte. Und das sollte auch so bleiben, denn auf keinen Fall wollte Christopher, dass sich eine Szene wie neulich wiederholte. Es hatte ihn schockiert, dass ausgerechnet Adrian vorgeschlagen hatte, ihren vor fünf Jahren geschlossenen Schwur durchzuziehen und die Waffen gegeneinander zu erheben. War es nicht eigentlich seine Rolle, ständig mit einem Fuß über dem Abgrund zu schweben?

Er nahm die Kiste, verstaute sie unter seinem Bett und ging zurück ins Wohnzimmer zu seinem Flügel, bei dem er ein paar Tasten anschlug. Die Melodie – eine Variation von Beethovens *Mondscheinsonate* – perlte durch den hohen Raum.

Draußen vor dem Fenster wurde der Nebel noch ein bisschen dichter. Das Schachspiel hatte ihm für einige Stunden Erleichterung verschafft, aber jetzt fühlte er sich wieder überreizt und müde, melancholisch und aufgekratzt, alles gleichzeitig.

Seufzend klappte er den Deckel über den Tasten zu.

Der Nebel schien nach ihm greifen zu wollen.

Sein Herzschlag beschleunigte sich und diesmal warf Christopher sich auf dem Absatz herum und eilte aus dem Raum. Mit langen Schritten lief er den Gang entlang, vorbei an den nachgedunkelten Gemälden seiner Vorfahren und über die roten Teppiche, die seine Mutter angeschafft hatte. Über eine schmale Steintreppe gelangte er ins Untergeschoss und von dort aus zu den ehemaligen Stallungen. Nur eine der Boxen, in denen früher die Kutschpferde gestanden hatten, war sauber gefegt. In ihr stand Christophers Enduro.

Er lächelte, als er sie betrachtete. Dann schob er die Geländemaschine nach draußen.

»Bleiben Sie unbedingt auf dem Weg! Wenn Sie bei dem Nebel ins Moor laufen, kommen Sie nicht wieder zurück.« Das waren die letzten Worte gewesen, die die Frau auf dem Nebensitz Jessa mitgegeben hatte.

Sie umklammerte die Riemen ihres Rucksacks. Mit jedem Schritt, der sie weiter von der Straße wegführte, schien sich der Nebel dichter um sie zu schließen. Zuerst sah sie noch die Konturen der umliegenden Berge. Nach einer Weile dann waren da nur noch die niedrigen Steinmauern rechts und links. Tief atmete sie die feuchte Luft ein. Sie verlor jedes Zeitgefühl und als plötzlich das Geräusch eines Motorrads über das Moor hallte, zuckte sie zusammen. Doch die Maschine schien weit weg zu sein. Gleich darauf jedenfalls war sie nicht mehr zu hören.

Die Nebelschwaden wurden dichter und es war, als würde sich Watte auf Jessas Ohren legen. Kurz darauf glaubte sie zu hören, wie jemand einen Namen rief, aber sie konnte nicht verstehen, was für einen. Schritte näherten sich ihr. Mit einem Ruck blieb sie stehen, um zu lauschen, aber da war ... nichts. Nur ihr eigenes klopfendes Herz und tiefe, drückende Stille.

Langsam ging sie weiter und ermahnte sich, nicht die Nerven zu verlieren.

Es war nur Nebel.

In einem Blog über Yorkshire, den sie auf dem Weg hierher gelesen hatte, hatte jemand von der eigenartigen Akustik geschrieben, die über dem Moor herrschte, wenn Nebel war. Geräusche trugen dann sehr weit und wurden gleich darauf von dem dichten Grau verschluckt. Das hatte rein gar nichts mit Hexenwerk zu tun.

Unheimlich war es aber trotzdem.

Sie lenkte sich davon ab, indem sie sich überlegte, was sie tun würde, wenn sie bei den Ruinen von High Moor Grange angekommen war. Natürlich würde sie sich umsehen. Vielleicht würde sie sich dabei vorstellen, wie Alice ebenfalls dort gewesen war. Und vielleicht spürte sie ja auch Alice' Anwesenheit, so wie in ihren Träumen. Sie wusste nicht, ob sie sich das wünschte oder ob sie doch eher Angst davor hatte.

Ein unangenehmes Kribbeln rann ihren Rücken hinunter.

Mit einer gehörigen Portion Trotz marschierte sie weiter und landete nur ein paar Minuten später bei einem Hindernis. Die Mauern liefen hier enger zusammen und endeten bei einem Steinbogen, in den ein über zwei Meter hohes schmiedeeisernes Tor eingelassen war. An der höchsten Stelle des Bogens befand sich ein Wappen. Es zeigte zwei gekreuzte Schwerter und darunter die Darstellung eines großen Wolfes mit gesträubtem Fell.

Jessa hatte dieses Wappen auch auf der Website gesehen, auf der sie den Kupferstich gefunden hatte. Es gehörte der Familie, die vor Jahrhunderten das Anwesen erbaut hatte.

Maschendraht reichte bis an den Torbogen und verlor sich rechts und links im Nebel. Jemand hatte offenbar etwas dagegen, dass man sein Land betrat. Ob das gesamte Land eingezäunt war? Schwer vorstellbar. Vermutlich musste sie nur lange genug an dem Zaun entlanggehen, um irgendwann sein Ende zu erreichen.

Andererseits hatte die Frau im Bus ihr geraten, auf dem Weg zu bleiben.

Nachdenklich starrte Jessa das moderne Sicherheitsschloss des Tores an. Der Maschendrahtzaun war ungefähr zwei Meter hoch. Sie war schon über höhere geklettert. Ein Lächeln glitt über ihr Gesicht. Sie rückte ihren Rucksack zurecht, dann griff sie in die Maschen, stemmte die Füße dagegen und zog sich hoch.

Jenseits des Zauns führte der Weg weiter leicht bergauf. Sie marschierte durch den dichten Nebel. Die Geräusche waren mal da, dann wieder waren sie weg.

Irgendwann blieb Jessa mit einem Ruck stehen.

Hatte da jemand eine Melodie gesummt?

An ihrem gesamten Körper richteten sich die Haare auf.

»Alice?«

Die wispernde Stimme erklang so unvermittelt und vor allem so nah, dass Jessa mit einem erschrockenen Schrei auf den Lippen herumwirbelte. Ihr Blick bohrte sich in den undurchdringlichen Nebel, versuchte, ihn zu durchdringen.

Vergeblich.

»Ist da wer?«, fragte sie mit dünner Stimme.

Sie erhielt keine Antwort. Wieder hörte es sich an, als würden weit entfernt erklingende Stimmen herangetragen werden, wieder war da das Brummen dieses Motorrads. Jessa straffte die Schultern. Was war sie nur für ein Schisser! Die gewisperte Stimme war bestimmt nur Einbildung gewesen.

Sie hatte sich gerade selbst davon überzeugt, dass es so war, als der Nebel das Geräusch des Motorrads herantrug. Und diesmal klang es wirklich nah.

Blöd, dass der Nebel jedes Hindernis verbarg, dachte Christopher. Das Risiko, schwer zu verunglücken, war riesig dadurch, zumal er, wie immer, keinen Helm trug.

Es war ihm egal. Die Geschwindigkeit vertrieb die Unruhe aus seinen Gliedern. Und selbst wenn er sich den Schädel an einer Mauer einrammte, würde ihn das schließlich nicht töten.

Er gab noch etwas mehr Gas. Die Enduro bäumte sich auf, grub das Profil ihres Hinterrades tiefer in die nebelfeuchte Erde und schoss vorwärts.

Ob Adrian ahnte, dass er hier draußen war? Vermutlich. Adrian wusste meistens sehr gut, was in Christopher vor sich ging.

Christopher senkte den Kopf tiefer über den Lenker seiner Geländemaschine und lenkte sie auf die lange Auffahrt, die vom Herrenhaus zur Landstraße hinunterführte. Hier drehte er die Geschwindigkeit bis zum Anschlag auf.

Er kannte den Weg im Schlaf.

Gleich würde eine Kurve kommen.

Er legte sich zur Seite, die Räder der Maschine kamen auf dem seifigen Boden ins Rutschen. Gerade noch fing er den Sturz ab. Sein Oberschenkel streifte einen Mauervorsprung, er hatte Glück, dass es ihm nicht das Knie zertrümmerte. Dafür peitschte ihm der Ast eines Schwarzdorns ins Gesicht und riss ihm die Wange blutig.

Er beschleunigte erneut.

Eine Gestalt tauchte aus dem Nebel auf. *Adrian!,* dachte er erst und dann: *Kann nicht sein!* Diese Gestalt war viel kleiner. Er riss den Lenker herum. Zu spät! Die Person warf sich mit einem hellen Aufschrei zur Seite und nur deshalb entgingen sie beide dem Zusammenprall.

Ein Mädchen!, durchzuckte es Christopher. Schlingernd brachte er die Enduro zum Stehen, während das Mädchen mit einem wüsten Fluch über die Mauer kippte. Ein Instinkt riet ihm abzuhauen, ihr aus dem Weg zu gehen. Aber er konnte unmöglich weg von hier, ohne sich zu vergewissern, ob es ihr gut ging. Also stieg er notgedrungen ab, bockte die Maschine auf und ging das Stück zurück bis zur Unfallstelle.

Die Kleine rappelte sich gerade auf.

»Alles in Ordnung?« Er streckte die Hand aus, um ihr zu helfen.

»Fass mich nicht an!« Sie schlug wütend nach ihm. Bevor Christopher etwas erwidern konnte, stand sie wieder auf den eigenen Füßen. Dichte schwarze, an den Spitzen leuchtend blau gefärbte Haare verbargen ihr Gesicht, bevor sie sie genervt zur Seite schleuderte.

Alice!

Christopher fühlte sich, als hätte es ihn bei zweihundert Sachen auf den Asphalt geknallt. Gleich darauf jedoch sickerte Erleichterung durch seine Adern.

Das hier war nicht Alice.

Natürlich nicht! Die wutentbrannte, kleine Furie, die da vor ihm stand, hatte zwar dieselbe helle, fast porzellanartige Haut, blaue Augen und einen ausgeprägten, ziemlich hübschen Amorbogen an der Oberlippe, genau wie Alice. Aber da endeten die Ähnlichkeiten auch schon. Alice hätte nie im Leben ihr Gesicht durch ein Nasenpiercing verunstaltet und die Haare so unmöglich blau zu färben, wäre ihr auch niemals eingefallen.

Christopher wurde bewusst, dass er die Kleine anstarrte. Um seine Verwirrung zu verbergen, zischte er: »Kannst du nicht aufpassen?«

»Das ist nicht dein Ernst, oder? *Du* hast *mich* doch eben beinahe umgebracht!« Der Blick ihrer blauen Augen bohrte sich tief in seinen und da endlich hatte er seinen Verstand wieder beisammen.

Adrians Worte hallten in ihm wider: *Was, wenn wieder ein Mädchen hier auftaucht …?*

Er verdrängte die aufsteigende Panik, indem er sich in Unfreundlichkeit rettete. »Was machst du hier?«, zischte er. »Das ist Privatland. Du hast hier nichts zu suchen!« Er gab seiner Miene ein betont finsteres Aussehen. Wenn er dafür sorgte, dass die Kleine verschwand, würde Adrian nicht mal mitbekommen, dass sie da gewesen war.

Doch dummerweise schien er mit seinem Tonfall einen Nerv getroffen zu haben. Statt sich schuldbewusst umzudrehen und zu verschwinden, starrte sie ihn noch wütender an. Dann stemmte sie die Hände in die Hüften und schleuderte mit einer

Kopfbewegung diese absurden blauschwarzen Haare nach hinten. »Spiel dich bloß nicht so auf!«, erwiderte sie.

Was war denn das für ein Arschloch?

Bretterte der Typ sie erst beinahe mit seiner blöden Angeberkarre über den Haufen und dann wurde er auch noch unfreundlich? Der hatte sie ja wohl nicht mehr alle!

Jessa musste den Kopf in den Nacken legen, weil der Idiot ein ganzes Stück größer war als sie. Waren die beiden Striemen quer über seiner Wange Dreck oder Blut?

Er sah gut aus, groß, schlank, dunkle Haare und ebenmäßige Gesichtszüge. Seine Augen hatten die Farbe von Bernstein. Er trug nur Jeans und ein weißes Hemd, bei dem er noch dazu die oberen Knöpfe offen hatte, sodass sie sein Schlüsselbein und ein Stück seiner Brust sehen konnte. Und das, obwohl es so kalt war, dass Jessa trotz ihrer alten Lederjacke fröstelte.

Klar. Obercool auszusehen, ging eben vor. Wie sie solche Typen hasste!

»Wie bitte?«, fragte er verdutzt.

Sie beschloss nachzulegen. Angriff war schließlich immer noch die beste Verteidigung. »Was bitte funktioniert bei dir nicht? Dein Gehör oder dein Gehirn?«

Er schnappte nach Luft. Sie schien ihm ziemlich den Wind aus den Segeln genommen zu haben.

Gut so!

Dann jedoch atmete er tief und langsam durch, eine Geste, die so herablassend wirkte, dass Jessa am liebsten gekotzt hätte. Seine Stimme war flach, als er meinte: »Ich wollte nur sehen, ob du dich bei deinem Sturz verletzt hast.«

»Hab ich nicht. Vielen Dank.« Jessa bewegte das rechte Bein ein wenig. Das Knie tat ihr weh. Und die Jeans, die dort sowieso schon kaputt gewesen war, war noch ein bisschen weiter aufgerissen. Aber immerhin blutete sie nicht.

Ganz im Gegensatz zu ihm. Er hatte die beiden Kratzer in seinem Gesicht jetzt offenbar bemerkt. Mit dem Handrücken wischte er darüber.

»Ich wäre allerdings gar nicht auf die Fresse geknallt, wenn du nicht wie ein Vollidiot hier langgerast wärest«, sagte sie.

»Ja. Das hatten wir schon.« Er wirkte irgendwie verwirrt und wütend gleichzeitig. Drohend kam er einen Schritt näher. Offenbar war er nicht nur im Gesicht verletzt, denn ihr fiel auf, dass er humpelte. »Und jetzt sieh zu, dass du von hier verschwindest. Das ist Privatbesitz!«

Jessa wich zurück und ärgerte sich über sich selbst. Schließlich hatte sie auf den Straßen von London schon mit ganz anderen Typen zu tun gehabt. Dagegen war dieses Landadelssöhnchen hier nur ein Weichei, Angeberkarre hin oder her. »Wo steht das geschrieben, Arsch?«, fragte sie.

Was war das denn für eine lahme Erwiderung? Das kriegt ja jede Fünfjährige besser hin.

Seine Augenbrauen waren zusammengezogen, sodass sie sich über seiner ebenmäßigen Nase fast berührten, aber sonst reagierte er nicht auf ihre Beleidigung. Stattdessen griff er nach ihrem Arm und wieder schlug sie seine Hand zur Seite.

Diesmal gab er ihr einen rüden Schubs, der sie in Richtung Straße taumeln ließ. »Abmarsch!«, befahl er. »Ich bringe dich zur Straße.«

»Du kannst mich mal! Wofür hältst du dich? Für Gottes Geschenk an die Menschheit, oder was?«

»Ich *bin* Gottes Geschenk an die Menschheit. Und wenn du jetzt nicht auf der Stelle kehrtmachst und dieses Land verlässt, dann lege ich dich über's Knie.«

Sie lachte auf. »Das hättest du wohl gern!«

»Bilde dir nichts ein.« Mit dem Kopf wies er ihr die Richtung und wartete, bis sie an seiner Enduro vorbeigestapft war. Dann hob er das Bike auf und drehte es so, dass es den Weg auf der gesamten Breite versperrte. »In ungefähr einer halben Stunde fährt der Bus nach Haworth vorbei.«

Sie reagierte auf diese Information, indem sie ihm den Mittelfinger zeigte, dann ging sie ein paar Schritte, bis der Nebel den unmöglichen Typen verschluckt hatte. Sie konnte hören, wie er das Bike anwarf, und war schon froh, dass sie ihn los war. Aber zu ihrem Ärger näherte sich das Geräusch. Er kam ihr nach!

Wollte er kontrollieren, ob sie wirklich verschwand?

Offenbar.

Sie beschloss, so würdevoll wie nur möglich weiterzugehen. Stur schaute sie geradeaus und auch als er langsam neben ihr herfuhr, würdigte sie ihn keines Blickes. Na ja, wenn sie ehrlich war, stimmte das nicht ganz. Aus dem Augenwinkel schielte sie ein-, zweimal zu ihm hinüber, betrachtete sein Profil. Er war ganz schön blass, dachte sie. Die Schrammen in seinem Gesicht hoben sich grell gegen seine Haut ab. An seinem Mittelfinger der rechten Hand glänzte ein breiter Silberring mit verschlungenen, sehr alt aussehenden Mustern. Irgendwie gefiel ihr das Teil.

Wütend über ihn, über sich selbst und darüber, dass sie überhaupt irgendwas an ihm gut fand, marschierte sie neben seiner Maschine her, bis sie zu dem Tor kamen.

»Wie bist du da nur drübergekommen?«, fragte er mehr sich selbst, während er einen Schlüssel aus der Tasche nestelte und das Tor aufschloss.

»Ich bin geflogen.«

Er sah sie abschätzig an und stieß das Tor auf. »Raus!«

Ihr blieb nichts anderes übrig, als zu gehorchen, immerhin war sie unrechtmäßig auf seinem Land. »Na dann, schönes Leben noch«, sagte sie, weil sie dachte, er würde hinter ihr wieder abschließen und verschwinden. Doch er dachte nicht daran. Er schob seine Enduro durch das Tor und machte sich erst danach daran, es wieder zu verschließen.

»Du willst aber nicht den ganzen Weg bis zur Straße mitkommen!«, entfuhr es Jessa.

Mit einem undurchdringlichen Blick sah er sie an. »Doch. Nur zur Sicherheit, falls dir wieder Flügel wachsen.«

Sie war drauf und dran, ihm die Zunge rauszustrecken. Gerade noch konnte sie sich davon abhalten.

Er lachte leise und begleitete sie bis hinunter zur Straße. Dort blieb er bei ihr, bis der Überlandbus sich näherte. In Jessa kochte es, trotzdem erschrak sie, als er unvermittelt mit erhobenem Arm auf die Straße trat. *Er überfährt dich!* Aber der Busfahrer sah ihn rechtzeitig, bremste und hielt an. Es war ein anderer Bus als der, mit dem sie vorhin gefahren war. Dieser Fahrer wirkte weitaus weniger freundlich und schien nicht besonders amüsiert darüber zu sein, dass er auf freier Strecke halten musste. Trotzdem öffnete er die Türen.

»Einsteigen!«, befahl der Motorradtyp Jessa und schob sie die Stufen hinauf. Er selbst stieg hinter ihr ein. »Die junge Dame fährt bis Haworth«, sagte er, zog eine schmale Börse aus seiner Hosentasche und bezahlte die Fahrt.

Der Fahrer musterte sie abschätzig und aus irgendeinem bescheuerten Grund kam Jessa sich in ihren abgetragenen Klamotten plötzlich schäbig vor. Die Sachen, die der Typ trug, wirkten teuer und elegant.

Sie verdrehte die Augen. Was war das denn plötzlich für eine seltsame Anwandlung? Sie gab doch sonst nichts auf ihr Äußeres. Ganz im Gegenteil. Das Leben auf der Straße hatte ihr beigebracht, dass es nicht darauf ankam, was man besaß oder am Leib trug.

»Setz dich lieber!«, riet der Typ ihr. »Die fahren hier manchmal einen ziemlich heißen Reifen.« Er nickte dem Fahrer knapp zu und stieg wieder aus.

Die Türen schlossen sich mit einem Zischen hinter ihm.

Durch die Scheibe hindurch starrte Jessa ihn wütend an. Täuschte sie sich oder waren die Striemen in seinem Gesicht plötzlich weg? Vermutlich war es doch kein Blut gewesen, das sie da vorhin gesehen hatte, sondern einfach nur Dreck, den er weggewischt hatte. Sie sah zu, wie er sich seiner Maschine zuwandte. Er schien sie schon vergessen zu haben. Sein Humpeln war jetzt deutlicher zu sehen.

Zornig warf sie sich auf einen freien Sitz. »Was für ein Blödmann!«, grummelte sie und als der Bus die nächste Kurve umrundet hatte und der Typ außer Sichtweite war, sprang sie auf. »Bitte halten Sie noch mal an!«, rief sie.

Dieser Idiot würde sie nicht davon abhalten, nach High Moor Grange zu gehen und dort nach ihrer Schwester zu suchen!

3

Das zweite Mal über den Zaun zu kommen, war mühsamer als zuvor, weil ihr Knie von dem Zusammenprall mit dem Idioten noch ein bisschen schmerzte. Aber sie hatte schon Schlimmeres ausgehalten, darum gelang es ihr auch diesmal, auf die andere Seite zu klettern. Der Weg dahinter allerdings zog sich jetzt wie Kaugummi. Nässe drang durch Jessas Stiefel und machte ihre Socken rau und klebrig. Die Haare hingen ihr in wirren, feuchten Strähnen ins Gesicht. Ihre Schultern schmerzten, obwohl ihr Rucksack nur wenige Habseligkeiten enthielt. Sollte sie vielleicht doch lieber umkehren? Was zog sie schließlich hierher außer einem vagen Gefühl aus einem Traum?

Sie blieb stehen. Es waren Meilen zurück bis nach Haworth und ein weiterer Bus würde so schnell vermutlich nicht kommen. Außerdem wollte sie diesem arroganten Arsch auf keinen Fall die Genugtuung gönnen, sie vertrieben zu haben.

Also marschierte sie weiter. So weit konnte es schließlich bis zu dieser bescheuerten Ruine nicht mehr sein.

Irgendwann machte der Weg eine Biegung. Wenn High Moor

Grange nach der nächsten Kurve nicht auftauchte, würde sie wirklich umdrehen.

Die nächste Kurve kam, in der Mauer direkt dahinter wuchs ein krüppelig aussehender Busch. Missmutig starrte Jessa die Nebelfetzen an, die in den nassen Zweigen hingen, und dann zuckte sie zusammen, weil sich direkt vor ihr eine Gestalt aus dem Nebel schälte. Im ersten Moment sah es so aus, als habe sie keinen Kopf, doch als Jessa genauer hinsah, erkannte sie, dass die Gestalt eine Kapuze tief ins Gesicht gezogen hatte.

Mit klopfendem Herzen blieb sie stehen.

»Hallo?«, rief sie. Ihre Stimme kam ihr piepsig vor, das ärgerte sie.

Die Gestalt regte sich nicht. In dem einheitlichen, konturlosen Grau wirkte sie knochenbleich und schweigsam.

Zögernd machte Jessa den nächsten Schritt. »Entschuldigen Sie …«, begann sie und dann musste sie über sich selbst lachen, als sie erkannte, was sie da vor sich hatte.

Es war eine Marmorstatue! *Wie peinlich!*

Sie ging näher heran, schaute der Skulptur ins Gesicht. Es war die Darstellung einer Frau in antiken Gewändern. Das, was Jessa für eine Kapuze gehalten hatte, war eine Art Schleier, der die Haare und auch die Stirn der Figur bedeckte. Ihre Züge wirkten edel und sehr traurig – fast wie die einer Grabstatue.

Als der Nebel sich kurz lichtete, schweifte Jessas Blick nach links.

Eine ganze Reihe dieser kalten Marmorgestalten säumten den Weg, alle hielten sie die Köpfe gesenkt, alle sahen sie so betrübt und verloren aus wie die erste. Jessa musste an eine Armee verzauberter Jungfrauen denken, die von einem unheilvollen Fluch auf ewig hier an diesen trostlosen Ort gebannt worden waren.

»Sei nicht albern!«, ermahnte sie sich. Gruselig, wie der Nebel ihre Stimme erstickte!

Sie folgte der Reihe der Statuen eine kleine Anhöhe hinauf und endlich schälten sich Gebäudeumrisse aus dem Nebel. Gleich darauf stand sie vor einer Ruine. Sie sah verfallene Gebäudeteile ohne Dächer, leere Fensterhöhlen und eine Freitreppe, der wie einem schadhaften Gebiss ganze Teile fehlten. Ein halb eingestürzter Turm überragte all das.

Es sah unheimlich aus, wie die Fassade sich hinter den Nebelschwaden verbarg, freigegeben wurde, wieder verschwand. Die leeren Fenster wirkten wie blinde Augen und es fiel Jessa nicht schwer, sich vorzustellen, wie der Wind in ihnen sang, wenn es einmal nicht neblig war. Für eine Sekunde glaubte sie, Stimmen und Gelächter von längst verstorbenen Menschen zu hören, die durch die Jahrhunderte zu ihr wehten.

Sie fröstelte. Was jetzt?

Da war keine Spur von dem Gefühl von Alice' Nähe. Was hatte sie auch erwartet?

Jessa überlegte. Das Gemäuer war gruselig. Sollte sie es sich trotzdem genauer ansehen? Unentschlossen biss sie sich auf die Innenseite der Wange.

Warum eigentlich nicht? Schließlich hatte sie einiges auf sich genommen, um hierherzukommen. Sie rieb sich das schmerzende Knie, dann trat sie mit einem Anflug von Nervosität näher an das verfallene Anwesen heran. Obwohl die Sonne nicht schien, fühlte es sich an, als falle ein Schatten auf sie. Ihr Herzschlag beschleunigte sich. Ein schwaches Kribbeln erfasste ihre Haut, aber das war vermutlich nur die Aufregung.

Bei der Freitreppe wandte sie sich nach links. Der Nebel war so nah beim Gebäude nicht mehr ganz so dicht, trotzdem suchte Jessa mit einer Hand an der Mauer Orientierung. Sie kam an eine Hausecke, umrundete sie und kurze Zeit später erreichte sie eine Treppe, die zu einer Terrasse hinaufführte, auf der die kaputten Fenster bodentief waren. Die Stufen der Treppe waren mit Terracottafliesen belegt, von denen keine einzige mehr intakt war. Einen Fuß vor den anderen setzend, tastete Jessa sich nach oben und dort bis zu einem der leeren Fenster.

Glasscherben knirschten unter ihren Stiefeln. Vor ihr befand sich ein altmodischer Salon. Jessas Blick wanderte über Polstermöbel, deren geblümter Stoff verblasst und modrig wirkte. Auf einem Tisch lag fingerdicker Schmutz, genauso wie auf dem benutzten Teegeschirr und der Etagere mit längst verrotteten Sandwiches.

Es sah aus, als seien die Bewohner vor Jahrzehnten nur mal eben zu einem Spaziergang ins Moor aufgebrochen und nie wieder zurückgekommen. In einem Kamin, in dem bestimmt schon seit hundert Jahren kein Feuer mehr gebrannt hatte, lag ein Haufen hereingewehter Blätter. Der Spiegel über dem Kaminsims war erblindet. Unheimlich!

Jessa musste sich ein Herz fassen, um durch den leeren Fensterrahmen ins Haus zu steigen. Auch drinnen knirschten Glasscherben unter ihren Sohlen. Es herrschte eine dumpfe, undurchdringliche Stille, die fast etwas Lebendiges hatte. Lauschend blieb Jessa stehen. Täuschte sie sich oder sang da jemand? Ganz kurz glaubte sie, die Melodie eines alten Kinderliedes zu hören, das Alice früher immer gesungen hatte. Aber als sie die Luft anhielt, war da nur das Blut, das in ihren Ohren rauschte.

Sie setzte einen Fuß vorwärts ... und brach durch das morsche Parkett. Ihr Schienbein schrammte schmerzhaft an der Holzkante entlang, aber zum Glück stieß ihr Fuß nach kaum zwanzig Zentimetern auf irgendein Hindernis, sodass sie nicht stürzte.

Leise fluchend zog sie ihr Bein aus dem Loch und untersuchte es. Sie hatte sich die Haut aufgeschürft, doch das meiste hatte ihre Jeans abgekriegt. Nicht weiter schlimm.

Sie richtete sich auf und sah sich um. Plötzlich kam sie sich unendlich albern vor, weil sie sich von einem Gefühl aus einem Traum hierher hatte locken lassen.

Kopfschüttelnd durchquerte sie den kleinen Salon und verließ ihn durch eine Tür, die schief in den Angeln hing. Ein breiter Gang erstreckte sich in beide Richtungen. Der Boden war mit einem langen rostroten Läufer bedeckt. Mehrere Türen gingen von dem Flur ab und zwischen ihnen hingen Gemälde mit den Porträts von schlecht gelaunten Herren und Damen aus früheren Jahrhunderten.

Am Ende des Ganges lag eine Tür mit Glaseinsätzen, in die stilisierte Bücher geätzt worden waren. Aus irgendeinem Grund kam ihr der Anblick bekannt vor.

Erneut fröstelte sie.

»Alice?« Bevor sie wusste, was sie tat, hatte sie den Namen ihrer Schwester geflüstert.

Es schien, als würde das Wort von den Wänden widerhallen.

»Alter!«, murmelte Jessa.

Dann ging sie zu der Tür mit den Büchern darauf.

Der Geruch der alten Bücher, dieses feine Aroma von Leder und Papier, war einer von Adrians Lieblingsgerüchen, darum hielt er sich oft allein in der Bibliothek auf. Er stand an einem der bodentiefen Sprossenfenster und sah zu, wie der Nebel vor der Scheibe waberte. Er wusste, dass Christopher bei diesem Wetter unruhig und reizbar war, und er war froh, dass es ihm vorhin gelungen war, ihn mit dem Schachspiel wenigstens für ein paar Stunden abzulenken. Aber jetzt war dieser Idiot mit seinem Motorrad dort draußen und Adrian machte sich Sorgen um ihn. Zwar gab es nicht wirklich einen Grund dafür, schließlich würde Christopher selbst bei einem schweren Unfall nicht sterben, aber trotzdem erfüllte es Adrian mit Grauen, wenn er daran dachte, wie Christopher durch den dichten Nebel bretterte.

Er schüttelte den Kopf, wandte sich vom Anblick des Nebels ab und trat vor das Regal mit naturwissenschaftlichen Büchern, die noch sein Vater gesammelt hatte. Langsam ließ er die Fingerkuppen über die Rücken wandern. Bei der Erstausgabe von Darwins *Über die Entstehung der Arten,* von der er Christopher vorhin erzählt hatte, hielt er inne. Ein wehmütiges Gefühl stieg in seinem Innersten auf. Wie stolz sein Vater gewesen war, dieses Buch zu besitzen! Darwin persönlich hatte es signiert.

Adrian zog den schweren Band heraus und nahm ihn mit zu der Ledercouch vor dem Kamin. Das Feuer im Kamin, das er entzündet hatte, um die klamme Kälte aus dem Raum zu vertreiben, knackte leise. Er setzte sich und schlug die erste Seite auf. Eine Weile betrachtete er die verschnörkelten Buchstaben von Darwins Handschrift, dann blätterte er weiter. Er wollte gerade anfangen zu lesen, als er glaubte, eine Stimme zu hören.

»Alice?«

Adrians Kopf ruckte hoch. »Nein!«, keuchte er.

Die Glastüren schwangen mit einem durchdringenden Quietschen auf. Jessas Blick fiel auf hohe Bücherregale, deren Inhalt teilweise herausgerissen und zu Haufen auf dem staubigen Boden aufgeschichtet dalag. Die gerafften Vorhänge an den zerborstenen Fenstern waren zerschlissen, ihre Farbe kaum noch zu erkennen. Ein riesiger, seit Jahrhunderten erkalteter Kamin war mit Spinnweben überzogen, überall lag der Staub fingerdick und etliche der Bücher, die noch in den Regalen standen, schienen von einer grünen Schicht überzogen zu sein, die wie Moos aussah. Jessa glaubte, Wasser von den Wänden tropfen zu hören. Ihr Blick glitt zu einer uralten, rissigen Ledercouch, aus der die Polsterung quoll. Genau in diesem Augenblick erstarrte sie.

Denn vor dem Sofa stand jemand.

Als ihr Blick ihn streifte, wandte er ihr wie von der Tarantel gestochen den Rücken zu. Alles, was sie zu sehen bekam, war ein dunkelgrauer Hoodie, dessen Kapuze der Typ hastig über den Kopf zog. Seine Haltung wirkte irgendwie eigenartig: leicht vorgebeugt wie bei einem alten Mann und gleichzeitig sprungbereit und voller Spannung. Eines der alten Bücher lag aufgeschlagen auf der zerschlissenen Couch. Hatte der Typ etwa hier in all diesem Dreck gesessen und gelesen?

»Bitte«, stieß er eigenartig flehentlich hervor. »Geh! Verlass diesen Ort so schnell es geht!«

Vor lauter Verwirrung rettete sich Jessa in das Mittel, das ihr schon oft in brenzligen Situationen geholfen hatte. Sie stellte sich stur. »Und wieso?«, gab sie ziemlich unfreundlich zurück. Sie erwartete, dass der Typ sich zu ihr umdrehen würde, aber das tat er nicht.

»Weil du uns in Gefahr bringst«, sagte er. Er hatte eine unheimliche Stimme, flach, irgendwie wie ein Rascheln. »Vor allem meinen Bruder.«

»Ich bringe niemanden in …«, setzte Jessa an, aber sie wurde rüde unterbrochen, weil der Motorradtyp plötzlich auf der anderen Seite des Raumes auftauchte.

»Was zur Hölle machst du hier?« Auch seine Stimme war flach und tonlos, aber im Gegensatz zu dem anderen klang er zornig.

»Wer ist sie?«, stieß der Typ mit der Kapuze hervor. »Was sucht sie hier?«

»Ganz ruhig, Adrian«, sagte der Motorradtyp. »Ich sorge dafür, dass sie sofort wieder verschwindet.« Mit weit ausgreifenden Schritten eilte er auf Jessa zu und seine Stiefel wirbelten dabei eine Menge Staub auf. »Ich habe dir gesagt, dass das hier Privatbesitz ist!«, fauchte er und bedrängte sie mit dem ganzen Körper. »Wie kannst du es wagen, hier trotzdem ...«

»Ist ja schon gut!«, fiel Jessa ihm ins Wort. Sie wusste, sie war in der Defensive, und so reagierte sie auf die einzig mögliche Weise. Mit erhobenen Händen wich sie zurück. »Ich wollte ...«

»Interessiert mich nicht! Verschwinde von hier!« Sein verzerrtes Gesicht und das fassungslos-zornige Funkeln in seinen Augen machten ihr Angst. Weil sie nicht sofort kehrtmachte, packte er sie grob am Arm.

»Aua!«, protestierte sie. »Du tust mir weh!«

»Umso besser! Dann merkst du's dir hoffentlich diesmal.« Er warf dem Kapuzentypen, den er Adrian genannt hatte, einen Blick zu, dann zerrte er Jessa mit sich.

Sie wehrte sich, versuchte, seine Finger von ihrem Arm zu lösen, aber sein Griff war erbarmungslos. Außerdem hatte er mindestens doppelt so viel Kraft wie sie. Es nützte überhaupt nichts, dass sie die Füße gegen den Boden stemmte – er zog sie einfach weiter, als würde sie sich überhaupt nicht sträuben.

»Henry!«, schrie er, als sie eine riesige Halle erreichten, in der staubige Spinnweben wie zerschlissene Vorhänge von der Decke und den umlaufenden Galerien hingen und rostige Rüstungen herumstanden. Scheiße, wie viele Typen rannten in diesem gammeligen Kasten denn noch rum?

»Henry! Henry! Herrgott noch mal! Wo steckt dieser Trottel, wenn man ihn braucht?«

Da sich der Trottel offenbar in Luft aufgelöst hatte, zerrte der Typ Jessa weiter, durch eine verborgene Tür in einen schmalen und schmucklosen Gang, der durch eine Art Waschküche hinaus ins Freie führte.

Sie überquerten den mit Unkraut überwachsenen Innenhof und steuerten den Stall an. Mit Wut stieß der Motorradtyp eines der Tore auf, es krachte gegen die Wand und eine riesige Staubwolke wallte auf. Vorbei an mehreren leeren Pferdeboxen zog er sie zu einer, in der sein Motorrad aufgebockt stand.

»Stehen bleiben da!«, kommandierte er, nachdem er Jessa mitten in den Gang gestellt hatte wie eine Schaufensterpuppe.

Er holte die Maschine aus der Box, packte einen Helm, der auf einer alten Futterkiste gelegen hatte, und knallte ihn ihr vor den Bauch. »Aufsetzen!«

»Vergiss es!« Wütend schleuderte sie das Ding fort.

Er schaute zu, wie es in eine Ecke kullerte. Eine seiner Augenbrauen hob sich. »Also gut. Dann eben ohne.« Mit einer eleganten Bewegung schwang er das Bein über den Sitz. »Aufsteigen!«

Diesmal gehorchte sie. Es blieb ihr ja schließlich auch nicht viel anderes übrig. Sie legte die Arme um ihn. Er war angespannt. Sein gesamter Körper schien aus Stein zu sein wie die Marmorstatuen dort draußen.

Er wartete, bis sie sicher saß, startete die Maschine und fuhr durch das offene Tor hinaus in den Nebel.

Zum zweiten Mal brachte Christopher die Kleine mit den unmöglichen Haaren vom Grundstück und bis zur Straße, doch diesmal begnügte er sich nicht damit, sie in einen Bus zu setzen.

Diesmal fuhr er sie nach Haworth und während er die fast

schnurgerade Landstraße an Watersheddles Reservoir mit überhöhter Geschwindigkeit entlangjagte und dabei ihre Arme um seinen Körper spürte, wurde ihm bewusst, dass er unfassbar leichtsinnig war. Er war es so sehr gewohnt, sorglos zu sein und zu schnell zu fahren, dass er völlig vergessen hatte, wie gefährlich das für dieses Mädchen war. Es war noch immer nebelig und wenn er mit ihr hinter sich auf dem Bike einen Unfall baute, dann würde das nicht so glimpflich für sie ausgehen wie bei ihrem ersten Zusammenstoß. Er drosselte die Geschwindigkeit ein ganzes Stück.

»Was ist?«, schrie sie gegen den Fahrtwind an. »Hast du Schiss bekommen, oder was?«

Ihre Coolness nötigte ihm fast so etwas wie Respekt ab und er wusste nicht, was er antworten sollte. Im Grunde hatte sie ja recht: Er hatte Schiss, dass ihr etwas passierte. Aber das konnte er ihr ja wohl kaum sagen. Er schüttelte den Kopf und war froh, dass sie das als Antwort akzeptierte. Den Rest der Fahrt hielt sie zu seiner Erleichterung die Klappe.

Vor dem Brontë-Hotel hielt er an und wartete, bis sie abgestiegen war. »Heute fährt kein Bus mehr«, erklärte er. »Darum wirst du hier übernachten und morgen dann dorthin zurückfahren, woher du gekommen bist.«

»Und wer hat dir weisgemacht, dass du das zu bestimmen hast?«

Herrgott noch mal! Wie konnte man nur so widerspenstig sein? Er kletterte ebenfalls vom Motorradsitz. Leicht breitbeinig baute er sich vor ihr auf und setzte seine finsterste Miene auf. Aber sie ließ sich nicht im Geringsten davon beeindrucken. Mit blitzenden Augen hielt sie seinem Starren stand. Und er war tatsächlich der Erste, der den Blick senkte. *Scheiße!* Irgendetwas musste er unternehmen, damit sie nicht spätestens morgen erneut auf dem Anwesen aufkreuzte und Adrian und ihn damit in unfassbare Gefahr brachte.

»Ich will dich nur schützen«, sagte er.

»Klar. Schützen!« Sie schnaubte spöttisch. »Für wen hältst du dich? Für Robin Hood, oder was?«

Ihre Frage ließ ihn seufzen. »Glaub mir einfach, wenn ich sage, dass es gefährlich für dich ist, auf High Moor Grange rumzulaufen. Und mit High Moor Grange meine ich alles, was sich von hier aus gesehen jenseits des *verschlossenen* Tores befindet.« Er hätte sie am liebsten geschüttelt, als sie die Augen verdrehte.

»Dieser Typ«, sagte sie und bewies damit, dass sie nicht vorhatte nachzugeben, »dieser Adrian. Was ist mit ihm? Warum hockt er in diesem staubigen, verfallenen Gemäuer? Und warum zeigt er sein Gesicht nicht?«

Weil der Anblick dir den Verstand rauben würde! »Nichts davon geht dich auch nur das Geringste an!«

Kurz sah sie aus, als wollte sie ihm widersprechen, doch dann zuckte sie ziemlich gleichgültig mit den Schultern. »Logisch.« Ihr Blick wanderte an der Fassade des Hotels hinauf. »Ich habe kein Geld, um hier zu übernachten.«

Na, was für eine Überraschung! So wie sie aussah, lebte sie sonst vermutlich auf der Straße.

»Komm mit!« Er marschierte direkt zur Rezeption des Hauses, das im typischen englischen Landhausstil eingerichtet war. Im Gehen zog er eine Geldbörse aus der Hosentasche und entnahm ihr seine schwarze Kreditkarte, die er der Rezeptionistin auf den Tresen legte. »Die junge Lady hier braucht ein Zimmer für eine Nacht.«

»Ich lasse mich von dir nicht aushal…«

»Halt einfach die Klappe!«, fuhr er ihr über den Mund. Dann

lächelte er die Rezeptionistin an. »Meine Cousine hier sollte eigentlich bei uns übernachten, aber leider haben wir einen Wasserschaden.«

»Wie ärgerlich!«, flötete die Frau und bekam ganz rote Wangen.

Jessa musste ein Lachen unterdrücken, als sie sah, wie die Rezeptionistin auf den Blödmann reagierte. *Wie alt bist du?*, dachte sie. *Dreizehn?*

Bis eben war sie voller Widerstand dagegen gewesen, sich das Hotelzimmer von diesem Blödmann bezahlen zu lassen, aber was wäre die Alternative? Irgendwo im Freien auf einer Parkbank zu schlafen, bevor sie sich morgen mit dieser Ms Galloway treffen konnte? Vielleicht sollte sie ja das Zimmer als kleine Wiedergutmachung für die rüde Behandlung des Typen verstehen. Sie rieb sich das Handgelenk, an dem noch die Abdrücke seiner Finger zu sehen waren.

Der Blödmann sah es und warf ihr einen finsteren Seitenblick zu, der in ihr das Bedürfnis wachrief, ihn zu beleidigen. »Wahrscheinlich bist du es gewohnt, dass alles, was Titten hat, dir in null Komma nichts ohnmächtig vor die Füße sinkt, oder?«

Die Rezeptionistin schnappte nach Luft. *Pamela* stand auf einem kleinen Schild an ihrem Revers.

Der Typ starrte Jessa an. »Ich verstehe das als rhetorische Frage«, erwiderte er.

»Oh. Sehr bescheiden.« Seine betont überlegene Haltung ging ihr auf die Nerven, aber noch viel mehr ärgerte es sie, dass sie sich überhaupt über ihn aufregte.

Pamela schien peinlich berührt von ihrer Kabbelei. Sie wandte sich ab und gab ein paar Informationen in einen Computer ein. »Wir haben zwei sehr hübsche Einzelzimmer«, sagte sie geschäftig. »Allerdings liegen sie beide zur Straße raus.«

»Egal. Eins davon nehmen wir.« Die Worte kamen undeutlich heraus und überrascht stellte Jessa fest, dass der Typ sich auf einmal den rechten Nasenflügel zuhielt. Plötzlich wirkte er hektisch.

»Mit oder ohne Frühstück?«, fragte Pamela.

Der Blick des Arschlochs glitt an Jessa hinab. »Mit«, sagte er.

»Sehr gern.« Mit einem Strahlen nahm Pamela seine Karte, zog sie durch ein Lesegerät. Jessa verrenkte sich fast den Hals, um den Namen zu erkennen, der daraufgedruckt war.

»Christopher«, half der Typ ihr aus.

Die Scham, weil er ihre Neugier bemerkt hatte, ließ ihre Wangen glühen. »Bilde dir bloß nichts ein«, murmelte sie.

Er grinste breit. »Tue ich nicht, keine Sorge.« Noch immer hielt er sich die Nase zu.

Pamela unterbrach ihr Geplänkel, indem sie sich an Jessa wandte. »Dann brauche ich noch Ihren Namen und Ihre Anschrift.«

Jessa vertrieb die letzten Skrupel darüber, sich das Zimmer bezahlen zu lassen. Entschlossen trat sie dichter an den Tresen heran. »Jessica Downton«, sagte sie.

Und hörte den Typen hinter sich scharf Luft durch die Zähne ziehen.

Er wusste nicht, was ihn mehr schockierte: die Tatsache, dass das Nasenbluten sehr viel schneller einsetzte als gewöhnlich, oder das, was er eben gehört hatte. Seine Gedanken stolperten.

Die Kleine ... sie war ...

Sie ist Alice' Schwester?

Es fühlte sich an, als hätte sich der Boden unter seinen Füßen in hauchdünnes Glas verwandelt. Während er mit der einen Hand versuchte, die Blutung zu stoppen, suchte er mit der anderen Halt an dem Tresen der Rezeption.

Jessas Augen waren weit aufgerissen. »Scheiße!«, murmelte sie und für einen kurzen, irrationalen Moment fürchtete er, sie wusste Bescheid darüber, was mit Alice geschehen war. Dann jedoch ging ihm auf, dass sie wegen des Blutes erschrocken war.

Mist! Das hätte sie eigentlich nicht sehen sollen.

Er riss sich zusammen. »Kein Grund, hysterisch zu werden«, sagte er so ruhig, wie er konnte, nahm ein Taschentuch heraus, wischte sich damit Nase und Oberlippe und dann auch noch die blutigen Finger sauber. Während er das tat, sah er Pamela an. »Sind wir fertig?«

Die Rezeptionistin hatte ein leises »Oh!« ausgestoßen, als sie das Blut bemerkt hatte. »Ja«, bestätigte sie jetzt und deutete auf das Taschentuch in seinen Händen. »Kann ich …«

»Nicht nötig. Es ist nichts.« Schon wieder musste er sich das Nasenloch zuhalten, weil neues Blut nachkam. Auch die üblichen Schmerzen kündigten sich jetzt in seinem Hinterkopf an. Es wurde Zeit, dass er von hier verschwand. Er ließ sich von Pamela seine Kreditkarte wiedergeben, dankte ihr und nickte Jessa knapp zu. »Denk dran: Bleib weg von ….«

»Schon klar!«, grummelte sie und Christopher wartete auf ihr übliches Augenrollen. Aber es kam nicht und er spürte, dass sie verunsichert war. Logisch. Mittlerweile musste er auf sie einen ziemlich melodramatischen Eindruck machen: blutend und vermutlich auch aschfahl, wie er es wegen der Kopfschmerzen immer wurde. Er tat so, als sei alles völlig normal.

»Versprich es mir!«, verlangte er.

»Ich verspreche es!« Nun verdrehte sie doch die Augen.

Na also! Fast hätte er gelächelt.

Stattdessen machte er auf dem Absatz kehrt und sah zu, dass er von hier verschwand. Wenige Momente später saß er wieder auf der Maschine und drehte das Gas bis zum Anschlag auf. Das kraftvolle Wummern der Enduro schien sich in Worte zu verwandeln: *Sie ist Jessa. Sie ist Alice' Schwester. Alice' Schwester. Schwester. Ihre Schwester …*

Als er Haworth hinter sich gelassen hatte, warf er den Kopf in den Nacken und stieß einen lang gezogenen Schrei aus, der sich irgendwo über den Bergen im Nebel verlor.

Adrian erwartete ihn beim Stall. Besorgt schaute er Christopher entgegen, und natürlich sah er die Spuren des Blutes in seinem Gesicht sofort.

Christopher wollte abwiegeln, wollte ihm sagen, dass alles gut war, aber es wäre eine Lüge gewesen. Zwar war das Nasenbluten in dem Moment versiegt, als er die Grenze des Anwesens überquert hatte, aber die Kopfschmerzen wirkten noch nach. Er sah doppelt, als er die Enduro neben seinem Bruder anhielt, und als er das Bein über den Bock schwang, wurde ihm kurz so schwindelig, dass er taumelte.

»Hey!« Adrian sprang zu ihm und stützte ihn.

Christopher wehrte ab. Er brauchte keine Hilfe. Doch dann sah er ein, dass seine Knie so wackelig waren, dass er froh über Adrians Halt sein konnte, denn es bestand durchaus die Gefahr, dass er vor seinem Bruder in die Knie ging, und das wollte er auf keinen Fall. Adrian machte sich auch so schon genug Sorgen um ihn.

»Geht gleich wieder«, murmelte er und stützte sich schwer auf der Schulter seines Bruders ab, während der ihm half, nach drinnen ins Herrenhaus zu wanken.

»Schon klar.« Adrian stöhnte auf. »Alter! Füttert Nell dich etwa heimlich mit Kuchen? Was wiegst du denn?«

Das ist mein versteinertes Herz, wollte Christopher scherzen, aber er verbiss sich den blöden Spruch. Auf keinen Fall würde er jetzt auch noch melodramatisch werden. »Muskeln sind eben schwerer als Fett«, entschied er sich für einen unbeschwerteren Scherz.

»Vielleicht solltest du lieber ein bisschen weniger Gewichte stemmen und stattdessen ein paar Schachpartien üben.«

Christopher lachte auf. »Glaub bloß nicht, dass ich dich beim nächsten Mal so einfach davonkommen lasse!« Es war eine leere Drohung. Seit Jahrzehnten hatte er nicht mehr gegen Adrian im Schach gewonnen.

Das Schwindelgefühl ließ vollständig nach, als sie die Bibliothek erreichten. »Geht wieder«, sagte Christopher und machte sich aus Adrians Griff los, bevor der ihn auch noch wie einen alten Tattergreis auf eines der Sofas bugsieren konnte.

Adrian musterte ihn und nickte, als er mit dem, was er sah, zufrieden war.

»Was ist mit dir?«, fragte Christopher. Sein Herz zog sich zusammen in Erwartung einer nur schwer zu ertragenden Antwort, aber zu seiner Erleichterung schüttelte Adrian beruhigend den Kopf. »Es ist alles in Ordnung.«

Christopher zwang sich durchzuatmen. Das Feuer im Kamin verbreitete eine wohlige, nach Tannenharz duftende Wärme. »Bist du sicher?«

Adrian nickte. Er legte den Kopf schief, wie er es immer tat, wenn er wusste, was in Christopher vorging. »Du hattest Angst, dass ich mir etwas antue, während du weg warst.«

Christopher gestand sich ein, dass er auf dem Weg hierher tatsächlich diesen kurzen, aber beängstigenden Gedanken gehabt hatte. Mit den Fingerspitzen massierte er sich Stirn und Schläfen.

»Ich weiß, dass es nichts bringen würde, mich umzubringen«, sagte Adrian. »Allein, meine ich.«

Christopher hielt Adrians forschendem Blick stand und wusste, sie dachten exakt dasselbe.

»Du hast sie rechtzeitig von hier weggebracht«, sagte Adrian. »Das ist gut.«

»Hm.«

Unbehagliche Stille füllte den Raum. Christopher wusste, er musste seinem Bruder von Jessa erzählen. Aber wie sollte er es nur über die Lippen bringen?

Adrian spürte, dass etwas folgen würde. Seine Augen weiteten sich ein wenig. »Was?«, fragte er mit einem Anflug von Anspannung in der Stimme.

Christopher presste den Handballen gegen die Stirn.

»Was hast du, Christopher?«, hakte Adrian nach.

Es gab keinen Weg, es seinem Bruder schonend beizubringen, das wusste er. »Die Kleine ...« Sein Mund war plötzlich ganz trocken und er musste erst schlucken, bevor er weitersprechen konnte. »Sie ist Alice' Schwester.«

Die Stille wurde zu Sirup. Christopher fragte sich, ob Adrian – genau wie er selbst – in diesem Augenblick an die Revolver dachte.

»Du hast sie von hier weggeschafft«, murmelte Adrian endlich.

»Ja. Ja, habe ich.«

»Dann ist doch alles gut.«

Christopher kehrte in sein Zimmer zurück, weil er sich nach den überstandenen Schocks dringend ein wenig ausruhen wollte. Daran war allerdings kaum zu denken, denn als er die Tür zu seinem Schlafzimmer öffnete, stand ein sechzehnjähriges Mädchen vor ihm. Ihre graugrünen Augen blitzten unter ihren wie immer wirren roten Locken hervor.

Er blieb im Türrahmen stehen. »Nell«, sagte er und bemerkte, dass sie viel zu schnell atmete. Bevor er sie fragen konnte, was los war, trat sie einen Schritt zur Seite, sodass sein Blick auf sein Bett fallen konnte. Die Kiste mit den Revolvern stand nicht mehr darunter, sondern darauf. Und sie war geöffnet, sodass die beiden Waffen im Licht der eingeschalteten Deckenlampe matt glänzten.

Ihm wurde kalt.

»Muss ich fragen, was das hier zu bedeuten hat, Christopher?«

Er entschied sich für die Konfrontation und trat einen Schritt näher an sie heran. »Muss ich dich fragen, warum du in meinem Schlafzimmer rumschnüffelst?«

Wie es ihre Art war, schien sie kein bisschen beschämt zu sein. *Klar,* dachte er. Sie nahm ihre Rolle in dieser ganzen beschissenen Geschichte eben sehr ernst. Sie gehörte zur Familie. Einer ihrer Urahnen war ein Bruder seines Vaters gewesen – was bedeutete, dass sie hier auf High Moor Grange festsaß, genau wie er. Seufzend ließ er den Kopf hängen. »Nell, ich weiß, dass du nur auf mich aufpassen willst.«

Nell schaute ihn an. Schweigend.

»Ich weiß, dass du das für deine Pflicht hältst, weil ...«

»Ich warte auf eine Antwort, Christopher!«, fiel sie ihm ins Wort. »Warum hast du Revolver unter deinem Bett?«

Er zwang sich, so gleichmütig wie möglich zu wirken. »Was regst du dich auf? Du weißt, dass ich nicht sterben kann, selbst wenn ich mir eine Kugel in den Kopf jage.« Das war so exakt das, was Adrian eben mit weniger drastischen Worten gesagt hatte, dass Christopher beinahe gelacht hätte.

Nell machte ein Gesicht, als habe er ihr eine Ohrfeige gegeben. »Denkst du darüber nach?«, flüsterte sie. Ihr Blick wanderte in seinem Gesicht umher und er ahnte, dass sie seine Gedanken lesen konnte. Sie wurde ganz blass, als sie begriff, was hinter seinen Worten steckte. »Ihr könnt euch nicht selbst erschießen, aber wenn ihr … euch gegenseitig im selben Moment …« Ihre Stimme brach.

Dann würde es endlich zu Ende sein, dachte er.

»Gott, Christopher!«, stieß sie hervor.

Er nahm ihr die Kiste aus den Händen, schloss sie und schob sie wieder unter das Bett. »Hör zu, Cousinchen …«

»Wie lange hast du sie schon dadrunter?«

Er richtete sich zu seiner ganzen Größe auf. Er überragte sie auf diese Weise um fast anderthalb Köpfe, aber das kümmerte sie nicht. Mit fassungslos und zugleich zornig blitzenden Augen schaute sie zu ihm auf.

»Wie lange, Christopher?«

Er wusste, sie würde ihn nicht um die Antwort herumkommen lassen. Und er wusste auch, dass er sie auf seine Seite ziehen musste, damit sie niemandem von diesen Revolvern erzählte. »Seit das mit Alice passiert ist.« Er wollte nicht weiterreden, aber er wusste auch, dass er es ihr schuldig war. Er hatte ihr das schon viel zu lange verheimlicht, aber, Herrgott, musste sie ausgerechnet heute hier herumschnüffeln, wo er genug mit dieser Jessa zu tun hatte? »Wir haben uns damals geschworen, dass keinem Mädchen jemals das Gleiche passiert wie ihr.«

Nells Lippen teilten sich leicht. Er hasste es, dabei zuzusehen, wie ihre Augen zu schimmern begannen. Nell war jedoch nicht der Typ, der leicht losflennte. Mit bewundernswert fester Stimme sagte sie: »Du glaubst allen Ernstes, dass ich zulasse, dass ihr beide euch gegenseitig erschießt?«

»Nein!« Sanft berührte er sie an den Oberarmen. »Mach dir keine Sorgen um uns.« Weil er spürte, dass sie das nicht überzeugte, zwang er sich zu einem Grinsen. »Hey! Wir sind tough, das weißt du doch!«

Nell runzelte die Stirn. »Was, wenn ich sie dir wegnehme?«

»Versuch es«, erwiderte er.

»Wissen Dad und Henry davon?«

Christopher schüttelte den Kopf. »Von den Revolvern? Nein.« Sie wussten von dem Schwur, das reichte.

»Scheiße, Christopher.« Sie seufzte. »Ich muss Dad und Henry davon erzählen, das ist dir klar, oder?«

»Nein!« Das eine Wort kam sehr viel schärfer aus seinem Mund, als er beabsichtigt hatte.

Nell zuckte tatsächlich zusammen.

Christopher schämte sich. »Hör zu, Nell. Es würde ihnen nur schlaflose Nächte bereiten. Das ist nicht nötig, glaub mir! Solange kein Mädchen hier auftaucht, ist alles gut.« Er zwang sich zu einem Lächeln, von dem er wusste, dass Nell ihm kaum widerstehen konnte. Wie gut, dass sie keine Ahnung von Jessa hatte.

»Das ist nicht sehr beruhigend!«, klagte sie, aber an der Art, wie sie es sagte, wusste er, dass er gewonnen hatte. Sie würde den Mund halten.

Vorerst zumindest.

4

Das Zimmer war klein, aber gemütlich eingerichtet. An der Wand über dem Bett hing eine Kopie des Gemäldes mit den Schwestern Brontë, das sich auch auf Alice' Taschenbuch befand. Jessa blieb eine Weile lang mitten im Raum stehen und betrachtete den gelblichen Fleck, wo sich ursprünglich Branwell Brontë befunden hatte. Aus irgendeinem Grund musste sie dabei an den Nebel rund um High Moor Grange denken.

Dann jedoch wanderten ihre Gedanken zu diesem Motorradtypen. Christopher.

Seine Nase hatte ziemlich plötzlich angefangen zu bluten. Vor allem aber ohne ersichtlichen Grund. Außerdem ließ die Art, wie er bleich geworden war, auf Schlimmeres schließen. Ob er krank war?

Vielleicht war es ja das, wovor er sie schützen wollte: eine ansteckende Krankheit, die die Gegend rund um das Herrenhaus verseucht hatte. Und vielleicht war die auch der Grund dafür, dass dieser Adrian, der Typ mit der Kapuze, sein Gesicht nicht zeigen wollte.

Nachdenklich strich Jessa über ihr Handgelenk. Die Stelle, wo der Blödmann sie gepackt hatte, war immer noch rot. Missmutig zog sie ihre Lederjacke aus, legte sie über den geblümten Sessel und streifte sich die Schuhe von den Füßen. Dann warf sie sich auf das Bett und nahm sich vor, keine weiteren Gedanken an diese beiden Kerle zu verschwenden.

Sie war schließlich wegen Alice hier. Morgen würde sie in die Bibliothek gehen und mit dieser Clarice Galloway reden. Was aber, wenn sie keine Spur von ihrer Schwester fand? Würde sie dann unverrichteter Dinge nach London zurückfahren? Ihr Geld reichte gerade noch für eine Zugfahrkarte.

Einen Schritt nach dem anderen, dachte sie. Sie rollte sich auf die Seite, angelte nach ihrem Rucksack und nahm *Sturmhöhe* heraus. Grübelnd strich Jessa über den hellgrünen Einband. Alice hatte dieses Buch geliebt. Es war kaum vorstellbar, dass sie sich freiwillig davon getrennt hatte. Warum aber hatte sie es dann in diese Bibliothek gestellt, wo Ms Galloway es offenbar gefunden hatte? Hatte sie es vielleicht vergessen? Auch das glaubte Jessa nicht. Alice hatte früher immer Bücher mit sich rumgeschleppt. Und sie hatte nicht ein einziges Mal eines irgendwo aus Versehen liegen lassen. Warum also ausgerechnet dieses, das ihr so wichtig gewesen war?

»Ach, Mist!«

Es brachte gar nichts, jetzt zu grübeln. Morgen um diese Zeit wüsste sie vielleicht schon mehr. Und bis es Zeit war, Ms Galloway aufzusuchen, konnte sie genauso gut die Annehmlichkeiten dieses Hotels nutzen. Immerhin blechte dieser Christopher dafür, was die Sache noch angenehmer machte. Sie stand auf und ging ins Badezimmer, das mit einer auf Klauenfüßen stehenden Badewanne gleichzeitig altmodisch und charmant wirkte. Auf dem Duschvorhang war eine altertümliche Handschrift abgebildet. Jessa versuchte, die krakelige Schrift zu lesen, aber sie konnte kein einziges Wort entziffern. Sie runzelte die Stirn.

Eine ganze Batterie von Pflegeprodukten stand auf dem Bord über dem Waschbecken. Jessa nahm sie der Reihe nach in die Hand. Es gab Duschgel, Shampoo, Conditioner, Bodylotion und sogar ein Schaumbad für eine Wannenfüllung. Auf jeder einzelnen der kleinen Fläschchen war das Gesicht einer blassen, jungen Frau mit halblangen Haaren und einem Samtband um den Hals abgebildet. Vermutlich eine der Brontë-Schwestern. Denen entging man hier offenbar nicht mal im Bad.

Jessas Blick wanderte von dem Fläschchen in ihrer Hand zu der Wanne und ein Lächeln glitt über ihr Gesicht. Sie stöpselte den Abfluss zu und drehte das heiße Wasser auf. Als sie das Schaumbad in den Strahl gab, begann es, köstlich nach Sandelholz zu duften.

Sie blieb über eine Stunde in der Wanne, wusch sich die Haare und behandelte sie mit dem Conditioner, was die blauen Spitzen wunderbar weich und geschmeidig machte. Nach dem Bad benutzte sie die Bodylotion und während sie sich eincremte, merkte sie, dass ihr Magen knurrte. Das Letzte, was sie gegessen hatte, war ein billiger Burger am Bahnhof in London gewesen. Wie lange war das jetzt her? Sie sammelte die leeren Fläschchen ein, warf sie in den Mülleimer und schlüpfte dann in saubere Unterwäsche. Danach kramte sie in ihrem Rucksack nach zwei Müsliriegeln, die sie vom Frühstückstisch in *Children's Retreat* hatte mitgehen lassen. Die und ein Zahnputzbecher voll mit Leitungswasser mussten als Abendessen reichen, aber das war nicht weiter schlimm. Sie war schon länger mit weniger ausgekommen.

Zum Ausgleich für das karge Mahl lümmelte sie sich vor den Fernseher. Endlich mal konnte sie sich durch sämtliche TV-

Kanäle zappen, ohne dass eine Erzieherin ihr befahl, ins Bett zu gehen.

In dieser Nacht träumte sie erneut, dass sie durch das Moor lief. Diesmal jedoch stieß sie im Traum nicht zufällig auf das Herrenhaus, sondern sie suchte gezielt danach, denn sie hatte das unbändige Gefühl, dass Alice wollte, dass sie das tat. Im Traum war es, als würde ihre Seele sie zu diesem Haus treiben, weil sie die von Alice suchte, weil sie wieder ganz sein wollte. Bevor sie Alice jedoch fand, wachte sie schweißgebadet auf.

Als es Zeit für das Frühstück war, duschte sie, dann zog sie sich an. Im Licht der Badezimmerlampe wirkten die Abdrücke von Christophers Fingern an ihrem Handgelenk lila, was fieser aussah, als es war. Die Prellung tat kaum weh und Jessa hatte sie beinahe sofort wieder vergessen. In dem Moment, als sie die Zimmertür öffnete, um hinunter in den Frühstücksraum zu gehen, kam ein junger Mann aus dem Nachbarzimmer.

»Oh. Guten Morgen«, grüßte er. Er war einen ganzen Kopf größer als sie und sah auf eine kompakte Art stark und sportlich aus. Er hatte einen dichten roten Hipsterbart, einen von der Sorte, die Jessa unfassbar albern fand. »Auch so früh aus dem Bett gefallen?«, erkundigte sich der Typ.

Sie nickte nur.

Er ließ sich davon nicht beirren. »Mein Name ist Henry«, stellte er sich vor und hielt ihr eine Zwischentür auf.

»Danke«, murmelte sie, ging hindurch und verzichtete darauf, ihm zu sagen, wie sie hieß.

Wenn es ihn ärgerte, ließ er es sich nicht anmerken. Er hielt ihr ebenso galant auch noch die Tür des Frühstücksraums auf und zu ihrer Erleichterung suchte er sich einen Tisch in einigem Abstand von ihrem.

Am Frühstücksbüfett allerdings traf sie ihn wieder.

»Gerade erst angekommen?«, fragte er.

Wieder nickte sie nur. Vielleicht kapierte er ja irgendwann, dass sie nicht mit ihm quatschen wollte.

Er grinste breit. »Wie eine Touristin siehst du nicht aus.«

»Bin ich auch nicht.« Sie biss sich auf die Lippe und lud sich Eier und Speck auf einen Teller.

»Sondern?« Er wartete auf eine Antwort und als sie einfach schwieg, setzte er nach: »Was hast du heute so vor, meine ich.«

Ihr Blick huschte durch das Fenster in die Ferne auf der Suche nach einer passenden Antwort. »Ich mache einen Spaziergang durchs Moor und suche mir einen Felsen, von dem ich mich stürzen kann, um keine dummen Fragen mehr beantworten zu müssen.«

»Oha.« Er lachte. »Kapiert. Sorry, ich lass dich schon in Ruhe.«

Sie sah ihm ins Gesicht. Er wirkte eigentlich ganz nett, aber um ihn das nicht merken zu lassen, wandte sie ihm den Rücken zu. Mit ihrem Teller kehrte sie zu ihrem Platz zurück und ließ es sich schmecken. Nachdem sie alles restlos verputzt hatte, ging sie ein zweites Mal, um sich Früchte und Joghurt zu holen. Beim dritten Gang, bei dem sie sich für Toast mit Marmelade entschied, nickte Henry ihr anerkennend zu. »Gesunder Appetit«, kommentierte er.

Darauf reagierte sie gar nicht. Sie hatte eigentlich vorgehabt, das Frühstück so lange auszudehnen, bis die Bibliothek öffnen würde, aber irgendwann hielt sie Henrys ständige, betont unauffälligen Blicke nicht mehr aus und beschloss zu gehen.

»Schönen Tag noch«, wünschte er, als sie schon an der Tür war.

Sie zwang sich zu einem einigermaßen freundlichen Tonfall. »Dir auch.«

Sie ging auf ihr Zimmer, putzte sich die Zähne und ging auschecken.

An Pamelas Stelle saß heute Morgen ein freundlicher junger Mann, der ihr mit einem strahlenden Zahnpastalächeln einen »wundervollen Tag« wünschte. Draußen auf dem Parkplatz gab Jessa die Adresse der Bibliothek in ihr Handy ein. Das Gebäude war ganz in der Nähe, aber das war hier wohl alles.

Haworth war sehr viel kleiner, als sie es sich vorgestellt hatte, und das bedeutete, sie würde keine fünf Minuten brauchen, um bei der Bibliothek anzukommen. Sie beschloss, die Zeit, bis die öffnete, mit einem Spaziergang rumzubringen.

Die Luft über dem Moor war so früh am Morgen glasklar, sodass es schien, als wolle das Wetter den Nebel und damit den gestrigen Tag wiedergutmachen. Der Himmel hatte die Farbe einer tausendmal gewaschenen Jeans und die wenigen Wolken, die darüber hinsegelten, sahen aus wie schneeweiße Wattebälle. Zu alldem bildete die Heide mit ihrem flammenden Violett einen scharfen Kontrast. Der einsame Baum, der auf dem höchsten der Hügel stand, reckte seine Zweige Richtung Osten, als wolle er nach dem Horizont greifen.

Christopher stützte den Unterarm gegen das Fenster des Speisezimmers und lehnte die Stirn gegen den Handrücken. Er hielt sein Smartphone in der Hand, aber er zögerte, Henry anzurufen. Der würde sich schon darum kümmern, dass Jessa nicht wieder auf die Idee kam, hierher zurückzukehren. Es war nicht nötig, sich dessen ständig zu versichern, auch wenn das Bedürfnis danach groß war.

»Idiot!«, murmelte er zu sich selbst.

»Wer?«, fragte Adrian hinter seinem Rücken. »Du? Oder ich?«

Christopher wandte nur kurz den Kopf zu ihm. Zu viele Gedanken kreisten in seinem Schädel und er war er unendlich müde. Er hatte die Nacht so gut wie gar nicht geschlafen, hatte sich ruhelos herumgewälzt und darüber nachgegrübelt, wie Alice' Schwester hierhergefunden hatte. Ob sie ahnte, dass Alice hier gewesen war. Was er tun sollte, wenn sie noch mal herkam. Und nicht zuletzt: was er und Adrian machen sollten, würde *es* wieder von vorn losgehen.

»Alles in Ordnung?«, fragte Adrian. Er saß am Esstisch und versuchte zu frühstücken. Aber nach der Rühreimenge zu urteilen, die noch immer auf seinem Teller lag, hatte er ebenso wenig Appetit wie Christopher. Kein Wunder. Jessas Auftauchen hatte auch ihn bis ins Mark erschüttert. Christopher hätte zu gern gewusst, wie er die Nacht verbracht hatte, aber er traute sich nicht zu fragen.

Um ihm auszuweichen, ließ er den Blick durch das Speisezimmer schweifen. Der Kontrast zwischen den antiken Seidentapeten und Möbeln und der billigen Pfanne, aus der Adrian aß, war irgendwie lächerlich. Christopher schaute wieder hinaus auf das Moor. »Die Heide steht in Flammen. Heather hätte jetzt ihre Staffelei geholt und gemalt.« Es fühlte sich auf perverse Weise gut an, ihren Namen zu erwähnen. Es ließ den gleichmäßigen, dumpfen und dadurch so unerträglichen Kummer in seinem Inneren für eine Sekunde zu einem grellen, reinigenden Brennen werden. Er unterdrückte den Wunsch, hinaus auf den Friedhof zu Heathers Grab zu gehen.

Er hörte, wie Adrian die Gabel auf dem Pfannenrand ablegte. Sein Schweigen war vorwurfsvoll.

Christopher schloss die Augen. *Verdammt!* Seit Jessas Auftauchen fühlte er sich dünnhäutig, nein, mehr noch, es war, als hätte er überhaupt keine Haut mehr. Als würde ihn der kleinste Luftzug schreien lassen. Mit der flachen Hand rieb er sich über das Gesicht.

»Du machst dir Sorgen, dass sie zurückkommt, stimmt's?«

»Henry überwacht sie«, sagte er. »Er sorgt dafür, dass sie nicht wieder hier auftaucht.«

Wen wollte er damit beruhigen? Adrian? Oder doch eher sich selbst? Er hatte Jessa kennengelernt und er hätte ein Volltrottel sein müssen, um zu glauben, dass sie sich so einfach von High Moor Grange fernhalten lassen würde.

Schweigen dehnte sich zwischen ihnen aus. Schließlich war es Adrian, der als Erster wieder sprach. »Wo hast du die Revolver, Christopher?«

Die Worte ließen Christopher beinahe in die Knie gehen. Seit fünf Jahren war da dieses ständige Wispern in ihm, dieses permanente: *Tu es! Beende es, bevor es wieder zu einer solchen Katastrophe kommt!* Und jetzt, wo es aussah, als würde genau das passieren, zögerte er?

Er musste nur seinen Bruder ansehen, um zu begreifen, warum. Seitdem Adrian, wie er, mit dem Gedanken spielte, ihrer beider Leben zu beenden, war er selbst sicher, dass er das auf jeden Fall verhindern musste. Dass er Adrian beschützen musste. Auch wenn ihn das mehr kosten würde, als er ertragen konnte.

Mit zitternder Hand hielt er Daumen und Zeigefinger zwei Millimeter voneinander entfernt. »Vor fünf Jahren waren wir so dicht dran. Wir hätten dich fast gerettet.«

Adrian senkte den Kopf, sodass die Kapuze sein Gesicht vollständig verbarg. »Ja«, sagte er. »Fast.« Seine Stimme war nur ein Flüstern.

Die öffentliche Bibliothek von Haworth war genau so, wie Jessa sie sich vorgestellt hatte: klein, verwinkelt, mit dem intensiven Geruch nach altem Papier, Bohnerwachs und Staub. Der Tresen, an dem die Ausleihe stattfand, war nichts weiter als ein Schreibtisch in einem der vorderen Räume des Hauses, das offenbar früher einmal ein Wohnhaus gewesen war. Der Boden bestand aus alten Eichendielen, die Fenster waren klein und wirkten in den dicken Mauern eher wie Schießscharten.

Die Bibliothekarin war eine ältliche Dame und auch sie sah genau so aus, wie Jessa sich jemanden vorstellte, der hier arbeitete. Die Frau hatte die grauen Haare zu einem Knoten geschlungen, ihre Kleidung bestand aus Rock, Bluse und Strickjacke. Eine Lesebrille hing an einer Kette um ihren Hals. Das kleine silberne Namensschild, das auf ihrem Schreibtisch stand, wies sie als Clarice Galloway aus.

»Guten Morgen«, grüßte Jessa sie. »Mein Name ist Jessa Downton.« Sie wartete einen Augenblick, ob bei dem Nachnamen etwas bei Ms Galloway klingelte. Als das nicht der Fall war, schob Jessa hinterher: »Alice Downton war … ist meine Schwester. Das Mädchen, das …«

»Oh, ja!« Ms Galloways Miene erhellte sich. »Das Mädchen, dem das Buch gehörte, das ich neulich gefunden habe. Warte, *Sturmhöhe,* nicht wahr?«

»Genau.«

»Wie nett, dass du hierherkommst. Warum kommt sie nicht selbst?«

»Meine Schwester ist vor fünf Jahren spurlos verschwunden.« Jessa stieß die Worte hervor wie etwas, das sie dringend loswerden musste. Auf dem Weg hierher hatte sie mehrere Versionen durchgespielt, wie sie es möglichst taktvoll erwähnen sollte, aber offenbar gab es keine schonenden Worte für so was. Jedenfalls nicht in ihrem Kopf.

Schlagartig erlosch Ms Galloways Lächeln. »Oh.« Sie schnappte nach Luft und legte eine Hand auf ihr Herz.

Weil die Dauer ihres betroffenen Schweigens sich unerträglich in die Länge zog, fuhr Jessa fort: »Ich bin hier, weil ich rausfinden möchte, was passiert ist.«

»Hat die Polizei das denn nicht?«

Hätte sie vielleicht, wenn sie vernünftig ermittelt hätte, dachte Jessa. »Nein«, antwortete sie. »Leider nicht.«

»Nun.« Ms Galloway legte den Kugelschreiber weg, mit dem sie bei Jessas Eintreten etwas auf altmodischen Buchlaufkarten notiert hatte. »Ich fürchte, ich kann dir nicht weiterhelfen. Alles, was ich weiß, ist, dass ich das Buch in unserem Bestand gefunden habe. Jemand muss es ins Regal gestellt haben. Ich habe allerdings keine Ahnung, wieso.«

Jessa schaute in die Richtung, in die sie gedeutet hatte. »Können Sie mir zeigen, wo genau Sie es gefunden haben?«

»Natürlich.« Ms Galloway kam hinter ihrem Schreibtisch hervor und marschierte mit kurzen, energischen Schritten den ehemaligen Hausflur entlang, dann in einen der hinteren Räume und dort in den hintersten Winkel. Eine junge Studentin, die an einem Tisch saß und einen dicken Wälzer vor sich liegen hatte, schaute kurz auf, kümmerte sich dann jedoch nicht weiter um sie.

Das Regal, in dem Alice' Buch gestanden hatte, gehörte zur Abteilung *Enzyklopädien und Sammelwerke.* Dem Alter der hier stehenden Lexika und Bildbände nach zu urteilen, wurden die Bücher ungefähr alle hundert Jahre einmal benutzt. Kein Wunder. In Zeiten von Internet und Wikipedia gab es vermutlich kaum etwas Nutzloseres als alte Nachschlagewerke. Ein

Wunder, dass die Bibliothek die alten Schwarten noch nicht entsorgt hatte.

»Da hat es gestanden«, erklärte Ms Galloway und deutete auf das oberste Brett eines Regals, auf dem sich eine zweibändige und offenbar ziemlich alte Sagensammlung befand. »Zwischen den beiden Sagenbänden. Es ist mir nur aufgefallen, weil es keine Signatur hat.«

Jessa zog Alice' Buch aus der Tasche. Die Schutzumschläge der beiden Bände hatten fast dieselbe Farbe wie dessen Einband. Es war kein Wunder, dass es dort so lange unentdeckt gestanden hatte, zumal die Sagen seit Jahren niemand mehr ausgeliehen hatte, wie Ms Galloway nun erklärte.

»Und deine Schwester ist spurlos verschwunden? Hier in Haworth?« Die Bibliothekarin schauderte.

Jessa nickte. »Könnten Sie mir einen Gefallen tun und nachschauen, ob Sie eine Alice Downton in Ihrem System haben?« Halb erwartete sie, einen längeren Vortrag über Datenschutz gehalten zu bekommen. Aber Ms Galloway schien selbst viel zu neugierig, um sich um solche nervigen Hindernisse zu scheren. Gut, dachte Jessa. Wenn diese Bibliothekarin das Rätsel um Alice' Verschwinden so interessant fand, kam ihr das gerade recht.

Ms Galloway marschierte zurück zu ihrem Schreibtisch und tippte eine Weile lang auf der Tastatur ihres Computers herum, der noch altertümlicher war als die in *Children's Retreat.*

»Hier«, sagte sie dann und deutete auf den Bildschirm. »Wir haben tatsächlich eine Alice Downton im System. Moment. Der letzte Eintrag für sie datiert vom 3. September 2015.«

Das war nur einen Tag, bevor Alice sich zum letzten Mal bei ihr gemeldet hatte!

Jessas Magen machte einen kleinen, flatterigen Satz. Sie hatte wirklich eine Spur von Alice entdeckt! »Was hat sie ausgeliehen?«, fragte sie ein bisschen atemlos.

»Hm. Mal sehen. Das sind alles Bücher über oder von Branwell Brontë. Das war der jüngere Bruder der drei Brontë-Schwestern.«

Der Maler, der das Bild auf Alice' Buch gemalt hatte. Wieder einmal betrachtete Jessa das Cover. Sie fand diesen Branwell nicht besonders talentiert. Die Gesichter der drei Frauen waren flächig und nicht sehr fein ausgearbeitet, die Farben eintönig und irgendwie uninspiriert. »Könnte ich die Bücher, die Alice ausgeliehen hat, einsehen?«

»Natürlich. Du musst dafür allerdings einen eigenen Ausweis beantragen.« Datenschutz war Ms Galloway zwar egal, aber mit den Formalitäten einer Ausleihe war sie dafür offenbar umso genauer.

Jessa nahm es mit Humor und eine Viertelstunde später saß sie an dem Tisch, an dem eben noch die Studentin gesessen hatte, die aber mittlerweile gegangen war. Vor sich hatte sie drei alt aussehende Sachbücher, die sich allesamt mit diesem Branwell Brontë beschäftigten. »Dieses hier«, hatte Ms Galloway gesagt, »hat nach deiner Schwester niemand anderes mehr ausgeliehen.«

Es war eine dicke, dunkelrot eingebundene Schwarte mit dem Titel *Branwell Brontë – Maler, Schriftsteller, Lehrer.* Das meiste darin war ziemlich langweiliges Zeug. Jessa blätterte es dennoch durch und überflog Lebensdaten, Forschungen zu Branwells Arbeit an einem Werk namens *Angria* und vielem mehr. An einem Artikel blieb ihr Blick hängen.

Jemand hatte Unterstreichungen gemacht.

Und diese Unterstreichungen hatten einen dunklen Türkiston.

Wieder gab es in Jessas Magen dieses komische flatterige Gefühl. Sie schlug *Sturmhöhe* auf und verglich den Farbton der Unterstreichungen mit der Tinte, mit der Alice ihren Namen und ihre Adresse in das Buch geschrieben hatte.

Sie stimmten überein.

Ungefähr eine Stunde lang brauchte Jessa, um den Artikel zu lesen, für den Alice sich so sehr interessiert hatte, dass sie ihre Angewohnheit, besonders sorgsam mit Bibliotheksbüchern umzugehen, über den Haufen geworfen und ganze Passagen darin angestrichen hatte.

In dem Artikel ging es um die Frage, warum Branwell im Alter von nicht mal dreißig Jahren den Verstand verloren hatte. Das Ganze war ungeheuer kompliziert und so schwer verständlich geschrieben, dass Jessa irgendwann ein Gähnen nicht mehr unterdrücken konnte. Für so langweiliges Zeug hatte Alice sich interessiert? Warum nur?

Seufzend legte sie den Zeigefinger als Lesezeichen zwischen die Seiten und klappte das Buch zu. Danach starrte sie eine Weile lang grübelnd vor sich hin, bis Ms Galloway den Kopf zur Tür hereinsteckte und fragte: »Irgendwelche Erkenntnisse?«

Jessa zuckte mit den Achseln. »Nur dass Alice sich offenbar brennend für diesen Branwell interessiert hat.«

Da lächelte die Bibliothekarin. »Mir ist eben eine Idee gekommen.« Sie winkte Jessa zu sich heran.

Jessa zögerte, doch dann stand sie auf und folgte Ms Galloway. Die führte sie zu einer Treppe ihm hinteren Teil des Gebäudes. Hier hatte man irgendwann einmal einen moderneren Anbau angefügt, denn als sie nun durch eine gläserne Tür gingen, befanden sie sich in einem Treppenhaus, das aussah wie das einer Behörde aus den Siebzigern. An der Treppe ließ Ms Galloway Jessa den Vortritt, dann führte sie sie einen mit Linoleum ausgelegten Gang entlang und bis zu einer Tür mit Milchglaseinsatz. *Prof. Victor Addingham* stand auf einem Schild daneben. Ms Galloway klopfte und wartete kaum auf das »Herein«, das folgte. Eilig stieß sie die Tür auf und stürmte in das Zimmer. Jessa folgte ihr.

»Professor Addingham«, begann die Bibliothekarin. »Darf ich Sie einen kurzen Moment stören?«

Der Mann, der hinter dem mit Papieren und Büchern übervollen Schreibtisch saß, war am Telefonieren. »Kann ich Sie später zurückrufen, Professor Taylor?«, fragte er in sein Handy. Sein Gesprächspartner antwortete etwas, er bedankte sich und legte dann auf. »Das haben Sie ja schon, Clarice«, sagte er mit einem Seufzen. Er schien um die fünfzig zu sein. Seine Haare waren an den Schläfen ergraut und so unordentlich, als hätte er sie sich gerade gerauft. Er trug eine Brille mit silbernem Drahtgestell, eine hellbraune Strickjacke über einem verknitterten Hemd und Jessa vermutete, dass unter dem Schreibtisch eine ausgebeulte Cordhose das Outfit eines waschechten Gelehrten komplettierte.

Ms Galloway überhörte den Vorwurf in seiner Stimme. »Diese junge Dame hier braucht Ihre Hilfe.« Sie packte Jessa und schob sie ein Stück nach vorne, was nicht ganz einfach war, denn das Büro war winzig und vollgestopft. »Jessa ist hier, weil sie auf der Suche nach ihrer verschwundenen Schwester ist.«

Während sie das sagte, hätte Jessa beinahe einen Stapel Bücher umgestoßen. Gerade noch konnte sie den windschiefen Turm davon abhalten, in sich zusammenzurutschen.

Ein leises Ächzen entfuhr der Kehle des Mannes.

»'tschuldigung«, murmelte Jessa und schaute von dem Bücherstapel hoch.

»Ich ... schon gut.« Professor Addingham erhob sich. Er nahm die Brille ab und fuhr sich mit der flachen Hand durch die Haare, die danach noch zerzauster aussahen. »Ich fürchte, ich weiß nicht, wie ich in dieser Angelegenheit behilflich sein kann.« Er hatte eine schöne Stimme, tief und wohlklingend. Jessa konnte sich gut vorstellen, wie er damit den Hörsaal einer Universität füllte und seine Studenten in den Bann zog.

»Ich dachte, Sie könnten sich vielleicht an irgendwas von damals erinnern«, warf Ms Galloway ein. »Immerhin arbeiten Sie schon seit dreißig Jahren hier!«

Da ließ sich Professor Addingham wieder auf seinen Stuhl sinken. Die Federn quietschten leise. »Hm ... In der Tat erinnere ich mich daran, dass einmal jemand von der Polizei hier war und nach einer jungen Frau gefragt hat. Ist das wirklich schon fünf Jahre her? Du liebe Güte, wie die Zeit vergeht!«

»Was haben Sie der Polizei gesagt?«, fragte Jessa. Ein leichtes Kribbeln hatte sie erfasst. Kam sie jetzt einen Schritt weiter?

Offenbar nicht, denn Professor Addingham schüttelte bedauernd den Kopf. »Nichts. Denn ich habe diese junge Dame nie getroffen. Alles, was ich tun konnte, war, dem Polizeibeamten viel Glück bei der Suche zu wünschen.« Während er das sagte, blätterte er in dem Manuskriptstapel herum, an dem er gearbeitet hatte, als sie eingetreten waren. »Ich fürchte also, ich bin keine große Hilfe. Tut mir wirklich sehr leid ... wie war noch mal dein Name ... Jessica?«

»Jessa«, verbesserte sie automatisch. Das Kribbeln wurde ersetzt von einem Gefühl von Enttäuschung. »Danke trotzdem.«

»Hm. Gern geschehen.« Er war in Gedanken schon wieder bei seiner Arbeit. »Würdest du mich jetzt bitte entschuldigen? Ich muss das hier dringend fertig machen.«

»Natürlich.« Jessa sah Ms Galloway an.

Die wirkte nicht zufrieden, aber sie schien zu viel Respekt vor dem Professor zu haben, um ihn weiter zu nerven. »Komm«, sagte sie zu Jessa, dann bugsierte sie sie aus dem engen Büro. »Schade. Ich hätte mir gewünscht, dass er dir hätte helfen können.«

Jessa folgte ihr zu ihrem Arbeitsplatz zurück. »Tja«, murmelte sie. »Das war es dann wohl.«

»Vielleicht noch nicht«, sagte Ms Galloway. Mit der Spitze ihres Zeigefingers tippte sie sich gegen die Unterlippe. »Ich habe eine Tante, die seit Jahrzehnten in Haworth lebt. Sie ist zwar schon ein bisschen dement und wohnt im Altersheim, aber wenn sie klar ist, ist sie ein wandelndes Lexikon. Vielleicht kann sie sich an ein Mädchen erinnern, das vor fünf Jahren spurlos verschwand.« Ms Galloway sah auf die Uhr. »Ich habe um halb eins Mittagspause. Wenn du bis dahin warten kannst, könnten wir gemeinsam zu Elizabeth gehen.« Sie lächelte. »So heißt sie. Meine Tante Elizabeth.«

Jessa konnte sich zwar nur schwer vorstellen, dass das etwas bringen würde. Vermutlich war ein Besuch bei dieser Elizabeth nicht mehr als das Greifen nach einem Strohhalm, aber was hatte sie schließlich zu verlieren? Also beschloss sie, die Hilfe der Bibliothekarin anzunehmen, auch wenn diese ihr die vermutlich nur aus reiner Neugier und Sensationslust anbot.

»Warum nicht?«, willigte sie ein.

5

Die Vormittagssonne stand so, dass sie sich in den Fenstern des Hauptflügels spiegelte und helle Reflexe auf die große Freitreppe des Haupteingangs warf, als Christopher daraus ins Freie trat. Aus Richtung Verwaltercottage konnte er Nell den Weg hierherauf entlangstapfen sehen und er beneidete sie fast ein bisschen. Während er wie jeden Morgen das Gefühl auseinanderzubrechen ignoriert und sich gezwungen hatte, eine frische Jeans, blank geputzte Schuhe und ein gestärktes Hemd anzuziehen, trug sie eine schlabberige Jeans und einen simplen Sweater und hatte ihre halblangen roten Haare nur nachlässig gekämmt. Es war offensichtlich, dass auch sie nicht besonders gut geschlafen hatte. Mit Sicherheit wusste sie mittlerweile von Jessas Auftauchen. Und vermutlich war sie rasend vor Wut darüber, dass er es ihr gestern nicht erzählt hatte.

Er hatte das absurde Bedürfnis, sich gegen ihr Donnerwetter zu schützen, und in einer völlig sinnlosen Geste stellte er erst den Kragen seiner Lederjacke auf und schloss dann den Reißverschluss halb.

»Hey!«, grüßte sie ihn im Tonfall einer Katze, der man auf den Schwanz getreten hatte.

»Hey.«

»Bist du in Ordnung?«, fragte sie.

In einem von vornherein vergeblichen Versuch, dem eigentlichen Thema auszuweichen, grinste er. »Mehr als du, offenbar. Hast du deine Bürste verbummelt?«

»Echt jetzt, Christopher?«, fauchte sie und raufte sich die ohnehin schon wirren Haare.

Er nickte. »Ja. Das macht es definitiv besser.«

»Ach, halt einfach die Klappe!«, schrie sie. »Dir ist schon klar, dass Dad und Henry mir von Jessa erzählt haben?«

»Und?«, fragte er zurück. Ihm fiel einfach nichts Besseres ein.

»Ich will, dass du diese Waffen rausrückst!«

Langsam schüttelte er den Kopf. »Sorry. Vergiss es.« Er drängte sich an ihr vorbei und ging zu den Stallungen, um seine Enduro herauszuholen.

»Wo willst du hin?«, entfuhr es Nell.

Er bockte die Maschine auf, um das Stalltor schließen zu können. Er wollte weg aus Nells Gegenwart. Es nervte, wenn sie sich solche Sorgen um ihn machte. Aber er unterdrückte den Impuls, ihr nochmals zu versichern, dass er okay war.

Er war alles andere als das. Und Nell war klug genug, das zu wissen. Vor allem kannte sie ihn viel zu gut.

»Wo – willst – du – hin?«, wiederholte sie ihre Frage mit Nachdruck.

Er seufzte theatralisch. »Dienstag?«, sagte er in einem fragenden Ton.

Nell wedelte ärgerlich mit beiden Händen. »Ich weiß, dass Dienstag ist! Was ich sagen will, ist: Du kannst heute nicht zu Elizabeth fahren!«

Er war schon drauf und dran gewesen, ein Bein über den Bock zu schwingen. Jetzt wandte er sich noch einmal zu ihr um. »Ach? Und warum nicht?«

»Weil die Gefahr besteht, dass du im Dorf dieser Jessa begegnest?« Sie schien fassungslos, dass sie ihm das überhaupt sagen musste.

»Genau deswegen ist dein Bruder da draußen und passt auf, wo Jessa sich rumtreibt.«

»Henry ist ...«

»Henry ist bei Jessa!«, fiel Christopher Nell ins Wort. »Und er warnt mich, wenn die Gefahr besteht, ihr noch mal zu begegnen.« Er schwang sich auf das Motorrad. »Auch wenn es, genau genommen, keinen Grund dafür gibt, dass *ich* ihr aus dem Weg gehe.«

»Jaja«, grummelte sie. »Du hast alles im Griff, wie immer.«

Nichts hatte er im Griff, aber er würde den Teufel tun und mit ihr darüber diskutieren.

»Es gefällt mir nicht, wie du das Schicksal herausforderst, wenn du jetzt in dieses Altersheim fährst!«, sagte sie.

Er seufzte erneut, diesmal übertrieben resigniert, und er sah den Ärger hinter der Sorge in ihren Augen aufblitzen. Sie hasste es, wenn er so tat, als würde er mit einem kleinen Kind reden. Genau das war der Grund, warum er es getan hatte: um sie abzulenken. Dabei hatte sie nur Angst um ihn. Sie hatte es nicht verdient, dass er sie herablassend behandelte oder auch nur im Dunkeln tappen ließ.

»Diese Dienstage bei Elizabeth, Nell«, sagte er so ruhig, wie er konnte, »sind die einzigen Stunden, in denen ich mir einreden kann, dass das Ding hier drinnen vielleicht doch nicht so kaputt ist, wie es scheint.« Er tippte gegen die Stelle, hinter der sein Herz saß.

Oh Gott, hatte er das wirklich gesagt? Was für ein melodramatischer Schwachsinn, für den er sich umso mehr schämte, als er sah, wie es in Nells Augen zu glitzern begann. *Scheiße!* Wieso nur schaffte sie es immer wieder, dass er seine Deckung fallen ließ?

Er startete die Enduro und machte, dass er davonkam.

»Im nächsten Leben mache ich was ohne Idioten, das schwöre ich dir!«, schrie sie ihm nach.

»Er braucht das.«

Nell zuckte zusammen, als Adrian hinter sie trat, und er biss die Zähne zusammen. Wie immer hatte sie nicht gehört, dass er sich ihr näherte.

»Entschuldige«, sagte er.

»Schon gut.« Sie schaute noch einmal in die Richtung, in der Christopher verschwunden war. »Ich ertrage es einfach nicht, dass er immer noch denkt, dass er innerlich abgestorben ist. Ich meine: Allein Elizabeth ist doch der Beweis, dass das Unsinn ist.«

»Wie gesagt: Er braucht das, um weiterzumachen.«

Nell biss sich auf die Lippe und er konnte die Traurigkeit sehen, die seine Worte in ihr auslösten. »Ich habe Angst, dass ihr euch was antut«, flüsterte sie.

Ihm wurde die Brust eng. »Das werden wir nicht!« Er hasste es, sie anzulügen, doch er wollte ihr nicht noch mehr Sorgen bereiten. Aber war das fair? Er dachte an die Waffe, die Christopher ihm weggenommen hatte. Ein paar Tage lang hatte er sich über sich selbst gewundert, hatte sich gefragt, warum auf einmal *er* so erpicht darauf gewesen war, ihrem Leben ein Ende zu setzen.

Er räusperte sich. »Es gibt da diese Revolver ...«

Zu seiner Verblüffung nickte Nell. Und als sie sagte: »Ja. Ich weiß. Christopher hat sie unter seinem Bett«, da wurde ihm ganz kalt vor Schrecken.

»Du weißt von den Waffen?«

»Ich weiß ja auch von eurem Schwur. Hast du echt geglaubt, dass ihr so was vor uns verheimlichen könnt?«

Nein. Wenn er ehrlich mit sich selbst war, hatte er das nicht. »Wir müssen die Dinger aus Christophers Nähe schaffen.«

Da nickte sie zufrieden. »Endlich eine vernünftige Idee!«

Jessa überlegte, ob sie in der Bibliothek auf Ms Galloways Mittagspause warten sollte, aber während sie darüber noch nachdachte, fiel ihr Blick durch eines der Fenster und sie traute ihren Augen nicht.

Dieser Henry lungerte vor dem Gebäude herum! Und er beobachtete den Ausgang. Verfolgte er sie etwa? Es sah fast so aus.

Sie wandte sich an Ms Galloway. »Wie heißt das Seniorenheim, in dem Ihre Tante wohnt?«

»*Golden Age Residence.* Wieso?«

Jessa behielt die Eingangstür im Auge. »Können wir uns da treffen? Ich fürchte, ich habe noch was zu erledigen.«

»Natürlich.« Ms Galloway nannte ihr die Adresse.

»Ich bin rechtzeitig da«, versprach Jessa, dann verabschiedete sie sich und verließ die Bibliothek.

Henry wich in den Schatten von ein paar Büschen zurück, als sie ins Freie trat. Und tatsächlich: Als sie sich von der Bibliothek entfernte und durch die Gassen des Ortes streifte, folgte er ihr! In ziemlich großem Abstand zwar, aber da sie nun wusste, dass er ihr an den Hacken klebte, war es leicht, ihn im Auge zu behalten.

Sie tat, als würde sie sich ein bisschen im Ort umsehen wollen. Sie ging langsam, hielt immer wieder an den Schaufenstern der Souvenirläden an. Jedes Mal blieb auch Henry stehen. Mal wich er hinter eine Hausecke zurück, mal versteckte er sich in der Touristenmenge.

Fast machte es Jessa Spaß, mit ihm zu spielen. Sie suchte sich einen Laden, der ihr aussichtsreich für ein Fluchtmanöver erschien – ein Teegeschäft, in dem es so intensiv nach allen möglichen Aromen roch, dass es kaum auszuhalten war. Durch das Schaufenster konnte sie beobachten, wie Henry vor einem Buchladen auf der gegenüberliegenden Straßenseite Position bezog. Mit zwei Schachteln Tee in der Hand trat sie an das Kassentischchen. Auf einem Stuhl dahinter saß eine Frau, die vielleicht Mitte dreißig war. Sie trug eine dicke Strickjacke und einen extrem kurzen Pixieschnitt, der ihr schmales Gesicht streng wirken ließ.

»Entschuldigung«, sprach Jessa sie an und gab ihrer Stimme einen leicht panischen Klang. »Dürfte ich Sie um Hilfe bitten?« Bevor die Frau überhaupt wusste, wie ihr geschah, deutete Jessa durchs Fenster nach draußen. »Mein Ex-Freund dahinten rückt mir nicht von der Pelle.«

Die Frau folgte ihrem Fingerzeig. Henry hatte ein zerfleddertes Taschenbuch aus einer der Kisten vor dem Laden genommen und blätterte darin herum. Immer wieder schweifte sein Blick wie zufällig zu ihnen herüber. »Verfolgt er Sie?«, fragte die Frau fürsorglich.

Jessa nickte und tat so, als habe ihr Atem sich beschleunigt.

»Soll ich die Polizei …«

»Nein! Nein, das ist nicht nötig. Darf ich einfach Ihren Hinterausgang benutzen, um ihn abzuschütteln?«

Der Blick der Frau wanderte über Jessas Klamotten, ihre blauen Haare, ihr Nasenpiercing.

»Er ist …« Jessa zuckte mit den Schultern. »Eigentlich ist er ja ganz lieb …« Sie blickte zu Boden und ließ den Rest des Satzes in der Luft hängen.

»Aber?«, fragte die Frau.

Okay. Das würde jetzt ziemlich gemein werden. Jessa stellte die Teepackungen ab. Die Geste, mit der sie sich die Haare zurückstrich, wirkte schüchtern, das wusste sie. Vor allem aber zeigte diese Geste der Frau den blau schillernden Abdruck von Christophers Fingern an ihrem Handgelenk.

Volltreffer!

Die Frau nickte betroffen. »Sie sollten die Polizei informieren«, riet sie, während sie einen Vorhang zur Seite zog, der den hinteren Teil des Ladens vom vorderen abtrennte. Von dort aus ging es in einen Gang, der durch das schmale Haus führte und an einer Hintertür endete. Dahinter lag ein Hof mit Mülltonnen und Fahrrädern, die an die Geländer der Kellertreppen gekettet waren. »Sie sollten die Polizei informieren«, wiederholte die Frau.

»Mache ich!«, versprach Jessa. Dann schlüpfte sie ins Freie. »Danke.«

Sie flitzte quer über den Hof, durch eine Toreinfahrt und hinaus auf eine andere Gasse. Hier schlug sie einen Bogen, bis sie sich in Henrys Rücken befand.

Er stand noch immer bei den antiquarischen Büchern, spähte durch die Scheibe des Teeladens und wartete darauf, dass sie wieder rauskam.

»Viel Spaß beim Lesen«, murmelte Jessa und machte sich auf den Weg zur *Golden Age Residence.*

Das Seniorenheim war in einem ehemaligen Herrenhaus untergebracht und lag ein wenig außerhalb des Dorfes. Ms Galloway wartete bereits vor dem Haupteingang auf sie, zu dem drei Stufen und eine Rollstuhlrampe hinaufführten.

»Elizabeth ist die Schwester meiner verstorbenen Mutter«, erklärte sie Jessa auf dem Weg durch die breiten, mit hellgelbem Linoleum ausgelegten Flure. »Sie hat außer mir niemanden mehr, darum bin ich vor einem Jahr zurück nach England gekommen.«

»Sie haben im Ausland gelebt?«

»In Paris, ja. Ich habe dort eine Stelle in einer kleinen, privaten Bibliothek gehabt.«

»Paris muss schön sein«, sagte Jessa, mehr, weil sie das Gefühl hatte, Small Talk betreiben zu müssen, als weil sie es wirklich so meinte. Sie war in ihrem Leben noch nicht aus England rausgekommen und vielleicht würde sie das auch nie. Ob das anders gewesen wäre, wenn ihre Eltern nicht bei diesem Autounfall gestorben wären?

Sie vertrieb den aufblitzenden, traurigen Gedanken.

»Ah, da sind wir ja.« Ms Galloway seufzte leise.

Elizabeth Rush stand auf dem Schildchen neben der Tür, bei der die Bibliothekarin stehen blieb. Sie klopfte und als kein »Herein!« kam, schob sie die Tür auf und spähte hindurch. »Niemand da«, sagte sie, dann öffnete sie die Tür ganz.

Das Zimmer war nicht groß, aber geschmackvoll eingerichtet. Nur das Bett passte nicht in den eleganten Rahmen, denn es war ein normales Krankenhausbett mit Sicherungsgittern an den Seiten, von denen eines hoch- und das andere runtergeklappt war.

Das Fenster stand weit offen und Stimmen von Menschen, die sich in einem kleinen Park davor unterhielten, waren zu hören.

»Vielleicht ist sie auch draußen bei diesem schönen Wetter«, murmelte Ms Galloway. Sie trat ans Fenster, um nachzusehen, und Jessa folgte ihr.

»Da ist sie ja!« Ms Galloway deutete auf eine Bank, auf der, umrahmt von immergrünen Zierbüschen, eine gebeugte Frau in einem eleganten rosa Kostüm saß. Sie war alt, mindestens neunzig. Ihre Haare waren sorgfältig gemacht und hatten einen violetten Schimmer. Um den Hals trug sie eine Perlenkette.

Neben der Frau saß jemand und Jessa erstarrte, als sie ihn erkannte.

Christopher!

Wie gestern auch trug er Jeans und ein Hemd, dazu eine ziemlich teuer aussehende Lederjacke, deren Kragen er hochgeschlagen hatte. Auf Jessa wirkte das reichlich affektiert. Gar nicht affektiert allerdings schien es, wie er Elizabeth mit schief gelegtem Kopf und warmem Lächeln zuhörte. Und was Jessa am meisten verblüffte: Er hielt ihre Hände wie ein Liebhaber die von seiner Angebeteten.

»Stimmt, heute ist ja Dienstag«, hörte Jessa Ms Galloway sagen. »Dieser junge Mann kommt meine Tante jeden Dienstag besuchen. Seinen richtigen Namen kenne ich nicht, aber Elizabeth hält ihn für jemanden namens Christopher.«

Die Worte der Bibliothekarin klangen, als kämen sie aus weiter Ferne. Jessa starrte diese uralte Frau an – und den Blödmann, der in diesem Augenblick überhaupt nicht blöd wirkte.

»Ich habe keine Ahnung, woher die beiden sich kennen«, erklärte Ms Galloway. »Ich habe ihn einmal danach gefragt, aber er ist mir ausgewichen. Ich kann nur vermuten, dass er ein Verwandter von diesem Christopher von damals ist. Sein Enkel vielleicht, da er denselben Namen trägt. Das ist hier in der Gegend heutzutage immer noch üblich.«

Jessa wandte den Blick der Bibliothekarin zu.

Ms Galloway lächelte versonnen. »Dieser Mann muss ihre große Liebe gewesen sein.«

Jessa sah wieder aus dem Fenster, wo Elizabeth Christopher ihre Hände entzog und dann auf den breiten Ring deutete, den er am Mittelfinger trug. »Den habe ich dir bei diesem alten Händler in Camden gekauft, erinnerst du dich?«, fragte sie mit einer kindlichen Begeisterung, die Jessa die Kehle zuschnürte. Sie schämte sich dafür, dass sie hier so schamlos lauschte. Und es wurde ihr noch unangenehmer, als nun auch noch Christopher sprach.

»Natürlich erinnere ich mich«, erwiderte er sanft. Er senkte den Kopf und rieb sich die Stirn.

»Damals hast du mir dieses Gedicht geschrieben. Weißt du noch? Das, das anfängt wie ein Sonett von Shakespeare.«

»Ich weiß, Elizabeth.«

»Soll ich dich einem Sommertag vergleichen …«, begann sie zu rezitieren.

Ms Galloway seufzte. »Wie ich schon sagte: Elizabeth ist dement. Sie erinnert sich am besten an Dinge, die sie als junge Frau erlebt hat.«

»Und er tut ihr den Gefallen und spielt mit.« Jessa wusste nicht, ob sie das gut oder scheiße finden sollte, aber einen Moment lang konnte sie sich über das selige Lächen der alten Frau freuen. Für Elizabeth war Christopher ihr lang verstorbener Geliebter. Was war also schon dabei, dass er sie genau genommen anlog?

»Warum will er nicht mit Ihnen reden?«, fragte sie.

Ms Galloway schüttelte den Kopf. »Ich habe nicht die geringste Ahnung. Aber beide Male hatte ich keine Gelegenheit, ihn das zu fragen, weil er …«

Sie unterbrach sich, denn genau in dieser Sekunde zuckte

Christophers Hand zu seinem Gesicht hoch. Die Bewegung sah exakt so aus, wie die, die er gestern an der Hotelrezeption gemacht hatte, als seine Nase angefangen hatte zu bluten. Und genau wie gestern auch presste er die Fingerspitzen gegen seinen einen Nasenflügel.

Ms Galloway nickte. »Ja, genau deswegen. Er scheint irgendwie krank zu sein. Umso wunderbarer von ihm, dass er trotzdem jede Woche kommt, nicht wahr? Meine Tante ist danach immer wie beseelt.«

Unten im Park machte Christopher Anstalten aufzustehen, doch Elizabeth war nicht einverstanden damit. Sie zog ihn zurück auf die Bank.

»Nur noch ein paar Minuten«, bat sie. Sie legte ihm eine Hand an die Wange und sah ihm in die Augen wie jemand, der gerade frisch verliebt war.

Jessas Herz krampfte sich zusammen.

Christopher nahm Elizabeths Hand, küsste ihre Fingerspitzen. Das Blut war im Moment nichts weiter als ein haarfeiner Faden, der ihm aus der Nase rann. Mit dem Handrücken wischte er es fort. Dann erhob er sich endgültig. Er beugte sich über Elizabeth und küsste sie sanft auf die Stirn. Dabei streifte sein Blick über den Kopf der alten Frau hinweg.

Instinktiv wollte Jessa sich vom Fenster zurückziehen, aber es war natürlich zu spät. Christopher riss entsetzt die Augen auf, als er sie sah.

Ja, dachte Jessa. *Ich wäre jetzt auch lieber woanders.* Trotzdem gelang es ihr nicht, sich aus ihrer Starre zu befreien.

»Kennst du ihn?«, fragte Ms Galloway überrascht.

Jessa wollte nicken, aber es ging nicht. Alles, was sie tun konnte, war, wie zu Stein erstarrt dazustehen, während Christopher sie anstarrte.

»Offenbar«, kommentierte Ms Galloway. »Dann sollten wir am besten dort runtergehen.«

Widerstand war völlig zwecklos. Ms Galloway packte Jessa kurzerhand am Arm, zog sie mit sich und so fand sie sich gleich darauf im Park bei Elizabeth und Christopher wieder.

Obwohl sie am liebsten von hier abgehauen wäre, nickte sie Christopher betont gelassen zu. »Hey.«

»Selber hey. So schnell sieht man sich wieder.« Seine Stimme klang ausdruckslos und aus irgendeinem Grund ärgerte es sie, dass er sich sehr viel besser im Griff hatte als sie. Vor lauter Scham darüber, dass sie ihn und Elizabeth belauscht hatte, raste ihr Herz so sehr, dass sie fürchtete, er würde es ihr ansehen. Um ihre Aufregung zu verbergen, fragte sie betont lässig: »Gar nicht sauer, dass ich nicht im Bus sitze?«

»Würde es was nützen?« Seine Augen funkelten seltsam. Machte er sich etwa über sie lustig?

Blödmann!

»Vermutlich nicht.« Weil Jessa nicht wusste, was sie sonst tun sollte, wandte sie sich an die alte Frau. »Hallo.«

Verwirrt sah Elizabeth sie an. »Wer sind Sie?«

Jessa schluckte schwer. »Mein Name ist Jessa«, sagte sie behutsam, setzte sich zu der alten Frau auf die Bank und stellte ihren Rucksack neben sich ab. »Ich bin die Schwester von Alice Downton. Kann es sein, dass Sie Alice mal getroffen haben? Auf …« Sie musste Mut fassen, bevor sie ergänzte: »High Moor Grange vielleicht?«

Über Christophers Lippen kam ein leiser Fluch. »Hast du sie noch alle?«

Jessa zwang sich, nicht zu ihm hinzusehen. Sie hatte den Namen des Herrenhauses absichtlich genannt in der Hoffnung, dass er bei Elizabeth etwas auslösen würde.

»High Moor Grange«, murmelte die alte Frau. Es klang verloren und ein bisschen traurig und Jessa fragte sich, ob die Trauer von einer Erinnerung kam oder vielmehr daher, dass sie sich eben nicht erinnern konnte. Doch dann fügte Elizabeth hinzu: »Ja. Ja!« Sie schaute Jessa ins Gesicht und blinzelte verwirrt wie eine alte Eule, die unerwartet geblendet wurde.

Bevor Jessa entscheiden konnte, wie sie weiter vorgehen sollte, atmete Christopher tief durch. Die Fassungslosigkeit wich aus seinem Blick und machte heller Wut Platz. »Kann ich dich kurz sprechen?«, fragte er durch zusammengebissene Zähne.

Als Jessa nicht reagierte, packte er sie, um sie auf die Beine zu ziehen.

»Spinnst du?« Sie schlug seine Hand weg.

»Nein, du spinnst wohl, hier einfach herzukommen!« Da war abgrundtiefe Fassungslosigkeit in seinen Augen, die ihr ein schlechtes Gewissen machte. Und noch viel größer wurde dieses schlechte Gewissen, als ihm erneut Blut aus der Nase lief.

Diesmal war es nicht nur ein dünner Faden.

»Entschuldige mich.« Die Worte kamen erstickt aus seinem Mund. Mit einer hastigen Bewegung wandte er sich ab und während er davoneilte, zerrte er ein Taschentuch hervor, um die Blutung zu stoppen.

Jessa war für eine Sekunde lang wie erstarrt, dann gab sie einem Impuls nach und rannte Christopher hinterher. Sie holte ihn ein, als er die Hand nach dem Griff der Glastür ausstreckte, die Park und Hauptgang des Hauses miteinander verband.

»Kann ich dir irgendwie helfen?«

Das Taschentuch auf die Nase gedrückt, warf er ihr einen undefinierbaren Blick zu. »Verschwinde einfach!«

»Ich weiß, ich bin die Nervensäge vom Dienst, aber du siehst wirklich aus, als könntest du Hilfe gebrauchen.«

Stumm schüttelte er den Kopf, eilte weiter. Sie kamen an eine Zwischentür. Wieder wollte Christopher sie öffnen, doch seine Beine gaben unter ihm nach und er wäre gestürzt, wenn Jessa ihn nicht festgehalten hätte.

Eine endlose Sekunde lang standen sie ganz dicht beieinander, dann machte Christopher sich los. »Du gehst ja ganz schön ran ...«

»Klappe!«, fauchte Jessa ihn an.

Er schwankte. Verdammt, das sah nicht gut aus!

Jessa öffnete die Tür für ihn. Er wollte seinen Weg fortsetzen, doch er blieb er wie vor eine Wand gelaufen stehen. Sein ohnehin schon blasses Gesicht wurde totenbleich. Und zu dem Blut, das aus seiner Nase schoss, kam jetzt auch noch welches aus seinem Mund.

Ohne zu überlegen, sprang sie ihm zu Hilfe, doch er wehrte ab. Es war eine matte Geste. »Nicht!«

Beunruhigt zuckte sie zurück. War er ernsthaft krank? Ansteckend vielleicht?

Bevor sie auch nur den Ansatz einer Idee hatte, was sie nun tun sollte, warf er den Kopf in den Nacken und stöhnte gepeinigt. Zum zweiten Mal gaben die Beine unter ihm nach, wieder stützte Jessa ihn.

»Bring mich ...«, seine Stimme war nur ein Hauch, »... nach High Moor ...«

»Auf keinen Fall! Du musst in ein Krankenhau...«

»Nein!« So panisch klang er, dass sie mitten im Wort innehielt. »Kein ... Krankenhaus, bitte!« Wieder krümmte er sich, stöhnte. »High Moor Grange. Schnell!«

Aus dem Augenwinkel sah sie, dass Ms Galloway ihnen

nachgelaufen war, und auch zwei Pfleger näherten sich, um zu helfen. Jessa war drauf und dran, die Verantwortung für die Situation an diese Erwachsenen abzugeben, doch Christopher schüttelte flehend den Kopf.

»Du bist mit der Enduro da, oder?«, fragte sie und als er nicht reagierte, packte sie ihn. »Wo hast du die Karre?«

»Parkplatz«, ächzte er. »Haupteingang.«

»Gut. Also los!« Jessa richtete sich auf, nahm seinen Arm und legte ihn sich über die Schulter.

Was tust du da?, kreischte eine Stimme in ihrem Hinterkopf. *Bist du jetzt völlig wahnsinnig geworden?*

Sie wusste es nicht. Während sie weiterwankten, kehrte ein wenig Kraft in Christopher zurück.

»Kannst du ... Motorrad fahren?«, fragte er. »Ich kann es nämlich gerade nicht.«

Jessa nickte grimmig und sie war erleichtert, als sie den Haupteingang erreichten.

Die Enduro stand auf einem kleinen Parkplatz rechter Hand. Jessa fummelte den Schlüssel aus Christophers Hosentasche, rammte ihn ins Schloss. Gleichzeitig schwang sie ein Bein über den Sitz.

Mühsam kletterte er hinter ihr auf den Sozius.

»Kannst du dich festhalten?«, fragte sie.

Er nickte, das spürte sie, weil er den Kopf an ihren Rücken gelegt hatte. »Beeil dich«, bat er.

»Du hast vergessen, einen dummen Spruch zu machen«, knurrte sie und startete die Maschine.

Die ersten Meter fuhr sie schlingernd und unsicher. Es war zwei Jahre her, dass sie kurz mit einem viel älteren Schulkameraden gegangen war und ihn dazu gebracht hatte, ihr in einem alten Steinbruch außerhalb von London ein paar Motorradfahrstunden zu gegeben. Doch dann hatte er angefangen zu klammern und sie hatte Schluss gemacht.

Als sie jetzt ein Gespür für Christophers Enduro bekommen hatte, gab sie Gas. Sie jagte durch die Straßen von Haworth, hoffte, dass die Polizei sie nicht anhalten würde und vor allem, dass sie nicht im nächsten Moment an einer Hausecke kleben blieben. Sie fuhr die enge, kurvige Straße hoch, die aus dem Dorf führte. Als die Häuser endlich hinter ihr lagen, drehte sie voll auf.

Christopher hatte ihr die Arme um den Oberkörper gelegt. Immer wieder allerdings spürte sie, wie sein Griff schwächer wurde.

»Halt durch!«, rief sie ihm gegen den Lärm der Maschine zu. Um die Tränen zu bekämpfen, die ihr der Fahrtwind in die Augen trieb, beugte sie sich so tief wie möglich über den Lenker. Christophers Gewicht lag schwer auf ihr. Warum zur Hölle fuhr diese Karre nicht schneller? Und wann endlich kam die Abzweigung, die nach High Moor Grange hochführte?

Da! Gott sei Dank! Jessa nahm die Kurve schlingernd. Kurz stockte ihr Herz, als sie fürchtete, die Kontrolle zu verlieren, aber sie schaffte es, die Maschine wieder aufzurichten und weiterzufahren. Die Windungen des Weges allerdings zogen sich endlos ...

Und dann war Christophers Griff um ihre Taille plötzlich weg.

»Festhalten!«, schrie sie.

Doch es war zu spät. Sie spürte, wie er den Halt verlor. Alles, was sie tun konnte, war zu bremsen, damit der Sturz ihn nicht umbrachte. Nur am Rande nahm sie den Torbogen wahr, der in einiger Entfernung auftauchte. Christophers Gewicht zog die Maschine auf die Seite. Sie lehnte sich in die Gegenrichtung, aber vergeblich. Sie verlor das Gleichgewicht. Die Maschine kippte. Jessa riss den Lenker herum, um nicht an der Mauer zu landen. Ihr Körper prallte auf der Erde auf, sie rutschte, vom Schwung getragen, durch den Dreck. Wurde herumgeschleudert. Verlor die Orientierung. Bekam Erde und Gras in den Mund. Stieß sich den Schädel an einem Stein.

Sie rappelte sich auf. Wo war Christopher? War er ...?

Nein. Auch er schien den Sturz einigermaßen unbeschadet überstanden zu haben. Auf beiden Armen stemmte er sich in die Höhe. Sein Kopf hing zwischen den Schultern herab, die Haare verbargen sein Gesicht.

Sie rannte zu ihm, stolperte dabei fast über ihre eigenen Füße und landete neben ihm im Dreck.

»Das Tor ...«, hörte sie ihn flüstern. »Du musst das Tor aufmachen ...« Dann brach er zusammen.

Ihre Augen tränten und ihr Schädel dröhnte, aber sie achtete auf beides nicht. Sie rannte zu der Enduro und zog den Schlüssel ab. Welcher war der für das Tor? Mit fliegenden Fingern ging sie die Schlüssel durch. Unmöglich, es zu erkennen, also probierte sie den ersten, den zweiten. Beim dritten hatte sie Glück. Das Schloss ging auf und sie konnte das Tor aufstoßen.

Aber was jetzt? Christopher war nicht mehr in der Lage, allein zu laufen. Als sie zu ihm zurückhastete, versuchte er zwar noch einmal, sich aufzurichten, aber vergeblich. Er fiel zurück in den Dreck und rührte sich nicht mehr. Sie drehte ihn um und prallte zurück. Er blutete jetzt nicht nur aus Nase und Mund, sondern auch aus Augen und Ohren. Es sah furchterregend aus.

»Was ist das?«, schrie sie, während sie ihn unter den Achseln packte und all ihre Kraft zusammennahm. Sie schaffte es, ihn einen halben Meter auf das Tor zuzuzerren, aber dann musste sie innehalten. Ihr Herz klopfte zum Zerspringen. Noch einmal zog sie, so fest sie konnte. Aussichtslos! Bis zum Tor waren es noch mindestens sechs oder sieben Meter.

»Verdammt, Christopher!«, schrie sie.

Plötzlich war jemand bei ihr. Harte Hände packten sie an den Schultern, schoben sie einfach zur Seite. »Lass mich«, sagte eine rasselnde Stimme, die ihr eisig tief in den Leib fuhr. Eine ganz in Grau gekleidete Gestalt beugte sich über Christopher. Der Typ aus dem Herrenhaus! Er hob Christopher auf die Arme, trug ihn zum Tor, wankte hindurch, drei, vier Schritte weiter. Vorsichtig legte er ihn zurück auf die Erde.

Mit weit aufgerissenen Augen starrte Jessa auf den Rücken des Typen, der die Kapuze tief ins Gesicht gezogen hatte und jetzt auf Christopher niederblickte. Sie taumelte ein wenig näher heran.

»Bleib, wo du bist!«, warnte der Typ sie.

Jessa erstarrte.

»Es wird ihm bald wieder besser gehen«, sagte er, ohne sich umzudrehen.

»Adrian ...«, wisperte sie.

Er zuckte zusammen wie unter einem Peitschenhieb. »Nicht! Sprich mich auf keinen Fall an!« Sekundenlang stand er da, den Kopf gesenkt, als würde er auf ein grausames Urteil warten. »Gleich kommt jemand und hilft«, sagte er. Dann ging er.

Jessa starrte ihm nach, bis er um die nächste Kurve verschwunden war.

Adrian rannte. Obwohl seine Lungen wie Feuer brannten und seine Beine gegen den scharfen Lauf protestierten, wurde er nicht langsamer. Es fühlte sich an, als seien Dämonen hinter ihm her. Seine Dämonen. Tief in seinem Herzen saßen sie, krallten sich mit scharfen Klauen in sein Herz und quetschten es zusammen, bis er keine Luft mehr bekam.

Sein Keuchen verwandelte sich in ein Wimmern und schließlich musste er kapitulieren. Er blieb stehen. Seine Brust hob und senkte sich in dem verzweifelten Versuch, Luft zu bekommen. Sein Verstand kreischte.

Nein! Neinneinnein!

Wieso nur hatte er Christopher nicht davon abgehalten, heute zu Elizabeth zu fahren? Er hatte die Katastrophe kommen sehen.

Er stützte sich auf den Knien ab. Ihm war schlecht. Er war rein zufällig in der Nähe des Tores gewesen, als er die Enduro gehört hatte. Nur deswegen hatte er Christopher retten, hatte verhindern können, dass sein Bruder sich in ein hilfloses, blutendes, schreiendes Bündel Fleisch verwandelte. Aber dafür hatte er Jessa zum zweiten Mal gegenübertreten müssen, was niemals hätte geschehen dürfen. Schlimmer noch: Er hatte gesehen, wie verzweifelt sie versucht hatte, Christopher das Leben zu retten, und damit hatte sie sein Herz angerührt.

Jessa. Hatte. Sein Herz. Angerührt.

Er stützte sich auf den Knien ab und warf den Kopf in den Nacken. »Warum?«, schrie er.

Als er sich wieder aufrichtete, wusste er, dass er die Waffen, die Nell aus Christophers Zimmer geholt und weggeschlossen hatte, wieder an sich bringen musste.

6

Sie hatte einen Fehler gemacht! Sie hätte Christopher ins Krankenhaus bringen müssen, egal, was er sagte. Mit weichen Knien stolperte Jessa zu ihm, fiel neben ihm in den Dreck und zog seinen Kopf auf ihren Schoß.

Er rührte sich nicht. Sein Gesicht war totenblass, jedenfalls dort, wo es nicht mit all dem Blut bedeckt war.

»Verdammt!«, presste sie zwischen den Zähnen hervor. »Wehe, du krepierst hier in meinen Armen!«

»Wäre nicht die schlechteste Art zu sterben.« So leise sagte er das, dass sie im ersten Moment glaubte, sich verhört zu haben. Mühevoll hob er die Lider. Sein Gesicht lag ganz dicht an ihrer Brust und sein Mund verzog sich zu einem anzüglichen Grinsen.

»Idiot!«, zischte sie.

Er hob eine Hand, als wollte er ihr Gesicht berühren. »Du blutest auch.«

Da erst bemerkte sie, dass sie sich beim Sturz vom Motorrad eine Platzwunde zugezogen hatte. Über ihre rechte Schläfe und Wange rann Blut aus ihren Haaren und in Richtung Kragen. Sie zog das Bündchen ihres Ärmels über die Finger und drückte damit auf die Wunde. »Ist nicht so schlimm.«

»Das ist mein Spruch«, murmelte Christopher. Flatternd senkten sich seine Lider und mit ihnen sank auch Verzweiflung auf Jessa nieder.

Adrian hatte Hilfe versprochen. Wo blieb die nur?

Fünf Minuten verstrichen. War Christopher bewusstlos? Auf ihre Berührungen seines Gesichts jedenfalls reagierte er nicht und auch nicht auf ein leichtes Klopfen gegen seine Wange. Ihn zu schütteln, wagte Jessa nicht. Was, wenn er innerlich ebenfalls blutete oder sich bei dem Sturz die Wirbelsäule verletzt hatte? Wenn er starb, weil sie zu blöd gewesen war, ihn in ein Krankenhaus zu bringen ...

Sie hob den Kopf und starrte auf die wildromantische Hügellandschaft, die ihr gerade nur düster und leer vorkam.

Als Christopher leise stöhnte, senkte sie den Blick wieder. Seine Augen waren offen, in ihnen flackerte Schmerz, aber er schien einigermaßen klar zu sein.

»Was hast du?«, flüsterte sie.

Er versuchte sich doch tatsächlich an einem Lächeln, dieser kranke Mistkerl! Am liebsten hätte sie ihn nun doch geschüttelt und es wunderte sie, wie heftig dieser Wunsch war. Sonst war sie nie so emotional, was sollte das also?

»Antworte!«, verlangte sie und wegen ihrer Sorge um ihn klang sie schroff und wütend.

»Yes, Ma'am«, murmelte er und schloss die Augen erneut. Sie fürchtete schon, er sei wieder weggesackt, als er murmelte: »Ich bin verflucht, Jessa.«

Sie glaubte, sich verhört zu haben. Obwohl er hier fast krepierte, machte er noch immer blöde Scherze? Mühsam nur klappte sie den Mund wieder zu.

Christophers Wangen wirkten aschfahl und die Lippen blutleer. Wie viel Zeit war vergangen, seit Adrian weg war? Zehn Minuten waren es mindestens schon.

Doch dann endlich näherte sich ein Wagen, ein hellblauer Kombi. Er rollte aus Richtung Herrenhaus den Weg herunter. Am Steuer saß der Typ mit dem Hipsterbart, den sie geglaubt hatte, abgehängt zu haben. Er stieg aus, kaum dass der Wagen Christopher und Jessa erreicht hatte.

»Du …?«, murmelte sie.

»Später!«, sagte er, dann wandte er sich Christopher zu. Neben ihm ließ er sich auf ein Knie nieder und zog ihn aus Jessas Armen in seine eigenen. »Verdammte Scheiße!«, stieß er aus.

»Wir müssen …«, begann sie, doch genau in diesem Moment schlug Christopher die Augen auf.

»Geht gleich wieder«, murmelte er. »Ist nur minimal schlimmer als sonst.«

Henry lachte auf eine Weise, die Jessa zeigte, dass er Christophers dumme Sprüche gewohnt war und dass sie auch ihm tief ins Herz fuhren. Er machte Anstalten, Christopher hochzuheben, doch der wehrte ab.

»Du glaubst doch nicht im Ernst, dass ich mich von dir wie ein Baby tragen lasse!« Er setzte sich hin und als er einigermaßen, ohne zu schwanken, saß, stöhnte er. »Es geht schon.«

»Klar«, grummelte Henry. »Und jetzt ziehen wir ’ne Runde um die Häuser.« Reichlich unsanft schob er Christopher einen Arm unter die Achseln und zog ihn auf die Füße. »Noch mal so eine Harakiri-Aktion und ich drehe dir eigenhändig deinen dämlichen Hals um.«

»Ich erinnere dich dran«, sagte Christopher. »Aber diesmal konnte ich tatsächlich nichts dafür. Es war unter Kontrolle, bis ...« Er sah sich suchend um. Sein Blick fand Jessa, heftete sich auf sie. »... sie gekommen ist.«

Wie bitte? Jetzt sollte sie schuld an seinem ... *Blutsturz* sein? Sie riss den Mund auf, aber Christopher winkte ab.

»Schon gut. Du kannst nichts dafür, dass ich die Kontrolle verloren habe.« Gestützt von Henry wankte er zum Wagen. Mit jedem Schritt, den er tat, schien es ihm ein bisschen besser zu gehen. Nur sein Gesicht blieb weiß wie eine Wand.

Jessa starrte ihm mit offenem Mund hinterher.

Nachdem Henry auch noch das Motorrad eingeladen hatte, gab es eine kurze, aber erstaunlich heftige Diskussion zwischen ihm und Christopher, ob Jessa mitfahren sollte. Sie beendete diese Diskussion, indem sie sich einfach wortlos auf den Rücksitz des Wagens fallen ließ.

»Resolut«, kommentierte Henry.

Christopher sah aus, als habe er jetzt auch noch Zahnschmerzen bekommen.

»Was hat das alles zu bedeuten?«, fragte Jessa. »Warum hast du mich heute Morgen im Hotel gestalkt und was ...?«

»Hör zu«, fiel Henry ihr ins Wort. »Wir erklären dir alles, versprochen. Aber jetzt kümmern wir uns erst mal um diesen Idioten hier.« Er warf Christopher einen wütenden und gleichzeitig besorgten Blick zu.

Der zuckte nur mit den Schultern.

Frustriert warf Jessa sich gegen die Rückenlehne.

Henry fuhr den Weg hoch, aber kurz bevor sie das Herrenhaus erreicht hatten, bog er rechts auf einen Kiesweg ein und hielt gleich darauf vor einem Cottage. Ein von einer niedrigen Steinmauer eingefasster Garten umgab das kleine Haus. Jessa sah einen alten Obstbaum, mehrere Rosenstöcke und etwas, das aussah wie Lavendel, der im Schutz der Mauern ein eher mühevolles Dasein fristete. Die Fenster waren klein und von einem Dachüberstand geschützt. Alles in allem sah das Haus aus wie aus früheren Zeiten. Vielleicht hatte es früher einmal dem Verwalter des Anwesens gehört.

Henry half Christopher aus dem Auto und als dieser erneut behauptete, er sei okay, knurrte Henry ihn an: »Ins Haus! Oder ich trage dich wirklich wie ein Baby!«

Jessa musste schmunzeln. Die Statur dafür hatte er auf jeden Fall, auch wenn Christopher um einiges größer war als er.

»Hoch ins obere Bad«, kommandierte er, als sie alle zusammen eine enge, aber gemütliche Diele betreten hatten. »Ich will mir ansehen, ob du wirklich okay bist.«

Christopher umfasste den Knauf des Treppengeländers und daran, wie weiß seine Knöchel wurden, sah Jessa, dass es ihm bei Weitem nicht so gut ging, wie er behauptete. Wie auch? Er hatte bestimmt literweise Blut verloren.

Henry folgte ihm nach oben. Auf halber Treppe rief er: »Nell!«

Im ersten Stock öffnete sich eine Tür. »Was ... ach du Scheiße!«, rief eine Mädchenstimme. »Was ist denn mit dir passiert?«

Christophers gemurmelte Antwort konnte Jessa nicht verstehen, sie wurde von einer ins Schloss fallenden Tür abgeschnitten. Gleich darauf kam das Mädchen die Treppe herunter.

Sie hatte wuschelige rotblonde Haare und eine sympathische, kleine Stupsnase. Ihre oberen Schneidezähne standen ein paar Millimeter auseinander, was ihr das Aussehen eines emsigen Nagetiers aus einem Zeichentrickfilm gab, und es war nicht zu übersehen, dass sie und dieser Henry Geschwister waren. »Hi! Du musst Jessa sein. Ich bin Nell. Willkommen bei uns ...«

»Wie geht es Christopher?«, unterbrach Jessa sie nicht besonders höflich.

Nell runzelte die Stirn. »Der wird schon wieder ... Schicke Beule übrigens!« Sie deutete auf Jessas Schläfe.

Jessa tastete die bezeichnete Stelle ab, die zum Glück aufgehört hatte zu bluten. »Hab mir den Kopf ein bisschen angeschlagen, als ich mich mit Christophers Maschine auf die Fresse gelegt habe.«

»Ja. Er hat gesagt, dass du ihm den Arsch gerettet hast. Danke dafür.« Mit einer Geste bat Nell Jessa in eine gemütliche Wohnküche, die von einem großen Kachelofen beherrscht wurde.

Während Jessa sich in dem Raum umsah, zuckte sie mit den Schultern. »Schon okay.« Mit Schaudern dachte sie an all das Blut und dabei wurde ihr bewusst, dass ein Teil davon vermutlich an ihrem Rücken klebte. Mit einem sauren Geschmack im Mund zog sie die Jacke aus, betrachtete die auf dem schwarzen Leder kaum sichtbaren Blutflecken und hängte das Teil dann über eine Stuhllehne.

»Deine Haare haben auch was abbekommen.« Nell deutete in ihren eigenen Nacken, um zu zeigen, wo genau.

Jessa zog eine Strähne ihres Haars über die Schulter nach vorn. Die Spitzen waren nicht mehr neonblau, sondern dunkelrot und starr. Der saure Geschmack in ihrem Mund verstärkte sich.

»Die Jungs belegen das Bad oben«, sagte Nell, »aber wenn du willst, kannst du dich auf der Gästetoilette hier unten frisch machen.«

»Mache ich, wenn du mir gesagt hast, was hier eigentlich los ist!«

Nell hob das Kinn. Jessa konnte sehen, wie die Gedanken

hinter ihrer Stirn rasten. »Hör zu, das alles ist ziemlich kompliziert …«

»Was soll daran kompliziert sein, dass ihr mich seit gestern Abend verfolgt? Dieser Henry war doch nicht zufällig bei mir im Hotel. In dem Hotel, in dem Christopher mich gestern gegen meinen Willen abgeliefert hat wie ein scheiß Paket.«

»Jessa.« Nell hob ihr eine Hand entgegen. »Henry und ich«, sie räusperte sich, »und auch unser Vater sind so eine Art, hm, *Bodyguards* für Christopher und …« Sie unterbrach sich. Jessa konnte ihr ansehen, wie unbehaglich sie sich fühlte.

»Das heißt, Christopher hat Henry befohlen, mich zu beschatten?« Ärger ballte sich in ihrem Magen, aber gleichzeitig auch eine gehörige Portion Neugier. Wer war dieser Christopher, dass er offenbar drei Leute beschäftigte, sich um seinen Schutz zu kümmern?

Nell nickte. »Ich weiß, dass das schräg klingt. Was hältst du davon, wenn du dich jetzt ein bisschen frisch machst, bis die Jungs wieder runterkommen, und dann reden wir. Du siehst wirklich ziemlich, na ja, mitgenommen aus.«

Jessa blickte erneut auf ihre verkrusteten Haare. »Na gut«, murmelte sie.

»Zweite Tür links neben der Treppe. Handtücher findest du im Schrank unter dem Waschbecken. Ich koche inzwischen für alle Tee.«

Jessa fand die angegebene Tür und auch die Handtücher. Sie wusch sich das Blut von der Haut und aus den Haaren. Als sie sich anschließend die Haare trocken rubbelte, bildeten die blauen Strähnen stachelige Spitzen. Sie faltete das Handtuch zusammen und legte es auf den Waschbeckenrand. Missmutig schaute sie an sich hinab. Ihre Jeans starrte vor Dreck von dem Sturz und sie hätte sich gern umgezogen.

Aber ihr Rucksack lag noch neben der Bank im Seniorenheim, wo sie ihn in all der Eile vergessen hatte.

Egal. Musste es eben so gehen. Das Wichtigste hatte sie dabei: Alice' Buch. Es steckte in der Innentasche ihrer Jacke.

Henry bugsierte Christopher auf den geschlossenen Toilettendeckel und beugte sich über ihn, um ihn genauer zu untersuchen.

Mit erhobenen Händen versuchte Christopher, seine Fürsorge abzuwehren. Er hasste es, wenn Henry so einen Aufstand um ihn machte. Sicher: Der Anfall war dieses Mal ungewöhnlich stark gewesen. So viel Blut hatte er bisher selten verloren und eigentlich hätte ihn das beunruhigen müssen. Aber seltsamerweise tat es das nicht. Alles, was er denken konnte war: Wieso hatte Jessa ihn, ohne zu zögern, hierhergefahren? Es wäre viel logischer gewesen, die Pfleger des Altenheims zu Hilfe zu rufen oder ihn ins Krankenhaus zu bringen. Aber sie hatte keinen Moment überlegt, sondern getan, um was er sie gebeten hatte. Sie hatte sich auf seine Enduro geschwungen und war losgerast ...

»Ich bin wieder okay«, sagte er und weil Henry ihn einfach ignorierte und ihm mit sanfter Gewalt half, die Lederjacke auszuziehen, ging er direkt zum Angriff über. »Du hast dich wie ein Anfänger von ihr abhängen lassen, Mann!«

Henry zuckte mit den Schultern. »Sie hat mich nach allen Regeln der Kunst verarscht. Tut mir leid, aber ihren Gossentricks war ich nicht gewachsen.«

Christopher betrachtete seine Jacke und ließ sie dann achtlos in die Badewanne fallen. Es störte ihn überraschend heftig, wie Henry von Jessa sprach. Sicher, mit ihren düsteren Klamotten, den blauen Haaren und dem Piercing sah sie wirklich aus wie ein Gossenmädchen und sie benahm sich ja auch so, aber ...

Er verbannte ihr Gesicht aus seinen Gedanken. »Wir hätten verhindern müssen, dass sie mit uns hierherkommt.«

»Nicht mal ein Bulldozer könnte dieses Mädchen davon abhalten, irgendwo hinzugehen«, brummte Henry.

Stimmt. Wenn sie Jessa beim Tor zurückgelassen hätten, wäre sie spätestens jetzt hier aufgetaucht und hätte Antworten verlangt. Sie war eine hartnäckige, kleine Furie.

Und sie war Alice' Schwester ...

Der Gedanke fühlte sich an wie Eiswasser in Christophers Adern.

»Alles okay?«, erkundigte sich Henry.

»Ja«, sagte er schnell. Er wusste, er musste den beiden erzählen, dass Adrian Jessa zu Hilfe gekommen war, um ihn über die Grundstücksgrenze zu zerren. Dass Adrian und Jessa sich jetzt schon zweimal begegnet waren ...

Er konnte es nicht. Nicht im Moment jedenfalls.

Resignation senkte sich auf ihn wie ein Tonnengewicht, aber er schaffte es, sie vor Henry zu verbergen. Der Arme machte sich auch so schon genug Sorgen um ihn.

»Bist du wirklich wieder völlig okay?«, fragte er.

Christopher nickte. »Es war heftig diesmal, aber ja.«

»Es sah aus, als hättest du einen mittleren Ebolaanfall gehabt.«

»Ja. Tut mir leid. Als ich Jessa gegenübergestanden habe, war es irgendwie, als würde ich die Kontrolle verlieren.«

Die Kontrolle verlieren ... Diese ganze Scheißsituation fühlte sich gerade genauso an.

Er stemmte sich auf die Füße. »Wir sollten zu ihr nach unten gehen und mit ihr reden.«

»Sie wird stocksauer sein, dass ich sie beschattet habe. Und sie wird wissen wollen, was da eben mit dir los war. Wie erklären wir ihr das alles?«

Ja, wie?

Das, was du da eben miterlebt hast, sind die Auswirkungen eines Fluches, der über Adrian und mich gesprochen wurde und vor dem wir dich schützen wollen? Oder: *Tut mir leid, aber du bist mitten in eine Geschichte aus einem Horrorroman geraten und du solltest rennen, so schnell dich deine Beine tragen?*

Beides kaum denkbar!

»Wenn ich das wüsste!«, stöhnte er. Die Vorstellung, Jessa gegenüberzutreten, war so beängstigend, dass er sich wieder auf den Toilettendeckel sinken ließ.

Als Jessa zurück in die Küche kam, roch es dort nach Tee und Gurken. Nell war gerade dabei, das letzte von einem ganzen Haufen Sandwiches zu schmieren und auf eine altmodische Etagere zu legen, die mit Schwänen und Enten verziert war. »Meine Großmutter hat immer gesagt, die Welt kann ruhig den Bach runtergehen. Solange wir Tee und Gurkensandwiches haben, ist alles okay.« Sie drehte sich um und musterte Jessa. »Du bist nicht mehr ganz so blass um die Nase. Gut!«

Die Jungs schienen noch immer oben im Bad zu sein.

Jessa schob die Ärmel ihres Hoodies über die Ellenbogen und setzte sich wieder.

»Coole Tattoos«, sagte Nell. *»Sturmhöhe,* oder?«

»Ja«, bestätigte Jessa. Dann sagte sie: »Ich habe meinen Rucksack im Altersheim vergessen.«

Genau in dem Moment kam Henry in die Küche. »Kein Problem. Darum kümmern wir uns später.« Mit einem Lächeln, das genauso freundlich aussah wie das heute Morgen im Hotel, kam er auf Jessa zu. »So sieht man sich also wieder.«

»Offenbar.« Sie verschränkte demonstrativ die Arme, weil er tatsächlich Anstalten machte, ihr die Hand zu geben.

Auf eine Art, die gleichzeitig beschämt und ein bisschen amüsiert aussah, grinste er sie an.

»Wo ist Christopher?«, fragte sie.

»Der kommt gleich nach. Ich glaube, er braucht noch einen Moment, um den Mut zu finden, dir gegenüberzutreten.«

»Wie geht es ihm?« Sie wunderte sich ein wenig über sich selbst, weil sie sich wirklich Sorgen um ihn machte.

»Es geht ihm wieder gut.«

Unsinn! Nach so einem großen Blutverlust konnte es niemandem so schnell wieder gut gehen!

»Glaub uns«, sagte Nell.

»Ich will wissen, woran er leidet.«

»Das wird er dir mit Sicherheit selbst erzählen wollen.«

Sie war nicht bereit, so einfach über was anderes zu sprechen, aber sie spürte, dass die beiden ihr keine weiteren Fragen zu Christophers Zusammenbruch beantworten würden. Sah also ganz so aus, als müsste sie sich noch ein bisschen gedulden.

»Heute Morgen unten im Dorf. Du solltest dafür sorgen, dass ich nicht wieder hierherkomme, stimmt's?«, fragte sie Henry.

Er grinste. »Gestatten: Henry Addingham. Beschützer von Witwen und Waisen. Und von Mädels, die unerlaubterweise auf fremdem Land rumstreunen.«

Jessa verspürte einen Anflug von Scham, aber da regte sich auch eine Erinnerung in ihr. Hatte Christopher nicht gestern nach einem Henry gebrüllt, kurz bevor er sie auf sein Motorrad gesetzt und in dieses Hotel verfrachtet hatte? Mehrere Puzzleteilchen in ihrem Kopf fielen an Ort und Stelle. »Ah«, murmelte sie. »Dann bist du also der Trottel.«

Henry schaute verblüfft. Nell dagegen lachte auf.

»Sorry.« Jessa grinste. »Das stammt nicht von mir, sondern von Christopher.«

Der Blick, den Henry auf seine kichernde Schwester abschoss, hätte einen Ochsen an die Wand nageln können. »Vielleicht muss man ja ein Trottel sein, um ein ganzes Leben lang den Bodyguard vom Dienst zu spielen«, murmelte er.

Das schien Nell die Lust am Lachen zu nehmen. Mit ernster Miene stellte sie die Etagere mit den Sandwiches auf den Tisch.

Jessa betrachtete das Bild in ihrem Kopf, das sich langsam zusammengesetzt hatte. »Addingham. Ich habe heute in der Bibliothek einen Mann kennengelernt, der auch so hieß. Sein Vorname war, glaube ich, Victor.«

Nell schob Jessa die Etagere hin. »Das ist unser Vater.«

»Komischer Zufall.«

»Nicht wirklich. Haworth ist ein Dorf.« Nell zog sich einen Stuhl heran und setzte sich rittlings darauf. »Und jetzt erzähl erst mal du!«, befahl sie. »Wie kam es, dass du Christopher begegnet bist?« Sie und Henry tauschten einen langen Blick, den Jessa nicht zu deuten wusste, der aber irgendwie so aussah, als würden sie die Antwort auf diese Frage bereits kennen.

Jessa nahm ein Sandwich, biss davon ab und kaute in aller Ruhe. Wieso sollte sie ihnen ihre Fragen beantworten und selbst ließen sie sie zappeln? Sie beschloss, so zu tun, als würde sie sich auf das Thema einlassen, und das Gespräch dann möglichst unauffällig wieder auf das zu lenken, was sie interessierte. »Wir haben uns zufällig getroffen. Als er angefangen hat, Blut zu spucken, wollte er hierhergebracht werden. Er wollte auf keinen Fall in ein Krankenhaus.«

Nell nickte bedächtig. »Und du hast gemacht, was er wollte.«

»Ja. Bescheuert, oder?«

Henry allerdings sagte trocken: »Du wirst ihm gefallen. Christopher steht auf Mädels, die tun, was er sagt.«

»Sie hat ungefähr dreißig Mal genau das Gegenteil von dem

gemacht, was ich gesagt habe«, ertönte Christophers düstere Stimme. Er stand in der Tür und hielt sich am Rahmen fest. Er war immer noch sehr blass, aber er hatte sich das Blut vom Gesicht gewaschen und ein sauberes Hemd angezogen, das offenbar Henry und nicht ihm gehörte. Es war ihm zu weit und die Ärmel waren zu kurz. Während er in den Raum kam, krempelte er sie hoch. »Danke für deine Hilfe«, sagte er schlicht. Sein Blick streifte Jessas Tattoos und sie hatte das Gefühl, dass der Anblick ihm Unbehagen bereitete.

»Kein Problem. Ich rette öfter mal arrogante Blödmänner, die Blut husten.«

Er zuckte zusammen. »Autsch.« Er stopfte sich das Hemd in die Hose, dann setzte er sich genau wie Nell rittlings auf einen Stuhl.

»Sag einfach Bescheid, wenn du das nächste Mal meine Hilfe brauchst«, sagte sie.

Da verzog er das Gesicht. »Lieber nicht.« Er tippte sich gegen seinen Haaransatz, ungefähr an die Stelle, wo bei ihr die Platzwunde war. »Tut es sehr weh?«

»Ist auszuhalten.«

»Na dann.« Er nahm eines von Nells Sandwiches und biss hinein. Doch ihm schien davon übel zu werden, denn er wurde ganz grün und legte den Rest zurück auf den Rand der Etagere. Unter seinen Augen lagen tiefe Schatten. Seine Lippen waren aufgesprungen.

»Trink etwas. Du musst den Blutverlust ausgleichen.« Ohne darauf zu warten, ob Christopher überhaupt etwas wollte, goss Henry ihm Tee ein. »Da tust du alles nur Erdenkliche, um Jessa von hier zu vertreiben. Und dann kriegst du ausgerechnet in der Sekunde einen Blutsturz, als ihr euch wieder über den Weg lauft? Extrem mieses Karma, würde ich sagen.«

Christopher starrte ihn finster an. »Mir ein Messer in den Hals zu rammen, um sie in die Flucht zu schlagen, kam mir ein bisschen zu melodramatisch vor.«

Nell schnaubte. »Klar. So war es natürlich viel besser.«

... um sie in die Flucht zu schlagen, dachte Jessa. Wie das klang!

Henry schob auch ihr eine Tasse Tee zu. Der intensive Geruch von Bergamotte erfüllte die Luft.

Earl Grey, dachte Jessa. *Alice hat Earl Grey geliebt.*

Sie biss sich auf die Lippe, weil der Gedanke wehtat.

Christopher nahm seine Tasse und trank. Über den Rand hinweg sah er Jessa an.

Sie wartete. Schon seit sie dieses Haus betreten hatte, war sie voller Anspannung gewesen, aber mittlerweile fühlte sie sich wie eine gespannte Stahlfeder. Und wie immer, wenn sie den Druck nicht mehr aushielt, ging sie auf Kollisionskurs. Mit der Fingerspitze fuhr sie auf dem Rand der Tasse entlang. »Meine Schwester ist vor fünf Jahren im Moor verschollen. Und ich glaube, dass sie vorher hier gewesen ist.«

In Christopher begann etwas zu wimmern, als Jessa Alice erwähnte. Wie sollte er nur jemals die Kraft finden, ihr zu erzählen, was damals mit ihrer Schwester passiert war?

»Aha«, machte er so ruhig, wie er eben konnte.

Nell schaute ihn an.

Jessas Ausdruck war forschend. Er musste sich zusammenreißen, um ihr nicht auszuweichen. Es war ein Gefühl, als würde er einem Waterboarding unterzogen. Plötzlich bekam er kaum noch Luft und ihm wurde klar, dass keiner von ihnen hier Jessa hinters Licht führen würde. Sie war tough. Sie ließ sich weder durch seine demonstrativ zur Schau gestellte Abwehr ins Bockshorn jagen noch durch plötzliche Katastrophensituationen wie vorhin im Seniorenheim. Sie hatte sich sein Blut einfach abgewaschen und ging jetzt zur Tagesordnung über.

Er war sich nicht sicher, ob seine Stimme ihm gehorchte, doch zum Glück übernahm Nell das Reden: »Deine Schwester? Hier auf High Moor Grange?«, fragte sie mit einem Pokerface, für das ihr ein Oscar gebührt hätte.

»Ja.«

»Daran könnte ich mich bestimmt erinnern.« Und damit hatte Nell festgelegt, wie sie alle ab jetzt vorgehen würden. Sie würden Jessa verschweigen, dass sie Alice gekannt hatten.

Christophers Herz schlug schwerfällig.

»Was, wenn sie sich auf eurem Land umgesehen hat, ohne dass ihr es gemerkt habt?«

»Unmöglich«, warf Henry ein. »Das Land ist eingezäunt.«

Die meisten Menschen ließen sich ablenken, wenn man sie wütend machte. Und Jessa sah ganz so aus, als wäre sie schnell wütend. Darum zwang Christopher sich zu einem kühlen Tonfall. »Und normale Menschen verstehen, was ein verschlossenes Tor bedeutet.«

»Tja. Blöd, dass ich nicht normal bin.« Jessa versuchte, gelassen zu bleiben, aber Christopher sah dieses Funkeln in ihren Augen. Sie ärgerte sich tatsächlich über ihn.

Nell räusperte sich, um die Spannung, die plötzlich in der Luft lag, zu vertreiben. »Unsere Familie lebt sehr zurückgezogen. Unser Job ist es, dafür zu sorgen, dass niemand die ... Ruine besucht.«

Christopher erstarrte. Hatte Jessa das winzige Zögern bemerkt? Er sah zu, wie Jessa ein abgegriffenes Taschenbuch aus der Innentasche ihrer Jacke zog. »Das hat mir die Bibliothekarin aus dem Ort vor ein paar Tagen geschickt.« Mit einer bedeutungsvollen Geste legte sie das Buch auf den Tisch. Es war eine billige Ausgabe von *Sturmhöhe* und Christopher hätte bei ihrem Anblick beinahe scharf durchgeatmet.

Er kannte das Buch. Wie oft hatte Alice ihm und Adrian daraus vorgelesen?

Mit einer beherrschten Bewegung streckte er die Hand danach aus.

Ärger wallte in Jessa auf. Dieser Arsch konnte wenigstens so tun, als würde ihn das alles interessieren! Allein diese Art, wie er Alice' Buch in die Hand nahm: als würde ihn nichts auf der Welt mehr langweilen.

Er schlug die erste Seite auf und betrachtete ausdruckslos Alice' Namen darauf. »Und?«

»Es hat meiner Schwester gehört?«, fragte Jessa herausfordernd. Während er das Buch noch hielt, blätterte sie auf die Seite mit Alice' Skizze von High Moor Grange. Dabei berührten sich ganz kurz ihre Finger. Seine Haut war eiskalt. Jessa tippte auf die Zeichnung. »Das hat sie gemacht. Sie muss also hier gewesen sein.«

Seine Lippen teilten sich leicht, als er das Bild betrachtete, doch er zuckte einfach nur gleichgültig mit den Schultern und legte das Buch wieder hin. »Ich weiß trotzdem nicht, was wir damit zu tun haben. Das kann schließlich jedes alte Herrenhaus hier in der Gegend sein.«

Was nicht ganz von der Hand zu weisen war, dachte Jessa. Sie zwang sich, ruhig zu bleiben.

So oder so würde sie Christopher nicht mehr lange ertragen müssen, denn wie es aussah, war diese gammelige Ruine hier nichts weiter als eine kalte Spur. Denn was hatte sie außer dieser Skizze genau genommen schon, das sie den dreien vor den Latz knallen konnte, um sie endlich zum Reden zu bringen? Ein paar unheimliche Träume, in denen sie das Gefühl hatte, dass Alice in diesem alten, verfallenen Kasten dort oben herumgeisterte. *Klasse!* Christopher würde sich kugeln vor Lachen, wenn sie das erwähnte.

Gedankenverloren rieb sie sich die Stirn und berührte dabei aus Versehen die Platzwunde, die mit einem feinen Schmerz protestierte. Seufzend stemmte sie sich in die Höhe. Sie würde das einzige Vernünftige tun: Sie würde zurück nach London fahren und diesen ganzen Irrsinn hier vergessen.

Christopher erhob sich ebenfalls. Er schien jetzt völlig wiederhergestellt zu sein, er war nur noch ein bisschen blass. Seltsam. »Wenn du willst, bringe ich dich weg von hier«, sagte er und als sie sich schon wunderte, warum er plötzlich so nett zu ihr war, fügte er kühl und vielsagend hinzu: »Endgültig.«

Sie nickte. Ihr Blick fiel durch das Küchenfenster. Von hier aus konnte man die Ruine des Herrenhauses sehen. Die geborstenen Mauern wirkten eigenartig bedrohlich auf sie und sie brauchte eine Sekunde, bis sie begriff, woran das lag: Nebel zog auf. In schleierartigen Bahnen stieg er aus dem Moor auf und schien nach High Moor Grange zu greifen. Während Jessa das alte Gemäuer anstarrte, glaubte sie, ein Wispern in ihrem Kopf zu hören. Eine Stimme, die leise ihren Namen sagte.

Alice' Stimme.

Jessas Knie wurden weich.

»Geht es dir gut?«, erkundigte sich Nell.

Jessa kam nicht dazu, ihr zu antworten, denn nun ertönte eine tiefe Stimme, die Jessa heute schon einmal gehört hatte: »Wie sollte es, Nell?«

Alle vier drehten sie sich zur Küchentür um.

Dort stand Professor Addingham.

7

»So schnell sieht man sich wieder!«, sagte er, steuerte auf Jessa zu und streckte ihr die Hand entgegen. »Willkommen auf High Moor Grange.«

Sie schüttelte die Hand. »Danke.« Ihr Blick huschte zu Christopher. »Ihr Sohn ist nicht so gastfreundlich wie Sie.«

Der Professor blinzelte. »Oh. Christopher ist nicht mein Sohn.« Er wandte sich zu Christopher um. »Alles in Ordnung, Junge? Adrian hat mich angerufen und mir erzählt, was passiert ist. Ich bin so schnell gekommen, wie ich konnte.«

»Ja, ja«, grummelte Christopher. »Es war nur ein kleiner Anfall.«

Professor Addingham nickte. Er wirkte kein bisschen besorgt, sondern eher so, als sei das sowieso klar gewesen. Er setzte sich zu ihnen und forderte Jessa auf, es ihm gleichzutun.

Mit einer Mischung aus Neugier und sehr viel Abwehr blieb sie stehen.

Der Professor hob erstaunt die Augenbrauen, kommentierte ihre trotzige Haltung aber nicht. »Nell, Schatz, könnte ich wohl auch eine Tasse Tee haben?«, bat er.

»Warum immer ich?«, maulte Nell. »Du bist ein alter Macho, Dad, weißt du das? Warum fragst du nicht mal Henry?« Aber sie stand auf und holte noch eine Tasse für ihren Vater. Mit einem unsanften Klirren stellte sie sie vor ihm auf den Tisch. »Bitte schön!«

»Danke.« Er goss sich selbst ein und trank gierig. »Ah!«, machte er, nachdem er abgesetzt hatte. »Meine Mutter sagte immer, solange wir Tee und Gurkensandwiches haben ...«

»... kann die Welt ruhig den Bach runtergehen, wissen wir!«, schnaufte Nell.

»Nun«, meinte der Professor. »Dass wir uns unter so dramatischen Umständen wiederbegegnen, hätten wir wohl beide heute Morgen nicht gedacht.«

Jessa fühlte sich allein von der Tatsache, dass er plötzlich hier aufgetaucht war, wie vor den Kopf geschlagen. »Warum haben Sie mir nicht gesagt, dass Sie hier auf High Moor Grange leben?«, fuhr sie ihn an. Erst danach ging ihr auf, dass sie ungerecht war. Sie hatte die einzelnen Puzzleteile nicht zusammenbekommen: Aus dem Internet wusste sie, dass das Anwesen einer sehr alten Familie namens Addingham gehörte. Und der Professor hieß ebenfalls Addingham. Sie hätte also auch von selbst drauf kommen können. Dass sie es nicht getan hatte, machte sie wütend.

Professor Addingham jedoch schien von ihrem scharfen Tonfall ebenso unbeeindruckt wie von ihrem zornigen Gesichtsausdruck. Er lehnte sich auf seinem Stuhl zurück. »Wenn ich mich richtig erinnere, haben wir über High Moor Grange gar nicht gesprochen, Jessa. Woher sollte ich, bitte schön, wissen, dass du dich für das Herrenhaus interessierst?«

Da hatte er natürlich recht. Was Jessas Ärger allerdings nicht minderte. Sie knirschte mit den Zähnen. Schließlich setzte sie sich doch wieder hin, nahm das Buch vom Küchentisch und zeigte dem Professor die Seite mit der Skizze des Herrenhauses. »Das hat meine Schwester gemalt. Wahrscheinlich kurz bevor sie verschwunden ist.«

Er betrachtete die Zeichnung lange.

»Wir haben ihr schon gesagt, dass das jedes Herrenhaus hier in der Gegend sein kann«, sagte Nell in einem Ton, der Jessa fast beschwörend vorkam.

Der Professor nickte. »Das stimmt, Jessa.«

Entschieden schüttelte sie den Kopf. »Ich glaube, dass Alice hier war! Sie ist nach Haworth gekommen, um über Branwell Brontë zu forschen. Ms Galloway hat gesagt, dass Sie seit dreißig Jahren in dieser Bibliothek arbeiten. Wie kann es sein, dass meine Schwester nicht auch mit Ihnen gesprochen hat?«

Professor Addingham zuckte mit den Schultern. »Tut mir leid, das weiß ich nicht.« Er trank seinen Tee aus. Diesmal ließ er sich von Nell nachschenken. Sie sah dabei aus, als würde sie ihm den Inhalt der Kanne viel lieber ins Gesicht schütten.

Jessa sah Christopher an. »Ich will eine Gegenleistung dafür, dass ich dich hergefahren habe!«

Er spannte sich an. »Und die wäre?«

»Ich will mich oben im Herrenhaus umsehen!« Die Idee war ihr ganz plötzlich gekommen.

Zwei Sekunden lang war es totenstill im Raum. Dann beugte Professor Addingham sich vor. »Was sollte das bringen, Jessa?«

Ja, was? Hoffte sie, dass sie oben in der Ruine irgendein Zeichen von Alice finden würde? Oder gar, dass ihre Schwester dort oben deutlicher zu ihr sprechen würde?

Wohl kaum! Sie biss sich auf die Unterlippe. Alice hatte *Sturmhöhe* in der Bibliothek im Dorf gelassen. Was, wenn sie auch in der Bibliothek von High Moor Grange eines ihrer Bücher hinterlegt hatte? Was, wenn Alice in den Zeichnungen und Unterstreichungen irgendeinen Code versteckt hatte, den sie knacken sollte ...

Sie schluckte, als ihr bewusst wurde, dass diese Idee nicht viel weniger absurd war als die, Alice könnte hier noch irgendwo rumspuken und nach ihr rufen. Alice war ins Moor gelaufen und dort verschollen. Ihre Überreste verrotteten irgendwo dort draußen in den weitläufigen, nebelverhangenen Hügeln.

Der Gedanke zog Jessa die Kehle zusammen.

Trotzdem!, dachte sie grimmig. Sie war jetzt schon so weit gekommen. Sie würde sich nicht einen Schritt vor dem Ziel aufhalten lassen. »Ich habe ehrlich gesagt keine Ahnung«, gestand sie und mühte sich um einen etwas weniger wütenden Tonfall. Möglicherweise brauchte sie die Hilfe der Leute hier noch, da war es bestimmt besser, nicht ganz so unfreundlich zu ihnen zu sein. »Aber ich würde mich trotzdem gern da oben umsehen ...«

»Auf keinen Fall!« Christopher hatte die Hände zu Fäusten geballt. »Victor, wir ...«

Der Professor brachte ihn mit einer Handbewegung zum Schweigen, nahm mit einer bedächtigen Bewegung die Brille ab und begann, sie zu putzen. »Die Ruine ist gefährlich. Es wird das Beste sein, wenn du da oben nicht allein rumläufst ...«

»Victor«, unterbrach Christopher ihn.

»... sondern jemand von uns dich begleitet.«

»Victor!« Diesmal erhob Christopher die Stimme. »Ich will, dass wir Jessa jetzt auf der Stelle von hier wegbringen!«

Der Professor warf ihm einen undefinierbaren Blick zu. Als habe er überhaupt nicht gehört, was Christopher gesagt hatte, meinte er zu Jessa: »Bei Nebel ist es noch gefährlicher, da oben rumzustolpern. Was hältst du also davon, wenn du bei uns übernachtest, und wir gehen morgen zusammen dort hoch?«

Jessa schaute aus dem Fenster, vor dem der Nebel langsam dichter wurde. »Gut«, willigte sie ein. Sie schaute in Christophers Richtung, um zu sehen, wie er reagieren würde.

Seine Miene war eine Mischung aus Fassungslosigkeit und Wut und das machte auch sie wieder ärgerlich. Was hatte er nur gegen sie, dass er sie so dringend von hier weghaben wollte? Eine Nacht würde er es doch wohl mit ihr unter einem Dach aushalten! Es war ja genug Platz da, dass er ihr aus dem Weg gehen konnte.

Das war ihr sowieso lieber.

Mit weit ausgreifenden Schritten hastete Christopher durch den dichter werdenden Nebel. Nachdem Jessa eingewilligt hatte, die Nacht im Cottage zu verbringen, hatte sie ihn so finster und herausfordernd angeschaut, als wollte sie ihm an die Kehle gehen. Klar. Er hatte sich eindeutig gegen sie gestellt und sie gehörte nicht zu den Mädchen, die sich das einfach so gefallen ließen.

Was er hingegen nicht ganz verstand, war die Tatsache, dass er es plötzlich in der Küche nicht mehr ausgehalten hatte. Es hatte sich angefühlt, als würde Jessas Nähe ihn unter Strom setzen, darum hatte er fluchtartig das Cottage verlassen und war nun auf dem Weg hoch zum Herrenhaus. Sein Herz jagte, halb vor Empörung darüber, dass Victor einfach so weitreichende Entscheidungen traf, und halb aus Angst vor dem, was passieren würde, wenn Jessa hierblieb. Und es war diese Angst, die ihn mit solcher Macht überwältigte, dass er auf halbem Wege stehen bleiben musste. Das Bedürfnis, gegen eine Mauer am Wegrand zu treten, unterdrückte er, indem er sich mit beiden Händen in die Haare fuhr und sich einmal um seine eigene Achse drehte.

Dabei merkte er, dass Henry ihm gefolgt war und jetzt zu ihm aufschloss. »Du hältst es für falsch, sie hierzubehalten«, sagte er mit einer Ruhe in der Stimme, die Christopher noch wütender werden ließ.

»Klar tue ich das!«, fauchte er.

Henry schien nicht beeindruckt und das brachte Christopher dazu, sich zu beruhigen. »Scheiße, Henry. Jessa ist Adrian jetzt schon zweimal begegnet!«

Henry stand ganz still da. Sein Blick schweifte zum Herrenhaus hoch. »Das ist einmal mehr, als er früher gebraucht hat, um sich in ein Mädchen zu verlieben.«

Genau. Und wenn das passierte, wenn Adrian sich in Jessa verliebte, bedeutete das, dass der Fluch in Aktion trat ...

»Vielleicht ist Victor derselben Meinung«, sagte Henry. »Dass der Fluch längst in Gang ist, meine ich. Immerhin haben wir auch nichts dagegen unternommen, als sie in meinen Kombi gestiegen ist. Vielleicht lässt er Jessa deswegen bleiben. Weil er glaubt, dass sie euch beide endlich erlösen kann.«

»Klar. Genauso wie er es damals von Alice geglaubt hat.« Gott, er war so unendlich müde.

Er spürte, dass Henrys Blick schwer auf ihm lag, und plötzlich hasste er ihn dafür, dass er ihn durchschaute. Dass er mit ihm mitlitt. Ja, er hasste ihn sogar dafür, dass er überhaupt existierte. Denn Henrys verflixte Loyalität zwang ihn, auch weiterzumachen. Immer weiter und weiter, selbst wenn er schon so lange nicht mehr konnte.

Mit zitternden Händen rieb er sich die Augen.

»Ich kann mir nicht mal in Ansätzen vorstellen, was all das mit dir macht«, erklärte Henry.

Da endlich rang Christopher das Selbstmitleid nieder und zwang ein schiefes Grinsen auf seine Lippen. »Du kennst doch den alten Spruch: Karma ist kein Wunschkonzert. Jeder kriegt das, was er verdient.«

»Klar. Und du denkst immer noch, du verdienst diese Hölle auf Erden.«

Christopher knirschte mit den Zähnen. Er musste dieses Gespräch dringend beenden, weil er sonst entweder anfangen würde, auf Henry einzuschlagen oder aber ihm was vorzuflennen. »Genau! Macht mich das nicht wunderbar tragisch?«

Henry verzog das Gesicht, als hätte er ihm in den Magen geboxt. »Ach, Christopher«, murmelte er.

Christopher ließ ihn stehen. Er betrat das Herrenhaus über die große Freitreppe, aber wenn er gehofft hatte, jetzt seine Ruhe zu haben, hatte er sich getäuscht.

In der Eingangshalle kam ihm Adrian entgegengeeilt. »Gott sei Dank, es geht dir gut!« Er blieb dicht vor Christopher stehen, musterte ihn von Kopf bis Fuß, nur um ihn gleich darauf mit einer heftigen emotionalen Bewegung in die Arme zu ziehen.

Christopher wollte sich wehren, aber Adrians Berührung, der Geruch seines Aftershaves, vor allem aber sein erleichtertes Auflachen dicht an seinem Ohr sorgten dafür, dass ein Teil seiner Anspannung von ihm abfiel. Auf einmal konnte er wieder freier atmen.

»Mir ist nichts passiert«, versicherte er und erwiderte die Umarmung.

Adrian rückte ein Stück von ihm ab. Noch einmal wanderte sein Blick an Christopher auf und ab. »Du hast noch nie vorher so stark geblutet«, flüsterte er. »Ich bin vor Sorge um dich fast wahnsinnig geworden hier drinnen, aber ich dachte mir, es wäre keine gute Idee, Jessa ein drittes Mal zu begegnen.«

Christopher nahm seine Hände und drückte sie. »Aber ich habe dich doch angerufen und dir gesagt, dass ich okay bin.« Noch im Bad hatte er es getan, als Henry schon zu Jessa und Nell in die Küche gegangen war.

Adrian lachte ein trockenes und gleichzeitig trauriges Lachen. »Ja. Und wie oft hast du mir schon versucht weiszumachen, dass es dir gut geht, und in Wahrheit bist du vor die Hunde gegangen?«

Beschämt senkte Christopher den Kopf, denn natürlich hatte Adrian recht. Sie stritten oft darüber, wie ehrlich sie zueinander sein sollten. Adrian war der Meinung, dass sie sich gegenseitig alles – wirklich alles – erzählen mussten. Christopher sah das anders. Er wollte einfach nicht jedes verdammte Mal, wenn es ihm dreckig ging, seinen Bruder damit belasten. Adrian hatte auch so schon genug zu ertragen. Also war Christopher dazu übergegangen, immer öfter so zu tun, als wäre alles in bester Ordnung.

Adrian hatte ihm eben mal wieder gezeigt, dass das vielleicht nicht immer der beste aller Wege war.

»Tja«, murmelte Christopher. »Schuldig im Sinne der Anklage, würde ich meinen.«

»Schon gut. Komm. Ich habe uns einen starken Tee gekocht.«

Christopher verdrehte die Augen. »Tee? Wenn ich ehrlich bin, hätte ich jetzt viel lieber einen starken Whisky.«

Adrian lächelte. »Wieso bin ich darauf nicht gekommen?«

Christopher folgte ihm in die Bibliothek, wo auf einem Beistelltischchen nicht nur zwei Tassen samt Teekanne, Milchkännchen und Zuckerdose standen, sondern auch eine geschliffene Kristallkaraffe mit bernsteinbrauner Flüssigkeit darin und zwei ebenfalls geschliffene Gläser. Christopher schnaubte amüsiert.

»Was?« Adrian schmunzelte. »Ich kenne dich schließlich schon eine Weile, Bruderherz.«

Sie setzten sich und kaum hatten sie sich ihr jeweiliges Getränk eingegossen, als draußen auf dem Gang Schritte ertönten. Gleich darauf betrat Victor die Bibliothek.

Bevor er den Mund aufmachen konnte, knurrte Christopher: »Ich habe alles gesagt, was es zu sagen gibt.«

Adrian stellte seine Teetasse ab.

»Hört mir zu«, beschwor Victor sie beide. Um nicht zu offensiv zu wirken, setzte er sich auf einen der ledernen Sessel.

»Lass es!«, fauchte Christopher. »Du hast Jessa erlaubt, über Nacht hierzubleiben, obwohl du weißt, wie gefährlich das für …« Sein Blick huschte zu Adrian. »… uns alle ist.«

»Christopher …«, wandte Victor ein. Mit einer zornigen Geste wollte Christopher ihn zum Schweigen bringen, aber Victor schüttelte den Kopf. »Doch, Junge! Du hörst mir jetzt zu! Jessa ist Alice' Schwester und du weißt so gut wie ich, wie dicht wir damals daran waren, den Fluch zu brechen. Was, wenn Jessa beenden kann, was Alice angefangen hat?«

Was, wenn wir einfach nur wieder ein Mädchen ins Verderben stürzen? Christopher zwang sich, die Bilder zurückzudrängen, die durch seinen Kopf taumelten. Es ging nicht. Er sah Blut und Schmerz und Hass. Und Tränen. Betäubt massierte er sich die Schläfen.

»Wir beide halten es nicht ein weiteres Mal aus«, sprach Adrian aus, was auch er dachte.

»Jungs!«, beschwor Victor sie. »Ich weiß, was in euch vorgeht.«

»Leck mich, Victor«, knurrte Christopher. »Einen Scheiß weißt du!«

»Grobheiten helfen uns nicht weiter, Junge.«

»Stimmt. Leck mich trotzdem.« Christopher nahm sein Whiskyglas und starrte hinein. Ihm wurde schlecht.

Victor rührte sich nicht. Er wartete.

Die Stille tropfte zäh dahin, bis Adrian das Wort ergriff. »Glaubst du wirklich, es besteht Grund zur Hoffnung?« Allein seine Frage fühlte sich an wie eine Ohrfeige. Adrian wusste das. Er hielt Christophers Starren stand, aber er schien sich kein bisschen schuldig zu fühlen.

Mistkerl!, dachte Christopher, aber er schaffte es nicht, so wütend auf seinen Bruder zu sein, dass dessen Verrat ihn nicht mehr schmerzte.

»Wenn Victor sich irrt«, murmelte Adrian, »dann können wir ... unseren Schwur immer noch ...«

Christopher schloss die Augen. Auf einmal fiel ihm das Atmen schwer. »Und was ist mit Jessa? Ist euch das Risiko, dem wir sie aussetzen würden, völlig egal?«

Adrian biss die Zähne zusammen. Christopher konnte spüren, wie er mit sich rang, wie in ihm Hoffnung und dunkelste Verzweiflung um die Oberhand kämpften. Und er konnte es nur zu gut nachfühlen. Ihm erging es genauso.

»Ich würde es nicht in Erwägung ziehen, wenn ich das Risiko für unvertretbar hielte«, sagte Victor sanft.

»Bullshit!«, knurrte Christopher. »Ihr beide wisst genauso gut wie ich, dass Alice nicht gewollt hat, dass Jessa jemals hierher...«

»Aber jetzt ist sie nun mal hier. Und wir sind uns vermutlich alle einig, dass wir versuchen müssen, die Kontrolle über die Situation zu behalten. Wenn wir Jessa von hier fortbringen, wird sie wiederkommen und vielleicht sind wir dann nicht in der Lage, sie zu kontrollieren, wie wir es können, wenn wir ihr ein bisschen entgegenkommen.« Victor erhob sich. »Wir werden sehen, wie sich die Dinge entwickeln. Heute Abend jedenfalls wird sowieso nicht mehr viel passieren. Dazu sind wir alle vermutlich viel zu erschöpft.«

»Was, wenn Jessa sich in der Nacht aus dem Cottage schleicht und hier hochkommt?«, fragte Adrian.

»Ich verhindere das, keine Sorge.« Victor wandte sich Christopher zu. »Versuch, dich ein bisschen zu erholen.«

Christopher salutierte in einer spöttischen Geste. »Yes, Sir! Natürlich, Sir!«

Über Victors Gesicht glitt ein trauriges Lächeln. »Wir werden das hier heil überstehen«, versprach er und ging.

Christopher leerte sein Glas in einem einzigen Zug. Der Whisky brannte in seiner Kehle. Den Impuls, das Glas in den Kamin zu werfen, konnte er gerade noch unterdrücken.

»Tja«, meinte Nell, nachdem erst Christopher und nach ihm auch Henry und der Professor nach oben zum Herrenhaus geeilt waren. »Und da sitzen wir nun.«

Jessa zuckte mit den Schultern und beschloss für eine Weile zu versuchen, ihre innere Wut im Zaum zu halten. Immerhin durfte sie hierbleiben. Eine Weile lang herrschte Schweigen, dann seufzte Nell und deutete auf das schmutzige Geschirr auf dem Tisch. »Und mal wieder denken die Kerle, es sind die Mädels, die sich um den Haushalt kümmern«, grummelte sie.

Jessa stand auf und begann, die Tassen zusammenzustellen. Wenn sie schon hier übernachtete, dachte sie, dann konnte sie sich genauso gut ein bisschen nützlich machen.

Nell verdrehte die Augen. »Echt jetzt?«

Jessa grinste sie an. »Jahrelange Konditionierung. Im Kinderheim mussten wir regelmäßig mindestens einmal in der Woche Küchendienst machen.« Sie öffnete die Spülmaschine und stellte Teller und Tassen hinein.

Nell blinzelte zweimal. Es sah aus, als sei ihr das Thema ein bisschen unangenehm. »Du bist in einem Kinderheim aufgewachsen.« Sie sagte das nicht wie eine Frage.

Jessa nickte. »Seit meinem vierten Lebensjahr.« Sie trat ans Fenster. Von diesem Punkt aus hätte man das Herrenhaus in seiner ganzen verfallenen Pracht sehen können, wenn es nicht mittlerweile so neblig gewesen wäre. Die Ruine lag wie hinter einem knochenfarbigen Schleier verborgen, sodass man ihre Umrisse nur noch erahnen konnte. Der Anblick bereitete Jessa seltsames Unbehagen, darum wandte sie sich schnell davon ab. »Meine Eltern sind bei einem Autounfall gestorben«, nahm sie den Faden wieder auf.

»Das muss schwer für dich gewesen sein.« Nell stand nun ebenfalls auf. Sie öffnete die Tür unter der Spüle und nahm ein Reinigungstab aus dem Karton.

»Ich hatte Alice. Das hat es leichter gemacht.« Sie biss die Zähne zusammen, weil es schon wieder in ihr zu brodeln begann.

Nell legte das Tab in den Besteckkorb, schloss die Tür der Spülmaschine und stellte ein Reinigungsprogramm ein. Als sie auf Start drückte, erwachte das Gerät mit dem typischen dumpfen Gluckern zum Leben. Dann ging sie zum Esstisch zurück, setzte sich und goss sich noch eine Tasse Tee ein. »Magst du auch?«

Jessa verneinte. Sie mochte keinen Earl Grey. Aber sie setzte sich ebenfalls wieder hin.

»Wie alt bist du eigentlich?«, fragte Nell.

Sie unterdrückte ihren Unwillen, darüber ausgefragt zu werden. Wenn sie Antworten wollte, musste sie selbst welche liefern. »Siebzehn. Und du?«

»Sechzehn.«

»Und Christopher?«

»Christopher?« Nell lachte. Es klang ein bisschen nervös. »Neunzehn«, sagte sie gedehnt.

Jessa biss sich auf die Lippe, weil es ihr schwerfiel, das zu glauben. Da war etwas an Christopher, das ihn älter wirken ließ. Sie hätte allerdings nicht zu sagen gewusst, was. »Und dieser andere Junge? Dieser Adrian?«

Da ruckte Nells Kopf hoch. »Adrian ist Christophers Zwillingsbruder.«

»Er hat mir geholfen, Christopher über die Grenze zu schleppen. Allein hätte ich das nicht geschafft.«

»Er hat ...« Nells Augen weiteten sich. Dann überlegte sie. »Okay. Hast du mit ihm geredet?«

»Nicht viel. Er hat mir gesagt, dass gleich Hilfe kommt.« Jessa presste ihre Hände flach auf die Tischplatte und dachte an den Rest ihres seltsamen Gespräches mit Adrian.

Bleib, wo du bist!, hatte er sie aufgefordert. Und: *Sprich mich auf keinen Fall an!*

»Warum ist er nicht dageblieben? Ich meine, wenn Christopher sein Bruder ist – hat er sich nicht Sorgen um ihn gemacht?«

Nell trank einen Schluck. »Christophers ... Sache, das mit dem Blut, meine ich, das ist nicht lebensgefährlich.«

»Was genau hat er? Er hat geblutet wie ein abgestochenes Schwein.«

Nell winkte ab. »Ach, das ist eine fürchterlich lange Geschichte.«

»Adrian geht mir aus dem Weg, oder?«

»Er zieht es vor, allein zu sein«, erklärte Nell.

»Ist er entstellt? Verbirgt er deswegen sein Gesicht vor mir?« Jessa dachte an die Begegnungen mit ihm. Beide Male hatte

Adrian sorgfältig darauf geachtet, dass die Kapuze seine Züge verbarg.

Sie wartete, bis Nell leise »Ja« sagte und spürte einen Anflug von Mitleid mit Adrian. Was für ein Gefühl war es wohl, so entstellt zu sein, dass man sich lieber vor fremden Blicken verbarg, selbst wenn der eigene Bruder Blut hustete und seine Hilfe brauchte? Es fiel ihr schwer, sich das auch nur vorzustellen.

Nell schien jetzt genau wie sie genug von dem Gespräch zu haben. Betont munter sprang sie auf. »Weißt du, was? Wir sollten sehen, dass wir dir das Gästezimmer herrichten.«

Das Gästezimmer lag unter dem Dach. Es hatte einen gemütlichen Erker mit einem Fenster, durch das man das Herrenhaus sehen konnte. Es gab Tapeten und Vorhänge mit ziemlich kitschigem Blütenmuster, ein eisernes Bettgestell mit einer sehr einladend aussehenden Matratze und einer dicken Decke, einen Lesesessel mit Lampe und einen kleinen Schrank, der in eine Nische eingebaut war. In der Luft lag ein Geruch von Zitrone und Lavendel, der sich noch verstärkte, als Nell den Schrank aufmachte und frische Bettwäsche herausholte.

Jessa trat ans Fenster. Von hier oben war das Herrenhaus noch besser zu sehen als unten aus der Küche, weil der Nebel über dem Boden dichter war als weiter oben. Ganz kurz wurde ihr schwummerig und sie keuchte auf.

Nell wandte sich zu ihr um. »Was hast du?« Ihr Blick folgte dem von Jessa und als sie sah, wohin die schaute, runzelte sie die Stirn.

»Nichts.« Das Schwindelgefühl verschwand, als sie sich vom Fenster abwandte. Ob es von ihrer Kopfverletzung kam?

Nell faltete das Bettlaken auseinander. Jessa kam ihr zu Hilfe und gemeinsam zogen sie es über die Matratze und begannen, es rundum festzustecken. »Bist du mit Christopher verwandt?«, fragte Jessa.

»Er und Adrian sind so was wie meine Cousins. Die Familie Addingham ist weitläufig. Jedenfalls war sie es früher mal. Wir bewohnen High Moor Grange seit dem 14. Jahrhundert. Christopher und Adrian entstammen einem anderen Zweig der Familie als Henry und ich. Unsere Ururgroßväter oder so sind Brüder gewesen.« Sie grinste matt. »Und unser Zweig kümmert sich schon seit Generationen um den Haushalt von den Jungs. Ist 'ne Art Familienauftrag.«

»Henry, dein Vater und du, ihr lebt in diesem Cottage, oder?«

»Ja.«

»Und Christopher und Adrian und ihre Familie?«

»Es gibt keine weitere Familie mehr. Alle anderen Verwandten sind tot.«

Jessa traute sich nicht nachzufragen, wie Christophers und Adrians Eltern gestorben waren. »Wo wohnen die beiden? Gibt es noch ein weiteres Cottage hier irgendwo?« Nell sah von der Arbeit auf und kurz wirkte sie über die Frage so verwundert, dass Jessa hinterherschob: »Ich meine, in dieser Ruine da oben können sie ja wohl kaum leben.«

»Nein. Da hast du recht.« Nell packte den Kopfkissenbezug und stülpte ihn um, um ihn leichter über das Kissen ziehen zu können.

Jessa wartete auf eine Antwort. Ihr Kopf hatte angefangen zu schmerzen und schon wieder war da dieses komische Schwindelgefühl. Jetzt fiel ihr auf, dass es einsetzte, wenn sie hoch zum Herrenhaus sah. Offenbar hatte sie sich den Schädel doch ein bisschen heftiger angeschlagen, als sie gedacht hatte. Vielleicht sollte sie sich hinlegen und ausruhen.

»Boah, bin ich kaputt«, stöhnte sie.

Nell sah sie an. »Du siehst auch ganz schön blass aus. Vielleicht solltest du früh schlafen gehen.«

»Gar keine schlechte Idee.« Jessa rieb sich die Schläfen und massierte dann ihren Nacken.

Nell schüttelte die fertig bezogene Decke zurecht und breitete sie über der Matratze aus. »Ich bringe dir nachher noch was zum Abendbrot. Bist du sicher, dass du okay bist?« Sie deutete auf Jessas Kopfwunde.

»Ja. Ja, klar.«

Einen Moment lang stand Nell unschlüssig da. »Also, ich gehe dann mal. Wenn du irgendwas brauchst: Wo Küche und Bad sind, weißt du ja. Versuch zu schlafen.«

Jessa ließ sich auf die Bettkante fallen. »Mache ich.«

Nell war schon an der Tür, als sie sich noch einmal umdrehte. »Eins noch: Egal, was du siehst oder hörst, du solltest auf keinen Fall nachts allein raus.« Sie klang ziemlich drängend. »Vor allem nicht ins Moor.«

Etwas in Jessa spannte sich an. Was war das denn für eine seltsame Warnung? Schließlich wusste Nell, dass Alice im Moor verschollen war. Glaubte sie etwa, Jessa wäre dumm genug, ausgerechnet in der Nacht dort rauszurennen und nach ihr zu suchen? »Logisch«, murmelte sie.

Nell blinzelte so komisch, als sei ihr eben klar geworden, dass sie zu viel gesagt hatte. Aber dann grinste sie. »Ich meine nur, weil du dich rettungslos verlaufen würdest! Du glaubst hoffentlich nicht, dass ich denke, dass da draußen ein Werwolf rumläuft und Jagd auf dich macht?«

»Keine Sorge, glaube ich nicht.«

Nell verließ das Gästezimmer fast ein bisschen fluchtartig. Nachdem sie gegangen war, nahm Jessa ihr Handy, das sie auf stumm geschaltet hatte. Sie hatte drei Anrufe von *Children's Retreat.* Klar. Ms Trenton wollte wissen, wo sie war, immerhin war sie ohne ein Wort verschwunden und über Nacht weggeblieben. Sie überlegte kurz, das einfach zu ignorieren, dann schickte sie doch eine Nachricht an die Direktorin des Kinderheims.

Bin okay. Komme bald wieder.

Die Antwort kam prompt. *Gott sei Dank! Wo steckst du?*

Ms Trentons Fürsorge fühlte sich gleichzeitig schön und beklemmend an.

Jessa überlegte, was sie antworten sollte. Auf keinen Fall wollte sie, dass Ms Trenton auf die Idee kam, sie könnte ihrer Schwester hinterhergereist sein. Darum öffnete sie ihr Fotoalbum und suchte ein Bild von vor ein paar Monaten raus. Es zeigte sie zusammen mit ein paar der Punks vom Bahnhof King's Cross. Sie schickte das Foto an Ms Trenton. Ihre Haare waren auf dem Bild ein kleines bisschen länger als jetzt, aber auch schon blau gefärbt. Ms Trenton würde also hoffentlich glauben, dass das Foto neu war und Jessa wieder auf der Straße abhing. Sollte sie doch die Polizeit benachrichtigen und man in ganz London Ausschau nach ihr halten.

Mit leichtem Magengrummeln wartete Jessa auf eine Reaktion, aber die kam nicht. Sie biss die Zähne zusammen vor lauter widersprüchlichen Gefühlen. Einerseits war sie erleichtert, dass Ms Trenton offenbar nicht besorgt genug war, um darauf zu bestehen, dass sie zurückkam. Andererseits aber fühlte es sich so an, als sei sie der Direktorin des Kinderheims schlagartig egal geworden. Und das tat verblüffend weh.

Jessa beschloss, sich lieber um die Leute zu kümmern, die Interesse an ihr hatten. Kurz entschlossen rief sie Ms Galloway an, weil sie ihr sagen wollte, dass es Christopher gut ging.

Immerhin hatte die Bibliothekarin seinen Beinahezusammenbruch mitgekriegt und machte sich bestimmt Sorgen. Doch in der Bibliothek schien schon Feierabend zu sein, denn es sprang nur der Anrufbeantworter an. *Verdammt!* Jessa kämpfte das Gefühl von Einsamkeit nieder, das ihr den Atem raubte und das sonderbarerweise auch nicht besser wurde, als Ms Trenton sich schließlich doch noch meldete.

Du weißt, dass du jederzeit zu mir kommen kannst. Ich möchte dir wirklich helfen, Jessica!

Seufzend stöpselte sie ihr Telefon an den Strom an und trat ans Fenster, um ein bisschen frische Luft zu schnappen.

Sie hatte schon eine ganze Weile dagestanden, als die grauen Nebelschwaden für eine Sekunde aufrissen und sich Schornsteine und Zinnen des Herrenhauses wie Scherenschnitte vor dem Himmel abzeichneten. Jessa blinzelte irritiert. Die Schornsteine waren mit dem Dach, dem oberen Teil des Turmes und einem der Seitenflügel schon vor Jahrzehnten eingestürzt. Jessa wartete, bis eine neue Lücke im Nebel entstand und als das geschah, war klar, dass sie sich getäuscht haben musste. High Moor Grange lag als Ruine da. Es hatte keine Schornsteine und Zinnen mehr.

Ihr Magen hob sich ungut. Sie brauchte wirklich dringend ein bisschen Ruhe.

Mit einem energischen Ruck schloss sie das Fenster und die geblümten Vorhänge, dann zog sie sich bis auf die Unterwäsche aus und schlüpfte in das duftende Bett.

Der Traum schien nur auf sie gewartet zu haben. In ihm sah sie sich am Fenster stehen. Sie betrachtete die Ruine des Herrenhauses, die von einem riesengroßen silbernen Mond angestrahlt wurde. Plötzlich flackerte das Bild und für Sekundenbruchteile hoben sich Zinnen und Schornsteine gegen die helle Scheibe des Mondes ab.

»Jessa!«, ertönte ein Flüstern von draußen, das ganz deutlich zu hören war, obwohl sie das Fenster überhaupt nicht aufgemacht hatte. Sie lehnte sich nach draußen und wie es nur in einem Traum möglich war, war die Scheibe einfach nicht mehr da.

»Jessa!« Diesmal erkannte sie die Stimme, aber anders als erwartet war es nicht die von Alice. Es war die von Adrian …

Mit einem Ruck wachte sie auf und fand sich im ersten Moment nicht zurecht. Zwar wusste sie, wo sie war, aber sie hatte das sonderbare Gefühl, noch immer zu schlafen. Und dann – plötzlich – war es genau umgekehrt. Nun wusste sie, dass sie wach war, aber es kam ihr vor, als wäre der Traum von eben die Realität.

Mit klopfendem Herzen schwang sie die Füße aus dem Bett und tapste ans Fenster. Sie musste sich ein Herz fassen, um die Vorhänge zu öffnen. Wie in ihrem Traum schien der Mond, aber sein Licht drang nur matt und verschwommen durch den Nebel.

Irgendwas war dort draußen, das konnte sie spüren.

»Adrian?«, murmelte sie.

Ihr Brustkorb hob und senkte sich heftig. Warum nur bekam sie hier drinnen kaum noch Luft? Sie riss das Fenster auf, doch es nützte nichts. Sie hatte immer noch das Gefühl zu ersticken.

Adrians Flüstern aus ihrem Traum fiel ihr wieder ein. Ob er wirklich dort draußen war?

Sie musste an Nells Warnung denken, nicht bei Nacht ins Moor hinauszulaufen. Aber das wollte sie ja auch gar nicht. Sicher reichte es schon, wenn sie sich nur ein bisschen im Vorgarten die Füße vertrat. Vielleicht ging die Beklemmung dann weg.

Sie wandte sich vom Fenster ab und wollte in ihre Klamotten vom Vortag schlüpfen. Da bemerkte sie, dass ihr Rucksack neben dem Nachttisch stand und ein Tablett mit einem Sandwich und einem Glas Milch darauf. Offenbar hatte Nell beides gebracht, als Jessa schon geschlafen hatte. Ob Henry den Rucksack aus dem Seniorenheim geholt hatte? Vermutlich. Jessa nahm eine saubere Jeans und einen schwarzen Hoodie heraus. Beides zog sie an, dann trank sie einen großen Schluck Milch und schlüpfte in ihre Boots.

So leise wie möglich schlich sie durch den Flur zur Treppe. Im Haus war es totenstill. Die dritte Stufe von oben knarrte, das hatte sie sich gestern Abend gemerkt. Sie ließ die Stufe aus, um niemanden aufzuwecken, und musste über sich selbst grinsen.

Alte Streunerin!

Die Haustür war von innen abgeschlossen, aber das stellte kein Problem dar, denn Victors Schlüsselbund hing an einem kleinen Board daneben. Vorsichtig nahm Jessa ihn. Von den vier Schlüsseln, die an einem Ring hingen, sah nur einer aus wie ein Hausschlüssel und tatsächlich passte er. Leise schloss Jessa auf.

Als sie nach draußen trat, flammte über der Tür eine Lampe auf.

Jessa zuckte zusammen.

Scheiß Bewegungsmelder!

»Na«, sagte eine Stimme hinter ihr. »Sehnsucht nach frischer Luft?«

Sie schloss kurz die Augen, bevor sie sich umdrehte. »Henry«, murmelte sie.

Er stand in T-Shirt und Boxershorts hinter ihr im Flur. Seine Haare waren vom Schlafen verstrubbelt und sein roter Bart sah schief aus. Hinter vorgehaltener Hand gähnte er. »Hab dich rumschleichen hören und dachte mir, ich gucke mal, ob du was brauchst.«

»Nichts, nein.« Weil sie nicht wusste, wohin mit ihren Händen, raffte Jessa ihre Haare im Nacken zusammen und hielt sie fest. »Nur frische Luft, wie du schon gesagt hast.«

»Es ist gefährlich, bei Dunkelheit ins Moor zu gehen.«

Sie versuchte, nicht die Augen zu verdrehen. »Hat Nell mir auch schon gesagt. Darum habe ich auch nicht vor, ins Moor zu gehen.«

Sein Blick huschte an ihr vorbei.

Der Mond hatte sich mittlerweile hinter die Wolken verzogen und zu allem Überfluss ging jetzt auch das Licht aus. Mit einem Winken schaltete Jessa es wieder an.

»Ich vermute mal, du tust immer genau das Gegenteil von dem, was man dir rät«, sagte Henry.

Jessa grinste ihn trotzig an. Bevor sie sich eine Erwiderung überlegt hatte, meinte er zu ihrer Verblüffung: »Willst du, dass ich dich begleite?«

»Wieso? Gibt es etwa Werwölfe da draußen?«

Er starrte sie so erschrocken an, dass sie wider Willen lachen musste.

»Entspann dich! War nur ein Scherz. Von Nell übrigens.«

Er schnaufte. »Ja, das sieht ihr ähnlich.« Er fröstelte in der kalten Nachtluft. Jessa konnte die Gänsehaut auf seinen nackten Beinen sehen.

»Geh ruhig wieder rein. Ich bleibe im Vorgarten, versprochen.«

Er sah nicht so aus, als glaube er ihr, aber er verblüffte sie erneut, indem er nickte. »Geh nur so weit, dass du das Cottage noch sehen kannst. Und ruf, wenn irgendwas ist.«

Sie hatte schon den Mund auf, um einen Spruch zu machen,

aber dann verkniff sie es sich. »Ich sage doch, ich bleibe im Garten.« Seine Fürsorge war ihr unangenehm, wie immer wenn Leute anfingen, sich um sie zu kümmern. Es fühlte sich bedrohlich an, so, als würde man ihr ihre mühsam erkämpfte Unabhängigkeit kaputt machen.

Noch einmal starrte Henry ins Dunkle hinaus, dann wünschte er ihr eine gute Nacht und kehrte in sein eigenes Zimmer zurück.

Jessa atmete tief durch. Ungefähr eine Minute stand sie an der Gartenpforte. Das Lampenlicht erhellte die zwei oder drei Meter, die sie in dem Nebel noch sehen konnte. Unwillkürlich drehte sie sich um. Der Anblick des geduckt dastehenden Cottages beruhigte sie ein wenig. Ganz kurz hatte sie gefürchtet, auf allen Seiten von dieser dicken Erbsensuppe eingeschlossen zu sein.

Irgendwann ging das Licht aus und tintenschwarze Finsternis umfing sie. Der Mond war ein verschwommener Milchsee über ihr und obwohl Jessa die Ruine jetzt gar nicht mehr erkennen konnte, fühlte sie ihre Gegenwart wie ein Summen in ihren Adern.

Unheimlich!

Ein Knacken ertönte jenseits des Gartenzauns. Jessa zuckte zusammen. Die Bewegung reichte aus, um das Licht wieder einzuschalten.

Noch einmal knackte es. Etwas huschte davon. Eine Maus oder so. Irgendwo im Moor schrie ein Käuzchen.

Jessa versuchte, die Nebelwand mit dem Blick zu durchdringen, aber das war natürlich völlig aussichtslos. Vielleicht sollte sie wirklich wieder reingehen. Sie hatte sich schon abgewandt, um zurück nach drinnen zu gehen, doch sie warf einen letzten Blick über die Schulter zurück. Und erstarrte.

Dort, wo eben noch niemand gewesen war, stand jetzt eine Gestalt, die hastig in den Nebel zurückwich.

Jessas Herz machte einen Satz. »Adrian, nicht wahr?«, fragte sie.

Er reagierte nicht.

Sie wartete. Ihr Magen krampfte sich zusammen. Sie hatte früher öfter mit unheimlichen Typen zu tun gehabt. Dass ihr im Moment so mulmig war, lag allein am Nebel. Und an der seltsamen Atmosphäre dieses Ortes. Sie glaubte schon, er hätte sich ganz zurückgezogen, da ging das Licht wieder aus.

Sie blieb regungslos stehen.

»Es gibt keinen Grund, vor Angst erstarrt zu sein«, war das Erste, das er sagte. Seine Stimme verursachte Jessa eine Gänsehaut. Dieses flache Rasseln, so als seien seine Stimmbänder vertrocknet.

»Bin ich nicht«, gab sie zurück. »Ich dachte nur, du willst nicht, dass das Licht angeht.«

Aus seiner Kehle kam ein unterdrückter Laut der Überraschung. Mehrere Sekunden verstrichen, in denen Jessas Herz angestrengt klopfte.

»Wenn ich ehrlich bin, weiß ich nicht, ob es klug ist, hier mit dir zu reden«, sagte er.

»Und trotzdem bist du gekommen.«

»Ja.« Es entstand eine Pause. »Ich weiß selbst nicht, warum. Nein, warte, das stimmt nicht. Ich wollte dir danken. Dafür, was du heute für meinen Bruder getan hast.«

»Klar.«

Wieder schwiegen sie beide.

»Warum hast du keine Angst vor mir?« An den Geräuschen erkannte sie, dass er näher kam. Er war außerhalb der Reichweite des Bewegungsmelders, deshalb blieb es dunkel.

»Ich hab mal in der Londoner U-Bahn mit ein paar Typen abgehangen. Glaub mir, du kannst nicht schlimmer aussehen als die.«

Sie hörte, wie er Luft durch die Zähne zog, und fürchtete schon, ihn beleidigt zu haben. Aber dann lachte er. Auch das klang wie ein Rascheln. Eine winzige Stimme in Jessas Hinterkopf fragte, ob sie nicht doch lieber wieder reingehen wollte. Sie brachte sie zum Schweigen, denn Adrian begann, sie zu faszinieren. »Tut mir leid. Ich wollte dich nicht beleidigen.«

»Hast du nicht.«

»Gut.« Sie überlegte. Dann beschloss sie, ins kalte Wasser zu springen. »Du hast irgendeine Entstellung, oder?«

Wieder brauchte er, bevor er antwortete. Wie es aussah, gehörte er zu der Sorte Mensch, die nachdachten, bevor sie etwas sagten. »Du hältst nicht viel von Small Talk, oder?«

Jetzt musste sie grinsen. »Stimmt. Ich finde, das ist eine der überflüssigsten Erfindungen der Menschheit.«

»Sehe ich auch so.« Seine Gestalt war ein dunkler Umriss in der Nacht. Düsternis, ausgestanzt aus Finsternis und Nebel.

»Stalkst du mich?«, fragte sie.

»Wirkt so, oder? Tut mir leid. Soll es nicht.«

Sie dachte an ihren seltsamen Traum von eben. Sollte sie ihm davon erzählen? Vielleicht träumte er ja ganz ähnlich von ihr und war deswegen hierhergekommen ...

Was für ein Quatsch! Alice war diejenige gewesen, die an Träume glaubte. Jessa selbst war viel zu realistisch dafür.

Adrian räusperte sich. »Also, wie gesagt: Danke. Für alles.«

Diesmal winkte sie reflexartig ab – und schaltete damit die Außenbeleuchtung an. Nach der undurchdringlichen Finsternis wirkte das Licht grell und aufdringlich.

Blitzartig wandte Adrian sich ab, riss beide Hände in die Höhe. »Nicht …!«

Jessa erstarrte. Hatte sie da eben tatsächlich eine Art Totenschädel gesehen? Das konnte doch nur eine optische Täuschung gewesen sein, oder? Sie schluckte, weil ihr Mund ganz trocken geworden war. »Entschuldige!«, rief sie aus.

Beide standen sie still, bis das Licht wieder ausging. Am Rascheln von Adrians Kleidung konnte Jessa erkennen, dass er sich ihr wieder zuwandte.

»Das wollte ich nicht«, versicherte sie ihm.

»Schon gut.«

Sie versuchte, ihre verkrampften Schultern zu entspannen. »Christopher. Was hatte er? Ich habe ihn gefragt, woher dieses Bluten gekommen ist, aber er hat es mir nicht verraten. Und Nell auch nicht.«

»Magst du ihn?«

Was war das für eine komische Frage? »Er ist ein Arsch«, rutschte es ihr heraus.

Da lachte Adrian. Diesmal klang es fast normal. »Und du hast ihn noch gar nicht in voller Aktion erlebt!«

»Echt? Kaum vorstellbar.« Jessa lachte auch, aber dann musste sie daran denken, wie liebevoll Christopher Elizabeth behandelt hatte. Sie verstummte. »Beantwortest *du* mir wenigstens meine Frage?«

Wieder schien er zu überlegen. »Christopher kann High Moor Grange nicht verlassen. Tut er es doch, bekommt er erst Kopfschmerzen und wenn er dann nicht hierher zurückkehrt, fängt das Nasenbluten an.«

»Komische Krankheit«, murmelte Jessa in der Hoffnung, dass Adrian ihr genauer erklären würde, was der Grund dafür war. Aber zu ihrer Enttäuschung tat er das nicht. Also fragte sie weiter: »Das heißt, es ging ihm in dem Moment besser, in dem er wieder über die Grenze war?« Genau das hatte sie ja mit eigenen Augen gesehen.

»Ja.«

»Was wäre geschehen, wenn du nicht gekommen wärst?«

Diesmal schwieg er noch länger. »Das wäre extrem qualvoll für ihn gewesen.«

»Wäre er gestorben?«

»Nein.«

Sie rieb sich über die Augen. Wieder sprang das Licht an. Wieder wandte Adrian sich eilig ab. Diesmal schaffte er es, bevor sie einen Blick unter seine Kapuze erhaschen konnte.

»Vielleicht sollte ich jetzt gehen«, hörte sie ihn murmeln.

Irgendwie bedauerte sie das. Überraschenderweise gefiel es ihr, mit ihm zu sprechen. Er war so sehr das Gegenteil von Christopher, dass sie sich kaum vorstellen konnte, dass die beiden Zwillinge waren. »Ja«, meinte sie. »Vielleicht sollte ich auch wieder reingehen. Henry und Nell haben Angst, dass ich im Moor verloren gehen könnte.«

»Das ist auch durchaus möglich.«

Es störte sie ein bisschen, dass auch Adrian sie für so dämlich zu halten schien. »Keine Sorge«, sagte sie spitz. »Ich bin nicht so blöd, bei Dunkelheit da rauszurennen.«

»Die Dunkelheit ist nicht das Problem«, sagte Adrian ruhig.

»Sondern?«

»Sondern der Nebel, Jessa.«

8

Als Jessa die Augen aufschlug, schien die Morgensonne ins Zimmer. Einen Augenblick lang überlegte sie, ob sie das Gespräch mit Adrian vergangene Nacht nur geträumt hatte, aber dazu war es eindeutig zu real gewesen. Sie gähnte und reckte sich, dann stand sie auf, trat ans Fenster und öffnete es weit.

Es roch nach frischer Erde, offenbar hatte es kurz vor dem Morgengrauen geregnet und der Regen hatte den Nebel vertrieben. Ein feuchter Schimmer lag auf allem – auf dem Laub der Bäume, den Statuen, dem Weg, dem Gras. Nur die Stelle, wo Victors Wagen gestanden hatte, war trocken.

Jessa ließ den Blick hinauf nach High Moor Grange schweifen. Das Herrenhaus schien in der hellen Sonne aus sich selbst heraus zu leuchten. Die sandfarbenen Mauern wirkten einladend und fast romantisch. Ganz anders als gestern im Nebel sahen die geborstenen Fenster heute nicht ein bisschen unheimlich aus.

Aber genau als Jessa das dachte, begannen die Konturen des alten Gemäuers zu flimmern. Kurz sah es so aus, als würde die

Luft kochen. Das Gebäude verschwamm vor Jessas Augen und sie glaubte schon, dass sie noch immer unter den Nachwirkungen ihres Sturzes litt. Doch dann ging ihr auf, dass es nur das Herrenhaus war, das so seltsam flimmerte. Alles andere – die Bäume, die Hügel, der Vorgarten des Cottages – sah ganz normal aus. Jessa richtete den Blick wieder auf die Ruine und keuchte auf.

High Moor Grange war keine Ruine mehr.

Die Fenster besaßen auf einmal Scheiben, in denen sich die Sonne spiegelte. Das eingestürzte Dach hatte Zinnen und Schornsteine. Der Turm, der alles überragte, war nicht eingestürzt, die große Fensterrosette über dem Haupteingang war ganz und leuchtete in der Sonne vielfarbig.

Jessa klammerte sich an der Fensterbank fest.

Blinzelte.

Und alles war wie vorher. Die Fenster blickten leer und dunkel aufs Moor hinaus, Dach und Turm waren eingestürzt, die Mauern von Moos und Flechten überzogen.

Irritiert rieb Jessa sich die Augen. Ein dumpfer Schmerz pochte hinter ihren Schläfen und der Schwindel, der sie bei den ersten Anzeichen dieses Flimmerns ergriffen hatte, ließ nur langsam nach. Sie musste ihren ganzen Mut aufbringen, bevor sie sich traute, noch einmal zu dem alten Kasten hochzuschauen.

Nichts.

Kein Flimmern. Keine in der Sonne spiegelnden Fenster. Kein Schwindelgefühl.

Nachdenklich nahm sie *Sturmhöhe* aus der Innentasche ihrer Lederjacke und schlug es an der Stelle auf, wo Alice die Skizze der Herrenhausruine gezeichnet hatte. Sie betrachtete das Bild. Jetzt, im grellen Morgenlicht, konnte sie die schwachen Linien, die Alice wieder ausradiert hatte, genauso gut erkennen wie im Computerraum des Kinderheims.

Zinnen und Schornsteine …

War es möglich, dass Alice das alles gar nicht ausradiert hatte, sondern dass sie die Zeichnung absichtlich so gestaltet hatte? Dicke Striche bei der Ruine und schwache, kaum sichtbare bei allen Teilen, die Jessa sah, wenn das Flackern einsetzte. Ein Kribbeln rann ihr über den Rücken.

Hatte Alice dieses sonderbare Phänomen etwa auch gesehen und versucht, es in ihrem Bild festzuhalten?

Jessa kaute auf ihrer Lippe herum. »Okay«, murmelte sie. *Sehen wir uns da doch mal ein bisschen genauer um.*

Und zwar ohne Addingham'schen Aufpasser.

Ganz in der Nähe von Heathers Grab stand eine alte Hainbuche und unter dieser Buche hatte Christopher schon vor sehr langer Zeit eine steinerne Bank aufstellen lassen. Von dieser Bank aus konnte man nicht nur Heathers Grabstein betrachten, sondern auch das Cottage überblicken und den Weg, der vom Cottage zum Herrenhaus hinaufführte. Er kam oft im Morgengrauen hierher, um nachzudenken. Adrian nannte es immer seine Selbstquälstunde, aber so morbide es auch war: Er genoss es, hier zu sitzen und zuzusehen, wie die Dunkelheit dem Licht wich. Manchmal, an besonders guten Tagen, konnte er sich dann einreden, dass es irgendwann auch für ihn und Adrian wieder hellere Zeiten geben würde.

Heute allerdings hatte die Unruhe ihn schon kurz nach Mitternacht aus dem Haus und hierhergetrieben. Der Nebel hatte sich kalt und klamm um ihn geschlossen, sodass er fast die ganze Nacht über wie Espenlaub gezittert hatte. Aber das war ihm egal gewesen.

Es gab einen guten Grund, dass er hier war, und als er sah, wie Jessa aus der Haustür des Cottages trat, bestätigte sich die dunkle Ahnung, die er gehabt hatte.

So viel also zu Victors Versprechen, Jessa davon abzuhalten, allein hier hochzukommen.

Er seufzte tief. »Tja. Sieht ganz so aus, als hättest du ab jetzt mich am Hals, Mädel.« Und anders als Victor würde er alles daransetzen zu verhindern, dass Jessa und Adrian sich ein weiteres Mal begegneten.

Jessa erstarrte, als sie den Weg zum Herrenhaus entlangschaute und sah, dass Christopher dort auf einer Bank saß. Sie spürte, wie sich in ihr etwas zu winden begann. Die Art und Weise, wie er dasaß – breitbeinig, die Arme über die Rückenlehne gelegt, so als gehöre ihm die Welt – sah großspurig und einfach nur zum Kotzen aus. Kurz überlegte sie, ob sie umkehren sollte, aber da er sie schon entdeckt hatte, kam das nicht infrage. Auf keinen Fall wollte sie, dass er glaubte, sie habe Angst vor ihm.

»Guten Morgen!«, fauchte sie ihn schon aus einiger Entfernung an.

Er hob den linken Mundwinkel um ein paar Millimeter. »Guten Morgen. Wie geht es dem Kopf?«

Sie tastete nach der Platzwunde. »Tut kaum noch weh. Im Gegensatz dazu.« Sie präsentierte ihm ihr blaues Handgelenk, um ihn zu ärgern. In Wahrheit tat die Prellung überhaupt nicht mehr weh.

Christopher biss die Zähne zusammen.

Treffer!, dachte sie und wunderte sich ein bisschen, weil sie keine Genugtuung fühlte.

Sie wartete auf eine Entschuldigung, aber die kam nicht.

Stattdessen sagte er: »In etwas weniger düsteren Klamotten würdest du mir besser gefallen.«

»Sehe ich aus, als interessiere ich mich dafür, was dir gefällt?«

»Nein«, gab er zu.

Ihr Blick fiel auf den Grabstein, vor dem die Bank stand. *Heather,* las sie. Und: *Geliebte.* Nichts weiter. Dem Verwitterungsgrad der Schrift nach zu urteilen, war diese Heather seit sehr vielen Jahren tot.

»Wenn es nach mir gegangen wäre, hätte ich dich gestern noch von hier fortgeschafft«, sagte Christopher.

»Hast du ja mehr als deutlich gemacht. Ich dachte allerdings, du hättest inzwischen kapiert, dass ich kein Möbelstück bin, das du nach Belieben umstellen kannst.«

Er zuckte mit den Schultern. »Als ich dich in den Bus gesetzt habe, wusste ich schon, dass ich dich nicht so leicht loswerde.«

»Ach ja? Wenn du das wusstest, warum bist du dann nicht selbst dringeblieben und hast mich bis Haworth eskortiert?«

Er wandte das Gesicht gen Himmel, als denke er ernsthaft darüber nach. »Ich hätte dich in London an eine Straßenlaterne binden können, es hätte nichts genützt.«

»Stimmt zwar, aber woher weißt du das?«

»Du meinst, abgesehen davon, dass du längst meinem umwerfenden Charme verfallen bist und nicht mehr von mir loskommst?«

Er war offenbar völlig größenwahnsinnig. »Träum weiter!«

Da lachte er auf. »Jessa, du tauchst dreimal mit einer gewissen Unverfrorenheit hier auf und ...«

»Zweimal«, unterbrach sie ihn. »Ich war nur zweimal unverfroren. Beim dritten Mal hab ich dir den Arsch gerettet.«

Er sah aus, als erinnere er sich nicht gern daran. »Stimmt.«

»Ich vermute, es hat auch heute keinen Sinn, dich zu fragen, was du hattest?«

»Korrekt. Weil es dich nicht das Geringste angeht.«

Sie schwieg, wartete mit verschränkten Armen darauf, dass das unangenehme Schweigen ihn zum Weiterreden bringen würde. Bei vielen Menschen half das, bei ihm allerdings biss sie mit dieser Taktik offenbar auf Granit. Zu ihrem Ärger war sie die Erste, der die Stille zu viel wurde. »Warum bist du eigentlich so unfreundlich zu mir?«, hörte sie sich fragen und hätte sich am liebsten die Zunge abgebissen dafür.

Er jedoch schien ernsthaft über eine Antwort nachzudenken. Dann grinste er. »Das dient nur deinem Schutz.«

»Meinem Schutz?«

Sein Grinsen wurde breiter. Seine Augen funkelten im frühen Sonnenlicht wie heller Bernstein. »Gewöhnlich reißen sich die Mädels die Kleider vom Leib, wenn ich auch noch nett zu ihnen bin.«

Sie fasste es nicht. »Okay! Das reicht jetzt.« Sie wandte sich zum Gehen. Zielstrebig steuerte sie auf High Moor Grange zu.

»Hey!«, rief er ihr nach. »Wo willst du denn hin?«

Sie tat, als achtete sie nicht auf ihn, und umrundete das Haus. Insgeheim freute es sie, dass er aufsprang und ihr hinterherkam. Irgendwie fand sie Spaß daran, ihn zu ärgern. Er erreichte sie genau in dem Moment, als sie die verfallene Freitreppe vor dem Haupteingang hochlief.

»Was hast du vor?« Er klang, als sei es die bescheuertste Idee der Welt, durch diese Tür zu wollen, und das stimmte ja auch. Immerhin waren die Mauern dieses alten Kastens so verfallen, dass Jessa sich einfach nur ein paar Meter nach rechts oder links wenden musste, um die Ruine auch ohne Tür zu betreten. »Du willst da nicht wirklich rein!«

Sie legte die Hand auf die angelaufene Klinke. »Natürlich nicht. Ich will nur prüfen, ob ich den alten Kasten umschubsen kann.« Sie drückte, so fest sie konnte. Die Tür öffnete sich mit einem schrillen Kreischen, aber nach nur einem Zentimeter blockierte sie. Jessa drückte heftiger.

Christopher sprintete zu ihr herauf. »Lass das!« Er wirkte tatsächlich beunruhigt. Das war wirklich das Letzte, was sie erwartet hätte, aber vielleicht hatte er ja einfach Angst, dass die morschen Reste der geborstenen Fensterrosette dort oben umkippen und ihr auf den Kopf fallen würden. Sie legte den Kopf in den Nacken. Die steinernen Rippen des runden Fensters ragten wie gichtige Finger in die Luft. Die wenigen Buntglasscherben, die noch darin steckten, waren seit Jahrzehnten Wind und Wetter ausgesetzt und sahen völlig abgeschliffen aus. Alles wirkte brüchig und wackelig. Ganz abwegig war es also nicht, dass die Mauerreste sie erschlagen würden.

Trotzdem drückte sie noch einmal gegen die Tür, diesmal mit ihrem ganzen Körpergewicht.

Christopher starrte sie an. »Hör auf damit, das ist doch bescheuert! Du könntest aus vollem Anlauf dagegenspringen, da täte sich gar nichts.«

Jessa stemmte die Hände in die Hüften und blies sich gegen die Haare.

Christopher seufzte schwer. »Ich kann dich nicht davon abhalten, da reinzugehen, oder?«

»Nicht mal, indem du mich in Ketten legst.«

»Ich verstehe das als subtilen Hinweis auf die geheimsten Wünsche, die ich in dir auslöse.«

Sie wollte ihm eine knallen, aber vermutlich hätte er das als Anmache empfunden. Also funkelte sie ihn nur an. »Hast du eigentlich auch noch irgendeine andere Nummer drauf?«

Er zuckte mit den Schultern. »Wenn ich dich dadrinnen ein bisschen rumführe, versprichst du dann, nicht allein reinzugehen? Ich meine, auch später nicht.«

»Später wie in *immer?«*

Er seufzte ein zweites Mal. »Wie in *immer.«*

Sie sah ihm direkt in die Augen. »Versprochen.«

Er wirkte sonderbar erleichtert und sie wunderte sich ein wenig darüber, dass er ihr glaubte. »Dann komm mit«, sagte er. »Ich kenne einen Weg rein.«

Der Schatten, den er selbst über Jessas Gesicht warf, teilte ihre Züge wie eine dieser alten, venezianischen Masken in hell und dunkel. Er konnte die Härchen auf ihren Wangen sehen und das Glitzern ihrer Augen. Und alles, was er fühlte, war Bedauern. Bedauern darüber, dass er dafür sorgen musste, dass sie das, was sie sich am meisten wünschte, niemals bekommen würde.

Ein Zeichen von Alice. Eine Erklärung dafür, was mit ihrer Schwester passiert war.

Seine Kehle zog sich zusammen, doch er schluckte dagegen an und folgte Jessas Blick, als sie noch einmal an der Fassade emporblickte. Die roten und grünen Scheiben der Fensterrosette schimmerten samtig im Licht der Morgensonne.

»Komm mit!«, sagte er noch einmal und führte Jessa zurück zu Heathers Grab. In ihrer Miene erschien ein verwunderter Ausdruck, fast so, als habe sie einen anderen Weg rein erwartet. Dass sie ohne Widerspruch mit ihm ging, störte das Bild, das er sich bisher von ihr gemacht hatte, so sehr, dass er sie verstohlen betrachtete. Was für ein Mädchen sich wohl unter dieser rauen Schale verbarg?

»Was glotzt du mich so an?«, zischte Jessa und er fühlte sich ertappt.

So gelassen wie möglich zuckte er mit den Schultern. »Wollte mich nur vergewissern, dass du in meiner Gegenwart nicht vergisst zu atmen.«

Sie verstand sofort, dass er auf seine eigene Unwiderstehlichkeit anspielte. »Leider kann man nicht Selbstmord begehen, indem man den Atem anhält«, grummelte sie.

Er grinste.

»Sonst würde …« Der Rest ihrer Worte wurde ihr von den Lippen gerissen, weil sie über eine Grabumrandung stolperte, die ein bisschen in die Höhe ragte. Reflexartig packte Christopher zu und hielt sie am Arm fest.

Eine Sekunde lang erstarrten sie beide.

Jessa machte sich mit einem Ruck frei. »Lass das!«

»Gern. Das nächste Mal lasse ich dich der Länge nach auf das Näschen fallen.«

Daraufhin verdrehte sie nur die Augen. Er musste lachen.

Gemeinsam überquerten sie den Friedhof und kamen an eine mannshohe Mauer, die die Gräber von einem Rosengarten abtrennte. In der Mitte dieser Mauer befand sich ein schmiedeeisernes Tor, dessen Flügel weit offen standen. »Bitte«, meinte Christopher und ließ Jessa den Vortritt. Wieder sah sie ihn an, als habe er den Verstand verloren, dann betrat sie den Garten, den einst seine Mutter angelegt hatte. Christopher folgte ihr.

Der Duft Dutzender Rosenbüsche, die allesamt in voller Blüte standen, hüllte sie ein.

Die Rosenstöcke in dem Garten, durch den Christopher sie führte, waren schon vor Ewigkeiten eingegangen, die Beete mit Efeu überwuchert. Auch an einem Baum, der genau in der Mitte der symmetrischen Anlage stand, rankte Efeu in die Höhe. Es sah aus, als würde es den Baum erwürgen.

Unter dem Baum stand eine moosüberwachsene Statue. Genau wie alle anderen auf dem Grundstück wirkte auch diese hier wie mitten in der Bewegung erstarrt, allerdings zeigte sie keine trauernde Frau, sondern einen jungen Mann. Er kniete auf einem Bein, den Blick hatte er gen Boden gerichtet und er hielt ein Schwert in beiden Händen, dessen Spitze auf der Erde ruhte. Bei dem Anblick flimmerte es vor ihren Augen. Für den Bruchteil einer Sekunde schien der Marmor schneeweiß und nicht mehr grün von Moos und Flechten.

Jessa keuchte leise. Kurz wurde das Schwindelgefühl so intensiv, dass sie würgen musste.

»Alles in Ordnung?«, fragte Christopher.

Sie blinzelte und das Flimmern war weg. »Ja. Klar.«

Christopher behielt sie noch ein, zwei Sekunden lang im Auge, dann wandte er sich der Statue zu. »So viel tragisches Heldentum!«, murmelte er und als sie darauf schon wieder die Augen verdrehte, grinste er. »Sieht mir ganz schön ähnlich, oder?«

Jetzt erst fiel Jessa auf, dass er recht hatte: Die Statue sah genauso aus wie er. Sie betrachtete die ebenmäßigen Züge genauer. Der Bildhauer hatte es geschafft, Christophers gutes Aussehen einzufangen und dem Marmorgesicht gleichzeitig eine Anmutung von tiefer, wunderschöner Melancholie zu geben. Nie im Leben hätte sie das allerdings zugegeben. Sie schüttelte den Kopf.

»Nicht?«, wunderte sich Christopher.

»Nein.«

»Warum nicht?«

»Du bist viel zu arrogant und selbstverliebt.« Jessa deutete auf die kniende Gestalt. »Du würdest bei einer Kapitulation niemals so demütig in die Knie gehen.« Sie dachte daran, wie er gestern vor dem verschlossenen Tor auf allen vieren gekauert hatte. Die Haare hatten ihm ganz ähnlich im Gesicht gehangen wie die dieser Statue hier.

Er sah überrascht aus. »*Arrogant* empfinde ich als Beleidigung.«

»Ist auch so gemeint.«

Er brauchte einen Moment, um das zu verdauen. Zu Jessas Überraschung wurde er plötzlich völlig ernst. »Sie kapituliert nicht. Ein Knie am Boden bedeutet Huldigung. Wenn sie kapitulieren würde, hätte sie beide Knie am Boden.«

Die Erklärung rührte Jessa sonderbar an und wie immer, wenn sie mit einem Gefühl wie diesem nicht klarkam, rettete sie sich in Kratzbürstigkeit. Sie tat, als sähe sie sich um. »Und wo sind die Leute, die das interessiert?«

Er schnaufte nur.

»Sie sieht dir übrigens noch aus einem anderen Grund nicht ähnlich«, sagte sie.

»Und der wäre?«

»Sie hat etwas, das dir völlig abgeht.«

Ratlos schaute Christopher erst Jessa ins Gesicht, dann der Statue. »Ich habe nicht die geringste Ahnung, was du meinst.«

»Tiefe«, meinte sie. »Die Statue hat Tiefe. Und Charakter.«

Ihm klappte der Unterkiefer herunter.

Jessa lachte auf. *Es ist faszinierend, wie ähnlich sie ihm sieht,* dachte sie und wandte sich ab.

Gleich darauf runzelte sie die Stirn, denn Christopher öffnete einen der leeren Fensterrahmen für sie. Warum tat er das? Sie hätten doch ganz einfach hindurchklettern können. Diese paar kleinen Scherben, die noch in der Einfassung steckten, waren ja wirklich nicht der Rede wert.

Aber gut. Christopher hatte sich eben entschieden, galant zu sein. Sollte er doch, wenn es ihm Spaß machte. Solange er sich keine allzu großen Hoffnungen auf ihre Dankbarkeit machte.

Wortlos ging sie hinein.

»Gern geschehen«, hörte sie ihn brummeln.

Sie unterdrückte ein Grinsen. Der Raum, den sie nun betrat, hatte offenbar früher mal als Speisezimmer gedient. Ein wuchtiger Tisch aus dunklem Holz dominierte die Einrichtung. Staub lag fingerdick überall und nur die winzigen Spuren von Mäusefüßen zeigten, dass es in diesem alten Gemäuer noch so was wie Leben gab. Die Stühle schienen einst rosafarbene Bezüge gehabt zu haben. Jetzt war der Stoff verblichen und zerschlissen. Die Seidentapeten an den Wänden hingen teilweise zerfetzt herunter. Über einem Kamin aus Marmor prangte ein Gemälde, das allerdings so stark nachgedunkelt war, dass außer einem Spitzenkragen und dem Weiß zweier Augen nichts zu erkennen war. Es sah aus, als starre ein Geist sie direkt aus der Wand heraus an. Jessa fröstelte. »Uff«, machte sie. »Das ist ziemlich spooky.«

Christopher enthielt sich diesmal eines spöttischen Kommentars.

Das Sonnenlicht, das durch die leeren Fenster hereinfiel, ließ Staubkörner in der Luft tanzen. Jessa nieste.

»Gesundheit!« Christopher sah sie ausdruckslos an, dann überholte er sie, öffnete die Zimmertür für sie und meinte: »Bitte schön, gnädige Frau.«

Sein affiges Verhalten ärgerte sie so sehr, dass sie ihm spontan die Zunge rausstreckte. Gleich darauf ärgerte sie sich, weil er sie dazu brachte, sich wie ein Kleinkind zu verhalten. Und dann ärgerte sie sich noch mehr, weil er auch noch lachte. Was hatte er nur an sich, das sie so reizte?

»Musst du mir eigentlich die ganze Zeit so an den Hacken kleben?«, grummelte sie, obwohl er ganz normalen Abstand hielt.

Er setzte zu seinem unmöglichen Grinsen an, aber es verblasste sofort wieder. »Ja. Denn da du ganz offensichtlich gern mal über deine eigenen Füße stolperst, denke ich, es ist meine Pflicht, dich zu beschützen.«

»Wovor?«

»Davor, dass du durch eine verfaulte Stelle im Fußboden fällst und dir deinen hübschen Hals brichst.«

Die Tür führte aus dem Salon in eine Eingangshalle, die Schloss Windsor alle Ehre gemacht hätte. Der Boden war bedeckt mit schachbrettartig verlegten schwarz-weißen Fliesen. Keine einzige davon schien noch fest zu sein. Als Jessa über eine hochstehende Kante stolperte, fasste Christopher erneut zu und hielt sie am Ellenbogen fest.

»Hör endlich auf, mich wie ein Püppchen zu behandeln!«, fauchte sie ihn an, um zu verbergen, wie sehr es sie nervte, dass er recht behielt mit seinem Spruch über ihre Stolperei.

Er hob eine Augenbraue. »Ich versuche nur, galant zu sein.«

»Ja«, murmelte Jessa. »Genau das ist das Problem.« Sie ließ ihn links liegen, drehte sich einmal um ihre eigene Achse. Sonnenlicht fiel durch die geborstene Fensterrosette über dem Haupteingang und durch die eingestürzten Stellen im Mauerwerk. In einer Ecke stand eine antike Sitzgruppe, in deren Polsterung offenbar Mäuse hausten. Rings um die gesamte Halle lief eine Galerie, die teilweise zusammengekracht war und zu der zwei geschwungene Treppen hinaufführten. Auch in deren Geländer klafften große Lücken. Da hochzusteigen, wäre vermutlich lebensgefährlich gewesen, dachte Jessa genau in dem Moment, in dem sie aus dem Augenwinkel ein Flimmern wahrnahm.

Sie schaute hin und es fühlte sich an, als käme die Welt nicht schnell genug hinterher. Ihr Magen drehte sich um.

»Was hast du?«, hörte sie Christopher fragen. »Du bist plötzlich ganz blass.« Seine Stimme drang durch das Rauschen in ihren Ohren. Schon wieder war da dieser dumpfe Schmerz in ihrem Schädel.

Sie rieb sich die Stirn. »Nichts«, wehrte sie ab und als er skeptisch schaute, wiederholte sie: »Nichts, wirklich!« Sie hätte sich lieber die Zunge abgebissen, als ihm von dieser komischen Übelkeit zu erzählen. »Können wir dann weiter?«

»Klar.« Er führte sie quer durch die Halle und zu einer der alten Ritterrüstungen, die hier überall herumstanden. Zu Jessas Verblüffung war das Ding als Einziges auf Hochglanz poliert. Christopher deutete darauf. »Der alte Willy. Genau gesagt: The Honorable William Addingham, seines Zeichens der fünfte Viscount Trawden and Wycock. Einer meiner Vorfahren.«

Jessa trat vor die Rüstung hin. In ihren Ohren kreischte es und sie musste sich konzentrieren. Ein Wappen war in den Brustharnisch eingraviert: zwei gekreuzte Schwerter und darüber ein Tier, das mit etwas Fantasie aussah wie ein Wolf. »Was hat der Wolf in eurem Wappen zu bedeuten?«

Christopher riss die Augen auf.

Genau in dieser Sekunde vervielfachte sich der Schmerz in Jessas Kopf kurz und verschwand dann. Sie blinzelte und als sich ihre Lider wieder hoben, war der alte Willy nicht mehr auf Hochglanz poliert, so wie noch eben, sondern rostig und ein bisschen verbeult. Das Wappen war nur noch zu erahnen, von dem Wolf war gar nichts mehr zu sehen.

»Wovon redest du?« Christophers Stimme klang kratzig. Ihm war anzusehen, dass er zu Tode erschrocken war.

Was ging hier vor?

»Euer Wappen.« Fieberhaft suchte Jessa nach einer Ausrede, um nicht zugeben zu müssen, dass sie hier gerade den Verstand verlor. »Das über eurem Tor. Zwei Schwerter und ein Wolf. Ist mir gerade eben wieder eingefallen.«

Ihre Worte klangen selbst in ihren eigenen Ohren lahm. Christopher starrte sie eine gefühlte Ewigkeit an, bevor er endlich nickte. »Es ist kein Wolf, sondern ein Hund.« Er musste sich räuspern. »Ein Vorfahre von mir hat Jagdhunde gezüchtet. Riesige Biester, die auch auf Wildschweine oder auf Hirsche gegangen sind. Und als König Edward nach Yorkshire kam und in einem See hier ganz in der Nähe beinahe ertrunken wäre, hat einer dieser Hunde ihm das Leben gerettet. Zum Dank dafür hat Edward meinen Vorfahren geadelt und ihm High Moor Grange verliehen.«

»Aha«, machte Jessa.

»Das war 1320.«

»Okay.« Jessa wusste sie nicht, was sie darauf erwidern sollte. Plötzlich war da ein ziemlich befangenes Schweigen zwischen ihnen.

Ihr Blick fiel auf eine doppelflüglige Tür. Die Milchglaseinsätze auf Brusthöhe zeigten genau die gleichen stilisierten Bücher wie die Tür, durch die sie vorgestern die modrige Bibliothek betreten hatte. Sie musste wenigstens für einen Augenblick lang aus Christophers Nähe weg. Im Moment nämlich sah er so aus, als ahnte er, dass etwas mit ihr ganz und gar nicht stimmte. Also packte sie die Türgriffe und zog daran, bevor er sie daran hindern konnte. Mit leisem Quietschen verschwanden die Türflügel auf Rollen in der Wand.

Die Bibliothek sah genauso aus wie vorgestern: hohe Bücherregale und Bücherhaufen auf dem Boden. Zerschlissene Vorhänge, ein leerer Kamin, in dem die Spinnen wohnten. Die von einer grünlichen Schimmelschicht überzogenen Bücher. Die Ledercouch, auf der Adrian gesessen hatte.

Heute war er nicht da.

»Was siehst du?« Christopher trat hinter sie, so dicht, dass sie seinen Atem im Genick spüren konnte. Sie war zu benommen, um ihm auszuweichen. Mit weit aufgerissenen Augen starrte sie auf die Regale mit den schimmeligen Wälzern. Wie zuvor flackerte das Bild plötzlich und da war kein Schimmel mehr, sondern lange Buchreihen, die völlig unversehrt aussahen. Und dann, nur einen Herzschlag später, wirkte alles wieder so verfallen und modrig wie zuvor. Das Kreischen in Jessas Ohren hallte schrill und unheimlich nach.

»Krass!«, wisperte sie.

»Was siehst du, Jessa?«, wiederholte Christopher eindringlich.

»Schimmelige Bücher«, log sie und wusste nicht genau, warum sie das immer noch tat. Es war ja völlig offensichtlich, dass sie sich gestern den Kopf um einiges heftiger angestoßen hatte, als sie gedacht hatte.

»Dir ist schwindelig, oder?«

Sie schüttelte den Kopf. *Keine gute Idee.* Schwankte sie etwa? Offenbar, denn Christopher griff ihr schon wieder unter den Ellenbogen. Diesmal ließ sie es geschehen, allerdings nicht, ohne dazu einen Spruch zu machen. »Du wartest doch nur auf eine Gelegenheit, mich anzutatschen.«

Aus irgendeinem Grund waren ihm die blöden Erwiderungen ausgegangen. Er war jetzt selbst ziemlich blass.

Sie musste hier weg. Ihr Blick fiel auf die leeren Fenster und die Terrasse dahinter. Sie ging darauf zu. Ihre Beine fühlten sich wackelig an und sicherheitshalber hielt sie sich an der Kante des großen Schreibtisches fest, der genau auf halber

Strecke zwischen der Tür und den Fenstern stand. Ein großes Buch lag darauf, aufgeschlagen und genauso schimmelig grün wie alle anderen hier. Und dann war da wieder dieses unheimliche Flimmern, das Buch schien für einen Sekundenbruchteil nicht mehr grün, sondern neu und sauber.

Die zwei Brüder stand in verschlungenen, mit roter Tinte geschriebenen Buchstaben über der Seite. Mehr konnte Jessa nicht entziffern, denn schon flackerte es erneut vor ihren Augen und da waren wieder Schimmel und Stockflecken, die alles unleserlich machten.

»Jessa?« Christophers Stimme klang hohl. »Jessa!«

Sie musste tief Luft holen, bevor sie die Tischkante loslassen und sich zu ihm umdrehen konnte. »Was passiert hier?«

Er sah aus, als wüsste er es, aber konnte sich nicht überwinden, es ihr zu sagen.

»Ich muss hier raus!«, keuchte sie. Sie wandte sich den kaputten Fenstern zu, doch da waren auf einmal Scheiben und weiße Sprossen. »Ich will raus!«

Er nickte. Bevor sie ihre Sinne wieder einigermaßen beisammen hatte, trat er an eines der Fenster und öffnete es und es war genauso absurd wie vorhin, weil die Scheiben jetzt wieder kaputt waren. Dafür platzte ihr fast der Kopf.

So schnell sie konnte, stürzte sie ins Freie und hinunter zum Cottage. Es war ihr völlig egal, ob Christopher ihr folgte oder nicht. Nell sah sie schon von Weitem kommen und öffnete ihr die Haustür, kaum dass sie die Gartenpforte erreicht hatte.

»Was ist denn mit dir los?«, rief sie ihr entgegen. »Du siehst aus, als wäre dir ein Gespenst begegnet.«

Mitten auf dem Gartenweg blieb Jessa stehen. Sollte sie Nell erzählen, was geschehen war? Aber was genau war denn geschehen? Sie fand keine Worte für dieses seltsame Phänomen.

Hilflos drehte sie sich um und blickte zum Herrenhaus zurück.

Die Ruine lag völlig harmlos im Sonnenlicht. Ein paar Strahlen spielten im Laub der umstehenden Bäume und warfen ein goldenes Muster aus Licht und Schatten auf die verfallenen Mauern. Jessa kniff die Augen zusammen, aber in diesem Moment flimmerte nichts und auch dieser gruselige Flackereffekt setzte nicht wieder ein. Nur schlecht war ihr immer noch.

Sie atmete durch. »Kann sein, dass ich mir bei dem Unfall gestern den Schädel doch ein bisschen stärker angeschlagen habe.«

Nell schaute viel zu erschrocken für ein Gespräch über eine simple Gehirnerschütterung. Was ging hier vor? Jessa massierte sich beide Schläfen mit den Fingerspitzen. »Ich habe ziemliche Kopfschmerzen.«

»Vielleicht solltest du dich ein bisschen hinlegen.« Nells Blick wanderte den Weg hoch, auf dem Christopher angeeilt kam.

Den wollte Jessa jetzt als Allerletztes um sich haben!

Nell schien das zu ahnen. »Komm«, sagte sie mit einer Stimme, die keine Widerworte zuließ. »Ich bringe dich hoch in dein Zimmer.«

Und ganz gegen ihre sonstige Gewohnheit wehrte Jessa sich nicht gegen diese Bevormundung. Erleichtert folgte sie Nell ins Haus, bevor Christopher die Gartenpforte erreicht hatte.

9

Sie hatte das Wappen gesehen!

Diese Erkenntnis dröhnte in Christophers Verstand, während er Jessa nachlief.

Niemand außerhalb der Familie Addingham sah das Herrenhaus und seine Einrichtung so, wie sie im 19. Jahrhundert ausgesehen hatten. Für jeden, der nicht dem Fluch von High Moor Grange unterlag, wirkte alles auf diesem Land alt und verfallen. Wie ein Anwesen, das seit 170 Jahren leer stand.

Wenn Jessa das Wappen auf der Rüstung wirklich gesehen hatte … *Sie hat es gesehen, warum machst du dir was vor … Alice hat es damals auch erst geleugnet, als es bei ihr anfing …*

Wie musste Jessa sich gerade fühlen? Wie verunsichert musste sie sein?

Er stolperte fast über seine eigenen Füße, als er das Cottage erreicht hatte und in die Küche stürmte. Henry, der am Herd stand und irgendwelches Essen vorbereitete, wirkte verwundert. »Was ist denn los? Nell ist gerade mit Jessa hoch …« Er verstummte abrupt. »Oh, oh«, sagte er bedeutungsschwer.

Christopher ließ sich auf einen der Stühle fallen. »Fuck«,

brachte er heraus. Und dann brach der Damm. »Fuck! Fuck! Fuck!« Mit beiden Fäusten trommelte er auf den Küchentisch, dass es krachte.

Henry ließ sein Küchenmesser in die Spüle fallen und kam zu ihm. »Was ist los, Christopher?«

Noch bevor Christopher ihm eine Antwort darauf gegeben hatte, kam Nell in die Küche. Sie sah besorgt aus und ein bisschen blass um die Nase. Fragend richtete auch sie den Blick auf Christopher.

Der fuhr sich mit beiden Händen in die Haare. »Sie fängt an, High Moor Grange so zu sehen wie wir.«

»Scheiße«, rutschte es Henry raus.

Nell war gefasster. »Aber wie kann das sein? Sie und Adrian sind sich nur zweimal ganz kurz begegnet. Ich meine: Wir wissen, dass Adrian sich schnell verliebt, aber *so* schnell?«

Henry ließ sich neben Christopher auf einen Stuhl fallen. »Wie geht es dir?«

Blendend. Wenn man davon absieht, dass mein eigener Bruder kurz davor ist, sich wieder mal in ein Monster zu verwandeln und mich umzubringen …

Christopher schwieg. Jedes Wort, das er jetzt gesagt hätte, hätte sich angefühlt wie Säure in seiner Kehle.

Nell ließ ihn damit allerdings nicht durchkommen. »Sag schon, Christopher!«

»Keine Sorge. Noch ist alles gut.«

»Noch?«, fragte Henry stirnrunzelnd.

»Das bedeutet, dass Adrian noch nicht versucht hat, mir die Kehle zu zerfetzen.«

»Klar«, warf Nell ein. »Damit das passiert, müssen zwei Dinge geschehen: Adrian muss sich in Jessa verlieben. Und Jessa in dich.«

»Sie hat sich nicht in mich verliebt«, murmelte Christopher. »Ganz im Gegenteil: Sie hasst mich.«

»Ja«, sagte Henry. »Wenn ich nicht wüsste, wie unmöglich das ist, würde ich sagen, Jessa ist immun gegen deinen Charme.«

Christopher schüttelte den Kopf. »Niemand ist immun gegen meinen Charme. Auch Jessa nicht. Der Fluch braucht bei ihr vermutlich einfach nur ein bisschen länger, um sie zu knacken.«

Nell lachte verdrossen. *»Niemand ist immun gegen meinen Charme!* Wenn dich jemand reden hören würde, der von diesem ganzen beschissenen ... Scheißfluch keine Ahnung hat ...«

»Ich hoffe doch sehr, dass es einen guten Grund für dieses Gefluche gibt«, sagte Victor und betrat die Küche. Gleich hinter der Tür blieb er stehen, musterte erst seine Tochter, dann seinen Sohn und schließlich Christopher.

Nell öffnete den Mund, schloss ihn wieder.

»Jessa sieht High Moor Grange«, erklärte Henry und während Victor seinen Mantel auszog und sich setzte, erzählte er, was Christopher ihnen soeben eröffnet hatte.

Als er geendet hatte, schwieg Victor ziemlich lange. Er starrte aus dem Fenster, als könne er dort die Zukunft vorbeiziehen sehen. »Nun, ich denke, das erspart uns weiteren Streit darüber, ob sie hierbleiben darf oder nicht.«

Christopher hätte ihn am liebsten geschlagen. »Du hast das geplant, oder?«

Victor schien ihn nicht gehört zu haben. Sein Blick war unverwandt in die Ferne gerichtet.

Christopher stieß einen Fluch aus. »Wir können Jessa noch immer von hier fortbringen.«

»Klar«, warf Henry trocken ein. »Dann schlitzt Adrian dich in seinem Wahn eben nicht auf, weil du Jessa den Kopf verdreht hast, sondern weil er denkt, dass du sie vor ihm versteckst.«

»Der Grund ist am Ende egal.« Christopher kämpfte die Erinnerungen nieder. Erinnerungen an Adrians Fingernägel, die sich in seine Kehle gruben.

Bevor seine Gedanken weiterwandern konnten, hin zu den Waffen unter seinem Bett, hörte er Victor sagen: »Adrian wird Christopher diesmal nicht *die Kehle zerfetzen.*« Mit Zeige- und Mittelfinger beider Hände malte er Anführungszeichen um die letzten Worte. Christopher hatte ihn schon lange nicht mehr so zufrieden gesehen.

»Du hast das alles hier wirklich genau so geplant!« Halb trieb es ihn auf die Füße, aber dann verließ ihn die Kraft und er sackte zurück auf den Stuhl. »Du ...« Victors Kopfschütteln brachte ihn zum Verstummen.

»Dass sie herfindet, nicht. Ein paar Dinge danach schon.« Victor lächelte verhalten.

Christophers Blick färbte sich rot. »Du verdammter Scheißkerl!«, spuckte er aus. »Du ...« Er wollte weiterreden, wollte Victor an den Kopf knallen, dass er ihn und Adrian damit zum Tode verurteilt hatte, aber er brachte es einfach nicht heraus. Das Gespräch, das sich nun zwischen Nell, Henry und ihrem Vater entspann, verschwamm zu einem dumpfen Gemurmel vor dem Hintergrund seiner eigenen Emotionen.

Erst als Henry mit einem Anflug von Hoffnung in der Stimme fragte: »Du glaubst also wirklich, dass Jessa sich nicht doch noch in Christopher verlieben wird?«, schaffte er es, sich zu konzentrieren.

»Doch«, sagte er. »Wird sie. Sie verlieben sich alle in mich.«

Nell lachte auf. Es klang schrill und schmerzhaft in Christophers Ohren.

»Na ja«, meinte Henry nachdenklich. »Eben waren wir uns noch einig, dass sie dich ziemlich scheiße findet.«

»Stimmt«, sagte Victor mit einem Lächeln in der Stimme. »Und wie es aussieht, ist das doch ein recht gutes Zeichen.«

»Jessa ist oben und hat sich ein bisschen hingelegt«, informierte Nell ihn. »Wie willst du jetzt weiter vorgehen? Ich meine: Sagen wir ihr, was Sache ist?«

Christopher knirschte mit den Zähnen.

Victor nahm die Brille ab und rieb sich über die Augen. »Wir sollten behutsam vorgehen und Jessa nicht gleich mit der ganzen Geschichte überfordern. Sie ist hier, weil sie wissen will, was mit ihrer Schwester geschehen ist. Geben wir ihr für den Anfang ein paar Informationen.« Er erhob sich. »Und zwar gerade genug, dass sie bleibt und gleichzeitig nicht zu viele Fragen stellt.«

»Wie geht es dir?«

Jessa nahm die Arme von der Lehne der Gartenbank und öffnete die Augen, als Nells Stimme erklang.

»Ganz okay«, sagte sie und rückte ein Stück zur Seite, damit Nell sich ebenfalls setzen konnte.

»Die Leute vom Kinderheim«, sagte Nell gedehnt. »Vermissen die dich eigentlich gar nicht?«

Jessa zuckte mit den Schultern und verdrängte das Gefühl von Verlorenheit, das sie schon wieder überkommen wollte, als sie an Ms Trenton und ihre blöden Nachrichten dachte. »Die sind es gewohnt, dass ich abhaue.« Sie zwang sich zu einem Grinsen. »Die vermuten, dass ich in London auf der Straße lebe.«

Nell vergrub die Hände in den Taschen einer hellen Strickjacke. »Du bist ganz schön tough, weißt du das?«

»Quatsch!«

»Doch! Ich glaube, ich an deiner Stelle würde mich mindestens eine Woche unter meiner Bettdecke vergraben.«

Jessa musterte sie. Wusste Nell, was vorhin dort oben beim Herrenhaus geschehen war? Sollte sie sie fragen? Aber wie konnte sie das? Sie fand ja selbst kaum Worte für dieses gruselige Gefühl, das sie immer wieder überkam. Sie unterdrückte ein Seufzen und rutschte ein Stück nach unten, sodass sie den Kopf gegen die Oberkante der Rückenlehne legen konnte. Der Himmel über dem Cottage hatte die Farbe von Blei. Eine Wolke zog vorbei. Sie sah aus wie ein abgetrennter Vogelflügel.

Jessa stieß die Luft durch die Nase, weil ihre Fantasie schon wieder mit ihr durchging. »Ich bin alles andere als tough.«

Nell lachte. Es klang ein bisschen unsicher. »Ich kann mir vorstellen, dass das Leben in einem Heim einen so hart macht.«

Es schmerzte Jessa, dass sie das sagte, und sie wunderte sich über sich selbst. Bisher hatte sie es doch immer gewollt, dass man sie für abweisend und hart hielt. Warum fühlte es sich bei Nell so falsch an? Sie schluckte.

»Erzähl mir was über dein Leben im Heim«, forderte Nell sie auf.

»Weil ich dann keine Fragen stellen kann?«

Nell lächelte traurig. »Weil ich gern ein bisschen mehr über dich erfahren möchte.«

»Komm mir jetzt bloß nicht mit so einem BFF-Scheiß!«

Wenn ihre grimmigen Worte Nell trafen, so ließ sie es sich nicht anmerken. »Hart, sag ich ja.«

Jessa betrachtete wieder die Wolke. Jetzt sah sie aus wie eine gebogene Messerklinge. »Ich habe eben gelernt, dass man die Leute besser von sich fernhält.«

»Wieso das?«

»Na, weil man sonst nur verletzt wird.«

»Woher hast du das denn?« Nell schnaufte leise.

Jessa fragte sich, warum sie sich eigentlich auf dieses Gespräch einließ. Ohne dass sie es verhindern konnte, wanderten ihre Gedanken zurück zu dem Tag, an dem sie Nemo zum ersten Mal begegnet war. Sie hatte wieder einmal den Rücklichtern des Zuges hinterhergestarrt, mit dem Alice damals nach Yorkshire gefahren war, als sie Nemos heisere Stimme zum allerersten Mal gehört hatte ...

»Vielleicht solltest du morgen einfach einsteigen und ihm hinterherfahren.«

Jessa drehte sich um und schaute das Mädchen verdutzt an, das dort stand und sie angrinste. Nemo war komplett in Schwarz gekleidet gewesen, von den ausgelatschten Boots über die ekelig schmutzige Jeans bis hin zu einer Jacke, die ihre besseren Tage ungefähr zur Zeit der französischen Revolution gehabt haben musste. Auch ihre Haare waren schwarz, aber es war leicht zu erkennen, dass sie sie gefärbt hatte: Am Ansatz wuchsen sie fast handbreit hellblond nach. Sie hatte sowohl an der Lippe als auch an beiden Augenbrauen Piercings und ein unangenehm strenger Geruch ging von ihr aus.

Mit dem Kinn deutete sie hinter dem Zug her, der in diesem Moment um eine Biegung verschwand. »Du sitzt hier Tag für Tag und starrst dem Zug nach, statt einzusteigen und dem Typen, der dir offensichtlich das Herz gebrochen hat, gehörig in den Arsch zu treten. Ganz schön blöd!«

»Du hast mich beobachtet!«, rutschte es Jessa raus.

Nemo nickte ohne eine Spur von Verlegenheit. »Bin oft hier. Da bleibt das nicht aus.«

Jessa wollte nicht mit ihr reden. Sie wollte überhaupt mit niemandem reden, aber plötzlich hörte sie sich sagen: »Es ist kein Typ.«

Eine gepiercte Augenbraue wanderte ein Stück nach oben. »Nicht?«

»Alice.« Es fühlte sich an, als würde sich eine große, kalte Hand um Jessas Kehle klammern, um sie daran zu hindern, den Namen zu sagen. Aus reinem Trotz würgte sie ihn trotzdem noch einmal hervor. »Ihr Name ist Alice.«

»Aha«, machte das Punkgirl. In ihren Augen erschien ein anerkennendes Glitzern.

»Was?«, fragte Jessa schroff.

»Nichts. Hätte ich dir nur gar nicht zugetraut, dass du auf Frauen stehst.«

»Ich ...« Jessa war drauf und dran zu erklären, dass Alice ihre Schwester war, aber sie biss sich auf die Zunge. »Lass mich einfach in Ruhe«, fuhr sie Nemo an.

Die lachte ein raues, fast grobes Lachen. »Genau. Halt die Menschen von dir fern! Dann kannst du auch nicht verletzt werden ...«

Jetzt schluckte sie bei der Erinnerung an damals.

In den folgenden Wochen hatte sie Nemo in ihr Herz geschlossen und dann war sie eines Tages nach King's Cross gekommen und hatte ihre neue Freundin nirgends finden können, weil sie weitergezogen war. Auch sie hatte Jessa zurückgelassen, genau wie Alice. Damals hatte Jessa sich geschworen, dies würde das letzte Mal gewesen sein, dass sie jemandem die Chance gab, ihr wehzutun. Und am nächsten Tag hatte sie ihr ganzes Taschengeld ausgegeben, um sich schwarze Stofffarbe und einen billigen Plastikeimer zu kaufen. Zurück in ihrem Zimmer hatte sie damit alle Klamotten, die sie besaß, schwarz gefärbt.

»Du bist oft enttäuscht worden in deinem Leben, oder?«, fragte Nell.

Jessa zuckte die Achseln. »Ich bin eine Straßengöre und die machen immer weiter, auch wenn es keine Hoffnung mehr gibt. Das ist auch so ein Spruch von Nemo gewesen.«

Christopher stand mit einer Hand an die Wand des Cottages gestützt und hörte zu, was Jessa über Straßengören sagte. Sein Herz schlug bedächtig und er spürte, wie ihre Worte die Melancholie in seinem Inneren noch verstärkten. Mit Mühe nur hatte er sich von Heathers Grab losgerissen und war hierhergekommen. Eigentlich hatte er zu Henry gewollt, hatte gehofft, dass dessen bedingungslose Freundschaft und seine ruppige Art, Witze zu machen, dafür sorgen würde, dass er sich wenigstens ein bisschen wie ein normaler Mensch fühlte. Aber dann hatte er Nells Stimme hinter dem Haus gehört, und als er gemerkt hatte, dass Jessa bei ihr war, war er wie angewurzelt stehen geblieben.

Jetzt schämte er sich dafür, dass er die beiden Mädchen belauscht hatte. Er wollte sich gerade zurückziehen, als er Jessa sagen hörte: »Tja. Wie es aussieht, macht sich jeder, der mir irgendwas bedeutet, irgendwann aus dem Staub.« Die Art, wie sie das sagte, so bemüht spöttisch und doch voller Schmerz, trieb ihm einen Dorn tief ins Herz.

Er senkte den Kopf und sofort hatte er Alice vor Augen. Alice, die sich bei ihm mehr als einmal ausgeweint hatte, weil sie hin- und hergerissen war zwischen seinem Bruder und dem verzweifelten Wunsch, ihrer kleinen Schwester nicht das Herz aus dem Leib zu reißen, indem sie hierblieb. Er erinnerte sich noch genau an Alice' Parfüm, das ihm in die Nase gestiegen war, wenn er sie festgehalten hatte.

Und er ertappte sich dabei, dass er Jessa genauso halten wollte.

10

Professor Addingham sah von seinen Papieren auf, als Jessa an den Rahmen seiner offen stehenden Tür klopfte. Seine Miene erhellte sich. »Ah! Geht es dir besser?«

»Ein bisschen.« Die Übelkeit war tatsächlich weg, aber ihr Kopf schmerzte noch immer leicht. Sie betrat das Arbeitszimmer und deutete auf einen mit Büchern vollgestellten Stuhl. »Darf ich?«

Er nickte. »Nur zu! Leg die einfach irgendwo auf die Erde.«

Jessa beherzigte seinen Rat, dann setzte sie sich. »Professor Addingham …«

»Oh! Bitte, nenn mich Victor. Das tun alle hier, sogar mein eigener Sohn.«

»Also gut. Victor.« Es fühlte sich komisch an, ihn so zu nennen, aber egal.

Auf dem Weg zu ihm hatte sie überlegt, ob sie ihm von diesen gruseligen Überblendungen oben in der Ruine erzählen sollte. Christopher hatte ausgesehen, als wisse er, was mit ihr los war, und er schien nicht vorzuhaben, es ihr zu erklären. Was war mit dem Professor? Würde er ehrlich zu ihr sein?

Sie war sich nicht sicher, aber sie war entschlossen, sich nicht mehr abwimmeln zu lassen.

Herausfordernd sah sie ihn an.

Er lehnte sich zur Seite und zog ein Blatt Papier aus der Hosentasche. Er faltete es auseinander und reichte es Jessa. Es enthielt eine Liste der Bücher, die ihre Schwester ausgeliehen hatte. Offenbar hatte er in der Bibliothek einen Ausdruck davon gemacht. Jessa überflog die Titel all dieser Werke über diesen ziemlich unbekannten Maler aus dem 19. Jahrhundert.

Sie blickte auf und bemerkte, dass Victor sie eingehend beobachtete.

»Branwell Brontë«, sagte sie nur.

Natürlich wusste er sofort, worauf sie hinauswollte. Er begann zu erzählen. »Gegen Ende seines Lebens war Branwell alkohol- und drogenabhängig. Er hatte vollkommen den Boden unter den Füßen verloren und ich glaube, es lag daran, dass er sehr unglücklich verliebt war.«

Was war das denn für eine komische Einleitung? Jessa verschränkte die Arme vor der Brust.

»Meiner Meinung nach war es die Liebe zu einer jungen Frau, die ihn in den Wahnsinn getrieben hat. Ihr Name war Heather und sie starb durch eigene Hand.« Victor hielt inne, als wolle er überprüfen, was sie dachte.

Sie zuckte mit den Schultern. »Ich steh nicht so auf Liebesgeschichten.« Das war die Untertreibung des Jahrhunderts. Sie hasste Liebesgeschichten. Ihrer Meinung nach waren all diese romantischen Happy Ends nichts weiter als Verarsche. Denn: Wie ging es mit den ach so glücklichen Paaren nach der letzten Seite weiter? Entweder sie fielen sich irgendwann so auf die Nerven, dass sie sich über offene Zahnpastatuben und liegen gelassene Socken an die Gurgel gingen, oder aber die Liebe hielt, bis einer starb und den anderen völlig zerstört zurückließ. Keine noch so romantische Story konnte ihrer Meinung nach den endlosen Schmerz aufwiegen, der Trauer genannt wurde.

Nein. Sie hatte wirklich überhaupt nichts übrig für Liebesgeschichten!

»Nun.« Victor lächelte matt. »Im Grunde ist Branwells Gesichte auch keine Liebesgeschichte, sondern eher ein ganz großes Drama.« Er lehnte sich auf seinem Stuhl zurück und faltete die Hände über dem Bauch, sodass er nun ganz und gar wirkte wie ein dozierender Professor. Dann begann er zu erzählen.

Christopher saß an Heathers Grab und starrte auf ihren Namen auf dem Stein. Jessas Worte von eben gingen ihm nicht aus dem Kopf.

Ich bin eine Straßengöre und die machen immer weiter, auch wenn es keine Hoffnung mehr gibt.

Es fühlte sich an, als würden diese Worte sein gesamtes Inneres mit Düsternis ausfüllen, und es war ihre Traurigkeit, die Bilder in ihm wachrief, die ihn seit beinahe zweihundert Jahren quälten.

Bilder von dem Tag, an dem Branwell den Fluch über Adrian und ihn gesprochen hatte. Es war der Tag gewesen, an dem Heather gestorben war. Der Nebel hatte damals über dem Moor gelegen, aber Christopher war trotzdem nach draußen in den Rosengarten seiner Mutter gegangen ...

Er fühlte sich noch erhitzt, aber das war rein äußerlich. Die Kälte in seinem Innersten, die er schon seit so langer Zeit empfand, hatte auch die vergangene Nacht nicht lindern können.

Er beugte sich über eine Rose und roch daran, als er hinter sich leichte Schritte hörte.

»Hier bist du.«

»Heather.« Er richtete sich auf, drehte sich aber nicht zu ihr um. Für ein paar Augenblicke lang fürchtete er sich, ihr ins Gesicht zu sehen, wünschte sich, dass der Nebel sich noch dichter um ihn zusammenzog. Er wollte nicht, dass sie erkannte, dass auch sie sein kaltes Herz nicht erreicht hatte.

»Ich habe dich gesucht, Christopher.« Ihre Stimme klang noch warm und weich wie letzte Nacht. Weil er sich nicht rührte, umrundete sie ihn, nahm seine Hände, zwang ihn so, den Blick zu ihr aufzuheben.

Ihre Augen waren weit und voller Zärtlichkeit. Und auch schon wieder voller Verlangen.

Der Anblick drehte ihm den Magen um.

»Wann wirst du es meinem Vormund sagen?«

Er wappnete sich, indem er sich räusperte. Seine Stimme war trotzdem noch rau. »Ich habe keine Ahnung, wovon du sprichst.«

Die Erkenntnis dessen, was seine Worte bedeuteten, sickerte nur langsam zu ihr durch. Er konnte zusehen, wie sich die Zärtlichkeit in Schock wandelte. Er sah die Tränen, die ihr in die Augen stiegen, und wollte nichts mehr, als dass der Anblick ihn berührte. Aber das tat er nicht.

In ihm war alles nur schrecklich kalt.

»Dann hattest du nie vor, mich zu ... heiraten?« Ihre Stimme war ein Hauch.

»Wieso sollte ich?«, hörte er sich sagen. »Wozu die ganze Kuh kaufen, wenn man ab und zu an der Sahne naschen kann?«

Er hätte es vorgezogen, dass sie ihn anschrie, aber sie tat ihm den Gefallen nicht. Sie wisperte: »Du hast mich in dein Bett geholt, obwohl du nie vorhattest, mich zu heiraten.« Es war nun keine Frage mehr. Die Erkenntnis hatte ihren Verstand erreicht.

Plötzlich waren ihre Augen wieder trocken und es war dieser Anblick, der ihn über alle Maßen verwirrte.

Im nächsten Moment erhielt er eine schallende Ohrfeige.

Heather war totenblass, als sie hervorstieß: »Du bist ein herzloser Unhold, Christopher Addingham!« Dann warf sie sich herum und verschwand im Nebel.

Er wusste nicht, wie viel Zeit vergangen war, als hinter ihm Adrians Stimme ertönte. »Hier bist du. Heather ist gerade an mir vorbeigelaufen. In Tränen aufgelöst.«

Christopher rührte sich nicht.

»Was ist passiert, Christopher?«, fragte sein Bruder.

Da endlich drehte Christopher sich um. Adrian brauchte nur einen kurzen Blick in sein Gesicht, um zu verstehen, was er getan hatte. Wie vom Donner gerührt stand er da.

»Na los«, sagte Christopher. »Schlag zu!«

In Adrians Augen flackerte es. Er ballte die Fäuste, aber dann öffnete er sie wieder. Seine Stimme war schmerzhaft leise, als er weitersprach. »Nichts, was ich dir antun könnte, Christopher, würde diesen Schmerz in dir abtöten.«

»Herrgott!« Zorn überschwemmte Christophers Blick mit blutigem Rot. »Wie kannst du es wagen, immer noch mitfühlend mit mir zu sein? Was muss ich noch tun, damit du endlich damit aufhörst?« Zusammen mit den Worten gab er seinem Bruder auch mit den Händen einen harten Stoß.

Damit hatte er die Grenze überschritten.

Adrian stürzte sich auf ihn und gleich darauf rollten sie ineinander verkeilt über den Kies und hinein in eines der Rosenbeete. »Du … Scheißkerl!«, keuchte Adrian. »Du verdammter, selbstmitleidiger …« Er bekam die Oberhand. Mit beiden Knien hockte er auf Christophers Brust, schnürte ihm die Luft ab. Seine Faust war zum Schlag erhoben. Christopher hörte auf, sich zu wehren, und erwartete den Hieb, der jedoch nie kam, weil sich mit lautem Rufen jemand näherte.

»Master Adrian! Master Christopher!«

Die Gestalt von Maria, ihrer ehemaligen Nanny, tauchte aus dem Nebel auf. Mit festem Griff packte sie Adrian, zerrte ihn von Christopher weg und auf die Füße. »Sie raufen hier wie die Straßenköter und Miss Heather ...« Ihre Stimme kippte. Im Aufrappeln bemerkte Christopher, dass ihr Gesicht tränenüberströmt war. »Miss Heather!«, schluchzte sie.

Und Christopher wusste, dass er es diesmal zu weit getrieben hatte.

Hinter Maria her rannte er zur Bibliothek. Doch als er die Gestalt sah, die in einer Ecke zwischen den Regalen in den Armen eines Mannes lag, blieb er einfach stehen. In dieser Sekunde begriff er, dass er das Recht verwirkt hatte, hier zu sein.

Adrian jedoch stürzte vorwärts, an ihm vorbei. »Nein! Heather, nein, oh Gott, nein!«

Ohnmächtig sah Christopher zu, wie sein Bruder neben Heather auf die Knie fiel, die sich schneeweiß und schwer atmend an den Mann klammerte, in dessen Armen sie lag.

Branwell.

Der Maler wiegte ihren schmalen, bebenden Körper. Sein Gesicht sah aus wie in tausend Splitter zerfallen. »Sie hat Gift genommen. Es gibt keine Hoffnung ...« Er blickte auf und entdeckte Christopher. Sein Gesicht verzerrte sich in grenzenlosem Hass. »Du Bastard!«, flüsterte er. »Du verdammter, elender Mistkerl! Du! Du hast sie auf dem Gewissen!« Mit bebender Hand deutete er auf Christopher. »Du und dein Bruder! Ihr seid schuld, dass sie ... Dafür verfluche ich euch! Ihr sollt verdammt sein für das, was ihr Heather angetan habt! Verflucht seid ihr, auf ewig!«

»Nicht …« Christophers Stimme brach. »Adrian hat nicht …«, brachte er mühsam hervor. »Ich …«

Adrian streckte haltsuchend die Hand nach ihm aus, aber Christopher konnte sich immer noch nicht rühren. Erst als Adrian ihn berührte, sank er neben ihm auf die Knie. Sein Bruder klammerte sich an ihm fest wie ein Ertrinkender.

In Branwells Augen loderte Abscheu auf, als er sah, wie sie sich gegenseitig Halt gaben. Abscheu und Hass und Rachsucht. Seine Stimme wurde ruhig, eiskalt. »Von nun an soll Liebe für euch Hass gebären«, wisperte er. »Aneinander sollt ihr euch zugrunde richten von jetzt an bis in alle Ewigkeit. Ihr werdet zu den Bestien werden, die ihr in euren Herzen schon seid.«

»Nein!«, hörte Christopher Heather wispern. »Branwell, bitte …«

Doch es war zu spät. In Branwells Blick leuchtete jetzt Irrsinn. »Ich verfluche euch!«, zischte er. »Ich verfluche euch …«

Mit einem Ruck tauchte Christopher aus der Vergangenheit auf. Es kam ihm vor, als seien Stunden vergangen und in dieser Zeit hatte er nicht nur Heather ein Dutzend Mal sterben sehen. Er hatte auch Branwells Fluch wieder und wieder im Ohr gehabt.

Aneinander sollt ihr euch zugrunde richten …

In der ersten Zeit nach Heathers Tod hatten sie geglaubt, dass der Fluch keine Macht über sie hatte. Ihr Leben war weitergegangen wie zuvor. Doch irgendwann hatten sie einsehen müssen, dass sie sich getäuscht hatten. Der Fluch hatte sehr wohl Macht über sie. Unbändige Macht über ihre Liebe und ihren Hass.

Sogar über ihren Tod.

Und über die, die sie liebten.

Der Gedanke war ein kleiner Splitter in all dem Chaos in

seinem Kopf. Er gab sich einen Ruck, stand auf und wandte sich von Heathers Grab ab. Als er das Herrenhaus durch einen Nebeneingang betrat, erstarrte das Blut in seinen Adern.

Adrian stand im Schatten unter der Galerie in der großen Halle.

Sein Blick war geradeaus auf Christopher gerichtet. Er trug seinen üblichen Hoodie, hatte aber die Kapuze nicht übergestreift. Trotzdem war sein Gesicht nicht zu sehen, denn er hatte eine Maske übergestreift, die er sich vor vielen Jahren hatte anfertigen lassen, als der Fluch sein ehemals attraktives Gesicht Stück für Stück in eine Fratze des Hasses verwandelt hatte.

»Alter!«, stieß Christopher hervor. Die silbernen, starren Züge waren ihm schon immer unheimlicher gewesen als jede Entstellung, aber natürlich ergab es Sinn, dass Adrian die Maske trug. So lief er nicht Gefahr, dass Jessa unvorbereitet sein Gesicht zu sehen bekam.

Adrian stand ganz still und aufrecht da.

In Christopher verkrampfte sich alles, denn jetzt taumelte die Erinnerung an all die Male durch seinen Geist, in denen Adrians klauenartige Hände ihm die Kehle zerfetzt hatten. Geschah es jetzt wieder? Waren sie zu langsam gewesen? Hatten sie die Gelegenheit, ein Ende zu machen und sich gegenseitig vor weiterem Leid zu bewahren, verstreichen lassen?

»Alles gut«, sagte sein Bruder und als er es nicht glauben wollte, wiederholte Adrian: »Es ist gut, Christopher. Der Fluch ist offenbar noch nicht in Gang.«

Christopher zwang sich, einen Schritt näher zu treten. »Doch. Ist er. Jessa hat das Wappen auf Willys Rüstung gesehen.«

Ein leises Ächzen drang unter der glatten Silbermaske hervor. Christopher wusste, dass Adrian in sich hineinlauschte und auf den Hass wartete, der kommen würde.

Der jedes Mal kam.

»Trotzdem ist alles gut«, sagte Adrian mit Verwunderung in der Stimme. »Du musst dich täuschen.«

Christopher schüttelte den Kopf. Und dann begriff er, dass es noch nicht zu spät war, dass sie sich besser beeilten. »Komm mit!« Er trat zu Adrian, packte ihn am Arm, zerrte ihn mit sich.

Adrian wehrte sich nicht, erst als Christopher ihn zur Treppe zog und hinauf zu seinen Gemächern, blieb er stehen. »Die Waffen sind nicht mehr in deinem Schlafzimmer.«

Christopher, der die Hand schon auf der Türklinke hatte, starrte ihn an.

»Ich habe sie«, sagte Adrian.

Nein, dachte Christopher. *Hast du nicht. Nicht mehr, jedenfalls.* So heftig stieß er seine Tür auf, dass sie gegen die Wand krachte und ein Bild auf dem Flur zu Boden stürzte. Er achtete nicht darauf. Er marschierte in sein Schlafzimmer, zog die Kiste mit den Waffen unter dem Bett hervor und klappte sie auf.

Die Revolver lagen darin, wie es sein sollte.

Adrian stieß einen Fluch aus. »Scheiße, du hast gewusst, dass ich sie genommen habe ...?«

»Erst dachte ich, Nell hätte sie, aber in Victors Safe waren sie nicht. Da dachte ich mir, ich schaue mal bei dir nach.« Es war nicht richtig, dass er kaum wütend auf Adrian war, aber so war es. Wichtig war allein, dass sie diesen Ausweg aus ihrem Leid hier und jetzt zur Verfügung hatten.

Er nahm eine der Waffen heraus, dann eine der Patronen.

»Christopher ... Ich weiß nicht ...«

»Hör auf!« Sein Herz jagte. In seinem Inneren rebellierte es und am liebsten hätte er der Panik nachgegeben und wäre auf dem Boden zusammengesackt. Mit zitternden Händen versuchte er, die Waffe zu laden. Er brauchte vier Anläufe, bevor es ihm gelang, dann hielt er sie Adrian hin.

Der reagierte nicht.

»Nimm sie!«, befahl Christopher.

Adrian schüttelte den Kopf. »Nein!«

»Nimm sie!« Nun schrie Christopher, doch Adrian weigerte sich ein weiteres Mal.

»Christopher! Es ist nicht nötig. Der Fluch ...« Er klopfte sich an die Brust. »Da ist kein Hass in mir!«

»Er wird kommen!« Mit eindringlicher Geste hielt Christopher die Waffe dichter vor Adrians Nase.

Nun endlich nahm er sie. Christophers Herz machte einen Satz, doch Adrian richtete die Mündung zu Boden. »Hör zu!«, beschwor er Christopher.

Der wandte sich dem anderen Revolver zu. Diesmal schaffte er es, die Patrone beim zweiten Anlauf in die Trommel zu schieben. Es knackte metallisch, als die Trommel einrastete. Er hob die Waffe an, das Metall war kalt und er fühlte sich wie im freien Fall.

Adrians Hand legte sich auf den Lauf, zwang ihn in Richtung Boden.

»Ich liebe Jessa nicht«, hörte er Adrian sagen und verstand den Sinn der Worte nicht.

Er wollte seinem Bruder die Waffe entziehen, aber der hielt sie eisern fest. »Was?«

»Ich liebe Jessa nicht«, wiederholte Adrian.

Christophers Kopf schwirrte. Das ergab keinen Sinn! »Der Fluch ist in Gang!« Zum wievielten Mal sagte er das jetzt? »Jessa sieht High Moor Grange, das bedeutet, dass du in sie verliebt bist und sie in mich.«

Adrians Hand lag noch immer auf Christophers Waffe. Seine

Stimme wurde weich, als er weitersprach. »Das war bisher immer so, ja. Aber diesmal muss es eine andere Erklärung dafür geben.«

Auf keinen Fall! Das war einfach unmöglich!

»Nein!«, murmelte Christopher.

»Doch, Bruderherz.« Der weiche Tonfall Adrians verwandelte sich in ein Lächeln. »Kann es sein, dass du dich in Jessa verliebt hast?«

Nein.

Nein!

»Nein!«

Adrian wusste so gut wie er selbst, dass er sich nicht verlieben konnte.

Christopher würgte. Das Metall der Waffe hatte sich inzwischen unter seinen Händen erwärmt.

»Ich weiß, was du jetzt denkst«, sagte Adrian. »Aber wenn der Fluch wirklich in Gang ist ...«

»Das ist er.«

»Nun, da du unfähig bist zu lieben, bleibt nur eine Erklärung: dass Victor recht hat. Jessa ist die eine, die uns von dem Fluch befreien kann.«

Die Hoffnung, die diese Worte in Christopher hervorriefen, war so heftig, dass er, ohne die Waffe loszulassen, auf die Bettkante sank. Der Waffenkasten kam ins Rutschen und bohrte eine Kante in seinen Oberschenkel. Das Gefühl war weit weg und unwirklich.

Und dann, als er mit ein bisschen Logik über die Sache nachdachte, war die Hoffnung so schnell wieder fort, wie sie gekommen war. »Es wird enden wie immer, Adrian.« Der Fluch würde ihnen beiden in den Arsch treten, einfach weil er es bisher jedes Mal getan hatte. Er dachte an Jessa und wusste nicht, was er dabei empfand. Ja, sie drängte sich verblüffend oft in seine Gedanken, aber das war doch normal, so ungewöhnlich und schräg, wie sie drauf war. Und dieses Gefühl, das er dabei für sie empfand, war nichts weiter als Mitleid.

Oder?

Er wusste es nicht. Er wusste es einfach nicht.

Eins jedoch wusste er mit glasklarer Sicherheit.

»Du hast recht gehabt, neulich«, flüsterte er. »Ich kann das alles nicht noch einmal ertragen.« Denn sollte es wider alle Logik so kommen, dass es zum ersten Mal umgekehrt war und er sich in das Mädchen verliebte, würde das bedeuten, dass auch zum ersten Mal *er* dem Hass verfallen würde. Die Vorstellung, dass er Adrian die Kehle zerfetzte, war so undenkbar wie nichts anderes auf der Welt. Und während er noch verzweifelt versuchte, den Gedanken niederzuringen, wurde ihm bewusst, dass das nicht stimmte, dass es sehr wohl noch etwas anderes gab, das seinen Verstand beinahe implodieren ließ: der Gedanke, dass Jessa dasselbe passieren könnte wie Alice ...

»Es wird beginnen«, krächzte er hohl. »Wenn wir es jetzt nicht beenden, wird der Fluch uns überraschen. Und wenn wir dann nicht ...« Er starrte den Revolver in seiner Hand an.

»Okay«, stieß Adrian hervor. »Hör zu. Wir machen es so. Wir nehmen beide unsere Waffe mit und halten sie immer griffbereit. Und wenn es auch nur das leiseste Anzeichen gibt, dass der Hass in mir erwacht, Christopher, dann komme ich zu dir und wir tun es. Einverstanden?«

Etwas in Christopher wollte sich sperren. Was, wenn Adrian nicht schnell genug war? Wenn der Hass seinen Bruder überwältigte, bevor sie ...

Was, wenn der Hass in dir *erwacht?*

Seine Gedanken stockten. Er wollte nicht sterben, stellte er zutiefst verwundert fest. »Schwör mir, dass du sofort zu mir kommst, wenn es passiert!«

Adrian nickte. Seine Schultern sackten vor Erleichterung nach unten. Er steckte den Revolver fort, trat vor, packte Christopher erst an den Schultern und zog ihn dann mit einem Ruck an sich. »Ich ertrage es auch nicht noch einmal, dich zu töten«, flüsterte er dicht an seinem Ohr. »Ich schwöre es dir, Christopher. Ich werde sie jede Minute bei mir haben, versprochen.«

Christopher spürte, wie die Anspannung seinen Körper verließ. Er warf die Waffe auf das Bett und umarmte Adrian seinerseits. Minutenlang standen sie da und klammerten sich aneinander fest.

Als Adrian sich losmachte, konnte Christopher seine Züge hinter der Maske natürlich nicht erkennen, aber er sah das feuchte Glitzern in seinen Augen. Ein paar Sekunden lang schauten sie sich gegenseitig forschend an, dann wandte Adrian sich ab und verließ den Raum.

Stille senkte sich über die ganze Welt.

Christopher sank zurück auf das Bett.

Fürs Erste war alles gut. Er musste es nur glauben.

Und sich von Jessa fernhalten.

11

Obwohl Jessa nicht auf Liebesgeschichten stand, brauchte sie zu ihrer eigenen Verwunderung eine Weile, um die Geschichte von Heather und Branwell, die Victor ihr erzählt hatte, zu verdauen. Dass eine junge Frau sich vor 170 Jahren umbrachte, weil ein Mann mit ihr geschlafen hatte und sie anschließend nicht heiraten wollte, war ihr fremd. Und trotzdem hatte es sie seltsam angerührt, wie dieser Branwell nach Heathers Tod dem Wahnsinn verfallen war. Zwar kam es ihr völlig albern vor, dass er den Typen verflucht hatte, der an Heathers Selbstmord schuld war, aber genau das machte die Sache komischerweise auch irgendwie interessant. Als sie Victor allerdings nach weiteren Einzelheiten gefragt hatte, hatte er urplötzlich behauptet, noch etwas Wichtiges vorzuhaben und sie grummelnd sitzen lassen.

Die Sonne neigte sich schon dem Horizont zu, als Jessa beschloss, ihr Zimmer, auf das sie nach dem Gespräch mit Victor wütend gegangen war, zu verlassen.

Heather.

Der Name war auch der, der auf dem verwitterten Grabstein

stand, vor dem Christopher neulich gesessen und gegrübelt hatte. Vielleicht half es, wenn sie sich dort ein bisschen umsah.

Sie marschierte an den Marmorstatuen trauriger Frauen vorbei und steuerte auf den Friedhof zu. Heathers Grab war von Efeu überwuchert, das im Sonnenlicht einen würzigen Duft ausströmte. Jessa setzte sich auf die Bank.

Heather. Geliebte.

Ob die Frau, die hier begraben lag, die Heather aus Victors Geschichte war? Und wenn ja, hatte Branwell diesen Grabstein für sie errichtet? Oder dieser andere Mann, jener, der ihr das Herz gebrochen hatte? Vielleicht hatte er sie ja doch geliebt ... Jessa schnitt diesen Gedanken ab. Seit wann interessierte sie sich auf einmal für so schmalzigen Kram?

Sie hob den Blick zum Herrenhaus hoch und wartete darauf, dass das Flimmern wieder einsetzte, aber diesmal geschah es nicht. Sie wusste nicht, ob sie enttäuscht oder erleichtert darüber sein sollte.

Sie seufzte. So wie es aussah, blieb ihr nichts anderes übrig, als Victor oder einen der anderen auf diese Überblenden anzusprechen. Sie hatte sich gerade entschlossen, das zu tun, als Christopher tief in Gedanken versunken zwischen den Gräbern auftauchte. Es war ganz offensichtlich, dass er auf sie zusteuerte, aber als er Jessa bemerkte, blieb er mit einem Ruck stehen und wandte sich augenblicklich ab.

»Warte!«, rief sie ihm nach und sprang auf. Er war als Informationsquelle schließlich genauso gut wie die anderen.

Er blieb stehen. Seine ganze Haltung zeigte, wie sehr ihn das ankotzte.

»Glaub mir, ich stehe nicht drauf, dir auf den Sack zu gehen«, sagte Jessa.

Er legte den Kopf schief, als müsse er ergründen, ob es so war. »Warum bist du dann so eine Nervensäge?«

Blödmann!, dachte Jessa, weil es sie ärgerte, dass er so viel feinere Worte wählte als sie. Schlagartig kam sie sich schroff und ungehobelt vor und sie wunderte sich über dieses Gefühl, so wie sie sich eben über ihre Gedanken zu der Liebesschnulze gewundert hatte. Offenbar kümmerte es sie plötzlich auch, dass andere sie doof fanden.

»Warum lässt du mich nicht einfach in Ruhe?«, schob Christopher nach. Er wirkte blass und erschöpft, aber es war keine körperliche Erschöpfung. Eher eine emotionale, dachte Jessa. Und im Stillen gab sie sich einen Tritt. *Nun frag ihn schon nach den Überblenden!*

Aber sie traute sich nicht. Irgendwie war ihr der Gedanke unangenehm, dass er sie auslachen könnte.

Das war doch bescheuert! Sie fasste sich ein Herz. »Die Frau, die hier liegt ...«, setzte sie an und stockte, aber nicht aus Befangenheit, sondern weil sie sah, wie er hart schluckte. »Sie ist diese Heather, oder?«

Sein Kopf ruckte zu ihr herum. *»Diese?«*

»Die Frau, die Branwell Brontë geliebt hat. Die sich umgebracht hat, meine ich.« Sie sah zu, wie Christopher an ihr vorbei zu dem Grab ging und sich auf die Bank fallen ließ, als würden seine Beine ihn nicht mehr tragen. »Victor hat mir davon erzählt.«

»Hmhm«, machte er. Auf einmal wirkte er nicht mehr abweisend, sondern als würde er vor ihrer Hartnäckigkeit kapitulieren. Auch das fühlte sich doof an, stellte Jessa fest.

»Er hat erzählt, dass Heather sich umgebracht hat, weil einer der Addingham-Söhne ihr das Herz gebrochen hat.« Sie grinste. »Genau genommen hat er es etwas anders ausgedrückt. *Er hat sie entehrt,* hat er gesagt.« Sie wartete, wie er darauf reagierte, aber er sagte einfach gar nichts. Sie unterdrückte den Ärger, der schon wieder in ihr hochkroch. »Weißt du, wie dieser Sohn hieß?«

»Warum fragst du nicht Victor?«, meinte er kühl. Um zu demonstrieren, dass sie ihn endlich in Ruhe lassen sollte, wandte er sich Heathers Grab zu. Er stützte die Ellenbogen auf den Knien ab und starrte schweigend auf die Schrift auf ihrem Stein.

Okay. Das war mehr als deutlich.

Jessa zwang sich, nicht zu fluchen. Wenn sie sich hier schon zum Affen machte, dann konnte sie es auch gleich richtig tun. Er hatte ziemlich entsetzt ausgesehen, als sie im Herrenhaus diese Überblendungen gehabt hatte. Er wusste ganz sicher etwas darüber. »Dieses komische Phänomen vorhin ...«

»Ich habe nicht die geringste Ahnung, wovon du sprichst!« Seine Stimme wankte ganz leicht.

»Doch! Hast du. Denn du hast mitbekommen, dass mir da drinnen im Haus schlecht geworden ist. Und schwindelig.« Absichtlich wandte sie den Kopf, starrte die zerfallene Fassade des Herrenhauses an und wartete darauf, dass der Effekt erneut einsetzte. Wieder passierte nichts.

»Es fühlt sich an, als würde ich immer wieder ganz kurz die ... *Vergangenheit* sehen.« Hatte sie das wirklich gesagt? Sie wartete angespannt, wie Christopher auf diesen Quatsch reagieren würde.

Er überraschte sie. Statt sie auszulachen, hob er den Kopf und sah sie schweigend an, so als müsse er tatsächlich überlegen, was er ihr erzählen sollte. »Nicht die Vergangenheit«, murmelte er. Es war ein sonderbarer Moment der Freimütigkeit, fast so als habe er vor lauter Erschöpfung aus Versehen kurz eine Maske fallen gelassen.

»Sondern?«

Er schüttelte den Kopf. Die Maske saß wieder. »Wie gesagt: Frag Victor.«

Oh nein! So leicht würde sie sich auf keinen Fall abspeisen lassen. Nicht jetzt, wo sie vielleicht endlich mehr über Alice rausfinden konnte. Mit einem Anflug von schlechtem Gewissen, weil sie ihn so quälte, setzte sie sich neben Christopher auf die Bank und holte das Buch ihrer Schwester aus der Tasche.

Christopher hob die Augenbrauen, aber statt zu seufzen, rutschte er einfach nur ein Stück zur Seite.

»Ich glaube, dass Alice dieses Phänomen auch gesehen hat«, sagte sie.

Er schwieg.

»Ich gehe hier nicht eher weg, bis du mir gesagt hast, was du weißt«, drohte sie.

Da lächelte er schmal. »Viel Spaß. Es soll heute Nacht wieder neblig werden.«

»Mann! Findest du nicht, dass du mir ein bisschen Ehrlichkeit schuldig bist, nachdem ich dir gestern ... das Leben gerettet habe?«

»Ich wäre nicht gestorben.«

Verdammt noch mal! »Und wenn schon!«, rief sie aus, dann biss sie sich auf die Zunge. Wartete.

Wartete weiter.

Endlich seufzte er doch noch. »Vermutlich wirst du mir auf die Nerven gehen, bis ich dir deine Frage beantwortet habe, oder?«

»Könnte sein, ja.«

Täuschte sie sich oder verbiss er sich diesmal das Lächeln? »Also gut. Was würdest du sagen, wenn ich behaupte, diese komischen Überblenden kommen von einem Fluch?«

»Was für ein Fluch? Es gibt keine Flüche.«
»Doch. Gibt es. Branwell Brontë hat einen ausgesprochen.«
Glaubte er das wirklich? »Aha. Und das heißt?«
»Dieser Fluch sorgt dafür, dass du dich verliebst.«
Jessa lachte ungläubig. »In wen, in dich etwa?«
Gleichmütig zuckte er die Achseln.
Er verarschte sie! Ärger ballte sich in ihrem Magen. Ärger auf ihn, aber viel mehr auf sich selbst, weil sie so blöd gewesen war, auf eine ehrliche Antwort zu hoffen.
»Jetzt fehlen dir die Worte«, stellte er trocken fest.
Sie funkelte ihn finster an. »Wohl eher ein Baseballschläger.«
»Nett.«
Der Ärger trieb Jessa auf die Füße. »Ich mich in dich verlieben! Kann es sein, dass das Wunschdenken ist?«
»Warte«, sagte er, als sei das tatsächlich eine Möglichkeit. Dann tat er, als lausche er in sich hinein. »Nö.«
Diesmal musste sie sich wirklich beherrschen, um ihm nicht eine zu knallen. »Danke für das Gespräch!«, zischte sie, ließ ihn auf seiner blöden Bank bei diesem blöden, alten Grabstein zurück und marschierte in Richtung Cottage.

»Victor?«, rief sie, als sie das gemütliche Häuschen betrat.
»Er ist noch mal in die Bibliothek gefahren.« Nell streckte den Kopf durch eine Tür, hinter der eine Waschküche lag. Jessa hörte das Rumpeln einer laufenden Waschmaschine und in der Luft lag der typische Geruch von Weichspüler.
»Jetzt noch?« Es musste mittlerweile nach sieben sein.
»Henry hat dir in der Küche was zu essen gemacht«, sagte Nell. »Du musst doch völlig ausgehungert sein.«
Jessas Magen grummelte bei diesen Worten. Vielleicht konn-

te sie jetzt ja ein paar mehr Informationen aus Nell rausholen. Sie folgte Nell in die Küche, wo ein Teller mit Sandwiches, ein Apfel, ein Glas und eine Flasche Apfelsaft auf der Arbeitsplatte standen. Als sie alles auf den Tisch gestellt, sich gesetzt und Nell ihr gegenüber Platz genommen hatte, sagte Jessa: »Als ich mit Christopher im Herrenhaus war, ist was ganz Komisches passiert.«

Nells Miene veränderte sich nur minimal und doch spürte Jessa ihre Abwehr. Sie wollte nicht über diese Dinge reden, das war kaum zu übersehen.

»Es fühlt sich an, als würde ich in die Vergangenheit gucken können, und ...« Sie brach ab, weil sie Nell den Kopf schütteln sah. »Klingt total absurd, oder?«

Nell schwieg, aber anders als eben bei Christopher wirkte ihr Schweigen nicht genervt, sondern unsicher.

Jessa nutzte das, um nachzuhaken. »Christopher hat was völlig Bescheuertes gesagt. Er meint, es kommt von einem Fluch und dass ich ...«

»Jessa«, fiel Nell ihr ins Wort. »Ich weiß, dass das alles hier für dich scheißverwirrend ist.«

»Dann erklär mir, was passiert!«

»Kann ich nicht.«

»Warum nicht?«

»Ich bin doch nicht verrückt«, stieß Nell hervor. »Victor reißt mir den Kopf ab, wenn ich ihm vorgreife.«

Jessa nahm ihr Sandwich, starrte es an, legte es wieder auf den Teller. Auf einmal war sie einfach nur müde. Müde von all dem sonderbaren Zeug, das passiert war. Vor allem aber müde von den Menschen hier und der Wut in ihrem Bauch. Wortlos stand sie auf. Sie nahm den Apfel, legte ihn mit auf den Teller, stellte auch das Glas dazu und griff sich die Apfelsaftflasche.

»Ich glaube, ich kriege schon wieder Kopfschmerzen«, log sie. »Ich nehme das Essen mit nach oben.«

Nell stemmte sich an der Tischkante in die Höhe. »Klar.«

»Kannst du mir Bescheid sagen, wenn dein Vater wieder da ist?«

»Mache ich.«

»Danke.« Jessa verließ die Küche. In ihrem Zimmer stellte sie Teller, Glas und Flasche auf ihren Nachttisch und ließ sich auf das Bett fallen. Tief sog sie den Geruch von Zitrone und Lavendel ein, der noch immer davon ausströmte. Dann setzte sie sich wieder auf. Während sie aß, dachte sie an Christopher und daran, dass er offenbar häufig zu diesem Grab kam.

Was verband ihn wohl mit dieser Frau?

Verwundert rieb Jessa sich die Augen. Die Frage war doch viel mehr: Warum stahl er sich schon wieder in ihre Gedanken? Energisch vertrieb sie ihn daraus.

Den Rest des Abends verbrachte sie damit, mit einem Ohr auf das Geräusch von Victors Wagen zu warten und mit dem anderen Musik zu hören. Gegen zehn Uhr war sie so frustiert, dass sie aufgab. Sie machte sich bettfertig, legte sich hin und war innerhalb von wenigen Minuten eingeschlafen.

Im Traum wanderte sie wieder über das Moor und wieder hatte sie das Gefühl, dass jemand ganz in ihrer Nähe war, aber diesmal war es nicht Alice. Sie wusste, dass es jemand anderes war, aber sie wusste nicht, wer, und das machte sie ganz panisch. Schneller und schneller rannte sie durch den aufziehenden Nebel, bis High Moor Grange vor ihr erschien. Sein Turm und seine Zinnen wirkten gegen den Himmel pechschwarz und so bedrohlich, dass sie keuchend aufwachte.

Ein Blick auf ihr Handy zeigte ihr, dass es kurz nach Mitternacht war.

Geisterstunde. Ein Frösteln lief ihr über die Arme.

Wie albern! Um sich selbst zu beweisen, dass ihr Unbehagen Quatsch war, stand sie auf und trat ans Fenster, das noch offen stand. Christopher hatte sich getäuscht: Es war kein Nebel aufgezogen, die Nacht war sternenklar, sodass Jessa die Ruine auf dem Hügel erkennen konnte. Wie ein Scherenschnitt hob sie sich gegen den pechschwarzen Himmel ab und die geborstenen Mauern sahen aus wie abgebrochene Zähne.

Schon wieder fröstelte sie. Und weil sich auch dieser komische Kopfschmerz wieder meldete, richtete sie den Blick in die Dunkelheit über dem Moor hinaus.

Ob Adrian heute Nacht wieder dort draußen rumlief? Im Gegensatz zu den anderen wirkte er auf sie freundlicher, irgendwie zugewandter. Ob er ihre Fragen beantworten würde?

Draußen vor dem Cottage schloss Jessa den Reißverschluss ihrer Lederjacke bis zum Kinn, aber ihr war trotzdem kalt. Es war eine Kälte, die von innen kam, von der Aufregung darüber, dass sie hier mitten in der Nacht draußen rumrannte.

Immerhin war es nicht nebelig, was sollte also schon passieren?

Leise schloss sie hinter sich die Gartenpforte und machte sich auf den Weg in Richtung Herrenhaus. Da sie keinerlei Anhaltspunkte hatte, wo sie Adrian suchen sollte, lenkte sie ihre Schritte erst mal zu einem der Orte, die sie schon kannte, zu Heathers Grab.

Der Friedhof lag friedlich in der Stille der Nacht. Jessa war sich der Gegenwart der ganzen Grabsteine sehr bewusst, aber die Toten waren harmlos, es waren die Lebenden, vor denen man auf der Hut sein musste. Noch so ein Spruch, den sie in London auf der Straße gelernt hatte. Bei der Bank blieb sie stehen und betrachtete den Sternenhimmel, der sich über ihr spannte wie ein mit Diamanten übersätes schwarzes Samttuch. Der Mond war noch nicht aufgegangen.

Flüsternde Schritte ließen sie den Kopf wenden.

Zwischen den Grabsteinen näherte sich jemand. Es war zu dunkel, um zu erkennen, wer es war, und auch zu dunkel, als dass der andere sie jetzt schon bemerkte. Sie saß ganz still, stellte sogar das Atmen ein.

Der andere blieb stehen. Er war jetzt nur noch wenige Schritte entfernt, aber sie sah nicht mehr als einen Umriss von ihm. Sie hörte das Rascheln seiner Kleidung, gleich darauf ein metallisches Klicken, das ihr das Blut in den Adern gefrieren ließ.

Sie kannte dieses Geräusch. Ein einziges Mal hatte sie es zuvor gehört, als sie auf der Straße gelebt hatte, aber es hatte sich ihr ins Gedächtnis gebrannt. Es war das Klicken, das ein Revolver machte, wenn der Hahn gespannt wurde.

Ihr wurde ganz kalt und ein leises Keuchen entschlüpfte ihrem Mund.

Der andere fuhr zusammen.

»Jessa?« Es war Adrians papierdünne Flüsterstimme.

Jessa durchfuhr etwas, das sich absurderweise wie Erleichterung anfühlte. »Ja«, wisperte sie nach einigen flatternden Herzschlägen.

Erneut ertönte ein Klicken, diesmal war es leiser. Kleidung raschelte und es sah aus, als drehe Adrian sich zu ihr um.

Sie versuchte, die Dunkelheit mit Blicken zu durchdringen, um ihm ins Gesicht zu sehen. Ein schwacher Glanz lag auf seinen Wangen, der irgendwie seltsam wirkte.

»Ist das eine Pistole in deiner Hand?« Ihre Stimme war fast so dünn wie seine.

Er verbarg hastig die Hand hinter dem Rücken und seinen

Bewegungen nach zu urteilen, steckte er die Waffe hinten in die Hose.

Sekunden verstrichen.

»Adrian?« Sie musste es aussprechen, musste es wissen. »Bist du hierhergekommen, weil du dich ... erschießen willst?«

Wieder war es unerträglich lange still. »Nein«, sagte er. Jessa wollte erleichtert sein, aber sie konnte es nicht.

»Aber du hast eben eine Waffe entsichert.«

Ein Geräusch kam aus seiner Kehle, das ihr völlig den Boden unter den Füßen wegzog. Er lachte! Leise zwar, aber es war eindeutig ein Lachen. »Entschuldige. Für dich muss das alles schrecklich rätselhaft und beängstigend sein.«

»Kann man wohl sagen!« Sie blies Luft durch die Lippen.

Erneut lachte er. Sie zitterte bei dem raschelnden Geräusch.

»Du bist ein sehr ungewöhnliches Mädchen, weißt du das?«

»Hör auf, mir Komplimente zu machen, und rede verdammt noch mal mit mir!« Sie stand auf, ging einen Schritt auf ihn zu, aber er wich um die gleiche Distanz zurück. Was war das nur für ein sonderbares Schimmern unter seiner Kapuze?

»Ich weiß nicht, wie«, gestand er.

Sie dachte an die Waffe. Was, wenn er sich hier vor ihren Augen erschoss? Oder, schlimmer noch, wenn er durchgeknallt war und auf *sie* schoss? Der Gedanke kam und verschwand genauso schnell wieder.

Adrian war kein Irrer. Das spürte sie einfach.

Und sie spürte auch die tiefe Traurigkeit, die von ihm ausging. Ihr Magen schmerzte wie verrückt. »Sag mir, dass das Ding nicht geladen ist!«, verlangte sie.

Er zögerte nicht. »Ist sie nicht.«

Log er?

Vermutlich.

»Warum, Adrian?«

Er wandte sich Heathers Grab zu. Zwei, drei, vier Herzschläge verstrichen. »Verzeih. Das hättest du niemals sehen sollen.«

»Tja. Blöd gelaufen.«

»Tu mir bitte einen Gefallen und erzähl Christopher nichts davon.« An seiner Stimme hörte sie, dass er zitterte.

Ihr Magen schmerzte jetzt noch mehr. »Wieso nicht?«

»Er würde umkommen vor Sorge.«

»Glaube ich nicht. Der denkt doch nur an sich selbst. Der kann gar nicht so viel Schmerz empfinden, dass er sich umbringen will.«

»Du kennst ihn nicht in Ansätzen.«

»Ich kenne genug von ihm. Und ich frage mich gerade, warum wir hier über ihn reden statt über dich.« Sie hatte sich getäuscht. Es war nicht ihr Magen, der schmerzte, sondern ihr Herz.

»Kümmere dich nicht um mich«, hörte sie Adrian sagen. »Ich bin okay.«

Sie wollte zu ihm gehen, ihm die Waffe wegnehmen und ihn in ihre Arme ziehen, bis er aufhörte zu zittern. »Klar. Du stehst aus reiner Freude und Glückseligkeit nachts auf einem Friedhof rum und hältst eine geladene Knarre in der Hand.«

»Sie ist nicht geladen, Jessa.«

»Gut für dich. Aber selbst wenn es stimmt: Das ändert trotzdem nichts an der Sache.« Wieder trat sie einen Schritt auf ihn zu. Diesmal blieb er stehen. »Ich möchte dir helfen, Adrian!«, beschwor sie ihn.

Sie sah, wie er den Kopf sinken ließ, trat direkt vor ihn hin, und versuchte, einen Blick unter seine Kapuze zu werfen. Er wich ihr aus. Da reagierte sie einfach instinktiv. Sie schlang ihre Arme um ihn und zog ihn an sich. Er versteifte sich, aber er machte sich nicht los. Erschrocken registrierte sie, wie dünn er war. Sie konnte jeden seiner Knochen durch seine Kleidung hindurch spüren. Er roch gut nach einem offenbar ziemlich teuren Aftershave.

Nach einer Weile entspannte er sich. Sein Zittern wurde weniger, sein schneller Atem beruhigte sich. Seine Wange lag an ihrem Hals, sie fühlte sich glatt und eiskalt an wie aus Metall. Jessa schluckte.

Schließlich machte er sich los und trat einen Schritt zurück.

»Verzeih«, murmelte er und in dem einen Wort lag so vieles, dass der Schmerz in Jessas Herz noch ein bisschen heftiger wurde.

»Du solltest wieder reingehen«, riet er. »Dir muss doch schrecklich kalt sein.«

»Was ist mit dir?«

»Mach dir keine Sorgen um mich, das mit der Waffe war einfach nur so eine blöde, melodramatische Idee.« Er legte so viel Heiterkeit und Überzeugungskraft in seine Stimme, dass Jessa völlig klar war, dass er ihr was vormachte.

»Ich weiß nicht ...«, meinte sie.

Da berührte er sie zu ihrer Überraschung sanft an der Schulter. Auch seine Finger waren knochig, aber das registrierte sie nur am Rande.

»Mach dir bitte keine Sorgen um mich, Jessa. Ich kann mich überhaupt nicht umbringen.«

Was, bitte schön, sollte das bedeuten?

Er wartete noch einen Augenblick und trotz der Dunkelheit glaubte sie zu spüren, wie er sie musterte. Als er sich abwandte und zwischen den Gräbern verschwand, ärgerte sie sich darüber, dass sie ihm diese verdammte Waffe nicht abgenommen hatte. Dann erst fiel ihr auf, dass sie die ganze

Zeit eben nicht einmal daran gedacht hatte, ihn auf Abstand zu halten.

Am nächsten Morgen erwachte Jessa aus einem tiefen Schlaf, der ihr wie eine Ohnmacht vorkam. Zu vieles war passiert, zu vieles auf sie eingestürzt, sodass ihr Geist sich offenbar die Auszeit genommen hatte, die er brauchte, um alles zu verarbeiten, denn ausnahmsweise konnte sie sich an die Träume, die sie gehabt hatte, nicht erinnern. Aber sie war sich sicher, dass nicht nur ihre Schwester darin vorgekommen war, sondern auch Adrian.

Sie schaute auf die Uhr ihres Handys. Es war noch viel zu früh, um aufzustehen und den anderen weiter auf den Geist zu gehen, also blieb sie einfach liegen und dachte an Alice. Irgendwann duselte sie noch einmal weg und jetzt träumte sie wieder.

Sie stand vor den Mauern von High Moor Grange und in ihrem Traum war das Gebäude nicht verfallen. Die Scheiben der Sprossenfenster glänzten in der hellen Sonne. Eines der bodentiefen Fenster öffnete sich und heraus kam Alice. Sie sah genauso aus wie an dem Tag, an dem sie in den Zug nach Yorkshire gestiegen war. Sie las in einem Buch, aber dann blickte sie auf und Jessa hatte das Gefühl, dass sie sie direkt ansah. Ihr Herz wurde ganz schwer und als Alice das Buch zuklappte und ihr den Arm entgegenreckte, wie um sie an der Hand zu fassen, da begann es, heftig zu klopfen.

»Komm«, sagte Alice mit einem Lächeln. Und da fasste Jessa zu und ergriff ihre Hand.

In der nächsten Sekunde standen sie beide nicht mehr vor dem Herrenhaus, sondern unten im Dorf in der Bibliothek vor dem Regal, in dem Ms Galloway *Sturmhöhe* gefunden hatte.

Alice deutete auf die Sagensammlung, zwischen der ihr Buch gestanden hatte.

»Was ist damit?«, fragte Jessa ihre Schwester, doch die zeigte nur erneut auf das Lexikon. Und übergangslos standen sie beide wieder vor dem Herrenhaus.

Etwas zog Jessa fort von Alice. Sie wollte sich an ihrer Hand festklammern, aber es ging nicht. Sie wollte wieder zu Alice hinlaufen, aber sie konnte sich nicht rühren. Ihre Füße steckten bis über die Knöchel in schwarzer Moorerde, die sich schmatzend an ihren Beinen hinaufzog. Sie wollte nach Alice rufen, doch kein Laut kam über ihre Lippen. Hilflos musste sie mit ansehen, wie Alice sich umdrehte und im Inneren des Hauses verschwand. Gleich darauf schloss sich die Terrassentür wieder und die Sonne glänzte auf dem Glas wie zuvor.

Als Jessa diesmal erwachte, fühlte sie sich matt und genauso traurig wie im Traum. Tief in Gedanken versunken hob sie den Blick und starrte aus dem Fenster. Christopher hatte recht gehabt: In der Nacht war doch noch Nebel über dem Moor aufgezogen. Dicht und undurchdringlich lag er über dem Land.

Sie wandte den Blick davon ab und starrte auf das Tattoo auf ihren Armen. Je länger sie hier war, umso näher fühlte sie sich Alice. Ein Schauder erfasste sie. Was, wenn all diese komischen Träume gar nicht aus ihrem eigenen Unterbewusstsein kamen, sondern Alice sie ihr aus dem Jenseits schickte? Weil an dieser Sache mit der Seele, die sie sich teilten, tatsächlich was dran war …

Das war ja wohl so was von dämlich! Jessa stemmte sich auf die Ellenbogen hoch, weil ihr etwas einfiel. Als sie *Sturmhöhe* im Kinderheim aus dem Umschlag gezogen hatte, hatte sie es nach Zetteln mit Nachrichten von Alice durchsucht, aber keine gefunden. Was, wenn Alice stattdessen in einem der beiden

Sagenbände eine Nachricht für sie hinterlassen hatte? Die Bücher waren alt und schon seit Jahren nicht mehr ausgeliehen worden, das hatte Ms Galloway gesagt. Waren sie nicht das perfekte Versteck für eine von Alice' Nachrichten?

Mit neu erwachter Energie setzte Jessa sich aufrecht hin. Am liebsten wäre sie auf der Stelle nach Haworth gelaufen und hätte selbst nachgesehen. Aber sie hockte Meilen von dem Dorf entfernt mitten im Moor. Und es war nebelig. Viel zu gefährlich, dort draußen jetzt allein rumzulaufen!

Also noch mal der Reihe nach. Was wusste sie sicher?

Alice war hier in Haworth gewesen und sie hatte sich für Branwell Brontë interessiert. Beides bewiesen die Bücher, die sie sich in der Bibliothek ausgeliehen hatte. Dieser Branwell war verrückt geworden, nachdem sich eine junge Frau namens Heather umgebracht hatte. Heather war auch der Name auf dem Grabstein, vor dem Christopher offenbar ständig saß und grübelte.

Und vor dem Adrian vergangene Nacht mit der Knarre in der Hand gestanden hatte.

Verdammt noch mal! Warum blieb sie eigentlich mit ihren Gedanken immer wieder bei den Jungs hängen? Die beiden hatten Alice schließlich nicht gekannt.

Behaupteten sie.

Jessa presste die Lippen aufeinander. Vielleicht sollte sie mal schauen, was sie über Christopher und Adrian rausfinden konnte.

Im Internet gab es eine Ausgabe von *The Complete Peerage,* diesem Riesennachschlagewerk über den englischen Adel. Als sie auf ihrem Handy danach googelte, hatte sie die Seite schnell gefunden und auch den Eintrag der Familie Addingham. Er war Ehrfurcht gebietend lang, was kein Wunder war, wenn man bedachte, dass Christophers Vorfahre 1320 geadelt worden war. Mit zusammengekniffenen Augen las Jessa sich durch die ganzen unverständlichen Abkürzungen, angefangen mit dem ersten Viscount, der William geheißen hatte, bis hin zu einem Robert Henry Addingham, dem 20. Viscount. Dieser hatte zwei Söhne gehabt, mit denen offenbar die Linie endete. Beide waren 1826 geboren und in Eton ausgebildet worden. Danach gab es keine weiteren Informationen mehr über sie. Nur ein Todesdatum: 1845. Es war mit einem Fragezeichen versehen.

Jessas Blick klebte wie paralysiert an dem Eintrag der beiden Brüder.

Die beiden letzten Nachkommen von William Addingham waren Zwillinge gewesen. Brüder. Und ihre Namen waren Jessa mehr als bekannt.

Christopher und Adrian. Jessa wusste nicht, wie viel Zeit sie mit Grübeln über den seltsamen Zufall verbracht hatte, dass die beiden jungen Männer aus dem 19. Jahrhundert genauso hießen wie die Jungs, die sie vor ein paar Tagen erst kennengelernt hatte. Ganz kurz war ihr sogar die Idee durch den Kopf geschossen, dass die beiden tatsächlich die Söhne des 20. Viscount waren. Aber diesen Gedanken hatte sie sofort weggeschoben. Es reichte schließlich, dass sie sich hier plötzlich für blöde Liebesgeschichten interessierte. Mit Sicherheit würde sie da nicht auch noch anfangen, wie ein schmachtender Teenager an so einen Schwachsinn wie gut aussehende Jungs, die unsterblich waren, zu glauben. Das wäre ja noch schöner!

Gegen acht Uhr schließlich hatte sie das Bedürfnis, mit jemandem zu reden. Und da sich hier auf dem Anwesen irgendwie alle dazu entschlossen hatten, sie nur häppchenweise zu füttern, würde sie sich eben an die Person wenden, die ihr von Anfang an bereitwillig geholfen hatte.

Sie nahm ihr Handy und rief in der Bibliothek des Dorfes an. Ms Galloway meldete sich nach dem dritten Klingeln.

»Ich bin es«, sagte Jessa. »Jessa Downton.«

»Oh! Wie schön, dass du dich meldest! Wie geht es dem jungen Mann?«

Ein Anflug eines schlechten Gewissens schlich sich in Jessas Worte, als sie antwortete: »Gut. Es war ganz offensichtlich nicht so schlimm, wie es ausgesehen hat. Entschuldigung, dass ich nicht früher angerufen habe. Es war 'ne Menge los und ...«

»Moment!«, unterbrach Ms Galloway sie. Im Hintergrund konnte Jessa Stimmen hören. Ms Galloway wies jemanden zurecht, dann war sie wieder in der Leitung. »Entschuldige. Die Bibliothek hat so früh auf, weil eine Schulklasse hier ist. Ich musste die Kinder eben erst mal zur Räson rufen. Also: Bist du mit deiner Suche nach deiner Schwester weitergekommen?«

»Vielleicht.«

»Du rufst an, weil du Hilfe brauchst, nicht wahr? Was kann ich für dich tun?«

»Ich weiß nicht genau. Ich habe ein bisschen im *Peerage* recherchiert. Offenbar gibt es Christophers Familie seit dem 14. Jahrhundert. Der Hauptzweig ist im 19. Jahrhundert ausgestorben. Christopher und sein Bruder Adrian scheinen aus einem unwichtigen Nebenzweig zu stammen, der im *Peerage* nicht verzeichnet ist.«

»Aha«, machte Ms Galloway.

»Interessant finde ich, dass sie beide nach den letzten Söhnen des 20. Viscount benannt worden sind, die kinderlos starben.«

»Das gibt es in adligen Familien oft«, erklärte Ms Galloway.

»Namen werden genauso vererbt wie Titel. Das kann sehr herausfordernd sein, wenn man einen Familienstammbaum erstellen will. Hast du Grund zu der Annahme, dass dieser Christopher irgendwie mit dem Verschwinden deiner Schwester zusammenhängt?«

»Ehrlich gesagt bin ich nicht sicher.«

»Wieso interessierst du dich dann so sehr für ihn?«

Gute Frage.

Jessa starrte vor sich hin und ging in Gedanken durch, wie alles zusammenhing. »Ich weiß nicht. Dieser Branwell Brontë, für den Alice sich interessiert hat, ist nach Professor Addinghams Meinung verrückt geworden, weil eine gewisse Heather Robinson sich umgebracht hat.«

Ms Galloway wartete und Jessa überlegte, wie viel sie der Frau anvertrauen sollte. Kurz war sie dicht davor, ihr von Adrian und der Waffe zu erzählen, aber dann sprang doch wieder ihr Instinkt an. Erwachsene neigten dazu, alles an sich zu reißen. Und so wie sie Ms Galloway kennengelernt hatte, würde sie sofort die Polizei rufen. Jessa hatte nicht vor, den Addinghams die Polizei auf den Hals zu hetzen. Womöglich würde sie dann nämlich gar nichts mehr erfahren und die wenigen Spuren, die sie von Alice hatte, wären endgültig nutzlos.

»Können Sie mir bitte einen Gefallen tun?«, fragte sie.

»Ich will es gern versuchen. Worum geht es?«

»Würden Sie bitte mal nachsehen, ob Alice in der Bibliothek eine Nachricht an mich versteckt hat?«

»Du glaubst ...« Ms Galloway klang so aufgeregt, dass Jessa sofort abwiegelte.

»Keine Ahnung, ich stochere einfach im Nebel. Aber wenn Alice mir eine Nachricht hinterlassen hat, dann ist sie in der Sagensammlung.«

»Ich gehe nachsehen«, sagte Ms Galloway. »Ich melde mich gleich wieder.«

Es verging eine unendliche Viertelstunde, bis Ms Galloway wieder anrief. »Ich habe was gefunden!«, platzte sie heraus.

Sie klang so aufgekratzt, dass Jessa, die sich bis eben gezwungen hatte, ruhig auf dem Bett sitzen zu bleiben, aufsprang und nervös ans Fenster ging. »Und?« Ihre Stimme vibrierte, das konnte sie deutlich hören.

»Es ist ein Brief.« Die Bibliothekarin kicherte begeistert. »Ich schicke ihn dir gleich auf's Handy. Aber ich denke, du solltest dich hinsetzen, bevor du ihn liest.«

Das leise Pling, das eine Nachricht ankündigte, verursachte Jessa Herzklopfen. Mit einer Mischung aus Angst und Erwartung nahm sie das Handy vom Ohr und rief das Foto auf.

Es war tatsächlich von einem Brief und er war geschrieben in Alice' so unendlich vertrauter türkisfarbener Schrift.

Liebste Jessa!, lauteten die ersten Worte.

12

Jessas Hände zitterten plötzlich so heftig, dass sie das Handy beinahe fallen gelassen hätte.

Alice. Hatte. Ihr. Geschrieben!

Mit jagendem Puls las sie weiter.

Mein Herz, wenn du diesen Brief in den Händen hältst, bedeutet das, dass mir etwas sehr Schlimmes passiert ist. Weine nicht, Jessa! Du weißt, ich glaube daran, dass wir beide eine Seele teilen. Nichts und niemand kann uns jemals wirklich trennen …

Die Zeilen verschwammen vor Jessas Augen. Sie blinzelte, doch die Tränen waren hartnäckig und so wischte Jessa sie mit dem Handrücken fort. Dabei fiel ihr Blick auf das Tattoo an ihrem Arm.

»Whatever our souls are made of«, flüsterte sie.

Dann las sie weiter.

So viele Dinge sind passiert, seitdem ich London verlassen habe. Die meisten waren wunderbar, ja geradezu magisch. Aber, Jessa-Herz, wir müssen einen hohen Preis für die Magie zahlen und so ist es vielleicht auch bei mir.

Ich habe keine Ahnung, was genau passiert sein wird, solltest du diese Zeilen jemals lesen.

Alles, was ich weiß, ist, dass ich keine Wahl habe. Ich muss versuchen, Adrian zu retten. Christopher will mich natürlich mit allen Mitteln davon abhalten, weil er mich beschützen will.

Ich glaube, ich kann nicht sagen, wen von beiden ich mehr bewundere. All diese endlosen Jahre des Leidens, die jeder von ihnen auf seine ganz eigene Weise durchsteht …

An dieser Stelle schien Alice eine Weile lang überlegt zu haben, bevor sie weitergeschrieben hatte. Die Tinte jedenfalls wurde von nun an ein bisschen dunkler.

Ich muss lächeln, wenn ich mir vorstelle, wie du genau jetzt dasitzt, den Kopf mit deinen wunderbaren, weichen schwarzen Haaren über diesen Brief gebeugt. Du hast immer so konzentriert ausgesehen beim Lesen! Wie gern habe ich dir dabei zugesehen, wenn du abends nach Shampoo duftend und in Moms alten Morgenrock eingekuschelt in der Sofaecke gehockt und gelesen hast. Und wie gern habe ich gehört, wenn du bei deiner Lektüre aufgelacht oder auch leise geschluchzt hast, weil dir die Worte so nahe gingen. Niemand konnte tiefer in Geschichten eintauchen als du und es bricht mir das Herz, dass ich dich vielleicht nie wiedersehen werde.

Verzeih mir!

Ich kann nicht anders.

Liebste Jessa, du und dein Lächeln. Das sind die Erinnerungen, die ich mitnehme, wenn ich jetzt gleich in den Nebel hinausgehe.

Noch einmal: Verzeih mir! Ich will dich nicht zurücklassen, so wie Mum und Dad es getan haben. Aber das Schicksal lässt uns nicht immer unseren Willen. Wer wüsste das besser als du?

Ich liebe dich so unendlich, mein Herz. Vergiss das nie!

Alice

Nachdem Jessa die letzten Zeilen gelesen hatte, ließ sie das Handy sinken. Die Gedanken in ihrem Kopf überschlugen sich so sehr, dass sie keinen einzigen davon zu fassen bekam. Erst nach geraumer Zeit fiel ihr der blinkende grüne Balken an der

Oberkante ihres Displays auf, der anzeigte, dass die Verbindung zu Ms Galloway noch immer stand.

Mit einer mechanischen Bewegung tippte sie darauf und hob das Handy wieder ans Ohr.

»Jessa?« Wie aus unendlicher Ferne drang die Stimme der Bibliothekarin zu ihr durch. »Ist alles in Ordnung, Kind?«

Was für eine Frage! Jessa hätte beinahe gelacht. Was sie allerdings herausbrachte, war nur ein undefinierbares, schrilles Geräusch. Sie räusperte sich. Ihre Kehle war so eng, dass sie zu ersticken glaubte. »Alice hat mir geschrieben.«

»Ich weiß. Ich habe mir erlaubt, den Brief zu lesen, bevor ich ihn für dich fotografiert habe.« Auch die Stimme der Bibliothekarin vibrierte jetzt ein wenig.

Jessa riss sich zusammen. Sie würde nicht zusammenbrechen. Nicht jetzt, wo sie endlich eine Spur ihrer Schwester gefunden hatte. »Wo …« Sie musste neu ansetzen, bevor sie die Frage herausbrachte, aber das war gar nicht nötig, denn Ms Galloway hatte auch so verstanden, was sie fragen wollte.

»Der Brief war tatsächlich in der Sagensammlung, genau wie du gesagt hast. Es hat ein bisschen gedauert, bis ich ihn gefunden habe, denn er steckte zwischen zwei Seiten, die jemand zusammengeklebt hat. Ich hätte ihn beinahe übersehen.«

Alice hatte den Brief also sorgfältig verborgen. Damit niemand anderes als sie ihn fand?

Jessa wich zum Bett zurück und ließ sich auf der Kante nieder.

»Danke«, murmelte sie.

»Die Seite, hinter der der Brief versteckt war«, hörte sie Ms Galloway wie aus weiter Ferne sagen. »Ich dachte mir, es interessiert dich vielleicht: Sie enthielt eine Sage mit dem Titel *Die zwei Brüder.*«

Zwei Brüder. Wie Christopher und Adrian.

In ihrem Kopf kreiste es. Sie war ganz sicher, dass sie den Titel *Die zwei Brüder* schon mal gelesen hatte. Nur wo? Sie grübelte, horchte auf die Gedanken, die in ihrem Kopf herumwirbelten. Schloss die Augen, um sich besser konzentrieren zu können.

Und dann hatte sie es.

Oben im Herrenhaus, in der Bibliothek. In dem dicken Buch, das dort auf dem Schreibtisch lag, hatte eine Sage gestanden, die diesen Titel trug. Sie nickte zufrieden, doch gleich darauf fiel ihr etwas ein. Das Buch auf dem Schreibtisch! Es war so verschimmelt und stockfleckig gewesen, dass man die Zeilen darauf überhaupt nicht lesen konnte. Jessa rann ein eisiger Schauder den Rücken hinunter.

Den Titel *Die zwei Brüder* hatte sie erst erkennen können, als diese gruseligen Überblende eingesetzt hatte!

»Danke, Ms Galloway«, sagte sie mit flacher Stimme. »Sie haben mir sehr geholfen. Ich melde mich wieder, okay?«

»Natürlich. Jederzeit.« Ms Galloway wünschte ihr alles Gute und legte auf.

Jessas Gedanken rasten. Es dauerte mehrere Minuten, bevor sie es schaffte, das Foto des Briefes wieder aufzurufen.

Wenn Du diesen Brief in Händen hältst ... etwas sehr Schlimmes ...

Sie scrollte ein Stück nach unten.

Ich muss versuchen, Adrian zu retten. Christopher will mich natürlich mit allen Mitteln davon abhalten ...

Mit einem Ruck stand Jessa auf.

Da würden jetzt zwei Leute einiges zu erklären haben!

Trotz der dicken Wände, die ihn umgaben, konnte Adrian den Nebel spüren. Er fühlte ihn wie ein Sirren in seinen Adern, einen dumpfen Druck, der sich auf sein Gemüt legte, ein Kribbeln, das ihn unruhig machte und es verhinderte, dass er sich auf das Buch auf seinem Schoß konzentrieren konnte. Vielleicht aber war es gar nicht der Nebel, der ihn quälte. Vielleicht war es auch einfach die Erinnerung an vergangene Nacht. Er empfand tiefe Scham darüber, dass Jessa mitbekommen hatte, wie er mit der Waffe in der Hand an Heathers Grab gestanden hatte. Logisch, dass sie sich Sorgen um ihn machte, dabei war das völlig unnötig, nicht nur weil er sich allein nicht töten konnte. Er hatte es auch gar nicht vorgehabt. Er war nur deswegen mit der Waffe an das Grab gegangen, um herauszufinden, was Christopher empfand, wenn er es tat. Aber das hatte er Jessa natürlich nicht sagen können, denn es hätte bedeutet, dass sie sich außer um ihn auch noch Sorgen um Christopher machte.

Er stieß ein tiefes Seufzen aus und kämpfte gegen den Wunsch an, Alice in den Arm zu nehmen und sich an ihr festzuklammern.

Die Deckenbeleuchtung summte leise und zeichnete alles in scharfem bläulichem Licht: die alten Kellergewölbe über seinem Kopf, die Säulen, die die Gewölbe trugen, die Mauern und auch jedes Detail seiner Möbel, die er vor Jahren schon in den Keller hatte schaffen lassen. Er fröstelte in der klammen Kälte, aber trotzdem hatte er sich dagegen entschieden, in dem riesigen Kamin ein Feuer anzuzünden. Manchmal war es besser, die Kälte zu spüren, sich ihrer bewusst zu sein, wenn der Nebel kam.

Es half, nicht unaufmerksam zu werden.

Er presste die Zähne aufeinander, dann richtete er den Blick wieder auf das Buch auf seinem Schoß, das er aus der Bibliothek mitgenommen hatte.

Die Sage der zwei Brüder war nur kurz und er las sie ganz.

Vor langer Zeit lebten in Yorkshire zwei Brüder, von denen der Ältere ein kaltes Herz besaß. Der Jüngere von beiden liebte eine Jungfrau und wollte sie heiraten. Doch der Bruder mit dem kalten Herzen neidete ihm sein Glück. Da er sich gut verstellen konnte, eroberte er die Jungfrau mit vorgetäuschtem Charme. So entehrt wählte sie den Weg in den Tod und brach damit das weiche Herz des Jüngeren. Der Ältere jedoch lebte danach noch viele Jahre auf seinem Landsitz. Es heißt, dass man ihn noch heute bei Nebel auf den Mooren herumwandern sehen und nach der Jungfrau rufen hören kann.

Mit den Fingerspitzen strich er über über die gedruckten Worte. Erinnerungsfetzen taumelten durch seinen Geist. Er hörte die Stimme seines Vaters durch die Flure von High Moor Grange hallen und in seinen Kinderohren dröhnen. »Nimm dir ein Beispiel an diesem Bruder aus der Sage!« Und: »Was macht einen Mann zum Mann?«

Meistens wenn diese Frage fiel, hatte Christopher einige schluchzende Atemzüge gebraucht, bis er hervorgewürgt hatte: »Ein kaltes Herz.«

Dann war zuverlässig ein Geräusch ertönt, das Adrian noch heute in seinen Albträumen verfolgte.

Das Geräusch eines Ledergürtels auf Haut.

Und irgendwann Vaters eisige Stimme: »Hör endlich auf zu flennen, du Memme!«

Adrian schloss die Augen, weil die Erinnerung zu schmerzhaft war. Mit einem leisen Stöhnen klappte er das Buch zu.

Und warf es mit voller Wucht gegen die Wand.

Jessa war schon aus dem Cottage und halb durch den Vorgarten, als ihr ein Gedanke kam.

Alice hatte befürchtet, bei dem, was sie vorhatte, zu sterben. Was, wenn sie ermordet worden war? Von einem der Jungs?

Ihr wurde ganz kalt bei dem Gedanken.

Sollte sie nicht besser zusehen, dass sie von hier verschwand? Alice' Brief abholen und ihn der Polizei zeigen? Aber die war schließlich zu dem Schluss gekommen, dass Alice aus Leichtsinn im Moor umgekommen war. Und mittlerweile war das alles fünf Jahre her. Man würde mit Sicherheit nicht in Begeisterungsstürme ausbrechen, wenn sie jetzt mit diesem Brief ankam.

Vielleicht würde man sogar denken, dass sie ihn gefälscht hatte. Ihre Handschrift war der von Alice ziemlich ähnlich. Und was sollte sie sagen, wenn sie sie fragten, warum sie hier in Yorkshire herumgeschnüffelt hatte? Dass seltsame Träume und gruseliges Horrorfilmflackern sie antrieben?

Nein, besser, sie kriegte erst mal allein raus, was zum Teufel vor fünf Jahren hier geschehen war. Zu den Trotteln von der Polizei konnte sie danach immer noch gehen.

Erfüllt von einem sehr mulmigen Gefühl und einer Menge wütendem Trotz machte sie sich auf den Weg zum Herrenhaus. Vor dem Haupteingang blieb sie stehen und überlegte, auf welchem Weg sie den alten Kasten betreten sollte. Sie entschied sich für das Einfachste: durch eine der eingestürzten Stellen in der Außenmauer, die Christopher bei ihrem gemeinsamen Besuch hier oben ignoriert hatte.

Sie musterte einen Moment lang die geborstenen Steine, um herauszufinden, ob sie stabil genug waren, um über die Trümmer hinwegzusteigen.

Das Kreischen kam wie ein Überfallkommando ... blitzartiges Flackern ... die Mauern schienen für einen Sekundenbruchteil intakt, dann wieder zerborsten und löcherig ...

Jessa wich zurück. Sämtliche Haare standen ihr zu Berge, aber sonderbarerweise war ihr diesmal nicht mehr so schlecht wie bei den Malen zuvor. Gewöhnte sie sich etwa langsam an das Phänomen?

Sie kletterte über die Trümmer hinweg ins Innere von High Moor Grange.

Verlassen und still lag die verfallene Halle da. Jessas Blick streifte über die morsche Galerie, die rostigen Rüstungen, die zerborstene Fensterrosette. Die ganze Zeit wartete sie dabei darauf, dass das Phänomen wiederkehrte. Nichts geschah.

Kopfschüttelnd wandte Jessa sich in Richtung Bibliothek und entschlossen schob sie die Tür auf.

Stille schlug ihr entgegen. Stille und der betäubende Geruch von schimmeligem Papier. Ein leichter Luftzug wehte durch die zerborstenen Fenster und trieb trockenes Laub über das morsche Parkett. Das Rascheln klang wie ein Flüstern.

Jessa schauderte. »Adrian?«, rief sie mit klopfendem Herzen und in der Hoffnung, dass er sich irgendwo hinter einem der Regale oder in den Schatten unter der Galerie aufhielt.

Aber sie erhielt keine Antwort.

»Christopher?«, rief sie ein wenig lauter.

Nichts.

Mit klopfendem Herzen trat sie zu dem Schreibtisch, aber das Buch war nicht mehr da. Nur ein Rechteck im Staub markierte noch die Stelle, an der es gelegen hatte.

Jessa wandte sich ab und verließ die Bibliothek wieder. Als sie zurück in der Eingangshalle war, hörte sie Musik.

Es war Musik, die an diesem Ort völlig fehl am Platz wirkte. Irgendwo spielte jemand Black Sabbath, und zwar in voller Lautstärke.

Jessa lauschte und stellte fest, dass die Musik von links kam, von dort, wo eine schwere Holztür nur angelehnt war. Zögernd ging sie darauf zu, öffnete sie ganz und befand sich in dem Turm. Eine Treppe wand sich sowohl nach oben als auch nach unten. Die Musik kam eindeutig aus dem Keller.

Sie fasste sich ein Herz und machte sich an den Abstieg in die Tiefe. Ein Stockwerk, zwei. Offenbar gab es unter dem Herrenhaus mehrere Kelleretagen. Noch bevor sie die unterste erreicht hatte, hörte die Musik auf und in der hallenden Stille kam es Jessa vor, als befinde sie sich tief im Bauch der Erde. Auf der unteren Ebene waren die Wände aus Ziegeln gemauert, die einzelnen Steine verwittert, aber verblüffend trocken für den Keller eines Hauses, das mitten im Moor stand. Gemauerte Säulen stützten die Decke, die sich als niedriges Gewölbe über ihr hinzog. Es roch kein bisschen dumpf oder vermodert. Ein paar dunkelrote Vorhänge hingen rechts und links an den Wänden und verdeckten, was sich dahinter befand. In einer Nische direkt daneben hing eine Reihe Bilder, aber das Licht dort war zu schwach. Jessa konnte nur das erste erkennen. Es zeigte Nebel und sonst nichts.

Die Musik setzte wieder ein. Hier unten klangen die Akkorde und Riffs unheimlich und ohrenbetäubend. Dennoch erkannte Jessa den Song. Es war *Loner* von Black Sabbath, ein Song über einen Menschen, der Geheimnisse vor der Welt hatte.

Jemand hier unten schien Fan zu sein. Sie tippte auf Christopher. In Katakomben wie diesen zu hausen und Hardrock zu hören, würde gut zu jemandem passen, der ohne Helm und mit voller Geschwindigkeit bei Nebel durchs Moor bretterte.

Jessa wandte sich dem Gang zu ihrer Linken zu, aus dem die Musik kam, zusammen mit dem kalten Licht von Halogenlampen. Mit zusammengebissenen Zähnen folgte sie der Musik bis hin zu einem gemauerten Stützbogen. Dahinter befand sich etwas, das aussah wie eine Kreuzung aus mittelalterlichem Verlies und Jungszimmer. Ein riesiger Kamin an einer der dunklen Wände. Moderne Möbel. Jessa sah viel Chrom und schwarzes Leder. Dazu eine ziemlich teuer aussehende Musikanlage und eine E-Gitarre samt Verstärker. Die gesamte Szenerie wurde erhellt von ein paar Strahlern, die an der Decke montiert waren.

Jessas Blick fiel auf ein Buch, das genauso aussah wie das, das sie eben oben in der Bibliothek vermisst hatte. Nur ohne den Schimmel natürlich. Es lag auf der Erde und sah so aus, als hätte jemand es voller Wut an die Wand gefeuert.

In einem Ledersessel, der Jessa die Rückseite zuwandte, saß jemand. Sie sah eine Kapuze über den oberen Rand der Lehne ragen.

»Adrian?«, fragte sie.

Im nächsten Moment brach die Musik ab, als hätte jemand auf den Knopf einer Fernbedienung gedrückt. Dröhnende Stille füllte den Raum.

Das Leder knarrte, als Adrian sich bewegte. Mit klopfendem Herzen stand Jessa da und wartete darauf, dass er aufstand oder sich wenigstens zu ihr umdrehte.

Beides jedoch tat er nicht, sondern er fragte mit dieser raschelnden Stimme: »Was willst du hier, Jessa?«

Sie gab sich einen Ruck, betrat den Raum. Jetzt wandte er den Kopf. Als ihr Blick in Adrians Gesicht fiel, setzte ihr Herz einen Schlag aus.

Seine Züge waren ebenmäßig glatt und bildschön.

Und gruselig.

»Du trägst eine Maske!«, rutschte es Jessa heraus. Sie blickte in eine dieser silbernen venezianischen Vollmasken, die nur die Augen frei ließen und ihrem Träger die Anmutung eines schweigenden, traurigen Engels gaben. Das also war es gewesen, was vergangene Nacht im Licht der Sterne so seltsam geschimmert und sich an ihrem Hals so kalt und metallisch glatt angefühlt hatte.

Adrian nickte bedächtig. »Hat was vom Phantom der Oper, oder?« Sie glaubte, ein Lächeln in seiner Stimme zu hören.

»Nur ein bisschen.« Sie zwang ihr jagendes Herz zur Ruhe.

»Du bist ganz schön tough, weißt du das?«, fragte er.

Sie sah ihn an. Im Schatten der Kapuze konnte sie es schlecht erkennen, aber offenbar hatten Adrians Augen dieselbe Farbe wie die von Christopher. Klar, dachte Jessa. Die beiden waren Zwillinge. Ob Adrian vor seiner Entstellung auch so gut ausgesehen hatte wie sein Bruder?

Sie biss sich auf die Zunge. Für den Augenblick war sie so gefangen genommen von der Situation, dass sie nur noch an vergangene Nacht und die Traurigkeit denken konnte, die er da ausgeströmt hatte, anstatt daran, dass sie eigentlich hier war, um ihn zur Rede zu stellen.

Er deutete auf das Tischchen neben seinem Sessel, auf dem eine Flasche Wasser und ein Glas standen. »Möchtest du auch was trinken?«

Ihr Mund war trocken. »Wenn ich Ja sage, trinkst du dann mit mir zusammen was?«

Es war schwierig, seinen Blick auszuhalten, weil sie keine Ahnung hatte, was hinter dieser glatten silbernen Fassade vor sich ging. »Du willst nicht, dass ich diese Maske abnehme, Jessa.«

Es war so absurd theatralisch, dass sie sich in Sarkasmus retten musste. »Nicht? Dann bin ich wohl doch nicht so tough, wie du denkst.«

»Touché.« Er senkte den Kopf. Jessa stellte sich vor, dass er lächelte. Wie er wohl aussah?

Sie riss sich zusammen. Er konnte noch hundertmal netter

zu ihr sein und von ihr aus auch noch hundertmal trauriger, sie würde sich nicht länger davon beeindrucken lassen. Schließlich hatte er ihr verschwiegen, dass er Alice gekannt hatte!

Und Christopher auch.

Dieser Mistkerl!

Diese beiden Mistkerle.

Er deutete auf einen zweiten Sessel. »Willst du dich nicht zu mir setzen?«

»Nein! Will ich nicht. Ich will wissen, warum du mir verschwiegen hast, dass du Alice kanntest!«

Die Worte hatten dieselbe Wirkung wie eine Explosion.

Adrian erstarrte. Sekundenlang saß er da, als hätte sein Herz plötzlich aufgehört zu schlagen, dann stemmte er sich unendlich langsam auf die Füße. Jessa blieb der Atem weg. War sie eigentlich irre, allein hierherzukommen? Zu diesem Jungen, den sie überhaupt nicht kannte und dessen Miene sie nicht lesen konnte? *Was, wenn er Alice umgebracht …* Ihr Verstand weigerte sich rundheraus, den Gedanken zu Ende zu denken, aber ihre Füße waren klüger als sie. Ohne Jessas Zutun wichen sie einen Schritt zurück.

Adrian bemerkte ihre Angst. In einer Bewegung, die sehr betroffen aussah, senkte er den Kopf. »Du musst keine Angst vor mir haben«, sagte er.

»Gut«, zwang sie sich zu sagen. »Dann kannst du mir ja erklären, was das hier zu bedeuten hat.«

Sie zog ihr Handy hervor, rief den Messenger auf und dann das Foto von Alice' Brief. Ohne weitere Worte hielt sie Adrian das Telefon unter die Nase.

In Adrian zerbrach etwas, als er erkannte, was er da vor Augen hatte.

»Woher hast du das?«, fragte er mit hohler Stimme.

In Jessas Miene flammte die Angst wieder auf, die sie für einen mutigen Moment lang unterdrückt hatte. Der Anblick zerriss ihm das Herz. Er wollte nicht, dass Jessa Angst vor ihm hatte. Alice hatte es auch nicht gehabt.

Stimmt. Und genau das ist ihr zum Verhängnis geworden.

Jessas Stimme zitterte zu seiner grenzenlosen Bewunderung nicht, als sie sagte: »Ms Galloway hat es in einem Buch gefunden.«

Adrian wollte nach dem Handy greifen. Gerade noch rechtzeitig fiel ihm ein, dass er keine Handschuhe trug. Er zog die Ärmel, so weit es ging, nach unten, um zu vermeiden, dass Jessa seine zu hässlichen Klauen verkrümmten Hände sah. Mit zusammengekniffenen Augen starrte er dann auf das Display und entzifferte einen Teil der Worte, die Alice geschrieben hatte. Sein Herz, das seit fünf Jahren lauter haarfeine Risse hatte und das er nur unter Mühen zusammenhielt, zerbröselte in seiner Brust zu tausend Scherben. Der Schmerz war unendlich.

Alice ...

Er durfte sich jetzt nicht mit ihr befassen! Er musste sich auf Jessa konzentrieren.

Aus der Furcht in ihrem Blick war Schrecken geworden und er hasste es, sie so zu sehen. Wie ähnlich sie Alice sah! Damit ihm diese Worte nicht ungehindert über die Lippen sprudelten, biss er sich so fest auf die Lippe, dass es metallisch schmeckte.

»Was bedeutet das, Adrian?«, krächzte Jessa.

Er setzte sich wieder, zog sich so tief wie möglich in seinen Sessel zurück. Von nun an, das war ganz klar, konnte er nur noch völlig ehrlich zu ihr sein. Er nahm allen Mut zusammen. »Alice war damals hier, Jessa.«

Jessas Augen wurden noch ein bisschen weiter, erst danach begannen sie feucht zu glitzern.

Bitte nicht!, schoss es Adrian durch den Kopf. Wenn sie weinte, sah sie Alice noch viel ähnlicher.

»Ihr habt mich die ganze Zeit angelogen. Ihr ...« Jessas Stimme versagte.

Adrian wäre am liebsten aufgesprungen und hätte irgendwas zertrümmert. Aber das war Christophers Art. Außerdem hätte es Jessa noch mehr schockiert, also blieb er still sitzen. Er fühlte sich wie eine gespannte Stahlfeder. »Wir wussten nichts davon, dass dieser Brief existiert ...«

Sie bohrte den Blick tief in seine Augen. »Setz die Maske ab!«, verlangte sie.

In ihm zog sich alles zusammen, allein bei dem Gedanken daran. Er schüttelte den Kopf. »Nein, Jessa!«

»Setz die Maske ab!«, schrie sie, nur, um gleich darauf leiser fortzufahren: »Ich kann nicht erkennen, ob du mich anlügst, wenn du diese Scheißmaske aufhast!«

Er wollte erneut den Kopf schütteln. Er kam nicht dazu.

»Jessa«, ertönte Christophers Stimme hinter ihm. »Was zur Hölle tust du hier?«

Adrian hörte die Panik seines Bruders. Er sprang auf die Füße und wirbelte herum. Sah, wie Christopher und Jessa sich anschauten. Spürte, wie es in seinem Innersten zu brodeln begann ...

Nein!

Seine Sinne schärften sich extrem und er wusste, dass seine Augen anfingen, dunkelrot zu glühen. Er sah, wie Christophers Hand nach hinten zu seinem Gürtel fuhr, wo die Waffe saß. Er wollte selbst zu seinem Revolver greifen, aber in seinem Kopf kreischte es: *Nicht vor Jessa!*

Ein Grollen bildete sich in seiner Kehle. Und dann war kein einziger klarer Gedanke mehr möglich, außer dem einen: *Zu spät!*

Der Fluch nahm ihn in seine Gewalt.

Unfähig zu begreifen, was genau hier gerade geschah, sah Jessa zu, wie Adrian hochfuhr.

Im einen Sekundenbruchteil saß er noch in seinem Sessel, im nächsten wirbelte er zu Christopher herum, einen Laut auf den Lippen, der nicht mehr menschlich klang, sondern wie das Knurren eines wilden, gereizten Tieres.

Alles gefror.

»Nein!«, hauchte Christopher.

Eine halbe Ewigkeit verging, in der die beiden Brüder sich nur anstarrten. Dann: ein weiterer tierischer Schrei von Adrian. Mitten in diesem Schrei verwandelte sich seine Stimme erneut. Sie war jetzt kein trockenes Rascheln mehr und auch kein tierisches Knurren. Sie wurde zu einem dumpfen, dröhnenden Donnern, das Jessa tief in den Leib fuhr: »Lauf!«

Sie gehorchte, ohne zu zögern. Sie warf sich herum, flog zur Tür, dann war sie auch schon halb den Gang entlang.

Und begriff, dass Christopher ihr nicht folgte.

Warum?

Die Frage war ein Kreischen in ihrem Kopf. Sie blieb stehen wie vor eine Wand geprallt. Wo blieb er denn? Ihr Verstand verweigerte ihr den Dienst, sie kam sich vor wie ein Tier, das von reinen Instinkten getrieben wurde.

Sie machte einen Schritt zurück in Richtung von Adrians Raum. Kein Tier, das fliehen wollte, tat das. Es war das Dümmste, was sie machen konnte. Und doch rannte sie los.

Christopher hatte den Raum inzwischen betreten. Die beiden Brüder standen sich gegenüber, Adrians Atem jagte so sehr, dass sein magerer Körper wirkte wie von Erdbebenstößen erschüttert.

Christopher jedoch stand einfach nur da. Ganz ruhig. Ganz aufrecht. Und unendlich blass. Als er Jessa hinter sich hörte, wandte er den Kopf ein paar Millimeter. Seine Schultern sackten nach unten. »Jessa …« Seine Stimme war nur ein Hauch. »Ich flehe dich an …«

Ihr Blick ruckte zu Adrian. Gleich würde er Christopher anfallen. Sie starrte auf seine Hände, die keine Hände mehr waren, sondern dürre Klauen mit rasiermesserscharfen Krallen. Das rote Glühen in seinen Augen überzog die Silbermaske mit einem Schimmer, der aussah wie verdünntes Blut.

Was war er? Ein Werwolf?

Es gibt keine Werwölfe!, kreischte ihr Verstand. Und doch stand Adrian da, stieß dieses drohende Knurren aus und duckte sich zum Sprung.

Und Christopher … rührte sich immer noch nicht.

Hatte er vor, gegen Adrian zu kämpfen? Es sah nicht so aus. Ganz im Gegenteil. Seine ganze Haltung wirkte resigniert. Weil er wusste, dass er gegen Adrian keine Chance hatte? Und dann, als er einen Schritt zur Seite machte und sich zwischen sie und seinen Bruder schob, kam ihr die Erkenntnis: Er hatte vor, Adrian von ihr abzulenken!

Er wollte sich für sie opfern? Hatte er sie noch alle?

Ihr Blick fiel auf seine Hand, die am Gürtel an seinem Rücken lag, dann sah sie die Waffe hinten in seiner Jeans. Er wollte sich nicht opfern.

Er wird Adrian erschießen! Der Gedanke jagte klar und kalt von Jessas Kopf bis zu ihrem Herzen.

»Nein!«, presste sie hervor.

Beide Brüder fuhren zu ihr herum. Adrian knurrte. Sie wollte dem grausigen Glühen in seinen Augen ausweichen, aber sie konnte es nicht. Für eine halbe Ewigkeit lang versank sie darin und sah die Qual, die dahinter lauerte.

Adrian war noch irgendwo dort drinnen, in diesem Körper, über den er keine Kontrolle mehr hatte.

Diese Erkenntnis brach den Bann, der über Jessa lag. »Komm!« Sie packte Christopher am Arm, zerrte ihn mit sich. So verblüfft über ihr Verhalten war er, dass er es geschehen ließ. Er folgte ihr, hinaus aus dem Raum, den Gang entlang, in Richtung Treppe.

Im Laufen entwand er ihr seinen Arm.

Adrians Knurren verwandelte sich in ein lang gezogenes, wölfisches Heulen, das Jessas Herz stocken ließ.

»Er kommt!«, keuchte Christopher und zusammen liefen sie vorbei an den roten Vorhängen, an der Nische mit den Bildern, die Treppe hinauf.

Adrian folgte ihnen. Sie konnte seine Schritte hören.

Christopher wurde langsamer. Wolle er etwa umkehren?

»Vergiss es!«, schrie Jessa ihn an und da beschleunigte er seine Schritte wieder.

Adrians unheimliche Verwandlung hatte ihr Herz schon bis zum Bersten strapaziert und trotzdem überkam sie ein weiterer Schock, als sie durch die schwere Holztür in die Halle hinausstolperte.

Sie sah spiegelnde schwarz-weiße Fliesen, völlig ohne Risse und Spalten. Rings herum Mauern, die nicht geborsten waren. Eine doppelläufige Treppe, die sich zur Galerie emporwand. Durch die Fensterrosette über der Eingangstür schien die Sonne und malte bunte Farbflecken auf den Boden vor Jessas Füßen. Nirgends eine Spur von Verfall!

Christopher ließ ihr keine Zeit, das Gesehene zu verarbeiten. »Weiter!«, presste er zwischen den Zähnen hervor und stieß sie zur Haustür, die sich nun ohne Widerstand öffnen ließ. Hinaus auf den Vorplatz und von dort runter zum Cottage.

Adrians Brüllen blieb hinter ihnen zurück.

Gott sei Dank!

Was zur Hölle war eben dort drinnen geschehen?

Jessa atmete noch immer schwer und panisch, als Nell sie in der Küche auf einen Stuhl drückte. Durch das Fenster hindurch konnte sie das Herrenhaus sehen.

Eine Ruine.

Es war eine Ruine!

Es! War! Eine! Ruine!

Jessa beugte sich vor und steckte den Kopf zwischen die Knie, aber davon wurde ihr noch schlechter, also richtete sie sich wieder auf.

»Was ist passiert?« Sie hörte Nells Frage nur wie durch Watte.

Christopher war mitten im Raum stehen geblieben. »Sie ...« Seine Stimme kippte weg. »Sie war bei Adrian, als ich zufällig reinkam. Und er ...« Er wankte leicht, machte aber keine Anstalten, sich auch hinzusetzen. »Er hätte mich beinahe angegriffen.«

»Nein!«, stöhnte Nell. »Sag, dass das nicht wahr ist!«

Christopher schwieg.

Nell ging zu ihm und nun nötigte sie auch ihn, sich zu setzen. Er war totenbleich.

Draußen auf dem Flur ertönten Schritte. »Leute, ihr trampelt hier rum wie eine Herde ...« Henry kam herein. Er stockte, als er Christopher sah. »Was ist passiert?«, fragte er mit hohler Stimme.

»Adrian hätte ihn fast angegriffen«, informierte Nell ihn.

Seine Augen weiteten sich. »Echt?«

»Ja. Besser, du holst Dad. Wir müssen besprechen, was wir jetzt tun sollen.«

Henry stand noch zwei Sekunden lang unschlüssig da, dann machte er auf dem Absatz kehrt und verschwand mit einer Geschwindigkeit, als sei der Teufel hinter ihm her.

»Was war das eben?«, keuchte Jessa.

Christophers Augen waren gerötet. Er wirkte seltsam zerrissen – schockiert, gleichzeitig aber noch immer so resigniert wie eben dort oben. So als hätte er Adrians unheimliche Verwandlung kommen sehen. Jessa würgte, als ihr klar wurde, dass genau das der Fall war.

»Ihr habt das schon oft erlebt, oder?«, krächzte sie.

Niemand antwortete ihr.

»Christopher!«, drängte sie.

Sein Kehlkopf ruckte, als er hart schluckte. »Ja.«

»Hätte er uns getötet?«

Seine Stimme war tonlos. »Dich nicht. Dir würde er niemals etwas tun.«

In ihr war alles wie erstarrt. »Sondern?«

Er kannte die Antwort auf diese Frage, das sah sie ihm an. Aber er schwieg. Lange.

Als Jessa es nicht mehr aushielt, wandte sie sich an Nell.

»Sondern ihn«, antwortete die.

Adrian hätte Christopher getötet. Wenn Jessa nicht schon völlig betäubt gewesen wäre, hätte sie bei diesen Gedanken laut aufgeschrien. Der Gedanke, dass Christopher sterben könnte, war schmerzhaft wie Starkstrom in ihrem Körper und so bekam sie nur am Rande mit, wie er sagte: »Er kann mich nicht töten.«

Wie bitte?

Das hier war einfach alles nur noch so schräg, dass Jessa sich mit aller Macht zusammenreißen musste. Tief atmete sie durch, spürte, wie sie plötzlich ruhiger wurde. Es fühlte sich an, als hätte sie die Grenze überschritten, die ihr Verstand gebraucht hatte, um zu kapitulieren.

»Wieso nicht?«, hörte sie sich selbst fragen.

Christopher und auch Nell starrten sie überrascht an, weil sie völlig ruhig klang. Am Ende war es Nell, die ihr eine Antwort gab. »Er kann es einfach nicht.«

Jessa dachte an Adrians Klauen, sein Knurren. An die Spannung in seinem Körper und das dämonische rote Leuchten in seinen Augen. »Eben hast du gesagt, dass er dich beinahe angegriffen hätte. Angegriffen, aber nicht getötet?«

Auch Christopher übertrat jetzt irgendeine innere Grenze. Sein Körper straffte sich. »Er kann mich nicht töten«, wiederholte er fast trotzig.

»Das sah in meinen Augen aber ganz anders aus. Seine Klauen …«

In Christophers Miene erschien ein Flackern. »Hör auf!«, schrie er sie an und sie konnte nicht anders, sie schrie zurück: »Verdammt noch mal, antwortet mir endlich!«

Da wurde seine Stimme schmerzhaft gelassen, als er meinte: »Ja. Mit diesen Klauen zieht er mir die Haut in Streifen vom Leib.«

Das konnte doch einfach alles nicht wahr sein!

Jessa musste sich an ihrem Stuhl festklammern. Wann war diese Geschichte hier zum Horrorstreifen geworden?

Sie war erleichtert, als Henry endlich zurückkam – gefolgt von Victor, der mit einem einzigen Blick die Lage erfasste. Tröstend drückte er Christophers Schulter, doch der entzog sich ihm mit einer wütenden Geste. Also wandte Victor sich an Jessa. »Bist du okay?«

Sie nickte. »Ja.« Sie musste es wiederholen, um es glauben zu können. »Ja.«

Victor räusperte sich. »Ich fürchte, wir sind dir einige Erklärungen schuldig.«

Das hier, wurde ihr mit schrecklicher Klarheit bewusst, war der Mann, der sie jetzt schon mehrmals angelogen hatte. Der Mann, der Nein gesagt hatte, als sie ihn gefragt hatte, ob er ihre Schwester kannte. Trotzdem konnte sie im Moment nicht wütend auf ihn sein. Die nächsten Worte steckten in ihrer Kehle fest und sie würgte sie heraus: »Adrian hat Alice umgebracht, oder?«

Stille. Schwerfällig zog Jessa ihr Handy aus der Tasche und rief das Foto des Briefes auf. »Ich weiß, dass sie hier war«, sagte sie. Alle schauten bleich und betroffen auf das, was Alice geschrieben hatte. Nell hatte die Hände vor den Mund geschlagen, Henrys Kiefer war heruntergeklappt, Victor hatte die Brille abgenommen und massierte sich den Nasenrücken.

Christopher hingegen sah aus, als warte er auf den nächsten Hieb.

Jessa hätte am liebsten geschrien, aber ihr fehlte die Energie dazu. Diese Mischung aus Anspannung und tiefer, schockierter Müdigkeit in ihrem Innersten war so heftig, dass es wehtat. »Sie schreibt davon, dass sie euch getroffen hat«, flüsterte sie. »Warum habt ihr mir das verschwiegen? Was meint sie damit, dass sie Adrian retten will? Das hat mit dieser furchtbaren Verwandlung zu tun, oder? Hat er sie …« Sie musste Luft schnappen, bevor sie das Wichtigste überhaupt hervorstoßen konnte: »Hat Adrian Alice getötet?«

Das Schweigen verwandelte sich in einen Ozean, in dem sie ertrank.

»Nein«, sagte Victor. Er nahm einen Zipfel seiner Strickjacke und begann nervös, seine Brille zu polieren. Das rhythmische Rubbeln an den Gläsern machte Jessa ganz krank.

»Was ist ihr dann zugestoßen?«, wisperte sie.

Christopher, Henry und Nell sahen Victor an wie Gefangene, die auf ein Urteil warteten.

»Sie ist bei Nebel ins Moor gelaufen, Jessa. Nachdem sie Adrian ohne Maske gesehen hat.«

Die Spannung wich aus dem Raum, dass es sich anfühlte, als würde ein unsichtbarer Schalter umgelegt werden.

Aber das wusste sie doch schon längst.

Jessa zwang ihre Gedanken, vor allem aber ihre Gefühle zur Ruhe. Sie musste cool bleiben, musste sich beherrschen, weil sie sonst durchdrehte. Tief atmete sie durch. Eins nach dem anderen.

»Sie wussten, dass Alice diesen Brief geschrieben hat, oder?«

Er nickte. »Ja. Oder nein. Die Wahrheit ist: Ich habe geahnt, dass Alice dir geschrieben haben könnte. Aber sie hat mir nie verraten, wo sie den Brief versteckt hat. Ich habe lange Zeit danach gesucht, aber ich habe ihn nicht finden können.«

Christopher bedeckte die Augen mit der flachen Hand. »Du Arschloch«, flüsterte er.

Wir wussten nichts davon, dass dieser Brief existiert, hatte Adrian gesagt. Das bedeutete, Christopher auch nicht.

Offenbar war es die Wahrheit.

Victor straffte sich. Mit einer gemessenen Bewegung schob er die Brille auf seiner Nase zurecht. »Alice wollte nicht, dass du jemals hierherkommst, Jessa. Sie hat mir das Versprechen abgenommen, dafür zu sorgen, dass das nie geschieht, und jetzt, da du gesehen hast, was mit Adrian ist, kannst du vielleicht verstehen, warum. Aber offenbar hat deine Schwester Vorkehrungen getroffen für den Fall, dass dieser Plan scheitert. Ich vermute, dass sie deswegen den Brief für dich versteckt hat. Es würde mich übrigens interessieren, wo das war.«

Vergiss es!, durchzuckte es Jessa und sie war froh, dass ihre gewohnten Reflexe endlich wieder ansprangen. Das alles hier war viel besser zu ertragen, wenn sie Wut im Bauch hatte.

»Sie ist im Moor gestorben«, sagte sie. Ihr Herz pumpte weiter Blut durch ihre Adern, aber es fühlte sich plötzlich kalt an. »Ich will jetzt wissen, ob das die Wahrheit ist oder nicht!«

Victor hielt ihrem eindringlichen, fragenden Blick stand. Jessa glaubte zu spüren, wie die anderen schon wieder den Atem anhielten, dann sagte Victor: »Es ist die Wahrheit, Jessa. Es tut mir unendlich leid.«

Die Welt, die sich die ganzen letzten fünf Jahre wie ein ruckelnder, defekter Mechanismus um sie gedreht hatte, kam zum Stillstand.

Alice, wimmerte es in Jessa. An der Tischkante stemmte sie sich in die Höhe. Vermutlich schwankte sie, sie bekam hier drinnen keine Luft mehr. Sie musste raus!

Jessa stürzte aus der Küche und die Schuld, die auf Christophers Schultern lastete, hatte das Gewicht des gesamten Universums. Er schloss die Augen. In der Finsternis hinter seinen Lidern vermischte sich Jessas Bestürzung mit dem Entsetzen von Alice, mit dem von Heather, dem von …

Hör auf! Hör endlich auf! Er umklammerte seinen Schädel. Dann sprang er auf und eilte ans Fenster, gerade rechtzeitig um zu sehen, wie Jessa aus der Haustür kam und den Gartenweg entlangstürzte. Sie fasste nach dem Tor, riss es mit einem verzweifelten Ruck auf.

Mit Wucht rammte Christopher die Faust gegen die Wand.

»Wann willst du ihr sagen, was wirklich mit Alice geschehen ist?«, hörte er Henry fragen.

»Noch nicht.«

»Du bist unfassbar grausam, weißt du das?«

Christopher wollte sich umdrehen, wollte Victor das Gleiche ins Gesicht schleudern, aber er konnte sich nicht rühren. Mit beiden Unterarmen musste er sich an der Wand abstützen, um nicht in die Knie zu gehen.

»Mag sein«, sagte Victor leise. »Aber wir wissen alle, dass es nötig ist.«

Wissen wir das wirklich?

»Jemand sollte hinter ihr her, findet ihr nicht auch?« Nell war schon aufgestanden, bevor Christopher es auch nur schaffte, einen Muskel zu rühren.

»Ich gehe«, sagte er.

Victor schüttelte den Kopf. »Auf keinen Fall!« Er gab Nell einen Wink. Sie marschierte zur Tür, aber Christopher hielt sie auf.

»Warte!«

Sie blieb stehen.

Tief atmete er durch. »Ich gehe«, wiederholte er. »Schließlich steckt Jessa meinetwegen in dieser ganzen Scheiße hier.«

»Christopher«, beschwor Victor ihn. »Wenn Jessa zu früh erfährt, was mit ihrer Schwester passiert ist, kann sie uns nicht helfen. Sie ...«

Christopher schnitt ihm das Wort mit einer knappen Handbewegung ab. »Erspar mir dein ganzes intrigantes Gelaber.« Finster fixierte er erst Victor, dann Nell. Henrys Blick wich er aus. Dessen Emotionen wären wie ein weiterer Schlag ins Gesicht gewesen. »Ich gehe zu ihr«, sagte er zum dritten Mal und hatte die Türklinke schon in der Hand, als Victor noch einmal das Wort ergriff.

»Denk dran, dass die Chance, Adrian zu retten, noch nie so groß war wie gerade! Versau es nicht durch Mitleid!«

Christophers Hand krampfte sich um die Klinke. Kurz schloss er die Augen, dann verließ er wortlos die Küche.

Er fand Jessa auf dem kleinen Friedhof beim Herrenhaus. Sie stand vor einem der Gräber, nicht dem von Heather, sondern einem uralten aus dem 14. Jahrhundert, dessen Inschrift so verwittert war, dass man sie nicht mehr lesen konnte. Als sie Christophers Schritte hörte, straffte sie sich. Ihre Schultern waren angespannt. Ganz und gar verloren sah sie aus.

»Wie gut kanntest du sie?«, fragte sie mit der Stimme eines kleinen Mädchens.

Es zerriss Christopher das Herz, die Einsamkeit zu sehen, die ihm aus ihren Augen entgegenschlug wie eine Anklage.

Versau es nicht durch Mitleid!

»Sie ist ins Moor gelaufen«, wiederholte er, als sei es eine Antwort. Wenigstens war es keine Lüge.

Jessa schüttelte den Kopf, langsam von rechts nach links und wieder zurück, es war eine völlig verstörte Geste. »Warum habt ihr mich angelogen? Ihr habt behauptet, ihr wüsstet nicht, wer Alice ist. Warum, Christopher?«

Wenn Jessa zu früh erfährt, was mit ihrer Schwester passiert ist, kann sie uns nicht helfen. Versau es nicht ... Es geht hier um Adrian.

Sekundenlang starrte Jessa Christopher aus riesengroßen Augen an und dann ...

... schlug sie ihm ins Gesicht, und zwar mit solch einer verzweifelten Kraft, dass sein Kopf herumflog. Und als sei das noch nicht genug, stürzte sie sich auf ihn, trommelte mit den Fäusten auf seinen Oberkörper ein. Erst stand er ganz still, kassierte ihre Schläge regungslos, aber als sie sich einfach nicht beruhigen konnte, fing er ihre Hände ein und hielt sie fest. Mit einem jammervollen Wimmern wehrte sie sich, trat nach ihm, wollte sich losreißen. Er zog sie an seine Brust. Mit aller Kraft, die er aufzubringen hatte, hielt er sie fest.

Bis – nach einer halben Ewigkeit – ihr Widerstand erlahmte.

Bis sie endlich ganz aufhörte, sich zu wehren, und schluchzend gegen ihn sank.

Er umfing ihre schmalen Schultern behutsam mit den Armen. Ihr Haar kitzelte ihn am Kinn.

Sein Herz jagte und da war diese leise Stimme in seinem Herzen, die wisperte: *Was tust du ihr an? Du hast kein Recht dazu ...*

Doch, antwortete sein Verstand. *Denn es geht hier um Adrian.*

Wieso konnte er nicht froh darüber sein, dass die Chancen, seinen Bruder zu retten, diesmal so hoch waren, wie sie es schon gar nicht mehr zu hoffen gewagt hatten? Er hätte voller Gier nach diesem Strohhalm greifen müssen, um diesen elenden Fluch endlich zu brechen und Adrians Qualen ein Ende zu machen. Aber stattdessen stand er hier und schwankte zwischen Hoffnung für Adrian und niederdrückendem Schuldgefühl, weil er Jessa so quälen musste.

Sein Kinn ruhte auf ihrem Scheitel, er spürte, wie sie atmete, und langsam, ganz langsam passte sich sein jagendes Herz an ihres an. Über ihren Kopf hinweg fiel sein Blick auf das Herrenhaus. Der Turm warf einen mahnenden Schatten über die Gräber bis direkt vor seine Füße.

Er ließ den Blick hinauf zum obersten Fenster wandern, doch

es linderte sein Schuldgefühl nicht, sondern, im Gegenteil, verzehnfachte es. Es blieb ihm nichts anderes, als zu warten, bis Jessa sich so weit gefangen hatte, dass sie sich von ihm losmachen konnte. Als sie es tat, fühlte es sich an, als würde ein Stück von ihm abgeschnitten, das er seit Urzeiten vermisst und gerade eben erst gefunden hatte.

Sie wischte sich über das tränennasse Gesicht. Ihre Stimme war beeindruckend gefasst, als sie sagte: »Okay. Schluss mit dem Geflenne. Ich will jetzt die ganze Wahrheit hören.«

Er ahnte, dass sie sich in diese Sache verbeißen würde wie ein Terrier. Niemals wäre er stark genug, um ihrer Kraft zu widerstehen. Sie würde, ohne zu zögern, unter Wölfen schlafen, wenn sie glaubte, dass sie das ihrem Ziel einen Schritt näher brachte. *Himmel,* er packte das nicht. Besser, er sagte ihr hier und jetzt die ganze Wahrheit ...

Er sammelte sich. »Jessa, ich ...«

Da tauchte zwischen den Grabsteinen Adrian auf und Christopher wurde klar, was für ein Idiot er war.

Es war noch nicht vorbei.

Und er hätte es wissen müssen.

13

Jessa spürte, wie Christopher sich verkrampfte.

Sie drehte sich um.

Adrian stand in sechs, sieben Metern Entfernung zwischen den Gräbern. Er trug sowohl seine Kapuze als auch seine Maske und für den Moment war das Glühen in seinen Augen erloschen.

Christopher wollte sie hinter sich schieben, aber sie wehrte sich. Sie hörte ein metallisches Klicken, dasselbe Klicken, das sie vergangene Nacht auf dem Friedhof gehört hatte. Ihr Kopf fuhr herum. In Christophers Hand lag jetzt die Waffe, die er vorhin unten im Keller nicht gezogen hatte.

Jessa wich automatisch ein Stück zurück.

Adrian starrte in die Mündung, die vor seinen Augen kleine Kreise beschrieb, weil Christopher so schrecklich zitterte. Mehrere Sekunden verstrichen. Dann griff auch Adrian hinten an seinen Hosenbund. Er zog seine Waffe, aber statt sie zu spannen, wie Christopher es getan hatte, schaute er sie gedankenverloren an.

»Adrian?«, wisperte Christopher, und als der nicht reagierte:

»Denk an unseren Schwur. Wir wussten, dass es schwer sein würde …«

»Zu spät, Christopher.« Adrian bückte sich, legte die Waffe auf die Erde. Als er sich wieder aufrichtete, war das rote Glühen in seinen Augen wieder da.

»Nein!«, hauchte Christopher.

»Tut mir leid, Bruderherz.« Adrian machte sich zum Sprung bereit. Ein Grollen stieg in seiner Kehle auf.

Christopher wirbelte zu Jessa herum. »Hau ab! Sofort!«

Doch sie blieb, wo sie war. Er hatte gesagt, dass Adrian ihr nichts antun würde. Sie wunderte sich ein bisschen darüber, dass ihr Herz sich vor Angst verkrampfte. Warum? Schließlich war Alice tot. Es war also völlig egal, was mit ihr geschah.

Christopher ließ die Waffe sinken. »Adrian, hör zu …«

»Halt's Maul!«, brüllte Adrian so zornig, dass Jessa ein Stück zurückwich. Das war nicht mehr der Adrian, mit dem sie sich bisher so gut unterhalten hatte. Dieser Adrian hier war nichts als Wut und blinder Hass und tierischer Instinkt, die nun die Kontrolle übernahmen. Und all das zusammen machte ihr eine solche Höllenangst, dass sie nach Christophers Hand tastete.

Adrian sah es. »Du wirst sie nicht bekommen«, grollte er. »Sie nicht, Christopher! Nicht wie Heather. Nicht wie all die anderen.«

Jessa blinzelte. Wovon redete er da? »Niemand bekommt mich!«, schrie sie ihn an. »Ich …« Und erst da setzte ihr Verstand ein. *Spinnst du? Du stehst einem Werwolf gegenüber und alles, was dir einfällt, ist, ihn anzupampen?*

Adrian jedoch reagierte nicht auf sie. »Sieh dich doch an, *Bruderherz!*« Seine Worte trieften vor Hohn. »Stehst hier und hältst ihr deine Schulter hin, dass sie sich bei dir ausweinen kann. Du weißt immer noch genau, wie es geht, nicht wahr? Du weißt immer noch, wie du ein Mädchen so manipulieren musst, damit sie dich will und nicht mich.«

Jessa verstand nur die Hälfte von dem, was er sagte. »Wovon redest du?« Christophers Griff um ihre Hand wurde so fest, dass sie sie ihm entzog.

Henry kam den Weg vom Cottage heraufgeeilt.

Christopher schien froh darüber zu sein. »Bring Jessa weg von hier!«, befahl er. »Sorg dafür, dass sie es nicht mit ansehen muss!«

»Niemand bringt mich irgendwohin!«, fauchte sie.

Henry blieb unschlüssig stehen.

»Geh!« Christophers Schrei fiel zusammen damit, dass Adrian vorwärtsstürzte. Voller Panik wich sie nach hinten, stolperte dabei über eine Grabkante und landete in duftendem Efeu.

Henry sprang herbei, aber sie brauchte seine Hilfe nicht. Sie stand bereits wieder. Sie wirbelte herum, sah mit an, wie Adrian auf Christopher prallte. Sein Schrei hatte nichts Menschliches mehr an sich. Zusammen gingen die beiden zu Boden. Im Fallen noch holte Adrian aus. Knochige Finger, scharfe Nägel zischten durch die Luft, verfehlten Christopher nur um Haaresbreite, weil er sich unter seinem Bruder wegrollte. Fast gleichzeitig kamen beide wieder auf die Füße.

»Nicht!«, brüllte Henry. Adrians Klaue fuhr auf Christopher nieder, wieder wich der zurück, doch diesmal stand er noch nicht richtig und musste deshalb um sein Gleichgewicht kämpfen.

Jessa stockte der Atem, als Adrians Krallen über Christophers Gesicht fuhren und ihm eine furchtbare Wunde quer über Stirn und Wange rissen. Blut schoss hervor. Viel Blut. Jessa wurde schlecht.

Henry hatte nun endlich seine Starre überwunden. »Sieh nicht hin!« Er packte Jessa, zerrte sie mit sich.

Im ersten Moment war sie zu benommen, um sich zu wehren, aber kaum hatte Henry sie bis zur Gartenmauer gezogen, stemmte sie sich gegen ihn. Vergeblich. Er war viel zu stark, darum änderte sie blitzschnell ihre Taktik. Statt sich weiter gegen Henrys Kraft aufzulehnen, gab sie nach. Bevor er wusste, was geschah, holte sie aus und rammte ihm die Faust in die Rippen. Er ächzte schmerzerfüllt, ließ sie aber immer noch nicht los. Sein Griff allerdings hatte sich weit genug gelockert, dass sie sich losreißen konnte.

Augenblicklich warf sie sich herum und rannte zurück. Henrys atemloses »Jessa! Nein!« ignorierte sie.

Christopher und Adrian standen sich immer noch gegenüber. Die Waffen lagen jetzt beide auf der Erde. Blut rann Christopher über das Gesicht, blendete sein rechtes Auge, tropfte auf Hemd und Boden.

Der Anblick schien Adrian für den Moment zur Besinnung gebracht zu haben. Seine Brust hob und senkte sich schwer, aber er wirkte nicht mehr aggressiv. Im Gegenteil. Als sei ein Bann von ihm genommen worden, ließ er die Schultern hängen. Als er Jessa bemerkte, glühte es erneut in seinen Augen auf, aber diesmal sehr viel schwächer als zuvor.

Christopher warf Jessa einen Blick zu. »Ich kann nichts dafür, dass sie sich in mich verliebt hat«, beschwor er seinen Bruder.

Wie bitte? Das war ja wohl nicht sein Ernst? Selbst jetzt noch spielte er den Unwiderstehlichen?

»Du musst mir glauben, Adrian: Ich habe alles getan, damit das nicht passiert. Ich kann nichts dafür, dass sie ... wie alle anderen …« Er stützte sich auf einem Grabstein ab. Sein bleiches, blutüberströmtes Gesicht war verzerrt von Qual.

Adrian hob seine Hände. Seine Klauen, korrigierte Jessa sich. Dunkel und brüchig wie altes, gegerbtes Leder spannte sich die Haut über Knochen und Gelenke. Die Nägel waren lang und rissig, aber schartig wie Glasscherben. »Du weißt, wie es laufen wird«, sagte Adrian. Er klang jetzt wieder wie immer, leise, wispernd, seine Worte das Flüstern dünner Papierseiten, die umgeblättert wurden. An Jessa gewandt erklärte er: »Deine Liebe zu ihm wird stärker und stärker werden und damit auch mein Hass auf ihn.«

»Wovon zum Teufel redet er?« Hilflos sah Jessa sich zu Henry um, der ihr nachgeeilt war.

Er nickte. »Ja«, sagte er trocken. »So läuft es gewöhnlich.«

»So läuft es nicht!«, entfuhr es ihr. »Hört zu, ich habe zwar keine Ahnung, *was genau* sonst läuft, aber eins weiß ich: Diesmal läuft es anders, weil …« Sie riss die Hand hoch, als Christopher etwas sagen wollte. »Klappe halten!« Scheiße, er blutete wirklich heftig. »Ich …« Ihr ging so schlagartig die Luft aus, dass sie nicht weitersprechen konnte.

Christopher stieß sich von dem Grabstein ab und richtete sich wieder auf. Mit offenem Mund starrte er sie an und Jessa war sich relativ sicher, dass sie dafür gesorgt hatte, dass auch Adrian hinter seiner Maske der Unterkiefer runtergeklappt war.

Ein, zwei Sekunden rührte sich keiner von ihnen. Dann flackerte in Adrians Augen wieder dieses rote Leuchten auf. Jessa straffte sich, stellte sich mit jagendem Herzen direkt vor Christopher, sodass Adrian sie ansehen musste. Der Hass in seinen Augen raubte ihr beinahe den Atem, aber sie hielt ihm stand.

Bis das Glühen erlosch.

Bis Adrian den Kopf neigte, als wolle er sie grüßen oder sich bei ihr bedanken.

Dann – endlich – machte er auf dem Absatz kehrt und verschwand in Richtung Herrenhaus.

Jessa stieß die Luft aus und bemerkte erst jetzt, wie flach sie die ganze Zeit geatmet hatte. In ihren Ohren rauschte es.

Henry jedoch lachte leise.

»Was?«, fuhr Christopher ihn an. »Ich hatte dir gesagt, du sollst Jessa von hier wegbringen!«

»Tja, Kumpel«, erwiderte Henry verblüffend gut gelaunt. »Sieht ganz so aus, als müsstest du langsam mal akzeptieren, dass diese Kleine hier dir überlegen ist.« Er rieb sich demonstrativ die Rippen, in die Jessa ihn geboxt hatte.

Jessa wandte sich an Christopher. Seine Züge waren verzerrt. Er schwankte. Seine gesamte rechte Seite war rot vom Blut, doch er schien wegen der Verletzung genauso wenig beunruhigt zu sein wie Henry. Jessa dachte an das, was er gesagt hatte, nachdem Adrian ihn zum ersten Mal fast angegriffen hätte: *Er zieht mir die Haut in Streifen vom Leib ... Er kann mich nicht töten.* Und als bräche der Schock über das Erlebte sich erst jetzt Bahn, fing sie an zu zittern.

Die Umgebung verschwamm. *Mist!* Auf keinen Fall würde sie vor diesen beiden Idioten anfangen zu heulen! Mit dem Ärmel wischte sie sich über Augen und Wangen, aber es kamen immer neue Tränen nach. Und das Zittern wurde stärker und stärker.

»Besser, du bringst sie zu Victor«, sagte Christopher zu Henry. »Sie scheint einen Schock zu haben.«

Behutsam griff Henry ihren Arm und diesmal wehrte sie sich nicht. Sie ließ sich von ihm runter zum Cottage bringen.

Victor kam ihnen entgegen, kaum dass sie durch die Gartenpforte waren. Er wollte Jessa stützen, aber die wehrte ihn mit warnendem Blick ab.

»Adrian hat Christopher attackiert«, berichtete Henry knapp. »Er hat ihm das Gesicht aufgeschlitzt und das hat ihn für 'ne Weile zur Besinnung gebracht. Im Moment lecken sie beide ihre Wunden.«

Victor schien erleichtert. »Gut!« Er musterte Jessa. »Du brauchst erst mal was zur Stärkung.«

Unterwegs hatte Jessa die Hände in die Taschen ihrer Jeans gestopft, weil das Zittern einfach nicht weggehen wollte. Dazu kam, dass ihre Wangen sich jetzt unangenehm kalt anfühlten. Vielleicht hatte sie wirklich einen Schock. Mühsam presste sie hervor: »Vor allem brauche ich jede Menge Erklärungen!«

Victor schien beeindruckt. Er lächelte. »Keine Sorge. Du wirst beides bekommen.« Er geleitete sie ins Haus. Henry kam mit, aber nur, bis Victor Jessa in der Küche auf einen Stuhl gesetzt hatte und auch Nell auf der Bildfläche erschienen war, dann meinte er: »Ich gehe mal und kümmere mich um die beiden«, und verschwand.

Im Sitzen wurde Jessas Zittern unerträglich. Sie würgte. Instinktiv schaute sie aus dem Fenster, weil sie dachte, der Blick in die Ferne würde es besser machen. Doch das war ein Fehler, denn natürlich fiel ihr Blick auf das Herrenhaus. Das Flackern setzte nahezu übergangslos ein. Diesmal jedoch kippte der Anblick nicht nur ein- oder zweimal. Diesmal sprang das Bild wild hin und her. Und mehr noch: Die Phasen, in denen das Herrenhaus intakt war, waren plötzlich sehr viel länger als die, in denen es eine Ruine zu sein schien.

Jessa spürte, wie die Welt ganz fahl wurde.

Sie hörte Victor ihren Namen rufen, dumpf und lang gezogen, als hätte jemand die Tongeschwindigkeit reduziert. Gleich darauf kippte die Küche zur Seite.

Jemand fing Jessa auf, sie wollte froh darüber sein, aber auch dafür war es zu spät.

Dunkelheit senkte sich über sie.

In dem kleinen Bad, das zu seinem Zimmer gehörte, stand Christopher vor dem Waschbecken, beide Hände auf den Rand gestützt und den Kopf gesenkt.

Sein Inneres war so voller Gefühle wie in den letzten 175 Jahren nicht. Da waren Entsetzen und Angst, aber auch Zorn, hauptsächlich auf Victor. Und dann war da auch noch etwas anderes. Sein Herz klopfte so heftig, dass er kaum Luft bekam.

Jessas entschlossenes Gesicht flackerte vor seinem geistigen Auge. Wie mutig sie sich zwischen ihn und Adrian gestellt hatte ...

... wie dämlich das gewesen war!

Ohne dass er etwas dagegen tun konnte, glitten seine Gedanken in die Vergangenheit zu Alice. Auch sie hatte diesen Löwenmut besessen ... bis zu dem Tag, an dem genau dieser Mut ihr zum Verhängnis geworden war ...

Ihm drehte sich der Magen um. Wie nur sollte er Jessa je wieder in die Augen sehen?

Er hob den Blick in den Spiegel und betrachtete den fiesen Cut in seinem Gesicht. Von der Mitte der Stirn lief er quer über den Nasenrücken und die rechte Wange, wo das Fleisch aufklaffte und so sehr blutete, dass das gesamte Waschbecken schon ganz glitschig war.

»Hallo, Joker«, murmelte er und wartete darauf, dass das Kribbeln einsetzte. Es begann ganz leicht, zuerst kaum spürbar, doch dann wurde es stärker, erfasste seine Stirn, die Nase und Wange. Die Wunde hörte auf zu bluten, ihre Ränder wurden erst hellrosa, dann weiß und dann schlossen sie sich.

Zurück blieb nichts als unversehrte weiße Haut.

»Und wieder kein einziger Kratzer in deinem makellosen Gesicht«, sagte Henry von der Tür her. Er grinste Christopher im Spiegel an, aber es hatte etwas Düsteres und Gejagtes an sich. »Eigentlich sollte diese Facette des Fluches dir gefallen.«

Christopher biss die Zähne zusammen. Er zog das blutverschmierte Hemd aus, ließ es achtlos zu Boden fallen und drehte den Wasserhahn auf, um die Spuren des Gemetzels wegzuwaschen. Solange er damit beschäftigt war, stand Henry in der Tür und sah ihm zu. Erst als er sich die nassen Haarspitzen hinter die Ohren strich und sich nach dem ruinierten Hemd bückte, meinte Henry: »Vielleicht solltest du einen Neoprenanzug anziehen in den nächsten Tagen. Der ist abwaschbar.«

Christopher warf ihm einen missbilligenden Blick zu.

Henry zuckte die Achseln. »Ich meine ja nur. Deine Hemden stammen schließlich nicht gerade von der Stange und das ist jetzt schon das zweite in kurzer Zeit, das du wegschmeißen kannst.«

»Haha.« Seufzend öffnete Christopher den Mülleimer unter dem Waschbecken und stopfte das Hemd hinein.

Dann endlich stellte er sich den Gefühlen in Henrys Augen. »Wie geht es dir?«

Henry lachte bellend auf. »Wie es mir geht, fragt er, nachdem er lässig zwei Liter seines eigenen Blutes weggewischt hat! Herrgott, Christopher! Sei nicht immer so melodramatisch!«

Der Vorwurf schmerzte Christopher, aber es war nur ein winziger Stich im Vergleich zu dem Sturm, der in ihm tobte. Er deutete auf das Waschbecken, an dessen Rand noch ein paar letzte Blutspritzer klebten. »Im Gegensatz zu dir bin ich das hier seit Jahrzehnten gewöhnt. Du hast es dagegen heute zum ersten Mal miterlebt.«

Ein ganz klein wenig sackte Henry in sich zusammen und Christopher glaubte schon, er würde jetzt die Fassade fallen lassen, hinter der er sich sonst so geschickt verschanzte. Doch das tat er nicht. Er grinste wieder dieses düstere, gehetzte Grinsen. »Im Gegensatz zu dir bin ich von meinem Vater mein ganzes Leben lang darauf vorbereitet worden, es mit anzusehen.«

Daran hatte Christopher nicht gedacht. »Es tut mir leid«, murmelte er.

Henry winkte ab. »Keiner kann was dafür, in welche Familie er geboren wird.« Er überlegte. »Schöne Scheiße, das mit Alice' Brief«, meinte er.

Wie wahr!

Christopher folgte Henry ins Schlafzimmer.

»Warum hat mein bescheuerter Vater uns nicht gesagt, dass er vermutet, dass Alice an Jessa geschrieben hat?«

»Du kennst ihn. Er tickt genauso dominant wie alle Patriarchen unserer Familie.« Christopher wehrte sich dagegen, an seinen eigenen Vater zu denken und an Ledergürtel oder eiserne Schürhaken.

Henry schnaubte, dann trat er an eine Kommode, auf der ein paar Bilderrahmen mit alten Schwarz-Weiß-Fotos standen. Eins davon nahm er in die Hand. Es zeigte Christopher und eine junge Elizabeth. Christopher trug Anzug und Hut im Stil der 30er-Jahre, Elizabeth ein Kleid und einen federgeschmückten Stirnreif. Henry schien nichts davon wirklich wahrzunehmen. »Eigentlich ziemlich lustig, dass Victor sich für den Erwachsenen hier hält«, murmelte er. »Er hat übrigens die Revolver aufgehoben und sicher verstaut.« Er grinste matt. »Und ich soll dir ausrichten, er hat seine Safekombination geändert.«

Christopher verspürte Bedauern darüber, bis ihm klar wurde, dass es vermutlich besser so war. Die Waffen waren eine Gefahr für alle Menschen auf diesem Anwesen – mit Ausnahme von ihm und seinem Bruder. Es war albern gewesen zu glauben, dass dieser Selbstmordschwur funktionieren würde. Sie hatten den Zeitpunkt, an dem sie sich hätten gleichzeitig erschießen können, lange verpasst.

Ihm kam eine Idee. Zwar stand Adrian bereits zu sehr unter dem Bann des Fluches, als dass er noch abdrücken würde. Was aber, wenn Henry das übernahm?

Christopher schluckte, als ihm klar wurde, was er da dachte. Er brauchte Henry nur in sein besorgtes Gesicht zu schauen, um seinen Kummer zu erkennen. Nein, er würde sich eher für den Rest der Ewigkeit im Keller unter dem Herrenhaus einschließen, als ausgerechnet von seinem besten Freund zu verlangen, auf ihn zu schießen.

Er ging zu Henry und berührte ihn leicht am Arm.

»Ach, Christopher«, seufzte der.

Christopher nahm ihm das Foto weg. *»Ich liebe Jessa nicht«,* murmelte er. »Das hat Adrian mir gesagt, als Jessa angefangen hat, High Moor Grange zu sehen. Er hat behauptet, dass es diesmal umgekehrt sein muss. Dass nicht er sich in das Mädchen verliebt, sondern ich.«

Henry reagierte darauf mit einem fragenden Blick, und als Christopher nicht weitersprach, meinte er: »Wehe, du kommst jetzt wieder mit dem alten Christopher-Spruch von wegen, du kannst dich nicht verlieben!«

Christopher hatte es nicht vor. »Aber jetzt hat Adrian mich angegriffen«, sagte er.

Sie schwiegen beide für einen Moment.

»Was denkst du?«, fragte Henry.

Christopher schüttelte den Kopf. »Ich weiß es nicht. Jessas Gegenwart hat ihn dazu gebracht, den Hass niederzuringen. Das ist noch nie vorher passiert.«

Henry lächelte schwach.

Christopher stellte das Bild zurück an seinen Platz. Um Zeit zu gewinnen, trat er an den Schrank und nahm sich ein neues Hemd heraus. Genau in diesem Augenblick kam Nell in den Raum gestürzt. Sie orientierte sich kurz, sah Christopher, schoss auf ihn zu und gab ihm eine Ohrfeige, die laut knallte, aber nicht in Ansätzen so heftig war wie die, die er von Jessa bekommen hatte.

In einem Anflug von bitterer Heiterkeit hob er die Augenbrauen. »Ich bin sicher, dass ich die verdient habe.«

»Mann!« Halb erwartete er, sie würde ihn erneut schlagen. Tatsächlich hatte sie die Hand auch schon oben, doch dann fiel sie ihm um den Hals. Sie drückte ihn so fest, dass er kaum Luft bekam.

Sanft packte er ihre Arme und machte sich los. Ihr Schrecken und ihre Angst um ihn rührten ihn. »Niemandem ist etwas geschehen, Nell«, sagte er sanft und kam sich dabei so vor wie ihr großer Bruder.

Sie musterte sein Gesicht. »Henry hat gesagt, dass Adrian dich aufgeschlitzt hat.« Sie legte eine Hand an seine Wange. Sie kannte ihn seit ihrer Geburt, aber weil mit Alice alles anders gewesen war als all die furchtbaren Jahrzehnte zuvor, hatte auch sie bisher nicht miterlebt, wie der Fluch in Aktion trat.

Nells Sorge und die Zuneigung zu ihm waren nur schwer auszuhalten.

Er deutete auf seinen nackten Oberkörper. »Wenn du mich

nicht endlich ein Hemd anziehen lässt, denkt Henry noch, du nutzt das Ganze als Vorwand, um mir an die Wäsche zu gehen.«

»Igitt!« Betont angeekelt wich sie zurück und schüttelte sich übertrieben.

Christopher allerdings wusste, dass sie nur so cool tat. Er konnte den Schmerz und die Sorge noch immer in ihren Augen sehen.

Voller brennender Unruhe und Reue marschierte Adrian in seinem Zimmer hin und her. Die Kapuze hatte er abgestreift, aber die Maske trug er nach wie vor. Wieder und wieder erschien Christophers Anblick vor seinem geistigen Auge – diese fürchterliche Wunde, die er ihm gerissen hatte. Er blieb stehen, starrte auf seine Klauen, die schartigen Nägel, das Blut daran.

Er warf den Kopf in den Nacken. »Warum?« Sein Schrei hallte von den Deckengewölben und den Wänden wider. Als er verhallt war, hörte Adrian Schritte, die sich näherten. Gewohnheitsmäßig zog er die Kapuze über den Kopf, was jedoch nicht nötig war.

Christopher betrat den Raum, gefolgt von Henry und Nell. Sein Gesicht war blass, aber völlig makellos. Der Anblick ließ einen riesigen Stein von Adrians Herzen fallen. Mit zwei langen Schritten überwand er die Distanz zwischen ihnen und riss Christopher an sich.

»Hey!« Sanft machte Christopher sich los. »Kein Grund für Gefühlsduseleien. Ich bin okay.«

Der Blick in seine Augen war für Adrian kaum auszuhalten, denn natürlich sah er die pure Verzweiflung, die in ihnen lauerte.

Rede mit mir!, dachte er. *Mach nicht immer alles mit dir selbst aus!*

Aber alles, was Christopher tat, war zu grinsen. »Du weißt doch, dass mir so ein kleiner Kratzer nichts anhaben kann.«

Natürlich wusste er das. Das war schließlich eine der zweifelhaften Nebenwirkungen des Fluches. Aber er wusste auch, dass es nicht bei dieser einen Wunde bleiben würde. Solange Jessa in der Nähe war, würde der Hass in ihm mehr und mehr die Kontrolle übernehmen. Er würde Christopher wieder angreifen. Und wieder. Und wieder.

Bis zum unausweichlichen, bitteren Ende.

Oder?

Er dachte an das, was eben dort unten auf dem Friedhof geschehen war. Jessa war nicht die Erste, die sich zwischen ihn und Christopher geworfen hatte. Sie war nicht mal die Erste, die das überlebt hatte. Aber sie war die Erste, die ihn dazu gebracht hatte, den Hass zu beherrschen. Sie konnte ihn und Christopher retten, davon war Adrian auf einmal zutiefst überzeugt. »Sie wird den Fluch brechen«, sagte er. Offenbar legte er so viel Hoffnung in seine Stimme, dass Christopher nicht anders konnte, als zu nicken.

»Klar.«

»Du glaubst nicht, dass wir jemals gerettet werden«, sagte er ihm auf den Kopf zu.

Christopher zuckte mit den Schultern.

»Wir müssen abwarten, Christopher! Wir sollten uns gut überlegen, ob und wann wir unseren Schwur einlösen, solange es Hoffnung gibt.«

»Victor hat die Revolver sowieso weggeschlossen.«

Er widersprach nicht direkt. Das war gut! Adrian atmete durch. Damit Jessa Gelegenheit bekam, den Fluch zu brechen, durfte er Christopher auch dann nicht gefährlich werden, wenn er das nächste Mal in seinen hasserfüllten Wahn verfiel.

Er trat zur Tür. Von hier aus konnte man den Gang überblicken bis hin zu den beiden drapierten Vorhängen, die rechts und links an den Wänden hingen.

Christopher, Henry und Nell folgten ihm, als er zu den Vorhängen ging und sie beiseitezog. Dahinter kamen zwei massive Eisengitter zum Vorschein. Ihr Anblick schnürte Adrian die Kehle zu, aber er ließ es sich nicht anmerken. »Ihr werdet Jessa alles erklären, was sie wissen muss«, sagte er, packte eines der Gitter und zog es ein Stück von der Wand weg.

Einer von Victors Vorfahren hatte sie einbauen lassen, genau zu dem Zweck, für den er sie jetzt nutzen würde. Um ihn einzusperren und Christopher damit vor ihm zu schützen.

Christopher fluchte leise, als er begriff, was Adrian vorhatte. »Warum sperren wir dich ein und nicht mich? Ich meine, ich bin der Einzige, dem du gefährlich ...«

»Weil du nicht rumläufst und damit«, Adrian hob seine Hand, an der noch immer Spuren von Christophers Blut klebten, »versuchst, mir die Kehle zu zerfetzen.« Er zog das Gitter ganz von der Wand weg. Mit einem hohlen Quietschen schwang es herum. Die schwere Eisenkette daran klirrte.

Christopher presste die Zähne aufeinander.

Ich bin hier das Monster, dachte Adrian. *Nicht du. Akzeptier das endlich!* Er wusste, dass er das besser nicht aussprach, und ebenso wusste er, dass es nur einen Weg gab, wie er Christopher davor bewahren konnte, die Fassung zu verlieren. »Du glaubst doch wohl nicht, dass ich dir jedes Mal die Rolle des tragisch leidenden Helden überlasse«, scherzte er.

Christopher kämpfte mit den Worten, die sich in seiner Kehle drängten und mit denen er Adrians durchsichtiges Geflachse hinweggefegt hätte. Doch er schwieg.

Sein Herz schlug langsam und schwerfällig.

Adrian hielt ihm die Kette mit dem Schloss hin und er wusste, er hätte sich bewegen sollen. Er fühlte sich, als habe er vergessen, wie das ging. Wie sehr wollte er die Hoffnung auf Rettung teilen, die er in den Augen seines Bruders erkennen konnte! Aber was war Hoffnung schon anderes als ein weiteres armseliges Gefühl, für das sein Herz zu kalt war?

»Komm schon, Christopher!«, drängte Adrian und als er immer noch nicht reagierte, sagte sein Bruder: »Weißt du, was ich manchmal denke? Ich denke, dass du diese ganze elende Scheiße hier genießt.«

»Bitte?« Es war Henry, der das hervorstieß. »Das ist unfair, Adrian, er …«

»Lass gut sein, Henry.« Christopher atmete gegen den Eisenring um seine Brust an.

»Du glaubst, dass du all dieses Leid verdient hast«, fuhr Adrian fort. »Und dagegen kann ich nicht mal argumentieren, fürchte ich.« Er wirkte jetzt ernst und verärgert, aber es war ein gerechter Ärger. »Aber was ist mit mir, Christopher? Selbst wenn es stimmen würde, wenn du all das hier verdient hast: Was ist mit mir?« Erneut hielt er Christopher die Kette hin. »Du schuldest mir, dass wir es versuchen.«

Diesmal nahm Christopher sie. Und er verschloss damit Adrians Verlies. Was blieb ihm auch schließlich anderes übrig?

14

Jessa erwachte mit dem Gefühl, dass sie nur wenige Minuten weg gewesen war. Sie lag auf ihrem Bett im Gästezimmer. Victor hatte sich einen Stuhl herangezogen und saß neben ihr. Als er merkte, dass sie zu sich kam, lächelte er. »Besser?«

Er hatte die Vorhänge zugezogen und die Nachttischlampe angeschaltet. Auf diese Weise konnte Jessas Blick nicht wieder unbeabsichtigt auf das Herrenhaus fallen. Trotzdem spürte sie seine Nähe wie ein fernes Summen in ihren Adern. »Was passiert mit mir?«

Er legte ihr eine Hand auf die Schulter, ganz sachte. »Das ist eine sehr lange Geschichte.«

Sie wollte diese Geschichte unbedingt hören, aber erschöpft schloss sie die Augen wieder. »Alice ist tot.« Sie kämpfte gegen die Müdigkeit. Sie wollte … ja, was? Sie wollte Alice wiederhaben. Nichts weiter. Nur Alice … Ihre Schwester … Wie im Schnelldurchlauf sah sie die vergangenen fünf Jahre vor sich. Den Tag, an dem Alice nicht aus dem Zug gestiegen war. Dann der Tag, an dem man ihr gesagt hatte, dass ihre Schwester weggelaufen war. *Niemals!,* hatte sie gedacht. Nie im Leben hätte Alice sie einfach allein zurückgelassen. Nicht ihre Alice. Und dann war der Tag gekommen, an dem die Polizei ihr erzählt hatte, dass Alice im Moor gestorben war. Monatelang hatte sie sich danach wie ein Zombie gefühlt, bis Nemo ihr gezeigt hatte, wie sie überleben konnte.

Wenn du niemanden an dich ranlässt, kann dir auch niemand wehtun.

Damit war sie klargekommen.

Bis Alice' Buch im Kinderheim aufgetaucht war.

Und jetzt, hier in diesem Bett in einem Cottage mitten in Yorkshire, wurde Jessa bewusst, dass es Hoffnung gewesen war, die sie seitdem angetrieben hatte. Die brüchige Hoffnung darauf, dass ihre Schwester doch noch am Leben war.

Die nun auf brutale Weise zerstört worden war.

Gewissheit zu haben, dass Alice nicht mehr lebte, wühlte allen Schmerz und alle Wut der letzten fünf Jahre wieder auf, ballte sie zu einem harten, unerträglich schmerzhaften Knoten in ihrem Leib zusammen, der sich nun zu allem Überfluss auch noch zu dem Horror gesellte, den sie vorhin erlebt hatte.

Gott, war ihr schlecht! Und diese Kopfschmerzen brachten sie fast um!

»Schlaf ein bisschen«, bat Victor.

Sie wollte nicht, aber sie spürte, wie ihr ganzer Körper bleischwer wurde. Der Schlaf kam wie eine Erlösung.

Sie schwebte irgendwo zwischen Wachen und Schlaf, als ihr bewusst wurde, dass sie über das Moor lief. Ihre Füße waren eiskalt, aber das war nichts gegen die Kälte in ihrem Herzen.

Alice war dort draußen und sie musste sie unbedingt finden. Aber egal, wie schnell sie auch lief und wie sehr sie sich auch anstrengte: Sie kam einfach nicht vom Fleck. Manchmal glaubte sie, Alice singen zu hören. Es war ein altes Kinderlied, das sie früher immer gesungen hatte, damit Jessa sich nicht in den Schlaf weinen musste.

Twinkle, twinkle, little star, hieß es.

Geisterhaft verloren hallte die einfache Melodie über das leere Moor.

Jessa hastete weiter.

»Jessa!« Die Stimme war nur ein Flüstern.

Jessa wirbelte herum, aber da war niemand.

»Jessa!«

Stille.

Dann: »Geh nicht in den Nebel!«

In ihrem Traum verspürte Jessa keine Angst, sondern nur Verwunderung. Es war doch gar nicht nebelig. Aber als sie sich umsah, zogen plötzlich weiße Schwaden auf sie zu.

»Twinkle, twinkle, little star«, sang Alice.

Und die Stimme flüsterte: »Es ist der Nebel, Jessa. Das Problem ist der Nebel.« Diesmal erkannte Jessa sie. Sie gehörte Adrian.

Erschrocken riss sie die Augen auf und war sofort wach. Draußen war es mittlerweile dämmerig geworden, sie musste fast den ganzen Tag verschlafen haben. Mit klopfendem Herzen setzte sie sich hin. Victor war nicht mehr da. Die Tür hatte er nur angelehnt und vermutlich war er in der Nähe, um notfalls nach ihr sehen zu können.

Sie schaute in Richtung Fenster, spürte die Anwesenheit des Herrenhauses wie ein Locken. Etwas zog sie mit magnetischer Kraft dort hoch.

Sie schwang die Beine aus dem Bett, schlüpfte in ihre Stiefel und band sie zu. Auf keinen Fall wollte sie Victor begegnen, darum schlich sie so leise wie möglich die Treppe hinunter und aus dem Haus.

Alice war in den Nebel hinausgegangen und von dort war sie nicht wieder zurückgekehrt. Sie hatte Adrian helfen wollen.

Der Nebel ist das Problem.

Sie beschloss, Adrian danach zu fragen, was er gemeint hatte, und es war ihr völlig egal, dass das vermutlich scheißgefährlich war. Was, wenn Adrian sie anfiel? Er würde ihr nichts tun, das hatte Christopher gesagt, aber stimmte das auch?

Sie fühlte sich, als wäre der kalte Yorkshire-Nebel tief in sie hineingekrochen und hätte dort alles grau und konturlos gemacht. Und wenn Adrian sie in einem Anfall von dämonischer Raserei umbringen würde, dann wäre sie wenigstens endlich bei ihrer Schwester. Vielleicht aber konnte sie vorher noch rausfinden, was Alice passiert war …

Sie betrat das Herrenhaus auf demselben Weg wie beim letzten Mal – durch die Lücke in der Außenmauer. Diesmal ließ das Flackern auf sich warten. Es setzte erst ein, als sie die Halle durchquert hatte und vor der Tür stand, die in den Keller hinabführte. Da sah sie kurz alle Kratzer und Schrammen verschwinden, die die Tür im Laufe der Zeit abbekommen hatte. Mit angehaltenem Atem wartete sie, bis das Phänomen wieder weg war. Die Übelkeit war kaum noch der Rede wert und so konnte sie ihren Weg nur wenig später fortsetzen.

Als sie kurz darauf in der unteren Etage des Kellers ankam, fand sie sich zu ihrer Überraschung vor einem Eisengitter wieder, das heute Morgen noch nicht da gewesen war. Wie in einem amerikanischen Gefängnis reichte es von Wand zu Wand und versperrte ihr den Weg. In der Mitte war es mit einer Eisenkette gesichert, an der ein massives Vorhängeschloss hing.

Was hatte das nun wieder zu bedeuten?

Jessa umfasste zwei Streben und rüttelte an dem Gitter. Die Kette rasselte. Mit beiden Händen packte Jessa das Vorhängeschloss, zerrte daran. Natürlich richtete sie damit nicht das Geringste aus. Sie brauchte irgendwas, mit dem sie es knacken konnte, wenn sie da durchwollte.

Leichte Schritte auf der anderen Seite des Hindernisses ließen sie aufblicken.

Adrian.

»Was tust du hier?« Er klang ungläubig.

»Sie haben dich eingesperrt!«, sagte sie und kam sich blöd vor, das Offensichtliche auszusprechen. Sie war empört, konnte sich aber nicht so recht erklären, wieso. Ihn jetzt vor sich stehen zu sehen, mit dieser Silbermaske und dunklen, tieftraurigen Augen, in denen nicht der geringste Funke eines roten Glühens zu erkennen war, ließ die Erinnerung an seine Raserei wie einen fernen Albtraum erscheinen.

»Wieso bist du hier? Statt oben bei meinem Bruder?« Das schien eine Sache zu sein, die ihn über alle Maßen verwunderte. War es wirklich er gewesen, der Christopher angegriffen und ihm das halbe Gesicht zerfetzt hatte?

Jessa schüttelte den Kopf. »Wie geht es ihm?«

»Er ist okay.«

Schwer vorstellbar bei dieser schlimmen Verletzung.

»Henry kümmert sich um ihn«, sagte Adrian. »Und Nell vermutlich auch.«

Gut. Jessa räusperte sich. Da lag so vieles auf ihrer Seele, so viele Rätsel, die sie quälten, dass sie sich ganz elend fühlte.

Mit einem schweren Schlucken schaute sie auf Adrians Hände, doch er hatte sie in den Ärmeln seines Hoodies verborgen.

»Sie haben dir erzählt, dass ich eingesperrt bin, oder? Darum hast du dich hier runtergetraut.«

»Nein. Ich wusste nichts von diesem Gitter.«

Seine Augen wurden weit. »Du bist wirklich ein ungewöhnliches Mädchen!«

Sie zwang sich, dieses gruselige Silbergesicht anzuschauen. Ihr Magen verkrampfte sich, doch sie ignorierte es. Hastig stieß sie die eine Frage hervor, die ihr wie ein lästiges Insekt im Kopf herumschwirrte: »Hast du Alice dazu getrieben, in den Nebel hinauszulaufen?«

Adrians Herz hatte in dem Moment einen Hüpfer gemacht, in dem er Jessa gesehen hatte. Sie war hier! Bei ihm. Obwohl sie mit angesehen hatte, was er Christopher angetan hatte. Und mehr noch: Sie war gekommen, obwohl sie nichts von dem Gitter gewusst hatte.

Sie ist die, die euch retten kann!, hörte er Victor sagen.

Wie sehr er es glauben wollte!

»Hast du Alice dazu getrieben, in den Nebel hinauszulaufen?«

Es zerriss ihn fast, dass sie ihm diese Frage stellte, auch wenn es aus ihrer Sicht natürlich nur logisch war. Er verspürte den Impuls, ihr die leeren Hände zu präsentieren, als Zeichen dafür, dass er für sie völlig harmlos war. Aber auf keinen Fall wollte er, dass sie seine entstellten Finger sah. Er wollte ihr versichern, dass er Alice niemals auch nur ein Haar hatte krümmen wollen, dass er sie geliebt hatte. Mehr als sein eigenes Leben.

Und, bei Gott, er tat es noch.

Er dachte daran, was Victor vorhin erst zu ihm gesagt hatte. Geradezu beschworen hatte er ihn, Jessa nicht zu verraten, was mit Alice passiert war.

Wenn du es tust, hatte er gesagt, *dann wird sie vor Entsetzen fortwollen. Dann werden wir sie mit Gewalt daran hindern müssen zu verschwinden. Und du weißt selbst, dass sie nicht der Typ Mädchen ist, der sich in seine Geiselnehmer verlieben würde …*

Womit er vermutlich recht hatte. Wenn auch nur die geringste Hoffnung darauf bestehen sollte, dass Jessa den Fluch bannte, dann musste er versuchen, stark und selbstsüchtig genug zu sein, um die Wahrheit lange genug vor ihr zu verbergen.

»Hast du … sie in den Nebel hinausgetrieben?«, wiederholte Jessa ihre Frage.

Er grub die Fingernägel in die Handballen. Es half, sich zu sagen, dass er nicht nur sich selbst rettete, wenn er stark und skrupellos war, sondern auch Christopher, der all die vielen Jahre auf eine viel tiefere und schrecklichere Weise unter diesem Fluch litt. Allein seinetwegen konnte Adrian seine Gewissensqual hintenanstellen und Jessa die Wahrheit vorenthalten. Aber auf keinen Fall konnte er ihr direkt ins Gesicht lügen. »Würdest du mir glauben, wenn ich Nein sage?«

Sie überlegte. Sie sah hübsch aus, wenn sie so angestrengt in sich hineinlauschte. Die Spitzen ihrer blauen Haare bewegten sich, wenn sie tief durchatmete. »Ich weiß nicht«, murmelte sie. »Victor hat gesagt …« Ihre Stimme kippte. »Was meintest du, als du an meinem ersten Tag hier gesagt hast, der Nebel ist das Problem?«

Er musste sich zwingen, ihrem Blick nicht auszuweichen. Um sie davon abzuhalten, weiter in ihn zu dringen und seine Entschlossenheit doch noch zu Staub zu zermahlen, stellte er ihr die absurdeste Forderung, die ihm einfiel. »Ich erzähle es dir. Wenn du mich hier rauslässt.«

Ihre Augen weiteten sich. »Bitte?« Sie fragte es mit einem ungläubigen Auflachen.

Es schien zu funktionieren. Auf einmal hatte sie Alice völlig vergessen, war ganz auf ihn und seine Forderung konzentriert. Er deutete auf das Vorhängeschloss, dann auf den Schlüssel, den Christopher in sicherer Entfernung auf ein Tischchen gelegt hatte, damit sowohl Nell als auch Victor oder Henry ihn benutzen konnten, wenn sie zu ihm hereinwollten.

Jessa folgte seinem Fingerzeig. Sie schüttelte den Kopf. »Ich mag neben der Spur sein nach all dem Scheiß hier, aber ich bin nicht bescheuert, Adrian.«

Jessa fühlte sich hin- und hergerissen. Sie wollte mehr über Alice aus Adrian herausholen, aber gleichzeitig hatte sie auch eine Heidenangst davor. Vielleicht sollte sie sich also erst mal einem weniger explosiven Thema zuwenden.

»Was ist das, worunter du leidest? So eine Art Jekyll-und-Hyde-Syndrom?« *Klar. Weniger explosiv.* Fast hätte sie gelacht.

Er schloss kurz die Augen und da erst merkte sie, wie drastisch ihre Wortwahl gewesen war. Sie schämte sich.

»Um Himmels willen, nein!« Ganz sanft klang seine Stimme.

»Tut mir leid«, sagte sie und meinte dieses ganze verdammte Gespräch.

»Schon gut. Ich bin ja schon froh, dass du mich nicht mit einem Werwolf vergleichst.«

»Es gibt keine Werwölfe!« Vorhin hatte sie darüber noch ganz anders gedacht. Erneut konnte sie diesen freundlichen und sympathischen Adrian, der hier vor ihr stand, einfach nicht mit der Bestie von vorhin übereinbringen.

»Stimmt.«

Zwischen ihnen entstand ein längeres, unbehagliches Schweigen. Ein Schweigen, in dem Jessa wieder an Alice denken musste. Ob sie Adrian auch so gegenübergestanden hatte wie sie jetzt?

Jessas Blick fiel auf die Nische mit den Bildern, die von ihr aus gesehen jenseits des Gitters lag. Wie schon heute Morgen war es in der Nische zu dunkel, um die Bilder genauer zu betrachten, nur die grauen, kunstvoll gemalten Nebelschwaden auf dem ersten konnte sie erkennen.

Der Nebel ist das Problem.

Konnte es sein, dass gar nicht der Nebel draußen gemeint war, sondern ... In dieser Sekunde fasste sie einen Entschluss. Sie wandte sich von dem Gitter ab.

Ging zu dem Tischchen.

Und nahm den Schlüssel.

»Jessa?« Eine Erregung vibrierte in Adrians Stimme, die es ihr kalt über den Rücken rinnen ließ.

Fest fasste sie ihn ins Auge. »Geh ein paar Schritte zurück.«

»Was tust du?«

Sie starrte ihn finster an. »Nicht dich freilassen. So viel steht mal fest.«

Er gehorchte und wich ein Stück zurück. Sie steckte den Schlüssel in das Vorhängeschloss, was nicht ganz einfach war, weil ihre Hände plötzlich zitterten. Es knirschte leise, als sie aufschloss, die Kette rasselte zwischen den Stangen hervor. Jessa öffnete das Gitter einen Spalt, schlüpfte hindurch und verschloss es hinter sich wieder.

Den Schlüssel stopfte sie in die Hosentasche, dann drehte sie sich zu Adrian um.

Bewunderung glomm in seinen Augen, verbunden mit Verblüffung. »Du bist unfassbar tough, weißt du das?«

»Früher in London in den U-Bahn-Tunneln habe ich auch immer die gefährlichsten Typen am interessantesten gefunden.«

Er zögerte. Dann kam er einen Schritt näher.

Jessa rührte sich nicht.

»Ich bin nicht gefährlich für dich, Jessa. Das verspreche ich dir.«

»Warst du es für Alice?«

Zögern. Dann: »Nein.«

Log er? Sie hätte einen Arm dafür gegeben, hinter diese Maske schauen zu können.

»Wenn hier keiner mit mir redet, muss ich mir meine Antworten ja selbst suchen.« Die Nische, in der die Nebelbilder hingen, befand sich direkt hinter Adrian. Jessa ging darauf zu, suchte nach einem Lichtschalter.

Adrian kam ihr zu Hilfe. Er knipste eine Reihe Deckenstrahler an, die so angebracht waren, dass sie jedes einzelne Bild perfekt ausleuchteten.

»Die stammen von Branwell, oder?«, fragte sie.

»Ja.« Adrian trat hinter sie.

Sie fröstelte beim Anblick des wallenden Graus auf dem ersten Bild. Sie wollte sich schon abwenden, doch da stutzte sie. Da war etwas in diesem Nebel ... Sie sah genauer hin. Auf dem Bild, ganz weit hinten und im düsteren Grau verschwommen, stand eine Gestalt. Und erst ein Blick auf das zweite und dritte Bild machte Jessa klar, dass es sich dabei um einen Menschen handelte. Auf Bild zwei war er ein Stück näher gekommen, auf Bild drei noch näher.

Ihr Frösteln verstärkte sich, kroch ihr bis tief in die Adern. Die Gestalt trug auf allen Bildern eine Kapuze. Und wie bei Adrian war auch bei der Gestalt diese Kapuze tief über das Gesicht gezogen, der Kopf gesenkt, sodass nichts von ihren Zügen zu sehen war.

»Unheimlich!«, murmelte Jessa.

Adrian schwieg und ließ sie Bild um Bild weitergehen. Auf jedem kam die Gestalt näher. Bild sechs füllte sie komplett aus.

Auf Bild sieben waren nur noch ihr Oberkörper und der Kopf zu sehen. Auf Bild acht nur noch der Kopf. Überall allerdings waren die Gesichtszüge von der Kapuze verborgen.

Nur auf Bild neun nicht. Hier schien die Gestalt den Blick gehoben zu haben. Trotzdem gab es auch hier kein Gesicht, denn jemand hatte es mit dunkelbrauner Farbe übermalt.

»Branwell selbst hat es zerstört«, sagte Adrian.

»Weiß man, was darunter war?«

Adrian sah aus, als wollte er etwas sagen, deutete dann aber nur schweigend auf das letzte Bild in der Reihe.

Auf ihm hatte die Gestalt eine Hand vor das Gesicht geschlagen. Zwischen ihren Fingern hervor quoll dichter Nebel, grau wie Rauch von einem Feuer. Es sah aus, als würden ihre Gesichtszüge brennen.

»Schrecklich«, rutschte es Jessa heraus und von der Seite her schaute sie Adrian an.

Er jedoch schien nicht getroffen. Im Gegenteil. Er hatte ein Lächeln in der Stimme. »Ja, nicht wahr? Sind dir die Titel aufgefallen?« Er wies auf die Messingplaketten, die bei jedem Bild unten am Rahmen angebracht waren.

Die Gemälde trugen – fast alle – denselben Namen.

Adrian.

Jessa schluckte, als sie auf die Plakette von Bild Nummer zehn schaute. Dort stand nicht *Adrian.*

Dort stand *Christopher.*

Christopher saß auf dem Bett, neben sich die leere Kiste, die zuvor die Revolver enthalten hatte. Seit Stunden schon spielte er mit einem Taschenmesser, das er aufgeklappt hatte. Die Klinge war scharf geschliffen, das machte er regelmäßig selbst mit einem Schleifstein, den ihm sein Vater geschenkt hatte.

Ein richtiger Mann braucht ein scharfes Messer, mein Sohn. Es war einer der vielen Sprüche gewesen, die Vater über richtige Männer gemacht hatte.

»Was habe ich dir über richtige Männer gesagt?«, hatte er oft gefragt und immer, wenn er das tat, war sein mächtiger Schatten über Christopher gefallen.

Christopher hatte sich dann die Kehle zugeschnürt und seine Augen hatten angefangen zu brennen ... *Wie jedes Mal kämpfte er tapfer gegen beides an, denn wenn Vater sah, dass er kurz davor war zu flennen, würde er den Gürtel rausholen. Christopher wollte nicht, dass der Gürtel rauskam.*

Er ballte seine Hände zu Fäusten. »Richtige Männer zeigen keine Gefühle«, flüsterte er zu seinen Füßen hin.

»Wie bitte? Ich habe dich nicht verstanden!«

Er wusste, dass er den Kopf heben und es wiederholen musste, aber er wusste auch, dass Vater dann seine Tränen sehen würde.

»Ich habe dich nicht verstanden, Christopher Addingham«, sagte Vater ganz sanft und freundlich.

Aus Erfahrung wusste Christopher, dass das ein sicheres Zeichen für höchste Gefahr war. Er schluckte gegen den Kloß in seiner Kehle an. Langsam blickte er auf, schob trotzig das Kinn vor. »Echte Männer zeigen keine Gefühle«, wiederholte er, mit festerer Stimme diesmal. Wenn er schon Prügel beziehen würde, dann wollte er es wie ein Mann ertragen.

»Falsch!«, donnerte Vater. »Wie oft soll ich es dir noch einbläuen? Echte Männer zeigen keine Gefühle, weil sie keine haben! Echte Männer haben ein ganz und gar kaltes Herz!« Das Geräusch, mit dem Vater den Gürtel aus den Schlaufen der Hose zog, klang wie ein unheilvolles Kichern ...

Mühsam befreite Christopher seine Gedanken aus der Vergangenheit. Er presste die Fingerspitzen in die Augenwinkel, bis er Sterne sah. Als er es nicht mehr aushielt, nahm er das Messer, klappte es zusammen und warf es in die Kiste auf dem Bett.

Verdammt! Warum hockte er hier und suhlte sich in Selbstmitleid? Er sollte sich stattdessen besser um Adrian kümmern. Dem ging es nach einem solchen Anfall schließlich meist schlechter als ihm, auch wenn seine Qual nicht körperlicher, sondern seelischer Art war. Warum zum Teufel war er also nicht bei ihm?

Er kannte die Antwort auf diese Frage: Er hatte Angst davor, Jessa zu begegnen, deshalb hatte er sich hier verkrochen wie eine Memme.

Er lehnte den Kopf gegen die Wand und starrte vor sich hin. Bis die innere Unruhe so stark wurde, dass sie ihn auf die Füße trieb. Solange Jessa unten im Cottage und damit außer Reichweite war, war ein Besuch bei Adrian schließlich völlig ungefährlich.

»Branwell hat diese Bilder nach Heathers Tod gemalt, oder?« Jessa hörte selbst, dass ihre Stimme rau klang.

Adrian nickte. Da war eine Spannung in seinem Körper, die Jessa am eigenen Leib nachempfinden konnte. Das hier *hatte* mit Alice' Verschwinden zu tun. Da war sie sich plötzlich ganz sicher. Und ebenso plötzlich fiel ihr etwas auf. Nell hatte gesagt, Christopher sei neunzehn, und damit war Adrian als sein Zwillingsbruder es auch. Aber das kam doch irgendwie nicht hin!

»Alice hat geschrieben, dass sie dich retten will. Das ist fünf Jahre her. Dann warst du damals erst vierzehn.«

Schweigen sickerte unter Adrians Maske hervor.

Jessa biss sich auf die Lippe. Es hatte in Alice' Brief nicht so geklungen, als spreche sie von einem so jungen Adrian. Im Gegenteil. Beim Lesen des Briefes war Jessa völlig klar gewesen, dass ihre Schwester in Adrian verliebt gewesen war. Sie wollte etwas sagen, doch genau in dem Augenblick klingelte ihr Handy. Es war Ms Galloway, aber der Empfang war hier unten schlecht.

»Jess… hören?«

»Ja. Teilweise.«

»Ich habe … Heather …« Kurz wurde der Empfang besser. »Die beiden Brüder, die Heather in den Tod getrieben …« Es rauschte und der Rest war überhaupt nicht zu verstehen.

»Ms Galloway? Hallo?« Jessa packte das Handy fester, schüttelte es, aber das brachte natürlich nicht das Geringste.

»… Namen …«

»Ich kann Sie kaum verstehen!«, rief Jessa.

Adrians Blick lag still und schwer auf ihr. Sie wollte sich abwenden, aber sie tat es nicht. Sie kam sich vor wie von seinem Blick gebannt. Dann schaute er an ihr vorbei zu dem Gitter.

In Jessas Handy knisterte es. »… Brüder, die Heather umgebracht haben … hießen …rian und Chris…«

Während Ms Galloway das sagte, drehte Jessa sich um.

Christopher stand hinter den Gitterstäben, Fassungslosigkeit im Blick.

Das Handy rutschte aus Jessas Hand und prallte mit einem dumpfen Knall auf den Steinen auf. Christophers Gesicht. Wo war die Wunde?

Die Brüder, die Heather umgebracht haben, hießen Christopher und Adrian. Die Bilder trugen dieselben Namen. Diese Namen … die auch in Alice' Brief vorkamen …

»Ihr seid …« Ihre Stimme brach. »Wie *alt* seid ihr?«

»Ja«, hörte sie Christopher murmeln. »So fühlt es sich an, wenn man durch das Kaninchenloch fällt.«

»Das …« Ihre Stimme kippte weg. »Das heißt …«

Adrian sprach es für sie aus. »Branwells Bilder zeigen uns beide, ja. Er hat uns gemalt.«

»Schwachsinn!« Jessa kam sich tatsächlich vor wie Alice im Wunderland. Nichts stimmte mehr, alles ergab plötzlich nicht mehr den geringsten Sinn … »Das würde bedeuten, dass ihr beide unsterblich seid.«

»In gewisser Weise sind wir das, Jessa.«

»Nein!« Jessa lachte auf. »Oh nein! Ich lasse mich von euch nicht für dumm verkaufen! Was ist das für ein bescheuertes Spiel, das ihr …«

»Sieh her, Jessa!« Christopher hielt plötzlich ein Taschenmesser in der Hand. Langsam, als müsse er sich selbst Mut dazu machen, klappte er es auf.

»Ist das wirklich nötig?«, fragte Adrian leise.

Christopher achtete nicht auf ihn. »Sieh hin!«, befahl er Jessa, dann setzte er die Klinge auf seine Handinnenfläche, schloss die Faust darum.

Bevor sie etwas sagen konnte, zog Christopher die Klinge durch sein Fleisch. Blut erschien zwischen seinen Fingern. Jessa drehte sich der Magen um, aber sie konnte den Blick nicht abwenden, auch nicht, als Christopher die Hand öffnete. Der Schnitt war tief. Das Blut tropfte zu Boden, ein beängstigend großer rot glänzender Tropfen, zwei, drei … Und dann, nachdem einige Herzschläge in angespannter Stille vergangen waren, hörte es auf einmal auf zu bluten. Die Wundränder wurden weiß, schlossen sich.

Gleich darauf war von der Verletzung nicht einmal eine Narbe zurückgeblieben.

»Wie geht das?«, hauchte Jessa. Ihr war unendlich schlecht.

»Ich vermute, du hast jetzt eine Million Fragen«, sagte Adrian.

Jessa rang den Brechreiz nieder. »Worauf ihr Gift nehmen könnt!«, keuchte sie. *Unsterblich … in gewisser Weise …*

Das war einfach zu groß für sie, zu irre. Sie brauchte dringend etwas, an das sie sich klammern konnte. Sie heftete den Blick auf Christopher. »Heißt das, du hast Elizabeth damals wirklich Gedichte geschrieben?«

15

»Was ist denn mit euch passiert?« Nell hatte mindestens drei Fragezeichen in der Stimme, als Christopher zusammen mit Jessa das Cottage betrat. »Ihr seht aus, als …« Ihr schien kein passender Vergleich einzufallen, darum zuckte sie nur mit den Schultern, kam auf Jessa zu, sah ihr prüfend ins Gesicht und bugsierte sie dann zu einem Stuhl in der Küche. »Komm, setz dich erst mal!«

Während Jessa gehorchte und dabei versuchte, die Scherben ihres Verstandes zu irgendwas wenigstens einigermaßen Brauchbarem wieder zusammenzusetzen, kam auch Henry aus dem Obergeschoss.

»Sie weiß Bescheid«, eröffnete Christopher ihm und Nell.

»Worüber genau?«, fragte Henry.

Jessa hob den Blick. »Dass Christopher und Adrian die beiden Typen auf Branwells Bildern sind. Dass sie … *unsterblich* sind.« Es fühlte sich völlig paranoid an, es auszusprechen.

Henry wurde blass um die Nase. Nell hingegen reagierte pragmatisch. Sie war bereits an der Tür, als sie sagte: »Ich hole Dad!« Und über die Schulter hinweg befahl sie Henry: »Setz

Wasser auf! Das wird eines dieser Gespräche, die einen besonders starken Tee verlangen.«

Klar. Solange man Tee hatte, konnte gern die Welt untergehen. Jessa lachte auf, weil sich einfach alles nur noch absurd anfühlte. Am absurdesten aber war es zuzusehen, wie Henry tatsächlich brav aufstand, zur Küchenzeile trottete und zum Wasserkessel griff.

Jessa schüttelte den Kopf. Sie musste sich an der Tischkante festhalten dabei, um nicht vom Stuhl zu kippen. Christopher, der die ganze Zeit nicht von ihrer Seite gewichen war, machte Anstalten, sie an der Schulter zu berühren. Nur Millimeter vorher zog er die Hand jedoch zurück.

Halt mich fest!, dachte Jessa. Und dann dachte sie: *Halt bloß Abstand!*

Er war unsterblich! Allein das zu denken, fühlte sich an, als wäre die Welt aus den Angeln geraten. Jessa stützte den Kopf in die Hände und umklammerte ihren Schädel, damit der nicht auseinanderflog.

»Jessa! Alles okay?« Victor kam in die Küche. Er sah ernst aus, aber er brachte eine Energie mit, die alles in diesem Cottage zum Vibrieren zu bringen schien.

»Ja«, sagte sie.

»Junge?« Victor musterte Christopher ebenso intensiv wie sie.

Christopher schwieg.

Victor setzte sich Jessa gegenüber. Anders als Christopher scheute er sich nicht davor, sie zu berühren. Er langte über den Tisch, nahm ihre Hände in seine und drückte sie fest. »Ich weiß, dass du dich gerade fühlst, als würdest du ertrinken. Aber wir alle werden dir da hindurchhelfen, Jessa.«

Sie wollte nicken, aber sie konnte es nicht. *Ertrinken* war ein gutes Wort für den Zustand, in dem sie sich befand. Sie bekam keine Luft, ihr ganzer Brustkorb schmerzte, ihr Verstand qietschte in einem fort: *Was?*

Was? Was? Was?

»Sie können nicht ... unsterblich sein«, quetschte sie durch ihre enge Kehle und zog Victor ihre Hände weg.

»Genau genommen sind sie das auch nicht«, ließ sich Henry vom Herd her vernehmen. »Wir sind uns ziemlich sicher, dass sie sterben, wenn sie sich gegenseitig in den Kopf schießen.«

Heilige Scheiße!

»Henry!«, mahnte Victor.

»Sorry, not sorry«, brummte der.

Jessa massierte ihre Schläfen. Als Victor ihre Hände genommen hatte, war Christopher bis an die Küchenzeile zurückgewichen. Er war blass, aber er wirkte auf gewisse Weise gefasst. Also gut. Wenn er ruhig bleiben konnte, dann konnte sie das mindestens genauso gut. Sie würde hiermit klarkommen. Sie würde nicht vollständig den Verstand verlieren. Sie blies Luft durch die zusammengepressten Lippen. »Wann bist du geboren?«

»1826.«

»Das ist total irre.« Sie dachte an die Wunde in seinem Gesicht. Die an seiner Hand. Aus dem ganzen Chaos in ihrem Kopf fischte sie eine einzelne Frage. »Warum lebst du noch?«

Er schluckte.

»Weil er verflucht wurde«, erklärte Victor.

»Von Branwell.« Es war nicht allzu schwer, das zu erraten.

Zu dritt versuchten sie, Jessa alles zu erklären.

»Ich habe dir ja von dem Fluch erzählt, den Branwell Brontë ausgesprochen hat ...«, begann Victor.

»Nur dass du vergessen hast zu erwähnen, dass derjenige, über den er ihn ausgesprochen hat, Christopher war«, fiel Jessa ihm ins Wort.

»Genau genommen Christopher und Adrian gemeinsam.«

»Ist doch egal!«, fuhr Jessa auf. »Du hättest es mir sagen müssen!«

Da lächelte Victor. Es sah nur ein bisschen schuldbewusst aus. »Hättest du es mir da schon geglaubt?«

Glaubte sie es jetzt?

Was, wenn das alles hier irgendein perverses Spiel war, das von einer versteckten Kamera aufgezeichnet und zur Belustigung der ganzen Welt ins Internet gestreamt wurde? Aber dieser Schnitt an Christophers Hand – er war vor ihren Augen geheilt, ebenso wie die furchtbare Wunde, die Adrian ihm zugefügt hatte. Christophers Gesicht war nur Stunden nach der brutalen Attacke völlig makellos. Wenn das alles also Fake war, dann betrieben sie einen verdammt großen Aufwand mit den Special Effects.

»Nein«, beantwortete sie Victors Frage. »Ich hätte gedacht, du verkaufst mich für blöd. Ein Teil von mir denkt das immer noch.«

»Verständlich«, brummte Nell.

Christopher, der sich gegen die Arbeitsplatte gelehnt und den Kopf gesenkt gehalten hatte, nickte leicht. Er hatte sich in den vergangenen Minuten nicht einen Millimeter bewegt. Henry musste um ihn herum arbeiten, als er das kochende Wasser vom Herd nahm und den Tee aufgoss. Christopher schien ihn überhaupt nicht wahrzunehmen.

»Von nun an wird Liebe für euch Hass gebären«, zitierte Victor diesen Fluch, dessen Wortlaut er Jessa bisher nicht gesagt hatte. *»Aneinander sollt ihr euch zugrunde richten von jetzt an*

bis in alle Ewigkeit. Ihr werdet zu den Bestien werden, die ihr in euren Herzen schon seid.« Er räusperte sich. »Dieses *Bis in alle Ewigkeit* ist der Grund dafür, dass die beiden nahezu unsterblich sind.«

Jessa spürte noch immer einen riesigen inneren Widerstand. »Flüche sind nur Worte. Sie können nicht dafür sorgen, dass jemand unsterblich wird.«

»Doch, Jessa«, sagte Victor. »Das können sie. Du bist in Yorkshire. Das hier ist Land, auf dem die Magie noch große Macht hat. Ich würde dir allerdings viel lieber erläutern, was das alles für dich zu bedeuten hat.«

Wieso für mich? Ich habe mit diesem ganzen Irrsinn nicht das Geringste zu tun.

Aber Alice hatte es.

Jessa biss sich auf die Unterlippe.

»Dieser erste Teil des Fluches, *Liebe wird Hass gebären,* sorgt dafür, dass die Jungs jedes Mal, wenn sie sich in ein Mädchen verlieben, zu einer Art – hm, sagen wir ...«

»Bestie«, warf Christopher ganz ruhig ein.

Jessa hätte ihn am liebsten angemotzt, weil sie seine Ruhe nicht aushielt. Irgendwie tat es schrecklich weh, ihn so zu sehen, aber sie starrte ihn nur vorwurfsvoll an.

Er wich ihr nicht aus. Er hatte jetzt die Arme vor der Brust verschränkt und sah aus, als sei ihm kalt bis ins Mark.

»... zu einem Wesen werden, das nur ein Ziel hat: den anderen zu zerfleischen«, fuhr Victor fort. »Du hast die Wirkung ja selbst miterlebt.« Er zögerte. »Du warst der Auslöser dafür, Jessa.«

Sie brauchte einen Moment, bis sie kapierte, was genau Victor gesagt hatte. »Das heißt ...«

»Dass ... Adrian sich in dich verliebt hat. In dem Moment, in dem das geschehen ist, gerietest du unter den Bann des Fluches und das führte dazu, dass du eine Art magische Grenze überschritten hast. Man merkt das daran, dass du angefangen hast, High Moor Grange so zu sehen, wie es zum Zeitpunkt des Fluches ausgesehen hat. So wie wir alle es sehen.«

In Jessa poppten Märchen auf, die Alice ihr früher erzählt hatte und in denen verwunschene Schlösser vorkamen: *Dornröschen, Die Schöne und das Biest* ... Sie schüttelte den Kopf. Flüche und Magie. Jetzt Märchen. Wenn das so weiterging, würde sie als Nächstes noch anfangen, wieder an den Weihnachtsmann zu glauben.

Henry hatte mittlerweile den Tee fertig. Er stellte die Teekanne, dazu Milch und Zucker und ein paar Tassen auf den Tisch, dann setzte auch er sich.

Niemand rührte den Tee an, dabei fühlte sich das hier gerade tatsächlich an wie ein Weltuntergang. Jessa war versucht, den Spruch von Nells Großmutter auf die Probe zu stellen und sich eine Tasse einzugießen.

»Okay«, sagte sie. Dieses Flimmern und die gruseligen Überblenden hatten angefangen, nachdem sie sich in der ersten Nacht draußen vor dem Cottage mit Adrian unterhalten hatte. »Ich fasse das noch mal zusammen: Ich bin hier aufgetaucht und Adrian begegnet. Er hat sich in mich verliebt, dadurch bin ich unter den Bann dieses Fluches gefallen. Und ebenfalls dadurch hat Adrian sich in dieses ... Ding verwandelt, das Christopher angreift.«

Dir würde er niemals etwas tun, hallte es in ihrer Erinnerung nach. *Mir zieht er die Haut in Streifen vom Leib ...*

Sie suchte Christophers Blick, aber diesmal hielt er den Kopf gesenkt.

»Nicht ganz«, sagte Victor. »Genau genommen muss erst

noch etwas anderes passieren, damit Adrian Christopher angreift. Adrian verliebt sich in dich, du fällst unter den Einfluss des Fluches und …« Er zögerte.

»Tja«, meinte Christopher. »Das ist der zweite Teil des Fluches. Das Mädchen, in das Adrian sich verliebt, kann nicht anders: Es verliebt sich in mich.«

»Nicht dein Ernst!«, prustete Jessa los.

»Mein voller Ernst. Adrians Attacken beweisen es.«

»Ich bin nicht in dich verliebt!«, empörte Jessa sich.

»Doch. Bist du. Nur wenn das Mädchen sich in mich verliebt, rastet Adrian aus. *Liebe wird Hass gebären* und all dieser Scheiß …« Er hob den Kopf. Einer seiner Mundwinkel verzerrte sich zu einem Grinsen, aber es erreichte seine Augen nicht. Jessa ahnte, wie verzweifelt er versuchte, sich an seinen Spott zu klammern, und es zerriss ihr fast das Herz.

»Ich. Bin. *Nicht.* In dich verliebt!«, sagte sie.

Er zuckte betont gleichmütig mit den Schultern. »Adrian liebt dich. Du mich. Er schlitzt mich auf. *Quod erat demonstrandum.*« Sein Blick, der auf ihrer Haut brannte, war kaum auszuhalten.

Um Zeit zu gewinnen und ihre eigenen verknoteten Gefühle unter Kontrolle zu kriegen, goss Jessa sich nun wirklich eine Tasse Tee ein, trank. Das Zeug war bitter und hinterließ auf ihrer Zunge den ekeligen Geschmack von Bergamotte, aber es sorgte nicht dafür, dass die Welt weniger schwankte. »Was macht euch eigentlich so sicher, dass es so rum sein muss? Vielleicht ist es ja auch genau umgekehrt: Du hast dich in mich verliebt und ich mich in Adrian.«

Christopher machte ein Gesicht, als wäre diese Vorstellung für ihn der reinste Horror. »Kann nicht sein.«

»Ach. Und wieso nicht?«

»Weil ich mich nie verliebe.«

»Tja«, sagte Jessa schnippisch. »Dann hast du vermutlich genauso einen an der Klatsche wie ich.«

»Das bedeutet?«

Jessa überlegte noch, was sie darauf antworten sollte, als Victor meinte: »Wir glauben, dass du den Fluch brechen könntest.«

Warum hatte sie genau das kommen sehen?

Mit einer schwerfälligen Bewegung stellte Jessa die Teetasse auf dem Tisch ab und stand auf. »Ich verschwinde jetzt von hier!«

Aus dem Augenwinkel sah sie Christopher erleichtert in sich zusammensacken. Verdammt, konnte er vielleicht ein bisschen weniger deutlich zeigen, dass er sie nicht in seiner Nähe haben wollte?

Aber im Grunde war das doch perfekt! Sie wollte ihn nämlich auch nicht.

Alles, was sie jetzt noch wollte, war, so schnell wie möglich von hier zu verschwinden. All diesen Irrsinn hinter sich zu lassen. Sie hatte die Hand schon auf der Klinke, als ein feiner Schmerz durch ihr Herz schoss, den sie sich nicht erklären konnte. Kurz zögerte sie, die Tür zu öffnen, da erhob Victor noch einmal die Stimme. »Du könntest Adrian retten, Jessa«, sagte er.

Jessa umklammerte sich selbst mit den Armen, während sie aus dem Fenster ihres Gästezimmers starrte. Das Herrenhaus lag unter kaltem Mondlicht auf dem Hügel. Es war kurz vor Mitternacht. Offenbar hatten die Dinge sich durch all das Verrückte, das Victor und die anderen ihr erzählt hatten, mittlerweile umgekehrt. Die Momente, in denen sie High Moor Grange unversehrt sah, waren jetzt die Regel. Wenn ihre Wahrnehmung noch einmal kippte, dann hin zu dem Bild der Ruine. Und es schien, als würde sich das Ganze demnächst ganz einpendeln.

Sie hatte die magische Grenze, von der Victor gesprochen hatte, also bald vollständig überschritten.

Warum noch mal war sie nicht längst auf dem Weg nach London?

Die Antwort darauf war einfach.

Weil Victor sie mit seinem letzten Satz gnadenlos manipuliert hatte. Er hatte sich natürlich an den Brief erinnert und daran, dass Alice vorgehabt hatte, Adrian zu retten. Und er hatte gewusst, dass Jessa jetzt, nach all diesen irrsinnigen Enthüllungen wissen wollte, wie genau ihre Schwester in all das hier verstrickt gewesen war. Dementsprechend hatte sie gezögert zu gehen. Sie hatte die Türklinke wieder losgelassen und sich umgewandt.

»Es ist ohnehin zu spät, um noch von hier wegzukommen«, hatte Victor gesagt. »Ich mache dir einen Vorschlag: Du bleibst noch eine Nacht, und wenn du morgen immer noch wegwillst, fahre ich dich zum Bahnhof nach Leeds.«

Im ersten Moment hatte sie ablehnen wollen. Sie hasste es, so manipuliert zu werden, und genau das hatte sie Victor auch an den Kopf geknallt. Sie hatte ihn sogar angeschrien, was er mit nichts weiter als einem Stirnrunzeln quittiert hatte. Aber am Ende hatte sie eingewilligt, diese eine Nacht noch zu bleiben. Natürlich nur, weil Victor recht hatte. Sie wäre aus Haworth vor dem nächsten Morgen nicht weggekommen. Und das gemütliche Gästezimmer war allemal besser, als eine Nacht an der Bushaltestelle im Freien zu verbringen.

Seufzend legte sie die Stirn gegen die kühle Fensterscheibe. Die wirren Gefühle in ihr hatten sich in den vergangenen Stunden in eine Art dumpfe Gleichgültigkeit verwandelt. Ihr Maß an verstörenden Emotionen, an Schrecken und Verwirrung war mehr als voll und es war kein Wunder, dass ihr Verstand irgendwann einfach nicht mehr gekonnt und abgeschaltet hatte.

Es nützte nichts, hier rumzustehen und in die Dunkelheit hinauszustarren.

Sie beschloss, ins Bett zu gehen.

»*Du* musst Adrian retten«, sagte Alice.

Sie stand vor Jessa, den Brief in beiden Händen. Ihr Gesicht war tränenüberströmt. Sonnenstrahlen fielen durch das Laub des Baumes, der an Heathers Grab stand, malten goldene Reflexe auf Alice' schwarzes Haar und tanzten über das Tattoo an ihren Armen.

Wie ein Geschenk reichte sie Jessa den Brief. Jessa nahm ihn. Sie wollte Alice umarmen, wollte sie trösten, weil sie so schrecklich traurig aussah. Aber sie konnte sich nicht rühren. Hilflos musste sie mit ansehen, wie Alice sich abwandte und davonging. Fort vom Friedhof und hinein in den Nebel, der jenseits der Mauer aufgezogen war.

Als Alice kaum noch zu erkennen war, begann sie zu singen: »Twinkle, twinkle, little star, how I wonder what you are! Up above the world so high, like a diamond in the sky ...«

Mit einem Ruck fuhr Jessa aus dem Traum auf. Sie dachte an Alice und daran, wie ihre Schwester im Moor verloren gegangen war. Die Vorstellung, dass sie irgendwo dort draußen in einem Dreckloch versunken war, war so unerträglich, dass Jessa davon ganz atemlos wurde. Sie musste dieses Bild irgendwie aus ihrem Kopf vertreiben! Sie nahm ihr Handy und las Alice' Brief erneut, obwohl sie die Worte schon fast auswendig konnte.

Aus dem Brief ging hervor, dass Alice gewusst hatte, wie

riskant es war, Adrian retten zu wollen. Und trotzdem hatte sie sich dafür entschieden, es zu versuchen. War das nicht ein ziemlich eindeutiges Zeichen dafür, wie sehr sie Adrian geliebt hatte? Aber es bedeutete auch noch etwas anderes, das begriff Jessa in dieser Sekunde.

Es bedeutete, dass Alice sich zwischen Adrian und ihr entschieden hatte. Adrian war ihr wichtiger gewesen. Ihrer Schwester war klar gewesen, dass sie bei ihrem Vorhaben sterben könnte, und trotzdem hatte sie getan, was immer sie hatte tun müssen. Wissentlich hatte sie in Kauf genommen, dass sie damit Jessas Leben völlig zerstörte.

Jessa umklammerte ihren Nacken mit beiden Händen, als sie begriff, dass Alice sie wirklich mit Absicht verlassen hatte ... Langsam ließ sie sich in die Kissen zurücksinken. Sie spürte, wie Traurigkeit aus dem ganzen Chaos in ihrem Inneren an die Oberfläche steigen wollte, aber sie ließ es nicht zu. Sie hatte nicht fünf Jahre damit verbracht, sich selbst durch kalte Wut im Bauch vor Verletzungen zu schützen, um das jetzt einfach wieder aufzugeben.

Alice war genauso unzuverlässig gewesen wie alle anderen Menschen in ihrem Leben auch. Sie war nichts weiter als ein Mist...

Jessas Kopf weigerte sich einfach, das zu Ende zu denken.

Warum nur war es so unendlich viel schwerer, auf Alice wütend zu sein als auf den ganzen Rest der Welt?

Mit einem Stein von der Größe Britanniens in der Brust schloss sie die Augen wieder.

Die Morgensonne schien in Victors Arbeitszimmer, als Jessa es betrat. Eigentlich hatte sie zu Victor gewollt, aber stattdessen stieß sie auf Nell, die damit beschäftigt war, Staub zu wischen.

»Wehe, du machst einen Spruch!«, warnte Nell, statt Jessa einen guten Morgen zu wünschen.

»Worüber? Ist doch ganz normal, dass die Frauen sich um die Drecksarbeit kümmern.« Mit verschränkten Armen blieb Jessa in der Tür stehen.

Nell strich sich ein paar Haarsträhnen aus der Stirn. »Mein Vater ist ziemlich altmodisch.« Sie grinste. »Zum Glück ist Henry das nicht. Er hilft mir oft, auch wenn Dad das nicht so toll findet.«

»Er ist nett«, sagte Jessa und mit leichtem Unbehagen registrierte sie, dass sie es ehrlich meinte.

»Ja, das ist er.« Nell musterte sie. »Und? Was wirst du jetzt machen?«

Die Stille im Raum wurde augenblicklich dick und schwer zu ertragen.

Du musst Adrian retten, hatte Alice im Traum letzte Nacht gesagt.

Jessa kaute auf der Innenseite ihrer Wange. Sie hatte mit Adrian nicht das Geringste zu schaffen. Sie kannte ihn kaum und er interessierte sie auch nicht.

Genauso wenig wie Christopher.

Nein, sie hatte sich entschieden: Sie würde heute von hier verschwinden, nach London zurückkehren, die Strafe absitzen, die Ms Trenton ihr für ihr tagelanges Verschwinden sicher aufbrummen würde. Und dann würde sie nach vorn schauen. Sie musste sich langsam mal Gedanken darüber machen, was sie nach der Schule mit ihrem Leben anfangen sollte. Und vermutlich wäre es nach all dem Irrsinn hier gut, einen Termin mit Dr. Clarke zu machen und wieder normal zu werden.

Adrian retten ..., wisperte Alice' Stimme in ihr.

»Ich bleibe vorerst«, hörte sie sich sagen und verspürte das Bedürfnis, mit dem Kopf irgendwo gegenzuschlagen.

Nell schwieg sehr lange. »Ich hätte nie im Leben geglaubt, dass du einwilligst.« Sie schaute Jessa direkt in die Augen. »Du bist Alice sehr ähnlich, weißt du das?« Sie sah, dass Jessa zusammenzuckte, darum fuhr sie schnell fort: »Du bist auch jemand, der hilft, egal, was es dich kostet.«

»Ich bin null wie sie! Ich bleibe nur ...«

Ja, warum genau?

Sie warf die Arme in die Luft. »Keine Ahnung! Ich bleibe nur, weil ich neugierig bin«, beendete sie ihren angefangenen Satz. Es klang ziemlich lahm.

Nell grinste. »Klar. Du bist ja auch völlig eigennützig. Echt das Allerletzte!«

Jessa wechselte lieber das Thema. »Ihr kümmert euch um Christopher und Adrian, oder? Dein Vater und Henry und du, meine ich.«

»Ja. Wir machen das seit Generationen, damit ihr Geheimnis gewahrt bleibt. Alle meine Vorfahren haben das gemacht und Henry und ich werden diese Aufgabe an unsere Kinder weitergeben, wenn du es nicht schaffst, den Fluch zu brechen.«

»Aber du und Henry, ihr seid nicht unsterblich, so wie die Jungs?«

»Gott bewahre!«, entfuhr es Nell. »Ich würde irre werden, wenn ich das hier länger als achtzig Jahre aushalten müsste.« Sie ging zum Fenster, öffnete es und schlug den Staub aus ihrem Staubtuch. »Manchmal komme ich mir ehrlich gesagt vor, als würde ich einer langen Reihe von Dienstmädchen entstammen.«

Das würde ihr vermutlich ebenso gehen. Jessa empfand automatisch so was wie Sympathie für Nell. Um sich nicht allzu sehr damit auseinandersetzen zu müssen, fragte sie: »Weißt du, wie oft schon versucht wurde, Adrian zu retten?«

»Ein paarmal.«

»Wie oft genau?«

Nell überlegte eine Weile, ob sie darauf antworten sollte. Jessa spürte, dass sie bereit war zu reden. Vielleicht war es ja eine gute Idee, das Thema von einer anderen Seite her anzugehen. »Weißt du, was? Erzähl mir doch einfach, was passiert ist, *nachdem* Branwell die beiden verflucht hat.«

»Erst mal gar nichts. Monatelang. Branwell hat angefangen zu saufen und zu malen, das war alles. Niemand hat daran geglaubt, dass sein Fluch wirklich Macht über die Jungs hat. Dass das ein Irrtum war, stellte sich erst später raus. Zuerst fiel ihnen nur auf, dass Krankheiten ihnen nicht so richtig etwas anhaben konnten. In der Familie und im Gesinde starben mehrere Leute an der Grippe und an den Pocken, aber sie selbst bekamen nicht mal einen Schnupfen. Dann ist Christopher einmal übel vom Pferd gefallen. Das Tier ist sogar auf ihn draufgeknallt und hat ihm die Wirbelsäule gebrochen. Alle haben gedacht, das war's, das kann er nicht überleben. Aber als man seinen Körper ins Herrenhaus geschafft und den Arzt und einen Priester gerufen hat, da erholte er sich wie auf magische Weise.« Nell stieß Luft durch die Nase. »Na ja, es war ja auch auf magische Weise.«

»Das muss für ziemlichen Wirbel gesorgt haben.«

»Hat es. Glaub mir. Dass das Ganze allerdings mit dem Fluch zusammenhängt, kam dann erst nach und nach raus. Als es auf High Moor Grange ein Sommerfest gab und halb Yorkshire eingeladen war. Da nämlich traf Adrian ein Mädchen und verliebte sich in sie. Aber sie wollte ihn nicht. Sie wollte Christopher. Sie war regelrecht besessen von ihm.« Nell verzog das Gesicht, als sei es ihr peinlich, das Nächste auszusprechen: »Er konnte sich gar nicht vor ihr retten. Einmal schaffte sie es sogar, ihn in den Pferdestall zu zerren und ihm das Hemd vom Leib … na ja, du weißt schon.«

Das muss ihm gefallen haben, dachte Jessa.

Aber zu ihrer Überraschung sagte Nell: »Christopher ließ sie allerdings abblitzen. Ich glaube, er wollte nicht denselben Fehler machen wie bei Heather. Sie war todunglücklich.«

»Sag nicht, dieses zweite Mädchen hat sich auch umgebracht!«

»Nein. Dazu war sie zum Glück nicht der Typ. Irgendwann heiratete sie einen anderen Mann. Aber es heißt, sie trug auf ihrer eigenen Hochzeit einen schwarzen Witwenschleier vor dem Gesicht.«

»Klingt supermelodramatisch.«

Nell lachte. »Ja, oder? Aber das war das 19. Jahrhundert, vergiss das nicht.«

Jessa umschlang sich selbst mit den Armen. Die Geschichte ließ sie frösteln, trotzdem hörte sie aufmerksam zu, wie Nell weitererzählte.

»Das Gleiche ist dann in den Jahren darauf noch ein paarmal passiert. Adrian verliebte sich, die Mädchen wollten lieber Christopher. Allerdings ist eine ganze Weile niemand auf die Idee gekommen, dass das auch mit dem Fluch zusammenhängen könnte. Aber als es dann wieder und wieder geschah, als jedes Mädchen, für das Adrian Gefühle entwickelte, ihn zurückstieß wegen Christopher … Da haben sie wohl begriffen, dass Branwells Fluch Realität war. Keine Einzige wollte Adrian. Alle wollten sie immer nur Christopher.«

»Liebe wird Hass gebären«, zitierte Jessa.

Nell nickte. »Genau. Was ist schließlich die beste Methode, zwei Brüder gegeneinanderzuhetzen?«

»Eine Frau«, murmelte Jessa. Schmachtende Frauen und vor Eifersucht rasende Männer – das Ganze war ja wohl so was von oldschool!, dachte sie. Und dann dachte sie daran, wie die Angestellte an der Hotelrezeption Christopher angehimmelt hatte. *So viel also dazu.* Sie hatte einen bitteren Geschmack im Mund. »Langsam kapiere ich, warum er so von sich überzeugt ist.«

Nells Miene wurde ausdruckslos. »Eine Weile lang hat es ihm natürlich gefallen. Ein weiterer Grund, warum er sich heute bittere Vorwürfe macht: Weil er erst viel zu spät begriffen hat, was Sache war. Ganz zu Anfang hat er Adrian sogar damit aufgezogen. Wenn wieder ein Mädchen ihm verfiel, hat er ihm ins Gesicht gelacht. ›Ich kann nichts dafür, Branwells Fluch ist schuld daran‹, hat er gesagt.« Nell seufzte tief. »Irgendwann dann haben sie also eingesehen, dass Branwells Fluch Realität ist. Das war der Moment, als der zweite Teil des Fluches wahr wurde.«

»Aneinander sollt ihr euch zugrunde richten?«

»Genau. Jedes Mal, wenn Christopher Adrian ein Mädchen wegnahm, hat der Fluch Adrian zorniger und hasserfüllter gemacht. Und bald merkten sie, dass dieser Hass ihn auch äußerlich veränderte. Er verliebte sich, das Mädchen wollte ihn nicht. Jedes Mal, wenn das geschah, wurde er ein bisschen mehr zu einem Monstrum, während Christopher der gut aussehende, charmante, unwiderstehliche Mistkerl blieb, dem alle Mädchenherzen zuflogen.«

Der gut aussehende, charmante, unwiderstehliche …

Jessa schnitt den Gedanken ab. »Betonung auf *Mistkerl.*«

Nell lachte, aber es klang traurig. »Das Ganze ging so, bis

dann die Katastrophe geschah. Mit jedem Mal wuchs Adrians Hass auf Christopher. Erst kam es nur zu Handgreiflichkeiten zwischen den beiden. Einmal forderte Adrian Christopher zu einem Duell.« Nell schluckte schwer. »Und dann verliebte Adrian sich ein weiteres Mal. Um 1888 muss es gewesen sein.« Sie lächelte schmal. »Ich bin nicht so gut darin, mir all diese Daten unserer Familiengeschichte zu merken. Das macht meinen Vater regelmäßig rasend.«

Jessa war ein bisschen schwindelig. »1888«, murmelte sie voller Ehrfurcht und morbider Faszination. Sie und Alice hatten mal ein Buch über diese Zeit gelesen. 1888 war das Jahr gewesen, in dem in London Jack the Ripper sein Unwesen getrieben hatte.

Sie lehnte sich gegen ein Regal, um das Schwindelgefühl zu bekämpfen. Die Luft im Raum kam ihr plötzlich stickig vor.

»Brauchst du eine Pause?«, erkundigte Nell sich.

»Nein. Nein, red ruhig weiter!«

»1888 verliebte Adrian sich wieder mal, wie gesagt. Und als dieses Mädchen sich dann auch in Christopher verliebte, rastete Adrian komplett aus. Er griff Christopher mit einem Dolch an. Es kam zu einem Kampf und Christopher wurde schwer verletzt und diesmal war Adrian so sehr in Rage, dass er nicht aufhörte. Er warf sich auf ihn, wollte ihm den Dolch ins Herz stoßen. Das Mädchen ging dazwischen, und statt in sein Herz rammte Adrian es …« Nell hörte glücklicherweise auf zu sprechen.

Jessa schloss die Augen.

»Rose«, sagte Nell leise. »Ihr Name war Rose Denholme. Nach ihrem Tod zogen die beiden sich in die Einsamkeit von High Moor Grange zurück. Sie entließen alle Bediensteten. Nur die Leute aus unserem Zweig der Familie blieben bei ihnen, sonst niemand. Jahrzehntelang haben die beiden das Haus gar nicht mehr verlassen, haben ihre Zeit nur miteinander verbracht, von der Außenwelt völlig abgeschnitten.«

»Sie müssen unendlich einsam gewesen sein.«

»Das waren sie.«

Jessa versuchte, sich vorzustellen, wie es war, endlose Jahre zu leben und nicht von hier wegzukönnen. »Christophers Blutsturz …«

»Wir glauben, dass er Teil des Fluches ist. Dass das verhindern soll, dass sie sich einfach aus dem Weg gehen, sich in verschiedenen Teilen der Welt zur Ruhe setzen zum Beispiel. Wie auch immer: Ohne Mädchen in der Nähe sind sie ganz eng miteinander. Wie Zwillingsbrüder eben.«

»Was ist danach passiert?«

Nell zögerte. »Viele Jahre gar nichts, bis …« Sie presste die Lippen aufeinander und Jessa wusste, dass sie jetzt an dem Punkt angekommen waren, der sie interessierte.

»Bis Alice kam«, ergänzte sie. »Stimmt's?«

16

Mit gemischten Gefühlen stand Jessa vor dem Gitter von Adrians Verlies. Nachdem sie Alice' Namen erwähnt hatte, hatte Nell plötzlich dichtgemacht. Sie hatte weder Jessas Frage, ob sie und Alice Freundinnen gewesen waren, beantwortet, noch die, wie lange ihre Schwester bei den Addinghams gewohnt hatte, bevor sie ins Moor gelaufen war. Stattdessen hatte sie behauptet, sie müsse sich jetzt dringend um ihre Pflichten kümmern. Und dann hatte sie vorgeschlagen, dass Jessa sich doch am besten mit Adrian weiter unterhalten sollte.

Jessa hatte das fiese Gefühl gehabt, dass man sie schon wieder manipulierte. Wenn sie Adrian vor diesem Fluch retten sollte, musste sie Zeit mit ihm verbringen, vermutete sie. Und dann war ihr aufgegangen, dass sie noch gar nicht wusste, worin wohl diese geheimnisvolle Rettungsaktion bestehen mochte. Da Victor nicht greifbar war, weil er außer Haus irgendwas Superwichtiges zu erledigen hatte, hatte Jessa sich seufzend auf den Weg hierhergemacht.

Jetzt packte sie zwei der Gitterstäbe und rüttelte daran. Die Kette mit dem Schloss klirrte.

Adrian hatte ein gutes Gehör. Keine zwei Sekunden später erschien er im Gang. »Jessa.«

Sie fühlte sich unsicher. Das hier war alles so furchtbar schräg. »Ich gestehe, meine Erziehung lässt mich im Stich«, scherzte sie. »Was sagt man in einer Situation wie dieser?«

»Wie wäre es mit Hallo?«

»Hallo.«

»Hallo, Jessa.« Er lächelte unter der Silbermaske, das konnte sie hören. »Haben sie dir reinen Wein eingeschenkt?«

»Haben sie.«

»Das ist gut.«

»Ihr beide steckt ziemlich in der Scheiße, oder?«

»Möglich, aber ich zwinge mich, die Dinge positiv zu sehen.«

»Okay. Ihr steckt also *schön* in der Scheiße.«

Da lachte er auf. Er deutete auf das Vorhängeschloss. »Magst du reinkommen?«

»Stört es dich, wenn ich erst mal eine Weile lang feige bin und auf dieser Seite des Gitters bleibe?«

»Du bist alles andere als feige, Jessa.« Seine Stimme war ganz weich. »Auch wenn du, ehrlich gesagt, nicht ganz logisch bist. Als du mich *nur«,* er malte mit den Fingern Anführungszeichen um das Wort, »für ein Monster gehalten hast, bist du zu mir reingekommen. Aber jetzt, wo du weißt, dass ich auch noch quasi unsterblich bin, traust du dich nicht mehr.«

»Nicht wirklich logisch, stimmt.« Jessa zuckte mit den Schultern. »Tja. Und nun?«

Das Lächeln in seinen Augen verschwand, als er fragte: »Was genau haben sie dir erzählt?«

»Ich weiß jetzt, dass ihr verflucht seid und dass Victor glaubt, dass ich diesen Fluch brechen kann. Allerdings hat mir noch keiner verraten, wie ich das machen soll. Victor bevorzugt eine

Art Häppchentaktik, vermutlich damit mir nicht der Kopf explodiert.«

Adrian zögerte.

»Du weißt es, oder?«, fragte sie.

»Ja.«

»Sag es mir!«

Er wand sich voller Unbehagen. »Ich ... es klingt in deinen Ohren vermutlich völlig bescheuert ...«

»Oh. Keine Sorge! Ich habe in den letzten Tagen so viel Bescheuertes gehört, da kommt es auf eine Sache mehr oder weniger auch nicht mehr an.« Sie wartete. »Also?«

Er stieß es hervor, als müsse er sich überwinden, es auszuspucken. »Du musst dem Fluch widerstehen und dich in mich verlieben statt in Christopher.«

Ein ungläubiges Lachen explodierte aus Jessas Kehle. »Du verarschst mich!«

»Leider nein.« Ganz und gar ernst lag der Blick seiner braunen Augen auf ihr.

Jessa schüttelte den Kopf. Das war doch ... »Okay. Okay, ich fasse das mal zusammen: Ich befinde mich hier in *Die Schöne und das Biest 2.0.* Das Mädchen verliebt sich in den in ein Monster verwandelten Kerl und zack, Friede, Freude, Eierkuchen bis ans Lebensende?«

Adrian kam einen Schritt näher. »Wenn du es so sagst, klingt es tatsächlich ein bisschen irre.«

Er schien nicht im Mindesten beleidigt, weil sie ihn ein Monster genannt hatte. »Ein bisschen?«

»Ziemlich.«

»Ja.« Sie zähmte ihre trudelnden Gedanken. »Andererseits nicht viel mehr als: Ich rede mit einem Kerl, der fast zweihundert Jahre alt ist.«

»Und eine Maske trägt«, ergänzte Adrian.

»Und eine Maske trägt.« Jessa überlegte, ob sie ihn fragen sollte, wie er darunter aussah, aber sie ahnte, dass er nicht anders reagieren würde als schon ein paarmal. Sie atmete durch. »Wenn du allerdings denkst, dass ich die Prinzessin spiele, die den verwunschenen Prinzen mit einem Kuss rettet, hast du dich getäuscht. Ich stehe nämlich eher auf die Rolle der Königin, die zum Schwert greift und damit die Dinge regelt.«

Er nickte langsam. Was dachte er?

»Alice hat dich geliebt, oder?«

»Ja.« Adrian kam noch einen Schritt näher. Wenn er gewollt hätte, hätte er sie jetzt berühren können. Er trug Lederhandschuhe, bemerkte sie. Klar, er wollte nicht, dass sie seine entstellten Hände sehen musste.

Sie rang um einen klaren Kopf. Irgendwas stimmte doch nicht. Eben hatte er gesagt, dass man sich in ihn verlieben musste, um ihn von dem Fluch zu befreien. Jetzt sagte er, dass ihre Schwester ihn geliebt hatte. »Warum bist du dann noch ... so?«, traute sie sich zu fragen.

»Wenn wir das wüssten. Vielleicht hat sie mich nicht genug geliebt.« Seine Stimme zitterte ein bisschen. »Oder zu sehr.«

Jessa wich ein Stück zurück. Eigentlich wollte sie dieses ganze schmalzige Zeug überhaupt nicht hören. Aber bevor sie sich abwenden und gehen konnte, sprach Adrian weiter. »Jedenfalls ist es das, was ich glaube. Sie war überzeugt davon, dass ihre Liebe tief und wahrhaftig genug war, um mein wahres Gesicht zu sehen.«

Das hier fühlte sich an wie einer dieser Unfälle auf der Autobahn, dachte Jessa. Man weiß, dass man besser nicht hinschaut, weil man etwas Ekelerregendes zu sehen bekommt, aber die Faszination ist einfach zu groß ... »Du hast deine Maske abgenommen und sie ist vor Entsetzen ins Moor gelaufen, stimmt es?«

Er stand ganz starr da. Irgendwann nickte er.

Sie spürte, wie die morbide Faszination noch ein wenig stärker wurde. »Also für mich klingt das eher, als ob ihre Liebe nicht stark genug ...«

»Jessa«, stöhnte er. »Musst du wirklich so grausam sein?«

Ja, musste sie. Auch wenn Adrian ihr in diesem Moment leidtat und sie sich eigentlich nicht vorstellen konnte, dass Alice überhaupt irgendeinen Menschen nicht mit ganzer Kraft geliebt hatte. Aber schließlich wollten sie, dass sie ihn rettete, und wie konnte sie entscheiden, ob sie dabei mitmachen würde, wenn sie nicht alle Fakten hatte? »Sieh es einfach als notwendige Operation«, sagte sie.

»Am offenen Herzen?«

Es tat weh, ihn diesen Scherz machen zu hören. Dadurch war er Christopher so ähnlich, wie vermutlich nur ein Zwillingsbruder sein konnte. Sie wollte ihn trösten, aber sie zwang sich, es nicht zu tun. »Also?«

Wieder stöhnte er auf. »Ich glaube, dass sie mich so sehr liebte, dass mein Anblick ihr den Verstand geraubt hat.«

»Aha.« Jessa versuchte, die einzelnen Puzzleteile zusammenzusetzen. Irgendwas stimmte immer noch nicht, aber sie kam nicht drauf, was es war. »Und ihr glaubt, dass ich beenden kann, was Alice nicht gelungen ist ... Warum genau? Weil ich so verkorkst bin, dass ich dich nicht so heftig lieben werde wie Alice? Aber dann auch wieder genug, um ...«

Seine Augen hatten einen seltsamen Glanz. Kämpfte er etwa mit den Tränen? Sie fühlte sich schrecklich.

»Weil du ihre Schwester bist, Jessa«, sagte er.

Ihr Kopf rotierte. »Hast du Alice auch geliebt?«

»Mehr als mein Leben.« Er schloss die Augen. Schwankte er? Ja.

Das Ganze war ihr viel zu emotional und so rettete sie sich in kühle Distanz. »Korrigier mich, aber hält so eine Liebe gewöhnlich nicht bis in alle Ewigkeit? Stattdessen hast du dich schon nach fünf Jahren in mich verliebt und so …«

Er öffnete die Augen und wich zurück, als habe sie ihn geohrfeigt. Sie kam sich schrecklich gemein vor. Sie wartete darauf, dass er sie anfahren würde. Doch das tat er nicht. »Glaub mir, seit ich Christopher auf dem Friedhof neulich angegriffen habe, rätsele ich auch, wie das sein kann.«

Sie sah die Qual in seinem Blick. Das Schuldgefühl. Und die tiefe Ratlosigkeit.

»Ist doch ganz einfach«, sagte sie, weil sie ihm wenigstens einen Teil seines Schmerzes nehmen wollte. »Dein Herz ist eben groß genug, um zwei Mädchen zu lieben.«

»Ja. Möglich.« Er klang nicht, als glaube er das.

In ihr waren so unendlich viele Gefühle, dass sie nicht damit umzugehen wusste. »Ich bin nicht in Christopher verliebt!«

»Victor hält das für ein Zeichen, dass du den Fluch brechen kannst.«

»Ich weiß.« Sie zögerte. »Sie haben mir von Rose Denholme erzählt.«

»Himmel, du verstehst es wirklich, Small Talk zu machen.«

Sie war ihm dankbar für den billigen Scherz, er entspannte die Situation ein wenig. Um es bequemer zu haben, streckte sie die Unterarme durch die Gitter und legte sie auf die Querstreben. Ernst meinte sie: »Es gibt nur wenige Dinge, in denen ich schlechter bin, als im Small-Talk-Machen.«

»Zum Beispiel?«

»Mich verlieben zum Beispiel.«

»Tja. Was soll ich dazu sagen?«

»Nichts.« Sie überlegte, ob sie Rose noch einmal erwähnen sollte, doch er tat es von sich aus.

»Es gibt keine einzige Nacht, in der ich nicht von Rose träume.«

Es fiel ihr nicht schwer, das zu glauben. »Verständlich«, murmelte sie. »Erlebst du es mit, wenn du … hm, eskalierst?«

»Du meinst, ob ich bei vollem Bewusstsein bin, wenn ich Christopher ermorde?« Das leise Ächzen, das hinter seiner Maske hervorkam, war eigentlich Antwort genug.

Jessa schloss die Augen. Sie war schon drauf und dran, sich zu entschuldigen, als er fortfuhr: »Ja.« Er kam wieder näher, streckte den Arm nach ihr aus. Es sah aus, als wolle er um Halt bitten. Sie zwang sich, ihre Hände dort zu lassen, wo sie waren. Sie spürte, dass er sie nicht berühren würde, wenn sie es nicht wollte. Tatsächlich hielt er einige Zentimeter Abstand.

Er tippte sich gegen die Schläfe. »Mein wahres Ich ist hier eingesperrt, wenn … es passiert. Ich fühle den Griff des Dolches in meiner Hand. Oder Christophers Blut an meinen Fingern, wenn ich ihm das Gesicht zerfetze.«

Seine Worte brachten ihre Augen zum Brennen. »Ich kann mir nicht mal ansatzweise vorstellen, was das mit dir machen muss.«

Er schwieg. Eine Weile lang hielt er den Blick gen Boden gerichtet, sodass seine Kapuze die Hälfte der Silbermaske beschattete.

Jessa verspürte den dringenden Impuls, von hier zu verschwinden. Dieses Haus zu verlassen, diese Ländereien. Yorkshire. Für einen kurzen Augenblick wollte sie nur zurück nach London, in ihr armseliges, kleines Leben im Kinderheim, in dem ihr größtes Problem war, ob sie abends eine Stunde länger im Internet sein durfte oder ob sie vielleicht das nächste Mal in eine Besserungsanstalt geschickt würde, wenn sie wieder ausriss.

Und gleichzeitig war da in ihr der Wunsch, Adrian zu berühren. Sie traute sich allerdings nicht.

Wieder wuchs diese fast körperlich spürbare Stille zwischen ihnen, dann fragte Adrian: »Wollen wir uns nicht lieber leichteren Themen zuwenden?«

»Liebend gern!« Wenn sie nur gewusst hätte, was sie sagen sollte. »Ich habe tausend Fragen«, murmelte sie. »Und nicht alle sind so düster.«

»Perfekt! Welche zum Beispiel?«

»Womit habt ihr die lange Zeit verbracht? Was habt ihr all die Jahre gemacht?«

»Tja, das war gar nicht so ohne. Netflix gab es ja damals noch nicht. Also haben wir gelesen. Sehr viel gelesen. Shakespeare und so ’n Zeug, aber auch viel naturwissenschaftlichen Kram. Charles Darwin und Alexander von Humboldt und so.«

Jessa nickte. Sie interessierte sich nicht besonders für Naturwissenschaften. Und Shakespeare kannte sie eigentlich nur aus Filmen. *Romeo und Julia* zum Beispiel oder *Shakespeare in Love.* Beim Gedanken an letzteren musste sie automatisch daran denken, wie Christopher Elizabeth Gedichte geschrieben hatte. Die Vorstellung, dass er so was tat, kam ihr noch immer absurd vor. Allerdings hatte sie den Hauptdarsteller in dem Film auch mit Feder in der Hand und tintenfleckigen Fingern ziemlich sexy gefunden ...

Sie blinzelte den Gedanken weg und konzentrierte sich auf Adrian.

Dessen Blick ruhte auf ihr. Sie glaubte, ihn schlucken zu sehen. »Mehrere Instrumente haben wir gelernt. Geige. Und Klavier. Und ein bisschen Saxofon, als es in den Zwanzigern modern wurde. Aber das hat Christopher immer besser gekonnt als ich, darum habe ich es wieder aufgegeben. Mir ist die Gitarre lieber.«

Sie erinnerte sich an die E-Gitarre, die in seinem Zimmer stand. »Du stehst auf Black Sabbath.«

»Das altmodische, harte Zeug, ja. Christopher dagegen ist eher der Beethoven- und Bach-Typ. All dieser ganze Etüdenkram. Je anspruchsvoller, umso besser. Vermutlich, weil es seinen Kopf vom Denken abhält, wenn er sich auf's Spielen konzentrieren muss.« Er schien völlig in seinen Erinnerungen versunken, jedenfalls lag in seiner Stimme ein sehnsüchtiges Lächeln. »Aber zum Ausgleich für den Kram, den er andauernd klimpert, hat er viel mehr trainiert als ich. Fechten, das kann ich natürlich auch, wie es sich für den Sohn eines englischen Landadligen gehört. Und ein bisschen Faustkampf, Karate, Krav Maga. Ich habe Capoeira ausprobiert, aber das war nichts für mich. Christopher hat eine Zeit lang sogar Yoga gemacht!«

Jessa grinste bei diesem neuen, absurden Bild von Christopher in Yogastellung. »Boah, Kopfkino!«

»Ja. Stell's dir lieber nicht vor. Du könntest Albträume davon bekommen.«

»Hab ich schon«, rutschte es ihr heraus und offenbar konnte Adrian ihr ansehen, dass sie nicht von so harmlosem Zeug wie Yoga gesprochen hatte. Plötzlich war der Moment, in dem sie beide sich ein klein wenig entspannt hatten, verflogen. »Tut mir leid«, murmelte sie.

»Nein«, wehrte Adrian ab. »Wenn hier einem etwas leidtun muss, dann bin ich das.«

Es war dieser eine Satz, der in Jessa etwas in Gang setzte,

das sie nicht kontrollieren konnte. Auf einmal fühlte sie sich unwohl. Es war ein Gefühl, das sie im ersten Moment gar nicht so richtig zu fassen bekam, außer dadurch, dass sie plötzlich nicht mehr frei atmen konnte. Nach und nach jedoch, während Adrian versuchte, weiter Small Talk zu machen, und sie seiner Stimme lauschte, wurde aus dem Unbehagen so was wie Beklemmung.

Sie hörte zu, wie Adrian ihr davon erzählte, wie er und Christopher vor dem Fluch von einem Hauslehrer gemeinsam in Latein und Griechisch unterrichtet worden waren und wie er selbst sich stets mit dem Lernen der Vokabeln schwergetan hatte. Offenbar hatte Christopher deswegen eine Methode entwickelt, wie er ihm bei den häufigen Tests, die sie machen mussten, unauffällig helfen konnte. Jessa versuchte, sich auf die durchaus lustige Geschichte zu konzentrieren, aber es ging nicht.

Aus ihrer Beklemmung wurde Angst. Dann fühlte sie sich, wie hier drinnen lebendig begraben. Und ihr ging auf, dass das daran lag, dass Adrian so freundlich zu ihr war. Er war humorvoll, besaß genau die richtige Mischung aus Witz und Ernsthaftigkeit, die dazu führte, dass sie anfing, ihn gernzuhaben. Automatisch ging in ihr alles auf Abwehr und sie erinnerte sich an Nemos Rat.

Wenn du niemanden an dich ranlässt, kann dir auch niemand wehtun.

Ohne sich dessen bewusst zu sein, ging sie auf Abstand.

Adrian hielt mitten in der Geschichte inne. »Alles in Ordnung mit dir?« Er streckte die Hand aus, aber kurz bevor er ihre Finger berühren konnte, zuckte Jessa zurück.

Sie bekam jetzt überhaupt keine Luft mehr. »Jaja«, murmelte sie, trat einen Schritt nach hinten, dann einen zweiten.

»Wenn ich irgendwas gesagt habe, das dich beleidigt hat …«

Sie schnitt Adrian das Wort ab. »Nein, schon gut.« Sie deutete in Richtung Treppe. »Ich muss nur mal kurz an die frische Luft.«

Er nickte. »Natürlich.« Er wollte noch etwas hinzufügen, aber sie warf sich herum und eilte nach draußen. Dort blieb sie mit jagendem Herzen stehen. Vielleicht half es, sich zu beruhigen, indem sie ein wenig umherlief. Es war bedeckt und ein bisschen nieselig, aber das war ihr egal. Als sie bei den Pferdeställen ankam, blieb sie mit einem Ruck stehen. Das Tor, hinter dem sich Christophers Enduro befand, war geschlossen, aber der Riegel war nicht vorgelegt.

Es kam Jessa wie ein Zeichen vor.

Dieser ganze Emokram war einfach nichts für sie! Und darum würde sie jetzt auf der Stelle von hier verschwinden!

Sie blieb noch einen Moment unter dem tief hängenden Himmel stehen, dann marschierte sie zu dem Tor und schob es auf. Tatsächlich stand Christophers Enduro in einer der leeren Pferdeboxen.

Die Boxtür quietschte leise. Es klang, als wolle sie Jessa rügen für das, was sie vorhatte. Das Universum allerdings schien keine Einwände zu haben, denn der Schlüssel steckte im Zündschloss. Jessa beschloss, auch das als Zeichen zu verstehen.

Zufrieden schob sie die Maschine ins Freie.

Christopher saß in einem Sessel und las, als das Geräusch der Enduro ertönte. Erstaunt hob er den Kopf, dann legte er das Buch fort und trat ans Fenster. Er sah gerade noch, wie Jessas blauer Haarschopf hinter den Bäumen an der Auffahrt verschwand.

Was zum Teufel …?

Sein Magen verkrampfte sich. Die Kleine hatte allen Ernstes sein Bike geklaut?

Der Ärger über diese Tatsache wich blitzartig aufflammender Erleichterung: *Jessa ist in Sicherheit!*

Sofort schämte er sich für diese Erleichterung, denn eigentlich hätte er doch entsetzt sein müssen. Immerhin fuhr dort gerade ihre Chance, Adrian von dem Fluch zu befreien, auf seinem Motorrad davon. Auf einmal fühlte er sich genauso bleischwer, wie der Himmel war, der über dem Herrenhaus hing. Seufzend wandte er sich vom Fenster ab und machte sich auf den Weg in den Keller.

Adrian hörte ihn kommen und trat hinaus auf den Flur.

»Oh«, machte er. »Du bist es.« Es war deutlich zu erkennen, dass er Jessa erwartet hatte.

Christopher wusste, es wäre fair gewesen, Adrian behutsam beizubringen, dass sie abgehauen war, aber er kam einfach nicht gegen den Sturm in seinem Inneren an. Jedes Wort, das er hätte sagen können, hätte entweder scharfkantig oder melodramatisch geklungen. Also nahm er schweigend den Schlüssel von dem Tischchen und machte sich daran, das Gitter zu öffnen.

»Kannst du mir sagen, was du da tust?«, erkundigte Adrian sich verblüfft.

Christopher sah nicht auf. »Jessa ist fort«, presste er durch die Zähne. »Also gibt es keinen Grund dafür, dass du länger da drin bleibst.«

»Ich ...« Adrian stockte. »Was heißt das, *Jessa ist fort?«*

Christopher löste das Vorhängeschloss und zog die Kette zwischen den Gitterstäben heraus. »Sie hat meine Enduro geklaut und ist davongefahren.«

Adrian schnappte nach Luft, als Christopher das Gitter aufstieß und zwei Schritte zurückwich. Sie beide wussten, dass die Gefahr durch Jessas Weggang nicht gebannt war. *Dann schlitzt Adrian dich in seinem Wahn eben nicht auf, weil du Jessa den Kopf verdreht hast, sondern weil er denkt, dass du sie vor ihm versteckst.* Das hatte Henry gesagt und genau so war es.

Christopher hob den Blick und wartete auf das rote Glimmen in den Augen seines Bruders. Er war bereit zu ertragen, was immer Adrian ihm antun würde. Das Eisen der Kettenglieder war kalt in seinen Händen.

Adrian jedoch verblüffte ihn. Ebenso wie er auf dem Friedhof den Hass in sich gebändigt hatte, hielt er ihn offenbar auch jetzt im Zaum. Er hob eine seiner Hände. Er trug Handschuhe, aber Christopher wusste genau, wie scharf seine Krallen darunter waren. Er wusste auch, wie es sich anfühlte, wenn sie sich in seine Kehle gruben. Er hoffte, dass Adrian ihm das Entsetzen nicht ansehen konnte, das wie Eiswasser durch seine Adern sickerte. »Mach es schnell. Und dann machen wir weiter wie all die Jahre zuvor.«

»Und hoffen auf Rettung?«

»Ja.«

Adrian legte den Kopf schief. Er trat an die Öffnung im Gitter. Ihn trennten jetzt nur noch zwei Schritte von Christopher. »Du hast vor langer Zeit aufgehört, Hoffnung zu haben.«

Christopher schwieg. Wartete auf das rote Glühen.

»Victor hat recht«, sagte Adrian.

»Womit?« Christopher zuckte zusammen, als Adrian ihm beide Hände auf die Schultern legte, und als sein Bruder ihn an sich zog, da verkrampfte er sich. Doch er zwang sich, Adrians Umarmung zu erwidern, obwohl er die Spitzen seiner Krallen auf seiner Haut überdeutlich spürte.

Adrian hielt ihn fest und Christopher wusste, dass auch er

auf den Hass wartete, der seinen Geist überschwemmen und ihn zum Mörder seines Bruders machen würde. So standen sie eng aneinandergepresst, während Adrian so heftig atmete, dass es wie ein Rasseln klang.

Minuten vergingen, wurden zu einer Viertelstunde, einer halben.

Nichts geschah.

Christophers Verstand war kurz davor, sich zu verabschieden.

»Victor hat recht«, wiederholte Adrian irgendwann, seine Stimme war ein tonloses Flüstern an Christophers Ohr. »Jessa wird uns beide retten. Und weißt du auch, warum?« Er machte sich aus der Umarmung los und rückte ein Stück von Christopher ab.

Christopher schüttelte den Kopf.

»Ich habe es nicht sofort verstanden, Christopher, aber jetzt spüre ich es. Ich bin immer noch nicht in Jessa verliebt und es gibt einen guten Grund dafür.« In seinen Augen schimmerte es.

Christopher wartete.

»Der Grund ist, dass ich nach wie vor Alice liebe«, sagte Adrian.

»Das kann nicht sein, du würdest mich nicht angreifen, wenn du Jessa nicht …«

»Ich weiß.«

Christophers Herz schlug langsam und schwerfällig.

»Und wenn es umgekehrt wäre, Christopher, wenn diesmal gegen alle Widrigkeiten du derjenige wärest, der sich verliebt hat, dann würdest du mich töten wollen. Aber das tust du nicht, wie du eben eindrucksvoll bewiesen hast.« Adrian legte ihm erneut die Hände auf die Schultern und Christophers

Beine wollten unter ihm nachgeben, als ihm aufging, dass Adrian die ganze Zeit eben das Gleiche gefürchtet hatte wie er: dass sich scharfe Krallen in seinen Rücken bohrten. »Und das Einzige, wie ich mir das erklären kann, ist, dass Jessa unsere Rettung ist, Christopher.«

Christopher schluckte. Er wollte widersprechen, aber wie konnte er das? Er erinnerte sich daran, wie sehr Adrian und Alice sich geliebt hatten. Es war eine Liebe gewesen, die sich nicht einfach innerhalb von fünf Jahren in Nebel auflöste. Wenn Adrian trotzdem seit Jessas Auftauchen diesen Hass empfunden hatte, musste es eine andere Erklärung dafür geben.

Jessa und Alice waren Schwestern ... Konnte es sein, dass das ...

Christopher hörte seinen Bruder lächeln, als er sagte: »Du musst Jessa zurückholen, das ist dir klar, oder?«

Am Ortseingang von Haworth hielt Jessa an. Sie hatte auf dem Weg hierher einen kurzen Abstecher zum Cottage gemacht, sich wie ein Dieb in der Nacht hineingestohlen und ihre Jacke und ihren Rucksack geholt.

Der Tank der Enduro war zu drei Vierteln voll. Damit würde sie wenigstens bis Nottingham kommen und dort würde sie bestimmt jemanden finden, der sie nach London mitnahm. Aber etwas in ihr sperrte sich dagegen, das Motorrad tatsächlich zu klauen. Nein, sie würde damit nur bis zur Bushaltestelle fahren und es dort abstellen. Haworth war klein. Jemand würde die Enduro erkennen und Christopher zurückgeben.

Entschlossen gab sie Gas.

Der Bus, der sie nach Keighley zum Bahnhof bringen würde, würde erst in gut einer Stunde kommen. Ihr Taschengeld reichte für diesen Bus gerade noch. Wie sie von Keighley aus weiterkommen sollte, wusste sie noch nicht genau, aber vielleicht gelang es ihr ja, ein bisschen Geld zusammenzuschnorren. Es wäre nicht das erste Mal, dass sie so was machte. Und wenn das nicht klappte, dann konnte sie immer noch schwarzfahren.

Sie stellte das Bike an einer Laterne vor einem kleinen Souvenirladen ab. Den Schlüssel gab sie der Verkäuferin, der sie sagte, dass der Besitzer der Maschine demnächst kommen und sie abholen würde. Die Verkäuferin versprach, ihm den Schlüssel zu geben. Als das erledigt war, setzte Jessa sich auf die Bank im Wartehäuschen neben dem Laden, stellte ihren Rucksack zwischen ihre Füße und nahm Alice' Buch aus der Tasche.

Konzentrieren konnte sie sich allerdings nicht auf den Text.

Ein schlaksiger, junger Mann in den Zwanzigern kam und setzte sich neben sie. »Fährst du auch nach Keighley?«, fragte er.

Jessa nickte nur.

Er deutete auf das Buch. »Cooles Buch.«

Sie warf ihm ihren finstersten Blick zu und da kapierte er, dass sie nicht reden wollte. Achselzuckend nahm er sein Handy hervor und begann, darauf herumzutippen.

Jessa vertiefte sich erneut in *Sturmhöhe.* Sie sah erst wieder auf, als ein Auto direkt vor ihr hielt. Es war Victors Wagen. Und am Steuer saß Christopher.

Ihr Herz machte einen schmerzhaften Satz. Der Schlacks neben ihr schaute interessiert zu, wie Christopher ausstieg, um den Wagen herumkam und vor Jessa stehen blieb.

»Kommt jetzt die Standpauke, weil ich dein Motorrad genommen habe?«, fragte sie so gleichmütig wie möglich.

»Nein«, erwiderte er nur.

Er stand so dicht vor ihr, dass sie den Kopf in den Nacken legen musste, wenn sie nicht seinen Bauch anstarren wollte. Sie versuchte, seine Miene zu deuten, aber es gelang ihr nicht. Er wirkte kühl und distanziert und auf seltsame Art ... schwankend.

Aber er war hier. Und offenbar, um sie zurückzuholen.

»Du musst mit mir mitkommen«, stieß er hervor.

Sie schüttelte reflexartig den Kopf.

»Adrian braucht dich!«

»Nein!«, sagte sie und sie spürte, dass der Gedanke an Adrian sie ins Wanken brachte. Sie wollte nicht mehr zurück. Sie war emotional schon viel zu sehr in diese Sache verstrickt. Es wurde definitiv Zeit für Abstand. Eine ganze Menge Abstand.

»Bitte!«, sagte Christopher leise.

Sie schnaubte höhnisch. »Du *bittest* mich? Ich hätte eher gedacht, dass du kommst, mich über die Schulter wirfst und zurückschleppst, damit ich ...« Sie brach ab, weil ihr der Typ einfiel, der bei Christophers Auftauchen aufgehört hatte, auf seinem Handy zu daddeln und das Gespräch interessiert verfolgte. *... damit ich den Fluch breche,* wäre also eine ziemlich dämliche Äußerung gewesen.

Christopher verstand sie aber auch so. »Adrian glaubt, dass nur du ... ihn retten kannst, Jessa.«

Einige Sekunden verstrichen.

»Jetzt gib dir schon einen Ruck!«, riet der Typ. »Dieser Adrian ist bestimmt ein supernetter Kerl.« Er grinste. »Egal, was er getan hat: Wenn nur du ihn retten kannst, solltest du das tun ...«

Jessa verdrehte die Augen. »Und wer hat dich nach deiner Meinung gefragt?«, fuhr sie den Typen an.

Er lachte nur, dann deutete er mit dem Kinn auf Christopher.

Jessa seufzte.

Du musst Adrian retten, hatte ihre Schwester in ihrem Traum gesagt.

Hatte sie hier denn überhaupt auch nur die geringste Wahl?

Christopher mühte sich um eine möglichst lässige Haltung, als er den Schlüssel der Enduro aus dem Laden holte, das Bike in den Kofferraum des Wagens lud und sich dann hinter das Steuer setzte.

Jessa saß bereits auf dem Beifahrersitz. Sie hatte ihren Rucksack zwischen den Füßen stehen, die Hände in den Taschen ihrer abgenutzten Lederjacke vergraben und eine tiefe Missmutsfalte zwischen den Augen. Aber sie kam wieder mit!

Er gestattete sich einen winzigen Anflug von Hoffnung. Er ließ den Motor an und fädelte sich in den laufenden Verkehr ein.

»Willst du mich gar nicht fragen, warum ich wieder mitkomme?«, fragte Jessa.

Musste er nicht. Aber sie bettelte geradezu um einen sarkastischen Spruch, darum tat er ihr den Gefallen. »Ist doch klar. Du bist mir mit Haut und Haaren verfallen, genau wie der Fluch es will.«

Sie warf den Kopf gegen die Rückenlehne. »Warum frage ich auch …?« Von der Seite sah sie ihn an und er fühlte sich durchleuchtet. »Immer noch keine Standpauke wegen des Motorrads? Du wirkst ganz schön sauer.«

Er unterdrückte ein Seufzen. Er war nicht sauer. Er war stinkwütend, aber das geklaute Bike war nicht der Grund dafür. Er wollte Jessa anschreien und schütteln und gleichzeitig wollte er sie auch an sich ziehen und festhalten. Er wollte, dass sie seinem Bruder half, und nur eine Sekunde später wollte er sie so weit wie möglich von hier fort und in Sicherheit bringen. Weil das alles so verwirrend war, hielt er lieber die Klappe. Die Gefahr war zu groß, dass er sich verriet, wenn er hier mit ihr allein im Auto sprach. Sie war ungefähr so explosiv wie eine Ladung Nitroglyzerin. Nicht auszudenken, was sie tat, wenn er auch nur ein falsches Wort sagte. Sie war imstande und sprang einfach aus dem fahrenden Wagen. Die Vorstellung, dass sie verrückt genug dafür war und vor allem, dass sie ihn heftig genug verachtete, um so was wirklich zu tun, sandte einen Cocktail verschiedenster Emotionen durch seinen Körper.

Er bog links ab in die Ponden Lane, die aus dem Dorf in Richtung High Moor Grange führte. »Danke«, sagte er, als sie an Ponden Hall vorbeikamen, jenem Gebäude, das die meisten Touristen für das Vorbild des Verwalterhauses in *Sturmhöhe* hielten.

Jessa warf ihm einen finsteren Seitenblick zu. »Wofür?« Sie klang abweisend.

»Dass du Adrian retten willst.«

Sie zog die Nase kraus. Sie sah hübsch aus, wenn sie das tat. »Wie gesagt«, murmelte sie. »Ich rette gern mal arrogante Blödmänner.«

Christopher biss die Zähne zusammen. »Adrian ist kein Blödmann.«

»Hmhm.« Die Stille, die auf diese knappe Erwiderung folgte, wurde mehrere Kilometer lang nur unterbrochen von dem eintönigen Brummen des Motors und dem leisen Klappen der Enduro hinten im Wagen.

»Adrian hat mir verraten, wie der Fluch gebannt werden kann«, sagte Jessa, kurz bevor sie Watersheddles Reservoir erreichten.

Christophers Hand, die bis eben locker am Lenkrad gelegen

hatte, verkrampfte sich. Die Vorstellung, dass Jessa sich in Adrian verliebte, verwirrte ihn so extrem, dass er am liebsten das Thema gewechselt hätte.

»Die Schöne und das Biest 2.0«, sagte sie und grinste gezwungen. »Aber eins frage ich mich: Wie kann es sein, dass die Prinzessin den Prinzen durch ihre Liebe retten kann? Ich meine: Nichts in dem Fluch deutet doch darauf hin.«

Christophers Mund war wie mit Sand gefüllt. »Du kennst den Rest der Geschichte noch nicht.«

Er sah sich neben Heather stehen, durch deren Adern das Gift strömte und sie Stück für Stück dem Tod näher brachte. Er sah ihr bleiches Gesicht, auf dem sich kalter Schweiß bildete, hörte ihr qualvolles Atmen, das flacher und flacher wurde. Er glaubte, wieder diesen grausamen Schmerz zu fühlen, den er damals gefühlt hatte.

Sie hatte einmal gehustet, dann hatte sie sich gekrümmt ...

»Adrian ...« Ihre Stimme war nur noch ein Hauch. »Verzeih mir!«

Christopher sah mit an, wie sie die Hand nach ihm und nicht nach seinem Bruder ausstreckte. Nach ihm, der ihr Herz genommen und zu Staub zertreten hatte. Ihm, der schuld war an dem nahen Tod, der bereits in ihren Augen wallte wie der Nebel draußen vor den Fenstern.

»Christopher ...«, wisperte sie.

Er wollte nicht, er konnte nicht näher kommen. Und trat dann doch vor. In maximaler Kapitulation sank er auf beide Knie. Sie tastete nach seiner Hand. »Finde eine Seele voller wahrer Liebe ... sie wird stärker sein als die Macht dieses Fluches ...« Wieder hustete sie. »... dann werdet ihr nicht ewig leiden ...« Blutiger Schaum trat auf ihre Lippen und sie schrie in Agonie auf, als das Gift ihr die Eingeweide versengte.

Christopher umklammerte ihre eiskalten Finger.

»Ich li…« Es war das Letzte, das Heather hervorbrachte. Es verging in einem unverständlichen Hauch, als der Tod sie bei der Hand nahm und sie hinaus in den Nebel führte …

Christopher zwang sich, in die Gegenwart zurückzukehren.

»Und?« Jessas Stimme machte ihm klar, dass sie noch immer darauf wartete, dass er ihr den Rest der Geschichte erzählte.

Er hielt den Blick starr durch die Windschutzscheibe nach vorne gerichtet. Mittlerweile waren sie von der Landstraße abgebogen und fuhren den Weg zum Herrenhaus hoch. Das Tor war bereits in Sichtweite.

»Lass dir das von den anderen erzählen«, sagte er und war froh darüber, dass seine Stimme einigermaßen cool klang.

»Du bist wieder da.« Adrian stand jenseits der Gitter und blickte Jessa entgegen, die den Gang entlang auf ihn zukam.

Er klang erleichtert. Klar, er hoffte auf Rettung. Wer konnte es ihm verdenken? Verlegen trat sie vor ihn hin. Nachdem Christopher sie zurück auf das Anwesen gebracht hatte, hatte sie sich im ersten Moment in ihrem Zimmer verkriechen wollen. Aber dann hatte sie es sich anders überlegt. Wenn sie versuchen wollte, den Fluch zu brechen, konnte sie genausogut gleich damit anfangen. Also hatte sie einen Stapel Bücher aus der Bibliothek des Herrenhauses zusammengesucht und war damit hier herunter zu Adrian gekommen. Jetzt gerade allerdings hatte sie das Bedürfnis, die Dinger wie einen Schutzschild vor sich halten.

»Ja«, sagte sie und wusste nicht, was sie empfinden sollte. »Bin ich.« Seltsamerweise schämte sie sich dafür, dass sie versucht hatte abzuhauen, und das war ein ziemlich ungewohntes Gefühl. Bisher hatte sie sich nicht um andere geschert und darum, was man von ihr dachte. Plötzlich jedoch machte es ihr etwas aus, dass sie Adrian und die anderen enttäuscht hatte. Sie biss die Zähne zusammen und überlegte, ob sie sich bei Adrian entschuldigen sollte, aber so weit ging es dann doch nicht.

Adrians Blick ruhte auf ihrem Gesicht. Eine Sekunde verstrich, noch eine. Sie hätte gern gewusst, was er dachte. »Danke«, sagte er schließlich.

Um sich von den ganzen, verwirrenden Gefühlen in sich abzulenken, hob sie grinsend den Bücherstapel ein wenig an. »Ich dachte mir, du könntest mal ein bisschen intellektuelle Gesellschaft gebrauchen!«

Er kam bis ganz ans Gitter heran. »Ja. Das fehlt mir definitiv.« Er legte den Kopf schief, um die Buchrücken lesen zu können.

Sie bückte sich und legte die Bücher auf die Erde, sodass er sie erreichen konnte. »Du hast gesagt, dass du auf diese ganzen alten, naturwissenschaftlichen Schinken stehst. Also habe ich ein paar davon rausgesucht.«

Adrian zog das dickste der Bücher aus dem Stapel. Es war eine Ausgabe von Darwins *Entstehung der Arten.* »Das hat meinem Vater gehört«, sagte er leise. Er schlug es ganz vorne auf und präsentierte Jessa die verschnörkelte Schrift auf der ersten Seite. Sie musste die Augen zusammenkneifen, um die altmodischen Worte lesen zu können.

»Steht da: Für Robert Henry Addingham?«

Adrian nickte. »So hieß mein Vater.«

»Ja«, murmelte Jessa und dachte an den Eintrag im *Peerage,* den sie gelesen hatte. »Ja, das wusste ich.« Sie versuchte, auch den Rest der Signatur zu lesen. »Freund und Gefährte.« Ihr Blick ruckte hoch. »Dein Vater hat Darwin persönlich gekannt?«

»Sie haben sich kurz vor seinem Tod kennengelernt, ja.« Etwas Düsteres lag in Adrians Stimme und Jessa beschloss, das Thema zu wechseln.

»Ich habe dir auch ein paar Bücher rausgesucht, die ich gelesen habe.«

Er legte *Die Entstehung der Arten* weg und griff nach dem obersten Band auf dem Stapel. »Das ist nicht *Sturmhöhe*«, sagte er lächelnd.

»Stimmt.« Es war eine Taschenbuchausgabe von *American Psycho* von Bret Easton Ellis, ein ziemlich krasser Roman, in dem ein gelangweilter New Yorker Börsenmakler aus lauter Langeweile eine Reihe brutaler Morde beging.

Adrian drehte es um und las den Text auf der Rückseite. »Klingt interessant.«

»Du findest es totlangweilig!«, sagte Jessa ihm auf den Kopf zu.

Da lachte er. »Na ja. Sagen wir, ich stehe mehr auf Geschichten ohne Blutvergießen.« Bevor sie wegen dieser Worte auch nur schlucken konnte, steckte er das Buch in die Tasche seines Hoodies.

»Aber du willst es lesen?«, fragte sie.

Er zog die Hand wieder aus der Tasche und legte sie um einen der Gitterstäbe. Er trug seine Handschuhe und kurz fragte sie sich, ob er gewusst hatte, dass sie zu ihm kommen würde. »Klar. Ich muss doch wissen, was dich so interessiert.«

Er sagte das so selbstverständlich, dass ihr davon ganz warm wurde. »Mich würde interessieren, was du gut fandest, als du, hm, *jung* warst«, sagte sie, weil das Gefühl nur schwer auszuhalten war.

Er atmete tief durch. »Als ich siebzehn war, hat man William Blake gelesen und Wordsworth. Solchen Kram.«

»Lyrik«, murmelte Jessa.

Er lachte auf. »Du klingst ja sehr begeistert.«

»Ich stehe eben mehr auf Romane.«

»Hm. Okay. *Frankenstein* hat mir gut gefallen. Ich glaube, ich war achtzehn oder neunzehn, als ich es verschlungen habe.« Er sah, wie Jessa den Kopf schüttelte. »Was ist?«

»Nichts. Mir ist nur gerade bewusst geworden, dass das für dich eine Neuerscheinung gewesen sein muss.« Es rieselte ihr kalt über den Rücken, schon wieder daran erinnert zu werden, dass er unsterblich war.

»Oh, ganz so alt bin ich nicht. Ich glaube, das Buch ist ein paar Jahre vor meiner Geburt erschienen. Hast du es gelesen?«

»Ich fürchte, ich habe nur den Film gesehen.« Es war ganz selbstverständlich, das vor ihm zuzugeben, stellte sie verwundert fest. Und dann begriff sie, dass sie Adrian gegenüber einfach nicht das Gefühl hatte, sich verstellen zu müssen.

Ganz im Gegenteil. Es fühlte sich okay an, so zu sein, wie sie nun einmal war.

Es war ein komisches Gefühl. Aber auch ein gutes.

»Den Film.« Adrian hielt inne und sie glaubte schon, er würde sich jetzt über sie lustig machen. Aber dann meinte er nur: »Welchen? Den ganz alten mit Boris Karloff oder den mit Daniel Radcliffe?«

Den Namen Boris Karloff hatte sie noch nie gehört. »Den mit Daniel Radcliffe.«

»Hmhm. Der ist nur ganz leicht an das Original angelehnt.« Adrian hob eine Hand. »Warte!« Er wandte sich ab und verschwand in seinem Zimmer. Es dauerte eine Weile, dann kam er mit einem alten Buch zurück, das er Jessa durch die Gitterstäbe hindurchreichte.

Es war *Frankenstein.*

Jessa schlug es auf. Genau wie das Buch von Darwin war auch das hier eine Erstausgabe. »Keine Widmung.«

»Wir haben nicht jede Berühmtheit des 19. Jahrhunderts auf High Moor Grange gehabt, Jessa.«

»Nicht?«, scherzte sie. »Wie enttäuschend!«

Er lachte und sie las die ersten Sätze des berühmten Romans.

»Ich habe eine Idee«, sagte Adrian. Wieder verschwand er kurz und als er diesmal wieder an die Gitter kam, schleppte er seinen Sessel mit sich, den er dicht an die Gitter stellte. »Ich würde dir auch einen hinstellen, aber ich fürchte, das musst du allein machen.« Mit dem Kinn deutete er den Gang entlang. »Dahinten ist ein Lagerraum. Wenn ich mich richtig entsinne, müssten da ein paar alte Polsterstühle stehen.«

Jessa legte *Frankenstein* auf den Bücherstapel und ging nachsehen. Tatsächlich wurden in dem Kellerraum, den Adrian ihr gezeigt hatte, eine Menge alte Möbel gelagert. Die meisten rochen staubig und auch ein bisschen muffig, aber das störte sie nicht besonders. Sie entschied sich für einen alten, zerschlissenen Ohrensessel, der ihr bequem vorkam. Sie musste ihre ganze Kraft aufwenden, um ihn bis zu dem Gitter zu ziehen. Seine Beine kreischten dabei ohrenbetäubend laut über den Boden. Sie schob den Sessel so hin, dass er direkt neben dem von Adrian stand.

»Chilltime«, sagte sie und grinste ihn an. »Super Idee!« Sie setzte sich und vertiefte sich wieder in *Frankenstein.* Adrian stand noch einen Moment da und blickte auf sie hinab, dann nahm auch er Platz. Er zog *American Psycho* aus der Tasche und begann ebenfalls zu lesen.

17

»Was siehst du?«

Jessa drehte sich um. Sie hatte auf halbem Wege zwischen Cottage und Herrenhaus gestanden und zu dem mächtigen Kasten hinaufgeschaut, als Henry zu ihr getreten war. Jetzt richtete sie den Blick wieder dorthin. »Mauern, Türme, eine ziemlich hübsche, vor allem aber heile Fensterrosette über dem Haupteingang.«

Es kam ihr noch immer völlig irrsinnig vor, aber seit Christopher sie vor zwei Tagen von der Bushaltestelle wieder zurück nach High Moor Grange gebracht und sie einen Großteil ihrer Zeit zusammen mit Adrian lesend auf den Sesseln verbracht hatte, hatten sich die Überblenden komplett eingependelt. Jetzt stand High Moor Grange genau so vor ihr, wie es auf den alten Bildern aus dem vorletzten Jahrhundert zu sehen war.

»Scheint, als hätte ich den Übertritt in eure magische Welt endgültig getan«, murmelte sie. Es fühlte sich beängstigend an, genauso wie es beängstigend war, wie gern sie Adrian in dieser kurzen Zeit gewonnen hatte.

»Gratulation.«

Sie dachte an alles, was seit Freitag passiert war. Adrian hatte sich ein bisschen über *American Psycho* lustig gemacht und sie sich über den altmodischen Schreibstil von *Frankenstein*. Also hatte Adrian ihr durch die Gitter hindurch das Buch aus den Händen genommen und angefangen, ihr daraus vorzulesen. Sie hatte festgestellt, dass seine Stimme fester und tiefer wurde, wenn er las, und dass der Text dadurch eine eigenartige Faszination entwickelte. Es hatte sich auch gut angefühlt, mit ihm über das Buch zu diskutieren.

Gestern dann hatte Adrian ihr auch den Rest von Heathers Geschichte erzählt. Jener Geschichte, die Christopher ihr auf dem Rückweg nach High Moor Grange so wichtigtuerisch vorenthalten hatte. Seitdem wusste Jessa, dass Heather mit ihren letzten Atemzügen den Fluch, den Branwell über die Jungs gesprochen hatte, abgemildert hatte. Nicht mehr bis in alle Ewigkeit würden sie jetzt leiden.

»Sondern nur noch, bis wir jemanden finden, der voller wahrer Liebe ist«, so hatte es Adrian gesagt. »Und diese wahre Liebe wird dann stärker sein als der Fluch.«

»Und wie soll das gehen?«, hatte Jessa ihn gefragt.

Da hatte er leise gelacht. »Durch einen Kuss.«

»Ein Kuss?«

»Ja. Alice war sich ganz sicher: Nichts anderes als ein Kuss kann die Besiegelung für so was sein.«

Ein Kuss, der einen Fluch brach! Klar, dass Alice das gefallen hatte. Romantische, liebevolle, ein bisschen durchgeknallte Alice …

Seufzend schob Jessa die Erinnerung von sich.

»Ich habe immer noch keinen Schimmer, wie es funktioniert«, sagte sie zu Henry. »Das mit dem Haus meine ich. Wie kann ein Haus gleichzeitig eine Ruine und völlig intakt sein?«

Sie erzählte ihm, wie Christopher ihr bei ihrem ersten gemeinsamen Besuch im Herrenhaus dieses bodentiefe Fenster geöffnet und sie sich darüber gewundert hatte. »Wenn ich vor seiner Nase durch den leeren Fensterrahmen geklettert wäre, den ich gesehen habe, was hätte er dann gesehen?« Sie hatte ihren Weg fortgesetzt, während sie geredet hatte.

Henry lief neben ihr. »Vermutlich hätte er dich durch das Glas gehen sehen. Wir haben den Effekt auch nie richtig verstanden. Victor denkt, dass es eine Art Paralleluniversumsvariante ist.«

»Und wenn ein Mädchen dem Fluch unterliegt, dann ...«

»Dann wird sie Teil des Universums, in dem der Fluch existiert.« Henry grinste.

»Knoten im Hirn«, ächzte Jessa.

Henry schob die Hände in die hinteren Taschen seiner Jeans. »Was hast du vor?«

»Eigentlich wollte ich zu Adrian.« Seit ihrer Rückkehr war sie kein einziges Mal bei Adrian im Verlies gewesen, sondern hatte immer nur zusammen mit ihm in den Sesseln am Gitter gesessen. Irgendwie hatte sie das Gefühl, dass es heute an der Zeit war, das zu ändern. Ihre Angst vor ihm war quasi von Stunde zu Stunde weniger geworden – im gleichen Maße wie ihre Sympathie größer. Ein Gedanke kam ihr in den Sinn. »Wo in diesem Kasten lebt eigentlich Christopher? In dem Turm oben, oder?«

Henry blieb wie angewurzelt stehen. »Nicht im Turm, nein. Er hat seine Zimmer auf der ersten Etage. Durch die Halle, dann rechts auf die Galerie und den Gang lang. Warum?«

»Na ja. Seit er mich zurückgeholt hat, geht er mir aus dem Weg, als hätte ich Herpes. Ich finde schon, dass wir wenigstens ab und zu ein paar Worte wechseln könnten.«

»Ich könnte mir vorstellen, es ist ihm wichtiger, dass du seinen Bruder rettest.«

»Ja. Klar.« Jessa begriff, worauf Henry hinauswollte. »Du meinst, er will nicht, dass ich mich doch noch in ihn verliebe?«

»Nö. Er geht ja davon aus, dass du dich längst in ihn verliebt *hast.* Adrian hat ihn angegriffen, vergiss das nicht.«

»Jaja, das hatten wir alles schon mindestens hundertmal.«

»Ich vermute, Christopher will es dir leichter machen, Gefühle für Adrian zu entwickeln, indem er sich von dir fernhält. Seine attraktive und unwiderstehliche Person würde dich nur davon ablenken.«

»Du weißt schon, wie bescheuert das klingt, oder?«

Henry grinste nur. »Christopher-Sprech.«

Attraktiv. Unwiderstehlich. *Pah!* Jessa seufzte. »Ich habe keine Ahnung, ob ich mich überhaupt jemals in *irgendwen* verlieben kann, aber wenn es passiert, dann ist Christopher so ziemlich der Letzte auf meiner Liste.« Sie ging weiter. »Und er kann mir schließlich nicht die nächsten dreißig Jahre aus dem Weg gehen.«

Henry lachte. Es klang ein bisschen hohl. »Unterschätz Christopher nicht!«

Als er ihr ins Innere des Hauses folgte, warf sie ihm einen stirnrunzelnden Blick zu. »Hat Victor dir gesagt, du sollst auf mich aufpassen, oder was?« Seit ihrer Rückkehr am Freitag war er immer wieder unvermittelt aufgetaucht wie ein Schatten, der mal sichtbar war und sich mal vor ihr verbarg.

Gleichmütig hob er die Schultern.

Jessa schaute zur Galerie hoch. Erst gestern hatten dort noch riesige Löcher geklafft und die Galerie im Ganzen einen nicht gerade vertrauenerweckenden Eindruck gemacht, jetzt schimmerten die Stäbe des Geländers massiv und solide im Morgenlicht. Jessa beschloss, einen kleinen Abstecher zu machen, bevor sie zu Adrian ging. Ohne auf Henrys Protest zu achten, steuerte sie die Freitreppe an, über die es in den ersten Stock ging.

Christophers Zimmer lagen am Ende eines Ganges, der mit einem dicken roten Läufer und Gemälden von mittelalterlichen Ahnen wie die Kulisse für einen Kostümfilm wirkte. Getragene Klavierklänge wehten Jessa entgegen, als sie, von Henry verfolgt, vor einer reich verzierten, doppelflügligen Tür stehenblieb.

Christopher ist der Beethoven- und Bach-Typ, hatte Adrian gesagt.

Hier war sie also richtig.

Sie warf Henry einen herausfordernden Blick zu. Zu ihrer Verwunderung zuckte er mit den Schultern. »Mach ruhig. Er reißt mir dafür ja nur den Kopf ab.«

»Ich bewundere deine Opferbereitschaft.« Jessa zwinkerte ihm zu. Dann wartete sie eine Pause in der Melodie ab und klopfte.

Das Spiel verstummte.

»Ja?« Christophers Stimme.

Jessas Herz stolperte. Sie ignorierte es, schob eine Hälfte der Tür auf und betrat das Zimmer. Der Raum wurde beherrscht von einem schwarz glänzenden Flügel, an dem Christopher saß. Daneben hing ein beigefarbener Boxsack, der so gar nicht zu dem Rest der Einrichtung passte. Genau wie bei Adrian unten im Keller gab es auch hier eine Menge moderner Möbel aus Chrom und Leder. Durch eine offen stehende Tür konnte Jessa ins Schlafzimmer schauen. Ein altes Himmelbett stand dort. Seine gedrechselten Stangen waren leer, die Vorhänge hatte Christopher offenbar entfernen lassen. All das registrierte Jessa in einer einzigen Sekunde, bevor sie den Blick auf Christopher richtete.

Er war nur mit Jeans und einem offenen Hemd bekleidet, das er bei ihrem Eintreten zuknöpfte und bei dessen Anblick sie wieder an *Shakespeare in Love* denken musste. Sie schluckte. War das da an seinem Hals eine Narbe? Es sah so aus, aber sie konnte es nicht genauer erkennen, weil Christopher den Kragen so hinzog, dass die Stelle vor ihren Blicken verborgen war. Wie konnte er eine Narbe haben, wenn seine Wunden doch ohne Spuren heilten?

Als er aufstand, sah sie, dass er barfuß war. Seine Miene wirkte verschlossen. »Ich hatte eigentlich Anweisung gegeben, sie von hier fernzuhalten, Henry.«

»Tja.« Henry wirkte nicht so, als fürchte er, im nächsten Moment den Kopf abgerissen zu bekommen. Ziemlich gelassen trat er näher. »Blöd nur, dass in diesem Haus offenbar niemand mehr macht, was du sagst.«

»Offenbar.« Christopher sah Jessa an, als sei sie schuld an diesem Zustand. »Womit kann ich dir behilflich sein?«, fragte er so sachlich wie ein Butler.

»Reden?«, bot sie an.

»Ich bin nicht sicher, ob das eine gute Idee …«

»Ach, tu doch nicht so!«, fuhr sie ihm dazwischen. »Oder glaubst du etwa, ich bin so doof, nicht zu kapieren, was du vorhast?«

»Das wäre?«

»Du hast Angst, dass es mir so geht wie allen anderen Mädchen. Du glaubst, dass ich mich weniger heftig in dich verliebe, wenn du mir aus dem Weg gehst und den unfreundlichen Schnösel spielst.«

Er sackte in sich zusammen, ein klein wenig nur, aber genug, dass sie es bemerkte. *Ertappt!*, dachte sie zufrieden.

Doch so leicht war er nicht zu knacken. »Wie oft soll ich das noch sagen? Du bist bereits in mich verliebt, sonst würde …«

»Jaja. Ich kenne die Platte. Spar dir deinen Atem.«

Er sah aus, als habe sie ihm eine geknallt. »Okay«, meinte er dann. »Reden wir also. Worüber?«

Das nahm ihr allen Wind aus den Segeln. Schlagartig war ihr Kopf wie leer gefegt. Alle Themen, die ihr einfielen, drehten sich entweder um Adrian oder um Alice. Im Stillen verfluchte sie sich. Sie sah zu, wie er sich wieder an den Flügel setzte und zu spielen begann. Diese Melodie hatte sie noch nie gehört. Sie klang traurig.

Henry schien entschieden zu haben, dass er hier nicht mehr gebraucht wurde. Wortlos zog er sich zurück und schloss die Tür hinter sich.

Damit war sie nun auch noch mit Christopher allein. *Verdammt!* Sie beschloss, so zu tun, als sei sie kein bisschen befangen.

»Beethoven?«, fragte sie. »Oder Bach?«

»Chopin«, gab er zurück. »Das Regentropfen-Prélude.« Die Töne wurden dunkler, dramatischer. »Er hat sie geschrieben, als er es auf Mallorca mit George Sand getrieben hat.«

Obwohl sie sich vorgenommen hatte, sich von ihm nicht mehr auf die Palme bringen zu lassen, spürte sie, wie seine anzüglichen Worte sie schon wieder zur Weißglut trieben. *Mist!* Doch dann dachte sie daran, was er schon alles erlebt und wie kaputt ihn das vermutlich gemacht hatte. Plötzlich tat er ihr leid. Und ihr wurde klar, warum sie überhaupt hierhergekommen war. Ganz offensichtlich hoffte sie, ihm ebenso helfen zu können wie Adrian.

»Eigentlich hatte ich vor, einfach ein ganz normales Gespräch mit dir zu führen«, sagte sie. »Ohne dass du mich verspottest.«

Er seufzte theatralisch. »Was immer du willst.« Ohne aufzustehen, drehte er sich zu ihr um, zog die nackten Füße unter den Hocker und überkreuzte sie an den Knöcheln. Übertrieben erwartungsvoll schaute er sie an. »Ah!«, machte er nach einer Weile und klang dabei wie ein schnöseliger Adliger aus dem 19. Jahrhundert. »Wie überaus interessant, meine Liebe. Bitte erzählen Sie weiter!«

»Hör schon auf!«, grummelte Jessa.

Adrian hatte sich auch über ihre Unfähigkeit, Small Talk zu betreiben, lustig gemacht. Toll! Wenn sie bei Adrian war, dachte sie permanent an Christopher. Und jetzt, hier, dachte sie plötzlich an Adrian? Wie doof war das denn?

»Wann hast du gemerkt, dass du unsterblich bist?« Die Frage fiel einfach aus ihrem Mund und Jessa fühlte sich unbeholfen und verlegen dabei.

Christophers Miene verzog sich zu einem spöttischen Grinsen. »Ein normales Gespräch, ja?«

»Komm schon!«, stöhnte sie. »Ein bisschen musst du auch mithelfen.«

Da erlosch der Spott in seinem Gesicht so vollständig, dass es ganz fahl wurde. »Ich bin nicht unsterblich. Und Adrian auch nicht.«

»Heißt?«

»Heißt: Schieß uns in den Kopf und wir sind tot. Du musst es allerdings bei uns beiden gleichzeitig tun.«

So viel zum Thema normales Gespräch, dachte Jessa. »Na dann eben: Wann hast du gemerkt, dass du *fast* unsterblich bist?«

»Sagen wir, als ich mit vierzig noch genauso aussah wie mit neunzehn, ist mir ein gewisser Verdacht gekommen.«

In diesem Moment hasste sie seine betonte Coolness. Offenbar musste sie mit ihm noch viel mehr Geduld haben als mit Adrian und sich selbst. »Okay. Versuchen wir es wirklich lieber mit Small Talk.« Sie wies auf den Flügel. »Ich habe von klassischer Musik nicht besonders viel Ahnung. Ich stehe eher auf das Zeug, das Adrian hört.«

Er schluckte, als der Name seines Bruders fiel. Er versuchte, es vor ihr zu verbergen, indem er sich umdrehte. Sachte tippte eine der ganz tiefen Tasten an. Der dunkle Ton fuhr Jessa bis ins Herz. »Tja«, murmelte Christopher. »Das bedeutet dann wohl, dass ich der Romantischere in unserer Beziehung bin.«

»Wie oft soll ich es noch sagen: Wir *haben* keine Beziehung!«

»Ach ja. Stimmt ja.« Christopher tippte sich gegen das Kinn, als würde er scharf nachdenken. »Irgendwie verletzt mich das.«

Jessa hielt dieses Spiel nicht mehr aus. »Mann!«, entfuhr es ihr und in dem einen Wort steckte jedes Einzelne ihrer verknoteten Gefühle. Verzweifelt suchte sie nach einem einigermaßen eleganten Abgang. »Vielleicht sollte ich besser zu Adrian gehen.«

Er wandte sich ab und spielte einen Akkord. »Ja, vielleicht ist das eine gute Idee.«

Die Tür fiel mit einem Knall hinter Jessa ins Schloss. Christopher atmete auf.

Seit sie zurück war, fühlte er sich in ihrer Nähe wie gehäutet und das gefiel ihm überhaupt nicht.

Er begann das Regentropfen-Prélude von vorn und kam sich dabei vor, als wäre er in einem See ertrunken. Die Töne fielen wie schwere, eisige Wassertropfen, als die Tür schon wieder geöffnet wurde.

Seufzend ließ Christopher den Kopf sinken. Zu seiner Erleichterung war es allerdings Henry, der hereinkam. »Sorry«, sagte er. »Ich fürchte, ich kann sie nie aufhalten.«

»Schon gut. Wir können ohnehin nicht verhindern, dass es passiert. Egal, was wir versuchen, der Fluch wird uns immer überlisten.« Mit einer schwerfälligen Bewegung klappte Christopher den Deckel über den Tasten zu. »Du hast gelauscht, oder?«

Henry kratzte sich am Kopf. »Sagen wir, ich hielt es für meine Aufgabe, auf dich aufzupassen.«

Ein bitteres Lachen stieg in Christopher auf und es beinhaltete so viele unausgesprochene Gefühle, dass er sich zur Sicherheit in eine spöttische Bemerkung rettete. »Vor wem? Vor einem Mädchen, das mir kaum bis zur Brust reicht?«

Darauf antwortete Henry nicht.

Christopher stand auf. *Du musst diesen Fluch ebenso hassen wie ich,* dachte er.

Henry schwieg immer noch. »Darf ich was sagen?«, fragte er, nachdem Christopher ans Fenster getreten war.

»Kann ich es verhindern?«

Henry schaute finster. »Nein.«

Sekundenlang schwiegen sie beide.

Christopher war müde.

»Ich hab immer noch Sorge, dass es diesmal umgekehrt ist«, sagte Henry.

Schweigen.

»Dass nicht *sie* sich in *dich* verliebt, sondern du dich in sie.«

»Du weißt genau, dass das nicht passieren kann«, sagte Christopher. Er dachte an die Sage, in der ein kaltes Herz vorkam, an den Gürtel seines Vaters ... Erneut machte sich tiefes Schweigen zwischen ihnen breit.

»Ich hätte nie gedacht, dass ich das irgendwann mal sage«, murmelte Henry schließlich, »aber gerade bin ich froh darüber, dass du so im Eimer bist.«

Ja, das sieht dir ähnlich. Er wollte dankbar sein für Henrys Sorge um ihn, für die Freundschaft, die sie beide verband, aber er konnte es nicht. Er war einfach nicht in der Lage, den Schmerz und das Schuldgefühl, das damit verbunden war, auch noch zuzulassen.

»Autsch«, sagte er darum nur scherzhaft. Seine Mundwinkel schmerzten, als er sie zu einem Grinsen in die Höhe zwang. Wie magnetisch angezogen, wanderten seine Gedanken zu Jessa. Zu der Art, wie sie sich unbewusst die Haare aus dem Gesicht strich, zu dem Blitzen in ihren Augen, wenn er sie wieder einmal auf die Palme gebracht hatte.

Er verbot sich jeden Einzelnen dieser Gedanken.

Nach dem aufwühlenden Zusammentreffen mit Christopher war Jessa froh darüber, zu Adrian zu gehen. Mit ihm war das Zusammensein bei Weitem nicht so ein Minenfeld.

Als er ihr auf der anderen Seite der Gitterstäbe gegenübertrat, sah er sofort, dass sie etwas hatte.

»Was ist passiert?« Er trug heute einen dunkelblauen Hoodie. Die Maske war dieselbe wie immer.

Da sie nicht wusste, was sie sagen sollte, nahm sie schweigend den Schlüssel aus der Schale. Als sie an das Gitter trat, wich Adrian ein paar Schritte zurück. Ebenfalls schweigend sah er zu, wie sie aufschloss, zu ihm hereinkam, hinter sich wieder absperrte und den Schlüssel in ihre Hosentasche steckte.

»Jessa?«

»Nichts«, antwortete sie. »Es ist nichts.«

»Aber du hast dich entschieden, dass du zu mir reinkommst.«

Ja. Und irgendwie könnte ich gerade gut gebrauchen, dass du mich in den Arm nimmst. »War an der Zeit, oder?«

Er wirkte sonderbar auf der Hut. Sah man ihr wirklich so sehr an, wie durcheinander sie war? Wenn ja, durfte er auf keinen Fall erfahren, dass es wegen Christopher war. Zu groß war die Gefahr, dass er sonst wieder in diese unheimliche Raserei verfallen würde. »Weißt du, was ich heute gern tun würde?«, meinte sie mit einem – hoffentlich gut gelaunten – Lächeln.

Er schüttelte den Kopf.

»Gitarre spielen lernen! Jetzt, wo kein Gitter mehr zwischen uns ist, kannst du mir zeigen, wie man das macht, okay?«

Er zögerte, als spüre er, dass sie etwas vor ihm verbarg. Doch dann machte er eine leichte Verbeugung, die gleichzeitig sehr galant und ein bisschen ironisch aussah. »Euer Wunsch ist mir Befehl, Mylady!«

In seinem Zimmer nahm er eine Gitarre aus dem Schrank. Es war eine einfache Akustikgitarre, wenn auch eine, die ziemlich teuer aussah. Jessa schaute enttäuscht auf die elegante E-Gitarre auf ihrem Ständer.

Adrian lachte auf. »Wir fangen erst mal mit dieser hier an, bevor ich dich an die Fender lasse.« Er reichte ihr das Instrument.

Augenblicklich kam Jessa sich ungeschickt vor. »Ich weiß nicht mal, wie ich das Ding richtig halten muss.«

»Setz dich am besten erst mal.« Er streckte eine Hand aus, um sie zu einem Hocker zu führen, und dabei berührte er sie aus Versehen. Erschrocken zuckte er zurück.

»Schon okay«, sagte Jessa. Ihr Herz hatte sich an seine Verwandlung erinnert und einen Schlag ausgesetzt, aber das wusste er zum Glück nicht. Sie setzte sich und nahm die Gitarre auf den Schoß.

»Halt sie ein bisschen steiler«, riet Adrian. »Ja, so. Moment.«

Er trat hinter sie, zögerte. Sie wartete. Er kam noch ein bisschen näher, sodass sie die Wärme seines Körpers an ihrem Rücken spüren konnte. Behutsam umfasste er ihr linkes Handgelenk mit seiner behandschuhten Hand und hob den Gitarrenhals noch ein bisschen an. »Genau so. Du schlägst die Saiten mit den Fingerspitzen.« Er legte seinen Arm um sie und machte es vor. Sein Gesicht kam dabei ihrem Nacken so nah, dass sie seinen Atem spürte.

Sie erstarrte.

Sofort zog er sich ein wenig zurück. »Versuch es selbst!«

Das tat sie. Es klang nicht halb so gut wie bei ihm, obwohl sie keine Handschuhe trug.

»Das macht nichts. Das kommt mit der Zeit. Versuchen wir es mal mit zwei Akkorden.« Er zeigte ihr zuerst den D-Dur-Akkord. Als sie die Finger einigermaßen sicher an Ort und Stelle hatte, schlug sie die Saiten an. Es klang furchtbar.

»Urghs!«, entfuhr es ihr. Dann kicherte sie.

»Noch mal!«, kommandierte Adrian, umfasste ihre linke Hand und dirigierte ihre Finger auf dem Gitarrenhals an die Stelle, wo sie hingehörten.

Die Saiten schnitten in Jessas Haut, aber als sie den Akkord jetzt anschlug, klang es schon viel weniger schief. Sie ließ sich auch noch den e-Moll-Akkord zeigen, dann übte sie, zwischen den beiden hin- und herzuwechseln. Als das einigermaßen sicher gelang, zeigte Adrian ihr, wie sie nur mit den beiden Akkorden *Lady in Black* spielen konnte.

»Uff«, machte Jessa, nachdem sie das Lied zweimal ganz durchgespielt und Adrian dazu gesummt hatte, damit sie den

Takt nicht verlor. »Das ist ganz schön schmerzhaft.« Sie schüttelte ihre Hand aus. Die Saiten hatten tiefe dunkelrote Einkerbungen an ihren Fingerspitzen hinterlassen.

»Lass mal sehen.« Bevor sie zurückweichen konnte, hatte Adrian ihre Hand genommen und massierte die schmerzenden Stellen.

Über ihre Hände hinweg sah sie ihn an. Diesmal stockte ihr Herz nicht.

18

In der kommenden Nacht schlief sie nicht besonders gut. Sie träumte wirr und als sie kurz vor Sonnenaufgang erwachte, konnte sie sich nicht mehr erinnern, wer in ihren Träumen vorgekommen war. Nur Alice' Stimme und das Kinderlied hallten unheimlich in ihr nach. Um dem gruseligen Gefühl zu entgehen, stand sie auf und tappte barfuß und in T-Shirt und Höschen in die Küche hinunter, um sich einen Kaffee zu machen.

Schon auf der Treppe hörte sie, dass noch jemand anderes dieselbe Idee gehabt hatte. Sie tippte auf Henry oder Victor. Nell war es vermutlich eher nicht. Sie hatte sich in den vergangenen Tagen nämlich als wahre Langschläferin herausgestellt.

Jessa zog das T-Shirt, so weit es ging, nach unten, dann betrat sie die Küche.

Es war nicht Henry, der die italienische Espressokanne in der einen Hand und das Kaffeemaß in der anderen hielt. Es war auch nicht Victor.

Es war Christopher.

Sein Blick wanderte an ihrer Gestalt hinunter, blieb an ihren nackten Beinen hängen. »Schickes Shirt«, kommentierte er trocken.

Jessa spürte, wie ihre Wangen heiß wurden, zum Teil weil sie hier halb nackt vor ihm stand, hauptsächlich aber weil es sich bei dem Schlafshirt um ein uraltes Ding aus ihrer megarebellischen Phase handelte.

Independence is loyality to one's best self, stand in Weiß darauf. Ein Teil der Buchstaben hatte sich vom vielen Waschen gelöst, der Saum an Hals und Ärmeln war zerschlissen.

»Danke«, erwiderte sie und konnte nicht verhindern, dass sie giftig klang.

»Ich stehe auf Mark Twain«, sagte er.

Sie schaute ihn verwundert an.

Mit dem Kaffeemaß wies er auf ihre Brust. »Der Spruch. Er stammt von Mark Twain.«

»Wusste ich nicht.« Warum sagte sie das? Es stimmte doch gar nicht. Sie lehnte sich gegen den Türrahmen. »Ist mir auch egal.«

Er nickte. »Klar.« Im Gegensatz zu ihr war er wie aus dem Ei gepellt: saubere Jeans, Hemd, betont lässig geschnürte Bikerboots. Ob er jemals T-Shirts trug? Ob er sich jemals nicht wie ein Typ benahm, der im 19. Jahrhundert erzogen worden war? Ob er jemals wirklich entspannt war? Sie sah zu, wie er sich wieder seiner Arbeit zuwandte, Kaffeepulver in den Siebeinsatz der Espressokanne füllte und es sorgfältig festklopfte.

Der Duft ließ sie genießerisch aufstöhnen. Seit sie hier war, hatten Victor, Nell und Henry sie mit Earl-Grey-Tee regelrecht gequält. Sie hätte ihren rechten Arm gegeben für einen starken Kaffee.

Christophers Mundwinkel hoben sich minimal. »Auch eine Tasse?«

»Ich würde dich heiraten dafür«, murmelte sie und bemerkte erst danach, was sie gesagt hatte. »Ist natürlich nur ein Spruch.« Ihre Wangen wurden noch ein bisschen heißer.

Sein Lächeln vertiefte sich. »Natürlich.« Er schraubte die Kanne zu, stellte sie auf den Herd und schaltete ihn an.

»Was machst du hier?«, fragte Jessa, weil die Stille, die nun entstand, nur schwer auszuhalten war.

Er öffnete einen der oberen Hängeschränke und nahm eine Packung Cornflakes heraus. »Frühstück?«

Sie wusste nicht, ob das eine Antwort war oder ob er ihr auch etwas anbot.

»Ich dachte, du schläfst noch 'ne Weile«, erklärte er. »Die letzten Tage warst du um diese Zeit noch nicht hier unten.«

Jessa schlug sich vor die Stirn. »Ach, stimmt ja. Du gehst mir aus dem Weg, damit ich deinem umwerfenden Charme nicht erliege.«

Er warf ihr einen finsteren Blick zu.

Sie stieß sich vom Türrahmen ab und trat einen Schritt näher. »Dann kommst du jeden Morgen hier runter?«

»Irgendwo muss ich mir was zu essen machen. Die Küche oben ist ein bisschen unpraktisch. Man muss erst den Herd anfeuern.«

Das Wasser in der Kanne fing an, leise zu simmern.

Christopher nahm zwei Müslischalen aus einem anderen Schrank, stellte sie auf den Tisch und legte Löffel dazu.

Jessa setzte sich. Sie hatte schon einen Fuß unter ihren Po gezogen, bevor ihr bewusst wurde, dass Christopher dadurch ihr Höschen sehen konnte. Hastig setzte sie sich ordentlich hin.

Er grinste.

Sie hätte ihm am liebsten eine gescheuert. »Spann nicht!«

»Vielleicht solltest du einfach hochgehen und dir was anderes anziehen.«

»Warum? Hast du etwa Angst, dass *du mir* verfällst?«

Da wurde sein Gesicht ganz ausdruckslos. Mit einem Ruck wandte er sich ab, nahm die Kaffeekanne und schob sie auf der Herdplatte umher, als brauche er dringend etwas, um seine Hände zu beschäftigen.

Selbst schuld!, dachte Jessa, aber sie empfand nicht den gleichen Triumph wie sonst, wenn sie eines ihrer Wortgefechte gewonnen hatte.

»Entschuldige«, murmelte sie und biss sich auf die Lippe.

Sie schwiegen, bis das Wasser kochte und der köstliche Duft von frischem Kaffee die Küche füllte. Christopher nahm zwei Porzellanbecher, goss sie voll und trug sie zum Tisch. »Milch? Zucker?«

Sie schüttelte den Kopf. »Schwarz.«

Er reichte ihr einen der Becher, mit dem anderen setzte er sich zu ihr. Er trank seinen Kaffee offenbar auch schwarz. Sie wartete auf einen entsprechenden Spruch – schwarz wie meine Seele oder so. Aber der kam nicht.

»Warum heute keine Ausweichtaktik?«, fragte sie nach dem ersten Schluck.

Über seinen Becherrand sah er sie an. »Vielleicht weil ich das Gefühl habe, dass ich dadurch nur noch interessanter für dich werde.«

Sie verdrehte die Augen. »Wie oft noch? Du bist nicht interessant für mich!«

»Glaube ich dir ja langsam. Und nur deswegen sitzen wir hier.«

Sie atmete tief durch. Er machte sie wahnsinnig!

»Erzähl mir von Adrian«, sagte er zu ihrer Verblüffung. »Womit verbringt ihr eure Zeit?«

»Nicht mit dem, was du denkst«, schnappte sie.

»Oh, ich bin hier nicht derjenige mit den schmutzigen Gedanken.« Die Art, wie er sie anschaute, machte sie verlegen. Sie ärgerte sich darüber, dass sie schon wieder rot wurde.

Und noch mehr ärgerte sie sich, als er leise in seinen Kaffee lachte.

Dir ist schon klar, dass du hier gerade mit dem Feuer spielst, oder?, flüsterte die Stimme in seinem Hinterkopf.

Er versuchte, sein Gesicht hinter dem Becher zu verbergen. Jessas Augen waren auf ihn gerichtet. Im frühen Morgenlicht leuchteten sie kornblumenblau, was fast derselbe Ton war, den ihre Haarspitzen hatten.

Als sie zu erzählen begann, wie Adrian ihr das Gitarrespielen beibrachte, da hörte er kurz auf zu atmen.

»Adrian spielt gut Gitarre«, sagte er und hoffte, dass seine Stimme nicht heiser klang.

»Er hat gesagt, du spielst Saxofon.«

Er zuckte mit den Schultern. »Klavier liegt mir mehr.«

»Weißt du, was ich mich die ganze Zeit schon frage?«

Reflexartig wollte er sich über ihre Neugier ärgern, aber er stellte verblüfft fest, dass er das nicht tat. Im Gegenteil. Er war gespannt darauf, was sie wissen wollte. »Ich denke, du wirst es mir gleich sagen.«

»Dieser Fluch ... *Aneinander sollt ihr euch zugrunde richten.«* Sie zögerte.

Er zwang sich, nicht die Augen zu schließen. Natürlich! Sie suchte nach Informationen, die ihr helfen würden, Adrian zu retten. Hatte er wirklich gehofft, sie würde sich in seiner Nähe einfach nur wohlfühlen? »Was ist damit?«

»Er müsste doch euch beide treffen, also dich genauso wie Adrian.«

Er wartete. Natürlich ahnte er längst, was jetzt kommen würde. Im Grunde wunderte er sich schon eine Weile, warum sie nicht schon längst auf dieses Thema gekommen war.

»Warum bist du dann noch so …« Sie überlegte. »… so …«

»So schön?«, half er nach.

Sie verdrehte die Augen, aber sie nickte. »Auch wenn ich es hasse, es zuzugeben, aber du siehst ziemlich gut aus. Und Adrian …«

Christopher versuchte, das Bild von Adrians entstelltem Gesicht auszublenden. Wie nur konnte er Jessa klarmachen, warum sein Bruder in all diesen Jahren zu einem Monster geworden war, während er von diesem Aspekt des Fluches völlig unbelastet geblieben war? Er atmete durch. »Wir haben es dir doch erklärt. Der Fluch kommt in Gang, wenn einer von uns sich in ein Mädchen verliebt. Dieses Mädchen verfällt dann dem anderen …« Er deutete auf seine eigene Brust. *»C'est moi.* Der unglücklich Verliebte – Adrian – verfällt dem Zorn und … *voilà.«*

»Ja.« Jessa rieb sich die Stirn. »Ja, das weiß ich ja alles. Aber was ich meine, ist, warum das offenbar immer nur Adrian passiert und niemals dir.«

Er lehnte sich auf dem Stuhl zurück und streckte die Beine weit von sich. »Du bist ein kluges Mädchen. Du kommst von selbst drauf.«

Das war sie längst, das konnte er ihr ansehen. Ob sie mit Nell oder Henry in den vergangenen Tagen darüber gesprochen hatte, dass er statt eines Herzens einen Stein in der Brust hatte?

Mit beiden Händen umfing er den Kaffeebecher. Wenn die Wärme, die davon ausging, doch nur ein bisschen tröstlich gewesen wäre! In seinen Ohren begann es zu rauschen.

Jessa schüttelte ungläubig den Kopf. »Es kann doch nicht sein, dass du dich in all den Jahren nicht ein einziges Mal …« Sie stockte.

»Sag es ruhig.«

»… verliebt hast«, stieß sie aus.

»Aber genau so ist es.«

»Wieso?«

Weil ich …

Der Becher in seinen Händen barst.

Heiß und schwarz ergoss sich der Kaffee über sein Hemd, seine Hose und den halben Tisch. Gleichzeitig mit Jessa sprang Christopher auf.

»Ach du Scheiße!«, entfuhr es ihr.

Ein scharfer Schmerz war in seinen Daumenballen gefahren und Blut gesellte sich zu der Brühe auf dem Tisch. Eine Scherbe des kaputten Bechers hatte sich tief in sein Fleisch gegraben.

Mit zusammengebissenen Zähnen zog er sie heraus.

Das würde gleich wieder weggehen, aber offenbar hatte Jessa das vergessen. Über alle Maßen entgeistert starrte sie auf die Porzellanscherben. »Das war ein *Kaffee*becher!«

»Er hat ihn zerquetscht wie ein dünnes Sektglas.« Jessa verspürte noch jetzt, fast eine halbe Stunde später, Schrecken bei der Erinnerung.

Nell stand am Herd und briet Eier. Sie war in die Küche gekommen, um Frühstück zu machen, und hatte Jessa dort allein vorgefunden. Christopher war, nachdem er den verschütteten Kaffee aufgewischt und die Scherben zusammengekehrt hatte, ziemlich überstürzt nach oben ins Herrenhaus geflüchtet. Nell, die sich Jessas Erzählung schweigend angehört hatte, gab einen unbestimmten Laut von sich. »Vielleicht hatte das Ding einen Sprung und hat den heißen Kaffee nicht vertragen.«

Jessa war nicht überzeugt. »Ja. Vielleicht.«

Nell schnaufte leise. »Themawechsel!« Sie ließ ihren Blick an Jessas Gestalt auf und abwandern. »Deine Klamotten gehen zur Neige, oder? Wenn du willst, kannst du mir ein paar davon geben, dann wasche ich sie zusammen mit unseren.«

Jessa hatte in Ermangelung frischer Kleidung einfach ihr Schlaf-T-Shirt angelassen, als sie in die Jeans geschlüpft war.

»Andere Idee«, fuhr Nell fort. »Was hältst du davon, wenn wir beide heute im Dorf ein bisschen shoppen gehen? Ein paar neue Sachen könnten dir nicht schaden, finde ich.«

Jessa hätte nichts gleichgültiger sein können als neue Klamotten. Trotzdem hatte der Gedanke, für eine Weile hier rauszukommen, etwas Verlockendes. »Ich habe nicht besonders viel Kohle zum Shoppen.«

»Kein Problem! Die Jungs haben genug davon. Ich zum Beispiel bekomme für diese Frondienste hier ...«, sie hielt den Pfannenwender in die Höhe, um zu verdeutlichen, was sie meinte, »... ein großzügiges Schmerzensgeld.«

»Ich lasse mich nicht aushalten!«, wehrte Jessa ab.

Da schnaufte Nell spöttisch. »Falsche Sichtweise, meine Liebe! Für das, was du für die Jungs tust, würde ich an deiner Stelle ein halbes Vermögen verlangen!«

So konnte man es natürlich auch sehen. Trotzdem nur halb überzeugt, willigte Jessa ein. »Also gut. Wann?«

»Heute Nachmittag.« Nell kicherte. »Endlich bin ich mal nicht das einzige Mädel hier.«

Das lieferte Jessa ein Thema für eine harmlose Plauderei. »Mir ist schon neulich aufgefallen, dass eure Mutter ...« *Harm-*

los. Klar! Sie biss sich auf die Zunge. »Sorry. Im Small Talk bin ich wirklich eine Niete.«

Doch Nell winkte ab. »Kein Problem. Meine Mutter hat das Weite gesucht, als ich noch ein Baby war. Sie hat diesen schrägen Familienkram nicht ausgehalten.« Sie zuckte mit den Schultern. »Ist so ein Running Gag bei uns. Die Mütter hauen irgendwann ab.«

»Das tut mir leid.«

»Muss es nicht. Christopher und Adrian zahlen ihr einen ziemlich fürstlichen Unterhalt, damit sie niemandem erzählt, was hier so abgeht. Sie hat einen anderen geheiratet und ist mit ihm nach Südfrankreich gezogen. Er denkt, sie ist eine reiche Adelstochter, die von der Familie dafür bezahlt wird, dass sie über irgendein pikantes Familiengeheimnis den Mund hält. Stimmt ja sogar irgendwie.«

Obwohl Nell versuchte, amüsiert zu klingen, spürte Jessa, dass sie tief in ihrem Herzen wütend auf ihre Mutter war. Sie dachte an ihre eigenen Eltern und an die irrationale Wut, die sie selbst empfunden hatte, weil sie sie *verlassen* hatten. Um wie viel stärker musste so eine Wut sein, wenn sich eine Mutter aus freien Stücken entschied fortzugehen? Wenn sie nicht durch einen tragischen Unfall aus dem Leben gerissen wurde?

Das Thema schien auch Nell zu düster, darum wechselte sie es rasch. »Erzähl mal ein bisschen von dir!«, forderte sie Jessa auf, als sie mit zwei leeren Tellern an den Tisch kam.

»Da gibt es nicht viel zu erzählen. Dass meine Eltern bei einem Autounfall gestorben sind, weißt du ja schon. Alice und ich haben danach in einem Kinderheim gelebt.«

»Gab es niemanden, der euch adoptieren wollte?«

»Doch. Aber nie zusammen. Und wir hatten uns geschworen, uns nie trennen zu lassen.« Unwillkürlich strich sie sich über das Tattoo an ihrem Arm und verspürte ein tiefes, schmerzliches Bedauern. »Immer wenn eine von uns in eine Familie kam, hat sie sich so unmöglich benommen, dass man sie ziemlich schnell wieder nach *Children's Retreat* zurückgeschickt hat.«

»Klingt traurig.« Nell brachte die Pfanne zum Tisch, ließ die Eier auf die beiden Teller gleiten und setzte sich dann. Sie teilte eines ihrer Eier mit der Gabel und schaufelte sich die Hälfte davon in den Mund. »Was wirst du tun, wenn du achtzehn bist? Ich meine, dann musst du doch raus aus dem Heim, oder?«

»Wenn ich eine Ausbildung abgeschlossen habe, ja.«

»Und? Was willst du machen?«

Bei dieser Frage musste Jessa an Ms Trenton denken, die Heimleiterin, die sie das auch oft gefragt hatte. Ob die Polizei noch nach ihr suchte? Vermutlich hatten die Beamten es genau wie damals bei Alice aufgegeben. Sie hatten bestimmt Wichtigeres zu tun, als tagelang nach einer notorischen Ausreißerin zu fahnden. Ms Trenton hatte ihr mittlerweile noch zwei Nachrichten geschickt und ihr versichert, dass sie froh wäre, wenn Jessa zurückkommen würde. *Lass uns in Ruhe über alles reden!,* hatte sie geschrieben. Und einmal sogar: *Alles wird wieder gut, Jessa!*

Jessa hatte beide Male nicht geantwortet und ein ziemlich schlechtes Gewissen deswegen. »Keine Ahnung«, antwortete sie auf Nells Frage. »Manchmal denke ich, irgendwas mit Büchern vielleicht.«

»Du siehst nicht aus wie die typische Buchhändlerin.« Die zweite Hälfte vom Ei verschwand in Nells Mund.

Jessa hatte ihres noch nicht einmal probiert. »Oh. In Soho gibt es eine Menge Independent-Buchläden, in denen sehen die Leute ganz genauso aus wie ich.« Sie griff nach ihren blauen Haarsträhnen und zog daran, um zu demonstrieren, wovon sie sprach.

»Echt? Hier auf dem Dorf gibt es nur Buchhändlerinnen in Tweedrock und mit Gesundheitsschuhen.«

»Eure Bibliothekarinnen sehen auch so aus.«

»Ms G?« Nell lachte. »Stimmt. Wusstest du, dass sie sich für die Elfenbeauftragte dieser Gegend hält?«

»Ich wusste nicht mal, dass es so was wie Elfenbeauftragte überhaupt gibt.«

»In Island ist das eine offizielle Position, glaube ich. Hier in Yorkshire bekleiden ganz unterschiedlich durchgeknallte Personen den Posten. Die meisten sind Frauen über fünfzig.«

Jessa machte sich jetzt auch über ihre Eier her. Sie schmeckten gut, viel aromatischer als das Zeug, das man im Kinderheim bekam. »Du glaubst nicht an Elfen?«

»Du etwa?«

Die Gabel blieb auf halber Strecke zu Jessas Mund hängen. »Ich habe angefangen, an Flüche und so was wie Unsterblichkeit zu glauben. Warum dann nicht auch an Elfen?«

»Punkt für dich.«

»Vielleicht sind die beiden Jungs ja von Elfen verzaubert worden und es ist gar nicht der Fluch ...«

Nell schnaubte verächtlich und Jessa fügte hinzu: »Was? Möglich ist es doch.«

»Nö.« Nell aß auf und räumte ihren Teller in die Geschirrspülmaschine, dann stellte sie die Pfanne zurück auf den Herd, schlug drei neue Eier hinein und steckte zwei Scheiben Toast in den Toaster. Jessa wusste, dass alles für Adrian bestimmt war. Er konnte aus seinem Gefängnis ja nicht heraus, um zum Frühstück herunterzukommen, so wie Christopher es tat, darum hatte sie sich angewöhnt, es ihm zu bringen. Essen musste er allerdings ohne sie, denn dazu war es ja nötig, dass er seine Maske abnahm.

»Eigentlich schade«, seufzte Nell. »Dass du nicht zusammen mit Adrian essen kannst, meine ich. Das wäre so ein richtig romantisches Date.«

»Irgendwann wird er sich trauen, mir sein Gesicht zu zeigen«, erwiderte Jessa.

Nell presste die Lippen zusammen. »Ja. Irgendwann.«

Als Jessa mit dem Frühstück in den Keller kam, wartete Adrian schon auf sie. Sie freute sich darüber. In den letzten beiden Tagen hatte sie immer weniger das Gefühl, ein gefährliches Raubtier zu füttern, aber ganz konnte sie diesen Gedanken noch immer nicht von sich weisen. Trotzdem ging sie zu ihm hinein und reichte Adrian das Essen.

»Danke«, sagte er.

»Ich warte bei den Bildern auf dich. Ruf, wenn du fertig bist. Ich habe das Buch durch.« Nach *Frankenstein* hatte Adrian ihr *Dracula* von Bram Stoker gegeben. Er selbst las gerade ein anderes von Jessas Lieblingsbüchern: *Der Fänger im Roggen* von J.D. Salinger. Natürlich kannte er es schon, aber er hatte sich bereitwillig auf einen Re-Read eingelassen, weil es fast siebzig Jahre her war, dass er es gelesen hatte.

Sie ging zu der Nische mit den Nebelbildern, die sie seit dem Tag, an dem sie erfahren hatte, dass Christopher und Adrian unsterblich waren, nicht mehr genauer betrachtet hatte. Jetzt schaltete sie die Beleuchtung an und wanderte langsam an der Reihe der Bilder entlang. Sie betrachtete Adrians Gestalt, die aus dem Nebel auf sie zukam. Seine Kapuze. Sein Gesicht auf dem Bild, unkenntlich, weil Branwell es übermalt hatte.

Christophers Hand, die vor das Gesicht geschlagen war. Der Nebel, der zwischen seinen Fingern hervordrang wie Rauch. Als würde sein Gesicht brennen.

Hinter seiner rechten Schulter, das fiel Jessa erst jetzt auf, thronte High Moor Grange auf einem Hügel. Sie sah Schornsteine und Zinnen. Den Turm. Ihr Blick fiel auf den breiten Silberring an Christophers Ringfinger.

Und da machte es in ihrem Kopf klick.

Plötzlich hatte sie am ganzen Körper eine Gänsehaut.

»Adrian!«, wisperte sie. »Adrian!« Diesmal rief sie seinen Namen und er schien zu hören, dass etwas geschehen war. Er kam augenblicklich zu ihr, nicht ohne seine Maske wieder aufgesetzt zu haben natürlich.

»Was ist los?«

Sie wies auf das letzte Bild. »Christophers Ring.«

Er schien zu wissen, was sie meinte, aber bevor er etwas dazu sagen konnte, stieß Jessa hervor: »Wann hat Branwell das Bild gemalt?«

»Kurz vor seinem Tod, also 1848, aber ...«

»Neulich im Altersheim habe ich mitgehört, was Elizabeth zu Christopher gesagt hat. Sie hat ihm den Ring gekauft.«

Adrian nickte und Jessa begriff nicht, warum er nicht genauso elektrisiert war wie sie. Im Gegenteil: Er wirkt jetzt geradezu angespannt. Angsterfüllt.

Warum?

Sie deutete auf das Bild. »Wie kann Branwell 1848 einen Ring gemalt haben, den Christopher erst fast hundert Jahre später bekommt?«

»Tja. Das ist die Millionenfrage.« Ganz ruhig ertönte Christophers Stimme und ließ Jessa herumfahren. Er war jenseits des verschlossenen Gitters aufgetaucht und weder sie noch

Adrian hatten ihn kommen hören. Aber offenbar hatte er Jessas letzte Sätze mitbekommen, denn im Gegensatz zu seiner emotionslosen Stimme verriet sein Gesicht eine Fülle von Gefühlen. Er sah erschöpft aus, fand Jessa. Nein, nicht erschöpft. Besiegt. Ihr zog es das Herz zusammen. Ihr Blick wanderte zu Adrian, der nun ganz ähnlich geschlagen wirkte.

Sie schüttelte den Kopf, weil ihr beim Anblick der beiden Jungen mulmig wurde.

Schritte ertönten hinter ihnen. Victor.

»Wir glauben, dass Branwell irgendwie in der Lage war, die Zukunft zu sehen«, beantwortete er Jessas Millionenfrage.

Branwell hatte die Jungs nicht nur verflucht, er hatte gesehen, was in der Zukunft geschehen würde?

Ihr drehte sich der Magen um, als sie Christophers Hand vor seinem Gesicht betrachtete. Den Nebel zwischen seinen Fingern ...

»Ihr glaubt, er hat gemalt, was passieren wird?«, flüsterte sie.

Christophers Kopf senkte sich. Er begann, gedankenverloren an seinem Ring zu drehen.

»Aber ... ich meine ... wie ist das möglich?«, stammelte Jessa.

Christopher zuckte mit den Schultern. Sie hätte ihn gern gepackt und geschüttelt, weil er so ruhig war. »Vermutlich aus demselben Grund, warum sein Fluch wirkt.«

Sie hätte beinahe hysterisch aufgelacht. Sie wollte weg von hier. Sie wollte Christopher festhalten.

»Ich habe in den vergangenen Jahren viel Zeit auf genau diese Frage verwendet«, sagte Victor. »Und bei meinen Nachforschungen bin ich auf einen französischen Buchhändler gestoßen. Er behauptet doch tatsächlich, dass es in Paris eine Magie gibt, die Menschen befähigt, die Realität *umzuschreiben.* Seitdem frage ich mich, ob Branwell diese Magie vielleicht auch besaß. Ob er sie nicht mit dem Schreiben, aber mit diesen Bildern gewirkt hat.«

»Jemand malt etwas und es wird wahr.« Adrian schüttelte den Kopf auf eine Weise, dass Jessa ahnte, dass sie nicht zum ersten Mal über dieses Thema sprachen. »Also ich finde das immer noch absurd!«

Victor lächelte schmal. »Ja. Das kommt selbst uns unmöglich vor, oder? Wir glauben lieber daran, dass ein Fluch diese Macht hat.« Er schaute Jessa an, als wolle er ihre Meinung dazu erfahren.

Sie ging an der Reihe der Bilder entlang und blieb vor dem von Christopher stehen. Sie tippte auf den Ring darauf. »Ich würde gern glauben, dass es ein Zufall ist.« Sie musterte Christopher, der noch immer auf seine eigene Hand starrte. »Dass Elizabeth zufällig einen Ring gekauft hat, der diesem hier so ähnlich sieht. Oder dass sie es absichtlich gemacht hat. Ich meine: Sie kannte doch dieses Bild bestimmt, oder?«

Christophers Kopfschütteln war schwerfällig. »Sie war nie hier unten.«

»Vielleicht weißt du es einfach nicht!«, widersprach Jessa ihm. »Sie kann doch hier gewesen sein und den Ring gesehen haben, ohne dass du dabei warst. Und dann hat sie diesen Ring gesehen und ihn dir gekauft.«

Christopher hob den Blick. Seine Augen waren leer. »Danke, dass du das glauben willst«, sagte er mit dieser schrecklichen Ruhe.

»Du glaubst es nicht.«

Er schüttelte den Kopf.

»Du denkst, dass Branwell wirklich gemalt hat, was passieren wird.«

Er nickte.

Jessa wusste nicht, ob sie fluchen oder heulen sollte. Sekundenlang starrte sie das Bild an. Christophers Gesicht darauf war zwar nicht zu sehen. Aber es war ganz klar, dass es hinter der erhobenen Hand und hinter all dem Nebel vor grausamen Schmerzen verzerrt sein musste.

Als Jessa in die Küche kam, war Nell verblüffend gut gelaunt und damit beschäftigt, eine lange Einkaufsliste zu schreiben. »Hey«, meinte sie. »Tut mir leid, aber unser Shoppingevent muss leider ausf… Was hast du?«

Jessa setzte sich zu ihr an den Tisch. Die Vorstellung, dass Branwells letztes Bild irgendwann Realität werden würde … Sie war einfach nur müde. Diese tiefe Hoffnungslosigkeit, die sie in Christophers Augen gesehen hatte. Es kam ihr vor, als habe sie sich damit angesteckt. Was, wenn sie sich alle was vormachten? Wenn es keine Rettung für Adrian gab? Und damit auch keine für Christopher? Die Vorstellung war unerträglich für sie.

»Hallo? High Moor Grange an Jessa!«

Ihr ging auf, dass Nell sie fragend musterte. »Branwell hat Christophers Zukunft gemalt«, murmelte sie.

Ein Schatten huschte über Nells Gesicht. »Oh. Das. Ja.« Sie überlegte, dann meinte sie: »Egal! Keiner weiß wirklich, was die Zukunft bringen wird. Darum werden wir das Hier und Jetzt genießen. Hast du mich gehört?« Sie wartete, bis Jessa widerstrebend genickt hatte. »Ich habe eine geile Idee.« Sie kritzelte noch etwas auf ihre Liste.

Hähnchen, Mango, Sekt.

Das waren die ersten drei Einträge darauf. Mehr konnte Jessa nicht lesen, weil Nell das Geschriebene mit den Händen bedeckte. »He! Nicht spicken!«

Jessa beließ es dabei. Sie hatte keine Lust, so zu tun, als sei alles normal.

Nell tippte mit dem Stift an ihre Zähne. »Ich gehe mit Henry gleich einkaufen. Was hast du vor, wenn wir nicht shoppen gehen?«

»Keine Ahnung. Vielleicht lege ich mich ein bisschen hin. Ich schlafe nicht besonders gut in letzter Zeit.«

Nell fiel noch etwas ein, das sie besorgen musste. Sie kritzelte es auf ihre inzwischen sehr lange Liste. »Gute Idee. Du siehst ganz schön fertig aus. Kein Wunder.« Sie legte den Stift fort, nahm die Liste, überflog sie noch einmal. »Tust du mir einen Gefallen?«

»Klar.«

»Triff dich heute ausnahmsweise nicht mehr mit Adrian.«

»Okay. Und wieso?«

Ein breites Lächeln glitt über Nells Gesicht. »Das wird eine Überraschung.«

19

Gegen Abend saß Jessa in ihrem Zimmer auf dem Bett. Sie hatte den Nachmittag über versucht, *Sturmhöhe* zu lesen, aber immer wieder hatte sie nur blicklos vor sich hin gestarrt, weil ihr so viele Dinge im Kopf herumgeisterten. Da war das Gemälde von Christopher. Dieser Nebel, der durch seine Finger hindurchquoll. Wenn sie die Augen schloss, sah sie die Qual in seinem Gesicht dahinter und dann zog es sie zu ihm, weil sie ihn in den Arm nehmen und festhalten wollte. Wie groß musste seine Angst vor einer solchen Zukunft sein?

Sie rieb sich die Augen, die schon seit einer Weile verdächtig brannten.

Mit zusammengebissenen Zähnen blätterte sie eine Seite um, suchte nach einer Stelle, an der sie weiterlesen konnte. Und blieb mit dem Blick an Alice' Zeichnung von High Moor Grange hängen.

Wie sehnsüchtig Adrians Stimme immer dann klang, wenn er von ihrer Schwester sprach! Seufzend lehnte sie den Kopf an die Wand. Das wurde offenbar heute nichts mehr mit dem Lesen. Stattdessen hatte sie das Gefühl, dass sie ganz dicht vor einer wesentlichen Erkenntnis stand, aber sie bekam sie einfach nicht zu fassen. Genervt klappte sie das Buch zu und war froh, als es an der Tür klopfte. »Jessa?« Es war Nell.

»Komm ruhig rein!«, rief Jessa.

Nell wirbelte ins Zimmer. »Es ist so weit!« Sie strahlte so sehr, dass Jessa das Gefühl hatte, festen Boden unter den Füßen zu brauchen.

Sie schwang die Beine aus dem Bett. »Was ist so weit?«

»Die Vorbereitungen. Jetzt müssen wir dich nur noch ein bisschen aufbrezeln.« Nell drehte sich einmal im Kreis, als suche sie etwas.

»Ich habe nicht die geringste Ahnung, wovon du sprichst.«

»Na, von deinem Rendezvous mit Adrian.« Nell lachte, als sie Jessas verblüffte Miene sah. »Dein Date, wenn dir das besser gefällt. Eine Verabredung. Ein Abendessen, ein ...«

»Ich weiß, was ein Rendezvous ist!«

Nell hüpfte wie ein Gummiball vor Begeisterung. »Henry und ich haben den ganzen Nachmittag in der Küche gestanden und gekocht. Adrian weiß Bescheid. Jetzt fehlst nur noch du ...«

Da endlich kapierte Jessa. »Ihr habt ein Abendessen für uns vorbereitet?« Sie dachte an all die appetitanregenden Düfte, die den ganzen Nachmittag durchs Haus geweht waren.

»Wobei verliebt man sich besser als bei einem romantischen Abendessen?«

»Hör zu, Nell. Ich weiß, dass ihr alle hier an dieses Zeug mit dem Verlieben glaubt ...«

»Ich ...«

»Lass mich ausreden!« Jessa setzte sich kerzengerade hin. »Ich will euch helfen, das weißt du. Ich will Adrian genauso retten wie ihr. Aber ich glaube inzwischen, dass ich mich dazu nicht in ihn verlieben muss.«

»Sondern?«

»Das weiß ich noch nicht«, gestand Jessa. »Aber ich komme noch drauf, versprochen!«

Jessa glaubte schon, sie würde ohne romantisches Abendessen davonkommen, aber Nell packte sie und zog sie auf die Füße. »Alles klar. Du suchst nach einem anderen Weg, ich kümmere mich um das mit dem Verlieben.« Sie grinste Jessa an. »Und das bedeutet, du gehst heute Abend zu diesem Rendezvous mit Adrian.«

Jessa stöhnte auf, aber Nell war jetzt nicht mehr zu bremsen. Kritisch musterte sie ihr T-Shirt mit dem Mark-Twain-Spruch und die zerrissene Jeans. »So kannst du auf keinen Fall gehen.«

Bevor Jessa noch einmal protestieren konnte, hatte Nell sie schon vor den Spiegel im Bad gezerrt. An der Duschvorhangstange hingen zwei leichte Sommerkleider, eins mit einem bunten Blumenmuster, das andere in Weiß mit grünen Polkadots. Nell nahm das mit den Blumen herunter und es dämmerte Jessa, was sie vorhatte.

»Vergiss es!«, rief sie. Nie im Leben würde jemand sie in so ein Ding stopfen!

Nell ließ sich nicht beirren. Sie hielt das Kleid vor Jessa, um zu prüfen, ob ihr die Farbe stand. Offenbar nicht, denn sie hängte das Kleid wieder weg und nahm das andere. Es hatte einen absurd aufgeplusterten Rock mit mindestens einem Dutzend Petticoats darunter.

Jessa wich rückwärts, als sei es vergiftet. »Ich ziehe nie Kleider an!«

»Du kannst aber unmöglich so zu deinem Rendezvous gehen«, nörgelte Nell.

Ich habe nie um ein Rendezvous gebeten, dachte Jessa. Sie wollte sich gerade rundheraus weigern, bei so einem Schwachsinn mitzumachen, als ihr aufging, dass Nell stundenlang in der Küche gewerkelt hatte. Wie konnte sie da auf stur schalten? Sie versuchte, sich vorzustellen, wie sie und Adrian sich gegenübersaßen. Er würde unfähig sein, auch nur einen Bissen zu sich zu nehmen, weil es bedeutet hätte, diese Maske vor ihr abzunehmen.

Obwohl ...

Adrian weiß Bescheid, hatte Nell gesagt. Das bedeutete, Adrian war mit diesem Abendessen einverstanden. Bedeutete es vielleicht auch, dass er vorhatte, ihr heute Abend sein Gesicht zu zeigen?

Sie spürte, wie ihre Gegenwehr in sich zusammenfiel. Trotzdem. Ganz ohne Widerstand würde sie sich nicht fügen. »Wieso muss ich mich aufstylen?«, maulte sie. »Es geht ja schließlich nicht darum, dass Adrian sich in *mich* verliebt.«

Sprachlos blies Nell die Backen auf.

Jessa betrachtete die unzähligen Punkte auf dem rüschigen Kleid. »Du kannst dich auf den Kopf stellen, ich werde auf keinen Fall ein Kleid anziehen.« Sie zupfte an dem Stoff. »Außerdem passt dieses Grün nicht zu meiner Haarfarbe.«

»Stimmt allerdings.« Mit einem Seufzen hängte Nell auch das gepunktete Kleid wieder an die Duschabtrennung. Herausfordernd schob sie das Kinn vor. »Aber du kannst dich ebenfalls auf den Kopf stellen: Mit diesem albernen Spruch auf der Brust lasse ich dich nicht zu Adrian!«

Plötzlich kam Nell Jessa vor wie eine kleine Schwester, die versuchte, der älteren beizubringen, wie man sich für einen Ball zurechtmachte. Es fühlte sich verblüffend gut an. Wie etwas, das sie all die Jahre vermisst hatte, ohne zu wissen, dass es ihr gefehlt hatte. »Also gut«, lenkte sie ein. »Kompromiss? Kein Kleid, dafür aber auch nicht dieses T-Shirt.«

»Deal!« Nell schoss davon und kam gleich darauf mit einem Stapel Klamotten zurück. Zwei Hosen, eine davon eine Bluejeans, dazu ein paar Shirts, allesamt einfarbig. Zu Jessas Bedauern war keines davon schwarz, also entschied sie sich für ein dunkelblaues, das sie zusammen mit Nells Jeans anzog. Sie schlüpfte auch noch in die dunkelblauen Ballerinas, die Nell holte, und ließ sich anschließend einen Lidstrich ziehen und die Wimpern tuschen. Als sie sich im Spiegel ansah, blickte ihr daraus ein völlig fremdes Gesicht entgegen. Fort war das rebellische, abweisende Mädchen, dessen schlabberige Kleidung sie wie ein Panzer umgab. Stattdessen, fand Jessa, sah sie plötzlich Alice unfassbar ähnlich. Die Jeans saß sehr vorteilhaft auf ihren schlanken Hüften. Das Blau des Shirts, das sie nur vorne in den Bund gesteckt hatte, bildete einen spannenden Kontrast zu dem Neonton ihrer Haarspitzen und zauberte einen Glanz in ihre Augen, den sie vorher noch nie darin gesehen hatte.

Sie hielt die Luft an und blies sie durch die zusammengepressten Lippen aus. »Okay«, murmelte sie. »Ich fühle mich zwar wie verkleidet. Aber ich bin bereit.«

Als sie das Bad verließen und nach unten gingen, wartete Henry in der offenen Küchentür auf sie. Offenbar hatte Nell auch Victor von ihrem Plan erzählt, denn er stand ebenfalls im Flur und schaute erwartungsvoll zu ihr herauf. Schlagartig verspürte sie ein neues Aufwallen von Abwehr. Die Art und Weise, wie alle hier versuchten, sie dazu zu bringen, Adrian zu lieben, war doch total bescheuert! Liebe ließ sich nicht erzwingen. Schon gar nicht bei jemandem, der so kaputt war wie sie.

Und auch nicht bei Adrian … Sie dachte an die letzten Tage, die viele Zeit, die sie mit Adrian verbracht hatte. Wie sie beide lesend in ihren Sesseln gesessen hatten, erst neben dem Gitter und mittlerweile völlig selbstverständlich bei ihm im Zimmer.

Wie Bruder und Schwester, nicht wie zwei Menschen, die ineinander verliebt waren …

Und dann war da die Sehnsucht, mit der Adrian von Alice sprach. Zu gern hätte Jessa in ihrem Zimmer noch länger über all diese Dinge nachgedacht, aber nun kam Henry auf sie zu. Er wirkte nicht zufrieden. »Irgendwie hatte ich gedacht, du würdest mehr wie ein Mädchen aussehen.«

Jessa starrte ihn ausdruckslos an. »Wann habe ich verpasst, dass du die Uhr aufs 19. Jahrhundert zurückgedreht hast?«

Da grinste er breit. »Schon klar.« Er legte ihr einen altmodischen Samtumhang um die Schultern, dann reichte er ihr einen Arm. »Mylady? Es ist so weit. Darf ich Sie zu Ihrem Galan begleiten?«

Die hatten offenbar wirklich vor, hier das volle Programm durchzuziehen. Missmutig, aber auch ein klitzekleines bisschen amüsiert legte Jessa ihre Hand auf seine. Ob sich so die Landadelsdamen gefühlt hatten, wenn sie mit einem viel älteren Mann verheiratet worden waren?

Sei nicht albern!, ermahnte sie sich selbst. *Sie wollen ja nicht, dass du Adrian heiratest.*

Nein, sagte eine Stimme in ihrem Hinterkopf. *Sie wollen, dass du ihn liebst.*

Henry und Nell führten Jessa hoch zum Herrenhaus. Die Sonne war bereits hinter den Bäumen verschwunden und man konnte die Nacht herannahen spüren. Im gesamten Erdgeschoss des Herrenhauses brannten Lichter. Es fehlte nicht viel, dann hätte Jessa die Augen zusammengekniffen und sich vorgestellt, wie auf der Auffahrt vor dem Haus Kutschen vorfuhren und adlige Damen und Herren ausstiegen, um zu einem Ball zu gehen.

Auf der Freitreppe überkam sie auf einmal ein Fluchtreflex, aber Henry hielt sie sanft fest. »Wird schon.«

Sie betraten das Haus. Adrian stand in der Halle und wartete auf sie. Bei seinem Anblick fiel Jessa der Unterkiefer herunter. Im Gegensatz zu ihr hatte er sich so richtig in Schale geworfen. Anstelle des unförmigen Hoodies hatte er sich für einen Smoking entschieden und so konnte Jessa zum ersten Mal sehen, wie schlank er war. Über dem Smoking trug er, genau wie sie gerade, einen Umhang aus schwarzem Samt, dessen Kapuze so weit war, dass die Seiten auf seinen Schultern auflagen. Statt der eleganten Silbermaske trug er jetzt eine aus weißem Porzellan.

»Wow!«, entfuhr es Jessa.

Er kam einen Schritt auf sie zu. »Nicht zu viel?«, fragte er leicht verunsichert.

Da lachte Jessa. »Na ja, wir sehen schon ein bisschen theatralisch aus.«

Er senkte den Kopf.

»He!«, beschwerte Nell sich. »Das läuft völlig falsch!«

Beide schauten sie an.

»Ich meine«, fügte sie ziemlich enttäuscht hinzu, »Adrian müsste bei Jessas Anblick der Atem stocken, nicht umgekehrt.«

Das nun brachte Jessa zum Lachen. »Kann es sein, dass ihr alle ziemlich sexistische Vorstellungen habt?« Sie biss sich auf die Lippe, als Henry ihr, ganz in seiner Rolle als ihr aufmerksamer Diener, den Umhang abnahm. Neben Adrian fühlte sie sich absurd underdressed.

Adrian sah ihr direkt in die Augen. »Du könntest selbst in einem Ballkleid nicht schöner sein.«

Jessa suchte nach Spott in seiner Stimme, aber er schien es völlig ernst zu meinen. Schlagartig verzehnfachte sich ihr Unbehagen und sie fühlte sich total albern. Noch viel alberner allerdings war, dass seine Worte sie irgendwo ganz tief drinnen berührten. »Danke«, murmelte sie zu ihren Füßen hin. *Fuck,* warum nur war sie plötzlich so verlegen und vor allem so unbeholfen?

Wie Henry zuvor bot nun auch Adrian ihr seinen Arm und auch das tat er völlig ohne Ironie.

Jessa hätte sich am liebsten geweigert mitzuspielen, aber da es ihm wichtig zu sein schien, tat sie es dann doch.

Nell und Henry wünschten ihnen einen schönen Abend und zogen sich zurück.

»Wollen wir?«, fragte Adrian mit einem Lächeln in der Stimme.

Jessa konnte nur nicken.

Zu ihrer Überraschung führte er sie nicht in den Keller, wie sie vermutet hatte, sondern zu einem großen Speisesaal, in dem der Tisch für zwei Personen gedeckt war. Überall brannten Kerzen in silbernen Leuchtern, das Geschirr war aus edelstem Porzellan, die Gläser aus Kristall.

»Wenn jetzt noch sprechende Uhren und Kerzenleuchter auftauchen, fange ich an zu schreien«, murmelte Jessa.

Adrians Schritt stockte. »Es gefällt dir nicht.«

»Es fühlt sich schräg an.«

Er nickte. »Ja, für mich auch. Aber Nell war so begeistert von der Idee, dass ich mir gedacht habe: Was schadet es, wenn wir mitspielen?«

Da ließ Jessa beschämt den Kopf sinken. »Natürlich.« Sie ließ sich von Adrian an das Kopfende des Tisches führen. Wie ein Gentleman rückte er für sie den Stuhl zurecht. Er selbst setzte sich auf den Platz zu ihrer Rechten.

»Du gehörst ans andere Ende der Tafel«, sagte Jessa, noch immer darum bemüht, ihr inneres Gleichgewicht wiederzufinden.

»Oh!« Mit einem Satz war er wieder auf den Füßen. »Du fühlst dich unwohl ...«

»Nein!« Jessa lachte erschrocken auf. Sie streckte die Hand nach seinem Arm aus. »Bitte, setz dich wieder. Das sollte ein Scherz sein.«

Erst nach einigem Zögern nahm er erneut Platz. »Wenn es nach Nell gegangen wäre, hätte sie für mich tatsächlich dahinten gedeckt.« Er deutete auf das mindestens zehn Meter entfernte Ende der langen Tafel.

»Sie guckt zu viele Serien«, erwiderte Jessa schmunzelnd.

»Ja. Vermutlich.«

»Ich habe nie kapiert, warum man so weit voneinander entfernt essen muss.«

Adrian nahm eine Karaffe und goss ihr Glas mit einer hellen Flüssigkeit voll, die aussah wie Weißwein. »Vermutlich waren die Eheleute früher froh, wenn sie sich aus dem Weg gehen konnten.« Er stellte die Karaffe fort, ohne sich selbst einzugießen. Genau wie die Silbermaske hatte auch die Porzellanmaske keine Öffnung für den Mund. »Ich fürchte, du wirst damit leben müssen, dass ich dir beim Essen zusehe.«

Er hatte also nicht vor, die Maske heute Abend abzusetzen. Im ersten Moment war sie enttäuscht deswegen, doch dann verspürte sie noch etwas anderes. Erleichterung. Sie knirschte mit den Zähnen, weil sie es trotzdem nicht einfach so auf sich beruhen lassen konnte. »Was wäre, wenn ich dich bitten würde, sie abzunehmen?«

Er berührte die fein modellierten Lippen. »Ich würde mich weigern, Jessa.«

»Immer noch.«

»Ja. Immer noch.«

»Entschuldige«, murmelte Jessa. »Themawechsel?«

»Themawechsel!« Er klang so schrecklich erleichtert, dass sie sich dafür schämte, auf dem Thema so lange rumgeritten zu sein.

Okay. Also Small Talk.

Aber natürlich fiel ihr wieder mal nichts Unverfängliches ein. »Hast du keine Angst, dass Christopher uns hier ... ich meine, weil du nicht mehr im Keller ...«

»Nell hat ihn dazu gebracht, das Haus für heute zu verlassen.«

Das Haus verlassen ... Wo er wohl war? Ob er allein in der Dunkelheit über das Moor wanderte? Gewaltsam vertrieb sie den Gedanken an Christopher und sah zu, wie Adrian aufstand, zur Anrichte ging und ihren Suppenteller füllte. Er kam zu ihr zurück, stellte den Teller vor sie hin und setzte sich wieder. »Früher hätte das ein Diener gemacht.«

Jessa nahm den Löffel und probierte. Die Suppe schmeckte nach Curry und Huhn mit einem ganz leichten Anflug von Mango. »Mulligatawnysoup?«

Adrian nickte und sah einfach zu, wie sie aß. Als die Stille zu schwer wurde, übernahm er zu Jessas Erleichterung das mit dem Small Talk. Er deutete auf die Tattoos an ihren Armen. »*Sturmhöhe,* nicht wahr?«

»Ja. Nur leicht abgewandelt.«

»Stimmt. Im Original heißt es *Whatever our souls are made of,* his *and mine are the same.«*

Die Suppe war relativ scharf. Jessa trank einen Schluck von dem Weißwein. Beides zusammen schmeckte extrem lecker. »Du kennst dich ziemlich gut aus.«

In seiner Stimme klang ein Schmunzeln mit, als er zugab: »Eigentlich nicht. Ich meine, ich habe es zwar gelesen, aber das ist noch länger her als beim *Fänger im Roggen.* Ich habe es nachgeschlagen.«

Jessa legte den Löffel auf den Tellerrand und strich über die Schriftzeichen auf ihrem linken Arm. Sie wartete darauf, dass Adrian sie fragte, warum sie genau dasselbe Tattoo hatte wie ihre Schwester, aber er schien nicht vorzuhaben, das Gespräch auf Alice zu bringen.

»Es passt nicht so richtig zu dir«, sagte er.

Sie jedoch konnte nicht anders. »Zu Alice passt es besser, oder?«

Wenn es ihn ärgerte, dass sie die Stimmung zerstörte, so zeigte er es nicht. Er nickte nur.

Sie aß ein paar weitere Löffel Suppe und bedauerte ihn darum, dass er sich nicht auch ins Essen flüchten konnte. Wie es wohl gerade in ihm aussah?

»Manchmal denke ich, eins aus *Jane Eyre* hätte besser zu mir gepasst«, sagte sie in die Stille hinein.

»I am not an angel, and I will not be one till I die: I will be myself.« Er wartete eine Sekunde und Jessa stellte sich vor, wie er unter der Maske lächelte.

»Stimmt's?«, hakte er nach.

Sie war ein wenig beeindruckt. Kannte er sie wirklich schon so gut? »Stimmt. Hast du das auch nachgeschlagen?«

Er zuckte nur mit den Schultern.

Vielleicht hätte sie doch das T-Shirt mit dem Mark-Twain-Spruch anlassen sollen, dachte sie. Es hätte ihm sicher gefallen.

Als Hauptspeise gab es Hähnchen in Orangensoße und als Nachtisch einen Karamellpudding, der Jessa zu süß war. Zu jedem Gang servierte Adrian ihr einen anderen Wein, sodass sie irgendwann angenehm angeheitert war.

Nach dem Essen führte er sie ein bisschen im Haus herum, zeigte ihr Porträts von längst verstorbenen Menschen, zu denen er ihr einen Haufen lustige Geschichten erzählte, die sie zum Lachen brachten, die sie aber trotzdem sofort vergaß.

Irgendwann standen sie wieder in der großen Eingangshalle vor der Rüstung des alten Willy.

»Das alles ist so schräg«, murmelte Jessa.

»Was genau?«

»Alles. Dass ich mich in deiner Gegenwart so wohlfühle.«

»Tust du das?«

Sie fühlte sich ein bisschen schuldig, weil so viel Hoffnung aus seinen Worten klang. Aber sie hatte die Wahrheit gesagt. Sie fühlte sich wohl in seiner Gegenwart. Er hatte Humor, er war charmant und vor allem, er war so einfühlsam, dass sie sich in seiner Nähe ganz und gar sicher fühlte. Um nicht in Gefühlsduselei zu versinken, machte sie einen Scherz: »In *Die Schöne und das Biest* tanzen sie an dieser Stelle.«

Das Licht der vielen Kerzen schimmerte auf dem Samt seiner Kapuze. Sein Blick ruhte lange auf ihr. So lange, dass ihr ganz unbehaglich wurde. *»Möchtest* du tanzen?«

»Um Himmels willen!« Sie lachte. »Bloß nicht! Ich kann nicht tanzen.«

»Jeder kann tanzen, Jessa.«

Wild schüttelte Jessa den Kopf. Sie hatte sich auf dieses ganze Theater hier eingelassen, um ihm und Nell eine Freude zu machen. Und ja, sie hatte den Abend auch genossen. Aber auf keinen Fall würde jetzt auch noch wie in einem Disneyfilm in die Arme der Bestie sinken und sich von Adrian über die Fliesen wirbeln lassen!

»Warte hier!«, bat er.

Bevor sie ihn davon abhalten konnte, war er schon die Treppe hoch und oben in irgendeinem Zimmer verschwunden. Als er wiederkam, hatte er eine kleine Musicbox dabei, die er auf die oberste Treppenstufe stellte. Dann kam er wieder zu ihr herunter, nahm sein Handy aus der Tasche und begann, nach einem passenden Song zu suchen.

»Adrian, ich …«

In seinen Augen schimmerte ein Lächeln. »Wetten, es wird dir gefallen?«

Sie war nicht überzeugt, aber sie nickte matt.

Er suchte noch kurz weiter, dann startete er die Musik. Die ersten Riffs von Black Sabbaths *Paranoid* füllten die Halle.

»Na? Harte Nacht gehabt?« Henry war am nächsten Morgen offenbar für das Frühstück zuständig, denn er stand am Herd, als Jessa nach unten kam.

»Hm«, brummelte sie. Sie war ein bisschen enttäuscht. Sie hatte ihn in der Küche werkeln hören und jetzt, als sie vor ihm stand, wurde ihr bewusst, dass sie darauf gehofft hatte, Christopher zu treffen.

Er grinste. Es sah ziemlich anzüglich aus. »Sieht man.«

»Vielen Dank!« Schwerfällig ließ sie sich auf einem Stuhl nieder. Ihr Kopf tat weh, was vermutlich an der Mischung aus zu viel Wein und zu viel Headbanging lag. Sie musste lächeln bei dem Gedanken.

»Hauptsache, es hat sich gelohnt«, sagte Henry und stellte ihr eine Tasse Tee vor die Nase.

Jessa betrachtete das Fähnchen des Teebeutels. »Kamillentee? Sehe ich wirklich so fertig aus?«

»Ein bisschen.« Henry malte mit dem Zeigefinger Kreise um

seine eigenen Augen. »Abschminken vor dem Schlafengehen wäre eine gute Idee gewesen. Oder wenigstens heute Morgen mal ein Blick in den Spiegel.«

Sie hob den Kopf und betrachtete ihr unscharfes Spiegelbild in der Fensterscheibe. Draußen war es allerdings schon zu hell, um viel zu erkennen, also nahm sie ihr Handy raus, schaltete die Kamera an und betrachtete sich.

Sie sah aus wie ein Pandababy.

»Irgs«, sagte sie, steckte das Handy wieder weg und trank einen Schluck von dem ekeligen Tee. »Kann ich nicht lieber einen starken Kaffee haben?«

»Klar.« Henry machte sich sofort daran, mit der Kanne und dem Pulver zu hantieren.

»Ich glaube, ich könnte mich glatt in dich verlieben«, murmelte Jessa. Das Gleiche hatte sie neulich doch auch zu Christopher gesagt, oder? Wenn sie sich richtig erinnerte, hatte sie den peinlicherweise sogar heiraten wollen.

»Falscher Kerl. Aber ich werde Adrian einen Tipp geben, womit er dein Herz erobern kann.« Er grinste schief. »Und jetzt erzähl endlich! Wie war es gestern Abend? Und warum bist du schon so früh auf? Du bist doch vor zweieinhalb Stunden erst runtergekommen.«

Womit er bewies, dass er auf sie gewartet hatte. »Warum siehst du so frisch aus, wenn du auch nur zwei Stunden geschlafen hast?«, brummelte sie nicht besonders freundlich.

»Gute Gene.« Er baute sich in Bodybuilderpose auf und präsentierte ziemlich ausgeprägte Oberarmmuskeln, dann stellte er die Kanne auf den Herd und setzte sich zu Jessa. »Ich will jede Einzelheit hören.«

Sie stützte den schmerzenden Kopf in beide Hände. »Wir haben zu Abend gegessen. Falsch, *ich* habe zu Abend gegessen.

Adrian hat zugesehen. Dann hat er mir das Haus gezeigt und eure vielen Verwandten. Und getanzt haben wir.«

»Getanzt?« Das schien Henry extrem zu verblüffen.

Jessa beschloss, ihm nichts von der Art der Musik zu sagen, zu der sie getanzt hatten. Sie schloss die Augen und sah sich wieder zusammen mit Adrian headbangen. Er hatte dabei die Kapuze festhalten müssen, was ihn ziemlich behindert hatte. Aber er hatte Luftgitarre gespielt und das hatte cool ausgesehen. Unbeschwert.

Die Espressokanne auf dem Herd begann, leise zu simmern.

»Und?«, fragte Henry. Er sah sie so erwartungsvoll an dabei, dass sie ahnte, was er wissen wollte.

»Ob ich mich endlich in ihn verliebt habe?«

Eifrig nickte er.

Sie wollte sich darüber beschweren, dass alle hier sie immerzu nur auf die Rolle als verliebtes Prinzesschen reduzierten, aber sie war einfach zu müde für feministische Reden. Vor allem aber war sie viel zu müde, um darüber nachzudenken, ob sie richtiglag mit ihrem Verdacht, dass auch Adrian nicht in sie verliebt war. Und was das zu bedeuten hatte. Sie legte den Kopf auf die verschränkten Arme. »Keine Ahnung«, murmelte sie dumpf. »Er ist klug. Und lustig.«

»Das klingt, als würdest du von einem Hund reden«, klagte Henry.

Auf dem Herd fing das Wasser in der Espressokanne an zu kochen und der verführerische Duft des Kaffees erfüllte die Luft.

Obwohl sie zwei Tassen Espresso mit Henry getrunken hatte, war Jessa hinterher immer noch so müde, dass sie beschloss, wieder ins Bett zu gehen. Diesmal jedoch ging sie vorher ins Bad, um sich abzuschminken.

Aus dem Spiegel starrte ihr ein völlig fremdes Gesicht entgegen – fahl und mit den schwarzen Make-up-Spuren auf den Wangen sah sie eher aus wie eine Figur aus einem Tim-Burton-Film. Sie wusch sich und als sie zurück ins Bett kroch, schlief sie beinahe sofort ein.

Wieder einmal träumte sie von Alice, aber auch dieser Traum war vage, sodass sie seinen genauen Inhalt schon wieder vergessen hatte, als sie kurz vor Mittag zum zweiten Mal aufwachte. Alles, woran sie sich noch erinnern konnte, war dieses Gefühl, dass Alice in ihrer Nähe war und nach ihr rief.

Das Geräusch von Christophers Enduro hatte sie geweckt.

Sie sprang aus dem Bett und hastete ans Fenster. Christopher hatte die Maschine vor der Gartenpforte des Cottages angehalten und besprach etwas mit Victor.

Jessa überlegte nicht lange. Sie schlüpfte in die Jeans und das blaue Shirt, die sie auch gestern Abend angehabt hatte, dann eilte sie nach draußen.

Als Christopher sie in diesem ungewohnten Outfit sah, hob er erstaunt eine Augenbraue. »Wer bist du und was hast du mit Jessa gemacht?«

Jessa blieb stehen, wie vor eine Wand gerannt. Was machte sie hier eigentlich? Sie war Christopher hinterhergerannt wie ein verliebter Teenager – völlig kopflos und ohne zu überlegen. *Verdammt!* Das fühlte sich gerade so an, als hätte dieser blöde Fluch am Ende doch noch zugeschlagen. »Spar dir deine blöden Sprüche«, grummelte sie.

»War eigentlich als Kompliment gemeint«, meinte er gleichmütig. Er hatte den linken Fuß auf der Erde abgestützt, um die Enduro zu halten. Offenbar war er auf dem Sprung, denn er hatte nicht mal den Helm abgesetzt. Er trug Bluejeans, dazu eine schwarze Lederjacke, die er bis zum Kinn geschlossen hatte. Wie viele davon besaß er wohl? Die letzte, in der sie ihn gesehen hatte, hatte am Ende des Tages vor Blut gestarrt.

»Und?«, fragte er. »Eine heiße Nacht mit Adrian verbracht?«

Es ärgerte Jessa, dass sie drauf und dran war, Nein zu sagen. Gerade noch konnte sie sich auf die Zunge beißen. »Ich wüsste nicht, was dich das anginge.« *Scheiße!* Wurde sie jetzt etwa rot? Das durfte doch wohl nicht wahr sein!

Christopher musterte sie lange, bevor er meinte: »Wie es aussieht, kommt ihr ja recht gut voran mit diesem Rette-den-Prinzen-Ding.«

Ihr Herz zog sich zusammen, weil er das so betont lässig sagte. »Sehr gut«, behauptete sie und um nicht zu viel über ihn und sein Verhalten nachzudenken, deutete sie auf die Enduro. »Wo willst du hin?«

»Rate.«

»Du fährst zu Elizabeth, oder?«

Er nickte nur und startete die Maschine. Der Motor heulte einmal auf, sodass sie ihre eigenen Worte kaum verstehen konnte. »Ich möchte mit.«

Er allerdings hatte sie sehr wohl gehört. »Wieso das?«

Weil ich auf dich aufpassen möchte.

Hatte sie das eben wirklich gedacht? Sie lauschte in sich hinein. Ihr Herz klopfte unnatürlich stark und ihr Magen fühlte sich an, als hätte sie Wespen darin.

Immerhin Wespen. Keine Schmetterlinge. Sie war schließlich nicht der Typ für Schmetterlinge. Sie zuckte mit den Schultern.

»Was wird Adrian dazu sagen?«, fragte er.

»Sehe ich so aus, als würde mich das interessieren?«

Da grinste er. »Wow. Du bist wirklich eine Granate in diesem ganzen Romantikkram, oder?« Seine Mundwinkel hoben sich zu einem ziemlich schiefen Grinsen und ihr dummes Herz kapierte immer noch nicht, dass es keinen Grund hatte, so heftig zu klopfen.

»Und?«, meinte sie. »Kann ich jetzt mit?« Sie war fest davon überzeugt, dass er ablehnen würde, aber stattdessen verblüffte er sie. »Wenn ich Nein sage, läufst du mir vermutlich bis ins Dorf hinterher, oder?«

Klar. Träum weiter, dachte sie, aber irgendwie hatte er auch recht. Sie wollte wirklich um jeden Preis mit ihm mitfahren.

Sie ächzte leise, als er seinen Helm abnahm und ihn ihr vor den Bauch knallte. »Du steigst nur noch mit dem Ding auf!«

»Und du?«

»Mein Schädel ist härter als deiner, vergiss das nicht.«

Sie griff nach dem Helm, sodass er ihn loslassen konnte. »Stimmt. Was würde eigentlich passieren, wenn ich dir den Kopf abreiße?«

»Hat noch niemand ausprobiert, aber vermutlich würde der Fluch auch das regeln«, sagte er so lässig, als hätte sie vorgeschlagen, ihm einen neuen Haarschnitt zu verpassen. Sie fühlte sich, als habe er ihr eine Ohrfeige gegeben. Sie wollte sich schon für die unpassende Bemerkung entschuldigen, als er meinte: »Jetzt setz endlich das verdammte Ding auf, damit wir loskönnen.«

Das tat sie. »Du hast ja nur Angst um mich«, konnte sie sich allerdings dann doch nicht verkneifen zu sagen.

»Klar habe ich das«, sagte er und das sandte ein Kribbeln durch ihren Leib.

Doch das verschwand augenblicklich, als er hinzufügte: »Schließlich bist du die Einzige, die meinen Bruder retten kann. Und jetzt steig verdammt noch mal endlich auf! Elizabeth wartet auf mich.«

Als sie im Altenheim ankamen und er die Maschine aufbockte, waren seine Augen rot vom Fahrtwind.

Jessa tat so, als merke sie es nicht. »Darf ich dich was fragen, ohne dass du gleich wieder dichtmachst?«, erkundigte sie sich auf dem Weg durch die langen Flure des Heims.

Im Gehen warf er ihr einen Seitenblick zu. »Du gibst nie auf, oder?«

»Rate!«

Wieder umspielte ein leichtes Lächeln seine Mundwinkel. Und ihr wurde bewusst, dass sie anfing, sich auf dieses Lächeln zu freuen. Jede Minute, in der er nicht so düster wirkte, war eine Erleichterung.

»Es hat mit Elizabeth zu tun«, präzisierte sie.

Er seufzte. Es klang gespielt theatralisch. »Geht es um die Sache mit dem Ring?«

»Nein. Obwohl ich einfach nicht daran glaube, dass Branwell auch noch in die Zukunft sehen konnte. Ich …«

»Frag!«, fiel er ihr ins Wort und es war ganz klar, dass er nicht weiter über diese Ringsache reden wollte.

»Okay. Also. Nell hat mir erzählt, dass ihr euch ungefähr 1888 vor der Welt zurückgezogen habt und zwar so lange, bis Alice hier auftauchte. Du hast aber in dieser Zeit Elizabeth getroffen.«

»Stimmt. Es gab eine Zeit, das war kurz vor dem Krieg, da habe ich es im Herrenhaus einfach nicht mehr ausgehalten.« Eine Pflegerin kam vorbei, eine junge Frau in einer Kittelschürze und mit Millionen von hübschen Sommersprossen auf Nase und Wangen. Als sie Christopher sah, lächelte sie ihm zu.

Jessa verdrehte die Augen.

Christopher jedoch schien die Pflegerin nicht einmal wahrzunehmen. »Also bin ich immer mal wieder ausgebrochen.

Im übertragenen Sinne natürlich, mich hat ja keiner auf High Moor Grange festgehalten. Ich bin nach Bradford gefahren, um dort zu feiern und zu tanzen.«

»Und da hast du Elizabeth kennengelernt?«

»Ja. Wir sind zusammen ausgegangen. Sie war ein ziemlich heißer Feger mit siebzehn.« Er grinste, aber es sah unecht aus. So, als versuche er, ihr vorzumachen, dass ihn all das hier kaltließ.

»Glaube ich.« Elizabeth war auch jetzt noch eine sehr hübsche Frau. Es war nicht schwer, sich vorzustellen, wie sie als junges Mädchen ausgesehen hatte. Schon schwerer fiel es Jessa allerdings, sie sich in Christophers Armen vorzustellen …

»Egal«, sagte er und er sah ein bisschen enttäuscht aus. So, als hätte er gehofft, sie würde auf den *heißen Feger* irgendwie reagieren. »Jedenfalls haben wir nächtelang durchgefeiert. Es war der Tanz auf dem Vulkan, kurz bevor Britannien in den Krieg eintrat. Und alle versuchten, so gut es ging, ihr Leben zu genießen.«

»Hast du sie geliebt?«, fragte sie, bevor sie sich selbst stoppen konnte.

Sein Seitenblick war unergründlich. »Gestern in der Küche. Was habe ich dir da gesagt?«

»Gar nichts. Du hast nur den Kaffeebecher zwischen den Händen zerquetscht.« Ihr war noch immer unheimlich beim Gedanken daran.

»Dann sage ich es dir jetzt. Ich bin unfähig, jemanden zu lieben.«

Er glaubte das wirklich, dachte Jessa. Und schlimmer noch: Es klang, als sei er froh darüber. Sein ironisches Verhalten passte dazu, fand sie. Sie ertappte sich dabei, dass sie ihn um diese Fähigkeit beneidete. Sie selbst schien ja mittlerweile mit ihrer Strategie, alle Welt auf Distanz zu halten, nicht mehr so ganz erfolgreich zu sein. Sie versuchte, sich vorzustellen, wie er früher mit Elizabeth getanzt und gefeiert hatte. Hatte er sie damals wirklich nicht geliebt? Was dann? Hatte er es nur genossen, dass sie ihn liebte? Hatte er mit ihr gespielt? Aber wenn das der Fall war, warum kam er dann immer wieder hierher in dieses Altenheim, selbst wenn der Fluch ihm jedes Mal diese furchtbaren körperlichen Qualen bereitete?

»Hast du nicht ziemlich oft Nasenbluten bekommen?«, murmelte sie. »Bradford ist doch ein paar Meilen von hier entfernt, oder?«

»Oh, das habe ich. Aber sie haben mich alle für einen exzessiven Kokser gehalten.« Er blieb stehen. Sie hatten Elizabeths Zimmer erreicht. »Das war ich allerdings auch. Der Stoff konnte mir ja nichts anhaben.« Er tippte sich gegen den Nasenflügel und sah für ein, zwei Sekunden so aus, als sei er in Gedanken bei den Zeiten damals. Dann riss er sich mit Gewalt aus der Erinnerung. Er grinste düster. »Zu meinem Glück wusste keiner, dass das Nasenbluten und die regelmäßigen Zusammenbrüche nicht vom Koks kamen.«

Mit diesen Worten klopfte er und betrat das Zimmer.

Jessa folgte ihm. Elizabeth war heute nicht so elegant gekleidet wie beim letzten Mal. Im Gegenteil. Obwohl es schon Nachmittag war, saß sie in einem Nachthemd in ihrem Sessel, der so gedreht war, dass sie die Zimmertür im Blick hatte. Sie trug einen knitterigen Morgenmantel, auf dem mehrere Flecken prangten. Und die Haare hatte ihr offenbar auch niemand gekämmt.

»Was zum …«, fluchte Christopher. Er ging auf sie zu, um sie zu begrüßen, doch sie riss angstvoll die Augen auf.

»Wer sind Sie?« Ihre Stimme war hoch und zitterig. »Was

wollen Sie von mir? Gehen Sie weg!« Sie hob einen dünnen Arm und versuchte, nach ihm zu schlagen.

Er wich zurück, schluckte, dann jedoch fing er sich. »Elizabeth«, sagte er sanft. »Ich bin es.«

Er bekam keine Reaktion, nur ein leises: »Gehen Sie weg von mir!«

Er kniete sich vor sie, um nicht mehr so bedrohlich vor ihr aufzuragen. »Ich bin's, Christopher. Erinnerst du dich an mich?« Und nach einem leicht verlegenen Seitenblick zu Jessa legte er ihr eine Hand aufs Knie.

Elizabeth wimmerte leise. Also stand er wieder auf und zog sich ein paar Schritte zurück. Er sah betroffen aus und schrecklich traurig. Jessa versuchte, sich vorzustellen, was er fühlte.

»Soll ich mal versuchen?«, flüsterte sie.

Er nickte und sie beugte sich zu Elizabeth hinab. »Hallo, Elizabeth.«

Der Blick der alten Frau kehrte sich nach innen und sie begann etwas zu murmeln, das Jessa nicht verstand. Eine Pflegerin kam mit geschäftigen Schritten herein und stockte, als sie sie sah. »Oh. Sie hat Besuch, wie schön!« In der Hand hatte sie ein Tablett mit einer Pillenschachtel und einem Teller voll mit etwas, das wie Erbseneintopf aussah.

Christopher fasste die Frau mit ziemlich kühlem Gesichtsausdruck ins Auge. »Können Sie mir mal sagen, warum sie«, er deutete auf Elizabeth, »nicht angezogen ist?«

Die Pflegerin ging auf der Stelle in die Defensive. »Weil sie heute Morgen nicht wollte.«

»Das ist Stunden her! Und es hat niemand für nötig gehalten, es tagsüber noch mal zu versuchen?«

Jessa fröstelte, so kalt und ärgerlich klang seine Stimme. Auf einmal konnte sie sich gut vorstellen, wie er früher mit dieser

Haltung und diesen knappen Gesten die Bediensteten angefahren hatte. Sie presste die Lippen aufeinander, weil er ihr plötzlich wieder so fremd vorkam.

»Wir ...« Die Pflegerin umklammerte das Tablett. »Wir sind unterbesetzt, weil ... weil ...«

Jessa nahm ihr das Essen ab und die Frau lächelte ihr dankbar zu.

»Das interessiert mich nicht!«, sagte Christopher. »Der Platz in diesem Haus kostet einen Haufen Geld und ich verlange ...«

»Nicht schimpfen, Papa!« Elizabeths weinerliche Stimme ließ Christopher herumwirbeln. Schlagartig wich alle Farbe aus seinem Gesicht und mehr noch. Plötzlich zitterte er.

Jessa konnte nicht anders, sie trat vor ihn hin, berührte ihn am Ellenbogen. »Lass uns gehen«, schlug sie vor.

Er senkte den Kopf, bedeckte die Augen mit der Hand. Sie glaubte schon, er hätte wieder Nasenbluten, aber als er aufschaute, war das nicht der Fall. Stattdessen wirkte er jetzt wie versteinert.

Jessa legte ein bisschen mehr Nachdruck in ihre Berührung.

»Wenn ich das nächste Mal komme«, sagte er zu der Pflegerin, »und sie sitzt wieder so verwahrlost da, dann wird das Konsequenzen haben.«

Die Frau nickte eifrig. »Natürlich.«

Christopher blickte Elizabeth an. »Mach's gut, Liebes«, flüsterte er.

Draußen bei der Enduro stand er minutenlang da und starrte vor sich hin.

Jessa ließ ihn in Ruhe, auch wenn sie ihn gern getröstet hätte. Sie sah, wie er mit dem breiten Ring an seinem Mittelfinger spielte. Seine Augen waren feuerrot, aber trocken.

Jessas Augen hingegen hatten schon drinnen bei Elizabeth angefangen zu brennen. Jetzt spürte sie, wie sich auch noch Tränen hinter ihren Lidern sammelten. Wie lange hatte sie nicht mehr geweint – abgesehen vielleicht von dem Moment auf dem Friedhof, als sie erfahren hatte, was mit Alice passiert war? Da hatte Christopher sie festgehalten. Wenn sie das Gleiche nur jetzt mit ihm machen könnte! Sie war drauf und dran, ihn zu berühren, aber sie traute sich nicht. Er hatte oft genug deutlich gemacht, dass er sie in seiner Nähe nur schwer ertrug und in diesem Augenblick tat das einfach nur weh. »Du bezahlst ihren Platz hier im Heim, stimmt's?«

Er antwortete nicht.

»Und du behauptest, du bist unfähig zu lieben!«, murmelte sie.

»Mitgefühl ist nicht dasselbe wie Liebe, Jessa.«

Jessa fühlte sich wie gehäutet. Es dauerte eine Weile, bis sie merkte, dass er sie nachdenklich betrachtete.

»Du bist so ganz anders als Alice, weißt du das?«

Sie wusste nicht, ob sie das gut oder traurig finden sollte. »Wie war Alice denn?«, fragte sie mit einem Anflug von Übelkeit.

Da gab er sich einen sichtbaren Ruck und fort waren all die Emotionen aus seinen Zügen, verschwunden hinter dieser verhassten Maske aus kühler Überlegenheit. »Bei Weitem nicht so penetrant mit ihren Fragen wie du.« Er nahm den Helm vom Lenker der Enduro und gab ihn ihr.

Sie musste sich ein Herz fassen, um ihre nächsten Worte hervorzubringen. »Du weißt, dieses ganze Den-Prinzen-retten-Zeugs ist nichts für mich, Christopher. Aber ich denke inzwischen, dass genau das der Grund ist, warum ich am Ende Adrian retten werde.« Hoffentlich glaubte er ihr. Sie selbst war sich da nämlich gar nicht so sicher.

Christopher klappte die Stütze der Enduro ein. »Lass uns zurückfahren«, murmelte er. »Bevor du wieder Rettungsassistentin spielen musst.«

Es war immer noch ein seltsames Gefühl, die Bibliothek im Herrenhaus zu betreten und all die in ihren Regalen aufgereihten, unversehrten Bücher zu sehen. Nachdem Christopher Jessa vor den Pferdeställen von der Enduro hatte absteigen lassen, war sie zu Adrian gegangen und er hatte gemerkt, dass sie bedrückt war. Das ganze Gefühlschaos in ihrem Inneren in Worte zu fassen, hätte bedeutet, vor ihm – vor allem aber vor sich selbst – zuzugeben, dass sie dabei war, Gefühle für Christopher zu entwickeln. Und das kam ja wohl überhaupt nicht infrage! Also hatte sie vorgegeben, Kopfschmerzen zu haben, und sich bald wieder verabschiedet.

Aber statt runter ins Cottage zu gehen, war sie hierhergekommen. Sie wanderte an den langen Regalreihen entlang, ließ ihre Fingerspitzen über die Buchrücken gleiten und zog ab und an einen Band heraus. Die meisten waren Originalausgaben aus dem 19. Jahrhundert, aber es gab auch neuere Titel. Sie suchte nach den Büchern der Geschwister Brontë und fand sie tatsächlich in einer eigenen Abteilung. Hier gab es alles, was Emily, Charlotte und Anne jemals geschrieben hatten: von ihrem Erstlingswerk *Angria* über *Sturmhöhe* und *Jane Eyre* bis hin zu den eher unbekannteren Werken wie *Agnes Grey* oder den Gedichtsammlungen. Jessa nahm die *Sturmhöhe*-Ausgabe zur Hand und schlug sie auf. Auf der ersten Seite war eine mit eleganter Frauenhandschrift verfasste Widmung geschrieben.

Für C. Auch ein zu Tode gequältes Herz kann wieder heilen.

Jessa starrte auf den einzelnen Buchstaben C.

Christopher.

Auf einmal fühlte sie sich wie mit kalten Fingern ins Genick gepackt.

Mit einem Seufzen stellte sie das Buch weg und setzte ihren Streifzug an den Regalen entlang fort. Irgendwann landete sie bei dem großen Schreibtisch vor den Fenstern. Das Buch, das sie vorher als verschimmelten Haufen Papier gesehen hatte, lag wieder dort, aber es war jetzt zugeklappt. Es sah ein bisschen ramponiert aus, nachdem Adrian es in seinem Zimmer an die Wand gepfeffert hatte. Sie beugte sich darüber und schlug es bei der Sage von den zwei Brüdern auf. Mit klopfendem Herzen ließ sie den Blick über die Zeilen schweifen.

Doch der Bruder mit dem kalten Herzen neidete ihm sein Glück. Da er sich gut verstellen konnte, eroberte er das Herz der Jungfrau mit vorgetäuschtem Charme.

Die Zeilen verschwammen vor ihren Augen.

Ein zu Tode gequältes Herz.

Ein Bruder mit kaltem Herzen.

Christopher.

Sie spürte, wie ihr schon wieder die Tränen kamen. Diesmal gelang es ihr nicht, sie zurückzudrängen.

Verdammt!

Wenn das so weiterging, dann verwandelten die sie hier noch in eine elende Heulsuse!

20

Die Kette klirrte, als Jessa am nächsten Tag den Schlüssel in das Vorhängeschloss steckte, und wie immer war das für Adrian das Zeichen, dass er Besuch hatte.

Diesmal kam er jedoch nicht hinaus auf den Gang, sondern blieb in seinem Zimmer, wo sie ihn schon von Weitem hatte Gitarre spielen hören.

»Jessa?«, rief er.

»Ja.« Jessa schloss auf, nicht ohne dabei ein tiefes Gefühl von Missmut zu verspüren. Es war falsch, dass Adrian sich hier drinnen verkroch. Sie dachte das nicht zum ersten Mal.

Er stand, als sie sein Zimmer betrat. Handschuhe, Kapuze, Maske, heute wieder die silberne, alles war wie immer.

Und genau das war falsch.

Hätte sie nach dem schönen Abend vorgestern nicht wenigstens ein bisschen Herzklopfen in seiner Nähe haben müssen? Stattdessen hatte sie gestern in der Bibliothek wegen Christopher geweint. Sie presste sie Zähne aufeinander.

»Hier drinnen kriegt man ja einen Koller«, sagte sie statt einer Begrüßung und um ihre Gefühle zu verbergen.

»Man gewöhnt sich dran.« Er musterte sie forschend.

Um ihn davon abzuhalten, sie zu durchschauen, ging sie auf ihn zu und griff nach seinen Händen. Seine Augen weiteten sich vor Erstaunen. Seine Finger fühlten sich in den Handschuhen dünn und knochig an.

Er entzog sich ihr. Wandte sich ab. »Wie ist das Wetter draußen?«

Sie bezwang den irrationalen Wunsch, sich wegen irgendwas bei ihm zu entschuldigen. »Gehen wir doch nachsehen«, schlug sie vor.

Er schüttelte den Kopf. »Ich kann hier nicht raus. Das Risiko, Christopher über den Weg zu laufen, ist zu groß.«

»Ist es nicht.« Jessa trat hinter ihn. Zögernd berührte sie ihn an der Schulter. Er zuckte zusammen. Sein Rücken war genauso knochig wie seine Hände.

»Christopher ist noch mal zu Elizabeth gefahren. Du musst also nicht den ganzen Tag hier drinnen bleiben.«

Erneut schüttelte er den Kopf. »Es ist einfacher auszuhalten, wenn ich nicht zwischendurch …«

Herrgott! Auf einmal ging ihr diese Leidensfähigkeit der beiden so was von auf die Nerven. Am liebsten hätte sie ihn angeschnauzt, doch sie beherrschte sich. »Bitte, Adrian. Mir zuliebe.«

Sie wusste, dass sie ihn damit hatte. Keiner von beiden war gut darin, einem Mädchen einen Wunsch abzuschlagen. Sie waren beide einfach unfassbar altmodisch.

Tief seufzte Adrian. »Also gut. Wenn es dir so viel bedeutet. Komm mit. Es gibt hier ganz in der Nähe einen sehr schönen Weg, den würde ich dir gern zeigen.«

Der Weg war wirklich schön. Er führte an Hügeln vorbei, die vom Violett der Heide in Flammen standen. Windzerzauste, schiefe Bäume säumten ihn, deren Äste alle in dieselbe Richtung wuchsen und in Jessas Augen wie Arme aussahen, die sich verzweifelt nach irgendwas Unerreichbarem reckten. Etwas, das im Moor verschollen war … Es roch nach Erde und Wärme auf der Haut und nach Yorkshire-Wind. Die Sonnenstrahlen badeten alles in goldenem Licht.

Eine Weile gingen Jessa und Adrian schweigend nebeneinanderher, bis Jessa irgendwann hervorstieß: »Gestern, als ich bei dir war … Ich hatte in Wahrheit gar keine Kopfschmerzen. Tut mir leid!«

Er klang amüsiert. »Wie ich schon einmal sagte, Jessa, es gibt nichts, aber auch wirklich gar nichts, was dir hier leidtun müsste. Und jetzt lass uns, verdammt noch mal, einfach das schöne Wetter genießen!«

Sie umrundeten mehrere große Felsen, die zwischen die Heide geworfen worden waren wie von Riesen. Jessa sah eine Eidechse über den rissigen Stein huschen. Irgendwo weit über ihnen schrie ein Greifvogel. Tief sog sie all die Gerüche ein. Es fühlte sich so gut an, dass sie plötzlich das Bedürfnis hatte, loszulaufen.

»Komm!«, rief sie.

Sie nahm Adrians Hand in ihre und zog ihn mit sich. Er folgte mit einem Zögern, das voller Verwunderung war, aber gleich darauf rannten sie Seite an Seite den Weg entlang. Jessa spürte den Wind auf ihren Wangen. Sie musste lachen und zum ersten Mal, seit sie hier war, fühlte es sich gut und richtig an. Zum ersten Mal konnte sie wirklich durchatmen. Sie warf Adrian einen Seitenblick zu. Seine Augen schimmerten dunkel. Ein weiteres Lachen stieg in Jessa auf wie das Perlen von Champagner.

»Fang mich!«, rief sie Adrian zu, ließ ihn los und beschleunigte. Zu ihrer Freude rannte er ihr tatsächlich nach. Sie hörte seine Füße auf dem Boden hinter sich.

Sie lief, bis ihre Beine anfingen wehzutun. Bis sie Seitenstechen bekam und sie sich schwer atmend und lachend in das blühende Heidekraut fallen ließ.

Nur Sekunden später war Adrian bei ihr. Auch er lachte. Er warf sich neben sie. Sie konnte seinen Brustkorb sehen, der sich stoßweise hob und senkte. »Bist du schnell!«

Sie wischte sich den Schweiß von der Stirn und wälzte sich zu Adrian herum.

Ihre Blicke begegneten sich, verhakten sich ineinander. Jessa lag ganz still. Das Blut rauschte ihr in den Ohren und ihr Herz klopfte vom Laufen so heftig, dass es sich anfühlte, als würde es gleich platzen. »Das …« setzte sie an, konnte aber nicht weitersprechen.

Adrian hielt ihren Blick gefangen.

Wenn man sich nur lange genug in die Augen sieht, dann verliebt man sich automatisch. Sie wartete. In seiner Iris schwammen winzige Goldflitter.

Genau wie bei Christopher …

Jessas Herz beruhigte sich langsam. Das Rauschen in ihren Ohren ließ nach.

»Das war gut«, murmelte sie und auf einmal fühlte Adrians Blick sich unangenehm und schwer an. Sie sah zu, wie er sich aufrichtete. Wie er den Kopf abwandte und über die Heide schaute.

Verdammt!, dachte sie.

Nachdem eine halbe Ewigkeit vergangen war, stand er mit einem Ruck auf. »Komm!«, sagte er und reichte ihr die Hand, um ihr auf die Füße zu helfen.

Sie griff danach, ließ sich hochziehen. Ganz kurz noch standen sie sich dicht gegenüber, aber der Bann war jetzt gebrochen. Jessa wandte sich eilig ab. »Wollen wir weitergehen?«

»Klar!«, sagte er.

»Ich träume von Alice«, sagte sie ungefähr eine Viertelstunde später. Ihr Herz hatte sich mittlerweile vollständig von dem schnellen Lauf erholt. »Oft.«

Adrians Schritt stockte. »Erzähl mir davon.« Seine Stimme verriet nicht, was er dachte, und Jessa biss sich auf die Lippe.

»In meinen Träumen ist sie am Leben.«

»Okay.«

»Manchmal fleht sie mich an, dir zu helfen. Manchmal steht sie einfach nur schweigend da.«

Er schaute betreten zu Boden. Eine Sekunde lang hatte sie das Gefühl, dass er kurz davor war, ihr etwas über Alice zu erzählen. Doch dann blickte er auf. »Du ahnst nicht, wie sehr ich mich hasse für all das hier.«

Selbsthass. Schuldgefühl. Die Überschrift über all dem Scheiß hier. »Manchmal frage ich mich, ob Christopher wirklich allein schuld daran war, dass Heather sich umgebracht hat.«

Seit sie von Heathers Selbstmord gehört hatte, hatte sie schon oft über diese Frage nachgedacht.

Adrian beschleunigte seinen Schritt ein wenig. Es wirkte auf Jessa, als wolle er vor diesem Thema fliehen.

Sie blieb an seiner Seite. Wartete, bis er bereit war, darüber zu sprechen. »Wir waren jung und dumm«, begann er schließlich mit leiser Stimme. »Und sehr arrogant. Unser Vater war der reichste und mächtigste Mann in dieser Gegend. Wir sahen gut aus, alle beide. Die Mädchenherzen flogen uns nur so zu.«

»Auch das von Heather«, vermutete sie.

»Auch das von Heather.« Adrian klang nicht halb so von sich selbst überzeugt wie Christopher. »Sie konnte sich nicht zwischen uns entscheiden, weil wir ein fieses Spiel daraus gemacht haben. Immer wenn sie sich einem von uns mehr zuwandte, zog der sich zurück und der andere spielte den Tröster. Es machte uns Spaß, sie nach unserer Pfeife tanzen zu lassen, und eine Weile lang machte sie auch fröhlich mit. Es war eine Art Spiel zwischen uns dreien, du könntest es jugendliche Lust am Drama nennen.« Er räusperte sich, weil ihm die Stimme wegzukippen drohte. »Wir haben nicht erkannt, dass es für Heather irgendwann mehr als das wurde.«

»Beide nicht?«

»Beide nicht, ja.« Etwas in ihr war furchtbar erleichtert, trotzdem hatte sie das Gefühl, dass er ihr nicht die ganze Wahrheit sagte.

»Aber es war Christopher, der ihr den letzten Schubs verpasst hat, stimmt's?«

Adrian schwieg. Sie spürte, wie er mit sich rang, spürte, dass er sich die Wahrheit einfach nicht eingestehen wollte. »Hey«, scherzte sie. »Du musst mir jetzt sagen, was für ein Dreckskerl Christopher ist und dass ich mich von ihm fernhalten soll.«

»Wenn ich das tun würde«, murmelte er, »wäre es nicht mehr als eine billige Revanche.«

Klar. Und dazu war er viel zu nett.

Er hätte ihr jedoch nicht nett vorkommen sollen. Sondern anziehend. Sexy. Liebenswert. Alles, aber nicht nett. Sie sah zu, wie er sich mit beiden Händen gegen den Stamm eines windschiefen Baumes lehnte.

»Wieso konnte diese Sache euch trotzdem nicht, hm ... entzweien?«

»Woher weißt du, dass es das nicht hat?«

»Hat es denn?«

Adrian stieß sich von dem Baum ab, rieb die kalten, glatten Wangen seiner Maske. »Himmel, Jessa«, stöhnte er. »Ich dachte, wir wollten einen netten Spaziergang machen.«

Sie brauchte noch einen Moment, doch dann lenkte sie ein. »Du hast recht.«

Seite an Seite gingen sie weiter, bis sie zu einer kleinen Ruine kamen, die an einem Hügel lag wie hingekauert. Von dem einstigen Haus standen nur noch ein paar Mauern. Ein zweigeteilter Baum überragte sie, dessen Laub leise im Wind rauschte.

»Top Withens«, erklärte Adrian. »Es gilt als Vorbild, das Emily Brontë für das Herrenhaus in *Sturmhöhe* hatte.«

Jessa schaute ungläubig auf die verfallenen Mauern.

Adrian lachte. »Ziemlich mickerig, oder?«

»Ziemlich.« Das hier konnte allenfalls ein größeres Bauernhaus gewesen sein, nie im Leben ein Anwesen wie Wuthering Heights!

»Es stimmt auch nicht. In Wahrheit hatte Emily ein anderes Vorbild.«

Jessas Verstand brauchte ziemlich lange, bis es klick machte. Verblüfft fuhr sie zu Adrian herum. »High Moor Grange?«

Er nickte.

»Du verarschst mich doch!«

»Wieso sollte ich?«

»Ich ... ihr ...« In ihrem Kopf rotierten die Gedanken und gerade, als sie das einigermaßen verdaut hatte, setzte Adrian noch einen drauf.

»High Moor Grange ist nicht das Einzige, was sie sich zum Vorbild genommen hat.«

So vielsagend sprach er das aus, dass sie diesmal schneller

darauf kam, worauf er hinauswollte. »Sag jetzt bitte nicht, Emily hat auch die Figur des Heathcliff nach ... Oh, nein, Adrian. Du machst dich über mich lustig!«

»Tue ich nicht.« Er pulte ein paar Steinchen aus der Mauer und ließ sie von einer Hand in die andere fallen.

»Die Figur des Heathcliff ist nach Christopher gebaut?«

Adrian schloss die Faust um die Steinchen. »Wieso denkst du als Erstes an ihn?«

Ja, wieso eigentlich? Tief in ihrem Herzen wusste sie, warum, aber war sie auch bereit, es sich einzugestehen? »Du hast recht. Christopher ist zu schön dafür. Emily beschreibt Heathcliff als ...«, sie versuchte, sich an den Wortlaut zu erinnern, »... *dem Äußeren nach ein schwarzer Unhold* ...« Ihr wurde bewusst, was sie da sagte. Erschrocken schaute sie Adrian an.

Er jedoch wirkte cool. »Eben.«

»Tut mir leid!«, rief sie.

»Schon gut.« Ganz gelassen stand er da, aber sie hielt es jetzt nicht mehr aus.

Wütend über sich selbst und mit klopfendem Herzen marschierte sie weiter.

Und weiter.

Bis Adrian irgendwann zaghaft anmerkte: »Wir sollten bald mal umkehren.«

Aber sie war noch nicht bereit dazu. Ohne auf ihn zu achten, hastete sie voran.

Und er folgte ihr wortlos, bis er bei einem der Felsen schließlich stehen blieb. »Es tut mir leid, Jessa, aber ich muss jetzt wirklich umdrehen.« Seine Stimme hatte einen eigenartig gepressten Klang.

Da erst warf sie ihm wieder einen Blick zu. »Scheiße!«, entfuhr es ihr.

Unter seiner Silbermaske rann in einem beängstigend breiten Strom Blut hervor. Sein Hoodie war an der Brust schon ganz dunkel davon.

»Scheiße!«, rief Jessa erneut. Darum also wollte er zurück! Sie war so eine Idiotin! »Wir sind runter von eurem Land?« Sie eilte zu ihm. Er krümmte sich und sie hielt ihn fest. »Wie lange schon?«

»Schon eine Weile«, keuchte er und lehnte sich schwer gegen sie. Sie glaubte zu spüren, wie er bebte.

Lautlos fluchte sie in sich hinein. »Warum hast du nichts gesagt? Fuck, ich bin so bescheuert!«

»Du ...« Er hustete. Was, wenn er hinter der Maske an seinem eigenen Blut erstickte?

»Bring mich zurück«, bat er. »Schnell!«

Der Weg zurück kam ihr doppelt so weit vor wie der Hinweg. Sie hatte Adrians Arm über ihre Schulter gelegt und stützte ihn. Mittlerweile lehnte er mit seinem ganzen Gewicht auf ihr. Mühevoll nur setzte er einen Fuß vor den anderen. Jessa konnte nicht anders, sie musste die ganze Zeit an Christopher denken. Daran, wie er auf der Enduro gesessen und sich an ihr festgehalten hatte.

»Wo ist die Grenze?«, presste sie zwischen zusammengebissenen Zähnen hervor.

»Noch den Hügel rauf«, flüsterte Adrian. Sein Fuß blieb an einem Erdhügel hängen und er stolperte. Gerade noch konnte Jessa ihn auffangen. Ihre Arme, ihre Schultern, ihr Rücken, ihr gesamter Körper protestierte mit dumpfem Schmerz.

Lange würde sie das nicht mehr aushalten.

»Halt durch!« Sie wusste nicht, ob sie ihn oder sich selbst meinte.

Warum war dieser verdammte Hügel so hoch wie der Mount Everest? Der dumpfe Schmerz in ihren Schultern wurde noch heftiger. Jessa war kurz davor zu begreifen, dass sie es nie schaffen würden, doch genau in dem Augenblick waren sie oben. Auf der Kuppe ließ sie Adrian vorsichtig zu Boden rutschen und hockte sich neben ihn. Sie hielt ihn fest, während er hustete und blutete und sich krümmte.

Wann hörte das endlich auf?

Sekunden verrannen, wurden zu Minuten und noch immer ging es Adrian nicht besser. Waren sie vielleicht auf dem falschen Hügel?

»Adrian ...«

Aber bevor sie zu Ende sprechen konnte, ließ endlich das Husten nach, gleich darauf schaffte Adrian es, sich aufzurichten. Ob er aufhörte zu bluten, konnte sie wegen der Maske nicht sehen, aber sie vermutete es.

»Scheiße!«, japste sie. »Das war knapp, oder?« Vor lauter Erleichterung musste sie sich auf dem Boden abstützen.

»Ein bisschen.«

»Aber du wärest nicht gestorben.« Sie hob den Blick. Vor ihren Augen tanzten fahle Punkte von der Anstrengung.

»Wäre ich nicht.«

»Scheiße!«, murmelte sie.

»Das sagtest du bereits.« Adrian konnte schon wieder lächeln, das war seinen Worten deutlich anzuhören. Er stand auf, reichte Jessa die Hand. »Komm. Lass uns zurückgehen. Unter dieser Maske ist es nicht gerade angenehm mit all dem Blut.«

Sie sah zu ihm auf. Die Punkte vor ihren Augen wurden langsam weniger. »Mann, Adrian!«, stieß sie hervor. Und dann merkte sie, dass ihre Augen verdächtig brannten.

Als sie wieder auf High Moor Grange ankamen, stand Christopher bei den Ställen und sah aus, als wäre er eben erst aus dem Dorf zurückgekommen. Er hatte die Enduro neben sich und die Lederjacke noch bis zum Hals geschlossen. Schweigend starrte er Jessa und Adrian entgegen und als er sah, dass Jessa sich sehr dicht neben Adrian hielt, verfinsterte sich seine Miene. Dann jedoch, als er das ganze Blut auf Adrians Hoodie entdeckte, wurde er schneeweiß.

»Was ist passiert?«

»Nur ein kleiner Anfall«, beruhigte Adrian ihn. Jessa kam es absurd vor, dass er fast dieselben Worte benutzte wie Christopher neulich auch. *Ja, ja, immer nur schön die Sache runterspielen.*

»Ihr seid beide nicht mehr ganz dicht, wisst ihr das?«, knurrte sie. Ihr Rücken schmerzte noch immer, aber der Schock verschwand nun langsam und machte Wut Platz. Wut auf Adrian, weil er nicht eher Bescheid gesagt hatte, wie es ihm ging. Und Wut auf sich selbst, weil sie ihn ignoriert hatte, als er es endlich getan hatte.

Christopher stand da wie bereit zum Sprung. »Du hast es absichtlich gemacht, oder?«

Adrian betrachtete die halb zu Fäusten geballten Hände seines Bruders. »Ich habe keine Ahnung, wovon du redest.«

Christopher wies in Richtung Moor. »Ihr über die Grenze zu folgen! Du wolltest sehen, ob sie Angst um dich hat. Ob sie mit dir leidet, so wie sie mit mir gelitten hat.«

Einen Moment lang war es ganz still. Jessa sah, wie Adrian den Blick hob und Christopher in die Augen starrte, als wolle er ergründen, was in ihm vorging. Sie ahnte, was er dachte, denn durch ihren Kopf gingen die gleichen Gedanken: Er hatte den absurden Vorwurf so zornig hervorgestoßen, dass der Gedanke, in ihm würde langsam dieser gruselige Hass entflammen, gar nicht mehr so fernlag.

Ihr Herz krampfte sich zusammen, als sie in seinen Augen nach dem roten Glühen forschte und es nicht fand.

Sie wusste nicht, was sie sagen sollte. Ihr ging auf, dass sie bei Christophers Blutsturz neulich wirklich viel mehr Angst gehabt hatte als eben. Aber war das nicht klar? Schließlich hatte sie da noch keine Ahnung gehabt, was dahintersteckte. Eben bei Adrian war sie nur deswegen nicht in Panik geraten, weil sie es jetzt wusste. Es hatte nichts – absolut gar nichts – damit zu tun, dass sie einen von ihnen liebte und den anderen nicht.

Sie atmete durch, als sie sich das erfolgreich eingeredet hatte.

»Du bist ja bescheuert«, hörte sie Adrian zu Christopher sagen. »Würdest du mich freundlicherweise entschuldigen? Ich muss in meinen Keller zurück, bevor ich den Gedanken, dir die Kehle zu zerfetzen, allzu verlockend finde.« Mit einem letzten langen Blick auf Jessa marschierte er davon.

Jessa schluckte schwer.

Christopher starrte Adrian schweigend hinterher. Seine Knöchel waren so weiß wie sein Gesicht.

»Wenn ich es nicht besser wüsste, würde ich sagen, du bist eifersüchtig«, murmelte sie.

Sein Kopf flog zu ihr herum. Wütend starrte er sie an. Er wollte sich zum Gehen wenden, doch sie packte ihn am Arm. »Ich weiß, es ist eigentlich dein Spruch, aber ich habe mehr und mehr den Eindruck, dass *du* doch gerade dabei bist, dich *in mich* zu verlieben.«

Er lachte, aber es klang gläsern. »Ich verliebe mich nicht, Jessa«, sagte er in einem Tonfall, als müsste sie das endlich mal kapiert haben.

»Stimmt ja«, erwiderte sie. »Du bist der Bruder mit dem kalten Herzen.«

»Genau«, sagte er. War er tatsächlich noch ein bisschen blasser geworden?

Tausendvoltschweigen. Knisternde Luft zwischen ihnen. Jessa konnte keines der verknoteten Gefühle in ihrem Herzen deuten.

»Gut«, sagte sie irgendwann.

Er nickte.

»Weil es die ganze Sache nur noch mehr verkomplizieren würde«, sagte sie.

Er nickte erneut. »Eben. Würdest du mich darum jetzt bitte loslassen?«

Da erst merkte sie, dass sie ihn noch immer festhielt.

Jessa konnte sich nicht konzentrieren. Die Akkorde, die Adrian ihr auf der Gitarre beigebracht hatte, saßen heute einfach nicht und alles, was sie dem Instrument entlocken konnte, war Katzenmusik.

»Uff«, machte Adrian leise.

Sie schaute von den Saiten auf. »Sorry. Ich bin mit den Gedanken irgendwie nicht bei der Sache.« Ihr Kopf kreiste noch viel zu sehr um gestern. Darum, wie sie und er gemeinsam durch die Heide gerannt waren und sich tief in die Augen gesehen hatten. Aber die Szene wurde wieder und wieder überlagert von seinem Blutsturz. Und die ganze Zeit über fragte sie sich, ob sie sich getäuscht hatte oder ob Christopher wirklich anfing, Hass gegen seinen Bruder zu entwickeln.

Adrian nahm ihr die Gitarre ab und legte sie weg. »Worüber grübelst du?«

Sollte sie ehrlich zu ihm sein?

Sie traute sich nicht. »Über vieles«, antwortete sie darum.

Er musterte sie und nicht zum ersten Mal verfluchte sie diese elende Maske, wegen der sie nicht erkennen konnte, was er dachte.

»Was hältst du davon, wenn ich dich ein bisschen ablenke?« Ohne abzuwarten, ob sie Ja sagte, zog er ein altes Fotoalbum aus einem Regal. Er trug es zu ihr und setzte sich neben sie auf die Couch. Sie rückte ein Stück zur Seite, nicht um ihm auszuweichen, sondern einfach damit er es bequemer hatte.

Als er das Album aufschlug, sah sie, dass die Fotos darinnen alt waren. Uralt.

»Ach je, von wann sind die denn?«

Er schaute auf der ersten Seite nach. »1912. Die Fotos stammen alle von Nells Ururgroßmutter, Florence. Sie war das schwarze Schaf der Familie, weil sie sich standhaft weigerte, ladylike zu sein.« Adrians Stimme klang gedankenverloren. »Florence wollte lange Zeit nicht heiraten, wie es sich für eine damalige Lady gehörte. Ihre ganze Leidenschaft galt der Fotografie.«

»Und das war unerhört in der damaligen Zeit?«

»Ziemlich. Jedenfalls in der Art, wie sie es betrieb.«

Jessa betrachtete die Fotos. Florence hatte hauptsächlich Menschen aufgenommen, Familienmitglieder bei einem Sommerfest, die so aussahen, als hätte jemand sie bei den Dreharbeiten zu Downton Abbey fotografiert. Männer auf Pferden, eine Hundemeute zu ihren Füßen. Zwei Frauen in langen weißen Kleidern, die eine Art Tennis spielten. Ihre Schläger hatten eine seltsam dreieckige Form. All diese Fotos hatten den typischen Braunton von Aufnahmen aus dem frühen 20. Jahrhundert.

Auf einem der Bilder ungefähr in der Mitte des Albums war

auch Christopher zu sehen. Jessa bemerkte ihn in der Sekunde, in der Adrian die Seite aufschlug. Er sah exakt so aus wie heute. Als sei er neunzehn. Ein schweigsamer, junger Mann mit einer Miene, die auf den ersten Blick abweisend und mürrisch wirkte. Bis man genauer hinsah und den Schmerz in seinen Augen entdeckte.

Jessa ertappte sich dabei, dass sie mit den Fingerspitzen über sein Gesicht strich.

»… hat er gesagt.« Adrian verstummte. Ihr wurde bewusst, dass sie ihm schon eine Weile nicht mehr richtig zugehört hatte. Rasch zog sie die Hand zurück und dadurch erst machte sie ihn darauf aufmerksam, wen sie berührt hatte. Mit einem Ruck, der sie zusammenzucken ließ, stand er auf und marschierte zu dem riesigen Kamin an der Seite des Zimmers. Stumm nahm er einen der schweren silbernen Bilderrahmen vom Kaminsims und betrachtete ihn. Plötzlich schien die Luft zwischen ihnen vor Anspannung zu knistern.

Jessa wusste nicht, ob sie sich entschuldigen sollte oder nicht.

Sie stand auf und ging zu ihm. Das Bild in seiner Hand zeigte ihn und Christopher Seite an Seite. Adrian trug einen Hosenanzug und einen Hut, den er sich so ins Gesicht gezogen hatte, dass seine Entstellungen nicht zu sehen waren. Christopher blickte offen und mit einem Lächeln in die Kamera. Auch auf diesem Foto konnte sein Lächeln den Schmerz in seinen Augen nicht überdecken. Seine Züge hatten diese seltsame Tiefe, die ihn so schön wirken ließ.

Nein, nicht schön. Tragisch.

Jessa presste die Lippen aufeinander.

Adrian sah es aus dem Augenwinkel. Und mit einem frustrierten Aufschrei schleuderte er das Bild in den leeren Kamin. Es zerbarst mit einem hässlichen Knall.

Ein feiner, aber ziemlich scharfer Schmerz streifte Jessas Wange.

»Au!« Ihre Hand zuckte hoch. Ihre Fingerspitzen waren rot. Ein Splitter der zerberstenden Glasscheibe hatte sie getroffen. »Echt jetzt?«

Adrian stöhnte auf. »Verzeih!« Übergangslos hatte er sich wieder im Griff, streckte die Hand aus, wollte sich ansehen, was er angestellt hatte.

Doch sie wehrte ab. »Das ist nur ein kleiner Kratzer!«

»Es tut mir leid, Jessa.« Er stand da wie ein ertappter Sünder.

»Es ist okay«, versicherte sie ihm, aber sie schaffte es nicht, es selbst zu glauben. Zu sehr hatte sie sich über seinen kurzen Wutausbruch erschrocken, weil er einfach allem widersprach, wie sie Adrian in den letzten Tagen kennengelernt hatte. Ohne dass sie es verhindern konnte, war da plötzlich wieder der Gedanke an Rose Denholme und an den Dolch, den Adrian ihr ins Herz gerammt hatte.

Auf einmal kam er ihr fremd und dunkel und gefährlich vor.

Ein schwarzer Unhold.

Zu ihrer Erleichterung ging Adrian zu der Couch zurück und ließ sich darauf sinken. Gedankenverloren spielte er mit einer Seite des Fotoalbums.

Sie riss sich zusammen, setzte sich wieder neben ihn. »Mach dir keine Vorwürfe.«

Er schnaubte trocken. »Du denkst viel über ihn nach, oder?«

Über ihn. Christopher.

Im ersten Moment wollte sie es leugnen, aber dann beschloss sie, ehrlich zu sein. »Ja.«

Er grübelte lange, dann fragte er: »Worüber genau?« Die Hoffnungslosigkeit in seiner Stimme erzählte von all den Malen, in denen ein Mädchen sich von ihm ab- und Christopher zugewandt hatte.

Jessa wollte ihm nicht wehtun, darum log sie. »Ich frage mich andauernd, warum er ein so kaltschnäuziges, selbstverliebtes Arschloch ist.«

Adrians Blick wanderte in ihrem Gesicht umher. »Du denkst das nicht wirklich.«

»Sieht man mir das so sehr an?«

»Dein Gesicht ist ein offenes Buch, sorry.«

»Autsch.« Jessa lächelte. Es fühlte sich anstrengend an. Ob es half, wenn sie einfach immer weiterlog? »Nützt es was, wenn ich sage, dass ich mich nicht in ihn verlieben werde?«

Adrian zuckte mit den Schultern.

»Hey! Ich bin hier bei dir, nicht dort oben bei ihm.«

»Ja. Ja, das stimmt.«

Sie räusperte sich. »Du hast mir gestern meine Frage nicht beantwortet. Warum diese Sache mit Heather und dem Fluch euch nicht auseinandergebracht hat.«

»Du lässt nie locker, oder?«

Nein. »Du leidest so schrecklich unter diesem Fluch und er ...«

»Glaub mir, auch wenn der Fluch ihn äußerlich unangetastet lässt, er leidet weitaus mehr als ich.«

Ja, das Gefühl hatte sie auch ständig. »Aber das ist doch nicht der Grund, Adrian! Der Grund meine ich, warum du ihn nie dafür verantwortlich machst, was du ertragen musst. Und das, obwohl er Heather in den Tod getrieben und dadurch den Fluch ...«

»Wir haben beide mit Heathers Herz gespielt, Jessa. Das habe ich dir, wenn ich mich richtig erinnere, erzählt.«

Ja und sie hatte da schon das Gefühl gehabt, dass er sich was vormachte. »Was steckt hinter dem allem, Adrian? Warum hasst du ihn nicht dafür, was du seinetwegen seit 170 Jahren durchmachen musst?«

Er schwieg.

Lange.

Sehr lange.

Dann räusperte er sich. »Es gibt da etwas, das ich ihm schulde«, flüsterte er.

Jessa wartete. Als er nicht sprach, rückte sie ein Stück näher an ihn heran. Und als er keine Anstalten machte, vor ihr zurückzuweichen, zog sie ihn in ihre Arme.

Er war so angespannt wie eine Bogensehne. Aber er begann nun endlich zu sprechen.

»Unsere Mutter«, murmelte er. Er hatte den Blick auf die Wand gerichtet und sie ahnte, dass er die Vergangenheit dort wie einen Film ablaufen sah. »Unser Vater liebte sie abgöttisch, aber sie verließ uns wegen eines anderen und damit zerstörte sie ihn von Grund auf. Alles, was von ihm übrig blieb, war eine verbitterte, boshafte Seele, die sich bis ans Ende ihres Lebens weigerte, jemanden auch nur in seine Nähe zu lassen ...« Er hielt inne. Ein wenig wich die Anspannung aus seinem hageren Körper.

Jessa hielt ihn weiter fest.

»Es gab da ein Buch, das unsere Mutter geliebt hat, eine Sagensammlung. Aus irgendeinem Grund ließ sie es zurück, obwohl es ihr ein und alles gewesen war. Keine Ahnung, warum, aber irgendwie war das für unseren Vater eine zusätzliche Demütigung: *Schau her, ich liebe diesen anderen so sehr, dass ich sogar dieses Buch dafür aufgebe.* Er wurde geradezu besessen von den Sagen. Besonders von einer ...«

»Die zwei Brüder«, warf Jessa ein. Sie hatte eine Gänsehaut,

als sie an das Buch in der Bibliothek auf dem Schreibtisch dachte.

»Genau.«

»Es geht darin um zwei Brüder, die dieselbe Frau lieben. Wenn ich mich richtig erinnere, dann hat einer von beiden ein kaltes Herz gehabt.« Sie erinnerte sich nur zu genau, aber sie wollte nicht, dass Adrian erfuhr, dass sie sich schon längst mit der Sage befasst hatte.

»Stimmt.« Er schauderte, als würde ihm allein die Erinnerung wie Eiswasser durch den Körper rinnen, dann befreite er sich aus ihrer Umarmung und ging auf Abstand, als sei das Kommende nur so auszuhalten. »Es ist eine dieser seltsamen, kurzen Sagen, bei denen man nicht so genau weiß, was sie einem sagen wollen. Der kaltherzige Bruder lebt viele Jahre weiter, während der andere, der liebenswürdige, an dem Tod des geliebten Mädchens zugrunde geht.«

Jessa ahnte, was jetzt kam. »Euer Vater bewunderte den kaltherzigen Bruder, stimmt's?«

»Er wollte so sein wie er, ja. Aber er konnte es nicht. Er hatte über dem Verrat unserer Mutter den Verstand verloren. Nur so kann ich es mir erklären, was danach geschah.« Adrian versank in der Vergangenheit und tauchte länger nicht wieder daraus auf. Als er dann endlich weitersprach, war seine Stimme kaum noch zu verstehen. »Natürlich hatte er auch schon vor Mutters Weggang versucht, uns zu richtigen Männern zu erziehen. Das war ja damals nicht unüblich. Emotionale Abhärtung und so.«

»Heißt?«, flüsterte Jessa.

»Heißt hartes körperliches Training, Fechten und Reiten und Faustkampf. Lauter Dinge, die ein Adliger in der damaligen Zeit eben können musste. Schläge waren auch nicht unüblich, die waren wir gewohnt. Aber als Mutter weg war, veränderte sich die Qualität dieser Schläge. Mit der Faust ging er auf uns los. Mit der Rute. Mit dem Gürtel. Was eben gerade zur Hand war. Manchmal ließ er uns die Art der Bestrafung wählen, stellte zwei oder drei zur Auswahl. Christopher entschied sich jedes Mal für die härteste. Einmal wählte er einen eisernen Schürhaken und Vater hätte ihm damit beinahe das Genick gebrochen. Wenn unsere Nanny nicht eingeschritten wäre, hätte er ihn totgeprügelt.«

Die Narbe in seinem Genick! Jessa brauchte einen Moment, bevor sie wieder sprechen konnte. »Wieso hat er das gemacht? Christopher, meine ich.«

»Er wollte dem verdammten Mistkerl einfach beweisen, dass er ihn nicht brechen konnte.«

Tränen brannten in Jessas Augen. »Wie alt wart ihr da?«

»Sechs oder sieben.«

In Jessas Ohren rauschte es. Sie merkte, dass sie schon eine ganze Weile die Hand auf den Mund geschlagen hatte. »Sprich weiter«, flüsterte sie.

Kurz sah er aus, als wollte er sich weigern, aber dann resignierte er. »Christophers Haltung nötigte unserem Vater Respekt ab. Auf seine eigene, perverse Art und Weise liebte er ihn, glaube ich. Ich hingegen war nicht in Ansätzen so stark. Je älter ich wurde, umso brutaler wurden darum Vaters Versuche, mich zu brechen. Manchmal träume ich jetzt noch davon, wie er brüllt: *Hör auf zu flennen, du weibischer Hundsfott!«* Für eine Sekunde war seine papierne Stimme tief und fest und Jessa konnte seinen Vater aus seinen Worten heraushören. Adrian zog die Knie vor die Brust und umklammerte sie mit den Armen.

Er sah aus, als sei er wieder sieben Jahre alt.

Es zerriss sie fast, das anzusehen, besonders, als sie erkannte, dass er noch nicht fertig war.

»Du hast gefragt, warum ich Christopher nie Vorwürfe mache«, murmelte er. »Das ist der Grund, Jessa. Christopher, er …« Seine Stimme kippte weg und er brauchte, bis er sie wiedergefunden hatte. »Eines Tages – völlig überraschend – ließ Vater mich plötzlich in Ruhe. Es war, als hätte er über Nacht völlig das Interesse an mir verloren. Er hatte nichts mehr dagegen, dass ich Bücher las, statt zu fechten.« Er lachte. Es klang traurig und sehr bitter zugleich. »Ich Idiot hätte froh darüber sein sollen, aber weißt du, was, Jessa? Ich war es nicht. Ich machte Christopher Vorwürfe, weil Vater sich mit ihm weiter abgab. Weil die beiden zusammen auf die Jagd gingen und zum Angeln, während ich allein zu Hause bleiben musste. Ich hasste ihn regelrecht dafür. Was ich damals nicht wusste, war …«

Sein Körper stand jetzt so sehr unter Anspannung, dass es ihn nicht mehr auf der Couch hielt. Er sprang auf, marschierte zum Kamin, blieb dort stehen, den Rücken ihr zugewandt. »Was ich damals nicht wusste, war, dass Christopher einen Deal mit unserem Vater gemacht hatte. Er schwor ihm, alles zu tun, was Vater von ihm verlangte, wenn er mich dafür in Ruhe lassen würde.« Mit einem Ruck drehte er sich wieder zu Jessa um. Seine Augen flackerten. »Er hat sich schützend vor mich gestellt. Er hat Vaters gesamten Wahnsinn auf sich gezogen, damit ich unbeschwert und ohne Gewalt aufwachsen konnte.« Er musste sich am Kaminsims abstützen, um nicht in die Knie zu gehen.

Jessa stand auf, ging zu ihm, wagte jedoch nicht, ihn zu berühren. »In seinem Wahnsinn hat Vater Christopher systematisch zerstört und ich habe davon nichts gewusst.« Ein

Schluchzen steckte in seiner Kehle fest. »Ich war doch nur ein kleiner Junge, ich habe es nicht gewusst. Ich hatte keine Ahnung davon, dass mein Vater in meinem Bruder die Fähigkeit zu lieben gezielt abgetötet hat ...« Mit einem zitternden Durchatmen riss er sich zusammen. »Ich weiß nicht, wie oft er ihn bis auf Blut geprügelt hat, aber an eins ich erinnere mich glasklar. Daran, dass eine von Vaters Jagdhündinnen Junge bekam und Vater jedem von uns eins schenkte. Christopher bekam einen Rüden, er nannte ihn Rufus. Eines Tages fand man Rufus ...«

Nein, dachte Jessa. *Nein, bitte nicht!*

»... an einem Baum aufgehängt ...« Adrian hob den Blick in ihr Gesicht. Seine Augen schwammen in Tränen. »Und ich weiß nicht, ob Vater es getan hat oder ob er Christopher dazu gezwungen hat, Jessa. Ich weiß einfach nicht, ob Christopher seinen Hund ... meinetwegen ...«

Gott im Himmel!

Jessa überwand sich nun doch. Sie nahm Adrian wieder in den Arm, hielt ihn fest. Sie spürte, wie er zitterte vor lauter Anstrengung, seine Emotionen und seine Schuldgefühle unter Kontrolle zu halten. »Es tut mir so leid«, murmelte sie, den Mund dicht an seinem Kopf. »Es tut mir so schrecklich leid.«

»Christopher denkt, ich weiß nicht, was er für mich getan hat. Wie er mich beschützt hat und um welchen Preis. Aber ich weiß es. Schon lange.«

»Ihr sprecht nicht darüber.« Es war keine Frage. Sie wusste es einfach.

»Es gibt Schmerz, der wird nur größer, wenn man ihn in Worte fasst, darum flehe ich dich an, Jessa: Verrat Christopher nicht, dass ich es weiß. Es würde alles für ihn nur noch schwerer machen.« Er löste sich aus ihrer Umarmung, rückte ein

Stück von ihr ab. Behutsam nahm er ihr Gesicht in die Hände, wischte mit beiden Daumen die Tränen von ihren Wangen. »Es tut mir leid, dass du jetzt traurig bist, aber du wolltest es wissen. Das ist der Grund, warum ich ihm nie Vorwürfe mache wegen Heather. Denn wenn unser Vater nicht gewesen wäre oder wenn ich nur eher kapiert hätte, dass Christopher ... wenn ich für ihn da gewesen wäre, wie er es für mich war, dann könnte er lieben wie jeder andere auch. Dann hätte er Heather niemals das Herz gebrochen.«

Branwells Fluch hatte sie alle fest im Griff. Nur so konnte Jessa es sich erklären, dass sie draußen im Rosengarten ausgerechnet in Christopher hineinrannte, nachdem Adrian sie gebeten hatte, ihn für eine Weile allein zu lassen.

Christopher stand vor der Statue mit seinem Gesicht und schien tief in Gedanken versunken.

Sie bemerkte ihn erst, als es schon zu spät für einen Rückzug war. »Oh«, entfuhr es ihr.

Er warf ihr einen knappen Seitenblick zu. »Wenn du nicht aufhörst, mir ständig nachzurennen, überzeugst du mich nie davon, dass du nicht in mich verschossen bist.«

Sie wollte darauf mit einer ihrer üblichen Spitzen reagieren, aber ihr fiel einfach nichts Passendes ein. Adrians Erzählung hatte jeden zynischen Satz, jede spöttische Erwiderung in ihrem Kopf einfach zu Staub zermahlen.

Wie konnte man all das, was er hatte erdulden müssen, nur aushalten? Waren Spott und Sarkasmus wirklich die einzigen Waffen, um nicht daran zu zerbrechen?

Sein Mundwinkel verzog sich zu einem kühlen Lächeln. »Kein bissiger Spruch? Ich fürchte, das enttäuscht mich.«

»Ach, halt doch nur ein einziges Mal deine verdammte Klappe!«, schrie sie ihn an. Dass ihr schon wieder die Tränen kamen, nahm sie nur am Rande wahr.

Mit hochgezogenen Augenbrauen wich er zurück. »Oha. Da ist aber jemand in Rage.«

»Hör auf, so betont locker zu sein!«, fauchte sie. »Hör auf, so zu tun, als ...«

»Als?«

»Als ... als ...«

... als würdest du nicht seit Jahrhunderten innerlich verbluten.

Wütend wischte sie sich über die Augen. Völlig sinnlos. Ihre Augen flossen sofort wieder über.

Für eine Sekunde lang wirkte Christopher betroffen. Dann jedoch besann er sich auf die Rolle, die er jetzt schon so lange spielte. »Kein Grund, gleich in Tränen auszubrechen. Glaub mir: Du bist nicht das erste Mädchen, dem in meiner Gegenwart die Worte fehlen.«

»Ach, geh doch zur Hölle!« Sie warf sich auf dem Absatz herum und machte, dass sie davonkam.

21

Jessa saß zusammen mit Nell in der Küche bei einer Tasse Kaffee. Es war bereits später Vormittag und in ihr vibrierte eine eigenartige Unruhe. Seit Tagen grübelte sie jetzt schon über Adrians schockierende Geschichte von seiner und Christophers brutaler Kindheit und sie bekam seine Worte einfach nicht aus dem Kopf. Ständig schwankte sie zwischen dem Wunsch, einen der beiden in den Arm zu nehmen, und dem Gedanken, dass sie nur runter zum Stall gehen musste, wo Christophers Enduro stand, um endlich von hier zu verschwinden und all diesem Gefühlskram zu entkommen. Noch blieb sie, aber es fiel ihr von Tag zu Tag schwerer, denn sie fühlte sich wie in einen Schraubstock gespannt.

Nell schien das zu spüren. Sie kümmerte sich geradezu rührend um Jessa, ohne zu ahnen, dass sie es ihr damit nur noch schwerer machte. Denn Jessa hatte auch Nell längst in ihr wundes Herz geschlossen, das wurde ihr klar, als sie zuschaute, wie Nell Zucker in ihre Tasse schaufelte – einen Löffel, zwei, drei.

Sie deutete darauf. »Es heißt Kaffee mit Zucker, nicht Zucker mit Kaffee.«

Nell streckte ihr die Zunge heraus, dann trank sie etwas.

Jessa seufzte. »Darf ich dir eine Frage stellen, die du vermutlich ziemlich bescheuert finden wirst?«, murmelte sie.

»Klar! Raus mit der Sprache!«

»Es ist ziemlich bescheuert, wie gesagt.« Jessa musste sich regelrecht überwinden, es auszusprechen. »Woran merkt man, dass man sich verliebt hat?«

Überrascht prustete Nell in ihre Tasse und der Kaffee verteilte sich in ihrem Gesicht wie hellbraune Sommersprossen. Mit der flachen Hand wischte sie ihn fort. »Okay«, meinte sie gedehnt. »Damit habe ich jetzt nicht gerechnet.«

Jessa spürte, wie ihre Wangen anfingen zu glühen. »Vergiss es, war wirklich besch...«

»Nein! Nein! Die Frage ist alles andere als bescheuert. Ich hätte nur gedacht, dass du Gespräche dieser Art schon vor Jahren mit deinen Freundinnen geführt hast.«

Augenblicklich kam Jessa sich unerfahren und dämlich vor. Und schlimmer noch: Die Tatsache, dass sie nie wirklich Freundinnen gehabt hatte, fühlte sich auf einmal schwachköpfig an und gar nicht mehr vernünftig. Die einzige Waffe gegen dieses Gefühl der Unzulänglichkeit war, in die Offensive zu gehen. »Hey! Beschwer dich nicht! Ich habe von Anfang an gesagt, dass ich nicht die Richtige für diesen Ich-rette-den-Prinzen-Scheiß bin!«

Nell stellte ihre Tasse ab und lehnte sich zurück. »Bleib locker! Ich wollte dich nicht beleidigen. Heißt das also, du hast es aufgegeben, einen Plan B zu finden?«

»Vorerst.«

»Gut.« Nell schaute gen Decke, als müsse sie über Jessas Frage erst mal scharf nachdenken. »Okay. Gegenfrage: Was empfindest du?«

Jessa lauschte in sich hinein. »Ich weiß es eben nicht so genau, ehrlich gesagt. Ich meine: Müsste es sich nicht anfühlen wie Schmetterlinge im Bauch, wenn ich wirklich verliebt wäre?«

»Ziemlich romantische Vorstellung, was?« Nell grinste. »Wie fühlt es sich stattdessen an?«

»Keine Ahnung. Irgendwie …« *Schmerzhaft.* Neulich hatte sie dieses Gefühl mit Wespen im Bauch verglichen. »Als würde er mir total auf den Zeiger gehen, wenn wir zusammen sind. Und wenn wir es nicht sind, fehlt er mir.«

»Das klingt doch großartig!«

»Ich weiß nicht. Es ist, wie in einer offenen Wunde zu pulen, weil man den Schmerz einfach so geil findet.«

Da lachte Nell. »Es gibt da so einen Spruch, kennst du den? *Mit den Männern ist es ganz einfach: Alle sind doof. Nur der eine, den man liebt, nicht. Der ist total bescheuert.*«

Jessa schluckte, weil das so gut traf, was sie tief in ihrem Herzen fühlte.

Nell schien begeistert. »Weißt du, was? Als Victor gesagt hat, dass du die eine bist, die Adrian retten wird, war ich total skeptisch. Aber offenbar hat er mehr Ahnung von verliebten Teenagern, als ich mir jemals hätte träumen lassen.«

Jessa schüttelte den Kopf. Ein Satz lag ihr auf der Zunge und genauso schwer auf ihrem Herzen.

Ich habe aber nicht von Adrian gesprochen.

Sie schluckte ihn hinunter.

Wie immer spürte Adrian sofort, dass etwas nicht in Ordnung war. Sie hatte kaum das Gitter hinter sich wieder verschlossen, als er auch schon fragte: »Was hast du?«

Die drei besorgten Worte reichten aus, um ihre Augen, die

den ganzen Morgen schon gebrannt hatten, zum Überlaufen zu bringen. Na toll! Jessa fühlte tiefe Resignation. Trotzig versuchte sie dennoch, die Tränen wegzuwischen.

Adrian schaute bestürzt. »Jessa!«, rief er. »Was ist denn?«

»Ich ... ich weiß nicht, ach Scheiße!« In ihrem verzweifelten Kampf gegen die Tränen fing sie jetzt auch noch an zu zittern.

Adrian trat vor sie hin, umfasste ihre Oberarme, rieb sie zärtlich, als würde das etwas nützen. Sie ahnte, wie sehr ihn ihr Verhalten schockierte. »Hat Christopher dir wehgetan?«, brach es aus ihm heraus.

Allein den Namen ausgesprochen zu hören, riss den Damm ein. Schluchzend sackte Jessa in sich zusammen.

Adrians Griff um ihre Arme wurde fester. Schmerzhaft fast.

Sie lehnte sich an seine Brust. »Halt mich einfach fest!«

Und das tat er. Er umfing ihre bebenden Schultern und hielt sie. Unendlich geduldig strich er ihr über den Rücken und es fühlte sich gut an. Als würde er sie in eine warme Decke einhüllen, die sie gegen die Kälte und Härte der ganzen Welt schützte. Es fühlte sich fast so gut an wie damals, wenn Alice sie gehalten und getröstet hatte. *Alice.* Unwillkürlich wollte Jessa ein wenig auf Distanz gehen, aber Adrian spürte es und umschlang ihre Schultern noch ein bisschen fester.

»Es ist gut«, murmelte er in ihr Haar und da überließ sie sich wieder seinem Trost. In ihr jedoch brannte die Erkenntnis, dass es nie anders sein würde. Sie würde sich in seiner Nähe immer wie in der eines großen Bruders fühlen und niemals ... Ihr gesamter Brustkorb wurde so eng, dass das Schluchzen sie schon wieder durchschüttelte.

»Scht«, machte Adrian. »Alles wird gut.«

Sie wollte, dass er recht hatte. Als sie noch immer tränenblind zu ihm aufschaute, ahnte sie, dass er auf drei ganz bestimmte Worte hoffte: *Ich liebe dich ...*

»Ach, Adrian«, wisperte sie.

Da berührte er ihre Stirn mit den kalten Lippen seiner Maske.

Später traf sie Christopher auf der Bank an Heathers Grab. Sie war hierhergekommen, weil sie in Ruhe nachdenken wollte. Zumindest hatte sie sich das eingeredet. Als sie ihn aber dann dasitzen sah, wurde ihr klar, dass ein dummer, verliebter, selbstzerstörerischer Teil von ihr gehofft hatte, ihn hier zu treffen.

Er sah zu ihr auf, als er sie kommen hörte. »Jessa«, sagte er mit einem Lächeln, das ihr Herz zum Stolpern brachte.

In dieser Sekunde war sie drauf und dran, ihm ihre Gefühle zu offenbaren.

Er kam ihr zuvor. »Nell hat mir erzählt, dass Adrian endlich dein Herz erobert hat.« Ganz ruhig klang er. In seinen Augen jedoch flackerte Schmerz.

Nein!, wollte sie rufen. *Das stimmt nicht.*

Aufrecht und still saß er da.

Sag was!, flehte sie lautlos. *Sag, dass du es hasst. Dass es dich ankotzt, dass ...*

»Das ist wunderbar«, sagte er.

Sie befahl ihrem Kopf zu nicken. Noch nie zuvor war ihr eine Bewegung schwerer gefallen. »Ja, oder?«, krächzte sie.

Er stand mit einer federnden Bewegung auf. »Na, dann ...«, murmelte er. Er wollte sich zum Gehen wenden, doch sie hielt ihn auf.

»Christopher!«

»Ja?« Er drehte sich zu ihr zurück. Der Blick seiner Bernsteinaugen fühlte sich an wie eine Liebkosung und eine Ohrfeige gleichzeitig.

Jessas Lippen waren taub. Mit Mühe nur bekam sie sie auseinander.

Ich liebe dich!

»Ach, nichts«, hörte sie sich sagen.

Christopher hatte das Gefühl, seine Füße würden ihm nicht mehr richtig gehorchen, als er den Weg zwischen den Grabsteinen in Richtung Haus eilte. In der Eingangshalle stand ihm plötzlich Adrian gegenüber.

Christopher blieb stehen. Sein Herz klopfte schwerfällig in seiner Brust. Er wollte es anschreien, es solle endlich aufgeben und stillstehen bleiben.

»Adrian«, krächzte er. »Hast du dich entschieden, deine Kerkerhaft zu beenden?«

»Jessa war vorhin bei mir«, sagte Adrian. Er sprach völlig ruhig. »Sie hat geweint, Christopher. Sie war so aufgewühlt, dass sie beim Weggehen vergessen hat, das Gitter wieder richtig zu schließen.«

Christopher wurde es eiskalt. »Sie ... braucht noch Zeit«, schaffte er hervorzupressen.

Adrians Kopfschütteln war ähnlich beherrscht wie seine Worte.

Er weiß es!, schoss es Christopher durch den Kopf. Adrian wusste es, er selbst wusste es. Wem machte er hier eigentlich noch was vor? Eben, kurz bevor er Jessa auf der Bank zurückgelassen hatte, hatte er für eine Sekunde gedacht, sie würde sich endlich eingestehen, dass sie ihn liebte. Dass sie es aussprechen würde. Aber ihre Lippen hatten sich nur für einen Moment geteilt, dann hatte sie sie fest aufeinandergepresst. Und er war unter ihrem Blick und unter ihren Worten – *Ach, nichts!* – beinahe in die Knie gegangen.

»Ich bin nicht blind, Christopher«, murmelte Adrian. »Ich sehe, dass Jessa nicht in mich verliebt ist, auch wenn sie sich alle Mühe gibt, mich das glauben zu lassen.«

»Wie gesagt, du musst ihr Zeit ...«

»Hör auf, mir was vorzumachen!«, schrie Adrian. Er hob Christopher die Hände entgegen und mit sanfterer Stimme fügte er hinzu: »Hör auf, *dir* was vorzumachen.«

Anders als die ganzen letzten Tage trug er jetzt keine Handschuhe. Christophers Blick folgte seinen hageren Fingern, als er sie hoch zu seinem Gesicht hob. Als er die Maske abnahm und sein von grauer, schrundiger Haut überzogener Schädel zum Vorschein kam. Seine Jochbeine warfen tiefe Schatten auf die eingefallenen Wangen, die Augen lagen eingesunken in ihren Höhlen. Adrians einst volle Lippen waren zu blutleeren, fahlblauen Strichen geworden, die die Scherben, in die sich seine Zähne verwandelt hatten, nur unzureichend verbargen.

Ein lebender Totenschädel.

Ein Gesicht, in dem nur die Augen noch menschlich waren.

Christopher hielt ihrem Blick stand, wartete auf das hasserfüllte rote Glühen, das gleich aufglimmen würde.

Er schluckte. »Was jetzt?«

»Sag du es mir!«

Wie sollte er das?

»Werden wir uns diesmal *gegenseitig* an die Kehle gehen, Christopher?«

Er wusste es nicht. Herrgott, er wusste es einfach nicht! Er lauschte in sich hinein, ahnte das Lodern des Hasses in seinem Magen viel mehr, als dass er es spürte. Noch war es schwach, viel zu schwach für die Heftigkeit der Gefühle, die in ihm tobten. Aber er wusste, dass es stärker werden würde. Der Fluch würde dafür sorgen.

»Vielleicht sollten wir rausfinden, wo Victor die Revolver versteckt hat«, brachte er mühsam heraus. Das Bedürfnis, in die Knie zu gehen, war beinahe übermächtig.

»Wozu?«, fragte Adrian und hob eine seiner Klauenhände. »Die Dinger machen nichts, was wir uns gegenseitig nicht auch ohne sie antun könnten.« Er senkte den Kopf. »Vielleicht ist das jetzt endlich der Moment, in dem wir beide gemeinsam sterben.« Er klang hoffungsvoll. Als er wieder aufschaute, glomm in seinen Augen ein düsterer roter Funke.

Jessa war zusammen mit Henry dabei, das Abendessen zuzubereiten, als eine totenblasse, geschockte Nell in die Küche gestürzt kam.

»Christopher!«, schrie sie.

Jessa rutschten die Teller aus der Hand, die sie aus dem Schrank hatte nehmen wollen. Sie prallten auf die Bodenfliesen, wo sie in tausend Scherben zerschellten.

»Adrian«, schob Nell hinterher. »Sie haben sich gegenseitig angegriffen! Christopher ist ...« Sie hatte sich schon wieder herumgeworfen und rannte aus dem Haus.

»Gegenseitig ... Scheiße, das gab es noch nie.« Henry sah aus, als wüsste er nicht, was nun zu tun war. Jessa hingegen wusste es. Sie sprang über die Tellerscherben hinweg und stürzte Nell nach. Henry folgte ihnen.

Zu dritt rannten sie hoch zum Herrenhaus, quer über den Vorplatz und durch den sperrangelweit offen stehenden Haupteingang. Mit jedem Schritt, den Jessa tat, hämmerte es in ihrem Kopf.

Christopher.

Adrian.

Angegriffen.

Zum ersten Mal gegenseitig!

War es das, auf was der Fluch am Ende hinauslaufen würde? Auf einen Kampf der beiden unter dem Einfluss von rot glühendem Hass? Darauf, dass sie all diese langen Jahre gelitten hatten, um sich dann am Ende gegenseitig zu töten? Und sie selbst war der Auslöser dafür?

Auf den glatten Fliesen der Eingangshalle kam sie kurz ins Schlittern. Victor war da. Er stand in der Ecke mit den antiken Sitzmöbeln und beugte sich über jemanden.

Jemand, der aufrecht saß!

Jessas Herz ließ vor Erleichterung einen Schlag aus. Wenn einer der beiden lebte, tat es der andere auch. Sie konnten nur gemeinsam sterben.

Victor wandte sich zu ihnen um, dann gab er den Blick auf Christopher frei. Er war sehr bleich, sein Hemd quer über der Brust zerfetzt und voller Blut, aber offenbar hatte die Magie des Fluches schon ihre Wirkung getan. Er hatte keinen einzigen Kratzer.

Mit einem leisen Stöhnen musste Jessa sich am Treppengeländer festhalten. »Adrian?«, keuchte sie.

»Er ist raus ins Moor gelaufen«, sagte Victor. Auch er war blass. Der Schock über das Geschehene stand ihm in den Augen und als er den Blick nun auf Jessa richtete, kam es ihr vor, als mache er ihr Vorwürfe.

»Er kann sich nichts antun, oder?« Ihre Stimme vibrierte.

Christopher schaute sie ebenfalls an. Sie wusste seinen Blick nicht zu deuten, dazu lagen zu viele verschiedene Emotionen in ihm. Im Moment war ihr das egal. Er war am Leben. Aber warum antwortete er ihr nicht? Warum antwortete keiner ihr? Sie drehte sich einmal um ihre eigene Achse, schaute in die bleichen Gesichter von Nell, von Henry, von Victor.

»Sagt, dass er sich nichts antun kann!«, schrie sie.

»Kann er nicht«, murmelte Henry.

»Doch. Kann er.« Ganz leise sagte Christopher das und das verstärkte die Schockwirkung seiner Worte noch.

Jessa wirbelte zu ihm herum.

»Kann er«, wiederholte Christopher. »Aber er kann nicht daran sterben. Nicht, solange wir uns nicht gegenseitig zugrunde richten.« Sie sah die Fassungslosigkeit in seinen Augen und dahinter die Erkenntnis, dass der Fluch soeben sein ganz persönliches Martyrium um einen weiteren Höllenkreis erweitert hatte.

Seine erzwungene Ruhe jedoch war definitiv zu viel des Guten.

Jessa wurde so schlecht, dass sie sich auf die unterste Treppenstufe sinken lassen musste. Ihr Atem jagte. *Ruhig!* Sie musste sich beruhigen, sonst klappte sie hier noch ganz zusammen. Gewaltsam zwang sie sich durchzuatmen. »Wir müssen ihn suchen!« Voller Unruhe sprang sie wieder auf. Sank zurück auf die Treppe. »Er darf jetzt nicht allein da draußen sein! Wir müssen ihn suchen.«

»Das werden wir.« Victor hatte nun endlich seine Benommenheit überwunden. Er kam zu ihr, legte ihr die Hände auf die Schultern. »Das werden wir, Jessa. Versprochen!«

22

Sie suchten Adrian stundenlang, aber sie fanden ihn bis zum Abend nicht. Irgendwann dröhnten ihre Rufe, die weithin über die Heide hallten, nur noch dumpf in Jessas Ohren und eine so tiefe Erschöpfung erfasste sie, dass sie bei jedem Schritt über ihre eigenen Füße stolperte. Als sich die Nacht über das Land senkte und Victor entschied, dass sie unverrichteter Dinge zum Cottage zurückkehren würden, protestierte sie, wenn auch nur schwach. Sie verweigerte das Abendessen und fiel halb tot vor Müdigkeit und Sorge ins Bett, wo sie augenblicklich in einen tiefen, bleiernen Schlaf fiel.

Sie erwachte, weil Alice nach ihr gerufen hatte. Mit wild klopfendem Herzen lag sie im Bett und lauschte.

Nichts passierte.

Sie hatte gerade die Augen wieder zugemacht, als sie den Gesang hörte.

»Twinkle, twinkle, little star, how I wonder what you are! Up above the world so high, like a diamond in the sky …«

Senkrecht saß sie im Bett. Das war eine Täuschung, oder? Nach allem, was heute passiert war, verlor sie vermutlich jetzt endgültig den Verstand. Sie schwang die Beine aus dem Bett und tapste barfuß ans Fenster.

Der Nebel war fort. Sie öffnete das Fenster, lehnte sich lauschend hinaus.

Kein Gesang. Nur das Rauschen der Bäume.

Sie wollte das Fenster gerade wieder schließen, als sie die Stimme hörte.

»Jessa!«, flüsterte sie.

Mit Eiswasser in den Adern starrte sie nach draußen. Dort im silbrigen Mondlicht und in einem roten Kleid stand …

… Alice.

Mit einem Schrei auf den Lippen fuhr Jessa in die Höhe.

Sie stand nicht am Fenster, sie saß in ihrem Bett! Der Nebel vor dem Fenster war noch immer da und undurchdringlich.

Sie hatte geträumt!

Alice' Rufen, ihr Gesang, das geöffnete Fenster – es war alles nur ein Traum gewesen!

Um sicherzugehen, dass sie jetzt wirklich wach war und nicht in einer gruseligen Endlosschleife hing, ging sie zum Waschbecken und klatschte sich mehrere Hände voll Wasser ins Gesicht, das so kalt war, dass ihre Wangen anfingen zu brennen.

Das Gefühl war definitiv real!

Tief durchatmend, trat sie ans Fenster und öffnete es. Der Nebel war so dicht, dass es aussah, als würde er mit dünnen Tentakelarmen ins Innere des Zimmers greifen.

Geh nicht bei Nebel ins Moor, hörte sie Nell sie warnen.

Adrian war da draußen. Allein.

Und wenn das hier jetzt der Fluch war, der sie trieb, dann sollte es eben so sein.

Sie schlüpfte in die Jeans, dann in ihren schwarzen Hoodie

und die Stiefel. Sie wusste, dass sie mit Sicherheit irgendjemand aufhalten würde, wenn sie durch das Haus nach draußen schlich. Nach der Aktion von heute schliefen sie bestimmt alle schlecht.

Also musste sie sich etwas anderes einfallen lassen. Sie lehnte sich aus dem Fenster, neben dem ein Rosengitter befestigt war. Es eignete sich hervorragend zum Klettern.

Keine zwei Sekunden später stand sie sicher vor dem Haus auf dem Boden. Sie zögerte nur kurz, dann fasste sie sich ein Herz und ging los. Erst, als sie weit genug vom Cottage entfernt war, um nicht mehr entdeckt zu werden, nahm sie ihr Handy heraus und schaltete die Lampe an. In dem Nebel sahen die Frauenstatuen, die das Licht anstrahlte, unheimlich aus.

»Adrian?«, rief Jessa mit atemlos gedämpfter Stimme. Noch befand sie sich auf dem Weg zum Herrenhaus. Ob sie es wagen würde, bei dieser Suppe allein ins Moor zu laufen, um nach ihm zu suchen, wusste sie noch nicht.

Ein leises Knacken erklang irgendwo rechts von ihr. Sie fuhr zusammen.

»Adrian?«

Sie erhielt keine Antwort. Dafür wehte durch den Nebel plötzlich gedämpfter Gesang zu ihr heran.

»Twinkle, twinkle, little star, how I wonder what you are …«

Die Haare in ihrem Genick stellten sich auf. »Alice?«, wisperte sie.

Keine Antwort.

Mit zitternden Knien setzte sie ihren Weg fort und fand sich kurz darauf vor Heathers Grab wieder. Sie wusste nicht genau, was sie hergetrieben hatte, aber sie setzte sich auf die Bank. Der Schein ihrer Handylampe riss Heathers Namen aus der nebligen Finsternis.

Sie fühlte sich fiebrig und schwach. Ob sie krank wurde?

Der Gesang erklang nicht wieder. Vermutlich verlor sie hier einfach langsam den Verstand.

»Erschrick nicht.«

Adrian war plötzlich da. Sie konnte ihn in dem dichten Nebel nur schemenhaft ausmachen.

»Gott sei Dank!«, stieß sie hervor.

Er kam näher. Setzte sich neben sie.

»Wir hatten Angst, dass du dir was antust.«

Er schwankte leicht. Die Kapuze hatte er tief ins Gesicht gezogen und bewusst hielt sie das Handy so, dass sie ihn nicht anleuchtete. Sie war sich relativ sicher, dass er im Moment seine Maske nicht trug. Als er den Kopf in ihre Richtung wendete, senkte sie den Blick. Sie wagte es nicht, ihn anzusehen.

»Ich habe euch die ganze Zeit was vorgemacht«, murmelte sie. »Die ganze Zeit habe ich nur behauptet, dass ich versuchen will, mich in dich zu verlieben. Ich habe dir gesagt, dass ich dir helfen will, und das stimmt auch. Aber was die Sache mit dem Verlieben angeht, da habe ich dir was vorgemacht. Ich kann mich n…«

»Nicht, Jessa«, sagte er leise.

Aber sie konnte jetzt nicht mehr aufhören zu reden. »Doch! Ich habe dir was vorgemacht, Adrian. In Wahrheit …« Sie spürte, wie etwas kitzelnd über die Wangen lief. Heulte sie etwa schon wieder?

»Mann!«, presste sie hervor. »Ihr habt wirklich ein Talent dazu, mich zum Flennen zu bringen!« Sie wischte sich über das Gesicht. »Ich habe hier schon so viel geheult wie vorher in meinem ganzen Leben nicht.« Sie schwieg. »Ich vermisse Alice«, wisperte sie schließlich. »All das hier, dieser ganze emotionale Scheiß mit dem Verlieben und so – ich habe das alles nur für sie gemacht.« Ein trauriges Lachen stieg in ihr auf. »Irgendwie habe ich wohl die ganze Zeit immer noch gehofft, dass sie nicht tot ist, dass ich sie damit …«

Adrian ächzte leise.

»Ich habe Angst, Adrian. Was ist, wenn … *Ach, verdammt!«* Heftig rubbelte sie sich die nassen Wangen.

Adrian schwieg.

Irgendwann stand er auf. »Komm.«

»Wo gehen wir hin?«

Er reichte ihr eine Hand. Er trug keine Handschuhe und im Schein ihres Handys sah es aus, als seien seine Finger nur noch Knochen, die mit ledriger Haut überzogen waren. Ihr wurde schlecht, als sie die dunklen Flecken daran sah. War das noch immer Christophers Blut? Trotzdem griff sie zu und ließ sich von Adrian auf die Füße ziehen. »Wohin gehen wir?«, wiederholte sie ihre Frage.

»Ich will dir etwas zeigen.«

Er führte sie ins Herrenhaus und dann zur Wendeltreppe im Turm. Im ersten Moment dachte sie, er würde sie runter in den Keller bringen, aber das tat er nicht. Stattdessen ging er die Treppe hoch.

»Was willst du da oben?«

»Warte es ab.« Er klang jetzt angespannt und jede seiner Bewegungen wirkte eckig.

Seine Anspannung übertrug sich auch auf Jessa. Was würde sie gleich zu sehen bekommen?

Auf dem oberen Treppenabsatz blieb er stehen, dann zog er einen Schlüssel aus der Tasche. »Vielleicht mache ich hier gerade einen Riesenfehler. Aber ich bin schon seit Langem nicht mehr sicher, ob es recht ist, was wir tun.«

Etwas in Jessa wollte nicht, dass er den Schlüssel in dieses

Schloss steckte. Sie sah zu, wie er es tat. »Wovon sprichst du?«, murmelte sie.

»Davon, dass wir dir verheimlichen, was damals wirklich mit Alice geschehen ist.«

Es durchlief sie wie ein Stromstoß.

»Bist du bereit?« Seine Kapuze enthüllte ein Stück seines Kinns, ähnlich graue, ledrige Haut wie an seinen Händen.

Jessa wandte den Blick ab. Eine so tiefe Panik erfasste sie, dass sie am liebsten geflüchtet wäre. Sie presste die Nägel ihrer Finger ins Fleisch ihrer Handinnenflächen, bis es wehtat. »Mach die Tür auf«, zwang sie sich zu sagen.

In seinem Zimmer versuchte Christopher, sich daran zu erinnern, wie man atmete. Seine Gedanken schwirrten durcheinander, stoben in sämtliche Richtungen davon, kreisten umeinander, zuckten zurück, sobald er versuchte, einen davon zu fassen zu bekommen. *Adrian ... Hass in seinem Herzen ... Schmerzen und Blut – Adrians Blut ...* All das drehte und drehte und drehte sich seit Stunden in einem wilden Strudel in seinem Kopf.

Ein einziges Bild nur blitzte immer wieder klar und deutlich vor seinem inneren Auge auf.

Jessa.

Die Angst, die er in ihren Augen gesehen hatte. Und dann die Erleichterung, als sie erkannt hatte, dass er okay war ... Er war es gewesen, um den sie Angst gehabt hatte.

Er.

Ein bitterer Fluch drang über seine Lippen. In dieser einen Sekunde, als Victor zur Seite getreten war und sich sein und Jessas Blick gekreuzt hatten, hatte er sehen können, wie sie sich eingestand, dass sie ihn liebte.

Ihn, nicht Adrian.

Erst war eine perverse Genugtuung in ihm gewesen, weil der Fluch auch sie nicht verschonte. Dann hatte Selbstekel ihm den Atem geraubt.

Heather. Rose. All die anderen, die sich in die hübsche Larve seines Gesichts verliebt hatten, statt die schwarze Seele darunter zu sehen. All die Male, in denen Adrians Aussicht auf Rettung wieder und wieder zunichtegemacht wurde. Und jetzt geschah es erneut und er war völlig machtlos dagegen.

Was war er nur für ein Idiot gewesen? Wie hatte er nur hoffen können, dass es mit Jessa anders laufen würde? Dass sie stark genug sein würde, um dem Fluch etwas entgegenzusetzen?

Ein unerträglicher, scharfer Schmerz fuhr durch seine Brust, brachte ihn beinahe zum Wanken.

Er fühlte sich fiebrig. Elend.

Er hörte, wie die Tür zu seinem Zimmer sich öffnete und jemand zu ihm trat. Henry.

»Scheiße, Alter, du siehst aus wie ausgekotzt. Alles okay?«

Nichts war okay!

»Jessa liebt mich«, flüsterte Christopher.

»Klar«, sagte Henry. »Wurde ja auch langsam Zeit, dass du dir das endlich eingestehst.«

Christopher schaute auf, um zu ergründen, was Henry über all das dachte, aber der hielt seinem Blick schweigend stand, sodass Christopher schließlich einfach nur stumm den Kopf schütteln konnte. Er sank in einen seiner Ledersessel.

Henry setzte sich neben ihn. Legte eine Hand auf seine Schulter und drückte zu.

»Lass mich allein«, bat Christopher.

Henry nahm die Hand weg. Langsam stand er auf, zog sich

bis zur Tür zurück. Er war schon draußen, als er sich noch einmal umwandte. »Ich bleibe in der Nähe, für den Fall, dass du mich brauchst.« Leise zog er die Tür hinter sich ins Schloss.

Christopher starrte auf seine Hände, ballte sie zu Fäusten. Die Erinnerung daran, wie er diese Fäuste vorhin Adrian ins Gesicht gerammt hatte, taumelte durch seinen Geist. Der winzige, zornige Funke, der in ihm aufgeglommen war und sich innerhalb kürzester Zeit in glühenden Hass verwandelt hatte, war im Moment nur ein schwaches Echo. Doch er wusste, dass das nicht so bleiben würde. Er wusste, dass der Hass wieder aufflackern würde. Und wieder und wieder und wieder, jedes Mal ein bisschen stärker als zuvor. Bis er Adrian seine Hände um die Kehle …

Er konnte es nicht zu Ende denken.

Willentlich entkrampfte er seine Hände. Er musste dagegen ankämpfen. Noch war dieser Hass in ihm nicht unendlich, vielleicht also gab es noch eine winzige Chance. Wenn er dafür sorgte, dass Jessas dummes, kleines Herz begriff, dass er nichts weiter verdiente als ihre Verachtung. Und wenn Adrian sie dann tröstete, würde sie sich vielleicht doch noch in ihn verlieben.

Er spürte, wie er anfing zu zittern, denn dafür musste er das tun, was auf der ganzen Welt für ihn am wenigsten denkbar war.

Er musste Jessa das Herz brechen.

Das Turmzimmer war nicht besonders groß. Jessas Blick fiel auf einen riesigen Ohrensessel, der am Fenster stand, und auf eine Art altmodische Reisetruhe in einer Ecke. Der Sessel war so gedreht, dass man nur seine Rückseite sah. Auf der Truhe jedoch saß ein kleiner weißer Teddy.

In der Sekunde, als Jessa das Stofftier erkannte, wurden ihr die Knie weich.

Der Teddy hatte Alice gehört! Jessa hatte ihn ihr zu ihrem siebzehnten Geburtstag geschenkt.

»Was …«, hauchte sie. Der Anblick des Stofftieres hatte ihr Herz in einen kleinen Vogel verwandelt, der gegen ihre Rippen flatterte. Sie starrte Adrian an, wollte etwas sagen, wusste nicht, was, da erklang plötzlich leiser Gesang aus der Richtung des Ohrensessels.

»Then the traveller in the dark thanks you for your tiny sparks. He could not see which way to go, if you did not twinkle so …«

Jessas Hand flog zu ihrem Mund, dämpfte den leisen Schrei, der aus ihrer Kehle drang.

»Alice?« Sie wollte vorwärtsstürzen, zu dem Sessel, wollte Alice ansehen, sie endlich wiederhaben, sie in die Arme schließen. Aber sie konnte sich noch immer nicht rühren. Hilflos sah sie Adrian an.

Er hielt ihr die Hand hin. Sie nahm sie wie ein kleines Kind und erst mit seiner Hilfe schaffte sie es, weiter in den Raum hineinzugehen. Einen Schritt. Noch einen. Ein Blick in den Ohrensessel.

Alice saß im Schneidersitz da, eine winzige blasse Puppe, für die der riesige Sessel viel zu groß war. Sie hatte die Augen geschlossen, die Arme um den Leib geschlungen und wiegte sich vor und zurück. Schrecklich dünn war sie und blass, aber sie sah keinen Tag älter aus, als Jessa sie in Erinnerung hatte.

Alice.

Ihre Alice.

Ihre Schwester, die sie seit fünf Jahren vermisst hatte.

»Alice!«, rief sie, aber wenn sie gedacht hatte, dass ihre

Schwester darauf reagieren würde, so sah sie sich getäuscht. Alice schien überhaupt nicht zu merken, dass sie da war.

Zwar hörte sie auf zu singen und als Jessa zu ihr trat, sie an der Wange berührte, da hörte sie auch auf, sich zu wiegen. Aber selbst als Jessa vor ihrem Sessel in die Knie ging und Alice' federleichten Körper in ihre Arme zog, da öffnete sie die Augen nicht. Und kaum dass Jessa irritiert zurückwich, fing sie sowohl mit dem Wiegen als auch mit dem Singen wieder an.

Jessa drehte es den Magen um. »Was hat sie?«, flüsterte sie.

Adrian hatte sich bis an die Wand zurückgezogen. »Wir wissen es nicht.« Er hatte den Kopf so weit gesenkt, dass sie von seinem Gesicht nicht das Geringste sehen konnte.

»Wie konntet ihr mir das die ganze Zeit verheimlichen?«

Adrian kam nicht dazu, ihr darauf zu antworten.

»Adrian, verdammt! Hast du sie noch alle?«, ertönte Christophers Stimme an der Tür.

Mit einem langen, zornigen Schritt betrat er den Raum und da war so vieles, was er fühlte. Schrecken. Fassungslosigkeit. Zorn.

Vor allem aber Scham.

Scham darüber, dass Adrian das getan hatte, was er längst hätte tun sollen: Jessas Wohl über ihr eigenes zu stellen.

Und da war eine tiefe, zerfetzende Angst.

Was geschah jetzt mit seinem Bruder?

Würde Victors Befürchtung wahr werden und Alice' Anblick die Sympathie, die Jessa für Adrian entwickelt hatte, abtöten? War nun wirklich alle Hoffnung verloren ...?

Christopher sah Jessa an, die vor ihrer Schwester kniete und deren Gesicht aschfahl war. In ihren Augen stand Fassungslosigkeit.

»Du wusstest es die ganze Zeit.« Es war keine Frage. Sie wusste es und er wartete darauf, dass sie ihn anschrie. Aber sie schrie nicht. Stattdessen zog sie Alice wieder in ihre Arme, bettete den Kopf auf ihrem Scheitel und wiegte sie wie ein kleines Kind.

Der Anblick war so unendlich viel schmerzhafter, als es Worte oder gar eine Ohrfeige gewesen wären.

»Christopher«, sagte Adrian. »Sie musste es erfahren. Sie hat ein Recht …«

Durch das Kreischen in Christophers Ohren drang der Sinn der Worte nicht hindurch, trotzdem fauchte er: »Spar dir deine Erklärung!«

Er spürte, wie der Hass in ihm um die Oberhand rang. *Weg hier!* Er war schon halb aus dem Raum, bevor ihm bewusst wurde, dass es doch das war, was er eben noch gedacht hatte: Wenn er es schaffte, dass Jessa ihn verachtete, konnte das vielleicht noch alles retten.

Es kostete ihn beinahe mehr, als er aufbringen konnte, aber er sah Jessa direkt in die Augen. Er wollte ihr irgendwas an den Kopf schleudern, etwas Eiskaltes, Verletzendes. Doch er spürte, dass alles, was er in dieser Sekunde über die Lippen gebracht hätte, *Ich liebe dich!* gewesen wäre. Entsetzt über sich selbst warf er sich herum und floh.

Die Tür fiel mit einem ohrenbetäubenden Krachen hinter Christopher ins Schloss.

»Arschloch!« Jessa konnte es einfach nicht glauben, wie geschockt Christopher sie eben angesehen hatte. Ein Teil von ihr wollte ihm nachlaufen, wollte ihm die Fäuste ins Gesicht rammen dafür, dass er ihr verschwiegen hatte, dass Alice noch am Leben war. Dafür, dass er einfach mit angesehen hatte, wie sehr sie unter dem Verlust ihrer Schwester litt. Und vor allem dafür, dass es so wehtat, wenn er in ihrer Nähe war.

Der andere Teil wollte nicht von hier weg. Nie wieder.

Sie merkte, dass sie für einen kurzen Moment aufgehört hatte, Alice zu wiegen, und ihre Schwester begann selbst wieder mit dieser furchtbaren, monotonen Bewegung. »Ich bin hier«, flüsterte Jessa in Alice' Haar, das immer noch genauso roch, wie sie es in Erinnerung hatte. »Ich bin jetzt bei dir. Alles wird gut.«

Mit Christopher konnte sie sich später immer noch beschäftigen.

»Alles wird wieder gut«, wiederholte sie.

Aber wie sollte es? Was war das überhaupt für ein Zustand, in dem sich ihre Schwester befand? Alice sah aus, als wäre sie in den vergangenen fünf Jahren keinen einzigen Tag gealtert, als wäre sie aus der Zeit gefallen. Genau wie High Moor Grange.

»Ist sie so, seit sie dein Gesicht gesehen hat?«, fragte sie Adrian.

Adrian hielt den Kopf gesenkt. Es war eine Haltung, die jemand einnahm, den man aufs Heftigste verprügelt hatte. »Ja«, krächzte er.

»Twinkle, twinkle, little star«, sang Alice leise.

»Erzähl mir ganz genau, was geschehen ist!«, verlangte Jessa.

»Wir dachten, es sei sicher, die Maske abzunehmen. Dachten, ihre Liebe zu mir wäre stark genug, um es zu versuchen. Wir haben uns verabredet – draußen im Moor. Da gab es eine Stelle, an der wir viele schöne Stunden gemeinsam verbracht haben. Es war neblig an dem Tag, genau wie damals, als Heather starb, und irgendwie hatten wir beide das Gefühl, dass es der richtige Zeitpunkt war: Im Nebel war der Fluch ausgesprochen worden, im Nebel sollte er gebrochen werden …« Er starrte gegen die Wand und Jessa fragte sich, welche Schrecken der Vergangenheit er dort sah. »Wie sehr ich diesen Nebel hasse«, flüsterte er.

Sie wartete, dass er weitersprach. Als er es nicht tat, murmelte sie: »Es hat nicht funktioniert.«

»Es hat nicht funktioniert. Wir haben uns getäuscht. Sie war nicht diese eine Seele, von der Heather gesprochen hatte. Ihre Liebe zu mir war … sie konnte das hier …«, er deutete auf sein Gesicht unter der Kapuze, »… nicht aushalten.«

Jessa hielt das alles auch kaum noch aus, trotzdem festigte sich in ihr etwas, geradeso als entwickele sie im Moment des größten Kummers neue Kraft. »Nimm die Kapuze ab!«

»Auf keinen Fall!« Heftig schüttelte er den Kopf.

»Nimm die Kapuze ab!«, befahl sie.

Doch er tat es nicht. Er wandte sich mit einem Ruck ab. »Ich werde dich nicht auch zerstören, Jessa.«

Sie ging über diesen bescheuerten Anflug von Selbstaufopferung hinweg. »Was ist mit Alice? Willst du sie nicht retten? Vielleicht wird auch sie wieder okay, wenn wir den Fluch brechen.«

»Aber das kannst du nicht!«, brauste er auf. »Weil du mich dazu nicht genug liebst.«

Frustriert starrte sie gegen seinen Rücken.

»Was willst du stattdessen tun?«, flüsterte sie nach einer Weile.

»Ich kehre in meinen Keller zurück, verrammele die Tür hinter mir und werfe den Schlüssel weg.«

»Und dann?« Sie rückte etwas von Alice ab und sah ihr in das fahle Gesicht. »Wie lange soll das noch so gehen, Adrian? All dieser Schmerz?«

Er antwortete nicht. Er trat zu Alice. Kurz sah es aus, als

wollte er ihr über das Haar streicheln, doch Alice setzte sich mit einem panischen Ruck kerzengerade hin. Ihre Lider begannen zu flattern.

Adrians Hand zuckte zurück. »Nein!«, hauchte er. »Sieh nicht hin!«

Bevor Jessa fragen konnte, was er meinte, riss Alice die Augen schreckensweit auf.

Und Jessa fing an zu schreien.

Alice' Augen. Sie waren schneeweiß und leer.

23

Hinterher wusste Jessa nicht mehr, wie lange der Horror gedauert hatte. Vage erinnerte sie sich daran, dass sie nicht mehr hatte aufhören können zu schreien. Sie erinnerte sich daran, dass Victor und Nell und Henry gekommen waren und sich um sie gekümmert hatten und dass da etwas in ihr gewesen war, das leise Christophers Namen gewimmert hatte.

Er war jedoch nicht da gewesen.

Sie erinnerte sich an irgendwas zu trinken, das sie ihr gaben. An Müdigkeit, so unendlich wie die tiefste dunkle Erschöpfung. An traumlosen Schlaf.

Dunkelheit vor dem Fenster, die hellem, aber grauem Tageslicht wich. Als sie schließlich erwachte, liebkoste der Nebel die Scheibe ihres Fensters mit klammen Fingern. Nell saß an ihrem Bett. »Hey«, sagte sie mit einem Lächeln. »Willkommen zurück.«

Jessa setzte sich auf. Ihr Mund war staubtrocken, ihre Kehle brannte und ihre Augen ebenfalls.

Augen.

Alice!

Sie wimmerte.

»Du musst dich fühlen wie durch die Mangel gedreht«, sagte Nell mitfühlend.

»Eher wie durch einen Fleischwolf.« Jessa nahm das Glas mit Wasser, das Nell ihr reichte, und trank es durstig aus. Das Brennen in ihrer Kehle ließ nach. Das ihrer Augen nicht.

»Ich weiß, es ist ein bisschen voreilig, dich das zu fragen, aber ich muss es einfach wissen: Was hast du jetzt vor?«

»Das ist doch ganz klar. Ich nehme meine Schwester und bringe sie so weit wie möglich von diesem gruseligen Ort weg.« Jessa hatte das sarkastisch gemeint, aber an Nells betretenem Gesichtsausdruck erkannte sie, dass sie ihr glaubte. Da erst begriff sie. »Ihr würdet mich gehen lassen?«

Nells Beklommenheit wandelte sich erst in Unverständnis, dann in Schock. »Du glaubst, wir halten dich hier gefangen?«

Jessa legte sich in die Kissen zurück. Ihr ganzer Körper fühlte sich an wie von etwas Schwerem, Unsichtbaren niedergedrückt. »Stimmt, wie konnte ich nur so was Furchtbares denken? Ihr habt mich ja nur tage-, nein, warte, wochenlang in dem Glauben gelassen, dass meine Schwester tot ist.«

Nell beugte sich vor. Eine Weile lang massierte sie sich mit den Fingerspitzen die Stirn. »Schon klar. Du musst uns hassen deswegen.« Ihr Gesicht sah aus wie in unzählige Splitter zerfallen. »Aber wir konnten nicht anders. Wir dachten …« Sie seufzte. »Niemand hält dich hier fest, Jessa.«

»Sie hat recht«, ertönte Victors Stimme von der Tür her. »Du kannst gehen, wann immer du willst.«

»Ohne Alice.«

»Auch mit ihr.« Er kam ins Zimmer. Auch er wirkte fahl, betreten, schuldbewusst. »Ich habe das mit den Jungs besprochen.

Sie sind einverstanden. Wenn du Alice von hier fortschaffen willst, dann werden wir dich nicht aufhalten.«

»Aber Alice' Zustand wird sich nicht ändern.« Es war keine Frage. Sie wusste es.

»Das wird er vermutlich nicht, nein.«

Alice' Gesicht erschien vor Jessas geistigem Auge. Die Züge ihrer Schwester, die keinen einzigen Tag älter wirkten als damals, als Jessa sie zum letzten Mal gesehen hatte. Sie zog die Bettdecke bis ans Kinn, weil ihr plötzlich kalt wurde bei der Vorstellung, was sein würde: Alice in einer psychiatrischen Anstalt, in der sich sämtliche Ärzte fasziniert über sie beugen und nicht wissen würden, wie sie ihr helfen sollten. Sie selbst zurück in *Children's Retreat* mit dem alten Gefühl von Verlassensein und Wut im Herzen, nur dass beides dann vermutlich noch hundertmal stärker sein würde als zuvor. Und schließlich, irgendwann, wenn auffallen würde, dass Alice nicht alterte ... würden sie medizinische Experimente mit ihr machen. In Jessa keimte ein erstes bisschen Verständnis dafür, dass Christopher und die anderen Alice all die Jahre hier auf High Moor Grange versteckt gehalten hatten. Wenn sie ihr doch nur von Anfang an die Wahrheit über Alice' Zustand gesagt hätten ...

»Würde sie anfangen zu bluten wie die Jungs, wenn sie nicht mehr auf High Moor Grange ist?«

»Wir wissen es nicht«, sagte Victor. »Wir haben es nie ausprobiert.«

»Wird sie wieder gesund, wenn der Fluch gebrochen wird?«

Victor nahm seine Brille ab und rieb sich die Nase. »Die Wahrheit ist, Jessa: Auch das wissen wir nicht.«

Jessa starrte gegen die Decke. »Das war ziemlich unklug von dir«, murmelte sie. »Du hättest sagen müssen: *Natürlich, Jessa!*

Wenn du den Fluch brichst, wird auch deine Schwester wieder gesund. Damit ich einen Grund habe zu bleiben.«

Betretenes Schweigen folgte auf den sarkastischen Unterton in ihren Worten.

»Du hast alles Recht der Welt, zornig auf uns zu sein«, sagte Victor. »Wir haben dich belogen und dir die Wahrheit vorenthalten. Aber wir taten es aus gutem Grund. Wir alle hier wollen nichts mehr, als Christopher und Adrian von dem Fluch befreien.«

»Klar. Und dazu ist euch jedes Mittel recht.«

»Von nun an werden wir dich nicht mehr anlügen, Jessa«, versprach Victor.

Jessa schloss die Augen. Sie war immer noch so schrecklich müde. »Das wäre ja mal was ganz Neues«, murmelte sie.

Die Wand war eiskalt an Jessas Rücken, aber das kümmerte sie nicht. Seit Stunden schon saß sie hier im funzeligen Halbdunkel des Weinkellers auf dem Boden, in die hinterste Ecke gedrückt, die Knie vor die Brust gezogen und die Arme darum geklammert. Und die ganze Zeit war Träne um Träne über den Rand ihrer Lider gequollen und ihr Gesicht hinabgelaufen. Irgendwann hatte sie einfach aufgehört, sie wegzuwischen.

Zwei Tage waren vergangen seit der schockierenden Entdeckung, dass Alice noch lebte, sich aber in eine Zombiepuppe verwandelt hatte, die nichts tat außer sich wiegen und summen, die nicht alterte und nicht mal schlafen und essen musste, seit fünf Jahren nicht … In diesen Tagen war Jessa selbst wie ein Zombie durch die Gegend gelaufen, unfähig, sich zu entscheiden, was sie nun tun sollte. Und ebenso unfähig, noch einmal den Turm hinaufzusteigen und ihrer Schwester gegenüberzutreten.

Ihr Magen krampfte sich schmerzhaft zusammen vor Scham. Oder lag das daran, dass sie jetzt schon seit mindestens zwölf Stunden nichts mehr gegessen hatte?

Sie zog Alice' Brief aus der Hosentasche, faltete ihn auseinander. Die vertrauten Schriftzüge hatten sich mittlerweile so in ihr Gedächtnis eingebrannt, dass sie jeden Bogen, jede Schleife vor sich sah, wenn sie die Augen schloss.

Nichts und niemand kann uns jemals wirklich trennen ...

Ich muss versuchen, Adrian zu retten ...

... das sind die Erinnerungen, die ich mitnehme, wenn ich jetzt gleich in den Nebel hinausgehe.

Mit einem unterdrückten Fluch ließ sie den Brief auf ihren Oberschenkel sinken.

Wir dachten, ihre Liebe zu mir wäre stark genug, so ähnlich hatte Adrian es gesagt. Stark genug, um den Fluch zu brechen. Aber das war nicht passiert. Stattdessen hatte Adrians Anblick Alice den Verstand geraubt und sie in dieses halb leblose Bündel Mensch verwandelt. *Katatonie* nannte man diesen Zustand, das hatte Jessa im Internet nachgelesen.

Sie lehnte den Kopf an die raue Wand. *»Ich verliebe mich nie«,* sagte sie mit einer hohen, näselnden Prinzessinnenstimme. Wie wahr! Offenbar liebte sie ja nicht mal ihre Schwester genug, um einfach da hoch in diesen Drecksturm zu ihr zu gehen ... Sie stieß ein bitteres Lachen aus. Wie gut sie und Christopher zusammenpassen würden!

Seufzend tippte sie gegen die Weinflasche, die sie aus dem Regal genommen und neben sich auf den Boden gestellt hatte. Eigentlich war sie hergekommen, weil sie sich die Kante geben wollte. Aber sie hatte vergessen, einen Korkenzieher mitzunehmen, und ohne bekam sie die Korken nicht aus der Flasche. »Nicht mal das kriegst du hin«, murmelte sie. »Warum nur bist du so scheißverkorkst?« Ihre Finger hatten Spuren in dem Staub auf dem Flaschenhals hinterlassen.

Im Gang vor dem Keller ertönten Schritte. Jessa legte den Kopf wieder auf die Knie. Hier hinten würde sie so schnell keiner finden.

Die Schritte kamen näher, jemand betrat den Weinkeller. Blieb stehen. Und näherte sich ihr. »Hier bist du! Alle suchen dich schon seit Stunden!«

Worte, hervorgestoßen in großer Erleichterung.

Christopher.

Sie zitterte. Sie wollte nicht, dass er hier war. Sie wollte ihn nicht ansehen, denn das Bild von Alice' furchtbaren Augen wurde überlagert, wenn sie auch nur an ihn dachte. Dann sah sie ihn und seinen Vater und einen herabsausenden Schürhaken und es zerriss sie fast wegen dem, was er alles erlitten hatte. Und wenn das geschah, dann spürte sie die Wut auf ihn nicht mehr, die doch eigentlich heiß und grell hätte sein müssen, weil er ihr so lange verschwiegen hatte, dass Alice noch lebte.

»Geh weg!«, sagte sie zu ihren Knien.

Aber Christopher ging nicht weg.

Also hob sie den Kopf. »Hau ab!«, schrie sie ihn an.

Seine Augen weiteten sich, als er ihr verheultes und vermutlich auch schmutziges Gesicht sah. »Ich hätte nicht damit gerechnet, dass du immer noch da bist«, murmelte er. Kein Wunder – er hatte sich die vergangenen zwei Tage in seinem Zimmer verkrochen, sodass sie sich nicht ein einziges Mal gesehen hatten.

Da er nicht vorhatte, sie in Ruhe zu lassen, rettete sie sich in die bewährte Methode, ihre Gefühle auf Abstand zu halten: beißenden Spott. »Wieso? Du weißt doch, dass ich unsterblich in dich verliebt bin. Ich kann also gar nicht mehr weg von hier.«

»Autsch.« Es schien, als würde all der Schmerz, den er in sich trug, ihn nur noch schöner machen. »Hör zu, Jessa. Dass wir … dass ich dir über Alice nicht die Wahrheit gesagt habe …« Er rieb sich die Augen. »Ich hatte Angst, dass du sie schnappst und von hier fortbringst.«

»Das überlege ich immer noch.« Sie horchte in sich hinein, merkte, dass sie ihm wehtun wollte, so wie es ihr wehtat, auch nur in seiner Nähe zu sein. »Schließlich habe ich jetzt keinen Grund mehr hierzubleiben.« Das war glatt gelogen. Sie hatte einen Grund zu bleiben.

Ihn.

Irgendwie hatte er es mit seiner ganzen unmöglichen Art, seinen dunklen Augen und diesem viel zu seltenen Lächeln geschafft, das Bollwerk einzureißen, das sie um ihr Herz errichtet hatte. Und dafür hasste sie ihn. Sie hasste ihn so sehr …

Bullshit! Sie liebte ihn.

Sie würde sich allerdings eher die Zunge abbeißen, als das zuzugeben.

Zwei, drei Herzschläge verstrichen. Christophers Adamsapfel hob und senkte sich ruckartig. »Darf ich?« Er wies auf die Erde an ihrer Seite.

Auf keinen Fall!

Doch! Klar!

»Ist dein Haus.« Eher symbolisch gemeint, rutschte sie ein Stück zur Seite.

Oh, bitte, halt mich einfach fest!

Er nahm die Weinflasche, schaute sie an und setzte sich dann neben Jessa. »Du hattest vor, dir diesen ganzen Scheißschmerz wegzusaufen, oder?«

»Erschien mir eine gute Idee. Leider hat derjenige, der diese Weinsammlung angelegt hat, noch nie was von Schraubverschlüssen gehört.«

Er lächelte. »Als diese Weinsammlung angelegt wurde, waren Schraubverschlüsse noch lange nicht erfunden.« Er löste den Rest der silbernen Kapsel um den Korken. »Ich dachte, du hast auf der Straße gelebt. Da sollte man die Tricks kennen.«

»Ich kann Bierflaschen mit dem Feuerzeug aufmachen oder mit den Zähnen, wenn's sein muss. Für Wein hatten die Typen, mit denen ich rumgehangen habe, nie Geld.«

»Ich zeige dir, wie's geht.« Christopher zog sich einen seiner Boots aus, stellte die Flasche hinein und begann, mit dem Absatz gegen die Kante des Regals zu schlagen. Es dauerte keine halbe Minute, dann war der Korken so weit herausgekommen, dass er ihn ziehen konnte.

»Bitte sehr«, sagte er und reichte Jessa die Flasche.

Sie strich sich die Haare aus dem Gesicht, die ihr nass und wirr an den Wangen klebten, dann griff sie zu. »Bist du in all den Jahren, die du gelebt hast, nie selbst auf die Idee gekommen, dir den Scheißschmerz wegzusaufen?«

Er blickte an ihr vorbei in die Ferne. »Natürlich bin ich das.«

»Und?«

»Alkohol löst keine Probleme, Jessa.«

»Stimmt. Aber das tut ein Apfel auch nicht.« Sie hörte ihn auflachen und wunderte sich ein bisschen, dann erst fiel ihr ein, dass er hier in diesem alten Kasten vermutlich nicht allzu oft mit albernen Postkartensprüchen in Berührung kam. Er war so anders als sie. Er war so ... Sie setzte die Flasche an die Lippen und trank einen Schluck. Der Wein war herb, fast ein bisschen sauer. Sie verzog das Gesicht. »Schmeckt scheußlich.«

Er nahm ihr die Flasche ab, trank ebenfalls. »Gar nicht so schlecht. Man merkt, dass du eben doch eine kleine Straßengöre bist.«

»Vielen Dank!« Ihr ging auf, dass sie ihm im Gegensatz zu seinem Bruder und Nell nie über ihre Vergangenheit erzählt hatte. »Woher weißt du, dass ich auf der Straße gelebt habe?«

Er grinste.

»Von Adrian, oder?«

Mit einem verlegenen Gesichtsausdruck reichte er ihr die Flasche zurück. Ihr war aufgefallen, dass er den Flaschenhals nicht abgewischt hatte. Sie hielt sie fest, starrte blicklos vor sich hin. Ihr Kopf summte. Eine halbe Ewigkeit verstrich in tiefem Schweigen.

»Eins weiß ich immer noch nicht«, murmelte sie.

Er schaute sie an, aber das war nicht gut, denn so brachte sie es nicht über die Lippen.

»Okay«, sagte Christopher. »Offenbar reicht dein Pegel noch nicht für die ganz dramatischen Gespräche.« Er nahm ihr die Flasche weg und schaute auf das Etikett, dann stand er auf, wählte eine andere. »Der hier gefällt dir vermutlich besser«, sagte er und öffnete ihn auf dieselbe Weise.

Als Jessa ihn probierte, musste sie ihm recht geben. »Besser.« Sie wischte sich über die laufende Nase.

Wortlos griff Christopher in seine Hosentasche und reichte ihr ein zusammengefaltetes, sauberes Stofftaschentuch. »Hier, du Straßengöre.«

»Danke, Mr Hochwohlgeboren.« Sie putzte sich, so gut es ging, die Wangen sauber und schnaubte sich dann die Nase.

Er musste schmunzeln. »Ladylike.«

»Ach, hör schon auf!« Fast hätte sie ihn angefaucht. Sie konnte sich gerade noch beherrschen.

Er hob die Augenbrauen. »Okay. Verrätst du mir jetzt, was du eben fragen wolltest?«

»Hmhm«, machte sie und trank noch einen Schluck. Ihr Magen brannte, sie wusste nicht, ob von dem Alkohol oder den Emotionen, die in ihr tobten. Ihr Kopf begann bereits zu kreisen.

Die Geräusche von draußen drangen bis hier unten nicht durch und so saßen sie in einer tiefen, drückenden Stille, die nur ab und zu unterbrochen wurde von dem Fallen eines Wassertropfens oder dem leisen Trippeln von Mäusefüßen.

Jessa war kalt. Und sie war müde. Sie hatte die vergangenen zwei Tage mindestens sechzehn Stunden am Tag geschlafen und war trotzdem immer noch müde. Kein Wunder.

»Ich möchte Alice helfen«, sagte sie. »Und Adrian.«

Und dir!, fügte sie in Gedanken hinzu. Sie biss sich auf die Zunge.

»Das ist gut«, sagte er leise. »Victor glaubt immer noch daran, dass du es kannst.«

»Und du?«

Er zuckte mit den Schultern. »Reicht, wenn du es tust.« Er fasste sie ins Auge. »Tust du es?«

»Ich suche immer noch nach Plan B.«

»Von dem keiner weiß, wie er aussieht.«

»Das zeichnet uns Straßengören aus. Wir sind hartnäckig und grenzenlos von uns selbst überzeugt. Wir geben nie auf, auch wenn es keine Hoffnung gibt.«

Er lächelte schwach. »Wenn es jemand schafft, dann du.«

Klar. Schließlich war sie Miss Bond. Ihre Mission: *Rette den Prinzen.* Sie unterdrückte ein Lachen.

»Was hast du?«, fragte Christopher.

»Nichts.« Sie nahm den Brief, der ihr vom Oberschenkel gerutscht war und nun an ihrem Bein lehnte. »Ich träume schon, seit ich hier bin, davon, dass Alice mir was sagen will.« Letzte Nacht war der Traum so plastisch gewesen, dass sie sich danach beinahe übergeben hätte. Alice hatte sie mit diesen schrecklichen weißen Augen angestarrt. »Rette mich!«, hatte sie geflüstert – mit einer Stimme, die wie die von Adrian geklungen hatte. Und dann hatte sie Jessa schweigend das Tattoo an ihren Armen präsentiert.

»Vielleicht will sie das wirklich«, sagte Christopher. »Ihr seid Schwestern. Vielleicht habt ihr eine besondere Verbindung.«

»Glaubst du, dass sie weiß, wie Adrian gerettet werden kann?«

Christopher zuckte mit den Schultern. »Wir müssen dafür eine Seele finden, deren Liebe stärker ist als der Fluch.«

»Hat Heather es so ausgedrückt?«

»Ja. *Finde eine Seele voller wahrer Liebe. Sie wird stärker sein als die Macht dieses Fluches. Dann werdet ihr nicht ewig leiden.*«

»Das klingt schön«, murmelte Jessa. Ihr war schwindelig, darum lehnte sie den Kopf an die kalte Wand. »Und traurig.«

Christopher trank einen langen Schluck Wein.

Die Minuten verstrichen.

»Ich habe die ganze Zeit das Gefühl, sie versucht, mir was zu sagen.« Hatte sie das schon erwähnt? Sie wusste es nicht mehr. »Adrian hat mir eine Menge über eure gemeinsame Vergangenheit erzählt. Aber von dir allein weiß ich so gut wie nichts. Vielleicht ist das ja der Grund, warum ich noch nicht kapiert habe, wie Plan B funktioniert.«

Er ließ die Weinflasche auf der Erde kreisen. »Du willst, dass ich dir etwas über mich erzähle? Ernsthaft?«

Sie nickte, indem sie einmal ruckartig den Kopf senkte und wieder hob. »Und wehe, du weichst mir wieder aus!«

Er schluckte. »Was genau willst du wissen?«

Sie wappnete sich. »Erzähl mir von Heather!«

Seine Augen weiteten sich. Seine Lippen teilten sich leicht, schlossen sich wieder. Sie sah seinen Kehlkopf rucken. Sie hätte ihm stundenlang zugucken können, wie die Emotionen auf seinem Gesicht wechselten. Mit den Fingerspitzen tippte er sich gegen die Brust. »Wenn ich es dir erzähle, Jessa, dann denk daran: Das hier drinnen ist ein Haufen Scherben.«

Es tat weh, ihn das sagen zu hören. Es tat weh, ihn so zu sehen, so bereit, seinen Schutzschild sinken zu lassen, weil er Adrian helfen wollte. Sie dachte daran, was er als Kind für seinen Bruder erlitten hatte, und konnte sich kaum vorstellen, wie groß seine Liebe zu Adrian sein musste. Und dann dachte sie: doch. Sie konnte es sich vorstellen. Weil sie dasselbe für Alice empfand.

Sie klammerte die Hand um ihren Unterarm, um das Tattoo. »Versprochen«, sagte sie.

Er atmete tief durch, dann fing er an zu erzählen. Sie konnte es nur ertragen, indem sie die Augen schloss, auch wenn sie dadurch das Zittern in seiner Stimme nur umso deutlicher hörte. »Adrian war in Heather verliebt, aber aus irgendeinem Grund, den ich bis heute nicht kapiere, stand sie auf mein düsteres Gemüt.«

Düsteres Gemüt! Was für eine Beschreibung seiner von seinem Vater zerstörten Seele! Wenn er jetzt nicht auf der Stelle einen seiner dummen Scherze machte, dann würde sie gleich wieder anfangen zu heulen. Und da das auf keinen Fall infrage kam, übernahm sie kurzerhand selbst die Rolle des Scherzkekses. »Die meisten Mädchen stehen auf den Bad Guy. Sie finden die Vorstellung romantisch, dass sie ihn retten können.«

»Vermutlich.«

Sie konnte ihm an der Nasenspitze ablesen, was er dachte. *Ich bin nicht mehr zu retten, Jessa.* Wann hatte er angefangen, ein offenes Buch für sie zu sein? Und was sollte sie jetzt bloß sagen? »Ich glaube, ich sollte das mit dem Wein lassen. Mein Gehirn verweigert dann schnell mal den Dienst.«

Sein Blick lag auf ihr wie ein Gewicht.

»Erzähl einfach weiter«, bat sie.

»Ich konnte damals extrem charmant sein ...«

»Echt? Kaum vorstellbar.« Himmel, sie wollte, dass es aufhörte, so wehzutun!

Diesmal schaute er sie vorwurfsvoll an für die Unterbrechung und sie ertränkte ihre Verwirrung in einem weiteren großen Schluck Wein. »Entschuldige.«

Seine Augenbrauen waren zusammengezogen. »Wenn ich es drauf anlegte, merkte niemand, was für eine kalte Seele in mir wohnte. Ich begann, Heather zu umgarnen. Adrian hatte nicht vor, einfach kampflos den Platz zu räumen, sodass wir gemeinsam um Heather rangen. Es hatte was von Straßenhunden, die sich um einen Knochen balgen.« Er hielt inne, überlegte. »Ich vermute, er hat dir erzählt, dass wir beide schuld an ihrem Tod waren.«

»Hat er.«

»Ja. Er sieht es so. Die Wahrheit ist: Er wollte sie, weil er sie liebte. Alles, was ich wollte, war, mir selbst zu beweisen, dass ich jedes Mädchen für mich gewinnen konnte. Sogar eins, das meinen Bruder liebt. Sie brauchte lange, bis sie mir verfiel, aber am Ende bekam ich, was ich wollte.«

»Du hast mit ihr geschlafen.«

»Ich habe mir nichts genommen, was sie mir nicht freiwillig gegeben hat. Aber ich habe sie entehrt, so nannte man das damals.« Er sah aus, als habe er Schmerzen bei der Erinnerung daran. »Ihr das Herz nach allen Regeln der Kunst gebrochen.«

»Wenn du mir das Herz brechen würdest, würde ich dich umbringen, nicht mich selbst.« Hatte sie das wirklich gesagt? Sie presste die Augen zusammen, riss sie wieder auf.

Christophers Gesicht war bleich. »Ja, das kann ich mir vorstellen.«

»Gott, es tut mir ...«

»Vergiss es!«

Wie ähnlich er und sie sich waren! Genau wie sie hielt er die Menschen auf Distanz und genau wie sie hatte er dafür eine Mauer um sein Herz errichtet.

Ein kaltes Herz.

Sie schauderte, als sie an seinen Vater dachte. Plötzlich hatte sie den unbändigen Wunsch, ihn in den Arm zu nehmen. Aber sie konnte sich nicht bewegen.

»Heather hat sich meinetwegen vergiftet. Und deswegen hat Branwell uns verflucht. Adrians Verhalten wäre niemals ein Grund für ihn gewesen, das zu tun. Die Schuld liegt allein bei mir.«

»Adrian weiß aber, dass du mehr getan hast, als mit Heather zu flirten, oder?«

»Ja.«

»Hast du es ihm erzählt?«

»Natürlich nicht!«

»Ach ja, stimmt. Ihr redet nicht über solche Sachen.«

»Reden? Himmel, Jessa, wir sind Jungs!«

Aber ihr seid auch Zwillingsbrüder. In diesem Moment ging ihr auf, warum Christopher nie mit Adrian über die Untaten ihres Vaters gesprochen hatte. Weil er ihn vor der brutalen Wahrheit schützen wollte. Genauso wie Christopher Adrian wieder und wieder vor dem Schürhaken geschützt hatte, stellte er sich zwischen ihn und die grausame Wahrheit.

»Wie konnte ich das nur vergessen?« Sie schaute ihre Flasche an. Sie war halb leer. Wann war das passiert? In ihrem Kopf schwappte der Alkohol. »Mein Gott, ihr geht wirklich durch die Hölle«, sagte sie mit schwerer Zunge, aber aus tiefstem Herzen.

Warum nur erzählte er ihr das alles? Er konnte das Mitgefühl, das aus ihren Augen leuchtete, kaum ertragen.

Sein Magen brannte von dem Wein, den er getrunken hatte. Sein ganzer Körper stand in Flammen und er kämpfte gegen den Wunsch an, Jessa noch mehr Schreckliches von sich zu erzählen. Er wollte diesen warmen Ausdruck aus ihrem Gesicht wischen und durch Ekel ersetzen. Denn nichts anderes hatte er verdient. Vor allem aber würde nichts anderes ihr helfen, seinen Bruder zu retten.

Aber stattdessen hockte er hier und trank Wein mit ihr. War er eigentlich irre?

Er musste das auf der Stelle beenden. Er leerte die Flasche mit einem letzten, langen Zug und stellte sie neben sich auf den Boden. Selbst Jessa zu erzählen, was er Heather angetan hatte, hatte sie nicht ausreichend geschockt, um sie vor ihm zurückweichen zu lassen. Was nur sollte er tun, um diesen Ausdruck von Zuneigung aus ihrem Gesicht zu wischen?

Wenn du mir das Herz brechen würdest, würde ich dich umbringen, nicht mich selbst, hatte sie gesagt.

Er stand auf.

Erstaunt schaute sie zu ihm hoch.

»Adrian ist in dieser Geschichte nicht das Monster, Jessa«, beschwor er sie in einem Anfall von völliger Hilflosigkeit.

Sie nickte bedächtig. »Ich weiß.« Sie schwankte, als sie sich ebenfalls erheben wollte, und entschied sich dafür, lieber sitzen zu bleiben. Er musste vor ihr auf die Knie gehen, um nicht von oben auf sie niederzuschauen.

Ihre Augen waren ganz weit. Es fühlte sich an, als würde er in ihre Seele stürzen.

»Ich weiß«, wiederholte sie. »Das Monster bist du.«

Er wusste nicht, ob sie scherzte oder es ernst meinte.

Alter, war ihr schwindelig!

Christopher kniete vor ihr, was irgendwie lustig war und gleichzeitig auch nicht. Er hatte die Hände an ihren Ellenbogen, vermutlich weil sie wie eine Betrunkene schwankte. Sie musste kichern. Sie spürte seine Haut auf ihrer, ein Schauder rann ihr das Genick hinunter. Tränen schossen ihr in die Augen und kullerten schon wieder ihre Wangen runter.

»Jessa, bitte ...« Zögernd ließ Christopher einen ihrer Ellenbogen los, näherte seine Hand ihrem Gesicht. Sie hielt still, weil sie irgendwie völlig vergessen hatte, wie man sich bewegte. Sachte wischte Christopher die Tränen fort. Die Berührung seiner Fingerspitzen ging ihr durch und durch.

Sie schauderte.

Er nahm die Hand weg. »Tut mir ...«

»Nein.« Sie hinderte ihn daran aufzustehen. Mit sehr behutsamen Bewegungen nahm sie Christophers Kopf in beide Hände. Ihr Gesicht näherte sich seinem, hielt inne.

»Jessa ...«, stöhnte er, dann umfing er ihr Gesicht. Seine Finger glitten im Nacken durch ihr Haar und es war das beste Gefühl, das sie je erlebt hatte. Ganz zart strichen seine Daumen über ihre Wangen.

Und endlich küssten sie sich. Ganz leicht spürte sie seine Lippen auf den ihren, die Berührung schoss ihr in einem Schwall von Hitze durch den ganzen Körper, der sich wie Panik anfühlte. Kurz verkrampfte sie. Erschrocken wollte er sich zurückziehen, aber sie hinderte ihn daran, indem sie ihn wieder an sich zerrte. Und als sie die Lippen auf seine presste, kapitulierte er. Diesmal war sein Kuss härter, fordernder. Ihr war jetzt nicht mehr einfach nur schwindelig, sie fühlte sich, als würde sie mit Lichtgeschwindigkeit um ihre eigene Achse rotieren.

Als sie sich wieder voneinander lösten, ging ihnen beiden der Atem schwer.

»Was, wenn wir uns die ganze Zeit geirrt haben?«, hörte sie sich mit rauer Stimme sagen. »Was, wenn ich gar nicht Adrian retten muss, sondern dich? Was, wenn das Plan B ist?«

Er wollte widersprechen, sie sah den Kampf in seinen Augen und sie wusste, sie musste verhindern, dass das hier zur totalen Katastrophe ausartete. Wenn sie nur gewusst hätte, worin genau diese Katastrophe bestand.

Er kniete noch immer vor ihr. »Zwei Knie am Boden bedeutet Kapitulation, hat mir mal jemand gesagt«, scherzte sie ziemlich lahm.

»Muss ein schlauer Kerl gewesen sein.« Er erhob sich erst auf ein Knie und sah damit der Statue draußen im Garten für einen Moment lang unfassbar ähnlich. Dann stand er vollständig auf, reichte ihr die Hand.

»Komm«, sagte er leise. »Hier ist es einfach sauungemütlich.«

Es war so ganz anders als bei ihrem Date mit Adrian neulich. Es gab keine Kerzen, sondern nur das Deckenlicht, das Christopher allerdings zu einem gemütlichen Schimmer gedimmt hatte. Es gab kein Essen, was gut war, denn Jessa hätte sowieso keinen Bissen heruntergebracht vor Nervosität. Und es gab auch keinen Hardrock und kein Headbanging. Dafür fühlte Jessa sich auf einmal unsicher. Irgendwo tief in ihr fragte eine leise Stimme sie, ob sie hier nicht gerade einen Riesenfehler machte.

»Spielst du mir was vor?«, fragte sie, um diese pötzliche Befangenheit zu kaschieren. Sie klappte den Deckel über den Tasten seines Flügels auf.

Da seufzte er. »Du lässt nichts gelten außer totaler Kapitulation, oder?«

»Bedingungslos«, sagte sie.

Er zog den Hocker hervor, setzte sich darauf. Übertrieben dehnte er seine Finger nach hinten, sodass Jessa es knacken hören konnte. Dann begann er zu spielen.

Es dauerte ein paar Takte, bis sie das Lied erkannte, weil sie es noch nie auf einem Klavier gehört hatte.

Es war *Highway to Hell.*

»Hilfe!«, entfuhr es ihr. »Das ist ja furchtbar!«

Er nahm die Hände von den Tasten.

Sie wusste nicht, was nun. Noch immer zögernd stellte sie sich neben ihn. Mit dem Zeigefinger schlug sie eine Taste an. Sie hatte keine Ahnung, welcher Ton es war, aber er passte mit seinem dunklen Schwingen gut zu dem heftigen Zittern ihres Herzens.

Christophers Blick fiel auf das Tattoo an ihrem Arm. »Finde eine Seele voller wahrer Liebe«, murmelte er.

Ein Gedanke durchzuckte Jessa wie ein Blitz und verglühte, bevor sie ihn zu fassen bekam. *Verdammt!* Wenn ihr doch nicht so verdammt schwindelig gewesen wäre!

»Was denkst du?«, fragte Christopher.

Heathers letzte Worte. Ihr Tattoo, das Christopher daran erinnert hatte … Sie schluckte, weil sich durch die Gedanken nur noch alles schneller in ihrem Kopf drehte. »Spiel was, das dir gefällt«, bat sie.

Er dehnte seinen Nacken, sodass ihm die Haare ins Gesicht rutschten. Sie war dicht davor, sie fortzustreichen. Seine Finger begannen, über die Tasten zu tanzen und ihnen eine leichtfüßige, perlende Melodie zu entlocken, die ihr vage bekannt vorkam.

»Adrian und ich haben getanzt«, murmelte sie.

»Ich kann schlecht spielen und tanzen gleichzeitig, Jessa.«

»Zum Glück!« Sie lehnte sich gegen den Flügel und hörte zu. Am Ende steigerte sich die Melodie zu einem furiosen Höhepunkt. Christopher musste sich mit seinem gesamten Körper in sein Spiel legen. Sein Kragen rutschte ein Stück zur Seite, enthüllte sein Schlüsselbein und ließ Jessa daran denken, wie er neulich mit offenem Hemd gespielt hatte … Ihr wurde ganz warm bei dem Gedanken. Diesmal berührte sie die dunklen Haare in seinem Genick.

Er stockte, verspielte sich, fing sich wieder und spielte weiter.

Wo war diese Narbe? Jessa musste den Hemdkragen nach unten ziehen, um zu sehen, dass sie ihm vom Nacken bis auf die Schulter reichte.

Er zog Luft durch die Zähne, aber diesmal verspielte er sich nicht.

»Wieso hast du die?« Kurz dachte sie, sie müsste es wissen, aber vermutlich war sie einfach viel zu betrunken, um sich zu erinnern. »Ich dachte, alle deine Verletzungen heilen ohne Spuren.«

»Tun sie. Aber erst seit dem Fluch.«

Ja, sie war definitiv zu betrunken, zu gefangen genommen von der Magie der Situation, um auf ihren Verstand zu hören, der mittlerweile schrillte: *Vermintes Gelände! Pass auf!* »Dann stammt die von davor?«

Sein ganzer Körper verkrampfte sich. »Ja.« Mitten im Takt hörte er auf zu spielen.

Wenn unsere Nanny nicht eingeschritten wäre, hätte Vater ihn totgeprügelt mit dem Schürhaken, durchdrangen Adrians Worte den Nebel in ihrem Kopf.

Plötzlich war ihre Kehle wie zugeschnürt.

Auf dem Hocker drehte Christopher sich zu ihr um, schaute zu ihr hoch und sah, dass sie schon wieder mit den Tränen zu kämpfen hatte. »Langsam mache ich mir wirklich Sorgen, dass du dehydrierst«, sagte er. Sie hätte ihn küssen mögen vor lauter Dankbarkeit für den Spott.

»Dann hör auf, mich andauernd zum Heulen zu bringen!« Sie war jetzt drauf und dran, das Weite zu suchen. Waren sie eigentlich völlig bescheuert …?

Er schluckte schwer. Es sah aus, als müsse er sich einen Ruck geben, aber dann erhob er sich, breitete die Arme aus. Wartete.

Sie brachte ihren Verstand zum Schweigen.

Zögernd trat sie näher. Sie stand jetzt so dicht vor ihm, dass sie glaubte, sein Herz stolpern zu hören. Sie zitterte, als er die Arme um sie schlang.

Und als sie die Wange an seine Brust legte, spürte sie, dass sie sich nicht getäuscht hatte. Sein Herz schlug rasend schnell.

24

Jessa erwachte mit dem Gefühl, allein zu sein.

Noch benommen von einem tiefen, traumlosen Schlaf und mit Kopfschmerzen vom Wein gestern Abend setzte sie sich auf. Der Platz neben ihr war leer. Die Bettlaken jedoch waren noch warm von Christophers Körper.

Sein Körper?

Mit einem panischen Ächzen hob sie die Decke in die Höhe. Sie war vollständig nackt. »Oh Gott, haben wir etwa …?«

»Es ist ein bisschen beleidigend, dass du dich nicht erinnern kannst«, hörte sie Christophers Stimme aus dem Nachbarraum.

Sie raffte die Decke um sich zusammen, stand auf und lief zu ihm.

Er trug nur Hemd und Boxershorts. Sein Blick war hinaus auf das Moor gerichtet, auf dem im silbrigen Mondlicht schon wieder Nebel aufzog.

»Doch, ich erinnere mich«, murmelte sie. Und das war die Wahrheit, weil sein Anblick die letzten Nachwirkungen des Weins aus ihrem Schädel vertrieb und damit schlagartig die

Erinnerungen an die vergangene Nacht zurückbrachte. Die Erinnerung an das Herzklopfen und das Schwindelgefühl. An die Tiefe ihrer Empfindungen. Daran, wie Christopher sie in sein Schlafzimmer geführt und auf das Bett gehoben hatte.

Sie biss sich auf die Zunge, weil ihr lauter kitschige Worte über die Lippen drängten.

Sie würde ihn retten. Dafür war sie da. Nicht für Adrian, der Alice liebte, sondern für Christopher. Sie würde ihn retten und damit auch Adrian und ihre Schwester. Alles würde gut werden.

Ein Lächeln glitt über ihr Gesicht und es fühlte sich richtig an. Alles fühlte sich gerade richtig an, so als hätten sie alle die ganze Zeit falschgelegen und jetzt endlich begriffen.

Sie wollte sich an Christophers Rücken schmiegen, aber mit einer verblüffend schroffen Bewegung wehrte er sie ab.

»Lass das, Jessa!« Er drehte sich zu ihr um. In seinen Augen stand ein Flackern, das sie im ersten Moment nicht zu deuten wusste. Seine Lippen teilten sich. Schlossen sich wieder. Teilten sich erneut. »Verschwinde!«, brachte er gepresst hervor.

Es war wie eine Eiswasserdusche.

Schlagartig war nichts mehr richtig.

»Wie bitte?« Sie hielt seinen schmerzerfüllten Blick kaum aus.

»Geh! Lass mich in …«

»Hast du sie noch alle?«

Christophers Fäuste waren geballt. Langsam hob er sie, öffnete sie, als wolle er sich das Gesicht mit den flachen Händen bedecken. Doch dann drosch er auf die Wand ein, so heftig, dass Jessa zusammenzuckte. Seine Knöchel platzten auf, hinterließen vier runde rote Flecken auf der Tapete. Als er sich mit der zerschundenen Hand die Augen bedeckte, kapierte sie, was in ihm vorging.

Ich habe Heather nach allen Regeln der Kunst das Herz gebrochen, hatte er gesagt. War es das, was er vorhatte? Sie auf diese billige Kitschromanweise doch noch in Adrians Arme zu treiben? Glaubte er wirklich, nur weil er ihr jetzt kalt ins Gesicht log, vergaß sie den warmen und liebevollen Ausdruck in seinem Gesicht in der vergangenen Nacht? Das glückliche Lächeln in seinen Augen, als er sie geküsst hatte? Für wie blöd hielt er sie eigentlich? Tief in ihr keimte eine Wut, die so übermächtig war, dass sie unter ihrer Wucht fast in Stücke gebrochen wäre. Und gleichzeitig war da plötzlich der Wunsch, ebenfalls um sich zu schlagen, damit es nicht mehr so elend und fies wehtat.

»Kommt jetzt die Stelle, in der der geschundene Held versucht, das Mädchen von sich fernzuhalten, ja?«

Christopher riss die Augen auf. Sekundenlang standen sie sich gegenüber und starrten sich gegenseitig an. Jessas Herzschlag beschleunigte sich unter Christophers Blick.

Eine Ewigkeit verstrich.

Eine zweite.

Endlich gab Christopher auf. Er sackte ein Stück in sich zusammen und sie wollte nichts weiter, als ihn an sich zu drücken und ihn festzuhalten. Sie zwang sich, es nicht zu tun.

Sie rührte sich auch nicht, als er sich wieder von ihr abwandte und sich mit beiden Händen an der Wand abstützte und den Kopf zwischen den Armen hängen ließ. »Was habe ich nur getan, Jessa?«, flüsterte er.

»Wenn mich meine Erinnerungen nicht täuschen, dann haben wir beide es getan.« Sie umklammerte die Decke vor ihrer Brust fester, als könne das ihr die Sicherheit zurückgeben, die sie eben noch gefühlt hatte. »Du hast mich schließlich nicht verführt oder ...« Sie ließ den Rest des Satzes in der Luft hängen.

»Ja. Genau das dachte Heather auch.« Er stieß sich von der Wand ab, drehte sich wieder zu ihr um. In seinen Augen flackerte es düster. »Jetzt glaubst du hoffentlich, dass ich in dieser Geschichte wirklich das Monster bin.«

Sie wollte ihm widersprechen. Aber sie brachte kein einziges Wort über die Lippen.

Adrian wanderte schon seit Stunden unruhig in seinem Verlies herum. Da war eine Spannung in ihm, die er nur mühsam ertrug, ein Pochen in seinen Schläfen. Gedanken wie Nadelstiche hinter der glatten silbernen Stirn seiner Maske, die er inzwischen fast rund um die Uhr trug, weil Jessa gewöhnlich unerwartet bei ihm auftauchte.

Heute Nacht jedoch würde sie nicht kommen.

Weil sie *bei ihm* war.

Verwirrt raufte er sich die Haare. Es hätte ihn nicht kümmern dürfen, denn er liebte Alice, nicht Jessa. Und doch spürte er, wie mit jeder Sekunde, die verstrich, der Hass auf Christopher in ihm größer und größer wurde.

Seine Fantasie gaukelte ihm Bilder vor, die ihm den Magen umdrehten. Jessa in Christophers Armen. Seine Hände auf ihrem Körper, seinen Lippen auf ihren ...

Sein wuterfüllter Aufschrei hallte im Keller wider. Mit dem Entsetzen, das in so unendlich vielen Jahrzehnten gewachsen war, erlebte er mit, wie sich sein Geist teilte, wie der friedfertige Teil zurückgedrängt wurde und Branwells Fluch die Kontrolle übernahm.

»Jessa!«, keuchte er. »Christopher!«

Sie war bei ihm.

Er legte den Kopf in den Nacken, brüllte. Gleich darauf warf er sich mit der gesamten Wucht seines Zorns gegen die Gitterstäbe, die ihn von Christopher trennten. Die massive Eisenkette klirrte, das Gitter schwang ein paar Millimeter nach außen. Bei Weitem nicht genug, um ihn durchzulassen.

Er umklammerte die Stäbe, rüttelte daran.

Sein Herz pumpte kochendes Blut durch seinen Körper.

Er rüttelte stärker.

Die Kette hielt.

Seine Klauen schlossen sich um das Vorhängeschloss. Der Bügel war dicker als ein Daumen und doch …

Er wandte sich um. In seinem Zimmer stand ein Tischchen mit Metallbeinen. Er ging es holen und schleuderte es gegen die Wand, sodass die hölzerne Platte in mehrere Teile barst. Als er sich nach einem der Beine bückte, rann ein Schauder durch ihn hindurch. Das war der Augenblick, in dem alles kippte. In dem es sich anfühlte, als würde der Nebel in ihn hineinkriechen und sich entzünden. Schmerzhafte Kälte, brennend wie Eis. Kaltes, zorniges Feuer.

Leicht geduckt trat er vor das Gitter, klemmte das Metallbein als Hebel in das Schloss, dann zog er.

Das Schloss barst beim ersten Versuch.

Das Gitter schwang zur Seite.

Adrians Blick richtete sich auf die Treppe. »Christopher, du verdammter Mistkerl!«, wisperte er.

Jessas Blick zerrieb Christopher das Herz, das sie ihm gerade erst so mühsam und geduldig zusammengesetzt hatte. Doch als aus den Tiefen des Herrenhauses herauf ein fernes, lang gezogenes Brüllen drang und durch die Flure und Gänge echote, wusste Christopher, dass er alles verspielt hatte.

Jessa zuckte zusammen. »Was geschieht jetzt?«, flüsterte sie. Die Angst, die in ihren Augen aufflammte, machte, dass Christopher sich noch mehr hasste als je zuvor, doch er durfte es sich nicht anmerken lassen. Nicht jetzt. Er hatte nun nur noch eins zu tun: stark genug zu sein, um den Schwur zu halten, den er Adrian vor fünf Jahren gegeben hatte.

Mit blutendem Herzen wandte er sich von Jessa ab, nahm sein Handy, das er vorhin aus der Tasche geholt und vor sich auf die Fensterbank gelegt hatte. Die Nummer hatte er auf der Kurzwahltaste.

Henry meldete sich. »Was ist los?« Er klang hellwach und alarmiert, obwohl es mitten in der Nacht war.

»Ich brauche deine Hilfe«, sagte Christopher nur.

»Wo bist du?«

»In meinem Zimmer.«

»Bleib ruhig, wir sind gleich bei dir.«

»Du musst tun, was ich dir gestern gesagt habe.« Er hörte, wie Henry unterdrückt wimmerte.

Ohne sich zu verabschieden, legte er auf. Er wusste, dass er sich auf seinen Freund verlassen konnte. Liebe war eine starke Kraft, aber Freundschaft war es auch. Manchmal war sie zu stark, um an ihr nicht zugrunde zu gehen.

Er straffte sich. Es würde nur Minuten dauern, bis sie kamen, also musste er die Zeit nutzen, um Kraft zu sammeln. Alles in ihm schrie danach, sich zu Jessa umzuwenden, sie in den Arm zu ziehen und diese schreckliche Angst aus ihren Augen fortzuküssen. Aber er wusste, dass er zusammenbrechen würde, wenn er sie jetzt ansah oder gar berührte. »Henry kommt hoch. Du solltest dich anziehen, denke ich.«

Wie konnte er angesichts von Adrians Brüllen so beherrscht tun, während sie die Verzweiflung in ihm doch fast körperlich spüren konnte?

Sie kapierte es einfach nicht.

»Hör auf, so beschissen hart zu sein!«, schrie sie ihn an, aber bevor sie zu ihm gehen und ihrem Impuls, ihm eine zu knallen, nachgeben konnte, brachte Adrians Brüllen die Luft zum Erzittern. Oder ihr Herz.

Oder beides.

Sie zwang sich, ins Schlafzimmer zurückzugehen und sich anzuziehen. Sie trat gerade zurück ins Wohnzimmer, als Henry den Raum stürmte und Christopher entdeckte, der nun ebenfalls seine Hose wieder trug. In der Hand hielt Henry eine antike, hölzerne Kiste. Er sah Christophers bloße Füße, das offene Hemd, sah Jessa aus dem Schlafzimmer kommen. Wie angewurzelt blieb er stehen. Nell war hinter ihm. In ihrem Gesicht erschien fassungsloser Schrecken. »Du hast mit ihr …?« Die Stimme versagte ihr, es war Henry, der heiser flüsterte: »Du bist so ein verdammtes Arschloch, Mann!«

In Jessa sperrte sich alles, ihn Christopher so beschimpfen zu hören. *Das glaubt er selbst. Hör auf, es ihm auch noch vorzuwerfen!*

Und dann schüttelte sie die Beklemmung ab. »Gar nichts hat er!«, rief sie und als die Köpfe aller drei zu ihr herumfuhren, schämte sie sich unendlich. Es war, als wäre sie nach wie vor nackt. »Allenfalls haben wir es gemeinsam getan«, murmelte sie zu ihren Füßen hin und spürte, wie ihre Wangen anfingen zu glühen.

Adrians Brüllen erklang ein weiteres Mal. Lauter als zuvor, aber wie konnte das sein?

Christopher, der gleichmütige, kaltherzige, verzweifelte Christopher fuhr sich mit den gespreizten Fingern in die Haare und Jessa konnte sehen, wie seine Hände zitterten. Als er sich straffte, hatte sie ihn noch nie zuvor düsterer gesehen, noch nie entschlossener und gleichzeitig so dicht am Abgrund. Mit dem Kopf deutete er auf die Tür. »Bringt sie weg von hier!«

Unten im Haus brüllte Adrian: »Christopher!«

Henry und Nell wurden noch blasser. Henry nickte. *Sie wissen, was kommt!*, dachte Jessa betäubt. Christopher nahm Henry die Kiste ab, stellte sie auf seinen Flügel. Öffnete sie.

Darin lagen die beiden Revolver.

»In diesem Zustand wird Adrian euren Schwur nicht einhalten können«, sagte Nell mit einer Stimme wie aus dem Grab.

»Ich weiß«, sagte er und sein Blick streifte Henry, der bleich und schwankend dastand.

»Nein!«, hauchte Nell. »Du willst, dass Henry an Adrians Stelle auf dich …« Ihre Stimme brach und fast gleichzeitig verwandelte sich totales Entsetzen in Jessa in kalte Entschlossenheit.

Etwas flackerte in Christophers Augen, als er mit dem Revolver in der einen Hand vor sie hintrat und sie mit der anderen an der Schulter packte. Sein Griff war hart und schmerzhaft, doch das war ihr völlig egal. Es war dieses Elend in seinen Augen, das ihr wirklich wehtat. »Ich will verdammt sein, wenn ich zulasse, dass dir das Gleiche passiert wie Rose Denholme, darum wirst du jetzt gehen!«

»Du *bist* verdammt«, hörte sie Henry murmeln.

»Alter!«, ächzte Nell.

Weil Jessa nicht wusste, was sie sonst tun sollte, warf sie sich mit aller Kraft nach vorn und küsste Christopher.

Du elender, blöder, starrsinniger …

Seine Lippen blieben verstockt.

Nichts konnte sie tun. Er würde sie einfach nicht lassen, weil er nicht mehr konnte. Sie löste sich von ihm, sah, wie er den Kopf senkte, und sie glaubte schon, er würde nun sie küssen.

Das tat er auch, aber nicht auf den Mund, sondern auf die Stirn. »Geh!«, sagte er und als sie widerspenstig den Kopf schüttelte, befahl er den anderen: »Herrgott! Bringt sie endlich weg von hier!«

Doch es war längst zu spät.

Adrians geduckte Gestalt erschien am Ende des Ganges. Und er griff sofort an.

»Nein!«, kreischte Jessa. Sie sprang vorwärts, direkt in seinen Weg.

»Nicht!«, brüllte jemand. Christopher und Henry gleichzeitig.

Nur eine Armeslänge vor Jessa blieb Adrian stehen. Seine Augen glommen düster-rot hinter der Silbermaske. Einen Atemzug lang glaubte sie, er würde sich im Griff haben, ihre pure Anwesenheit würde ihm helfen, den Hass zu zügeln, so wie neulich auf dem Friedhof schon einmal. Aber dann fuhr seine Hand mit den scharfen Nägeln in die Höhe.

Und direkt auf sie nieder.

Christophers Herz hörte auf zu schlagen, als Jessa sich Adrian in den Weg warf, und es starb in dem Moment, als die Klauen seines Bruders auf Jessa niederzischten. Die ganze Welt blieb stehen, gab ihm Zeit, vor seinem geistigen Auge zu sehen, wie Adrian Jessa die Kehle zerfetzte, wie sie dastand, im Gesicht einen Ausdruck von Erstaunen, bevor das Leben aus ihren Augen wich …

Sie starb nicht. Sie hechtete nach hinten, sodass Adrian nicht ihre Kehle traf, sondern nur ihre Schulter. Ein schriller Schmerzenslaut entfuhr ihr, weil die krallenartigen Nägel ihr vier tiefe, blutige Kratzer quer über das Schlüsselbein rissen.

Sie taumelte.

Prallte gegen Christopher. Er hielt sie.

Sie lebte!

Die Welt drehte sich weiter.

Nur Adrian erstarrte nun.

Jessa spürte Blut, das ihr Shirt tränkte, sie spürte Christophers Arm um ihren Leib, aber das Einzige, was sie mit großer Klarheit wahrnahm, war dieses rote Glühen in Adrians Augen.

Und die Tatsache, dass es erlosch.

Ja!

Wie eine Puppe, der man die Fäden abgeschnitten hatte, sackte Adrian in sich zusammen, landete auf Knien und Händen. Die Laute, die aus seinem Mund kamen, waren kaum mehr als ein Grollen und doch verstand sie, was er sagte.

»Beeilt euch!«

Christopher ließ sie los. Er war unendlich bleich, seine Lippen schmale, blutleere Striche in seinem Gesicht, als er nickte. Ein zweites Mal wandte er sich der Kiste auf dem Flügel zu, legte seine Waffe für einen Augenblick ab, nahm die zweite heraus. »Ich flehe dich an, Jessa: Geh!«

Ihr wurde schlecht, als er eine der Waffen Henry hinhielt. Henry war so totenbleich, dass seine Haut durchsichtig wirkte.

»Nein«, grollte Adrian. »Nicht er. Gib sie mir!«

Mit der Waffe in der Hand drehte Christopher sich zu seinem Bruder um, reichte sie ihm.

»Das hier wird nicht geschehen!«, sagte Jessa.

Eine Sekunde lang waren alle paralysiert, Adrian, Henry. Nell.

Christopher.

Dann lösten sich der Mut und die Entschlossenheit, die sie für einen kurzen Moment lang empfunden hatte, in Luft auf, weil sie zusehen musste, wie er seine Waffe wieder an sich nahm. Wie er sich ganz gerade aufrichtete.

Sie bekam kaum noch Luft. Dennoch sagte sie mit entschlossener Stimme: »Dann ist es jetzt so weit.«

In Christophers Augen flackerte Verwirrung. In denen seines Bruders ebenso.

»Nimm das Ding ab!«, befahl Jessa Adrian.

»Nein!«, hauchten beide Brüder nahezu gleichzeitig.

Jessa fühlte sich, als befinde sie sich in freiem Fall. »Doch, Adrian«, sagte sie und hob die Hand, um es selbst zu tun. Adrian jedoch riss den Kopf zur Seite, sodass sie ins Leere fasste.

Jessa fluchte. »Von mir aus könnt ihr euch gegenseitig eine Kugel in den Kopf jagen, aber vorher finden wir raus, ob ich den Fluch bannen kann!«

In Adrians Augen glomm es glutrot auf.

»Du warst mit ihm im Bett!«, zischte er.

Sie wankte nicht. »Ja«, sagte sie. »Ja, ich war mit ihm im Bett.« Ihr Blick huschte zu Christopher. Sie wusste, dass sie ihn damit zu Asche verbrannte. Aber sie musste Adrian wenigstens für ein paar Sekunden lang davon überzeugen, dass sie seinen Bruder nicht liebte, wenn sie auch nur den Hauch einer Chance haben wollte, dass er erneut den Hass in sich kontrollieren konnte. »Aber das war nur Sex.« Die Lüge blieb ihr fast in der Kehle stecken, weil sie sah, dass Christopher sie ihr ebenso wenig glaubte, wie sie vorhin ihm geglaubt hatte. Dazu waren sie sich bereits viel zu nah, waren zu sehr eins.

Aber tatsächlich flackerte das Glühen in Adrians Augen, wurde schwächer. Erlosch.

Jessa wollte schon triumphieren, doch da knurrte er: »Selbst wenn! Du kannst den Fluch nicht brechen. Es existiert auf dieser Welt keine Seele, die das kann.« Er rappelte sich auf und trat ein Stück zur Seite, sodass sie nicht mehr zwischen ihm und Christoher stand. Langsam hob er den Arm, richtete die Waffe auf seinen Bruder.

Durch Jessas Verstand taumelte etwas, was Christopher vergangene Nacht über Heathers letzte Worte gesagt hatte.

Finde eine Seele …

Sie wollte sich bewegen, aber es ging einfach nicht. Sie sah, wie Christopher tief einatmete und dann die Luft anhielt. Schwerfällig legte er die Hand auf den Abzugshahn und spannte ihn.

Kribbelnde Panik ergoss sich in Jessas Adern. *Sag was! Halt die beiden von diesem Schwachsinn ab!* »Was ist mit Alice, Adrian? Stirbt sie auch, wenn du stirbst? Oder muss sie ewig so bleiben, wenn ihr euch feige aus dem Staub gemacht habt?«

Keiner der beiden reagierte auf ihre brutalen Worte, stattdessen hallte die Stimme ihrer Schwester tief aus der Vergangenheit zu ihr herauf: *Vielleicht haben wir uns so schrecklich lieb, weil wir nur eine Seele haben …*

Ihr wurde gleichzeitig heiß und kalt. Da war sie, die Lösung! Sie war die ganze Zeit genau vor ihrer Nase gewesen!

Sie trat wieder in Adrians Weg. *»Nimm. Die. Maske ab!* Oder ich tue es für dich!«

Adrians Arm mit der Waffe sank nach unten.

»Bitte, Adrian«, krächzte Christopher. »Tu ihr … *mir* das nicht …«

Es wird alles gut!, dachte Jessa und hoffte, er konnte verstehen.

»Los, Adrian!«, drängte sie. »Du schuldest es mir.« Sie zögerte. »Du schuldest es Alice.«

Da endlich gehorchte Adrian. Er reichte seine Waffe an Henry weiter. Und nahm die Maske ab.

Sein Gesicht war grausam entstellt – wie ein Totenkopf, der mit pergamentener grauer Haut überzogen war. Seine Zähne glichen rasiermesserartigen Scherben aus schwarzem Glas. Seine Lippen waren bläulich und rissig. Der Anblick löste Ekel in Jessa aus, aber sie konzentrierte sich ganz auf seine Bernsteinaugen. Dieselben Augen, wie auch Christopher sie hatte. Er war nicht Christopher. Er war Adrian und sie liebte ihn zwar nicht, aber Alice tat es. Alice war schon damals ganz dicht davor gewesen, ihn zu retten, weil sie sich in ihn verliebt hatte und nicht in Christopher. Sie hatte nur keine Gelegenheit dazu bekommen, es zu besiegeln, weil der Anblick seines Gesichtes ihr den Verstand geraubt hatte, weil sie in den Nebel gelaufen war, statt Adrian zu küssen und den Fluch damit zu bannen.

Jessa schluckte.

Sie und Alice teilten eine Seele. Alice liebte Adrian und Jessa liebte ihre Schwester. Gemeinsam konnten, *würden* sie es schaffen.

Adrian wimmerte leise. Jessa spürte, wie er zitterte, spürte, wie Christopher hinter ihr zitterte, wie sie selbst am ganzen Leib bebte. Adrian wollte ihrem Blick ausweichen, aber sie ließ es nicht zu. Sie legte beide Hände an sein Gesicht und zwang ihn, sie anzusehen.

Ihre Blicke trafen sich, hielten sich aneinander fest.

So ungefähr musste das Gesicht auf dem Gemälde ausgesehen haben, das Branwell ausgelöscht hatte, dachte sie.

»Wenn ich dich küsse, wirst du mich dann zerfleischen?«, flüsterte sie.

»Wie könnte ich, Jessa?«

Ihre Münder berührten sich. Seine Lippen waren trocken und sehr rau. Jessa fühlt nichts. Keinen Ekel, kein Entsetzen. Und kein Kribbeln. Keine Liebe wie die, die sie empfunden hatte, als sie in dieser Nacht Christopher geküsst, als die Erde unter ihr gebebt hatte.

Zaghaft rückte sie ein paar Millimeter ab. Nichts geschah. Ihr Herz zog sich schmerzhaft zusammen.

Lag sie falsch? Oder schlimmer noch: Hatte sie sich etwas vorgemacht?

Nein, sie würde nicht aufgeben. Niemals. Noch einmal nahm sie Adrians Gesicht in die Hände und küsste ihn. Diesmal schloss sie dabei die Augen. Sie konnte seine schartigen Zähne fühlen, aber sie hielt still, wartete darauf, dass er endlich den Kuss erwiderte, und als er es tat, tat er es verzweifelt, voller Sehnsucht und Schmerz.

»Alice«, hauchte er in ihren Mund.

Hinter ihr ertönte ein lang gezogener, qualvoller Schrei.

Christopher?

»Christopher!«, rief Nell. »Verdammt!«

Hastige Schritte entfernten sich draußen auf dem Flur.

Jessa wollte ihm nachlaufen, wollte ihm erklären, was sie hier tat, aber sie zwang sich stillzuhalten, bis Adrian sie losließ und einen Schritt zurücktrat.

Sie öffnete die Augen. Er hatte den Kopf gesenkt.

»Sieh mich an!«, verlangte sie mit bebender Stimme.

Als er nach einer halben Ewigkeit endlich aufschaute, da blickte sie in sein jugendliches, schönes Gesicht.

»Danke«, wisperte er mit Tränen in den Augen.

Christopher eilte die Treppe hinunter und durch die Eingangshalle. Weil es der kürzeste Weg nach draußen war, wandte er sich zum Gartenzimmer seiner Mutter, stolperte an alten Blumentöpfen und Gartengeräten vorbei.

Es begann, er konnte es kommen spüren.

Sein Schritt stockte, dann hastete er weiter. Weg. Nur weg von hier! Voller Panik riss er einen der alten Umhänge von seinem Haken, warf ihn sich im Weiterlaufen über, dann stürzte er aus dem Haus. Er hatte gerade den Rosengarten erreicht und die Kapuze ins Gesicht gezogen, als der Schmerz sich in sein Gesicht fraß. Vor Agonie schrie er auf, dann taumelte er weiter, doch bei der Statue mit seinem Gesicht gaben die Beine unter ihm nach. Er brach in die Knie. Der Schmerz war grausamer als alles, was ihn sein Vater jemals hatte erdulden lassen. Es war, als würden ihm die Züge wegbrennen. Er riss die Hände vor das Gesicht und mit unheimlicher, gläserner Klarheit wusste er, dass Rauch zwischen seinen Fingern hervorquoll wie Nebel, wusste, dass wahr wurde, was vor so langer Zeit gemalt worden war.

Am Ende war Branwells zehntes Bild Realität geworden.

In seinem Kopf kreischte eine hässliche Stimme vor Vergnügen. Es hätte die Branwells sein müssen, aber es war die seines Vaters.

»Nein, nein, mein Sohn. So leicht entkommst du nicht.«

Christopher warf den Kopf in den Nacken.

Und schrie.

Jessa sah Christopher neben der Statue zusammensacken. Ihr Herz stockte, als ihr bewusst wurde, dass er jetzt eine Kapuze trug, und sie ahnte bereits, was geschehen war, bevor sie zu ihm trat.

Er hörte sie kommen, zuckte zusammen. »Nicht!«, stieß er hervor, rappelte sich auf und wandte sich ab von ihr. Doch sie ließ sich nicht beirren.

Da er nicht vorhatte, sich zu ihr umzudrehen, umrundete sie ihn.

»Nicht, Jessa!«, flehte er erneut und um sie vor seinem Anblick zu schützen, hielt er eine Hand vor sein Gesicht. Nebelfetzen quollen zwischen seinen Fingern hervor.

Ihr Atem stockte.

Er wandte sich ab, zog die Kapuze tiefer ins Gesicht. »Schau mich nicht an!«

»Adrian ist erlöst«, sagte sie.

Er nickte. »Das ist gut!«

Sieh mich an.

»Ich habe ihn geküsst und weil Alice und ich eine Seele teilen, war es, als würde sie es tun. Das war die Lösung, Christopher.«

Sieh mich an!

»Ich danke dir dafür.«

»Christopher?« Sie wollte stark sein, aber es war unmöglich, denn sie wusste, dass sie sich etwas vormachte. Adrian war wieder der Alte, aber der Fluch war nicht gebannt. Sie wusste das und sie wusste, dass Christopher die Qual in ihrer Stimme hörte. In ihr wurde alles ganz kalt, als seine Hoffnungslosigkeit sich auf sie übertrug.

»Bitte«, flehte sie. »Sieh mich an!«

Und da tat er es. Er hob den Kopf.

Sie stieß ein Wimmern aus.

Er hörte ihr Klagen, sah, wie sich ihre Augen weiteten, doch da waren kein Schrecken und keine Abscheu in ihrem Blick.

Im Gegenteil.

»Du siehst aus wie immer«, flüsterte sie.

Er fasste sich an die Wangen, die Nase, die Stirn. Keine Spur von pergamentartiger Haut und totenschädelartig hervorstehenden Knochen. Er gestattete sich einen winzigen Moment der Hoffnung, auch wenn er wusste, dass sie sich täuschte. Der Fluch war nicht gebrochen. Jessa mochte Adrian davon befreit haben, wie ein Monster auszusehen. Aber Branwell hatte nicht nur ihn verflucht, sondern sie beide! Es war noch lange nicht vorbei. Ganz im Gegenteil. Es fing alles von vorne an, nur mit umgekehrten Vorzeichen. Er wusste es, weil da dieser brutale Schmerz in seinem Gesicht war. Und dieses kalte Summen tief in ihm. Das Summen, das nun zu einem Brodeln wurde, als der Fluch die Kontrolle über ihn übernahm.

»Nur Sex, ja?«, hörte er sich höhnen und alles in ihm wollte nur noch eins: Jessa wehtun. Sie vernichten. Sie und alle anderen. »War es das für dich? Na, dann hoffe ich mal, meine Performance hat dir gefallen. Zugaben gibt es allerdings nicht.«

Der Schrecken und der Schmerz, die ihm aus Jessas Blick entgegenschlugen, hätten Ohrfeigen sein sollen. »Christopher ...?«, flüsterte sie.

»Halt dich in Zukunft von mir fern!«, zischte er und bekam in einer unmenschlichen Anstrengung noch einmal kurz die Oberhand über den Fluch. Bevor der Zorn ihn dazu hinreißen konnte, ihr weiter mit eiskalten Worten das Herz aus dem Leib zu reißen, warf er sich auf dem Absatz herum und floh.

In seinem Kopf jedoch triumphierte die hässliche Stimme. »Endlich hat der Fluch den Richtigen getroffen!«, kreischte sie. Diesmal war es nicht mehr die seines Vaters. Diesmal war es seine eigene.

25

Sie starrte Christopher fassungslos nach, als jemand hinter sie trat. Sie wurde herumgedreht und Alice stand vor ihr, ihre Alice, ihre Schwester, gesund und munter, und keinen einzigen Tag älter, als sie sie in Erinnerung hatte.

»Alice!« Jessa fiel ihr um den Hals. »Oh, Alice!« Es war, als fielen fünf Jahre Traurigkeit von ihr ab, würden einfach hinweggespült von einer Erleichterung, die so groß war, dass Jessa nicht mehr atmen konnte. Sie keuchte, dann lachte sie. Weinte.

Alice hielt sie fest. Jessa spürte ihre Wärme und das Kitzeln ihrer Haare an der Wange. Und langsam, als auch ihr Verstand endlich begriff, was ihr Herz schon akzeptiert hatte, fühlte sie die Kraft, die sie aus Alice' Umarmung zog.

»Wird jetzt alles wieder gut?«, fragte sie leise.

»Das wird es. Solange wir zusammen sind, wird immer alles wieder gut.« Alice machte sich aus der Umarmung los, betrachtete Jessa. In ihren Augen standen Verwirrung, Verwunderung, Stolz. »Du bist so groß geworden …«

»Ich bin jetzt siebzehn, genau wie du.«

Alice lächelte. Es war ein Lächeln, das ihre Augen strahlen

ließ. »Dann sind wir von nun an Zwillinge, wie wir es uns immer gewünscht haben.«

Zwillinge.

Sie wollte etwas erwidern, aber Adrian trat zu ihnen und hielt sie davon ab. Es zerriss Jessa das Herz zu sehen, wie ähnlich er Christopher sah. Es fehlte nur dieser tiefe, schmerzvolle Ausdruck in seinem Blick. Seine Augen leuchteten warm und glücklich, als er zu Alice trat, ihr den Arm um die Taille legte und sie auf die Schläfe küsste.

Alice nahm seine Hand.

»Sie haben mir verschwiegen, dass du noch am Leben warst«, sagte Jessa.

Alice seufzte tief. »Ja. Als ich damals versucht habe, Adrian zu retten, habe ich sie gebeten, dich vor dem Fluch zu schützen, sollte mir etwas passieren.« Sie lächelte Adrian an und küsste seine Hand. »Ich habe sie schwören lassen, dass sie alles dafür tun, dass du von hier ferngehalten wirst.«

»Du wolltest nicht, dass mir auch was passiert.«

Alice' Blick wurde weich. »Ich bin doch die große Schwester. Ich musste auf dich aufpassen.«

»Aber trotzdem hast du das Buch in der Bibliothek versteckt. Und den Brief.«

»Ja, der Brief. Den habe ich geschrieben, weil ich Angst davor hatte, dass der Fluch dich irgendwann doch herlocken würde.«

»Ms Galloway hat mir dein Buch geschickt. Das hat mich hergelockt.«

Alice nickte gedankenverloren. »Irgendwann wärest du auch ohne das Buch hergekommen, glaube ich. Immerhin sind unsere Seelen verbunden.«

Jessa schaute auf die Tattoos auf ihren Armen. »Nicht verbunden. Sie sind eins. Darum konnte ich Adrian auch an deiner Stelle erlösen.«

Jessa strich über die Tattoos und dann ging ihr auf, dass Alice recht hatte. Es würde wirklich alles gut werden.

Branwell hatte Christopher genauso verflucht wie Adrian. Und sie liebte diesen Idioten. Von ganzem Herzen. Deshalb würde sie nun dort hinaus zu ihm gehen und ihn retten.

Alles würde gut werden.

Sie glaubte es genau bis zu der Sekunde, in der Nell und Henry herbeigestürzt kamen.

Jessa erkannte auf den ersten Blick, dass etwas nicht stimmte.

»Christopher ist raus in den Nebel«, stieß Nell hervor. »Und offenbar hat er eine der Waffen mitgenommen.«

Henry war schon halb an ihr vorbei. »Wir müssen hinterher!«

Der Nebel war so dicht, dass er sich auf Jessas Gesicht legte wie ein nasses Tuch, als sie zwischen den schützenden Mauern des alten Rosengartens hinaus ins Freie traten. Nur mit Mühe konnte sie Umrisse erkennen, so sehr verschwammen alle Konturen in dem düsteren Grau.

»Bleibt zusammen!«, riet Victor. »Nicht, dass jemand von euch sich im Moor verirrt.«

Jessa zwang sich, auf ihn zu hören, auch wenn alles sie vorwärtszog. Christopher war dort draußen. Und er hatte die Waffe mitgenommen ...

»Hey!« Adrian kam neben sie, als habe er ihre Gedanken gelesen. »Er kann sich nichts antun, das weißt du. Nicht, solange ich am Leben bin.«

Jessas Kehle war wie zugeschnürt. »Ich weiß.« Aber würde Christopher das abhalten? Sie hatte ihm in die Augen gesehen.

Sie hatte diesen schrecklichen Ausdruck von Leere gesehen, als er ihr befohlen hatte, sich in Zukunft von ihm fernzuhalten. Sie wusste, dass er glaubte, dass der Fluch endlich den Richtigen getroffen hatte ...

Verdammt! Wie sollten sie ihn in dieser Suppe nur finden?

»Still!«, kommandierte Victor.

Alle erstarrten.

Ein Geräusch erklang, ein metallisches Klicken, das Jessa die Haare zu Berge stehen ließ. War das der Hahn von Christophers Revolver gewesen? Sie glaubte, ein angestrengtes Keuchen zu hören.

»Christopher?«, rief sie, vor Angst um ihn fast besinnungslos.

Keine Antwort!

»Christopher, bitte!«

»Ich glaube, dahinten ist er!«, rief Henry.

Der Weg machte eine Biegung. Ein paar Felsbrocken schälten sich aus dem Nebel wie gepanzerte Urzeittiere, die hier im Moor seit Äonen schliefen.

»Christopher!« Diesmal war es Adrian, der den Namen rief.

Und gleich darauf schrie Victor: »Ich habe ihn gefunden!«

Jessa tauschte einen erleichterten Blick mit Henry.

Gott sei Dank!

Geräusche trugen weit im Nebel und so hörte Christopher die anderen kommen, lange bevor sie ihn entdeckten.

Die Waffe lag schwer und seltsam tröstlich in seiner Hand, obwohl ihm klar war, dass sie ihn nicht von seiner Qual erlösen würde. Nicht, solange Adrian sich nicht entschloss, die Grenze gleichzeitig mit ihm zu überschreiten.

Er sank auf die Knie.

»Christopher!«, hörte er erst Jessa rufen und dann auch Adrian.

175 Jahre, dachte er. 175 Jahre hatte Adrian das hier ausgehalten. Und er verzweifelte schon nach einer guten Stunde? Ein mit Selbstekel erfülltes Lachen stieg in ihm auf.

Er war eben wirklich nichts als ein erbärmlicher Wicht. Ein Schwächling.

Ich wusste es!, kreischte die Stimme seines Vaters ihn an. *Du bist ein Schlappschwanz! Sei endlich ein Mann!*

Der Zorn kochte in ihm hoch, zeigte ihm, wie er Adrian schwerer treffen konnte als mit Klauen oder Messer oder allen Waffen der Welt zusammen. Er würde ihn nicht angreifen. Er würde auf sich selbst schießen und seinen Bruder dabei zusehen lassen. Das würde ihn vernichten ... Der Fluch zwang ein kaltes Lächeln auf seine Lippen. Dann zwang er ihn, die Waffe zu heben.

Jessa und Adrian waren in dem Moment da, als der Lauf seine Schläfe erreichte.

Jessas Herz wollte zerspringen, als sie Christopher sah, auf den Knien, die Waffe auf halbem Weg zu seinem Kopf.

»Bitte!«, flüsterte sie. Er musste doch begreifen, dass sie den Fluch brechen konnte. Weil sie ihn liebte ...

Doch sein Blick war seltsam verhangen.

»Christopher«, hörte sie Adrian ihn beschwören. »Hör mir zu!«

»Halt dein verdammtes, dreckiges Maul!«, zischte Christopher. Schwankend und ohne die Waffe sinken zu lassen, kam er auf die Füße und da erst begriff Jessa, dass der Fluch ihn fest im Griff hatte. Er würde schießen, dachte sie mit eiskaltem, furchtbarem Entsetzen. Er würde Branwells Fluch erfüllen, der sie wieder und wieder zwang, sich gegenseitig zugrunde zu richten.

Doch er verblüffte sie. Seine Hand mit der Waffe begann zu zittern, erst schwach nur, dann immer stärker. Und schließlich sank sein Arm nach unten. Es sah aus, als würde er den Fluch mit reiner Willenskraft bezwingen.

Gleich würde sie zu ihm gehen können und dann würde sie sein Gesicht in die Hände nehmen und ihn küssen, um diesen verdammten Fluch ein für alle Mal aus der Welt ...

Das metallische Geräusch, mit dem ein zweiter Revolver gespannt wurde, zermalmte den Gedanken zu winzigen, schmerzhaften Splittern.

»Henry, was tust du?« Kaum hörbar war Nells Flüstern und Jessa glaubte, ihren Augen nicht zu trauen.

Henry hielt den Revolver in der Hand. Seine Brust hob und senkte sich in Stößen. »Du weißt, dass du nicht entkommen kannst, Christopher«, presste er zwischen zwei schweren Atemzügen hervor. »Du weißt, dass Jessa euch nicht von dem Fluch befreit hat, sondern dass nur alles von vorn anfängt. Diesmal mit umgekehrten Vorzeichen.«

Adrian erbleichte. »Henry, du ...«

»Henry!«, donnerte Victor.

Henry jedoch redete unbeeindruckt von seinem Tonfall weiter. »Du weißt so gut wie ich, dass der Fluch mit dir spielt. Er spielt mit uns allen, weil er uns Hoffnung haben lässt, nur um sie dann wieder zu zerstören.« Er atmete mit einem tiefen Beben durch. »Ab jetzt wird er dich dazu zwingen, deinen Bruder zu hassen, Christopher. Kannst du dir vorstellen, wie es sich anfühlt, ihm die Hände um den Hals zu legen und zuzudrücken, bis ...«, seine Stimme kippte weg, »... bis er tot ist?«

Hör auf!, kreischte es in Jessa. *Du musst doch wissen, dass du ihn damit in den Selbstmord treibst ...*

Ihre Gedanken froren ein, als Henry die Waffe auf Adrian richtete. Und da begriff sie.

Er wollte es! Er wollte, dass Christopher abdrückte. Damit er in derselben Sekunde Adrian erschießen konnte. *Er erträgt es auch nicht mehr!*, schoss es ihr durch den Kopf. *Er will, dass es zu Ende ist!*

Und er würde dafür sorgen, dass es das war. Das Ende.

Verzweifelt schluckte sie gegen die Scherben in ihrer Kehle an.

Christopher und Henry wechselten einen Blick voller stummem Einverständnis. Adrian jedoch stand ganz still und blass da. Alice machte einen Schritt auf ihn zu. Blieb stehen. »Nein!«, wisperte sie.

Christopher hob die Waffe wieder zum Kopf.

»Herrgott!«, schrie Jessa. »Hört endlich auf mit dem Scheiß!«

Es verblüffte sie selbst, aber ihr Kreischen verwirrte Henry so, dass er den Revolver ein Stück sinken ließ.

Wütend funkelte sie ihn an. »Ich lasse erst zu, dass ihr euch gegenseitig abballert, wenn wir gar keine andere Option mehr haben, kapiert?«

Er wirkte wie ein aufgescheuchtes Reh, aber er nickte. Der Revolver senkte sich noch weiter, wies jetzt auf den Boden zwischen ihm und Adrian.

Sie bezwang ihre Erleichterung und trat vor Christopher hin. »Du wirst Adrian nichts antun! Und dir selbst auch nicht.«

Der Hass glühte in seinen Augen. Täuschte sie sich oder waren da auch bereits erste Veränderungen in seinem Gesicht zu sehen? Seine Wangen wirkten ein bisschen eingefallener, die

Haut etwas grauer. Begann die Verwandlung bei ihm so viel schneller als bei Adrian?

Selbst wenn: Was machte es? Für einen Moment waren da nur er und sie, nur diese furchtbare Leere in seinen Augen und ihr eigenes Herz, das bei diesem Anblick zu stolpern begann. Es war egal, wie er aussah, egal, wie alt er war oder was er getan hatte. Jessa wusste, dass er es war, den sie aus ganzer Kraft und mit aller Hingabe liebte.

»Es ist doch eigentlich alles ganz einfach«, sagte sie. Und bevor er sich dagegen wehren konnte, nahm sie sein Gesicht in beide Hände und küsste ihn.

Dieser Kuss fuhr ihr bis tief in den Leib, ließ ihr Herz weit werden und ihre Knie weich. Sie spürte, wie Christopher sich wehren wollte, aber dann kapitulierte er. Seine Lippen öffneten sich.

Für eine halbe Ewigkeit war alles hell und warm in Jessa.

Als sie zurücktrat, hatte Christopher den Kopf gesenkt. »Sieh mich an!«, bat sie.

Er stand einfach nur da.

»Ich liebe dich, Christopher Addingham, und jetzt sieh mich verdammt noch mal endlich an!«

Da hob er den Kopf. Ein Lächeln teilte seine Lippen. »Selbst in einer Situation wie dieser kannst du die Straßengöre einfach nicht verleugnen, oder?«

Sie lachte befreit auf.

Ihr Herz zerbarst fast, als sie sich von ihm in die Arme ziehen und festhalten ließ. Es war auch nötig, denn ihre Knie waren plötzlich aus Gummi. Sie musste sich an ihm festklammern.

»Schon gut«, murmelte er in ihr Haar. »Ich hab dich.«

In seinem Arm lehnte sie sich zurück, sodass sie ihn ansehen konnte. »Du bist mir noch eine Erwiderung schuldig.«

Er horchte in sich hinein.

Sie legte eine Hand an seine Brust, spürte sein Herz, das nicht kalt war, sondern warm und lebendig. Er war stärker, als alle Versuche seines Vaters, ihn zu brechen, jemals hatten sein können.

»Ich warte, Kumpel!«, drohte sie.

In seinen Augen erschien ein Lächeln, das ihr den Atem nahm. »Liebesschwüre unter Androhung von Gewalt zählen n…«

»Wenn du es nicht gleich sagst, erfährst du, zu was für einer Art von Gewalt ich fähig bin!«

Da sickerte das Lächeln aus seinen Augen, erreichte seine Mundwinkel. »Ich liebe dich, Jessa Downton.«

26

Die Herbstsonne glänzte auf Heathers Grabstein und ließ die Blumen auf dem zweiten, ganz frischen Grab daneben samtig schimmern. Christopher rang die Tränen nieder.

Bald würde er einen Stein bestellen müssen. Er überlegte noch, was er daraufschreiben lassen würde.

Nell trat zu ihm. Sie nahm seine Hand und hielt sie ganz fest.

»Es tut mir so leid, Mann!« Henry stellte sich auf seiner anderen Seite dicht neben ihn. Seine Hand fiel schwer auf Christophers Schulter, drückte sie auf diese typisch männlich-burschikose Weise, dass Christopher wusste, er hätte ihn viel lieber in seine Arme gezogen.

Trotz der Trauer in seinem Herzen musste er lächeln. »Danke.«

»Wenn ich irgendwas für dich tun kann ...«

Sie wandten alle drei den Kopf, als vom Herrenhaus her Schritte ertönten.

Adrian und Alice kamen den Weg entlang.

Alice' Miene füllte sich mit Trauer, als sie beide neben Christopher traten und das frische Grab betrachteten. »Du hast sie sehr geliebt, oder?«

»Auf meine eigene, verkorkste Weise habe ich das wohl.« Ihm war seit Langem klar gewesen, dass Elizabeth irgendwann sterben würde, und doch hatte es ihn kalt erwischt, als der Moment gekommen war.

Als das Altenheim ihn angerufen hatte, weil es zu Ende ging, war er zu ihr gefahren. Er hatte sie im Arm gehalten und auch wenn sie das Bewusstsein nicht mehr wiedererlangt hatte, war er sicher gewesen, dass sie ihn spüren konnte. Sie war mit einem Lächeln auf den Lippen gestorben.

Sein Herz schlug stark und gleichmäßig trotz der schmerzhaften Erinnerung. Es beschleunigte sich erst, als weitere Schritte auf dem Kies ertönten. Sein Atem stockte, als er Jessa herannahen sah.

Christophers Lächeln ließ Jessas Knie weich werden. Wenn sie ihn anschaute, war es wie ein Erdbeben und eine Feuersbrunst gleichzeitig, und es war völlig egal, dass das total kitschig war und vielleicht auch dumm.

Sie liebte diesen Blödmann.

»Alles okay?«, fragte sie. Aus irgendeinem dämlichen Grund hatte sie immer noch Hemmungen, ihn zu berühren.

Er schaute erst auf Heathers Grab, dann auf das von Elizabeth. »Ja.« Sie wusste nicht, ob er sie anlog. Christopher kämpfte nach wie vor mit den Scherben, in die sein Vater und die endlosen Jahre unter dem Einfluss des Fluches sein Herz verwandelt hatten. Es würde lange dauern, bis sie die alle zusammengesetzt hatte, aber sie war bereit, geduldig zu sein. Und sie wusste, Nell und Henry würden ihr dabei helfen. Sie warf ihnen einen kurzen Blick zu und musste lächeln, als sie die verlegenen Gesichter der beiden sah, den Knuff, den Nell Henry verpasste, und ihre vielsagende Kopfbewegung in Richtung Herrenhaus. Weil er nicht sofort reagierte, packte sie ihn am Arm. »Komm schon«, sagte sie und zerrte ihn mit sich fort.

»Jungs!«, hörte Jessa sie noch murmeln.

Ihr Lächeln vertiefte sich.

Christophers Hand legte sich unter ihr Kinn, wie er es gewöhnlich tat, bevor er sie küsste. Ein Kribbeln fuhr von seinen Fingerspitzen bis tief in ihren Leib. Doch jetzt küsste er sie nicht, sondern zog lächelnd an einer Strähne ihres schwarzneonblauen Haares.

»Du hast sie nachgefärbt.«

»Ja.«

Christopher schmunzelte. »Du weißt, dass du mir ohne diese absurde Farbe besser gefällst.«

Sie ging auf seinen spöttischen Tonfall ein. »Sehe ich aus, als würde mich interessieren, was dir gefällt?«

Da senkte er den Kopf. »Ja«, sagte er und als er wieder aufschaute, leuchteten seine Augen. »Und das macht mich zum glücklichsten Mann der Welt.«

»Stimmt nicht, der bin ich!«, widersprach Adrian.

Alice lachte auf, dann gab sie ihm einen Kuss auf die Wange. »Gut gesprochen, Mylord!«

Jessas Herz war zum Bersten voll. Die beiden waren einfach das perfekte Spiegelbild zu Christopher und ihr. Aber das war es nicht, was sie vor Glück beinahe überfließen ließ. Es war der Gedanke daran, dass Alice und sie wieder zusammen waren, dass von nun an nichts sie mehr trennen konnte. Wie es aussah, war das hier also wirklich eine dieser total kitschigen Geschichten, in der die Heldin am Ende alles bekam, was sie sich wünschte ...

Schwachsinn!, meldete sich eine sehr vertraute Stimme in ihrem Hinterkopf. *Irgendwann, vielleicht nicht heute und morgen, aber irgendwann in der Zukunft wird dir Christopher weggenommen werden und dann wird es dich ähnlich zerstören wie damals, als du Alice verloren hast …*

Vielleicht also sollte sie lieber die Reißleine ziehen, bevor …

Sie verbannte diesen Gedanken ganz schnell aus ihrem Kopf.

Es war egal, was die Zukunft brachte. Jetzt erst mal freute sie sich auf ein Leben mit Christopher. Verdammt, sie freute sich sogar darauf, sich mit ihm über leere Zahnpastatuben und liegen gebliebene Socken zu streiten.

Sie schaute auf die Tattoos auf ihren Armen.

Alice nickte sanft. Sie strich Jessa die Haare aus dem Gesicht, dann nahm sie wieder Adrians Hand. »Komm. Lassen wir die beiden auch für eine Weile allein.«

»Bleib artig!«, befahl Adrian Christopher, bevor er Alice folgte.

»Habe ich nicht vor«, murmelte Christopher.

Adrian lachte schallend, so lange, bis er und Alice zwischen den Gräbern verschwunden waren.

Jessa betrachtete Christopher, der den beiden schweigend nachblickte, und sie sah zu, wie er sich bückte und ein paar Blätter von Heathers Grab wegfegte. Als er sich aufrichtete, lag ein Schatten auf seinen Zügen und Jessa wusste, was jetzt kommen würde. Sie selbst hatte es ja eben auch gedacht.

»Es gibt da etwas in meiner Vergangenheit, was ich bisher noch niemandem erzählt habe.«

Sie rang die Beklemmung nieder. »Dein Vater«, sagte sie und die Erinnerung an das, was dieser furchtbare Mann ihm angetan hatte, war wie ein Eisklotz in ihrem Magen. »Du hast einen Deal mit ihm gemacht, um Adrian zu schützen.«

»Du weißt davon?« Christopher riss die Augen auf. »Woher ...?«

Sie lächelte traurig. »Adrian hat es mir erzählt.« Sie blinzelte, weil ihr Tränen in die Augen schossen.

»Adrian hat es gewusst?« Die Erkenntnis kam langsam und sie machte Christopher sichtbar bestürzt. »All die Jahre schon, oder? Und ich habe wirklich gedacht, er hätte keine Ahnung ...«

Jessa konnte es kaum fassen. »Herrgott, natürlich hat er es gewusst! Er ist dein Zwillingsbruder! Seine und deine Seele sind eins.« Sie schnaufte. Trocken fügte sie hinzu: »Abgesehen davon hatte er fast zweihundert Jahre Zeit, es rauszufinden.«

Christopher stand da wie vom Donner gerührt und in dieser Sekunde sah er der melancholischen Statue im Rosengarten wieder so ähnlich, dass Jessa schlucken musste.

»Er hat geglaubt, dass er in meiner Schuld steht!«, murmelte er. »Darum also hat er mir all die Jahre keine Vorwürfe gemacht!«

»Genau so ist es.«

»Aber ...«

»Nichts aber! Ihr würdet eben alles füreinander tun. Und jetzt halt einfach mal die Klappe, okay?« Jessa stellte sich auf die Zehenspitzen. Ganz sanft küsste sie Christopher auf den Mund. Seine Lippen waren weich. Warm. Es fühlte sich an, als würde sie unter ihrer Berührung schmelzen.

Er schlang die Arme um sie und hielt sie. »Ich weiß nicht, ob ich jemals nicht verkorkst sein werde, Jessa«, sagte er dicht an ihrem Mund.

Offenbar war sie wirklich noch nicht ganz fertig mit diesem Rette-den-Prinzen-Ding.

Sie lächelte. »Dann sind wir ja schon zwei.«

»Perfekt!«, sagte er.

Der Roman enthält Zitate aus folgenden Quellen:

Seite 98:
William Shakespeare, *Die Sonette – The Sonnets.* Deutsche Übersetzung von Klaus Reichert. Frankfurt am Main: FISCHER Taschenbuch, 2016.

S. 322/23 – »[Die Töne fielen wie] schwere, eisige Wassertropfen […]«:
George Sand, *Ein Winter auf Mallorca.* Deutsche Übersetzung von Ulrich C. A. Krebs. München: dtv, 1995.

S. 378:
Emily Brontë, *Die Sturmhöhe.* Deutsche Übersetzung von Grete Rambach. Frankfurt am Main: Insel Verlag, 1975.